HEYNE BÜCHER

Von Louis L'Amour sind
als Heyne-Taschenbücher erschienen:

Jubal Sackett · Band 01/6921
Die einsamen Götter · Band 01/6949
Die Hölle von Papago Wells · Band 05/2121
Dann kam Conagher · Band 05/2289
Kilkenny reitet wieder · Band 05/2527
Taggart · Band 05/2590
Bendigo Shafter · Band 05/2600
Die Sklavenjäger · Band 05/2618
Mit den Sacketts nach Norden · Band 05/2638
Silber in Virginia City · Band 05/2644
Sitka · Band 05/2656
Der falsche Killer · Band 05/2662
Milo Talon · Band 05/2674
Die Sacketts · Band 05/2680
Cherokee Trail · Band 05/2688
Bowdrie · Band 05/2692
Ein Sackett gibt nicht auf · Band 05/2696
Die Schattenreiter · Band 05/2700
Das Louis L'Amour-Western-Lesebuch · Band 05/2710
Todfeinde · Band 05/2720
Outlaw Trail · Band 05/2720
Das Brandmal · Band 05/2726
Bowdries Gesetz · Band 05/2730
Land · Band 05/2736
Das Gesetz der Wüste · Band 05/2742
Der Fremde mit dem schnellen Colt · Band 05/2748
Durstige Wüste · Band 05/2752

LOUIS L'AMOUR

KERBOUCHARD, DER SOHN DES KORSAREN

Roman

WILHELM HEYNE VERLAG
MÜNCHEN

HEYNE ALLGEMEINE REIHE
Nr. 01/7681

Titel der amerikanischen Originalausgabe
THE WALKING DRUM
Deutsche Übersetzung von Alfred Dunkel

Printed in Germany 1988
Umschlagzeichnung: Enno Kleinert, München
Umschlaggestaltung: Atelier Ingrid Schütz, München
Gesamtherstellung: Ebner Ulm

ISBN 3-453-02541-5

Für Lou und Emily Wolfe

1

Nur der Wind war zu spüren. Ein paar letzte Regentropfen fielen. Von der Mauer der Ruine rann Wasser.

Ich lauschte, hörte aber keinen anderen Laut. Meine Phantasie gaukelte mir Feinde vor, wo es gar keine gab.

Erst vor wenigen Stunden hatte der Tod diesen Ort besucht. Der Haufen verkohlter Ruinen war einmal mein Zuhause gewesen. In der Nacht zuvor hatte ich wach dagelegen und zur dunklen Decke emporgestarrt. Ich hatte wie immer von fernen Ländern jenseits des Meeres geträumt.

Jetzt lag meine Mutter in einem flachen Grab, das ich mit eigenen Händen gegraben hatte. Mein Zuhause war eine Ruine, und das Wasser sammelte sich in den Löchern des uralten Steinfußbodens, den meine Vorfahren vor undenklichen Zeiten gelegt hatten.

Die Morgendämmerung zeichnete sich bereits am Himmel ab.

Ich wartete noch einen Augenblick länger, hielt das Messer in meiner Faust und sagte mir: »Ich will dieses Gold haben ... und ich töte jeden, der es mir streitig machen will!«

Zwischen den heruntergestürzten Dachbalken brannte kein Feuer mehr. Der Regen hatte es gelöscht. Jetzt roch es hier nur noch nach verkohltem Holz, das naß geworden war. Der Geruch des Todes hing in der Luft.

Ich huschte aus dem Schatten zur steinernen Brunnenabdekkung. Mit einer Hand griff ich in die Brunnenöffnung und zählte die kalten Steine nach unten.

Zwei ... drei ... vier ... *fünf*!

Mit der Spitze meines edlen Damaszenerdolches arbeitete ich am Mörtel herum. Trotz der feuchtkalten Luft perlte Schweiß auf meiner Stirn.

Die Männer von Tournemine konnten jederzeit hierher zurückkehren.

Der Stein lockerte sich. Ich arbeitete ihn mit den Fingern frei und hob ihn aus der Brunnenöffnung. Nachdem ich mein Messer in die Scheide gesteckt hatte, schob ich die Finger ins Loch und tastete nach dem Kästchen, das mein Vater dort versteckt hatte. Meine Fingerspitzen stießen auf Holz. Behutsam zog ich es aus der Vertiefung; es war ein kleines Kästchen aus merkwürdig duftendem Holz.

Dann hörte ich hinter mir einen leisen Schritt.

Ich drehte mich um und sah, wie eine dunkle Gestalt vor mir aufragte.

So groß konnte nur Taillefeur sein, Baron de Tournemines Leutnant, ein Veteran aus den Söldnerkriegen.

»Na, also!« sagte Taillefeur und war sichtlich erfreut. »Ich hatte recht! Der alte Wolf hat einen Schatz versteckt, und der Welpe ist zurückgekommen, um ihn zu holen!«

»Es ist nichts weiter«, sagte ich. »Ein paar Kleinigkeiten, die mein Vater mir hinterlassen hat.«

»Na, dann gib mir diese Kleinigkeiten!« Taillefeur streckte eine Hand aus. »Und dann kannst du dich wieder auf den Weg machen. Soll Tournemine doch seine eigenen Kinder jagen!«

Die Nacht war kalt. Ich spürte den eisigen Wind durch meine vom Regen durchnäßte Kleidung. Ganz in der Nähe fiel ein dicker Tropfen mit leisem *Plopp* in eine Pfütze.

Zu den Männern, die im Laufe der Jahre beim Haus meines Vaters angehalten hatten, hatte auch ein hagerer, wilder Mann gehört, dessen Gesicht von Pocken- und Messerstichnarben gezeichnet gewesen war. Der packte mich einmal am Arm, und seine Finger gruben sich wie Klauen in mein Fleisch. Unter schiefem Grinsen sagte er: »Verlaß dich auf deinen Verstand, Junge, und auf deine gute rechte Hand!« Er leerte sein Glas und fuhr mit einem Seitenblick fort: »Und wenn du auch noch eine gute linke Hand und ein bißchen Gold hast, dann hilft das ebenfalls!«

Meine Linke ... meine linke Hand ruhte auf dem Stein, den ich aus der Brunnenmauer entfernt hatte.

Ich mochte zwar noch ein Junge sein, aber ich war schon groß und stark wie ein Mann. Meine Haut war von der Sonne dunkel gebräunt wie die eines Arabers, denn ich war nicht lange zurück von den Fischufern hinter Island, wohin ich mit Männern von der Insel Brehat gegangen war.

»Wenn ich Euch das Kästchen gebe, werdet Ihr mich dann gehen lassen?« fragte ich, und meine Hand packte den Stein noch etwas fester.

»Ich will nichts von dir. Gib mir das Kästchen!«

Er streckte eine Hand aus, um das Kästchen in Empfang zu nehmen.

Ich hob die Hand mit dem Stein und schlug zu.

Zu spät riß Taillefeur einen Arm hoch, um den Schlag abzuwehren. Er ersparte sich damit zwar einen eingeschlagenen Schädel, brach aber auf der Stelle zusammen.

Ich sprang über seinen Körper hinweg und floh ins Moor. Zum zweitenmal innerhalb weniger Stunden wurde das Moor meine Rettung.

Was weiß ein Junge nicht vom Land seiner Kindheit? Ich kannte jede Höhle, jeden Dolmen, jede Bodenmulde, jedes Loch in den Hecken und die einsame Felsenküste, die sich meilenweit erstreckte.

Dort hatte ich gespielt und mir vorgestellt, irgendwo im Krieg zu sein. Dorthin konnte ich jetzt rennen und meinen Verfolgern entrinnen. So wie ich an diesem Nachmittag gerannt war, um Tournemines Männern zu entkommen, so rannte ich auch jetzt wieder.

Hinter mir kam Taillefeur schwankend auf die Beine. Er war von meinem Schlag noch so benommen, daß er gegen die Mauer torkelte. Ich hörte ihn fluchen. Er mußte wohl gesehen haben, wie ich davonrannte, denn er stieß einen lauten Schrei aus und nahm meine Verfolgung auf.

Ich wich in eine von dichtem Gebüsch überwucherte Bodensenke aus und kroch durch einen tunnelähnlichen Gang, der Wölfen und Jungen bekannt war. So gelangte ich erneut zur Bucht. Die Gewitterwolken begannen sich aufzulösen und langsam zu zerstreuen – wie eine Herde Schafe, die auf der Himmelswiese weiden wollte.

Das Schiff war dort. Die Mannschaft war am Strand und füllte hölzerne Fässer mit Wasser. Als die Männer mich kommen sahen, zogen zwei von ihnen sofort ihre Schwerter. Ein dritter legte einen Pfeil auf die Sehne seines Bogens und schaute sich forschend um, ob ich in Begleitung war.

Es war ein plumpes, schlecht gestrichenes Fahrzeug mit schiefem Mast und einer einzigen Ruderbank, gar nicht zu vergleichen mit den schlanken, schnittigen, schwarzen Schiffen meines Vaters, der ein Korsar war.

Die beiden Männer mit den Schwertern gingen vorwärts, und als sie sahen, daß ich nur ein Junge und allein war, schauten sie sogar noch wilder drein.

»Ich möchte mit eurem Kapitän sprechen«, sagte ich.

Sie zeigten auf einen vierschrötigen Mann in einem schmutzigen roten Mantel; es war ein ziemlich dicker Mann. Seine Haut war sehr dunkel, beinahe schwarz. Die tiefliegenden Augen blickten mich hinterhältig und heimtückisch an.

Das Aussehen dieses Mannes gefiel mir ganz und gar nicht.

Normalerweise hätte ich mich wahrscheinlich sofort wieder zurückgezogen, aber ich wußte ja, daß Tournemines Männer hinter mir waren und nach mir suchten.

»Ein Junge!« Er sprach sehr ungeduldig.

»Aber ein großer Junge!« versicherte ihm einer der anderen Männer. »Und ein kräftiger Bursche!«

»Wohin segelt Ihr?« fragte ich.

»Wohin der Wind uns weht.« Er sah mich keineswegs wohlwollend an, sondern musterte mich abschätzend.

»Vielleicht nach Zypern? Oder nach Sizilien?«

Jetzt schenkte er mir sehr rasch Aufmerksamkeit, denn solche Orte waren außer fahrenden Kaufleuten oder Kreuzfahrern nur wenigen bekannt. Aber wir hier an der Küste der Bretagne waren für die See geboren. Wir waren Nachfahren der Veneter, jener keltischen Seefahrer, die sich mit ihren Druiden-Priestern geweigert hatten, Rom Tribut zu zollen; sie hatten den Legionen von Julius Cäsar getrotzt.

»Was weißt du denn schon von Zypern?« höhnte er.

»Mein Vater könnte dort sein. Ich suche nach ihm.«

»Das ist ein sehr ferner Ort. Was könnte dein Vater denn dort zu suchen haben, he?«

»Mein Vater ist Kerbouchard!« sagte ich stolz.

Sie waren erstaunt, wie ich es nicht anders erwartet hatte. Kerbouchards Schiffe suchten die Küsten heim, überfielen die Schiffe vieler Nationen und trieben Handel jenseits der fernsten Meere. Der Name meines Vaters war Legende.

»Deine Reise würde nutzlos sein. Bis du Zypern erreichst, ist dein Vater längst wieder abgesegelt.«

Es gab Lektionen, die ich lernen mußte; dazu gehörte vor allem, nicht zuviel zu reden.

»Sein Schiff ist versenkt worden. Mein Vater wurde entweder getötet oder in die Sklaverei verkauft. Ich muß ihn finden.«

Der Kapitän schien erleichtert zu sein; das war verständlich, kein Mann wollte Kerbouchards Mißfallen erregen. Offenbar wußte der Kapitän auch schon, was er vorhatte. Ich war groß und hatte breitere Schultern als seine Leute; nur zwei Männer übertrafen mich.

»Aha! Und wenn du segelst... wirst du dafür arbeiten oder bezahlen?«

»Wenn der Preis nicht zu hoch ist, werde ich bezahlen.«

Die Männer drängten sich dichter heran.

Jetzt wäre mir ein Schwert lieb gewesen. Doch welche Wahl blieb mir? Ich mußte entweder mit diesen Leuten entkommen oder Tournemines Hunden gegenübertreten.

»Ich könnte ein Goldstück anbieten«, schlug ich vor.

»Das würde nicht mal für dein Essen reichen!« erwiderte er verächtlich, aber seine harten, kleinen Augen blickten schärfer drein.

»Zwei Goldstücke?«

»Wie sollte ein Junge wohl an Gold herankommen, he?«

Sein plötzlicher Wink überraschte mich vollkommen. Bevor ich auch nur einen Finger rühren konnte, um mich zu wehren, wurde ich schon gepackt und zu Boden geworfen. Zwar wehrte ich mich verbissen, aber ich konnte nicht verhindern, daß man mir das Kästchen unter dem Hemd hervorriß und aufbrach. Glitzerndes Gold fiel in den Sand. Einige Münzen kullerten davon. Gierig machten die Männer Jagd darauf.

Der Kapitän nahm seinen Leuten das Gold ab, um es unter der Mannschaft aufzuteilen.

»Bringt ihn an Bord!« befahl er. »Er hat seinen Weg bezahlt, aber er wird trotzdem arbeiten oder die Peitsche zu kosten bekommen!«

Ein Mann riß mein Messer aus der Scheide; er hatte ein Mondgesicht und ungekämmtes Haar. Er schob das Messer hinter seinen Gurt. Ihn würde ich nicht vergessen! Damaszenerklingen waren nur sehr schwer zu bekommen; außerdem war dieses Messer ein Geschenk meines Vaters.

»Jetzt hast du was gelernt«, sagte der Kapitän boshaft. »Laß vor Fremden niemals dein Gold sehen! Aber wenn du deine Arbeit verrichtest, wirst du am Leben bleiben und Sizilien sehen. Dort kenne ich einen Türken, der für einen so stattlichen Knaben einen hübschen Preis bezahlen wird.« Er grinste mich an. »Aber wenn er dich erst mal in die Finger bekommen hat, wirst du wahrscheinlich nicht lange ein Knabe bleiben!«

So mißhandelt und zerschlagen ich auch war ... als mein Fuß das Deck berührte, rieselte mir doch ein Schauer über den Rücken. Aber als man mich zu meinem Platz auf der Sklavenbank brachte, begann ich mich noch einmal heftig zu wehren, angewidert von dem Schmutz, in dem ich arbeiten sollte. Es kam mir unmöglich vor, daß Männer unter so schlechten Bedingungen überhaupt noch arbeiten konnten. In den Häusern an unserer Küste – mit Ausnahme des Hauses meines Vaters – gab es zwar auch nur wenig

Sauberkeit, aber das war nicht zu vergleichen mit dem unglaublichen Schmutz an Bord dieses Schiffes.

Mein Vater war in Moslem-Ländern in Afrika und Spanien herumgereist; er hatte nicht nur die dort gebräuchlichen prächtigen Stoffe mitgebracht, sondern auch die Lebensart dieser Menschen und deren Vorliebe für heiße Bäder.

Ich wurde an mein Ruder gekettet und schaute mich angewidert um. Noch hatte ich keine Ahnung, wie lange ich das aushalten würde, doch es sollte für mich eine Zeit kommen, da ich lernen würde, wieviel ein Mann ertragen und doch überleben kann.

Der Zustand dieser Galeerensklaven war abscheulich. Ich hatte Mitleid mit ihnen, aber auch mit mir selber. Die Rücken dieser Leute zeigten, was geschah, wenn ihr Aufseher mit seiner Peitsche an den Bänken entlangging.

Bei unserem Fahrzeug waren zwei Männer für jedes Ruder erforderlich. Neben mir war ein stämmiger, rothaariger Schurke angekettet.

»Du hast wenig gekämpft«, sagte er verächtlich. »Sind die Kelten so schwach geworden?«

Ich spuckte Blut. »Das Schiff geht nach Sizilien, und dort will ich hin.« Ich fügte hinzu: »Und außerdem erwartet mich hier an der Küste der Tod.«

Sein hartes Lachen sagte mir, daß er immer noch Kraft und Temperament besaß; er schien nicht so unter der Peitsche gelitten zu haben wie die anderen. »Wenn man dort jemals ankommt!« sagte er zynisch. »Diese Meute hier versteht nur wenig vom Kämpfen und noch weniger von der Seefahrt. Es wird schon ein Wunder Gottes sein, wenn sie uns nicht alle ersäufen!«

Der Mann neben mir wurde »Roter Markus« genannt. »Sei vorsichtig!« warnte er mich. »Dieser brutale Kerl dort auf dem Laufgang ist verdammt schnell mit der Peitsche. Mach den Rücken krumm bei deiner Arbeit, oder der Halunke schlägt dir die Haut in Fetzen!«

»Mein Name ist Kerbouchard«, sagte ich, und dabei richtete ich mich unwillkürlich etwas gerader auf.

»Ein Name mit gutem Klang«, gab er zu.

Ich erzählte ihm, wer mein Vater war.

»Männer meiner Familie waren schon Kapitäne bei den Venetern, als sie gegen Cäsar kämpften. Wie man sagt, war auch ein Kerbouchard unter den Mönchen, welche die Wikinger willkommen hießen, als diese zum erstenmal nach Island kamen.«

»Ein Schiff segelt nicht mit dem Wind von gestern«, erwiderte Markus. »Ich weiß, was bretonische Korsaren getan haben, aber was ist mit *dir*?«

»Frage mich das noch einmal in fünf Jahren, dann werde ich eine Antwort für dich parat haben.«

Vier Jahre waren vergangen, seit mein Vater auf die Reise gegangen war, um Handel zu treiben und Schiffe zu überfallen, denn Piraterie war etwas für jedes Schiff, wenn sich Gelegenheit dazu bot. Die Männer der Bretagne waren Korsaren gewesen, seit Schiffe über das Meer segelten.

Was mich betraf, so war ich von einer Reise zurückgekommen, die ich mit den Männern von Brehat zu den Fischgründen im fernen Westen unternommen hatte. Diese Monate auf See hatten mir zu Muskeln in Armen und Schultern verholfen, und ich hatte gelernt, wie man mit Männern lebt und arbeitet.

Bei meiner Heimkehr mußte ich feststellen, daß unsere Pferde gestohlen und unsere Herden davongetrieben worden waren. Zwei der ältesten Gefolgsmänner meines Vaters waren in der Nähe von Brignogan aus dem Hinterhalt heraus ermordet worden.

Wenn mein Vater zu Hause war, zitterte Tournemine in seiner Burg, denn mein Vater hätte ihn an den Füßen an den Zinnen aufgehängt.

Doch trotz all meiner Anstrengungen war es mir nicht gelungen, Männer gegen ihn zu gewinnen. Alle hatten Angst gehabt und mich gewarnt: »Warte lieber, bis dein Vater heimkommt!«

Als Tournemine das nächste Mal gekommen war, hatten meine Mutter und ich ihn an unserem Tor erwartet. Vier starke Männer waren neben uns gewesen; zwei von ihnen hatten sich mit Pfeil und Bogen bereitgehalten.

Das war gar nicht nach Tournemines Geschmack gewesen, und so hatte er nur gedroht, Tribut verlangt und uns angekündigt, er werde unseren Besitz niederbrennen.

»Ihr könnt kommen, wann Ihr wollt!« hatte meine Mutter stolz gesagt. »Bald wird Kerbouchard wieder hier sein und Euch begrüßen!«

Er hatte nur höhnisch gelacht. »Glaubt Ihr vielleicht, ich hätte es noch nicht gehört? Er wurde beim Kampf mit den Mauren vor der Küste von Zypern getötet!«

Dies alles teilte ich Markus flüsternd mit, dann erzählte ich ihm, wie ich eines Tages nach Hause zurückgekehrt war und meine Mutter ermordet vorgefunden und unseren Besitz in Flammen angetroffen hatte.

Fast wahnsinnig vor Schmerz war ich hinter einer Hecke hervorgesprungen und hatte mich auf Tournemine geworfen. Nur eine sehr schnelle Bewegung hatte ihm das Leben gerettet. So hatte ich ihm mit meiner Klinge nur eine Wange aufgeschlitzt. Blut war aus der klaffenden Wunde gespritzt und hatte ihn beschmutzt. Seine Männer waren über meinen plötzlichen Angriff so erstaunt gewesen, daß sie nicht reagiert hatten. So konnte ich ihnen entkommen, auch wenn meine Freiheit sich nur von sehr kurzer Dauer erwiesen hatte.

Unsere Galeere segelte nach Süden. Während der nächsten Wochen stellte ich fest, daß der Rote Markus die Wahrheit gesagt hatte. Die Männer an Bord waren keine Seeleute, sondern Stümper, die selbst den günstigsten Wind nicht nutzen konnten. Offenbar hatten sie Angst, die Küste aus den Augen zu verlieren; so brachten sie sich selber unnötig in Gefahr. Sie wichen größeren Schiffen aus und plünderten Fischerboote, kleine Dörfer und ermordeten sogar Schäfer, um die Schafe von den Bergweiden zu stehlen.

Der Kapitän wurde Walther genannt, aber von der Mannschaft bekamen wir eigentlich nur Mesha zu Gesicht, diesen brutalen Kerl, der mit seiner Peitsche über den Laufsteg ging.

Mütterlicherseits stammte ich von Druiden ab, mir war sogar die Ausbildung zuteil geworden. Von frühester Kindheit an hatte man mich im Ritual unterrichtet; es war so geheim, daß es niemals aufgeschrieben worden war. Alles wurde durch bloße Übung auswendig gelernt. Die Druiden waren für ihr phantastisches Gedächtnis bekannt, das von Geburt an geschult wurde.

Bei den Kelten hatte ein Druide sogar Vorrang vor Königen. Die Druiden waren gewissermaßen Priester, aber auch kluge, weise Männer, Zauberer und Berater der Könige. Vor allem aber waren sie Bewahrer des Geheimwissens.

Während der langen, harten Tage am Ruder ertränkte ich mein Elend, indem ich im Geiste die alten Runensprüche wiederholte, mir das Ritual und die Sagen unseres Volkes in Erinnerung brachte, ebenso unser Wissen über Wind, Wasser und Vogelflug.

Jeder Ruderschlag brachte mich meinem Ziel Sizilien näher; und damit auch meinem Vater, falls er noch am Leben war. Sollte er dagegen schon tot sein, so mußte ich es wissen. Wenn er Hilfe brauchte, mußte ich stark sein, um ihm helfen zu können.

Draußen am Schiffsrumpf rauschte das Wasser, nur wenige Zentimeter von unseren nackten Körpern entfernt.

Der Rote Markus und ich arbeiteten gut zusammen; jeder lernte, den anderen zu schonen.

Die Männer, die uns gefangengenommen hatten, waren eine gemischte Bande von Schurken. Kein einziger von ihnen war Seemann. Jeden Abend gingen sie vor Anker und faulenzten oft einen ganzen Tag. Dann pflegten sie unmäßig zu trinken.

Die Fischer von Brehat, mit denen ich aufs Meer hinausgefahren war, waren wagemutige Männer und kein solches Gesindel wie diese Schiffsbesatzung. Zusammen mit diesen Fischern war ich den Graugänsen von Malin Head in Schottland zu unbekannten Küsten gefolgt.

Ich verstand sehr viel von Navigation und konnte mich auf offener See gut orientieren; nicht nur nach den Sternen, sondern auch nach Meeresströmungen, Windrichtungen, Vogelflug und Fischen. Doch dieses Wissen behielt ich für mich.

Eines Tages sagte der Rote Markus zu mir: »Gemeinsam können wir uns vielleicht befreien.«

Tagelang segelten wir an den Küsten von Frankreich und Spanien entlang. Vor der Küste von Afrika überfielen und kaperten wir einen kleinen arabischen Kauffahrer.

Der Rote Markus war voller Verachtung. »Feiglinge! Greifen nur an, was wehrlos ist! Sogar Walther ist trotz seiner breiten Schultern und seines Großmauls ein Feigling!«

Ein arabischer Gefangener vom erbeuteten Schiff wurde vor mir ans Ruder gekettet. Der Mann neben ihm war ebenfalls ein Maure. Da ich ein paar Wörter ihrer Sprache kannte, wechselte ich einen Gruß mit ihnen. Ich dachte daran, ihre Sprache zu erlernen. Deshalb hörte ich ihnen zu und begann zu üben. Die wenigen Brocken ihrer Sprache, die mir bis dahin bekannt waren, hatte ich von einem Seemann auf dem Schiff meines Vaters gelernt; er war ein entkommener Gefangener der Mauren gewesen.

Eines Nachts nahmen wir wieder Kurs auf die spanische Küste. Ein Mann der Besatzung war ein Dieb aus der Gegend, den man aus seinem Heimatdorf vertrieben hatte. Er bot Walther an, ihn dorthin zu führen.

Auf der Galeere war man knapp an Brot und Fleisch.

Das Dorf sollte angeblich nur spärlich bewaffnet sein.

Man ließ Wachen auf dem Schiff zurück. Die übrige Mannschaft nahm ihre Waffen und ging an Land.

Etwa eine Stunde vor Anbruch der Morgendämmerung kamen sie betrunken zurückgetorkelt. Sie zerrten ein paar bedauernswerte Frauen und Mädchen hinter sich her. Das brennende Dorf zeichnete sich wie eine lodernde Fackel gegen den dunklen Nachthimmel ab.

Der Rote Markus knirschte mit den Zähnen und fluchte. Sein eigenes Heimatdorf war auf die gleiche Weise überfallen worden. Bei dieser Erinnerung überkam ihn eiskalte Wut.

Kaum war die Mannschaft wieder an Bord, stieß man von Land ab. Man fürchtete Vergeltung. Das Segel wurde teilweise gesetzt. Die Galeere machte leichte Fahrt auf dem dunklen Wasser. Aber als die Sonne aufging, füllte eine frische Brise das Segel. Man hatte das Steuerrad festgebunden. Die Mannschaft lag betrunken herum. Wir an den Rudern ruhten uns aus und flüsterten miteinander.

Der Wind frischte noch stärker auf. Das Fahrzeug trieb immer weiter aufs offene Meer hinaus.

Der Rote Markus grinste mich an.

»Jetzt werden sie aber verdammt schwache Knie bekommen, diese lausige Bande, die doch immer nur dicht an der Küste entlangsegelt!«

Sie lagen wie tot auf dem Deck herum, die Körper wurden vom starken Wellengang leicht bewegt.

Ich wurde auf eine Bewegung aufmerksam. Eine der Frauen aus dem Dorf arbeitete sich unter dem schweren Arm eines Mannes hervor. Sie bewegte sich unendlich vorsichtig.

Wir, die wir in Ketten lagen, beobachteten sie, die frei war. Wir überlegten, was sie jetzt wohl tun würde. Jedenfalls hofften wir, daß sie etwas tun würde.

Ihr Gesicht war zerschunden und von Schlägen geschwollen. Sie kam auf die Beine, dann zog sie unendlich behutsam das Messer des Mannes aus der Scheide. Jetzt kniete sie neben dem Mann nieder und zog die Jacke aus Schaffell zurück.

Ah... diese Frau wußte genau, wo das Herz eines Mannes lag! Sie hob das Messer hoch in die Luft und stieß nach unten zu.

Die Knie des Mannes zuckten, dann entspannten sie sich langsam.

Die Frau warf das Messer weg und ging zur Reling. Sie schaute noch einmal zum Strand hinüber, der nicht sehr weit entfernt war. Dann sprang sie über die Reling ins Wasser.

»Sie wird ertrinken!« protestierte ich unwillkürlich.

»Vielleicht... aber es könnte auch sein, daß sie's schafft!«

Wir spähten an unseren Rudern vorbei und beobachteten, wie die nackten, nassen Arme im Sonnenlicht blitzten, während die Frau mit kräftigen Stößen in Richtung Küste schwamm.

Wir sollten niemals erfahren, ob diese beherzte Frau ihr Ziel erreicht hatte. Der Wind von Land her frischte immer stärker auf. Die Galeere glitt durch das im Sonnenschein glitzernde Wasser.

Ich hoffte, daß die Frau es geschafft hatte. Die Galeere war fünf, sechs Meilen von der Küste entfernt, aber die Frau war kräftig gebaut und hatte viel Mut.

Das starke Schlingern des Schiffes brachte ein Faß zum Rollen. Es prallte gegen das Schanzkleid und rollte zwischen uns. Eifrig schlugen die Sklaven den Deckel ein und streckten ihre Becher nach dem starken roten Wein aus.

Ah... das war ein Getränk! Der starke Wein rann durch meine ausgedörrte Kehle, wärmte die Halsmuskeln und ließ mein Herz schneller schlagen. Es war ein Wein so recht nach dem Geschmack von harten Männern!

Nachdem wir das Faß geleert hatten, warfen wir es über Bord.

Ich hatte noch nie viel getrunken, aber dieser Wein, den ich eben genossen hatte, schien mich begreifen zu lassen, daß der frische Wind, der unser Schiff aufs Meer hinaustrieb, zugleich ein frischer Wind für mein Glück sein konnte.

Zufrieden spürte ich, wie der Seegang immer mehr zunahm. Der Wind wurde zusehends stärker. Bald war der Küstenstrich hinter uns verschwunden.

Ein paar Regentropfen fielen.

Einer der Mannschaft wischte sich mit einer Hand übers Gesicht und setzte sich auf. Stupide starrte er zum Himmel hinauf, wo sich jetzt dunkle Wolken zusammenballten. Das Gesicht des Mannes nahm plötzlich einen alarmierenden Ausdruck an. Er sprang so schnell auf die Beine, daß er beinahe das Gleichgewicht verlor und hinstürzte. Er klammerte sich mit beiden Händen am Schanzkleid fest und starrte entsetzt auf die hohen Wogen, die bereits von Schaumkronen gezeichnet waren.

Der Mann stieß einen Schrei aus und rannte zu Walther hinüber, um ihn wachzurütteln.

Walther war wütend, weil er so plötzlich geweckt wurde. Er

schlug gemein um sich. Doch dann drangen die Worte des Mannes wohl in sein Bewußtsein, das immer noch stark von Wein umnebelt war. Walther kam torkelnd auf die Beine.

Auch die übrige Mannschaft rappelte sich vom Deck auf. Sie taumelten herum, fielen wieder hin und starrten wild auf die hohe, leere See.

Sie begriffen, daß sie sich weit draußen auf dem Meer befanden. Niemand hatte eine Ahnung, wo das Land liegen mochte.

Walther starrte zum fernen Horizont hinüber.

Der Himmel wurde immer dunkler. Von der Sonne war nichts mehr zu sehen.

»Sieh dir das mal an!« sagte Markus sichtlich erfreut. »Jetzt hat er das Land aus den Augen verloren und weiß nicht, in welche Richtung er das Schiff steuern soll!«

Walther kam über den Laufgang zwischen die Sklaven. Einige von ihnen mußten doch wach gewesen sein und bemerkt haben, welchen Kurs das Schiff genommen hatte. Er wollte fragen, wagte es aber nicht, denn er befürchtete, daß man ihm eine falsche Auskunft gab, um ihn absichtlich in die Irre zu führen.

Die Galeere hob und senkte sich unter dem schweren Wellengang.

Doch Walther wagte nicht, irgendeinen Befehl zu geben. Die von ihm angewiesene Richtung konnte das Schiff leicht noch weiter aufs offene Meer hinaustreiben.

Er warf dem Roten Markus einen Blick zu, denn er wußte, daß Markus ein Seefahrer war.

Aber das Gesicht des großen Sachsen verriet ihm absolut nichts.

Schließlich wandte sich Walther an mich. Ich war jünger als alle anderen an Bord, aber ich war von einer Küste gekommen, wo alle Jungen mit dem Wissen ums Meer aufwuchsen.

»In welche Richtung hat uns der Wind getrieben?« fragte er mich. »Wo liegt das Land?«

Meine Chance war früher gekommen, als ich zu hoffen gewagt hatte.

»Sag's mir ... *schnell*!«

»Nein.«

Die Adern an seinem Hals schwollen an. Er winkte Mesha zu und zeigte auf die Peitsche.

»Dann werden wir dir die Antwort in Fetzen vom Rücken peitschen!« drohte Walther. »Ich werde ...«

»Wenn diese Peitsche mich berührt, werde ich lieber sterben, als auch nur ein einziges Wort zu sagen!« unterbrach ich ihn. »Der Tod ist besser als das hier.« Ich machte eine Pause. »Aber Ihr könnt mich ja zum Lotsen machen.«

»*Was...?!*«

Hätte ich nicht diesen starken Wein getrunken, wäre ich vielleicht nicht imstande gewesen, so verwegen aufzutreten. Doch wer weiß, ich war immerhin der Sohn meines Vaters.

Ich stützte mich auf mein Ruder und sagte: »Warum vergeudet Ihr mich hier auf der Ruderbank? Wäre ich Lotse gewesen, hättet Ihr jetzt keine Sorgen. *Ich* hätte bestimmt keinen Wein getrunken. Warum verschwendet Ihr also einen Kerbouchard am Ruder?«

Wütend drehte er mir den Rücken zu und stapfte davon.

Als ich mich umschaute, sah ich, wie der Rote Markus grinste.

»Warum hab' ich eigentlich nicht daran gedacht? Aber wenn du Lotse wirst, wirst du uns dann vergessen?«

»Ich werde nichts vergessen. Ich muß meine Chance abwarten.«

Die Wolken waren inzwischen immer dunkler geworden. Der Wind fegte sehr stark über das Meer und peitschte hohe Wellen auf, die weiße Gischt versprühten.

Die Galeere schlingerte sehr stark. Ein kleiner Brecher schwappte über den Bug hinweg. Das Wasser floß gurgelnd in die Speigatte zurück.

Walthers Gesicht hatte eine beinahe grünliche Färbung angenommen.

Die Mannschaft schlotterte in ihren nassen Hosen.

Walther kam zu mir zurück.

»Du sollst es versuchen! Aber falls du versagst, wirst du mit dem Kopf nach unten von einer Rahe baumeln, bis du stirbst!«

Er wandte sich an Mesha.

»Nehmt ihm die Ketten ab!«

Als die Ketten von mir abfielen, stand ich auf und reckte mich. Ich breitete die Arme sehr weit aus. Es tat gut, wieder frei zu sein.

Dann ging ich auf den Kerl mit dem Mondgesicht zu, der mir mein Messer gestohlen hatte.

»Gebt mir die Klinge zurück!« forderte ich ihn auf.

Er lachte höhnisch.

»Ich soll dir...? Bei allen Göttern, ich werde...«

Ich versetzte ihm einen gemeinen Tritt gegen die Kniescheibe. Als er vor Schmerz heulte und sich bückte, um mit beiden Händen das Knie zu umfassen, ballte ich eine Faust und schlug sie ihm wie einen Hammer auf die Nierengegend. Er stieß einen gellenden

Schrei aus und landete mit beiden Knien auf dem Deck. Ich langte nach unten und nahm ihm mein Messer ab, das immer noch hinter seinem Gurt steckte.

»Ihr werdet einen Sklaven brauchen, der meinen Platz auf der Ruderbank einnimmt«, sagte ich zu Walther. »Dort ist er!« fügte ich hinzu und zeigte dabei auf den Mann mit dem Mondgesicht.

Walther starrte mich an, und seine kleinen Augen funkelten vor Haß.

Da wußte ich, daß er nicht eher zufrieden sein würde, bis ich tot zu seinen Füßen lag.

»Bring uns zur Küste«, sagte er mürrisch und ließ mich einfach stehen.

Doch ein paar Minuten später war der Mann mit dem Mondgesicht tatsächlich auf dem Platz angekettet, den ich bis dahin eingenommen hatte.

2

Kein Mann auf diesem Deck war mein Freund. Ich würde auch nicht lange am Leben bleiben, wenn ich nicht beweisen konnte, daß man ohne mich nicht zurechtkam.

Die Rückkehr zur Küste stellte für mich kein Problem dar. Zweifellos hätten es einige der anderen Männer, die an die Ruderbank angekettet waren, ebenfalls mühelos tun können. Mein Glück war, daß ich zuerst gesprochen hatte. An diese Lektion sollte ich mich auch in Zukunft erinnern.

Nach der ausgiebigen Sauftour sah es auf dem Deck ziemlich übel aus. Nachdem ich die Galeere auf den richtigen Kurs gebracht hatte, machte ich mich daran, das Deck zu säubern. Ich hatte allerdings keinen Kurs gewählt, der uns sofort und auf kürzestem Wege zur Küste zurückbringen würde. Ich benutzte jedes Mittel, um das Vorhaben möglichst schwierig aussehen zu lassen.

Ich stand am Schanzkleid, betrachtete prüfend das Wasser, dann schaute ich zu den Wolken hinauf. Ich befeuchtete einen Finger und hielt ihn in die Windrichtung, was an sich völlig überflüssig war. Ich schritt auf dem Deck hin und her. Plötzlich handelte ich, als wäre soeben eine wichtige Entscheidung getroffen worden. Ich nahm den Mann, der Wache hatte, das Ruder aus der Hand und lenkte nun eigenhändig das Schiff.

Später überließ ich das Ruder einem Mann der Besatzung und machte mich weiter daran, der Galeere ein einigermaßen schiffsähnliches Aussehen zu verschaffen. Walther beobachtete mich argwöhnisch, nickte aber zustimmend und anerkennend.

Als wieder Land in Sicht kam, hielt ich mich bereit. Ich wollte lieber kämpfen, als noch einmal auf meinen Platz am Ruder zurückkehren. Doch meine Argumente mußten Walther wohl beeindruckt haben, denn er ließ mich in Ruhe.

Es gab sechzehn Ruder auf jeder Seite, und an jedem Ruder saßen zwei Mann. Es gab ein Vorder- und ein Achterdeck. Am Schanzkleid über den Köpfen der Galeerensklaven befanden sich schmale Decks. Unten verlief der Mittelgang, der von Mesha benutzt wurde. Dieser Gang befand sich unter freiem Himmel. Wenn Mesha über ihn wanderte, befand sich sein Kopf oberhalb der Deckebene.

Die Galeere war für den Küstenhandel gebaut; sie hatte vorn und hinten Laderaum, desgleichen unter Meshas Laufgang. Sie war zwar langsam und unbeholfen, aber seetüchtig.

Außer den Sklaven bestand die Besatzung aus zweiundsechzig Männern. Diese Anzahl machte es erforderlich, ständig Raubzüge durchzuführen, um die Vorräte zu erneuern. Ursprünglich war dieses Fahrzeug nur von zehn, zwölf Männern manövriert worden, von den Sklaven abgesehen.

Walther und seine Leute fürchteten sich davor, einen Angriff zu unternehmen, solange der Vorteil und die Überlegenheit nicht ganz klar auf ihrer Seite waren. Mehrmals wagten sie sich zwar dicht an ein starkes Fahrzeug heran, aber sie schwenkten jedesmal ab und verzichteten auf den Überfall.

Ich arbeitete an Deck, räumte auf, besserte Takelage aus und steuerte das Schiff. Dabei begann ich allmählich zu planen.

Der Rote Markus mußte befreit werden.

Die Mauren auf dem Sitz vor Markus waren gute Männer. In der Nähe des Hecks gab es noch einen Mauren, den ich bisher nicht gesehen hatte. Er war ein kräftiger, sehr agil aussehender Mann, der weder von der schweren Arbeit noch unter Meshas Peitsche zusammengebrochen war. Er hatte ein schmales Gesicht mit intensiv schwarzen Augen. Alles in allem machte er einen harten, entschlossenen Eindruck.

Ich ließ wie zufällig ein paar Stricke neben ihm fallen, bückte mich, um sie wieder aufzuheben, und flüsterte: »Du hast einen Freund!«

»Bei Allah!« sagte er sehr leise. »Ich kann einen brauchen! Ich bin Selim.«

Als ich davonging, spürte ich, wie Mesha mich beobachtete. Er konnte unmöglich etwas gehört haben, aber er war von Natur aus mißtrauisch. Er mochte mich nicht, und ich konnte ihn nicht leiden. Die Erinnerung an seine Peitsche war in mir noch allzu lebendig.

Ich war zwar noch recht jung, wußte aber doch schon um die Gefahren, die von einem Feigling ausgehen konnten. Die Angst trieb ihn oft dazu, schneller zu töten als ein mutiger Mann. Walther und seine gesamte Mannschaft waren Feiglinge. Was auch immer zu tun war, würde vorsichtig getan werden müssen, denn unter der Besatzung gab es auch ein paar kampftüchtige Männer.

Die Mannschaft mochte mich überhaupt nicht. Gelegentlich machten sie ihrer Wut mit Worten Luft, aber ich verzichtete wohlweislich auf eine Antwort und wartete lieber meine Zeit ab. Ich glaube, sie fürchteten mich wegen meines plötzlichen Aufstiegs, vielleicht auch wegen meines entschlossenen Vorgehens gegen den Mann, der mir mein Messer weggenommen hatte. Sie fürchteten, was sie nicht verstehen konnten.

Zweimal kaperte man Fischerboote. Wenn die Überzahl sieben oder acht zu eins betrug, griffen sie munter mit gezückten Schwertern an.

Dann machten sie an Spaniens Mittelmeerküste einen großen Fang, und die Schuld lag bei mir.

An diesem Morgen war der Himmel blau. Es herrschte absolute Windstille. Die See war glatt wie Glas.

Während ich damit beschäftigt war, ein Tau zu spleißen, verspürte ich plötzlich Feuchtigkeit. Innerhalb von Sekunden waren wir in dichten Nebel gehüllt. Unsere Galeere glitt wie ein Geisterschiff durch den Nebel.

Wenige Minuten, bevor der Nebel uns eingehüllt hatte, hatte ich noch einen Blick auf ein Kauffahrteischiff erhascht, das parallel zu unserem Kurs segelte. Jetzt, nachdem wir uns ein paar Minuten in dieser dichten Nebelbank befanden, hörte ich schwaches Knarren von Takelage, das Klatschen loser Segel und gurgelndes Wasserrauschen um einen Bug.

Was dann passierte, daran kann ich nur mir selber die Schuld geben. Ich haßte Walther und seine ganze mißratene, blutrünstige Mannschaft, doch in meinen Adern strömte Korsarenblut.

Walther kam heran und blieb neben mir stehen. »Hast du was gehört?«

»Ein Schiff«, sagte ich. »Und nicht etwa eins von euren kläglichen Fischerbooten, sondern ein großes Handelsschiff, wahrscheinlich aus Alexandria oder Palermo.«

Seine Augen glitzerten gierig. Er fuhr mit der Zunge über die wulstigen Lippen. »Sie würden stark sein«, murmelte er. »Wir könnten nicht...«

»Warum nicht?« sagte ich voller Verachtung für solche Angst. »Als der Nebel einsetzte, befand sich nur ein einziger Mann an Deck. Die halbe Mannschaft schläft wahrscheinlich. Letzte Nacht hat es Sturm gegeben. Die Männer dürften sehr müde sein. Alles könnte schon vorbei sein, bevor man auf dem Handelsschiff irgendwelchen Widerstand organisieren könnte.«

Wohl zum erstenmal bekam bei Walther die Gier die Oberhand über die sonstige Vorsicht. Er packte ein Mitglied seiner Besatzung und schickte den Mann los, die anderen zu holen. Auf Walthers Befehl hin manövrierte ich unsere Galeere dichter an das Handelsschiff heran. Fünfzig Männer versammelten sich am Schanzkleid und ließen sich nicht blicken.

Wasser klatschte gegen den Schiffsrumpf. Die Takelage des Handelsschiffes knarrte.

Wir legten die Riemen der Steuerbordruder ein.

Der Wachposten auf Deck des Kauffahrteischiffes kam sehr schnell zur Reling; unsere Ruderschläge hatten ihn alarmiert.

Er sah uns und öffnete den Mund zu einem Schrei, aber da bohrte sich bereits ein Pfeil in seinen Hals und erstickte seine Stimme.

Dann kletterten unsere Männer hinüber.

Es gab Geschrei. Waffen klirrten. Ein Aufschrei in Todesqual.

Diesen Moment hatte ich mir ausgesucht, um mich davonzumachen und zu entkommen. Aber diese Chance war sofort wieder dahin, denn Walther stand neben mir und bohrte mir die Spitze seines Schwertes in die Rippen, als würde er meine Absicht ahnen. Ich wagte nicht, auch nur eine einzige Bewegung zu machen.

Der überraschende Angriff wurde zu einem vollen Erfolg. Die Mannschaft des Handelsschiffes erwachte nur noch, um zu sterben. Das Schiff erwies sich als reiche Beute; es hatte eine große Ladung Seidenstoffe und Zimt an Bord. Es gab Gold- und Silbermünzen... und ein Mädchen.

Das Mädchen rang drüben mit Cervon, einem riesigen Gallier, dem größten Mann unserer Besatzung. Neben ihr stand ein älterer Mann und stritt sich mit dem Gallier und verlegte sich dann aufs Bitten.

Das Mädchen hatte die Augen vor Entsetzen weit aufgerissen. Jetzt blickte es über die Relings der beiden Schiffe direkt in meine Augen. Sie konnte kaum älter als sechzehn Jahre sein und war sehr schön. Verängstigt und flehend schaute sie mich an.

»Stoppt ihn!« protestierte ich bei Walther.

»Er hat sie gefangen. Also gehört sie ihm.«

Sein Tonfall verriet Neid; offenbar haßte er es, so ein Mädchen in den Armen eines anderen Mannes zu sehen. Diesen Neid galt es zu nutzen.

»Ihr wollt so ein Mädchen vergeuden? Das ist doch keine gewöhnliche Schäferstochter! Wollt Ihr ein Vermögen wegwerfen... für einen Moment in den Speigatten? Seht Ihr denn nicht? Dieses Mädchen ist mehr wert als die ganze übrige Beute zusammen! Denkt doch mal daran, was ihre Familie für sie bezahlen wird!«

Gier gewann, wo jedes andere Argument versagt hätte.

Der Gallier drängte jetzt das Mädchen gegen das Schanzkleid und wehrte zugleich mit einer Hand den älteren Mann ab.

Sogar auf diese Entfernung war zu erkennen, daß ihre Haut samtweich und zart war. Ihr Kleid war mit Goldfäden durchwirkt.

Walther, ein geldgieriger und eifersüchtiger Mann, nutzte seine Chance.

»Halt!« rief er dem großen Gallier zu. »Bring sie hierher! Den Mann ebenfalls!«

Der ältere Mann wurde auf Walther aufmerksam und lehnte sich über die Reling des Handelsschiffes.

»Wir können bezahlen!« rief er. »Gut bezahlen, wenn dem Mädchen kein Schaden zugefügt wird!«

Cervon zögerte. Er war wütend, fand aber nirgendwo Mitgefühl, denn Neid und die Aussicht auf Profit hatte die ganze Mannschaft gegen ihn gestimmt. Wütend schwang er das Mädchen über die Reling und ließ es auf unser Deck herunter. Die Galeere hatte längsseits festgemacht. Er überließ es dem älteren Mann, sich selbst einen Weg auf unser Schiff zu suchen. Verdrossen und wutentbrannt stapfte er davon.

Unsere Mannschaft war bereits dabei, das Handelsschiff zu plündern; man hatte es auf die Ladung und die Vorräte an Bord abgesehen. Ballen und Fässer wurden von einem Schiff aufs andere verladen. Die Männer beeilten sich sehr, denn sie befürchteten, daß sich ein Kriegsschiff einmischte, bevor man sich die Beute restlos gesichert hatte.

Das Mädchen warf einen Blick in meine Richtung und sagte etwas zu dem älteren Mann an ihrer Seite, der nun ebenfalls zu mir herüberschaute. Sie wußte, daß ich mich für sie eingesetzt hatte, und das gab ihr mehr Hoffnung, als der Moment verdiente. Doch ich lächelte sie an, und sie lächelte zurück.

Als die allgemeine Aufmerksamkeit auf das Ausplündern des gekaperten Schiffes konzentriert war, sagte ich leise in arabischer Sprache zu ihr: »Freund.«

Der Nebel begann sich zu lichten. Unsere Mannschaft beeilte sich, das gekaperte Schiff zu verlassen.

Walther ignorierte Cervons Beschwerde und wandte sich an den älteren Mann. »Wer seid Ihr? Und was könnt Ihr bezahlen?«

Der Mann war gar nicht so alt, wie es zunächst den Anschein gehabt hatte. Er war von kräftiger Statur; ein Mann mit militärischer Haltung. Sein Haar war zwar schon grau, aber seine Augen schauten sehr klar drein. Er war es offensichtlich gewöhnt zu befehlen.

Er hatte Walther sehr schnell richtig eingeschätzt und erwartete auch von den anderen keine Gnade.

»Sie ist die Tochter von Ibn-Sharaz von Palermo, einem reichen Mann mit großer Macht.«

»Sieht aber gar nicht maurisch aus«, grollte Walther mürrisch. »Ich glaube, Ihr lügt!«

»Ihre Mutter war eine Tscherkessin, blond wie die Mädchen bei Euch im Norden. Behandelt sie sehr sanft! Wenn ihr auch nur der geringste Schaden zugefügt wird, werden Euch fünfzig Schiffe jagen!«

»Fünfzig Schiffe? Für so ein schmächtiges Mädchen?«

Der Mann war sehr brüsk. »Fünfzig Schiffe für die Tochter von Ibn-Sharaz, Freund und Berater von Wilhelm von Sizilien!«

Jetzt wurde Walther doch blaß. Er unterschätzte keineswegs die Herrscher zu Lande, wie das Seeräuber taten, aber sogar ein Korsar würde beim Namen Wilhelms von Sizilien zögern, des Nachfahren der normannischen Eroberer, dessen Schiffe auf allen Meeren und dessen Spione in jedem Hafen anzutreffen waren.

»Ein solcher Mann kann zahlen«, gab Walther zu, aber damit wollte er wohl weniger eine Tatsache anerkennen, als vielmehr seiner Mannschaft einen Rat erteilen.

»Bringt uns sicher zu irgendeinem Hafen in Spanien. Dann werdet Ihr gut bezahlt werden. Man wird vergessen, was Ihr getan habt.«

Von seinem ersten Versprechen war ich überzeugt, von seinem zweiten dagegen nicht. Dieser Mann und seinesgleichen dürften kaum eine solche Beleidigung verzeihen.

Ich erinnerte mich an die Geschichte, die mein Vater mir über den jungen Julius Cäsar erzählt hatte. Cäsar war von Piraten gefangengenommen worden. Er hatte versprochen, nach Zahlung des geforderten Lösegeldes zurückzukommen und jeden einzelnen zu hängen. Man hatte ihn ausgelacht. Doch er kam tatsächlich zurück, und er hängte sie wirklich.

Dieser Mann hier auf unserer Galeere gehörte bestimmt auch in diese Kategorie.

Walther ging zunächst einmal davon, um die Angelegenheit mit seiner Mannschaft zu besprechen.

Der Mann sagte zu mir: »Ihr habt uns geholfen. Ich weiß solche Hilfe zu schätzen.«

»Mein Wort hat hier nur wenig Gewicht. Bis vor kurzem war ich noch an ein Ruder gekettet. Man kann mich nicht leiden und traut mir auch nicht.«

»Man hat auf Euch gehört.«

»Weil sie von Gier und Neid beherrscht werden. Jeder wollte das Mädchen für sich haben, und deshalb war man bereit, auf mich zu hören, als ich Lösegeld vorschlug.«

»Bleibt unser Freund, und ich werde das Gewicht Eurer Ketten mit dem gleichen Gewicht in Gold aufwiegen.«

Wenn man noch so jung ist wie ich, denkt man weniger an Gold als vielmehr an das Leuchten in den Augen eines Mädchens. Doch es sollte für mich noch eine Zeit kommen, da würde ich entdecken, daß man beides haben kann... wenn man Verstand besitzt.

So ein Mädchen hatte ich noch nie gesehen. Unsere Mädchen im Norden waren robuster; ihre Haut war nicht so zart und samtweich, weil sie ständig Sonne und Wind ausgesetzt war. Sie hatten auch keine Kleidung, wie dieses Mädchen sie trug.

Das Haus meines Vaters war mit Schätzen angefüllt gewesen, die er von Schiffen aus dem Osten erbeutet hatte. Er hatte oft vom Leben im maurischen Spanien gesprochen. Ich sehnte mich danach, einmal dorthin zu gehen.

Unsere Burgen im Norden waren kalt. Es gab zugige Hallen mit schmalen Fenstern. Sehr gemütlich waren sie nicht. Die Fußböden waren mit Stroh bedeckt. Überall lagen Abfälle herum, die sich in Monaten angesammelt hatten.

Mein Vater hatte aus dem maurischen Spanien eine Vorliebe für Schönheit und Sauberkeit mitgebracht. Da ich an mein eigenes Zuhause gewöhnt war, konnte ich die übelriechenden Burgen der Edelmänner nicht ausstehen, die außer Waffen und Stolz nur wenig besaßen.

Die alten Kreuzfahrer hatten auch ein wenig gelernt. Aber Kaufleute und Minnesänger hatten maurische Gewohnheiten angenommen, zum Beispiel regelmäßiges Baden und Wechseln der Kleidung, statt sie erst wegzuwerfen, wenn sie verschlissen war. Gelegentlich hatten Reisende auch Bücher mit nach Hause gebracht. Aber im Lande der Franken waren Bücher jeder Art eine Seltenheit. Die wenigen, die erhältlich waren, wurden eifrig gelesen, aber meistens nur heimlich, weil man Angst hatte, daß die Kirche es mißbilligen könnte.

Mein Vater war kein gebildeter Mann in dem Sinne, wie ich es erst später verstehen würde, aber er war intelligent und ein guter Beobachter. Der größte Teil der Bretagne war damals noch eher heidnisch als christlich. Das Christentum, vor dem mein Vater den größten Respekt hatte, hatte viel von dem, was gut war, zusammen mit dem Schlechten ausgerottet. Bäder waren das Symbol des Heidentums gewesen; also wurden Bäder und Baden verdammt. Fast tausend Jahre lang badeten in Europa nur sehr wenige Leute. Bücher waren verbannt worden, und zwar aufgrund folgender Theorie: Wenn sie wiederholten, was in der Bibel stand, waren sie unnötig; wenn sie sagten, was nicht in der Bibel zu finden war, dann waren sie unwahr.

Reisen, schon immer von aufklärendem Einfluß, hatte meinem Vater eine angenehmere Lebensweise enthüllt. Er hatte das den Jahreszeiten entsprechende und sorgfältig zubereitete Essen der Mittelmeerländer schätzengelernt, desgleichen die seidene Kleidung. Die ersten Teppiche, die man in Armorica gesehen hatte, waren von Seeräubern nach Hause gebracht worden. Dies traf auch auf viele der ersten Bücher zu. Zwei der Bücher, die in unser Haus gebracht worden waren, waren in Latein, ein anderes in Arabisch geschrieben.

Das erste der lateinischen Bücher war *Vegetius: Über die Taktiken der römischen Legion*. Während jener langen Reise nach Island hatte ich dieses Buch immer wieder gelesen.

Das zweite Buch in lateinischer Sprache waren die *vergleichenden Biographien* des Plutarch.

Das Buch in arabischer Sprache handelte von Astronomie. Aus diesem Buch hatte ich viel über Navigation gelernt, was im nördlichen Europa noch unbekannt war. An verschiedenen Stellen dieses Bandes gab es Zitate aus dem Koran; diese prägte ich mir besonders ins Gedächtnis ein.

Zorca, unser griechischer Diener, war den Nil stromaufwärts gereist; er hatte die Pyramiden, die großartigen Tempel und viele fremde Tiere gesehen. Wieviel ich davon glauben konnte, wußte ich nicht, aber ich liebte seine Geschichten über Trapezunt, das Schwarze Meer und die griechischen Inseln.

Das Mädchen warf mir einen Blick zu und sagte: »Ich bin Aziza.«

»Und ich bin Kerbouchard, Mathurin Kerbouchard.«

»Der Name hat einen kühnen Klang.«

»Mein Vater ist Jean Kerbouchard. Das war auch der Name eines Vorfahren, der gegen Cäsar gekämpft hat.«

Der Mann sah mich an; seine Neugier war geweckt.

»Was wißt Ihr denn von Cäsar?« fragte er mich.

»Er war ein Feind meines Volkes, aber in einem Buch von Plutarch habe ich über ihn gelesen.« Ich drehte das Steuerruder ein wenig herum und fügte hinzu: »Cäsar hat versucht, mein Volk zu vernichten, weil es sich geweigert hat, ihm Tribut zu zahlen.«

Walther kam nach achtern.

»Wir segeln zu einer Bucht in der Nähe von Malaga.«

Er zog aus seinem Umhang eine Karte, die man auf dem gekaperten Schiff gefunden hatte, und zeigte sie mir, wobei er auf eine Stelle an der Küste zeigte.

»Kannst du uns dorthin bringen?«

»Kann ich.«

»Dann tu's! Wenn das Lösegeld bezahlt wird, sollst du einen Anteil bekommen.«

Azizas Blick ruhte auf mir. Überlegte sie jetzt, ob ich sie wegen dieser Belohnung verraten würde?

Hätte sie meine Gedanken lesen können, hätte sie sich keine Sorgen zu machen brauchen. Nirgendwo gab es Reichtum, der mir auch nur halb soviel wie ein Blick aus ihren Augen oder die Gestalt ihres Körpers unter dem dünnen Kleid bedeutete.

Aber damals war ich eben noch jung.

3

Bei Anbruch der Dunkelheit wachte ich auf und kehrte an meinen Platz am Steuerruder zurück.

In der Nähe des Schanzkleides hockten die beiden Gefangenen.

Ich bekam heraus, daß der Mann Redwan hieß; er war sowohl Krieger als auch Staatsmann. Im Moment schlief er und schnarchte leise. Von Aziza war kein Laut zu hören. Ich vermutete, daß sie wach war.

»Gib acht, wohin du steuerst!« riet mir Walther. »Wir dürfen nicht entdeckt werden. Halte Ausschau nach der Bucht. Wenn die Küste in Sicht kommt, weckst du mich. Versuche keine Dummheiten! Der Gallier ist wach, desgleichen die Männer aus dem Norden. Beim geringsten Anzeichen von Verrat wirst du von ihnen getötet!«

Ich zweifelte nicht an seinen Worten, denn die von ihm soeben erwähnten drei Männer waren Finnen, eiskalte, gefährliche Burschen; keine solchen Feiglinge wie die anderen. Aber sie waren mürrisch und schweigsam, bei jeder Kampfesart gemein, und sie dachten stets nur an sich selber. Ich vermutete, daß ich es eines Tages mit ihnen zu tun bekommen würde.

Die See war dunkel, das Wasser glasklar. Für die Fahrt wurden keine Ruder benutzt, sondern nur das Segel, denn wir wollten nicht durch irgendein Geräusch Aufmerksamkeit auf uns lenken.

Am Himmel waren keine Sterne zu sehen. Das Wasser rauschte am Schiffsrumpf entlang. Schaumkronen rollten vom Bug zurück. Die dunklen Wolken deuteten auf Regen hin. Gebälk knarrte, als die Galeere mit leichtem Schlingern durchs Wasser glitt. Hier und da murmelte einer der Sklaven im Schlaf oder äußerte einen halbvergessenen Namen. Metall klirrte auf Metall, wenn Waffen sich berührten, denn die Männer schliefen voll bewaffnet.

Aziza kam so leise zu mir heran, daß ich es kaum bemerkte. Nur durch ihr Parfüm wurde ich auf ihre Anwesenheit aufmerksam. Ihre Hand berührte meinen Arm.

»Ihr müßt uns helfen, Kerbouchard! *Bitte!*«

Ihre Angst verlieh mir Kraft, denn wann ist man schon stärker als immer dann, wenn man gebraucht wird?

Ich war von ihr aber auch in anderer Weise angetan, denn an unseren bretonischen Küsten gab es solche Mädchen nicht. Gewiß, auch unsere Mädchen waren oft liebreizend, aber niemals so zart wie Aziza.

»Ich werde tun, was ich kann.«

»Ihr habt uns schon sehr geholfen. Ihr habt diesen... diesen Mann zurückgehalten.«

»Euer Begleiter ist Maure?«

»Normanne. Er war ein großer Kapitän bei ihnen, als sie gegen uns gekämpft haben, aber jetzt ist er ein Verbündeter geworden.«

Ihre Nähe wirkte irgendwie beunruhigend auf mich, denn ich verstand nur wenig von Frauen. In der Hauptsache aber hatte ich Angst, daß sie bei mir gesehen werden könnte. Unser Beisammensein konnte leicht mißverstanden werden. Ein solcher Verdacht könnte ausreichen, Walther zu veranlassen, dieses Mädchen der Mannschaft zu überlassen. Deshalb war ich sehr erleichtert, als Aziza zu ihrem Platz in der Nähe des Schanzkleides zurückging.

Ich hatte bisher nur sehr wenig Erfahrung mit Frauen und auch kaum Zeit gehabt, mich mit ihnen zu unterhalten. Es hatte ein paar Begegnungen mit Mädchen gegeben, die sich im Moor verlaufen hatten, während ich daran gewöhnt gewesen war, dort allein herumzuwandern.

Natürlich war da noch die Zeit gewesen, als eine große Karawane oben auf den Klippen gelagert hatte. Eine junge Frau war allein an den Strand gekommen, um dort nach Muscheln zu suchen. Sie fand mehr, als sie vermutet hatte. Das schien ihr zu gefallen, sie nahm es unbeeindruckt zur Kenntnis, ja sie schien sogar aktives Interesse an ihrer Tätigkeit zu nehmen.

Sie war eine sehr schöne junge Frau; die Witwe eines Kaufmannes in Angers, wie ich herausbekam. Dies erfuhr ich allerdings erst später in der Schenke, in der die Leute übernachteten.

Sie war allein an den Strand gekommen, wo ich in dem warmen Sand in der Sonne lag. Ihre Suche nach Muscheln brachte sie immer näher zu mir heran, bis ich zu vermuten begann, daß ihr Interesse am Leben im Meer ausgedehnter sein könnte, als es zunächst den Anschein gehabt hatte.

Als sie feststellte, daß ich wach war, entwickelte sich zwischen uns eine Unterhaltung. Dabei erzählte ich ihr natürlich von der Höhle hinter den Dünen. Dieses Geheimnis weckte ihr besonderes Interesse, und so wollte sie unbedingt diese Höhle sehen. Aber was sie dort fand, war für sie offenbar kein Geheimnis.

Das donnernde Rauschen einer nicht allzu entfernten Brandung unterbrach meine Gedanken. Mein Ruf weckte Walther, der sofort nach achtern kam und sich dabei noch den Schlaf aus den Augen rieb.

Der dunkle Küstenstrich tauchte auf.

Einer der Finnen nahm seinen Platz am Bug ein, um uns hineinzumanövrieren.

Die Bucht war lediglich ein Einschnitt in der Küste, teilweise hinter einer Klippe verborgen. Bei Süd- oder Ostwind kein guter Platz zum Anlegen. Wir konnten vage den weißen Sandstrand sehen, der ruhig und verlassen dalag.

Auf der Galeere war eine Veränderung vor sich gegangen. Die Mannschaft war sehr wachsam, nachdem man sich darauf geeinigt hatte, Lösegeld für die beiden Gefangenen zu verlangen. Bewaffnete Männer kamen nach achtern; andere verteilten sich am Schanzkleid. Von jetzt an würde diese Wache vierundzwanzig Stunden am Tag auf dem Posten sein, bis wir uns wieder auf offener See in Sicherheit befanden.

Mich lockte der fremde, halbdunkle Strand. Gespannt lauschte ich auf das klatschende Anrollen der Wellen, auf die knarrenden Geräusche auf unserem Schiff, auf das Plätschern des Wassers gegen den Schiffsrumpf und auf das leise Geräusch der im Wasser schleifenden Ruder.

Welches Schicksal erwartete mich hier? Was für Mädchen würden mich locken, auslachen und wieder verlassen? Wartete hier das Glück auf mich? Oder irgendein Geheimnis?

In der von fremden Gerüchen erfüllten Nachtluft verspürte ich ein seltsames Verlangen. Ich sehnte mich danach, mich dort drüben auf dem unbekannten Strand aufhalten zu können. Ich wollte allein zwischen den Bäumen hinaufgehen, die hinter dem Strand wuchsen.

Walther kam wieder nach achtern; diesmal brachte er Eric mit, den ältesten Mann der Finnen; außerdem den Gallier Cervon und andere.

Redwan stand am Schanzkleid, Aziza neben ihm.

Walther starrte Redwan drohend an.

Aber Redwan ließ sich von diesen Gelegenheitsfreibeutern keineswegs einschüchtern.

»Wir werden drei Männer nach Malaga schicken«, sagte Walther zu Redwan. »Sollten sie nicht zurückkommen, werdet Ihr den Tod finden.« Er fügte hinzu: »Und nach einiger Zeit auch das Mädchen!«

Redwan zog einen Ring vom Finger.

»Eure Männer werden am Leben bleiben, wenn sie tun, was ich sage und diesen Ring hier Hisham-Ibn-Bashar in Malaga übergeben. Laßt ihm ausrichten, daß ich auf strengster Geheimhaltung und sofortiger Zahlung bestehe.«

»Geheimhaltung?«

»Wollt Ihr etwa ein Dutzend Galeeren auf den Hals bekommen? Natürlich muß es strikte Geheimhaltung geben.«

Das akzeptierte Walther.

Ich dagegen begann zu überlegen. Mir kam es vor, als könnte Redwan noch einen ganz anderen Grund für Geheimhaltung haben; irgendeinen Grund, der entweder Aziza oder ihn selbst betraf.

Walther zögerte.

Ich beobachtete ihn verärgert und verachtungsvoll.

Walther war ein unbedeutender, kleiner Mann, nur daran gewöhnt, sich mit bescheidenen Summen zu begnügen und sich mit unwichtigen Leuten zu befassen. Er hatte keine Ahnung, wieviel Lösegeld er verlangen sollte. Eric oder Cervon wußten es natürlich auch nicht.

»Ich werde...« Er schien plötzlich Mut zu gewinnen. »Ich werde dreitausend Dinar verlangen!« Die Zahl schnellte förmlich aus ihm heraus, doch es war ihm anzusehen, daß er Angst vor seiner eigenen Kühnheit bekam.

Redwan lachte hart und verärgert.

»Ihr seid ein Dummkopf!« sagte er. »Und mich würdet Ihr auch zu einem Dummkopf machen! Haltet Ihr mich für einen schurkischen Kaufmann, daß Ihr für mich nur das Lösegeld für einen Sklaven verlangen wollt?«

In meines Vaters Haus war beim Wein oft über Lösegeld gesprochen worden.

»Zehntausend!« mischte ich mich ein. »Das wäre der richtige Preis, den ich verlangen würde! Und er ist nur deswegen so niedrig, weil er schnell aufgetrieben und abgeliefert werden könnte.«

Redwan war sichtlich belustigt.

»Ihr solltet Eure Position an diesen Mann abtreten, Walther. Er ist besser geeignet, ein Pirat zu sein, als irgend jemand von euch!«

Walther warf mir einen häßlichen Blick zu. Dies alles hier gefiel ihm ganz und gar nicht, denn seine Leute hörten ja zu.

Cervon war an sich über die Forderung von dreitausend Dinar Lösegeld erschrocken gewesen, aber nachdem Redwan offensichtlich mit zehntausend einverstanden war, starrte Cervon jetzt Walther wütend an.

»So sei es!« sagte Walther, und seine kleinen Augen funkelten bösartig. »Und du wirst hingehen, um das Lösegeld zu holen! Du, Eric und Cervon.«

Der Gallier schüttelte den Kopf. »Ich werde hierbleiben.« Er sah an Walther vorbei zu Aziza hinüber. »Die Brüder sollen gehen!«

»Das ist auch besser so«, pflichtete Eric bei.

Redwan war erfreut.

»Ihr werdet keinen Ärger bekommen. Hisham-Ibn-Bashar ist sehr geschickt in solchen Dingen. Er ist ein alter Mann, begreift aber sehr schnell. Erklärt ihm die Situation. Er wird tun, was nötig ist.«

Unter den auf dem gekaperten Schiff erbeuteten Kleidungsstükken fand ich ein paar Sachen, die mir wunderbar paßten. Ich zog mich wie ein eleganter maurischer Herr an. Es gab auch noch ein Schwert, eine sehr schöne Waffe, mit der ich gut umgehen konnte.

Als ich an Deck zurückkehrte, wurde ich hinreichend für meine Bemühungen belohnt, denn Aziza sah mich höchst überrascht an. Sogar Walther war leicht erschrocken.

Als ich schließlich vor ihm stand, geriet ich in starke Versuchung ... in die Versuchung, ihn hier und jetzt auf seinem eigenen Schiff zu töten. Lange genug hatte ich ihn schon gehaßt, weil er mich so brutal geraubt und versklavt hatte; weil er mich gezwungen hatte, für diese Meute kläffender Köter zu schuften. Nun, dafür würden sie bezahlen, wenn die Zeit gekommen war – dann würde es ihnen leid tun, mich so behandelt zu haben!

Doch im Moment durfte ich mein größeres Ziel nicht vergessen: Ich mußte meinen Weg nach Zypern finden und meinen Vater befreien, falls er in Gefangenschaft geraten war. Ich mußte mir Klarheit über sein Schicksal verschaffen, wie immer dies auch ausgefallen sein mochte. Dann könnten wir gemeinsam heimkehren, um dem Baron de Tournemine unsere Aufwartung zu machen!

Doch hier und jetzt lag erst einmal das Land meiner Träume vor mir. Hier waren die Städte Granada, Sevilla, Toledo und Cordoba. Wie lange hatte ich im Wachen und Schlafen von solchen Städten geträumt? Ich wollte ein anderes Leben, als es meine bretonische Küste bieten konnte; ein Leben mit weiterem Horizont. Ich wollte meinen Weg in einer größeren Welt machen, mehr sehen, mehr lernen, mehr sein. Das war mein Traum.

Sogar jetzt lernte ich und wurde auch schon mehr. Die Kleidung, die ich nun trug, war viel besser als alles andere, was ich bisher besessen hatte. Neidisch hatte ich beobachtet, wie elegant Redwan sich präsentierte. Solchen Dingen mußte ich fortan meine Aufmerksamkeit schenken, denn ich hatte noch viel zu lernen.

Als wir am Strand landeten, war es bereits heller Tag. Im ruhigen, glatten Wasser unmittelbar vor der Küste sah ich mein Spiegelbild und wurde mir plötzlich bewußt, daß ich einen Vergleich mit irgendeinem anderen Mann nicht zu scheuen brauchte. Ich war jetzt größer als damals, als ich auf die Galeere gekommen war. Vor allem war ich wesentlich kräftiger geworden. Die monatelange schwere Arbeit am Ruder hatte mir zu breiteren Schultern verholfen. Auch mein Brustumfang hatte sich vergrößert. Meine Arme waren muskelbepackt.

In meiner jetzigen Aufmachung – schwarze Hose, schwarze Stiefel aus feinstem Leder, rauchblauer Seidenturban, Umhang aus dunkelblauer Wolle über weißem Seidenhemd, dunkelblaue Schärpe – sah ich wie ein eleganter Maure aus. Unter dem Umhang trug ich eine taillenlange, goldblaue Brokatjacke.

Im Vergleich zu mir sahen die Finnen in ihrem Lederwams schäbig und schmierig aus.

Nun hat das Aussehen allein wenig zu besagen; ich wußte, daß ich den Charakter des Mannes, der ich werden wollte, formen mußte. Unter Mauren würde ich langsam und bedächtig handeln müssen. Ich mußte ihr Verhalten sorgfältig beobachten und daraus lernen, wie ich mich benehmen mußte.

Mein Arabisch war gut, wenngleich einfach. Es war jedoch unwahrscheinlich, daß man mich auffordern würde, über Philosophie zu diskutieren. Meine Kenntnisse der arabischen Sprache würden also vollkommen ausreichen, um mich zu verständigen. Dagegen war mein Latein ausgezeichnet. Außerdem hatte ich hier und da ein paar Brocken von vielen Sprachen aufgeschnappt. Ich kannte die Umgangssprache in Häfen und auf Märkten. Vieles davon hatte ich von der Mannschaft meines Vaters gelernt; es waren Männer aus vielen Ländern gewesen. Auch von den Leuten auf unserer Galeere hatte ich manches lernen können.

Es tat gut, wieder festen Boden unter den Füßen zu haben. Eins war mir jedoch klar: In meiner gegenwärtigen Aufmachung konnte ich unmöglich zu Fuß nach Malaga kommen, etwa wie ein Bauer oder Schafshirt. Ich mußte unbedingt ein Pferd haben, wie es einem Herrn zustand.

Wir stiegen vom Strand aus den Hügel hinauf und blieben am Rande einer Küstenstraße stehen, wenn man den Weg so nennen konnte.

Plötzlich wußte ich, daß dies für mich ein Anfang war. Ich besaß das Wissen, und deshalb mußte ich jetzt und hier das Kommando übernehmen. Die Finnvedens hatten mich gefangengenommen, und jetzt waren sie meine Wächter. Zwar war ich Lotse an Bord der Galeere geworden, aber ich hatte keinerlei Befehlsgewalt über die Mannschaft. Ich war immer noch ein Gefangener, ein Sklave.

Doch Redwans Botschaft war mir übertragen worden. Ich sollte und würde die Verhandlungen führen.

Befehlsgewalt hängt viel von der Fähigkeit ab, das Kommando zu übernehmen.

Eric unterbrach meine Gedankengänge. »Sollen wir hier in der Sonne herumstehen? Laß uns endlich gehen!«

»Wartet!«

Sie hielten an, halb zornig, denn mein Wort hatte wie ein Befehl geklungen. »Dort kommt eine Karawane!«

Sie lauschten und hörten es nun ebenfalls. Gereizt hockten sie sich neben der Straße hin.

Ich blieb, wo ich war. Sie würden wie Knechte, ich dagegen wie ein Herr aussehen.

Drei Reiter ritten voraus; alle waren kostbar und elegant gekleidet. Hinter ihnen ritten zwanzig Soldaten. Ihnen folgte ein Troß Maultiere, die Lasten trugen. Zufrieden stellte ich fest, daß es ein paar Reservepferde gab.

Ich trat kühn auf die Straße hinaus und hob eine Hand.

Sechs Soldaten reagierten auf ein Kommando, das ich nicht hören konnte. Sie schwenkten in drei Gruppen zu je zwei Mann ab, beschrieben einen weiten Bogen, zückten ihre Krummschwerter und umzingelten mich. Es war ein hübsches Manöver.

Von den drei Männern, die hier das Kommando führten, war einer noch jung, nicht älter als fünfundzwanzig. Er wirkte sehr hochmütig. Er trug einen sorgfältig gestutzten schwarzen Schnurrbart und einen Spitzbart. Seine geschmeidigen Bewegungen verrieten durchtrainierte Muskeln, aber sein Gesicht wirkte auf mich irgendwie grausam. Ich entschied auf der Stelle, daß ich ihn nicht leiden konnte.

Der Mann in der Mitte war viel älter; er hatte einen weißen Vollbart. Sein Benehmen war würdevoll und edel.

Der dritte Mann war von stämmiger Statur und sehr kräftig gebaut. Bei ihm handelte es sich ganz offensichtlich um einen Soldaten.

»Seid mir gegrüßt, Herr! Ich bitte um Euer Wohlwollen.«

Der Mann mit dem hochmütigen Gesicht sprach zuerst. »Wer seid Ihr? Und was tut Ihr hier?«

»Oh, Befehlshaber der Gläubigen! Ich bin nur ein armer Student, der nach Cordoba will. Unser Schiff wurde von den Ungläubigen genommen. Ich muß nach Malaga, um mit Hisham-Ibn-Bashar in einer Angelegenheit von allergrößter Wichtigkeit zu sprechen.«

»Ich glaube, Ihr lügt!«

Der ältere Mann sah mich mit klugem, abschätzendem Blick an, aber auch nicht ganz ohne Gutmütigkeit. Er war sehr reich gekleidet, also offenbar eine Person von Rang.

»Diese Angelegenheit von allergrößter Wichtigkeit... worum geht es dabei?« fragte der alte Mann.

»Um eine Botschaft, die nur für die Ohren von Hisham bestimmt ist.«

»Gebt uns diese Botschaft!« verlangte der junge Mann herrisch. »Wir werden entscheiden, ob sie wichtig ist.«

»Diese Botschaft wurde mir anvertraut«, erwiderte ich.

Bevor der junge Mann sich erneut zu Wort melden konnte, sagte der ältere Mann zu dem Soldaten an seiner Seite: »Duban, gebt diesen Männern Pferde! Wenn wir in Malaga ankommen, geht Ihr mit ihnen zu Hisham. Ich möchte von ihm einen Bericht über diese Sache.«

Den Finnvedens fiel das Reiten reichlich schwer, aber ich kannte mich schon von klein auf im Sattel aus, denn ich war oft auf den Pferden meines Vaters geritten. Während meine Bewacher Mühe hatten, sich im Sattel zu halten, hörte ich aufmerksam zu.

Der junge Mann mit dem Habichtgesicht war ein militärischer Befehlshaber von hohem Rang; sein Name lautete Ibn-Haram.

Ich hatte das Gefühl, daß ich Grund hatte, mir diesen Namen zu merken. Wieder wurde mir bewußt, daß ich diesen Mann überhaupt nicht leiden konnte.

Da wir langsam ritten, hatte ich hinreichend Gelegenheit, mich gründlich umzuschauen. Ich war erstaunt. Noch nie hatte ich eine Stadt oder etwas anderes als unsere Dörfer längs meiner Heimatküste gesehen. Diese Dörfer waren alles andere als schön; nichts weiter als Ansammlungen armseliger Hütten, plumper Häuser und schmaler Straßen, die oft mit Abfällen übersät waren.

Wir kamen durch das große Tor von Malaga und ritten über schmale Straßen. Über uns ragten die Hauswände empor, die hohen Fenster von durchbrochenen Alabasterfüllungen abgeschirmt. Hinter diesen Abschirmungen entdeckte ich oft so etwas wie eine verstohlene Bewegung. Dies konnten die maurischen Schönheiten sein, von denen ich gehört hatte.

Als nächstes kamen wir durch einen Basar, in dem an Verkaufsständen alle möglichen fremden Dinge feilgeboten wurden: Teppiche aus Isfahan, Perlen aus Basra, verziertes Leder aus Cordoba, Leinen aus Salamanca, Seide aus Granada, Wolle aus Segovia, Klingen und Rüstungen aus Sevilla oder Toledo.

Sicher gab es auf der ganzen Welt keine andere Stadt, die derartig mit irdischen Gütern angefüllt war.

Als ich dies sagte, lachte Duban.

»Dummkopf! Seht Cordoba! Cordoba sehen und sterben! Eine Straße ist zehn Meilen lang und von einem Ende bis zum anderen beleuchtet! Dort gibt es bei Nacht mehr Licht als hier bei Tage! Es gibt ein paar tausend Brunnen und dutzendweise prächtige Häuser! Es wurde behauptet, daß es in Cordoba sechzigtausend Läden gibt! Aber bevor Ihr überhaupt von Städten sprecht, seht erst einmal Bagdad! Seht Damaskus und Alexandria! Sprecht dort mit den Leuten, die Euch von noch größeren Städten im fernen Osten erzählen können. Das hier...?« Er zuckte mit den Schultern. »Bescheiden, aber gut genug, nehme ich an.«

Duban zeigte zu einer schmalen Straße, die nach rechts abbog. Er ritt voran. Die Finnvedens folgten uns und beschwerten sich gereizt über ihre schmerzenden Hintern und wundgescheuerten Oberschenkel, denn sie waren das Reiten ja nicht gewöhnt.

»Wer ist der alte Mann, den Ihr begleitet habt?« fragte ich Duban.

»Abu-Abdallah, ein Freund des Kalifen.«

Wir hielten vor einer dicken Eichentür an, die mit eisernen Beschlägen und Scharnieren versehen war. Auf jeder Seite gab es einen schmalen Schlitz zum Zwecke der Verteidigung.

Duban sagte etwas, und beinahe augenblicklich wurde die Tür geöffnet.

Wir ließen die heiße Straße hinter uns und ritten etwa ein Dutzend Schritte an einem Säulengang entlang, der einen

Patio säumte. Dort wuchsen Palmen, und die Gartenmauern waren von Wein überrankt. Die Luft war wunderbar kühl und angenehm. Wir stiegen ab, und ein Sklave übernahm unsere Pferde.

Duban wandte sich an die Finnvedens.

»Bleibt hier«, sagte er.

Doch die Finnvedens begannen zu murren, und deshalb schlug ich vor, Eric mitzunehmen.

Duban warf dem übelriechenden Piraten einen geringschätzigen Blick zu und zuckte mit den Schultern. Dann ging er über einen schattigen Gang voran.

Ein nubischer Sklave kam uns entgegen und führte uns zu einem kühlen Raum, dessen Fußboden mit dicken Teppichen ausgelegt war.

An der hinteren Seite saß ein plumper, bärtiger Mann mit rundem Gesicht und pechschwarzen Augen. Er war weder jung noch alt, und als sich unsere Blicke begegneten, empfand ich eine Vorahnung. Dies war ein Mann, der für mich sehr wichtig werden konnte, und zwar nicht nur für das augenblickliche Problem.

Er sah von mir zum Finnveden und kam dann mit schneller, flüssiger Bewegung auf die Beine. Unter diesem Fett gab es zweifelsohne kräftige Muskeln!

»Willkommen, Duban! Ihr kommt viel zu selten in mein bescheidenes Haus!« Er verbeugte sich. »Möge Euer Schatten niemals kleiner werden!«

Eric stand mit zornfunkelndem Blick da, ihm gefiel dies alles nicht. Ohne Anstrengung von meiner Seite war die Situation aus der Kontrolle der Finnvedens geraten, und ich hatte die Absicht, es auch so bleiben zu lassen. Daß sie mir mißtrauten, wußte ich, und dazu hatten sie auch allen Grund. Ich wollte es diesem Rudel von Dieben heimzahlen, wobei ich nicht nur an mich dachte, sondern auch an jene mutige Frau, die ich hatte über Bord springen und zur Küste schwimmen sehen.

»Dieser Mann hier behauptet, eine Botschaft für Hisham-Ibn-Bashar zu bringen«, sagte Duban und fügte wie warnend hinzu: »Ich habe Abu-Abdallah eskortiert, als wir auf diesen Mann hier am Straßenrand stießen. Ibn-Haram war bei uns.«

»Ach?«

Noch nie hatte ich soviel Ausdruck in einem einzigen Wort gehört.

Ich trat etwas vor und hatte Redwans Ring in der Hand, das Siegel nach innen gekehrt. Jetzt öffnete ich die Hand zu einer

Begrüßungsgeste und hielt dem Mann meinen Handteller mit dem Siegelring entgegen. Es war eine natürliche Bewegung, und ich glaube, daß nicht einmal Duban die Bedeutung erkannte. Doch Licht fiel direkt auf den Ring, so daß dieser Hishams Blick nicht entgehen konnte.

»Ihr könnt sprechen«, sagte er. »Was mich betrifft, betrifft auch meinen Freund.«

»Es handelt sich um Lösegeld«, sagte ich. »Um eine Summe von zehntausend Dinar. Und es geht um die Tochter von Ibn-Sharaz.«

Duban ließ sofort die rechte Hand auf sein Krummschwert sinken und bewegte sich so, daß er sowohl mich als auch den Finnveden im Auge behalten konnte.

»Ich muß vorsichtig sprechen«, sagte ich und benutzte dabei die arabische Sprache. »Denn auch ich bin ein Gefangener. Dieser Mann hier bei mir und die beiden anderen, die draußen warten, wurden mitgeschickt, um mich zu bewachen... und mich auf der Stelle zu töten, falls ich sie verriete!«

»Eine Lüge!« höhnte Duban.

»Wartet!« Hisham hob eine Hand. Dann stellte er mir mehrere Fragen. Sie reichten aus, um ihn erkennen zu lassen, daß ich die Leute, von denen hier die Rede war, tatsächlich kannte. Ob ich ihre Namen auch in Gegenwart von Ibn-Haram erwähnt hätte, wurde ich von Hisham gefragt.

»Er hat nichts gesagt«, antwortete Duban. »Das war ein großes Glück.«

Hier gab es irgendeine Intrige, und es war offensichtlich, daß man nicht wünschte, etwas davon bekannt werden zu lassen, daß Graf Redwan in Gefangenschaft geraten war. Genauso offensichtlich war, daß diese beiden Männer Freunde von Redwan und Feinde von Ibn-Haram waren. Dies war mir gerade recht.

»Was getan werden muß, sollte am besten schnellstens getan werden«, schlug ich vor. »Ibn-Haram war mißtrauisch, könnte zurückkommen, das Schiff entdecken und Erkundigungen einziehen.«

Hisham stimmte zu. »Wird Euer Kapitän die Gefangenen freilassen, wenn das Lösegeld bezahlt wird?«

»Ich glaube, ich kann ihn dahingehend beeinflussen, daß er es tun muß. Redwan hat ihn schon mit dem Hinweis beunruhigt, daß er den Zorn von Wilhelm von Sizilien entfachen würde. Aber glaubt mir, o Herr... Walther darf man nicht trauen. Ihm muß man angst machen.«

»Und was wird mit Euch geschehen, wenn Ihr aufs Schiff zurückkehrt?«

Ich erklärte kurz meine Lage auf der Galeere. »Ich werde noch einmal an Bord zurückkehren müssen, aber ich werde nicht länger als bis nach Cadiz bleiben.«

Hisham zögerte kurz. »Duban und ich müssen allein darüber sprechen. Wie Ihr wahrscheinlich schon vermutet habt, hat diese Angelegenheit noch andere Auswirkungen, die weit über die Zahlung von Lösegeld hinausgehen. Ihr und Eure Männer werden zu essen bekommen. Wir werden inzwischen eine Entscheidung treffen.«

Hisham klatschte in die Hände. Ein riesiger Neger erschien und führte uns in einen Raum weit hinten im Haus.

Ich war zwar noch kein weitgereister Mann, aber Erics Reaktionen amüsierten mich. Auf See waren er und seine Brüder die kühnsten Männer dieser zusammengewürfelten Mannschaft, aber hier war von seiner sonstigen Verwegenheit nichts mehr zu spüren. Er blieb sehr dicht bei mir und war sogar unsicher, wohin er seine Füße stellen sollte. Er war ein stämmiger Mann mit kleinen, mißtrauischen Augen und spärlichem blondem Haar.

»Man wird das Gold auftreiben«, sagte ich zu ihm. »Heute abend werden wir aufs Schiff zurückkehren.«

»Zehntausend Dinar! Das ist eine große Summe.«

Es konnte nichts schaden, ihn zu erinnern: »Walther hat anfangs ja nur dreitausend verlangt.«

»Walther ist ein Dummkopf!« sagte Eric verdrossen.

Nachdem wir gegessen hatten, wurden wir in einen Raum geführt, in dem wir uns ausruhen konnten. Ich lag wach auf den weichen Polstern, die man uns gegeben hatte, und starrte zur Zimmerdecke hinauf. Ich lauschte auf das Plätschern des Brunnens und wünschte mir, etwas mehr Zeit zu haben, um mich hier gründlicher umschauen zu können. Dies hier war eines der Häuser, von denen mein Vater so oft gesprochen hatte; es war prächtiger als alles, was ich mir bisher hatte vorstellen können.

Jetzt mußte ich intensiv nachdenken und überlegen. Zuerst mußte Aziza befreit werden, desgleichen Redwan. Dann mußte ich Walther irgendwie veranlassen, nach Cadiz zu segeln. Ich wußte, daß die Leute darauf brannten, ihr Gold dort auszugeben, wo sie am meisten dafür bekamen. Wenn Walther also tatsächlich die Reise nach Cadiz fortsetzte, konnte ich darangehen, den Roten Markus, Selim und die anderen zu befreien.

Es ging mir nicht nur darum, mein Gold zurückzubekommen. Sie hatten mich um Monate meines Lebens gebracht, und dafür würden sie bezahlen müssen. Wer begnügt sich schon damit, aus einer Investition nur sein Kapital ohne Zinsen herauszuholen? Es mußte auch einen Profit geben.

Cadiz hatte viele Vorteile. Es war einer der ältesten Häfen der Welt, und schon die Phönizier hatten es unter dem Namen Gadir zum großen, bedeutenden Hafen gemacht, schon lange vor diesem Christus.

Sollte mein Vater, ein bekannter Korsar, vor Zyperns Küste erschlagen worden sein, würde man in Cadiz bestimmt etwas darüber wissen. Mein Vater hatte mir schon vor langer Zeit beigebracht, Informationen vor allem dort zu suchen, wo sich Seeleute versammelten, denn sie sprachen immer von Wagemut und Tod, von fernen Ländern und fremden Meeren. Also würde man bestimmt auch über Kerbouchard reden.

Erst Freiheit, dann Geld. Freiheit ohne Geld würde mich doch lediglich zu einem Sklaven anderer Art machen; zu einem Sklaven, der Essen und Unterkunft benötigte.

Es war schon vollkommen dunkel geworden, als der große Neger zu uns kam.

»Schnell!« flüsterte er. »Jetzt ist keine Zeit mehr!«

Duban erwartete uns in einem kleinen Raum mit Steinfußboden. Er war ganz in Schwarz gekleidet und händigte nun auch jedem von uns einen schwarzen Mantel aus. Dann warf er einen Blick auf mein Schwert. »Könnt Ihr damit umgehen?« fragte er mich.

»Gut genug«, sagte ich.

»Ibn-Haram ist ein Mann, der nach Macht giert. Er hat viele Anhänger. Er wünscht nicht, daß Graf Redwan oder Aziza hier ankommen. Ihr werdet also ein Schwert brauchen. Wenn Azizas Heirat vollzogen ist, wird damit eine mächtige Familie von Cordoba mit einer mächtigen in Sizilien vereint. Dann werden Ibn-Harams Pläne ruiniert sein. Das weiß er, und deshalb wird er alles daransetzen, diese Heirat zu verhindern.«

Man hatte Pferde für uns bereitgestellt, desgleichen bewaffnete Männer als Wache.

Zwei Lederbeutel wurden über meinen Sattel geworfen; Duban selbst trug zwei weitere.

Wir ritten durch eine ungepflasterte Gasse. So verursachten die Hufe unserer Pferde fast kein Geräusch. Ein Tor wurde bei unserer Annäherung geöffnet und lautlos geschlossen, als wir hindurchgeritten waren.

Während unseres Rittes erklärte Duban ein paar Probleme, die es im Moment im maurischen Spanien gab.

Aba Ya-cub Yusuf hatte zur Zeit die Macht, aber viele waren den Almoraviden treu geblieben, die vor Jahren von der Berber-Dynastie der Almohaden entmachtet worden waren. Unter den Freunden von Yusuf gab es Agenten der Almoraviden, so daß kein Mann sicher sein konnte, wer Freund oder Feind war. Alte Stammesfehden, aus Arabien oder Nordafrika herübergetragen, schwelten immer noch, denn Araber vergessen nicht so schnell.

Die internen Machtkämpfe in Spanien bedeuteten mir nichts. Ich wollte meinen Kopf auf den Schultern behalten und ihn mir nicht wegen irgendeiner Stammesfehde abschlagen lassen, die mich überhaupt nichts anging. Ich war nur meinem Vater, mir selbst und meiner Zukunft verpflichtet, falls es eine solche für mich gab.

In der Nacht war nur das Knarren unserer Sättel und das Rauschen des Windes zu hören. Schon bald konnten wir das Meer riechen, den frischen Wind und eine gewisse Helligkeit am Himmel wahrnehmen.

Um mich herum lockerten die Soldaten ihre Schwerter in den Scheiden. Alle saßen aufrecht im Sattel und machten einen kampfbereiten Eindruck.

Auch ich witterte Kampf, denn ich war noch jung, und die Jugend rechnet damit, ewig zu leben. Noch hat die Jugend nicht entdeckt, daß der Tod keine Altersgrenzen kennt. Während der vergangenen Monate hatte der Tod oft meine Schultern gestreift, doch für mich war es stets eine Sache gewesen, die nur anderen widerfuhr, niemals mir selber.

»Reitet zum Strand«, flüsterte Duban mir zu. »Zwei meiner Männer werden bei den Pferden bleiben. Wir...«

Sie tauchten ganz plötzlich aus der Dunkelheit auf, eine anstürmende Mauer berittener Männer.

Uns wurde nur eine blitzartige Warnung zuteil, bevor man über uns herfiel. Diese Warnung bestand aus trommelnden Pferdehufen, die das Erdreich zerstampften, und klirrenden Schwertern.

4

Sie waren bereits über uns, kaum daß meine Füße den Boden berührt hatten. Ich wurde rücklings ins Gebüsch geworfen. Als ich mich mit dem Schwert in der Hand aufrappelte, wurde ich sofort von einem riesigen bärtigen Kerl im Panzerhemd angegriffen, der zu einem gemeinen Schlag nach meinem Kopf ausholte. Mehr durch den Schwung meines eigenen Ansturms denn aus Geschicklichkeit kam ich auf ein Knie und stieß blindlings nach oben. Meine Schwertspitze bohrte sich in seine Achselhöhle unter der erhobenen Klinge.

Er stieß einen lauten Schrei aus, und sein herunterzischendes Beil verfehlte nur knapp meinen Schädel. Wieder schrie er und griff nach dem Messer, das er bei sich hatte. Doch mit meinem folgenden Schwerthieb schlitzte ich seinen Hals von einer Seite zur anderen auf. Er taumelte davon und umklammerte mit beiden Händen die Wunde.

Jemand sprang mich von hinten an.

Ich stolperte über einen Körper, stürzte hin und schleuderte den Mann von mir. Meine ausgestreckte Hand fiel auf einen der Goldsäcke. Mit seltener Geistesgegenwart packte ich ihn und wälzte mich ins Gebüsch.

Mein Angreifer schlug mit einer Streitaxt nach unten zu und fetzte Zweige vom Gebüsch.

Ich bohrte ihm mein Schwert in den Bauch.

Nach dem völlig unerwarteten Angriff hatte ich blindlings und ohne großes Geschick gekämpft, nur beseelt von dem Gedanken, um jeden Preis zu überleben. Überall um mich herum herrschte große Verwirrung. Pferde bäumten sich auf. Männer kämpften miteinander. Stahl klirrte. Verwundete schrien.

Der Beutel mit dem Gold brachte mich wieder zur Vernunft. Dies hier war nicht mein Kampf. Die Sache ging mich gar nichts an.

Rasch suchte ich nach den anderen Goldsäcken und fand sie auch. Sie bestanden aus Leder und waren solide angefertigt, um schweres Gold darin tragen zu können. Ich raffte sie an mich.

Der Kampf hatte sich etwa dreißig oder vierzig Meter weiter verlagert, wo sich Duban und seine Männer versammelt hatten. Von den Finnen sah ich nichts, und es kümmerte mich auch nicht.

Ich tastete nach dem letzten Goldbeutel und fand ihn. Doch da tauchte ein Gesicht auf, und jemand streckte eine Hand nach dem

Beutel aus. Im nächsten Moment sprang der Mann auf und schlug nach mir. Aber ich hieb ihm ins Gesicht und spürte, wie sein Nasenbein brach. Dann schlug ich mit der Faust zu. Der Mann fiel hin. Ich tastete nach meinem Schwert, hob es auf, kroch ins Gebüsch und nahm das Gold mit.

Der Kampf wogte mehrere Minuten lang heftig hin und her.

Ich rang erst einmal tüchtig nach Luft.

Dann wurde der Kampf abgebrochen. Hufschläge, die sich rasch entfernten und verklangen, verrieten mir, daß die Angreifer den Rückzug angetreten hatten.

Ich verhielt mich absolut still. Ganz in meiner Nähe stöhnte ein Mann. Aber ich rührte mich nicht. Bei dieser Gruppe war ich ein Mann, der keine Freunde hatte. Ich war allein. Außerdem mußte ich daran denken, daß es für Redwan und Aziza keine Freiheit geben würde, wenn das Gold nicht zum Schiff gelangte.

Meine Kleidung, die ich so stolz getragen hatte, war blut- und dreckverschmiert. Aber ich schien jedenfalls unverletzt geblieben zu sein. Diesen Umstand hatte ich wohl eher dem Glück zu verdanken und weniger meiner eigenen Geschicklichkeit.

Eine Stunde verstrich. Bald würde es hell werden. Wie viele andere außer mir noch hier herumlagen und auf das Tageslicht warteten, konnte ich nicht wissen.

Ich dachte an das Gold und wie leicht es versteckt werden könnte. Nach all dem Durcheinander, das hier geherrscht hatte, konnte ich vielleicht jetzt, da alle den Schauplatz verlassen hatten, ein herrenloses Pferd finden und mit zehntausend Dinar in Gold davonreiten. Für mich war das eine stattliche Summe. Aber da war auch noch die Frage der Selbstachtung. Und natürlich war da vor allem noch Aziza.

Ehre kann eine lästige und beschwerliche Sache sein, aber wenn man sie hat, ist es gar nicht so leicht, sie aufzugeben.

Jetzt mußte ich ohne Dubans Hilfe um die Freilassung von Aziza und Redwan schachern.

Einer der Beutel war von einem Schwert aufgeschlitzt worden. Ich band ihn so gut wie möglich wieder zusammen. Ein paar herausgefallene Münzen sammelte ich aus dem Laub auf dem Boden auf und steckte sie in meine Taschen.

Dann bewegte ich mich mit größter Behutsamkeit durchs Gebüsch und arbeitete mich den Hang hinab. Mehrere Minuten später befand ich mich am Rande des Sandstrandes.

Hinter dem Sand rauschte das Meer schäumend ans Ufer.

Plötzlich hörte ich irgendwo in meiner Nähe eine Bewegung. Jemand stolperte und fiel beinahe hin. Hastig vergrub ich die Goldbeutel, dann tauchte ich mit dem Schwert in der Hand wieder auf.

Der Wanderer war Eric; er wurde von einem seiner Brüder begleitet.

Erics Nase war gebrochen, ein Auge zugeschwollen.

Also mußte er es gewesen sein, dem ich in der Dunkelheit so wuchtig ins Gesicht geschlagen hatte!

Wir nahmen den verwundeten Bruder in die Mitte, stützten ihn, torkelten zum Strand und riefen das Schiff an.

Die Finnen setzten sich in den Sand.

Nach kurzem Zögern wurde bei der Galeere ein Boot zu Wasser gelassen. Es stieß vom Schiff ab.

Walther befand sich in diesem Boot. Er sah alles andere als erfreut aus. Er schwitzte und blickte tückisch drein. Er wollte das Gold und nicht uns haben.

»Das Lösegeld...? Die zehntausend Dinar? Wo ist es?«

Ich blieb eine Schwertlänge von ihm entfernt stehen und traf keinerlei Anstalten, meine Waffe in die Scheide zu stecken.

»Das Mädchen?« fragte ich meinerseits. »Wo ist es? Und wo ist Redwan?«

»Es geht beiden gut«, sagte er ungeduldig. »Aber wo ist das Gold? Oder bringst du mir nichts weiter als Blut und Ärger zurück, he?«

»Ich habe das Gold. Bringt die beiden an den Strand.«

Er starrte mich gemein an. »Wem dienst du eigentlich? Mir oder ihnen?«

»Ich diene mir selbst«, erwiderte ich kühl. »Aber so war es abgemacht. Die beiden müssen freigelassen werden.«

»Du sprichst zwar dauernd von Gold, aber welchen Beweis habe ich?«

Ich langte in die Tasche hinter meiner Schärpe und zeigte ihm ein paar Goldmünzen. »Hier habt Ihr eine Probe davon! Aber Ihr müßt Euch beeilen, denn Soldaten sind hierher unterwegs!«

»Bring das Gold zum Schiff, dann werden wir die Gefangenen freilassen.«

Ich war zwar noch sehr jung, aber so jung nun auch nicht mehr. Ich lächelte spöttisch.

»Wenn die Gefangenen am Strand sind, werdet Ihr das Gold bekommen!« sagte ich.

Meine Worte gefielen ihm gar nicht, und mich konnte er jetzt wohl noch weniger leiden. Meine neue Selbständigkeit behagte ihm nicht. Er starrte mich einen Moment verdrossen und wütend an, ging aber dann doch zum Boot und nahm die beiden Finnen mit. Ich blieb allein am Strand zurück.

Sie ließen sich ziemlich lange Zeit. Die Sonne ging hinter dunklen Wolken auf.

Schließlich kam aber doch das Boot mit Redwan und Aziza an. Der Riese Cervon war dabei, desgleichen ein Dutzend andere, alle bewaffnet und kampfbereit.

Während wir uns vom Strand entfernten, erklärte ich, was geschehen war.

»Ihr seid noch nicht in Sicherheit!« warnte ich Redwan. »Wenn diese Meute erst mal das Gold hat, wird man versuchen, Euch zu töten und Aziza auf die Galeere zu verschleppen.«

Cervon kam auf uns zu, und zwei weitere Männer näherten sich uns. Natürlich wollten sie das Mädchen haben. Sie würden Redwan töten und mich ebenfalls. Danach würden sie Aziza dort oben am Strand mißbrauchen.

An sich hatte ich geplant, Duban mit seinen kampftüchtigen Soldaten bei mir zu haben. Statt dessen aber war ich jetzt allein.

Doch ich hatte eine Erinnerung.

Die Erinnerung an Goldstücke, die aus einem Holzkästchen über den Boden gekullert waren. Im Geiste sah ich die Szene von damals vor mir... wie Männer gierig die Münzen aufgesammelt hatten.

»Wartet hier«, sagte ich zu Redwan. »Ich werde das Gold holen.«

Man wollte mir folgen, hielt aber an, als man mich den Steilhang emporklimmen sah. Mit einem Pfeil oder einer Steinschleuder würde man mich dort oben zu Boden strecken können, und sie waren nun mal ein fauler Haufen.

»Ich werde mich beeilen«, sagte ich. »Aber Ihr müßt bereit sein.« Ich sah Redwan dabei nicht an, aber meine Worte waren für ihn bestimmt. »Die Männer, die letzte Nacht gekämpft haben, werden mit Verstärkung zurückkommen.«

Ich grub die Beutel aus und brachte sie zum Rand des Steilhangs. Dann ging ich zurück und holte den Rest. Ich warf zwei Beutel den Hügel hinab. Den dritten warf ich absichtlich gegen einen scharfkantigen Stein. Der Beutel platzte. Strahlendes, glitzerndes Gold kam zum Vorschein.

Männer schrien auf und stürmten vorwärts. Alle wollten das Gold aufsammeln.

Redwan nahm Aziza bei der Hand und floh.

Mit dem Schwert in der Hand ging ich den Hügel hinab.

Doch plötzlich wurde Cervon auf das fliehende Mädchen aufmerksam. Er stieß einen lauten Schrei aus und nahm sofort die Verfolgung auf. Andere folgten ihm.

Auch Walther schrie und folgte den anderen.

Ein Mann ließ einen Pfeil fliegen, der Redwans Helm traf.

Redwan stürzte, kam aber sofort wieder hoch und rief Aziza zu, die Flucht fortzusetzen.

Aber Cervon kam Aziza sehr rasch näher und holte sie ein.

Ich rannte zwischen den Bäumen dahin.

Cervon erwischte Azizas Kleid. Der dünne Stoff zerriß unter Cervons grob zupackender Faust.

Ich packte Cervon am Arm und schleuderte ihn beiseite.

Cervon wollte nach seinem Schwert greifen.

Doch dazu ließ ich es erst gar nicht kommen. Ich durchbohrte seinen Körper, und der Riese stürzte blutüberströmt zu Boden.

Aziza blieb stehen.

»Lauft!« keuchte ich heiser. »Zwischen die Bäume!«

Redwan hob Cervons Schwert vom Boden auf.

»Zwischen die Bäume!« wiederholte ich. »Schnell, schnell!«

Sie rannten los.

Doch da waren bereits Schreie zu hören und schnelle Schritte, die den Hang heraufkamen.

Ich wurde hart hinter einem Ohr getroffen. Zwar packte ich mein Schwert und drehte mich um, aber dann schwemmte eine Welle der Dunkelheit über mich hinweg. Ich stürzte zu Boden.

Als ich erwachte, verspürte ich zuerst Bewegung. Die Erde bewegte sich. Oder ich lag auf einer Trage. Mein Schädel dröhnte. Die Fläche, auf der ich lag, hob und senkte sich.

Das Meer. Ich war wieder auf See.

Es war schon spät in der Abenddämmerung. Der Himmel war dunkel bewölkt.

Ich lag auf dem Achterdeck und konnte die leisen, rhythmischen Ruderschläge hören.

Eine Zehe stieß mich an.

»Los, steh auf!«

Walther... er war also noch am Leben.

Taumelnd kam ich auf die Beine und torkelte gegen das Schanzkleid. Ich machte die Augen auf.

Aziza...?

Mein Kopf dröhnte wie eine große Trommel.

Walther starrte mich an.

»Sie ist entkommen!« knirschte er. »Und das war dein Werk!«

Unsere bretonischen Götter hatten mir nicht ohne Grund einen schnellen Verstand verliehen. Und so war ich vernünftig genug, jetzt höchst erstaunt zu reagieren.

»Ich habe doch das Gold für Euch geholt! War das nicht die Abmachung?«

Er war wütend und haßte mich mehr denn je. Er hatte niemals die Absicht gehabt, das Mädchen freizulassen, doch ich war davon überzeugt, daß es seine Absicht gewesen war, Cervon sterben zu lassen.

»Ich verstehe nicht!« protestierte ich. »Ich war doch hinter ihr her, als ich getroffen wurde! Wie konnte sie denn uns allen entkommen?«

»Du hast die Mauren nicht gesehen?«

Die vielen schnellen Schritte, die ich gehört hatte, waren die Schritte der Schiffsbesatzung gewesen. Aber die Schreie hatten angreifende Mauren ausgestoßen. Nur... wessen Mauren waren es gewesen? Dubans Männer? Oder Leute von Ibn-Haram?

War Aziza von unserem Schiff entkommen, nur um erneut in feindliche Hände zu fallen? Das war ein häßlicher Gedanke. Doch würde man ihr irgendwelchen Schaden zufügen? War sie nicht eine wertvolle Geisel?

»Ich habe die beiden verfolgt, aber dann wurde ich von irgend etwas getroffen.«

»Du hast versucht, uns zu entkommen!«

»Was? Und die Belohnung im Stich lassen, die Ihr mir versprochen habt?«

Das war ein gutes Argument und dämpfte seine Zweifel, denn welcher Mann rannte seiner Meinung nach wohl davon, wenn ihm viel Gold versprochen worden war? Das war nun mal Walthers Denkart.

»Du wirst gar nichts bekommen«, sagte er gereizt. »Du bist ein Dummkopf!«

Wer ist der kluge Mann und wer der Dummkopf? An dieser Frage haben schon Philosophen herumgerätselt.

»Vielleicht wird Euch das Gold, das Ihr mir vorenthalten wollt, große Schmerzen in den Basaren von Cadiz einbringen! Schmerzen, zu denen Euch irgendeine billige Schlampe verhelfen wird!«

»Cadiz? Wer redet denn von Cadiz?«

»Na, wo denn sonst? Wenn jemand viel Gold hat, wo soll er dann hingehen, wenn nicht dorthin, wo es die schönsten Frauen, die besten Weine und allen Luxus der Erde gibt?«

Wie ich erfuhr, waren vier Männer beim Angriff der Mauren erschlagen worden. Einer der Finnen war schon früher gestorben. Ein weiterer Mann war durch einen Pfeil getötet worden, als man sich bereits wieder im Boot befunden hatte. Und natürlich war Cervon tot. Man ahnte nicht, daß ich ihn getötet hatte.

Man hatte mir das Schwert weggenommen, desgleichen meinen Dolch.

Doch jetzt brauchte man mich wieder, und so würde ich eines Tages meine schönen Waffen schon zurückbekommen.

Das starke Schlingern des Schiffes bereitete mir Übelkeit. Ich hatte einen sehr schlechten Geschmack im Mund. In meinem Kopf dröhnte und hämmerte es. Wahrscheinlich war ich von einem von einer Schleuder abgeschossenen Stein hinter dem Ohr getroffen worden. Nun, wir Kelten sind für unsere harten Schädel bekannt. Mit diesem Gedanken versank ich in Schlaf.

Regen weckte mich. Ein kräftiger Schauer, dem ein weiterer folgte.

Ich taumelte zum Schanzkleid.

Walther war in der Nähe, wie ich im grellen Lichtschein eines Blitzes sah.

»Mach dich an die Arbeit!« schrie er mich an. »Tu was!«

»In diesem Unwetter? Wenn ich soviel Gold wie Ihr hätte, würde ich mich in irgendeinem Hafen bei Weibern und Wein amüsieren!«

Der Sturm peitschte weiße Gischt über die Wogenkämme.

Ich legte eine Hand aufs Steuerruder.

Unser Schiff fuhr westlichen Kurs, also auf Cadiz zu. Deshalb bemühte ich mich, diesen Kurs beizubehalten.

Als das erste Grau am Himmel den neuen Tag ankündigte, kam Walther zu mir. Sein feistes, wabbeliges Gesicht glänzte vom Regen.

»Mir gefällt dieses Wetter nicht«, grollte er. »Bring uns nach Cadiz!«

Die üppige Schönheit von Malaga hatte mir den Schmutz auf

der Galeere gründlich verleidet. Ich konnte die dreckigen, schmierigen Gesichter der Mannschaft kaum noch sehen. Man haßte mich, und ich haßte sie. Es war nur noch eine Frage der Zeit, bis ich ihnen entkommen konnte... oder sie mich töten würden.

Doch zusammen mit anderen waren Selim und der Rote Markus an die Ruder gekettet, und ich hatte ihnen versprochen, sie zu befreien. Wie lange das schon zurückzuliegen schien!

Cadiz... das war mein Bestimmungshafen. Irgendwie würde ich versuchen, Bezahlung von Walther zu bekommen. Dann würde ich auf irgendeine Weise entkommen und endlich wieder mein eigener Herr sein.

Und ich wußte auch schon, wie ich das erreichen konnte. Ich mußte nur einen Weg finden, es geschehen zu lassen.

Der Sturm heulte über das aufgewühlte, dunkle Meer, aber es war nicht so dunkel wie mein Geist.

Walther mußte bezahlen... und meine alten Gefährten auf der Ruderbank mußten befreit werden!

Dann würde mir die große, weite Welt gehören! Ich würde mich aufmachen, meinen Vater zu suchen; aufmachen, um nach dem Glück zu suchen, das vom Schicksal für mich bestimmt war. Und irgendwann, irgendwo und irgendwie würde ich schließlich auch ein Mädchen für mich finden.

5

Verzweifelt öffnete ich die Augen. Auf der Galeere war alles still. Wasser klatschte gegen den Schiffsrumpf.

Aber ich war immer noch ein Gefangener.

Die Mannschaft war an Land und nach Cadiz gegangen; man hatte nur ein paar Wächter, die Sklaven und mich zurückgelassen.

Alle meine Pläne waren zunichte gemacht worden.

Ich lag still da und versuchte nachzudenken, um einen Ausweg aus meiner Situation zu finden. Schließlich setzte ich mich auf und blickte an der Reihe der schlafenden Sklaven entlang.

Nur Selim war wach.

Unsere Blicke begegneten sich.

Hier war ein Mann, der Hoffnung kannte. Seine Augen brannten im heißen Feuer des Eifers. Und ich war es gewesen, der ihm diese Hoffnung gemacht hatte!

Doch was konnte ich gegen vier bewaffnete Männer unternehmen?

Vom Granit und Grün der armorikanischen Hügel der Bretagne, von ihren einsamen Mooren und Küsten, von ihren Druidensteinen und Dolmen... von dieser Warte aus war mir die Welt da draußen wie strahlende Romantik vorgekommen, wo ich heroisch unter meinen Feinden einherschreiten würde.

Und jetzt saß ich hier auf diesem stinkenden Schiff und war Gefangener eines Rudels schäbiger Diebe.

Sollte ich, der Sohn des Korsaren Kerbouchard, mir das bieten lassen?

Einer der vier Wächter war ein Finne; er hatte keinen Grund, mich besonders zu mögen. Er hielt Pfeil und Bogen in den Händen. Sein Pfeil würde meine Eingeweide durchbohren, bevor ich mich auch nur aufrichten konnte!

Aus Leichtsinn verwegen zu sein, das war nicht mutig, sondern dumm.

Vorsicht war immer und überall geboten. Aber wenn ein Mann handelt, soll er schnell und entschieden handeln.

Die anderen Wachposten schliefen, aber was konnte ich gegen den Finnen unternehmen?

Was hatte doch dieser pockennarbige Seemann vor langer Zeit zu mir gesagt? *Verlaß dich auf deinen Verstand, Junge!*

Vielleicht besaß ich keinen besonderen Verstand.

Aber dieser stupide Ochse mit dem Bogen...?

Vielleicht hielt ich mich für klüger, als er es war, aber was nutzt Klugheit, wenn man einen Pfeil im Bauch stecken hat?

»Die anderen haben jetzt ihren Spaß an Land«, sagte ich. »Es ist ein Jammer, daß Walther uns nicht mal eine Flasche Wein erlauben wollte.«

Der Finne gab keine Antwort. Er stellte nicht die Frage, auf die ich gehofft hatte. Deshalb schlug ich weiter vor: »Er hätte uns doch wenigstens eine Flasche aus den Vorräten geben können!«

Jetzt wurde der Finne munter. »Aus was für Vorräten?« fragte er.

»Er wird an Land Wein im Überfluß haben. Warum hat er vergessen, uns zu sagen, daß wir uns aus den Vorräten unten im Schiff bedienen können?«

»Unten gibt's Wein?«

»Natürlich. Ist unter der Waffentruhe verstaut, wo Walther schläft.«

Er starrte mich aus seinen Schweinsaugen an. Bedauerlicherweise hatte dieser Mann keinerlei Vertrauen zu seinen Mitmenschen. Mir traute er überhaupt nicht.

Selim hörte zu und verstand, was wir redeten.

Es würde einige Zeit dauern, bis der Finne sich zu etwas entschließen würde. Er war ein breitschultriger, sehr stark behaarter Mann, von unberechenbarem Temperament wie ein alter Bär mit Zahnschmerzen. Schließlich weckte er die anderen. Sie flüsterten untereinander. Sie kamen zu mir herüber, stießen mich zu Boden und fesselten mich an Händen und Füßen.

Mein Vater hatte mir für einen solchen Fall einen Trick beigebracht: Man mußte sehr tief Luft holen und die Muskeln anspannen, während man gefesselt wurde. Wenn man ausatmete und die Muskeln wieder entspannte, wurden diese etwas schlaffer, mochten sie vorher auch noch so fest angezogen worden sein. Damit konnte man dann allerhand anfangen.

Aber noch war dieser Zeitpunkt für mich nicht gekommen. Noch nicht...

Sie gingen nach unten unter das Achterdeck. Bald darauf kamen sie zurück und brachten die Weinflaschen mit, die Walther – wie ich gesehen hatte – versteckt hatte. Sie zogen die Korken mit den Zähnen heraus und begannen zu trinken.

Einer fuchtelte mit seiner Flasche über mir herum und lachte verächtlich, als mir verschütteter Wein ins Gesicht spritzte.

Die Sonne stieg höher.

Walther und die anderen würden an Land in den Bordellen allmählich aufwachen. Angenommen, man schickte eine Ablösung her, bevor diese vier Männer betrunken waren?

Ich schloß die Augen und ließ die Sonne meine Muskeln wärmen. Wenn ich auch gefesselt war, so konnte ich doch dieses Vergnügen genießen. Ich habe von klein auf körperliches Wohlbefinden geliebt: die Wärme der Sonne, das Trinken von klarem, kaltem Wasser, den Geschmack von salziger Gischt, das Gefühl des feuchten Nebels auf der Haut... und die Berührung durch eine Frauenhand.

Ich lag auf dem Rücken und konnte die schaukelnden Bewegungen des Schiffes unter mir spüren. Ich hörte das leise Knarren der stillgelegten Ruder, das Murmeln der schlafenden Sklaven und das Klirren einer Kette, als einer von ihnen sich unruhig im Schlaf bewegte. Das Lachen der stark betrunkenen Männer war ein höchst willkommener Laut für meine Ohren.

Die Mannschaft konnte jeden Moment zurückkommen, aber man sollte sich keine Sorgen um etwas machen, das nur vielleicht geschehen wird. Man tut, was man kann. Probleme löst man, wenn sie sich ergeben.

Ich hörte leises Schnarchen.

Der Finne war eingeschlafen. Die anderen unterhielten sich auf unflätige Art und leerten dabei die letzte Flasche Wein. Für diese Männer war es eine faule, behagliche Zeit. Man war im Hafen, das Schiff lag vor Anker.

Meine Fesseln gaben ein bißchen nach, aber kläglich wenig. Doch ich machte mich so klein wie möglich, drehte die Schultern nach innen und brachte meine Arme so dicht wie möglich zusammen. So gewann ich noch ein wenig Platz für meine Arbeit.

Während die betrunkenen Wächter miteinander redeten, bewegte ich ständig meine Finger, bis ich schließlich an den Knoten zupfen konnte. Bis ein weiterer Mann einschlief, hatte ich meine Hände frei.

Die Verzögerung machte mich ungeduldig, zumal ich die Rückkehr der Mannschaft befürchtete. Deshalb arbeitete ich nun sehr schnell, um auch meine Fußfessel loszuwerden.

Neben dem schlafenden Wächter lag ein Schwert.

Ungemein behutsam kam ich auf die Beine.

Selim beobachtete mich, und seine Augen funkelten sehr hell und hart.

Ich maß die Entfernung bis zum Schwert und ging langsam darauf zu.

Doch da drehte sich einer der Wächter um und starrte mir direkt in die Augen.

Schockiert verharrte er einen Moment unbeweglich, und als er dann versuchte, vom Boden aufzustehen, versetzte ich ihm einen kräftigen Tritt. Diesen Kampfstil pflegten wir manchmal in der Bretagne. Mein Fußtritt war scharf, akkurat und erwischte den Mann unter dem Kinn. Sein Kopf wurde zurückgeschleudert, als wäre er an einem Scharnier befestigt. Ich packte das Schwert genau in dem Moment, als der andere Wächter ebenfalls danach greifen wollte.

Die scharfe Schneide des Krummschwertes zischte nach oben, schlitzte die Kleidung des Mannes auf und glitt durch sein Kinn wie durch Butter. Er stürzte und versuchte noch, einen Schrei aus der bereits von Blut erstickten Kehle auszustoßen.

Selim rief mir eine Warnung zu.

Ich wirbelte blitzschnell herum und sah, wie der Finne mit Bogen und Pfeil herumfummelte, vom Schlaf und Wein immer noch stark benommen.

Für einen Sprung war es zu weit. Ich warf das Schwert in die Luft, fing die Klinge mit den Fingern auf und schleuderte sie wie einen Speer.

Der Finnveden zielte bereits mit einem Pfeil auf mich. Doch bevor er die straff gespannte Sehne loslassen konnte, um den Pfeil abzuschnellen, bohrte sich die geworfene Klinge tief in seinen Körper.

Der kurze Kampf hatte sich schnell, schweigsam und beinahe geräuschlos abgespielt.

Ich schaute rasch zur Küste hinüber, aber dort war kein Boot zu sehen. Das Wasser glitzerte in der Sonne, aber nichts bewegte sich. Schnell fesselte ich den schlafenden Wächter, dann rannte ich zur Truhe des Waffenmeisters, um Werkzeuge zu holen.

Mit einer Eisenstange sprengte ich die Haspen, an die Selim gekettet war. Dann gingen wir zum Roten Markus hinüber.

Andere Sklaven zerrten an unserer Kleidung und bettelten, befreit zu werden. Doch der Rote Markus kam zuerst an die Reihe. Einerseits, weil er mein Freund war, andererseits aber brauchte ich vor allem einen weiteren starken Mann neben mir, um die Disziplin zu erzwingen, die für unser Überleben unbedingt nötig war.

Als Selim und Markus befreit waren, reifte mein Plan plötzlich. Jetzt wußte ich, was ich tun mußte.

Als die Männer an Deck kamen, packte ich Markus am Arm und sagte: »Ich möchte, daß die Galeere gesäubert wird... vom Bug bis zum Heck!«

»Was?« Er starrte mich ungläubig an. »Wir müssen entkommen!«

»Sieh dir doch die anderen mal an! Sieh dich selber an! Wenn ihr so nach Cadiz geht, wird man doch sofort wissen, wer ihr seid! Dann werdet ihr erneut versklavt werden! Hört mich an! Zuerst werden wir die Galeere reinigen, dann werden wir uns selber säubern. Bei den erbeuteten Waren gibt es Kleidung und ganze Stoffballen! Jeder von uns wird eine anständige Ausrüstung bekommen. Jeder von euch wird Gold haben. Dann werdet ihr hören, was ich im Sinn habe. Aber kein Wein! Es wird nur Wasser getrunken, verstanden? Verlaßt euch ganz auf mich!«

Wir hielten sorgfältig Ausschau nach irgendeinem Boot, das

sich dem Schiff näherte. Die Sklaven arbeiteten sehr schnell. Die Galeere wurde einer gründlichen Säuberung unterzogen. Die Decks wurden mit Salzwasser abgespült, das in Eimern aus der Bucht hochgezogen wurde.

Selim und ein anderer Mann gingen auf meinen Befehl hin nach unten, um den Wert der Ladung abzuschätzen. Als Selim mit seiner Meldung wieder nach oben kam, sahen wir ein Boot zurückkehren.

Die Sklaven kehrten augenblicklich auf ihre früheren Plätze zurück. Zwei andere nahmen die Stelle von Wächtern ein.

Das Boot stieß an den Schiffsrumpf. Ein Mann rief etwas herauf. Als er keine Antwort bekam, fluchte er.

»Schlafen!« sagte er wütend. »Na, wartet nur, bis Walther davon hört!«

Sie kamen an Bord... und fielen direkt in unsere Hände.

Die Überraschung war perfekt.

Einer von ihnen entschied sich für den Kampf.

Der Rote Markus spießte ihn mit seinem Schwert auf wie einen Fasan über dem Feuer. Zwei andere wurden gepackt, zu Boden geworfen und gefesselt. Einer der Sklaven richtete sich auf und jagte dem Bootsmann einen Pfeil in den Hals.

Wir hatten das Schiff so schnell in unsere Gewalt gebracht, daß es mich beinahe beunruhigte. Aber die Besatzung war eine Bande von Tölpeln gewesen. Es war schon ein Wunder, daß man überhaupt daran gedacht hatte, die Wachen auf der Galeere abzulösen. Die mit dem Boot zurückgekehrten Männer waren noch halbbetrunken gewesen und in keiner Weise gewarnt worden. So waren sie natürlich auch nicht auf das vorbereitet, was dann stattfand.

Jetzt war noch der Rest meines Planes auszuführen. Doch jeder Augenblick war geradezu eine Einladung zur Katastrophe.

Warum nicht einfach vergessen, was ich geplant hatte? Das Gold aufteilen und dann jeden seiner Wege gehen lassen?

Die Mauren in Cadiz würden entsprungenen Sklaven gegenüber aber alles andere als freundlich gesonnen sein. Walther würde sich bestimmt ihrer Hilfe bedienen, um uns wieder einzufangen.

Benutze deinen Verstand, hatte der pockennarbige Seemann damals zu mir gesagt.

Außerdem hatte ich ja auch noch eine Rechnung zu begleichen.

Wenn mein Plan klappte, konnte ich jeden Sklaven als mäßig reichen Mann fortschicken... und ich hätte Walther eine dringend notwendige Lektion erteilt!

»Du übernimmst hier die Aufsicht«, sagte ich zum Roten Markus. »Ich werde mit Selim an Land gehen. Sollten noch weitere Leute von der Mannschaft zurückkommen, nehmt sie gefangen!«

Was ich jetzt brauchte, war ein Bettler.

Ein Bettler mit einem ganz bestimmten Gesicht.

6

An Land verließ ich sofort die Hafengegend und suchte die schmalen Straßen der Stadt auf. Mein Plan mußte sehr schnell vollendet werden, und es war keine moslemische Gewohnheit, sich in solchen Angelegenheiten zu beeilen.

Jede Verzögerung konnte eine Katastrophe bedeuten.

Wieder zauderte ich.

Warum nicht einfach die Sklaven freilassen und ihnen erlauben, sich selber einen Weg aus dem Land zu suchen? War ich denn für sie verantwortlich?

Natürlich nicht, doch ich wußte nur zu genau, was geschehen würde. Die freigelassenen Sklaven mit Gold in den Taschen würden unweigerlich von den Fleischtöpfen in Cadiz angelockt werden, hier Aufmerksamkeit erregen, auf der Stelle als entlaufene Sklaven erkannt und erneut in Ketten gelegt werden.

Meine Kleidung war sorgfältig gereinigt und gebürstet worden, so daß ich jetzt wie ein junger, eleganter Mann aussah. Das Krummschwert befand sich abermals in meinem Besitz. Auch mein Messer hatte ich wieder. Doch für meine Zwecke sah ich zu jung aus.

Ich brauchte einen Helfer in entsprechendem Alter und mit Würde; dessen Aussehen Respekt verlangte.

Selim, der mich begleitete, sah viel zu wild aus und erinnerte zu sehr an einen Piraten, um für vertrauenswürdig gehalten zu werden.

In diesem Jahr 1176 war Cadiz einer der großen Häfen der Welt. Zu den hiesigen Basaren kamen Kaufleute mit Seiden, Gewürzen, Kampfer, Perlen, Weihrauch und Elfenbein. Wolle aus England, Pelze aus Skandinavien, Weine aus Frankreich,

Teppiche der Levante... dies alles war hier zum Verkauf ausgestellt.

Es gab Männer aller Nationen in jeder nur erdenklichen Kleidung. Kaufleute mischten sich unter Piraten, Soldaten, Sklavenhändler und Gelehrte. Cadiz war seit langem für seinen Handel berühmt.

Mein alter Privatlehrer aus griechisch-arabischer Familie hatte mir von einem Manuskript erzählt, das vom Griechen Eudoxus hinterlassen worden war. Darin hatte dieser beschrieben, wie man den Bug eines Schiffes aus Cadiz auf dem Meer vor der Küste von Ostafrika gefunden hatte, schon lange vor Christus.

Ein Bettler zupfte mich am Ärmel.

»Almosen! Almosen! Um der Liebe Allahs wegen!«

Ich schaute in ein schmales Habichtgesicht mit sehr scharf dreinblickenden Augen und einer Hakennase; ein Gesicht, das viel Böses gesehen hatte, von List und Verschlagenheit überschattet, aber da war auch noch etwas mehr, vielleicht ein Anflug von bösartigem Humor?

»Vater der Läuse!« sagte ich. »Welchen Anspruch hast du denn auf Almosen? Du siehst aus wie ein Dieb und wie der Sohn von Dieben!«

Seine klugen, alten Augen glänzten vor satanischer Belustigung.

»Ich bitte tausendmal um Verzeihung, Edler! Habt Erbarmen für meine Armut und Schwäche! Almosen, um der Liebe Allahs wegen!«

Das Gesicht, das Benehmen... und wenn er jetzt auch noch sauber war?

»Ich gebe dir keine Almosen, du Übermittler von Ungeziefer, aber wenn du ein Goldstück haben möchtest, werden wir uns mal unterhalten.« Ich fugte hinzu: »Ein Goldstück... oder scharfer Stahl, wenn du mich verrätst!«

»Ein Goldstück?« Seine Augen funkelten heimtückisch. »Für ein Goldstück würde ich Euch in den besten Harem von ganz Spanien schmuggeln! Für ein Goldstück könnte ich... ah, ich kenne das richtige Mädchen! Ist ein Teufel, ein Biest aus der Hölle, aber sehr erfahren und klug, wenn es um die Freuden des Lebens geht, und sie hat...«

»Ich habe nichts von Frauen gesagt. Folge mir!«

Vor einem öffentlichen Bad blieben wir stehen. Hier stand ein muskulöser Neger mit riesigen Goldringen an den Ohren.

Ich deutete auf den Bettler und sagte: »Nimm diesen Beutel voll Flöhe. Tauche ihn ins Wasser. Schrubbe ihn gründlich. Schneide ihm das Haar und kämme es. Ich möchte, daß er wie ein Herr aussieht!«

»Bei Allah!« Der Sklave spuckte in den Staub. »Bin ich ein Zauberer, der Wunder vollbringen kann?«

Der Bettler funkelte ihn lüstern an.

»O, Herr!« sagte er zu mir. »In Cadiz gibt es so viele Bäder! Warum bringt Ihr mich ausgerechnet zu diesem hier, dessen Gestank die Nase der Menschheit beleidigt? Warum muß ich auf meine alten Tage noch gezwungen sein, diesem Schatten der Unwissenheit zuzuhören?«

»Genug!« sagte ich barsch, denn wir Kerbouchards verstehen uns aufs Befehlen. Ich forderte den Neger auf: »Bring ihn hinein! Verbrenne diesen Bienenkorb der Verderbnis, den er als Kleidung trägt. Ich werde in weniger als einer Stunde mit frischer Kleidung zurückkommen!«

Als er schließlich vor mir stand, sein Bart gestutzt, das Haar geschnitten und gekämmt, gekleidet, wie es einem Mann von Würde und Wohlstand zukam, da sah er tatsächlich wie ein Edelmann aus, und zwar wie ein Edelmann, wie ich ihn brauchte und haben wollte.

Sein Name lautete Shir Ali aus Damaskus, früher Kaufmann, später Derwisch, dem schlechte Zeiten widerfahren waren. Ich zweifelte nicht daran, daß der Schurke log.

»Du bist jetzt wieder ein Kaufmann«, sagte ich zu ihm. »Soeben aus Aleppo angekommen, um so schnell wie möglich eine Galeere samt Ladung zu verkaufen. Die Ladung besteht aus Gewürzen und Seidenballen. Entledige dich dieser Sachen gut, Shir Ali. Entledige dich ihrer noch an diesem Nachmittag, dann wirst du reich dafür belohnt werden!« Warnend fügte ich hinzu: »Wenn es auch nur eine einzige falsche Bewegung gibt... oder wenn ich verraten werde...« ich legte meine Hand auf mein Messer, »... dann werde ich deine Eingeweide in den Staub leeren!«

Selim beugte sich zu ihm hinüber und hatte auch noch etwas zu sagen. »Und ich werde dich in Streifen schneiden und den Hunden zum Fraß vorwerfen!«

In einem kleinen Laden tranken wir gemeinsam Wein. Ich zeigte ihm das Ladungsverzeichnis und beschrieb das Schiff.

Er sah das Ladungsverzeichnis an und nickte. »Ausgezeichnet! In einer Woche...«

»Du hast genau vier Stunden Zeit«, unterbrach ich ihn schroff. »Ich bin dein ungeduldiger Neffe aus Palermo. Dies hier ist mein Erbe. Ich muß unverzüglich nach Toledo. Du verabscheust überstürzte Hast, aber was kann man bei einem so ungeduldigen Jugendlichen tun? Außerdem gibt es ein Mädchen...«

Er protestierte ungestüm und empört, daß dies unmöglich zu bewerkstelligen sei. Wir würden viel Geld verlieren! Wir würden betrogen werden! Vielleicht könnte es in zwei Tagen getan werden, aber...

»Es ist ein Piratenschiff«, sagte ich ihm kurz und kühl. »Die Mannschaft ist in der Stadt und betrinkt sich. Du wirst den Verkauf jetzt durchführen... noch heute!«

Sein Blick verriet Ungläubigkeit, doch dann zuckte er mit den Schultern. »Ihr habt Mut!« sagte er. »Oder Ihr seid ein Dummkopf!«

»Meine Klinge schneidet so oder so«, sagte ich. »Sei also schnell!«

Kaufmann war er zweifellos einmal gewesen. Ein Dieb wahrscheinlich auch. Aber man konnte ihm ein gewisses Format nicht absprechen, diesem angeblichen Shir Ali.

Bei jedem Schritt befürchtete ich, Walther oder einem seiner Mannschaft zu begegnen.

Doch der alte Bettler war einfach nicht dazu zu bewegen, sich etwas zu beeilen.

»Ihr habt eine gute Wahl getroffen«, sagte er zu mir. »Denn ein Bettler sieht vieles, was andere nicht sehen. Wir wissen, wer ehrlich und wer ein Betrüger ist, wer das Gold hat und wer nur in den Wind spricht.«

Plötzlich blieb er vor einem kleinen Verkaufsstand auf dem Basar stehen, begann zu jammern und sich die Haare zu raufen.

»Ruiniert!« rief er. »Ich werde ruiniert sein! Jetzt verkaufen? Das kann ich doch nicht tun! Es ist eine Sünde gegen Allah, ein Schiff in einer solchen Zeit zu verkaufen!« Er wandte sich an mich. »Überleg doch mal, Neffe! Das Schiff selbst ist schon ein Schatz, aber dazu auch noch diese Ballen Seide! Laß mich das alles noch behalten! Überlaß mir den Handel! Es gibt Männer, die würden eine runde Summe für ein solches Fahrzeug bezahlen!«

Ben Salom, der alte Jude, dem dieser Verkaufsstand gehörte, witterte ein gutes Geschäft.

»Was habt Ihr denn für Sorgen, mein Freund?« fragte er.

Shir Ali jammerte noch lauter.

Eine kleine Menge versammelte sich um uns herum.

Dann brach Shir Ali in einen Strom von Ausrufen und Verwünschungen aus. Sein lieber Bruder, der beste aller Brüder, war tot! Sein Schiff, das im Hafen lag, mußte verkauft werden. Und dieser bartlose Jugendliche, dieser junge Bursche neben ihm, mußte noch vor Sonnenuntergang auf dem Weg nach Toledo sein!

Diskussion und Erklärung folgten. Shir Ali schilderte die Pracht der Seiden, das Aroma der Gewürze. Mein Bettler erwies sich als ein Mann mit blühender Phantasie, der sogar etwas von Dichtkunst verstand.

Er jammerte. Er beklagte sein ausgesprochenes Pech. Er schimpfte auf die schlechten Zeiten. Er beklagte sich über die Sünde, schon jetzt zu verkaufen, wenn durch Abwarten doch noch viel mehr gewonnen werden könnte.

Plötzlich brach er ab und sagte zu mir: »Komm! Komm, mein Neffe, komm! Ich kenne den genau richtigen Mann! Für eine solche Ladung wird er bezahlen...«

»Halt!« Ben Salom hob eine Hand. »Wartet! Vielleicht braucht Ihr gar nicht weiterzugehen! Zweifellos ist dieses Schiff alt. Die Seide hat wahrscheinlich schon lange im Rumpf gelegen. Die Gewürze könnten schon verdorben sein. Und doch...«

Shir Ali richtete sich zu voller Größe auf und sah Ben Salom unwillig an.

„Was? *Ihr* sprecht von Kaufen? Wo würdet Ihr wohl hunderttausend Dinar hernehmen? Ja, wirklich... woher?«

»Wer spricht denn von hunderttausend Dinar? So können doch nur Narren daherreden! Doch laßt uns nichts übereilen. Wahrhaftig, Allah hat Euch zu mir geleitet! Kommt herein!«

Shir Ali trat zurück.

»Wer spricht von Allah? Was haben wir mit Euch zu tun? Es gilt, keine Zeit zu verschwenden! Das Schiff muß bis zum Abend verkauft sein. Wie kann ich also wertvolle Zeit mit müßigem Geschwätz vertrödeln?«

Doch nach einer längeren Auseinandersetzung und vielen Protesten ließen wir uns schließlich doch hineingeleiten und setzten uns mit gekreuzten Beinen auf die Kissen auf dem Fußboden, während Shir Ali sich immer noch über vergeudete Zeit beklagte. Mehrmals traf er Anstalten, wieder aufzustehen, doch jedesmal wurde er in die Kissen zurückgedrückt.

Ben Salom nahm die Liste und studierte sie. Er zählte an den Fingern ab und murmelte ständig vor sich hin. Shir Ali, Selim und ich akzeptierten den angebotenen Wein und warteten.

Der Laden machte einen recht bescheidenen Eindruck, aber kein Mann kann lange auf den Straßen sein, ohne zu wissen, was in der Stadt vorgeht. Es gibt so etwas wie eine Bettler-Liga, und was sie nicht wissen, das weiß auch niemand sonst.

Der Kaufmann rief schließlich einen Jungen und schickte ihn eilig aus dem Laden. Innerhalb weniger Minuten kam der Junge mit zwei alten, bärtigen Männern zurück. Sie steckten die Köpfe zusammen, schauten immer wieder auf die Liste, argumentierten und protestierten.

Shir Ali kam plötzlich auf die Beine. »Genug!« rief er. »Genug davon!«

Wir waren bereits an der Tür, als Ben Salom uns aufhielt.

»Bringt uns zu diesem Schiff. Wenn alles so ist, wie Ihr sagt, dann werden wir kaufen.«

»Auch das Schiff?«

»Auch das Schiff.«

Jetzt kam die Zeit der größten Besorgnis. Was nun, wenn Walther inzwischen zur Galeere zurückgekehrt war? Oder wenn er dorthin zurückkam, während wir an Bord waren? Dann würde bestimmt ein Kampf stattfinden, in den sich die Hafenbehörden sehr wohl einmischen könnten. Doch dieses Risiko mußte eben eingegangen werden.

Alles war ruhig, als wir uns dem Schiff näherten. Die Sonne schien sehr warm. Wasser plätscherte gegen den Schiffsrumpf.

Die Kaufleute musterten das Fahrzeug. Ihre Gesichter gaben nichts preis.

In der Annahme, daß sie den Sinn meiner Worte verstanden, sagte ich in fränkischer Sprache zu Selim: »Ich glaube, wir vergeuden hier nur unsere Zeit. Es dürfte wohl besser sein, in Malaga oder Valencia zu verkaufen.«

Ben Salom sprach sofort besorgt mit dem Mann an seiner Seite, und Shir Ali warf mir einen verschmitzten Blick zu, denn er ahnte meine Absicht.

Wir wurden vom Roten Markus und einem Dutzend bewaffneter Sklaven am Schanzkleid empfangen.

Während Shir Ali und Selim den Kaufleuten das Fahrzeug zeigten, warteten wir besorgt und beobachteten ständig den Strand.

Jetzt kam die gefährliche Stunde. Wenn wir den Verkauf nicht unter Dach und Fach brachten, bevor…

Am Strand schlenderte eine Gruppe von Männern entlang, die uns bekannt vorkamen.

Der Rote Markus folgte meinem Blick und sagte: »Ich glaube, jetzt bekommen wir Ärger!«

»Walther ist einer von ihnen«, fügte ich hinzu.

»Was sollen wir jetzt tun?«

Der große Sachse bekam es mit der Angst zu tun. Zwar war er ein kühner Mann, aber die Aussicht, schon bald wieder in Ketten gelegt zu werden, war schon eine schreckliche Sache.

»Sind ja nur fünf oder sechs«, sagte ich beruhigend. »Wir werden sie ergreifen.«

»Und was ist mit *ihnen*?« Sein Daumen zeigte auf die Käufer.

»Sie werden ein gutes Geschäft machen, und wir werden uns noch etwas herunterhandeln lassen.«

Selim fing mein Signal auf. »Bringt sie nach unten!« flüsterte ich. »Zeigt ihnen die Seide. Öffnet ein Faß Zimt. Beschäftigt sie irgendwie.«

Die ehemaligen Sklaven nahmen ihre früheren Plätze wieder ein. Lediglich zwölf ausgesuchte Männer hockten in Bereitschaft am Schanzkleid. Vier andere standen mit ihren Bogen bereit für den Fall, daß jemand versuchen sollte, uns wieder zu entkommen.

Wir hörten die Ruderschläge, bis das Boot gegen den Schiffsrumpf stieß.

Schweiß rieselte mir über Gesicht und Hals. Ich wollte meine Lippen befeuchten, aber auch meine Zunge war trocken. Es kostete mich wirklich Anstrengung, jetzt noch zu schlucken. Ich ging zur Seite des Schiffes, damit man mich sehen konnte.

»Wo ist der Finne?« fragte Walther.

»Schläft. Sie haben Euren Weinvorrat gefunden.«

Das würde ihn wütend machen, und wütende Männer sind nur selten besonders vorsichtig.

»Diese Dummköpfe! Ich werd's ihnen zeigen und…«

Er packte eine Leine und kletterte wie eine Katze an Bord.

Die anderen folgten ihm.

Doch als Walther schon ein Bein über die Reling schwang, nahm sein Blick etwas wahr. Walther zögerte und fragte sichtlich alarmiert: »Was ist denn das? Was…«

Zu spät erkannte er die Gefahr, als ich auf ihn zusprang, um ihn zu packen. Er zögerte einen Moment und schien nicht zu wissen, ob er Reißaus nehmen oder kämpfen sollte. Es gereichte ihm zur Ehre, daß er sein Schwert zücken wollte.

Walther mochte zwar ein Feigling sein, und zweifellos war er auch brutal und ein Maulheld, aber wenn er sich in die Enge getrieben sah, war er auch ein kraftvoller und gefährlicher Mann. Er warf sich auf mich.

Ich zog mich zurück und versuchte, ihn von mir abzuhalten.

Waffen klirrten. Es gab einen halberstickten Schrei. Dann ritzte meine Klinge seinen Arm. Die Wunde begann sofort stark zu bluten. Walther zog sich plötzlich zurück. Bevor er jedoch erneut auf mich losgehen konnte, legte der Rote Markus ihm einen Arm um den Hals, riß ihn zurück und brachte ihn aus dem Gleichgewicht.

Der Kampf war sehr schnell vorbei. Die Gefangenen wurden rasch und geschickt gefesselt, worauf sich Seeleute gut verstanden. Bis auf einen Mann wurden alle lebend ergriffen. Der Tote würde nicht der erste sein, der im Hafen von Cadiz gefunden wurde.

Ben Salom war auf den Tumult an Deck aufmerksam geworden und kam herauf. Er schaute sich um, konnte aber nicht mehr viel entdecken.

»Gibt es Ärger?« fragte er.

»Nur ein paar rebellische Sklaven«, antwortete ich.

Walther versuchte zu schreien, aber der Rote Markus versetzte ihm einen wuchtigen Schlag in den Bauch.

»Von Sklaven hattet Ihr aber nichts gesagt!« protestierte Salom.

»Sie gehören zum Schiff.« Ich zeigte auf Walther. »Aber hütet Euch vor diesem da! Er ist ein listiger Schurke und großer Lügner! Gebt ihm die Peitsche zu kosten, dann wird er gut arbeiten.«

Ben Salom sah mich an und sagte: »Ihr seid noch jung, aber Eure Stimme klingt nach häufigem Befehlen.«

»Das Schiff ist mein Erbe«, erwiderte ich.

Alle schwiegen. Zweifellos kam ihnen hier irgend etwas nicht ganz in Ordnung vor.

»In der Frage der Sklaven habe ich sehr schnell gesprochen«, sagte ich. »Doch ich bin sicher, daß es die Absicht meines Onkels war.«

Ben Salom zupfte an seinem Bart. »Wir befürchten Ärger! Hier ist nicht alles gut!«

»Das müßt Ihr schon selber entscheiden. Die Galeere gehört Euch für einen bestimmten Preis, und diese kräftigen Sklaven bekommt Ihr noch dazu.«

»Wir müssen überlegen. Alles kommt ein bißchen plötzlich.«

Ich wandte mich ab und sagte zum Roten Markus: »Bringt ihr Boot längsseits. Diese Männer wollen wieder gehen. Wir können den günstigen Wind ausnutzen und nach Malaga segeln.«

»Warte!« rief Shir Ali. »Ich bin sicher, daß Allah meinen Freunden Klugheit verliehen hat! Sie werden bestimmt kaufen wollen.«

Ben Salom begann den Kopf hin und her zu bewegen.

»Zum Boot!« sagte ich. »Wir segeln nach Malaga. Schließlich war es ja nur der Wunsch meines Onkels, hier in Cadiz zu verkaufen.«

»Na, na, na!« protestierte Ben Salom. »Es stimmt schon, Euer Angebot ist gut, aber wir müssen einfach...«

»Der Preis muß innerhalb einer Stunde in bar entrichtet werden!« fiel ich ihm ins Wort. »Es wird nicht mehr geredet!«

»Schon gut«, stimmte Ben Salom widerstrebend zu. »Wir werden kaufen.«

»Ihr werdet an Bord bleiben, bis die anderen mit dem Geld zurückkommen«, sagte ich.

Eine Stunde und zehn Minuten später stand ich mit mehr Geld, als ich je in meinem Leben gesehen hatte, in der anbrechenden Dunkelheit auf der Straße von Cadiz.

Vielleicht hätte ich am Ende doch noch Mitleid mit Walther gehabt, doch dann erinnerte ich mich wieder an jenes Mädchen, das von Bord der Galeere gesprungen und zur weit entfernten Küste geschwommen war.

Der Rote Markus war fort.

Ich streckte Selim eine Hand entgegen. »Geh mit Allah, mein Freund!«

Er zögerte.

»Könnten wir nicht zusammenbleiben? Du hast mich befreit. Ich würde dir dienen... und nur dir.«

»Dann geh nach Malaga. Erkundige dich diskret nach Aziza und Graf Redwan. Bringe in Erfahrung, ob das Mädchen in Sicherheit ist. Diene diesem Mädchen, wenn du kannst. Und geh klug mit deinem Geld um.«

Wir trennten uns, und ich ging die enge Straße hinauf. Ich bemerkte den zerlumpten Bettler, der sich bei meiner Annäherung hastig in eine Gasse verdrückte.

Jetzt mußte ich mich zuerst nach meinem Vater erkundigen.

Sollte man hier nichts über ihn wissen, würde ich nach Cordoba gehen. Dort, in der einstigen Hauptstadt der Kalifen, würde es Berichte über alles geben, was sich auf dem Mittelmeer abspielte.

Zuviel Zeit war schon vergangen, doch mein Vater und ich mußten gemeinsam nach unserem eigenen Armorica zurückkehren und unsere Rache an Baron de Tournemine vollziehen.

Inzwischen trug Tournemine ja die Narbe der Wunde, die ich ihm beigebracht hatte... eine ständige Mahnung an das, was noch folgen würde.

Und dann fiel mir ein, daß ich eine Nachricht schicken wollte.

7

Die Altstadt von Cadiz stand auf einer Klippe. Der Hafen war zum westlichen Meer geöffnet. Es gab Gebäude, die schon aus uralten Zeiten stammten. Man behauptete, daß einige der bestehenden Bauten schon von den Phöniziern errichtet worden waren, andere von den Römern oder Westgoten.

Ich blieb auf der dunklen Straße stehen und zog meinen Umhang noch etwas fester um mich zusammen, denn der Wind trug Feuchtigkeit vom Meer herüber.

Selim hatte mir von einer Schenke auf einer Klippe oberhalb des Meeres erzählt; von der Schenke »Zum Weißen Pferd«.

Diese Schenke wurde von Seeleuten aufgesucht. Vielleicht konnte ich dort etwas über meinen Vater erfahren. Alles in mir drängte danach, so schnell wie möglich aus Cadiz fortzukommen. Was nun, wenn einer der Sklaven seine Freilassung feierte und dabei zuviel redete?

Der Schankraum der Taverne wies niedriges Gebälk auf und war ziemlich dunkel, aber er war gut besucht von Männern aus allen möglichen Häfen: Alexandria, Venedig, Tripolis und Konstantinopel. An den langen Tischen gab es auf beiden Seiten Bänke.

Ich fand einen freien Platz und bestellte in Olivenöl gebratenen Thunfisch, Brot und eine Flasche Wein.

Mir gegenüber saß ein schlanker, einäugiger Seemann mit wildem Gesicht. Er starrte unglücklich in ein leeres Glas.

»Es ist trocken«, sagte ich. »Da... füll dein Glas!« Damit schob ich ihm die Flasche zu.

Er füllte sein Glas, hob es mir entgegen und sagte: »*Yol bolsun!*«

»Deine Sprache ist fremd«, sagte ich.

»Mein Volk wurde auf den Steppen im fernen Osten und Norden geboren. Die Worte sind eine Begrüßung, manchmal aber auch ein Trinkspruch. Sie bedeuten: ›Möge es eine Straße geben!‹«

»Darauf werde ich trinken«, sagte ich, und wir tranken gemeinsam.

»Vor langer Zeit hat mir ein Grieche von diesen Steppen erzählt«, sagte ich. »Von fernen Grasebenen, wo wilde Krieger herumritten. Und von einem noch ferneren Land im Osten namens Kathai.«

»Dieser Mann hat sehr viel gewußt. Geht deine Reise weit?«

»So weit wie notwendig.«

»Ich bin Abaka Khan, ein König unter meinem Volk.« Er lächelte plötzlich humorvoll. »Ein kleiner König, aber immerhin noch ein König.«

»Ich bin Mathurin«, sagte ich. »Den anderen Namen lassen wir zur Zeit lieber unausgesprochen.«

»Der Name eines Mannes ist seine eigene Sache.«

»Du bist sehr weit von zu Hause fort.«

»Ah...!« Er zuckte mit den Schultern und schaute wieder in sein leeres Glas.

Ich füllte sein Glas nach.

»Du siehst einen Mann vor dir, der schon König gewesen ist, aber auch Sklave, Krieger, Seemann, Flüchtling und Befreier.«

»Ich bin bisher noch nichts gewesen«, sagte ich. »Aber es gibt ja immer ein Morgen.«

Jetzt war eine streitlustige Stimme zu hören. »Tot! Ich sage euch, Kerbouchard ist tot!«

»Das glaube ich nicht«, sagte ein anderer.

»Es wird nie mehr einen solchen Kerbouchard geben.«

»Und ich glaube einfach nicht daran, daß er tot ist!« sagte der zweite Sprecher stur.

»Er hat auf dem Rücken gelegen und aus weit offenen Augen in die Sonne gestarrt! Das sage ich, denn ich habe ihn gesehen! Er hatte ein klaffendes Loch in der Brust, und Blut hatte das Wasser um ihn herum rot gefärbt!«

»Als Kind habe ich Geschichten über diesen Kerbouchard gehört«, mischte ich mich an dieser Stelle ins Gespräch ein.

»Was immer man auch gesagt haben mag, es war weniger als die

Wahrheit!« sagte der zweite Mann. »Und das sage ich, der ich mit ihm gesegelt bin! Oh, ein guter Mann! Ein gerechter Mann! Wenn Kerbouchard das Kommando hatte, bekam jeder Mann einen Extra-Anteil!«

Während ich mein Essen verzehrte, lauschte ich dieser für mich so wichtigen Unterhaltung. Man sprach von Schiffen, Männern, Blut, Kämpfen, Beute, Frauen, Ruderschlägen und flatternden Segeln. Zwischendurch tauchte immer wieder einmal der Name Kerbouchard auf.

Der Türke beobachtete mich und sagte plötzlich: »Ich kannte ihn auch. Und dieser andere Name von dir? Ich glaube, ich kenne ihn.«

»Dann sprich ihn hier nicht aus.«

»Ein Name ist ein Name«, sagte er. »Nur haben eben manche Namen einen ganz besonderen Klang... wie zum Beispiel Kerbouchard.«

»Er saß bei Sonnenaufgang in einer Bucht in der Falle«, sagte soeben ein Mann. »Und es gab fünf Fahrzeuge. Sie kamen von beiden Seiten immer näher. Sie kappten seine Ruder und nahmen ihn in die Zange. Dann überschütteten sie sein Deck mit Pfeilen und erstürmten es mit Schwertern!«

»Er lebt!« beharrte der zweite Mann nach wie vor. »Ein Löwe wird nicht von Schakalen erschlagen!«

»Nennst du Abd-al-Ala etwa einen Schakal?«

Ich bestellte noch eine Flasche und schaute mich im Raum um. In einer Ecke neben der Tür entdeckte ich einen Bettler; einen Bettler, der genügend Geld hatte, um sich eine Flasche Wein kaufen zu können. Wo hatte ich ihn schon einmal gesehen?

Er blickte nicht in meine Richtung, aber ich war sicher, daß er es schon getan hatte.

Mir wurde es hier im Raum plötzlich zu eng. Ich kostete den Wein und sah, wie eine Seitentür geöffnet wurde. Ein Sklave kam herein, begleitet von einem Hauch kühler Nachtluft.

Abaka Khans Augen folgen meinem Blick, als ich erneut zu diesem Bettler hinüberschaute.

»Das ist eine Sache, die ich für dich tun könnte«, schlug Abaka Khan vor. »Als kleine Bezahlung für den Wein.«

»Wenn ich Wein gebe, gibt es keine Bezahlung.«

Ein paar Männer waren aufgestanden und versperrten mir die Sicht zum Bettler.

»Nimm die Flasche«, sagte ich. »Und *yol bolsun!*«

Dann ging ich sehr schnell und benutzte die Tür, durch die der Sklave hereingekommen war. Das Öffnen und Schließen der Tür dauerte nur einen Moment. Einen weiteren Moment brauchte ich, um meine Augen an die Dunkelheit hier draußen zu gewöhnen.

Ich befand mich in einem schmalen Gang, der auf einen steilen Hügel über dem Hafen einmündete.

Vor wem versuchte ich zu entkommen? Ich wußte es nicht, aber ich witterte Ärger. Die Vorzeichen waren mir nur zu gut bekannt.

Es wurde höchste Zeit, Cadiz zu verlassen. Was ich jetzt brauchte, war ein Pferd.

Ich ging den Hügel zum Hafen hinab. Dort unten gab es eine Mauer. Ich folgte dieser Mauer und fand ein schmales Tor und einen Wächter, dessen Aufmerksamkeit durch eine Münze abgelenkt wurde.

Draußen warteten Kaufleute und Reisende auf den Tagesanbruch und das Öffnen des Tores. Mehrere Feuer brannten noch. Ich ging zu einem Feuer hinüber, blieb stehen und musterte die Gesichter. Es schien sich um ehrliche Leute zu handeln. Trotzdem lockerte ich mein Schwert und meinen Dolch. Dann erst trat ich ans Feuer heran.

Zwei Männer saßen an diesem Feuer; ein Mann mit grauem Bart und ein junger Mann mit glattem Gesicht. Sie blickten zu mir auf.

»Ihr habt Pferde«, sagte ich. »Und ich brauche eins.«

»Ihr wollt ziemlich spät reisen.«

»Wenn ich nicht spät reise, kann ich vielleicht überhaupt nicht mehr reisen.«

»Pferde sind niemals billig.«

Bei einer Tasse Pfefferminztee sprachen wir über viele Dinge. Zwischendurch schacherten wir immer wieder ein bißchen. Wahrscheinlich feilschte ich gut, denn ich erinnere mich an Shir Ali und an all die Dinge, die er gesagt hatte. Würde ich ihn jemals wiedersehen? Oder Abaka Khan? Wie zahlreich sind doch die Menschen, denen wir begegnen.

Eine Stunde vor Tagesanbruch ritt ich auf einem Apfelschimmel aus ihrem Lager. Es war ein Berberpferd, ein sehr gutes Tier.

Nachdem das Geld aus dem Schiffsverkauf geteilt worden war, blieben mir fünfhundert Goldstücke. In meine Kleidung hatte ich eigenhändig mehrere kostbare Edelsteine eingenäht; zwei sehr schöne Smaragde, zwei Rubine, einen blauen Saphir und drei kleine Diamanten.

Zusammen mit dem Berberpferd hatte ich auch einen Bogen und einen Köcher mit Pfeilen gekauft.

Doch es war tollkühn, allein zu reisen, und deshalb hoffte ich, mich irgendeiner Gruppe anschließen zu können, die sich verstärken wollte.

Der Bettler beunruhigte mich immer noch. Daß er mir vom Hafen aus gefolgt war, daran bestand für mich nicht der geringste Zweifel. Er war auch in der Nähe gewesen, als ich mich von Selim verabschiedet hatte. Warum? Wer war er? Handelte er von sich aus? Oder diente er irgend jemandem?

Im Schutze der Büsche auf dem Berghang beobachtete ich, wie der Reiseverkehr des Tages begann. Mein Versteck war ausgezeichnet und gab mir Gelegenheit, alles zu beobachten, was sich auf der Straße abspielte.

Ein Kaufmann kam mit zehn Kamelen und mehreren berittenen Männern vorbei.

Dann tauchte ein Dutzend Soldaten mit spitzen Helmen und Panzerhemden auf.

Ein Ochsenkarren, von zwei berittenen Männern bewacht, kam vorbei.

Es folgte eine sehr gemischte Gruppe, die einen rauhen Eindruck machte. Zwei dieser Männer trennten sich von den anderen und gingen direkt unterhalb von mir auf dem Hügel in Deckung, um sich dort zu verstecken. Sie ließen sich nieder, um genau wie ich zu beobachten, was und wer hier so alles vorbeizog.

Plötzlich verstummte ihre Unterhaltung.

Eine neue Gruppe von Reisenden tauchte auf. Ein großer Mann in schwarzer Reitkleidung auf einem Maultier mit prächtigen Schabracken; in seiner Begleitung drei Gefolgsmänner, die ebenfalls auf Maultieren ritten. Alle waren zwar bewaffnet, machten aber keineswegs den Eindruck kampferprobter Männer. Es gab auch noch zwei Packtiere.

Das Interesse der Beobachter unterhalb von mir konzentrierte sich jedoch weniger auf die Lasten der Packtiere als vielmehr auf den Mann in Schwarz.

»Es ist Juan. Juan von Sevilla!«

Als die kleine Gruppe auf der schmalen Straße vorbeigezogen war, bestieg einer der beiden Beobachter sein Pferd und ritt über den Hügel. Er kam dicht genug an mir vorbei, so daß ich ihn gut sehen konnte. Es handelte sich um einen vierschrötigen, kraftvollen Mann mit fettiger Haut und ungekämmtem Haar. Und er war schwerbewaffnet.

Der zweite Mann verweilte noch ein bißchen länger, dann ging er zur Landstraße hinab, um Juan von Sevilla zu folgen.

Der Grieche, der mein Hauslehrer gewesen war, hatte von Juan gesprochen. Juan von Sevilla war ein bekehrter Jude, der mit Raimund von Toledo zusammengearbeitet hatte, um arabische Klassiker in die lateinische und kastilianische Sprache zu übersetzen. Er war ein berühmter Gelehrter und ein Mann von großem Einfluß.

Mein Vater hatte großen Respekt vor der Wissenschaft gehabt. In unserem Haus hatten viele Reisende eine kurze Rast eingelegt. Abends beim Wein war sehr viel über Gelehrte gesprochen worden; desgleichen über Männer, die nach der Wahrheit suchten. Der Appetit meines Vaters war durch seine Reisen ständig gewachsen. Die gelegentlichen Kontakte mit den klugen Männern aus Alexandria, Rom, Athen und im maurischen Spanien hatten ebenfalls viel dazu beigetragen.

Mein Vater war tot.

Obwohl ich diesen Gedanken verabscheute, hatte ich mich beinahe damit abgefunden. Doch der Mann, der nicht daran hatte glauben wollen, daß Kerbouchard tot war, hatte mehr gläubige Zuversicht als ich.

Sein Glaube hatte gegen das Wissen des anderen gestanden. Aber . . . hatte der andere tatsächlich Kerbouchard gekannt? Hatte er wirklich etwas über ihn gewußt? Er hatte davon gesprochen, gesehen zu haben, wie mein Vater tot dagelegen hatte. Was konnte ich gegen diese kategorische Behauptung setzen?

Wenn mein Vater tot war, dann mußte ich allein nach Armorica zurückkehren und den Baron de Tournemine eigenhändig vernichten; dieser Mann, der mein Zuhause zerstört und meine Mutter und unsere Gefolgsleute getötet hatte, mußte sterben!

Es gab kein Gesetz, das ihn zur Rechenschaft gezogen oder bestraft hätte. Niemand außer mir konnte dafür sorgen, daß er für seine Verbrechen bezahlte. Ich, Mathurin Kerbouchard, der ich ganz allein war, würde Tournemine durch meine eigene Klinge sterben sehen.

Gewiß, ich stand allein, aber wer allein auf sich gestellt ist, erweist sich oft als am stärksten. Wer allein steht, wird stärker und bleibt stark.

Es war gut, daß ich so empfand, denn ich war in der Tat allein. Es war gut, mich auf meinen starken rechten Arm und meinen Verstand zu verlassen, aber noch hatte ich sehr viel zu lernen. Außerdem wußte ich noch gar nicht, ob ein starker rechter Arm und ein heller Verstand ausreichend sein würden.

Die Welt, in die ich hineingeboren worden war, war eine Welt des Aufruhrs und Tumults. Mit dem Zusammenbruch des Römischen Reiches waren auch Luxus und Eleganz gestorben. Städte zerfielen zu Ruinen. Aquädukte trockneten aus; ungeschützte und unbearbeitete Felder wurden wieder von Gras und Unkraut überwuchert. Ein paar Jahrhunderte war Europa ein sehr gefährlicher Ort für Reisende. Es wimmelte hier von Briganten und anderem zwielichtigen Gesindel. Halbwilde Bauern schlachteten Reisende ab und beraubten sie ihrer Habe.

Kriegerische Mönche überfielen Kaufmannszüge oder verlangten Tribut von Dörfern. Oft kämpften sie mit den Edelleuten, die an sich nichts anderes waren als Briganten mit Titeln, wie zum Beispiel der Baron de Tournemine.

Nur sehr wenige Männer im christlichen Europa konnten lesen oder schreiben. Noch kleiner war die Anzahl derer, die Wissen überhaupt schätzten. Die christlichen Länder waren dunkle Meere der Ignoranz und des Aberglaubens geworden. Nur hier und da in dieser Dunkelheit flackerte ein schwaches Licht, das von Männern am Leben erhalten wurde, die sich zu lernen bemühten.

Nach der Sintflut blutiger Siege, von den Arabern über Asien und Nordafrika nach Spanien und Sizilien getragen, kam eine Flut der Aufklärung. Aus Alexandria kamen Übersetzungen der griechischen Klassiker; dann folgten Musik, Kunst und medizinisches Wissen der Griechen, Perser und Araber.

Persische und indische Gelehrte waren an den Höfen der Kalifen höchst willkommen, und als die Omaijaden gestürzt wurden, begann für die arabische Zivilisation das Goldene Zeitalter.

In Europa gab es nur wenige und unbezahlbare Bücher. Peter de Nemours, Bischof von Paris, schenkte bei seinem Aufbruch zu den Kreuzzügen seine »große Bibliothek« der Abtei St. Victor ... und diese Bibliothek bestand nur aus achtzehn Bänden.

Zur gleichen Zeit besaß der Kalif Al-Hakam in Cordoba eine Bibliothek aus vierhunderttausend Bänden!

In meiner Heimat war die Atmosphäre dank der Reisen meines

Vaters ganz anders. Wir waren keine Christen, und so wurden wir auch nicht von den Mönchen beeinflußt; der größte Teil der Bretagne war immer noch heidnisch.

Reisende Mönche oder andere Personen waren in meiner Heimat stets willkommen. An unserem Tisch fanden viele lebhafte Diskussionen statt. Deshalb wußte ich auch von Juan von Sevilla und Raimund von Toledo.

Jetzt hatte ich Juan von Sevilla gesehen, aber wenn ich mich nicht sehr täuschte, war er im Moment drauf und dran, beraubt und ermordet zu werden. Das ging mich nichts an, und ich war gut beraten, mich da herauszuhalten; aber ich wußte, daß ich es nicht konnte.

Die Sonne schien warm auf den Hügel. Heiter folgte ich der Straße. Mein Berberpferd war ein intelligentes Tier. Ich mußte es zügeln, um seine Energie zu sparen, denn noch war nicht abzusehen, was vor uns lag. Doch als es allmählich Nacht zu werden begann, verringerte ich den Abstand; ich befürchtete, zu weit zurückzubleiben, um im Falle eines Angriffs noch helfend eingreifen zu können.

Vor mir lag ein dichter Wald, dunkel und mit wirrem Unterholz. Ein nur schwach erkennbarer Pfad führte in diesen Wald; er schien eine Abkürzung zu bieten. Wenn ich ihr folgte, kam ich vielleicht vor Juans Gruppe.

Ich bog rasch ab und folgte dem schmalen Pfad. Mein Schwert hielt ich für augenblicklichen Gebrauch bereit. Schließlich ritt ich einen Wiesenhang hinab und stieß wieder auf die Straße. Als ich hier einen Blick zurückwarf, konnte ich drei Männer sehen, die mir nachstarrten. Hatten sie mich vielleicht abfangen wollen?

Ich hielt neben der Straße an und ließ Juan von Sevilla mit seiner Gruppe herankommen. Als sie mich sahen, drängten sie sich wie zur Verteidigung dicht zusammen, obwohl ich doch nur ein einzelner Mann war.

»Seid gegrüßt, Vater der Klugheit! Möge Euer Schatten niemals kleiner werden!«

Er war ein älterer Mann mit grauem Haar. Sein Gesicht wies scharf geschnittene Züge, hochstehende Wangenknochen und eine Adlernase auf.

»Ihr sprecht Arabisch, aber mit fremdem Akzent. Was seid Ihr? Und wer seid Ihr?«

»Ein Mann auf Reisen, der Euch warnen möchte.«

»Warnen? Wovor?«

»Vor Euch befindet sich eine Gruppe von Männern, und eine andere Gruppe nähert sich von hinten. Ich glaube, daß man Euch Schaden zufügen will.«

Seine Begleiter waren lediglich ein dicker, alter Mann und zwei Jungen, wenn auch einer der beiden groß und kräftig war.

»Wollen sie uns berauben?«

»Das glaube ich.«

Er dachte über meine Antwort nach und war offenbar unsicher, wie er sich jetzt verhalten sollte.

»Der Mann hinter uns, der uns beobachtet? Wir können auf ihn warten und ihn töten. Das wäre dann einer weniger.«

»Ist es denn so leicht zu töten?«

»Ich ziehe es vor zu töten, statt selber getötet zu werden. Über Frieden kann man nur mit denen reden, die friedfertig sind. Mit jemandem zu reden, der ein Schwert gezückt hält, ist dumm, es sei denn, man ist selber unbewaffnet. Dann allerdings muß man sehr schnell reden.«

»Wir werden ihn ergreifen. Vielleicht können wir ihren Plan erfahren.«

Bei einer Biegung verließen wir den Weg und versteckten uns im Gebüsch.

Juan und der dicke Mann trafen Vorbereitungen, die Straße zu blockieren.

Danach warteten wir. Juan schaute zu mir herüber. »Ihr seid Franke?« fragte er mich.

»Kelte. Aus den armorikanischen Bergen der Bretagne.«

»Ich kenne die Gegend. Ihr seid ein besitzloser Mann ohne Land?«

»Mein Zuhause wurde mir genommen. Ich suche meinen Vater, der auf See verlorenging.«

»Und jetzt?«

»Gehe ich nach Cordoba, um die dortige Bibliothek zu besuchen.«

Jetzt schaute er mich etwas nachdenklicher an und fragte schließlich: »Ihr lest also?«

»Latein«, sagte ich. »Und ein bißchen Arabisch.«

»Aber in Eurem Land gibt es nur wenige Bücher.«

Ich sprach über Bücher, die ich gelesen hatte. Wir unterhielten uns, bis der Junge auf der anderen Straßenseite eine Warnung zischte.

Der ankommende Reiter ließ sein Pferd im Schritt gehen und

näherte sich achtlos der Kurve, offenbar überzeugt, daß sich sein Opfer noch weit voraus befand. Als er um die Kurve kam, erblickte er Juan von Sevilla, der zu Fuß neben seinem Reitpferd stand und sich augenscheinlich etwas am Sattel zu schaffen machte. Der Reiter blickte sich scharf um, sah aber nichts Auffälliges und ritt auf Juan zu, legte aber vorsorglich eine Hand auf den Griff seines Schwertes.

Der Junge verhielt sich genauso still wie ich, und so konnten wir den Mann ergreifen, bevor er irgendwie reagieren konnte. Der große Junge legte ihm einen Arm um den Hals und riß ihn zurück. Beide fielen vom Pferd.

Ich zückte ganz kühl mein Krummschwert.

»Halte ihn ein wenig nach links«, sagte ich zu dem Jungen. »Ist doch nicht nötig, daß du Blut auf deine Kleidung bekommst.«

Der Gefangene starrte mich alarmiert an.

Juan stieß ihn mit einer Zehe an.

»Du und die anderen ... welchen Plan verfolgt ihr?«

»Ihr sprecht in Rätseln! Ich bin nur ein Reisender.«

Er war ein mürrischer und rauher Schurke, aber ich traute ihm genausowenig Ehrlichkeit zu wie den meisten seiner Sorte.

»Was ist mit der Bande voraus?«

»Ich weiß nichts von einer Bande.«

»Du lügst!« sagte ich. »Ich habe deine Worte gehört, als ihr geplant habt. Halte ihm ein Messer an die Kehle!« forderte ich den Jungen auf. »Sollten wir angegriffen werden, schneidest du ihm sofort die Kehle durch! Und schneide sehr tief!« riet ich ihm. »Ich habe schon Männer gesehen, die noch lebten, obwohl man ihnen den Kopf halb abgeschnitten hatte!«

»Warum töten wir ihn nicht sofort?« schlug der dicke Mann vor.

»Nein!« rief der Dieb verängstigt. »Ich bin ihnen nichts schuldig. Laßt mich frei abziehen, dann werde ich reden!«

Sie hatten nicht die Absicht, uns auf der Straße zu überfallen, sondern man wollte warten, bis wir eine Schenke landeinwärts erreichten. Es war ein durchaus logisches Vorhaben. Ein kleiner Zug von Kaufleuten wollte dort ebenfalls anhalten, und deshalb wollte man beide Gruppen gleichzeitig überfallen.

»Aber sie sind stark! Und es sind mehrere!«

»Aber einer von ihnen gehört zu uns«, sagte der Gefangene, »sie werden alle Wein trinken, und wenn sie schlafen...«

Wenn die Männer des Zuges vom Wein betrunken waren und schliefen, sollten sie getötet werden.

Noch wußte die Bande nichts von mir, aber ich bezweifelte, ob sie meinetwegen ihre Pläne ändern würde.

Wir fesselten die Hände des Gefangenen an den Sattel und setzten unseren Weg fort.

Dunkle Wolken ballten sich am Himmel zusammen. Die Luft veränderte sich.

Juan von Sevilla sah mich an und sagte ruhig: »Ihr habt mir das Leben gerettet.«

»Wartet. Vielleicht habe ich Euch nur auf den Tod aufmerksam gemacht. Noch wissen wir nicht, was die Nacht bringen wird.«

8

Vom Hügel aus konnten wir die Umrisse der gemauerten Schenke sehen, wenn man sie so bezeichnen konnte. Auf dem Hof waren Kamele und Pferde des Kaufmannszuges. Vier Soldaten in Panzerhemden bogen ins Tor ein. Aber von der rauhen Bande, die uns vorausgezogen war, sah man nichts.

Die Schenke stand auf vollkommen freiem Gelände. In der näheren Umgebung gab es keinerlei Versteckmöglichkeiten. Aber falls ein Mann das Tor von innen öffnete, würde die Schenke mit ihrem beschränktem Raum zu einem höchst gefährlichen Kampfplatz werden.

Hassan, der große Junge unserer eigenen Gruppe, würde gewiß recht gut kämpfen, davon war ich überzeugt. Auch Juan von Sevilla schien sich in guter Verfassung zu befinden, auch wenn er kein junger Mann mehr war. An seiner Entschlossenheit zweifelte ich nicht.

Als wir die hölzernen Torflügel passierten, zerrte der starke Wind an unserer Kleidung. Die ersten Regentropfen begannen zu fallen. Es würde eine sehr dunkle Nacht werden.

Wir nahmen unseren Reittieren die Sättel ab. Die Luft in den Stallungen war stickig, aber es roch auch nach frischem Heu. Die Kamele schienen kräftig und gut genährt zu sein. Dies sagte ich Hassan.

Er warf den Kamelen einen verächtlichen Blick zu.

»Jamal!« sagte er und zuckte mit den Schultern. »Sind doch nur zum Lastentragen geeignet. Ihr solltet mal unsere Reitkamele sehen! Die *Batiniyah* oder *Umaniyah* meines Landes!«

Er erzählte mir von berühmten Reitkamelen, die hundert Meilen am Tag gelaufen waren, und das sogar mehrere Tage hintereinander.

Ein großer, dunkler Soldat kam herein, deutete auf eine leere Stallbox und sagte: »Laßt das hier frei. Ein bedeutender Mann kommt.«

Er musterte mich stirnrunzelnd, als käme ihm mein Gesicht irgendwie bekannt vor. Er zögerte und schien noch etwas sagen zu wollen, doch dann änderte er seine Meinung und ging wieder davon.

In der Schenke saß Juan von Sevilla mit gekreuzten Beinen auf dem Fußboden. Er hielt eine Lammkeule, von der er Fleisch abriß. Mit einer Geste forderte er mich auf, mich ihm anzuschließen. Die Lammkeule stammte von einem jungen Tier, war frisch gebraten und schmeckte ausgezeichnet. Dazu gab es Reis und einen Krug Wein.

Hassan schloß sich uns ebenfalls an und sprach ausgiebig über Kamele und die Wüste, sichtlich erfreut, daß ich daran so interessiert war. Da ich wußte, daß dies für mich eines Tages sehr wichtig werden könnte, hörte ich aufmerksam zu.

Juan von Sevilla hatte nur wenig zu sagen, aber er erwähnte, daß einer der Soldaten im Panzerhemd hereingekommen war und sich nach unserem Gefangenen erkundigt hatte. Er hatte den Wunsch geäußert, ihm den Gefangenen auszuliefern.

Jetzt kam dieser Soldat erneut zu uns. Es war nicht der Soldat, mit dem ich im Stall gesprochen hatte, aber es war offensichtlich, daß sein Interesse vor allem mir galt.

»Ihr habt Euch der Reisegruppe außerhalb von Cadiz angeschlossen?« fragte er mich.

Mit meinem Dolch schnitt ich eine Scheibe Fleisch von der Lammkeule ab. »Ich reise nach Cordoba, um dort zu studieren.«

»Ihr könnt lesen?«

Ich war auf der Hut und antwortete: »Ich möchte lernen, den Koran besser zu lesen.«

»Ihr seid ein Gläubiger?« fragte er und sah mich dabei zweifelnd an.

Ich zitierte aus dem Koran: »Diejenigen, die glaubten, verließen ihre Heimat und stritten für die Sache Allahs... dies sind die wahrhaft Gläubigen.«

Sichtlich beeindruckt entfernte sich der Soldat wieder.

Juan schenkte Wein aus dem Krug ein, und ich entdeckte einen

Anflug von Lächeln um seine Lippen. »Habt Ihr gehört, daß der Teufel zu seinem eigenen Nutzen aus der Heiligen Schrift zitierte?«

»Der Teufel überlebt«, erwiderte ich.

»Dann kommt das Überleben also an erster Stelle? Gibt es nicht noch etwas anderes?«

»Zuallererst die Ehre, dann der Sieg, aber wenn ein Mann lernen will, muß er vor allem leben.«

»Es wäre klug von Euch, nach Cordoba oder Toledo zu gehen. Das beste aller Dinge ist das Lernen. Geld kann verloren oder gestohlen werden. Gesundheit und Kraft können nachlassen und versagen. Aber was man seinem Geist eingeprägt hat, bleibt für immer erhalten.«

Natürlich. Hatte mich mein bescheidenes Wissen über Navigation nicht von den Sklavenketten befreit? Hatten meine Kenntnisse des Arabischen mich nicht nach Malaga und danach nach Cadiz gebracht?

Es war noch mehr gewesen. Weil ich ein wenig gelernt hatte, war mein Leben schon reicher geworden. Ich wußte alle Dinge besser zu schätzen. Ja, ich würde nach Cordoba gehen. War mein Vater nicht tot? War sein Schiff nicht versenkt worden?

Was Aziza betraf, so wußte ich nicht, wo sie sich jetzt befand. Ich wußte auch nicht, ob und wie ich ihr helfen konnte. Viele Kräfte waren am Werk, von denen ich nichts verstand. Ein Fehler aus Unwissenheit konnte großen Schaden anrichten. Hier führten Christen gegen Christen Krieg, Moslems gegen Moslems, Araber gegen Berber.

Aziza konnte von Freunden in Sicherheit gebracht worden sein. Meine Erkundigungen nach ihr konnten dazu führen, daß Aziza von ihren Feinden entdeckt wurde.

Einer der Soldaten im Panzerhemd setzte sich in unserer Nähe hin, ein anderer legte sich in der Nähe des Kaufmanns auf den Boden. Es kam mir unvernünftig vor, daß Männer, die zusammen reisten, sich derartig voneinander absonderten und getrennt schliefen.

Die Männer des Kaufmannszuges schliefen bereits.

Als ich mit dem Essen fertig war, ging ich auf den Hof hinaus, um mir Hände und Gesicht zu waschen.

Der Wind wehte stärker, und der Himmel war ein vom Sturm gepeitschtes Wolkenmeer. Blitze zuckten über den fernen Bergen. Die Bäume beugten sich unter dem stürmischen Wind. Es war eine schlechte Nacht für einen Aufenthalt im Freien.

Ich war oft im Moor zwischen den uralten Steinen meines Volkes herumgewandert. Ich überlegte, was Juan von Sevilla wohl denken würde, wenn er wüßte, daß in meinem Kopf das heilige Wissen der Druiden schlummerte?

Vor langer, langer Zeit hatten sie die Regeln für klares Denken festgelegt; desgleichen für Argumentierung und Diskussion, für überliefertes Wissen über Meer, Himmel und Sterne; für viele geheime Dinge, die Uneingeweihten wie Zauberei vorkommen mußten.

Doch nichts in meinem Heimatland konnte einem Vergleich mit diesen Städten hier in Spanien standhalten.

Wie man mir erzählt hatte, sollte Paris kaum viel besser sein als eins unserer schmutzigsten Dörfer. Abfälle wurden einfach auf die Straßen geworfen, Tierleichen ließ man einfach zum Verrotten dort liegen, wo sie hingefallen waren. Schweine, die den Mönchen von St. Antoine gehörten, wanderten durch die elegantesten Stadtviertel. Manchmal war der Schlamm so tief, daß Frauen auf den Rücken von Trägern durch die Straßen getragen werden mußten. Glas war beinahe unbekannt; die Fenster wurden mit Ölpapier verschlossen.

Wieder einmal dachte ich an die alten Glaubenssätze meines Volkes. In der christlichen Lehre fand ich viel Gutes, aber wenn man sie nach den Auswirkungen auf Länder, in denen sie vorherrschte, beurteilte, dann schien mir die Moslem-Religion doch am erfolgreichsten zu sein. Doch das mußte nicht immer so sein.

Was sollte ich also glauben? Ich war ein Mann der Natur. Das Gefühl, ein Schwert in der Hand zu halten ... ein Pferd zwischen den Knien zu spüren ... das Steuerruder eines Schiffes in Händen zu haben ... daran konnte ich glauben. Dies alles antwortete auf etwas in mir.

Der Flug einer Möwe am Himmel, ein ferner Strand in blauem Dunst, der warme Sonnenschein, die Kälte einer Winternacht, der salzige Geschmack von Meerwasser oder Schweiß, das warme, wunderbare Gefühl, eine Frau in den Armen zu halten ... an all diese Dinge glaubte ich.

Es gab keinen Zweifel, daß Mohammed ein weiser Mann war. Hatte er nicht eine Witwe geheiratet, der viele Kamele gehörten? Es lohnte sich also durchaus, auf einen solchen Mann zu hören.

Ich ging wieder in die Schenke, nahm meine Sachen und legte mich in einer Ecke in der Nähe der Wand hin, nicht weit von Juan von Sevilla entfernt. Vorsorglich zog ich unter der Decke mein Krummschwert aus der Scheide.

Hassan schien zu schlummern, aber Hassan war ein Beduine aus der Wüste und würde bereit sein.

Der lange Raum, in dem wir uns befanden, hatte nur einen einzigen Eingang, und zwar vom Hof her. Mit unseren Klingen waren wir imstande, einen furchterregenden Verteidigungswall zu errichten.

Und doch ... irgend etwas hier im Raum beunruhigte und störte mich.

Ganz in meiner Nähe lag ein Soldat und schlief. Ich beobachtete ihn und bemerkte eine vorsichtige Bewegung seiner Hand. Das war keine Bewegung eines schlafenden Mannes, sondern die behutsame Bewegung eines Mannes, der sich bemühte, nicht bemerkt zu werden.

Mein Herz begann langsam und schwer zu schlagen. Angenommen, nur einmal angenommen, daß diese Soldaten gar nicht waren, was sie zu sein schienen?

Ich streckte eine Hand aus und zupfte sachte an der Decke von Juan von Sevilla.

Er machte die Augen auf und sah mich an, aber er bewegte keinen Muskel.

Ich formte mit den Lippen Worte, die ausdrückten: »Die Soldaten sind Diebe!«

Juan von Sevilla verstand mich augenblicklich. Er bewegte ein wenig den Kopf; sein Blick erfaßte sehr schnell die Positionen der Soldaten. Einer von ihnen lag in Reichweite von Hassan und konnte ihn leicht in den Rücken stechen. Ein anderer lag in der Nähe des riesigen Negers, der den dicken Kaufmann bewachte.

Jeder Soldat war so postiert, daß er auf ein verabredetes Signal hin imstande war, einen kampftüchtigen Mann augenblicklich zu töten!

Mein Blick fiel auf die Fingerknöchel des nächsten Soldaten. Ein kurzes Aufflackern des Feuers enthüllte den Griff des Mannes um das Heft seines Schwertes.

Ich begriff blitzschnell, daß jetzt der Zeitpunkt gekommen war.

Da ich im tiefsten Schatten lag, konnte ich von keinem der angeblichen Soldaten gesehen werden. Mit katzengleicher Geschmeidigkeit kam ich auf die Beine und hielt mein Schwert in der Hand. Ich raffte meine Decke zusammen. In diesem Augenblick hörte ich vom Hof her ein Geräusch, das nichts mit Wind oder Regen zu tun hatte.

Ich trat mit einem Schritt aus dem Schatten. Meine Klinge

berührte Hassan flüchtig. Er blickte auf, und ich zeigte mit der Schwertspitze auf den Soldaten in der Nähe des Negers.

Draußen auf dem Hofpflaster klangen Schritte auf.

Der Soldat wollte sich aufrichten.

Ich warf die Decke über ihn und wickelte ihn darin ein. Dann machte ich einen Schritt nach vorn und trat ihm sehr heftig auf die Fingerknöchel.

Als ich den Soldaten neben Hassan angriff, zückte Hassan sein Schwert und warf es wie einen Speer nach dem Soldaten neben dem Neger. Da dieser Soldat eben im Begriff gewesen war, vom Boden aufzustehen, traf ihn das Schwert quer über den Nasenrücken und überschüttete ihn mit Blut. Hassan folgte seinem Schwert und nahm es wieder an sich.

Juan war inzwischen auch auf die Beine gekommen, und als der Soldat neben der Tür eine Hand ausstreckte, um den Riegel zurückzuziehen, schleuderte Juan einen Stuhl nach ihm. Er verfehlte den Soldaten, der hastig zurücksprang, um dem Stuhl auszuweichen, als dieser von der Wand abprallte. Juan stieß mit einem Dolch nach oben zu und traf die Nierengegend des Soldaten.

Innerhalb von Sekunden herrschte im Schankraum ein wahnwitziger Tumult.

Der dicke Mann, der mit Juan von Sevilla ritt, erwies sich als besser denn erwartet. Als er sah, wie wir mit den Soldaten kämpften, warf er sich auf den letzten, der noch übrig war.

Mehrere Körper warfen sich draußen wuchtig gegen die Tür, die von den Angreifern unverschlossen erwartet worden war. Doch jetzt wartete dort der große Neger mit einer schweren Holzfälleraxt.

Und dann herrschte um uns herum plötzlich Stille. Der Mann, den ich in meine Decke eingewickelt hatte, wurde ergriffen. Von den vier Soldaten hatte Juan von Sevilla einen getötet, sein dicker Begleiter einen anderen, und Hassan hatte einen dritten ausgeschaltet. Der Kampf war genauso plötzlich zu Ende, wie er begonnen hatte.

Draußen versuchten immer noch Männer, die Tür einzurammen.

Ich rückte eine schwere Bank davor, ließ aber genügend Platz, um die Tür weit aufreißen zu können.

»Wenn wir sie draußen lassen, werden sie unsere Pferde stehlen und fortreiten!« erklärte ich. »Hebt den Riegel hoch!«

Die Tür klappte krachend auf. Männer stürmten in den Raum. Zwei von ihnen stolperten über die Bank, ein dritter stolperte über die Beine der beiden gestürzten Männer. Ein vierter starb durch einen Axthieb. Hassan erledigte den fünften. Ich sprang aus der Tür und rannte zu den Stallungen.

In der Schenke entledigten sich unsere Männer der Briganten, aber hier draußen im Stall schien alles ruhig zu sein.

Doch dann hörte ich ein raschelndes Geräusch.

Ein Mann stand am Ende des Stalles mit dem Rücken zur Wand. Er hatte das Pferd von Juan von Sevilla gesattelt. Da Juan ein Maultier geritten hatte, war das Pferd den ganzen Tag geführt worden und befand sich in erstklassiger Verfassung. Es handelte sich um einen prachtvollen Braunen mit guten Gliedmaßen, die für Schnelligkeit und Ausdauer sprachen.

Der Brigant hielt ein Schwert in der Faust, aber sein Gesicht befand sich im Schatten.

Ich hob die Schwertspitze und war zu einem Stoß bereit.

In der Schenke wurden jetzt Lichter angezündet. Der helle Schein fiel durchs Stallfenster und auf das Gesicht meines Gegners.

Es war der Mann, der mich geraubt und versklavt hatte. Es war Walther!

Und ich wußte, daß ich ihn jetzt töten konnte. Mein Arm war stärker, meine Klinge besser. Er hatte mich geraubt, verhöhnt und beleidigt.

»Du!« sagte er. »Ich hätte dir schon am ersten Tag den Bauch aufschlitzen sollen! Statt dich zum Lotsen zu machen, hätte ich dich lieber töten sollen! Eigentlich wußte ich es damals schon!«

»Ihr könnt ja jetzt versuchen, mich zu töten!«

»Du hast zuviel Glück. Ich werde nicht mit dir kämpfen.«

»Feigling!«

Er beobachtete mich unter seinen buschigen Augenbrauen hervor. »Wer ist nicht manchmal ein Feigling? Du wirst mich gehen lassen. Du hast mir mein Schiff geraubt und ...«

»Wie seid Ihr denn zu diesem Schiff gekommen?«

»... und du hast mich als Sklaven verkauft!« Er sah mich höhnisch an. »Aber ich entkam, bevor man mich anketten konnte. Und was dich betrifft... du hast schon mehr als genug angerichtet!«

Ich funkelte ihn zornig an. Er war ein heimtückischer, feiger Mann. Wäre er an meiner Stelle gewesen, hätte er mich bedenkenlos getötet, aber mir war es einfach nicht gegeben, ihn kaltblütig mit dem Schwert zu durchbohren.

»Raus!« befahl ich. »Aber laßt Euer Schwert fallen, bevor Ihr in meine Nähe kommt! Oder ich werde meine Klinge doch noch in Eurem fetten, dreckigen Bauch beschmutzen!«

Sein Schwert fiel klirrend zu Boden, dann huschte er an mir vorbei auf den Hof hinaus. Jemand schrie etwas aus der Schenke.

Dann hörte ich das Klappern rasch verklingender Hufschläge.

Ich war ein sentimentaler Narr! Was ich eben getan hatte, würde mich wahrscheinlich eines Tages umbringen. Seine Feinde sollte man lieber tot sehen.

Aber stimmte das wirklich? Machten Feinde einen Mann nicht schärfer und entschiedener?

Doch als ich mich daran erinnerte, was für ein Schurke er war, überlegte ich, ob ich ihn nicht doch hätte niederschlagen und vierteilen sollen, um mich seines Todes zu vergewissern.

Aber nachdem ich ihn vor meiner Schwertspitze gehabt hatte, konnte ich ihn nicht mehr so hassen wie früher. Ich konnte ihn nicht einmal mehr verachten.

Hassan war an der Tür. »Ist jemand entkommen?« fragte er mich.

»Ein Dieb. Ein Feigling und ein Dieb, der lebend mehr leiden wird, als wenn er jetzt gestorben wäre!«

9

Dämmerung überzog die lohbraunen Hügel abwechselnd mit Sonnenschein und Schatten. Die Reisenden tauchten einer nach dem anderen aus der Schenke auf, packten ihre Sachen und setzten ihren Weg fort. Die kleine Welt der Schenke, in der wir bis zur vergangenen Nacht Fremde gewesen waren, brach auseinander wie zerberstendes Glas. Jetzt würden wir wieder Fremde sein und uns nur noch gelegentlich an die Geschehnisse dieser gemeinsam verbrachten Nacht erinnern.

Heute ritt ich neben Juan von Sevilla, der sich tief in meiner Schuld wähnte, weil ich ihn rechtzeitig gewarnt hatte. Während unseres Rittes erklärte er mir viele Dinge, die mir in den kommenden Monaten sehr zugute kommen würden und große Bedeutung für meine Zukunft hatten.

Wir in der Bretagne wußten ja nur wenig von der Welt da draußen. Unsere Neuigkeiten stammten lediglich von vorbeikommenden Reisenden oder von Männern, die von See zurückkamen; gelegentlich auch von Kaufleuten, die über die Reste der alten römischen Straßen zu den großen Märkten und Jahrmärkten in den Städten zogen.

Während Juan von Sevilla mit mir redete, kam mir unsere Welt, die aus Schiffen, Küsten und Fischerei bestand, in der Tat sehr klein vor, denn er sprach von Königen, Burgen, Kreuzzügen sowie von Ideen und von Männern, die diese Ideen entwickelten und verwirklichten.

Wenn mein Vater von See zurückgekehrt war, hatte er Geschichten über schnelle Angriffe und blutige Rückzüge mitgebracht. Er hatte von fernen Küsten und fremdem Glauben, von Seide, Elfenbein und Perlen, von Schlachten und plötzlichem Tod erzählt. Solche Geschichten hatten meiner Jugend Farbe verliehen, und ich sehnte mich selbst nach solchen Abenteuern.

Von Königen und ihren Höfen wußte ich herzlich wenig. Ich hatte auch kaum eine Vorstellung davon, wie Männer zu Königen wurden. Recht gut wußte ich dagegen, daß der englische König Heinrich II. mit Eleonore von Aquitanien verheiratet war; ich wußte auch, daß er unser Land ebenso wie das meiste Land der Franken als Lehnsgut beanspruchte.

Von Ludwig VII., genannt der Jüngere, König von Frankreich, wußte ich auch nur wenig, von Kaiser Manuel I., aus der Dynastie der Komnenen, dem Kaiser von Byzanz, überhaupt nichts.

Ich kannte auch nicht das Land, durch das wir jetzt ritten, aber während unseres Rittes erklärte Juan von Sevilla mir vieles, was die gegenwärtige Situation vorbereitet hatte.

Im Jahre 1130 war Abd-al-Murmin Anführer der Macht der Almohaden geworden; zehn Jahre später hatte er eine Laufbahn der Eroberung begonnen und im Jahre 1144 die Almoraviden in Nordafrika besiegt. Ein Jahr später waren seine Armeen in Spanien eingedrungen, und während der folgenden fünf Jahre hatte er ganz Andalusien unter seine Herrschaft gebracht.

Das zerstrittene Spanien hatte unter einer Vielzahl von Herrschern existiert; dann war vor zwei Jahrhunderten ein stattlicher einundzwanzigjähriger junger Omaijade namens Abd-al-Rahman III. gekommen. Innerhalb weniger Jahre hatte er seine Feinde, sowohl Christen als auch Moslems, besiegt und das maurische Spanien zu einem geschlossenen Imperium zusammengeschmiedet. Er hatte Cordoba zum größten Zentrum intellektueller Aktivität in der westlichen Welt gemacht.

Abd-al-Rahman war allen Glaubensbekenntnissen gegenüber tolerant gewesen, besonders den Christen und Juden gegenüber, die als Volk der Bibel bekannt waren, weil auch sie das Alte Testament befolgt hatten. Er hieß Gelehrte von überallher willkommen.

Moslemische Flotten beherrschten das Mittelmeer. Moslemische Armeen waren in Europa, Afrika und Asien siegreich. Moslemische Herrscher kontrollierten Länder vom Indus bis Samarkand, von der Atlantikküste von Afrika bis zu den tiefsten Ausläufern der Sahara.

Als Rahmans Sohn Al-Hakam später Kalif in Cordoba wurde, kam bei ihm der Gelehrte und Liebhaber von Büchern zum Durchbruch. Ihm lag mehr am Studieren als am Herrschen. So trat er viel von seiner Macht an einen Premierminister ab, an einen Sklaven namens Giafar-al-Asklabi.

Al-Hakam sammelte Bücher aus allen Teilen der Welt und von den größten Gelehrten. Seine Agenten durchstöberten die Bibliotheken und Buchmärkte von Bagdad, Samarkand, Damaskus, Taschkent, Buchara, Kairo, Konstantinopel und Alexandria. Überall suchten sie nach Büchern. Wenn sie nicht gekauft werden konnten, wurden sie kopiert. Von Al-Hakam war bekannt, daß er für ein einziges Manuskript tausend Goldstücke bezahlt hatte.

In Sevilla, Toledo und Cordoba versammelte er Gelehrte, die all diese Bücher ins Arabische und Lateinische übersetzten.

Dazu kamen die Bücher aus Rom und Karthago.

Juan von Sevilla versicherte mir, daß Karthago die größten Bibliotheken des Altertums besessen habe, desgleichen ungeheure Sammlungen von Berichten und Aufzeichnungen aus den Handelskolonien in vielen Ländern.

Al-Hakam starb, aber die Bibliothek blieb. Juan versicherte mir, daß es allein in Cordoba siebzig öffentliche Bibliotheken gäbe, ganz zu schweigen von den großen Privatbibliotheken in den Häusern der Reichen.

Die Liebe zum Lernen war von größter Wichtigkeit. Poet und Gelehrter standen auf gleicher Stufe mit dem General und dem Staatsmann. Letztere wurden auch nur respektiert, wenn sie zugleich Poeten und Gelehrte waren.

Doch der Almohade Abd-al-Murmin war ein wilder Krieger, er mißtraute allen Büchern außer dem Koran.

»Er hat das Götterbildnis von Cadiz zerstört«, sagte Juan. »Vielleicht habt Ihr die Ruine im Hafen gesehen.«

Kein Mensch kannte den Ursprung der riesigen Figur. Sie war auf einer Reihe von Säulen errichtet worden, die über fünfzig Meter hoch waren. Auf die Plattform hatte man die gigantische Gestalt eines Mannes gestellt, aus Bronze gegossen. Der rechte Arm der Gestalt war zur Straße von Gibraltar gestreckt und hielt einen Schlüssel in der Hand. Die gesamte Statue war vergoldet und konnte schon aus großer Entfernung von allen Schiffen gesehen werden, die sich vom offenen Atlantik her Cadiz näherten.

Das Götterbildnis von Cadiz – unter diesem Namen war es bei den Arabern bekannt – hätte phönizischen Ursprungs sein können. Es wurde behauptet, daß Cadiz im Jahre 1100 v. Chr. von Phöniziern gegründet worden war. Doch was war mit den alten Iberern, die schon vor den Phöniziern dagewesen waren?

Obwohl die orthodoxen Moslems alle Bildwerke haßten, denn der Koran verbot jede Darstellung der menschlichen Gestalt, überlebte diese Statue nahezu fünfhundert Jahre moslemischer Herrschaft. Auch die Römer und Goten ließen die Statue unberührt, obwohl man damals geglaubt hatte, daß sie aus purem Gold bestehe. Die Wikinger hatten die Stadt gemieden, weil sie die Macht der kolossalen Statue gefürchtet hatten.

Dann wurde sie im Jahre 1145 von Abd-al-Murmin zerstört. Dabei entdeckte man, daß sie aus Bronze und nicht aus Gold war.

»Wer könnte sie wohl erbaut haben?« überlegte ich.

»Das weiß kein Mensch«, versicherte mir Juan. »Man weiß nur, daß sie uralt war. Manche behaupten, daß sie von den Phöniziern errichtet wurde, aber sie kamen doch nur, um Handel zu treiben. Sie hatten keinerlei Grund, enorme Summen in eine Stadt zu stecken, die auch nicht anders war als andere Küstendörfer. Wieder andere glauben, daß die alten Iberer diese Statue errichtet haben. Von ihnen sagt man, daß sie eine großartige Zivilisation und sehr schöne Literatur hatten. Die Figur hielt einen Schlüssel in der Hand. Wofür? Die Hand war aufs offene Meer hinausgestreckt. Wohin? Vielleicht werden eines Tages Taucher hinabgehen und in der Nähe des Fundamentes irgendeinen Hinweis finden. Bis dahin aber werden wir es nicht wissen.«

Ich wußte, daß mich das Geheimnis dieser Kolossalfigur immer beschäftigen würde. Ein Bildnis... wovon? Welches Geheimnis verbarg sich hinter dem ausgestreckten Arm mit dem

Schlüssel in der Hand? Wer hatte diese Statue errichtet? Wann? Warum? Welches Schloß wartete auf diesen gigantischen Schlüssel?

»Gibt es Aufzeichnungen über Kriege und Schlachten?« fragte ich. »Ich möchte unbedingt etwas über den Tod meines Vaters erfahren... falls er tot ist.«

»Aufzeichnungen? Das möchte ich bezweifeln. Er war ein Korsar, und es hat viele solche Männer gegeben. Es sterben viele, deren Heldentum für immer unbekannt bleibt.«

Am nächsten Tag reiste ich allein weiter und überquerte die von den Römern erbaute uralte Steinbrücke über den Guadalquivir, die mich in die Stadt führte. Auf der rechten Seite stand die »Große Moschee«, einer der heiligsten Orte in der moslemischen Welt. Juan hatte mir geraten: »Seht sie Euch an. Es ist ein erstaunlicher Anblick.«

Auf den Straßen und Basaren wimmelte es von Menschen jeder Rasse und Farbe. Meine Augen bekamen merkwürdige Dinge zu sehen. Fremde Düfte kitzelten meine Nase. Fremde Frauen gingen verschleiert oder unverschleiert über die Straßen; Frauen mit wiegenden Hüften und dunklen, ausdrucksvollen Augen.

Obwohl ich von der Reise ermüdet und meine Kleidung von Staub überzogen war, verriet mir der Ausdruck in den Augen dieser Frauen, daß man mich keineswegs unansehnlich fand. Deswegen richtete ich mich noch gerader im Sattel auf. Welcher Mann liebt nicht die Aufmerksamkeit, die ihm von Frauen geschenkt wird?

Zu meiner Linken begann eine schmale, schattige, kühle Straße. Ich dirigierte mein Reittier in diese geradezu himmlische Stille abseits der geschäftigen, lärmenden Menschenmenge. Beinahe augenblicklich nahm ich nichts mehr von diesem hektischen Treiben wahr. Doch ich hatte keine Ahnung, wohin diese Straße führte. Aber als ich um eine Ecke bog, stieß ich auf ein offenes Tor.

An der Ecke mündete eine andere Straße ein. Diese führte in ein wahres Labyrinth von Gebäuden.

Doch vor mir lag das offene Tor, dahinter ein Stall, wo Pferde gefüttert wurden, und noch weiter hinten gab es Bäume, grünes, saftiges Gras und einen Brunnen. Zur Linken und an der hinteren Seite stand eine Kolonnade mit anmutigen maurischen Bögen.

Ich überlegte nicht lange, sondern ritt durch das offene Tor. Die beschlagenen Hufe meines Reittieres klapperten über das Pflaster, das Echo brach sich an den Mauern. Ich zog die Zügel an, saß einen Moment regungslos im Sattel und genoß die angenehme Kühle und Schönheit dieses Ortes.

Mein Blick nahm eine Bewegung wahr.

Ich sah einen großen Mann unter einem Bogen des Säulenganges.

»Ihr habt Frieden«, sagte ich zu ihm.

»Respektiert die Jugend den Frieden?« antwortete er sanft und kam auf mich zu. »Bisher glaubte ich, daß die Jugend immer nur nach Bewegung und Aktion Ausschau hält.«

»Es gibt eine Zeit für Frieden, und es gibt eine Zeit für Krieg. Nach den heißen Ebenen Andalusiens gleicht Euer Hof einem Paradies. Es tut mir leid, wenn ich Euch gestört habe.« Ich verbeugte mich. »Möge Euer Schatten niemals kleiner werden!«

»Ihr seid von weit her gekommen?«

»Von Cadiz. Vorher war ich auf dem Meer.«

»Und wie seid Ihr zu diesem Ort hier gekommen?«

»Die Straße sah so einladend aus. Euer Tor stand offen. Ich hörte Wasser plätschern. Gartengeruch wehte mir entgegen. Wenn Ihr einmal gereist seid, werdet Ihr wissen, wie willkommen das alles einem Reisenden ist.«

»Warum seid Ihr nach Cordoba gekommen?«

»Um hier zu studieren. Ich bin noch sehr jung und nicht sehr klug. Wohin sollte man also sonst kommen, wenn nicht nach Cordoba?«

»Ist Euer Schwert nicht genug für Euch?«

»Ein Schwert ist niemals genug. Der Geist ist auch eine Waffe, aber er muß genau wie das Schwert geschärft und scharf gehalten werden.«

»Warum wollt Ihr lernen? Sucht Ihr Macht? Reichtum?«

»Was ich morgen suchen werde, weiß ich noch nicht. Heute suche ich nur Wissen. Mein Geist stellt Fragen, auf die ich keine Antworten habe. Ich bin innerlich einsam und sehne mich nach Wissen. Ich möchte wissen, was kluge, weise Männer gedacht haben. Ich möchte wissen, was man in anderen Ländern glaubt, in Ländern, die weit, weit von hier entfernt liegen. Ich möchte die dunklen und leeren Straßen meines Geistes mit Helligkeit einer neuen Sonne öffnen und sie mit Ideen bevölkern.«

»Dann steigt ab. Mein Haus ist Euer Haus.«

Er war ein alter Mann, aber mit guter Haltung. Seine Kleidung war verschlissen, aber von Qualität. Als ich Anstalten traf, meinem Pferd das Zaumzeug und den Sattel abzunehmen, schüttelte der alte Mann den Kopf.

»Ein Sklave wird sich um Euer Pferd kümmern«, sagte er. »Es wird sofort erledigt werden. Bitte, kommt herein!«

Er führte mich am Säulengang entlang zu einem kleinen Raum, in dem es Teppiche, Kissen und einen niedrigen Tisch gab. In einem Alkoven stand eine Badewanne. Wasser tropfte herab.

»Macht Euch frisch«, sagte der alte Mann. »Danach werden wir reden.«

Als ich allein im schattigen Raum war, zog ich mich aus und badete, dann staubte ich meine Kleidung ab. Ich rückte mein Krummschwert zurecht.

Plötzlich hörte ich ein Mädchen singen. Ich hielt inne und lauschte. Es war eine schöne, süße Melodie.

Dies alles hier... das machte das Leben aus. Ein Moment der Ruhe. Das Wasser plätscherte in den Brunnen. Die Stimme des singenden Mädchens. Alles zusammengenommen ein Moment eingefangener Schönheit. Wer wirklich klug ist, wird sich solche Momente niemals entgehen lassen.

Wer war das Mädchen? Sang es aus Liebe? Oder weil es sich nach Liebe sehnte?

Es war nicht nötig, daß ich dieses Mädchen kannte. Es bedeutete für mich ganz einfach Romantik. Und Romantik findet man oft in einem Garten, hinter einer Mauer, längs einer vom Zwielicht erhellten Straße.

Ich öffnete die Tür und trat in den Gang hinaus.

Hinter der Kolonnade lag ein Garten im hellen Sonnenschein. Dort wuchsen Hibiskus, Rosen und Jasmin.

Ich stand ein paar Minuten lang so da und ließ die letzte innere Anspannung von mir weichen.

Das Tor, durch das ich hereingekommen war, war jetzt geschlossen. Es war von innen versperrt.

10

Bei einem Pilaf, einem orientalischen Reisgericht, nannte mir mein Gastgeber seinen Namen: Ibn-Tuwais. Er erklärte, daß er ein Araber der Quraysh sei, des Stammes des Propheten. Er war sowohl Soldat als auch Würdenträger des Kalifen gewesen.

»Ich habe viele Franken gekannt«, sagte er. »Und ich war auch einmal eine Zeitlang Gefangener in Palermo.«

»Mein Vater hat oft von Palermo gesprochen.«

»Er ist tot?«

»So hat man gesagt. Aber vielleicht hat der Mann auch gelogen oder sich geirrt.«

Viele Geschichten werden erzählt, nur um den Erzähler wichtig und bedeutend erscheinen zu lassen. Wie oft hatten Männer behauptet, Dinge gesehen zu haben, von denen sie in Wirklichkeit nur etwas gehört hatten!

»Welche Pläne habt Ihr?«

»Ich möchte zunächst hierbleiben, um zu studieren, zu lernen und Neuigkeiten zu erfahren. Wie man mir sagte, gelangen alle Neuigkeiten nach Cordoba.«

»Mein Dach ist Euer Dach. Ich habe keinen Sohn. Das Kismet hat Euch zu mir gebracht. Ich bin übrigens nicht ganz ohne Informationsquellen. Ich werde versuchen, etwas über Euren Vater zu erfahren. Sein Name war auf See wohlbekannt. Also wird es auch Geschichten über ihn geben.«

»Ihr müßt mir verzeihen. Aber ich kann Euer Heim nur mit Euch teilen, wenn Ihr mir erlaubt, dafür zu bezahlen. Das ist bei unserem Volk so Sitte.«

Tuwais verbeugte sich.

»Früher hätte ich das als Beleidigung aufgefaßt, aber ich bin ein armer Mann. Ihr seht zwar ein Haus, das von Reichtum zeugt, und so war es auch unter den alten Kalifen, aber die Berber, die jetzt regieren, haben mir keine Position angeboten. Eure Gesellschaft wird mir ein Vergnügen sein, denn in meiner Jugend habe ich großartige Gespräche mit den Gelehrten aus Bagdad und Damaskus geführt. Ich habe auch ein paar Bücher, und einige davon sind sehr schön und sehr selten.«

Er erhob sich.

»Darf ein alter Mann Euch einen Rat geben? Redet wenig, hört viel zu. In Cordoba gibt es Schönheit und Klugheit, aber auch Blut.«

An diesem Abend las ich mich mit der *Chronologie der alten Nationen* von Al-Biruni in den Schlaf. Ich las auch im *Almagest* von Ptolemäus.

Meine Gedanken kehrten zu Aziza zurück. Wo war sie? Ging es ihr gut? War sie bei Freunden? Ihre Schönheit war eine Erinnerung, die ich nicht vergessen würde.

Während der folgenden Tage las ich sehr viel, wanderte in den Straßen herum, um Erfahrungen zu sammeln und zu lernen, und lauschte auf die hier gesprochenen Sprachen; so lernte ich noch etwas mehr Arabisch und auch etwas von der Sprache der Berber.

Es war jetzt mehr als vierhundert Jahre her, seit die Mauren Spanien erobert hatten. Ihre Invasion in Frankreich war durch Karl Martell verhindert worden.

Das korrupte Reich der Westgoten war unter dem ersten Angriff einer kleinen Gruppe von Moslems, angeführt von Tarik, einem altgedienten, erfahrenen Soldaten, zusammengebrochen. Das westgotische Reich war eine Mischung aus Völkern und Sprachen gewesen, viele davon aus längst vergangenen Zeiten vererbt. Die Iberer, Phönizier und viele andere hatten ihre Spuren hinterlassen. Die Phönizier waren ein semitisches Volk, das sich an vielen Orten längs der Küste niederließ, Handelsniederlassungen gründete und Schiffe auf den Atlantik hinausschickte. Ihre Schiffe und die Schiffe aus Karthago, das früher einmal eine phönizische Kolonie gewesen war, umsegelten Afrika, fuhren zu den Scilly-Inseln vor der Südwestspitze Englands, um Zinn zu holen, und segelten an der Küste der Bretagne entlang in die Nordsee. Da jeder Seefahrer seine Quellen für Rohstoffe und Handelsgüter eifersüchtig für sich behielt, werden wir wohl nie erfahren, wie ausgedehnt ihre Reisen waren.

Griechen, Römer, Wandalen und Goten waren in Spanien eingefallen und hatten dort ihre Spuren hinterlassen. Damals wie heute hinterließen die eindringenden Armeen eine enorme Anzahl von schwangeren Frauen und zerstörten damit für immer den Mythos einer reinen Rasse.

Ich wurde niemals müde, in den Straßen herumzustreifen, von denen eine – wie der Soldat Duban mir gesagt hatte – tatsächlich zehn Meilen lang und von einem Ende zum anderen erleuchtet war. Häuser aus Marmor, Moscheen und Gärten säumten die Ufer des Guadalquivir. Wasser wurde durch Bleirohre in die Stadt geleitet, so daß es überall Brunnen, Blumen, Bäume und Kletterpflanzen gab.

Angeblich gab es fünfzigtausend schöne Wohnungen in Cordoba, wozu noch die gleiche Anzahl von bescheideneren Unterkünften kam. Es gab siebenhundert Moscheen für die Gläubigen und neunhundert öffentliche Bäder. Und dies alles zu einer Zeit, da die Christen das Baden als heidnische Sitte verboten. Mönche und Nonnen brüsteten sich mit ihrem Schmutz als Beweis ihrer Heiligkeit. Eine Nonne brüstete sich sogar damit, bis zu ihrem Alter von sechzig Jahren keinen Teil ihres Körpers gewaschen zu haben, mit Ausnahme der Fingerspitzen, die sie ins Weihwasser getaucht hatte, wenn sie zur Messe gegangen war.

Es gab Tausende von Läden und Werkstätten. Ganze Straßen waren bestimmten Berufszweigen vorbehalten, zum Beispiel Handwerkern, die mit Metall, Leder oder Seide arbeiteten. Angeblich gab es etliche Tausend Weber, die mit Seide oder Wolle ihr Brot verdienten.

In einer Nebenstraße entdeckte ich einen schlanken, wild aussehenden Mann, der mich im kunstfertigen Gebrauch von Krummschwert und Dolch unterrichtete. Ich ging jeden Tag dorthin, um mit ihm zu arbeiten. Während meiner Knabenzeit war ich viel herumgerannt, hatte mich an Ringkämpfen beteiligt und war auf Felsen geklettert; ich hatte viele lange Stunden am Ruder verbracht. Das alles hatte mir ungewöhnliche Kraft und Beweglichkeit verliehen. Mein Lehrer schlug mir noch einen anderen vor, einen riesigen Ringkämpfer aus Indien, einen Mann von enormer Geschicklichkeit, der jetzt bereits alt wurde. Er sprach fließend Arabisch, und zwischen unseren Ringkämpfen sprachen wir viel über sein Heimatland.

Ich war schwarzhaarig wie ein Araber, aber mein Haar war lockig. Meine Haut war nur eine Nuance heller als die Haut der meisten Araber. Jetzt legte ich mir einen schwarzen Schnurrbart zu und hätte mich leicht als Araber oder Berber ausgeben können. Durch meine Größe und neue Kleidung erregte ich überall auf den Straßen, wo ich meine Zeit verbrachte, Aufmerksamkeit. Ich lernte die Stadt kennen, lauschte auf das Schachern und hörte mir Klatsch, Debatten und Streitigkeiten an.

Bis jetzt hatte ich mir noch keine Schule ausgesucht, doch ich las mich an jedem Abend in den Schlaf, wozu ich Schriften von Al-Farabi oder Aristoteles benutzte. Ich lernte wirklich sehr viel. Unter anderem lernte ich, daß man keine gehobene Position erringen konnte, wenn man sich nicht auf Dichtkunst aus dem Stehgreif verstand. Dichtkunst jeder Art wurde sowohl von den Männern auf der Straße als auch von den führenden Leuten im intellektuellen und künstlerischen Leben geschätzt, für das Cordoba berühmt war.

Da ich hier niemanden kannte, saß ich oft allein in einem der Kaffeehäuser, die in den Städten des moslemischen Spanien wie Pilze aus dem Boden schossen.

Als Kaffee bekanntgeworden war, hatte man ihn zu Keksen gepreßt und als Delikatesse verkauft. Später bereitete man daraus einen Aufguß und trank ihn. Dieses Getränk sollte den Geist inspirieren und das Denken fördern. Die Kaffeehäuser wurden zu Jagdgründen der Intellektuellen und Poeten.

Kaffee war ein Produkt aus Afrika, gelangte aber bald über das Rote Meer nach Arabien.

Ibn-Tuwais, mit dem ich oft Stunden verplauderte, war ein Freund eines erfahrenen, gebildeten Mannes gewesen, der ihm von einer weit zurückliegenden Zeit erzählt hatte. Damals waren tagtäglich Schiffe aus ägyptischen Häfen am Roten Meer, zum Beispiel Myos Hormos und Berenike, zu fernen Städten in Indien, auf Ceylon und in China gesegelt. Diese Fahrzeuge hatten oft Tee mitgebracht, der dann in Europa ebenfalls zu einem Lieblingsgetränk geworden war. Da er im christlichen Europa unbekannt gewesen war, hatte man ihn zuerst für medizinische Zwecke benutzt. Jetzt aber wurde er zum Vergnügen getrunken.

Keines dieser beiden Getränke war im Frankenland bekannt gewesen. Jetzt aber saß ich in den Kaffeehäusern und trank zu verschiedenen Zeiten beide Getränke abwechselnd. Ich zwirbelte meinen Schnurrbart und lauschte mit Aufmerksamkeit diesem mehr zu Kopf steigenden Wein des Intellekts, diesem bittersüßen Saft, der aus den Reben des Denkens und dem Baum der Erfahrung der Menschen destilliert wird.

Averroës, einer der großen Geister des Islam, war Richter in Cordoba gewesen. Und Maimonides, ein Jude und großer Gelehrter, hatte hier gelebt und kam, so hieß es, von Zeit zu Zeit in die Stadt.

In den Kaffeehäusern und Teestuben wurde ungemein lebhaft diskutiert. Es gab Perser aus Shapur, Griechen aus Alexandria, Syrer aus Aleppo sowie Araber aus Damaskus und Bagdad.

Auf diese Weise machte meine Bildung Fortschritte, aber gleichzeitig lernte ich auch noch mehr von der arabischen Sprache.

Von Zeit zu Zeit erwähnten die Gelehrten irgendwelche Bücher. Dann beeilte ich mich stets, diese Bücher irgendwo zu finden, um selbst daraus zu lernen. Mit dem Hunger eines Darbenden stürzte ich mich darauf.

Jeden Tag lungerte ich in den Basaren herum, ging von einem Ort zum anderen, unterhielt mich mit Kaufleuten über fremde Länder und fragte jeden nach irgendeiner Nachricht oder Neuigkeit über Kerbouchard.

Viele wußten überhaupt nichts. Andere versicherten mir, daß er tot sei. Doch ich vermochte das noch immer nicht zu akzeptieren.

Von Redwan und Aziza hörte ich nichts, obwohl sehr viel über Politik gesprochen wurde.

Durch den Verkauf der Galeere war ich gut mit Geld ausgestattet. Ich kaufte mir gute, schöne Kleidung und wurde zu einem sehr eleganten, vornehmen jungen Mann.

So manche Stunde verbrachte ich damit, in irgendeinem Manuskript oder Buch zu lesen, das ich mir in der Straße der Buchhändler gekauft hatte.

Und dann erblickte ich eines Tages die schönste Frau, die ich je gesehen hatte.

Sie war mit Averroës persönlich ins Kaffeehaus gekommen. Sein richtiger Name lautete Ibn-Ruschd. Sie setzten sich eines Tages mir gegenüber. Draußen schien die Sonne, aber hier drin war alles schattig und still. Es war die Stunde, in der nur wenig Betrieb herrschte. Bis auf die beiden und mich selbst war das Kaffeehaus leer. Es gab niedrige Tische, und an einem von ihnen saßen wir mit gekreuzten Beinen auf Lederkissen.

Ein Sklave brachte ihnen Tee und Zuckerwerk, das *natif* genannt wurde.

Die Frau saß so, daß sie mir ins Gesicht sehen konnte. Von Zeit zu Zeit hob sie die langen, dunklen Wimpern und sah mich direkt an, als könnte sie dies nicht vermeiden. Wenn sie sich umdrehte, um mit Averroës zu sprechen, konnte ich ihr schönes Profil beobachten. Sie war himmlisch schön. Aber gibt es nicht viele himmlisch schöne Frauen, wenn man ein junger Mann ist, dem das Blut heiß durch die Adern rinnt? Doch diese eine Frau hier...

»Es ist schön, Euch zu sehen, Valaba«, sagte Averroës.

Valaba? Ihre Namensvetterin Valaba hatte vor hundert Jahren ihr Haus zu einem Treffpunkt für Poeten, Philosophen und Jünger der Wissenschaft gemacht. In einer Periode enormer Leistungen, eine der großen Zeitepochen in der Geschichte der Wissenschaft.

Seit dem Athen von Perikles hatte es nicht mehr solche intellektuellen Aufregungen gegeben. Das Heim von Valaba sowie mehrerer anderer Frauen ihresgleichen war zu einem Brennpunkt für den Austausch von Ideen geworden.

»Als ich in Sizilien war, erzählte Prinz Wilhelm mir von Wikingerschiffen, die zu einer Insel in den nördlichen Meeren segelten«, sagte sie. »Das muß Ultima Thule gewesen sein.«

»Ah, ja!« bestätigte Averroës. »Ein Grieche namens Pytheas soll dorthin gesegelt sein.«

Sie war sehr schön, und wer ihr Liebhaber werden wollte, durfte keine Zeit verlieren. Ich blickte über meine Tasse hinweg und sagte: »Wenn Ihr gestattet? Ich habe diesen Ort besucht.«

Ihre dunklen Augen sahen mich kühl an. Zweifellos hatten schon viele junge Männer vor mir versucht, sie kennenzulernen. Nun, sie mochten es versucht haben. Aber ich würde es erreichen.

Averroës blickte interessiert auf. »Ah? Ihr seid ein Mann der See?«

»Ich war es für kurze Zeit und werde es vielleicht wieder sein. Das Land, von dem Ihr sprecht, ist nicht das fernste Land. Es gibt noch Länder dahinter und wieder andere hinter diesen.«

»Ihr seid auf Thule gewesen?«

»Es ist schon lange her. Von der Küste von Armorica aus. Unsere Boote fischen im Meer hinter dem Eisland. Dort wallt dichter Nebel über dem Meer. Manchmal schwimmt Eis im Wasser. Aber dort wimmelt es nur so von Fischen. Wenn sich der Nebel lichtet und der Himmel klar ist, kann man oft ein anderes Land weit im Westen sehen.«

»Und dort wart Ihr wohl auch schon?« fragte Valaba in leicht sarkastischem Tonfall.

»Ja, dort war ich auch. Es ist ein Land mit felsigen Küsten, großen Wäldern und einer Küste, die sich weit nach Süden und Norden erstreckt.«

»Die Wikinger haben von einem grünen Land gesprochen«, meinte Averroës zweifelnd.

»Das ist ein anderes Land, von dem mein Volk allerdings schon seit langem weiß. Die Leute von Thule gingen dorthin, um von Grünland und Eisland Holz für den Schiffsbau oder als Masten zu holen. Manchmal gingen sie an Land, um Fisch zu trocknen oder auf die Jagd zu gehen.«

»Dieses Land ist erforscht worden?«

»Wer würde das tun wollen? Es ist ein Land mit dichten Wäldern und wilden Männern. Für den Tauschhandel haben sie nichts weiter als Felle oder Häute. Die Männer, die dorthin segeln, wollen nur fischen.«

»Ihr seid kein Araber?«

»Ich bin Mathurin Kerbouchard, ein Reisender und Student.«

Averroës lächelte. »Sind wir das nicht alle? Reisende und Studenten?« Er nahm einen Schluck aus seiner Teetasse. »Was macht Ihr in Cordoba?«

»Ich bin hergekommen, um zu lernen, und da ich noch keine Schule gefunden habe, lerne ich aus Büchern.«

»Ihr seid ein Poet?« fragte Valaba.

»Ich habe dieses Talent nicht.«

Averroës lachte leise. »Muß Euch das hindern? Wie viele haben denn wirklich echtes Talent? In Cordoba mag es vielleicht eine Million Leute geben, und alle schreiben Poesie, doch nicht mehr als drei Dutzend haben auch nur bescheidenes Talent.«

Die beiden nahmen ihre Unterhaltung wieder auf.

Ich setzte meine Lektüre fort, denn ich hatte begonnen, den großen *Canon* von Avicenna zu lesen. Das war ein vielbändiges Werk über Medizinpraxis.

Als sie gingen, folgte ihnen mein Blick. Ich beobachtete vor allem die schlanke und anmutige Valaba. Hätte sie auch nur vermutet, was ich im Sinn hatte, hätte sie mich höchstwahrscheinlich ausgelacht. Das störte mich jedoch überhaupt nicht.

Wer war ich denn, ein Barbar aus den nördlichen Ländern, daß ich mich erdreiste, eine solche Frau auch nur anzuschauen? Ich, ein Mann ohne Landbesitz, ein Wanderer, ein gelegentlicher Student?

Sie war kühl, zurückhaltend, schön und reich. Sie war eine junge Dame mit Verstand und Menschenkenntnis.

Doch meine Zeit würde kommen.

Mein Ehrgeiz war sehr groß. Ich wollte sehen, etwas werden und vor allem verstehen. Vieles, was hier für selbstverständlich gehalten wurde, war neu für mich. Ich hielt es für geraten, mich bei jeder Unterhaltung zurückzuhalten, wenn ich nicht Gefahr laufen wollte, mich lächerlich zu machen. Doch ich lernte schnell und gründlich. Allmählich nahm ich die in der Stadt üblichen Gewohnheiten an.

Je größer mein Wissen wurde, desto mehr begriff ich meine Unwissenheit. Nur der Unwissende kann positiv und entschieden sein; nur der Unwissende kann zum Fanatiker werden. Je mehr ich lernte, desto mehr wurde ich mir bewußt, daß es in allen Dingen Schattierungen und Relationen gibt.

Meine Druiden-Disziplin hatte nicht nur mein Gedächtnis trainiert, sondern auch meinen Geist geschult, um Ideen und wesentliche Punkte sehr schnell zu erfassen. Ich prägte mir fast alles ein, was ich las.

Im Wissen liegt nicht nur Macht, sondern auch Freiheit und Freisein von Furcht, denn – ganz allgemein ausgedrückt – man fürchtet doch nur, was man nicht versteht.

In dieser unserer Epoche lag alles Wissen für jeden offen, der danach suchte. Ein Arzt war oft zugleich ein Astronom, ein Philosoph, ein Mathematiker, ein Geograph. In der Bibliothek von Ibn-Tuwais gab es ein paar hundert Bände. Aus diesen Büchern las und lernte ich.

Hier und da begann ich Bekanntschaften zu machen. Mahmud war eine solche Bekanntschaft. Ein großer, junger Mann von vierundzwanzig Jahren, sehr eitel und stolz auf seinen Spitz- und Schnurrbart. Er hatte viel von einem Gecken an sich, war aber sehr scharfsinnig und schnell mit der Klinge zur Hand. Wir trafen uns zufällig im Garten von Abdallah in der Nähe vom Guadalquivir.

Es war schattig und kühl. Große Bäume schufen schattige Inseln auf den Steinplatten. Dort saß ich sehr oft bei einem Glas goldenen Jerez und einem Buch vor mir.

Ein Schatten fiel auf mein aufgeschlagenes Buch. Ich blickte auf und sah Mahmud zum erstenmal.

»Ah? Ein Student und Weintrinker? Habt Ihr denn keinen Respekt vor dem Koran?«

Ich war vorsichtig, denn unter der Herrschaft von Yusuf gab es Fanatiker in Cordoba.

Doch die Augen des Fremden waren freundlich.

»Hätte der Prophet an einem heißen Tag Avicenna gelesen, hätte er vielleicht auch ein Glas akzeptiert.« Verschmitzt fügte ich hinzu: »Jedenfalls hatte er den Wein von Jerez noch nie gekostet.«

Er setzte sich hin. »Ich bin Mahmud, Student der Rechtswissenschaft... und gelegentlich auch ein Weintrinker.«

»Und ich bin Kerbouchard.«

Dort im Schatten eines großen Baumes sprachen wir, worüber junge Männer sprechen, wenn ihre Welt von Ideen erfüllt ist und sie vom Lerneifer gepackt sind. Wir sprachen über Krieg und Frauen, über Schiffe, Kamele, Waffen, über Avicenna, Religion und Philosophie, über Politik und vergrabene Schätze. Doch am meisten sprachen wir über Cordoba.

Wir aßen Feigen, kleine Kekse und tranken Wein. Wir redeten die Sonne vom Himmel herunter und den Mond hinauf. Wir sprachen von Cäsars Fehlern, von Alexanders Tod.

Mahmud sprach von Fez und Marrakesch und der großen Wüste südlich dieser Städte.

Es war der Beginn einer Freundschaft, meiner ersten im Lande der Mauren.

Natürlich waren da auch noch Juan von Sevilla, dessen Name oft erwähnt wurde, und der alte Ibn-Tuwais, dessen Name nicht erwähnt wurde.

Mein Gold schmolz dahin, und ich verkaufte den Saphir. Damit erkaufte ich mir Muße und Zeit zum Studieren. Ich konnte bei Nacht mit Mahmud die Straßen durchstreifen. Der Erlös für den Edelstein brachte mir noch einiges mehr ein.

Erschreckende Ideen tauchten in einem Buch auf, das neu nach Cordoba kam; ein Buch, das in der Oase von Merv von Al-Khazini geschrieben worden war und den Titel *Das Buch vom Gleichgewicht der Klugheit* trug. Es war ein ausgezeichneter Bericht über Hydrostatik und Mechanik jener Zeit, aber es förderte auch die Theorie über die Schwerkraft und das Gewicht der Luft.

Wir diskutierten heftig, beinahe wütend über dieses Thema und waren schon recht zornig geworden, als ein Mädchen auf einem Kamel vorbeikam. Wir vergaßen auf der Stelle Schwerkraft und Gewicht der Luft.

Mahmud sprang auf die Beine. »Habt ihr sie gesehen? Habt ihr gesehen, wie sie mich angeschaut hat?«

»Dich?« höhnte sein Freund Harun. »Sie hat Kerbouchard angesehen! Das ist mir schon früher aufgefallen. Alle Mädchen schauen Kerbouchard an!«

Mahmud schnaubte: »Diesen Hund von einem Ungläubigen? Diesen Gestank in den Nüstern der Menschheit? Nicht ihn, sondern *mich* hat sie angesehen!«

Das Kamel war ganz in unserer Nähe auf der heißen, staubigen Straße stehengeblieben. Vier Soldaten bildeten die Eskorte für das Mädchen auf dem Kamel; rauhe, mürrisch dreinblickende Männer.

Doch irgend etwas an diesem Mädchen weckte meine Aufmerksamkeit. Sie sah mich über ihren Schleier hinweg an. Das war keine Illusion, auch keine eitle Einbildung meinerseits.

Es war heiß auf der Straße. Mir war soeben ein frischer Scherbett gebracht worden, dieses arabische, eisgekühlte Getränk. Ich gab einem Impuls nach, langte nach dem Scherbett und ging mit vier schnellen Schritten zum Kamel hinüber.

Die Stelle, an der wir im Garten saßen, grenzte an den Basar. Die Aufmerksamkeit der vier Wächter wurde vorübergehend durch das lebhafte Treiben abgelenkt.

»Licht der Welt«, sagte ich leise. »Nehmt von Eurem Sklaven diesen kleinen Tribut an. Seine Kühle wird meine Gedanken klarer ausdrücken, als ich es mit Worten sagen könnte.«

Sie nahm den Scherbett.

Unsere Finger berührten sich. Die dunklen Augen über dem Schleier blickten mich lächelnd an, und ihre Lippen sagten: »Danke... *Mathurin*!«

Und dann drängten sich die vier Soldaten auch schon um mich herum.

11

»Beweg dich, du Tier!« sagte ein bärtiger Soldat und versetzte mir dabei einen Stoß. »Weg von ihr!«

Das machte mich wütend. Ich benutzte einen Ringkämpfertrick und schleuderte den Soldaten über meine Schulter in den Staub.

Von hinten hörte ich einen entzückten Ausruf. Mahmud und Harun kamen angerannt.

Die Soldaten hatten mich sehr schnell umzingelt, aber mein monatelanges Training kam mir jetzt sehr zustatten, desgleichen die Kraft, die ich mir bei meinem Zwangsaufenthalt auf der Galeere erworben hatte. So war ich jetzt vollkommen kampfbereit.

Ich versetzte einem Mann einen Faustschlag in die Zähne, einem anderen einen wuchtigen Schlag in den Bauch.

Sie waren solche Schläge nicht gewöhnt und taumelten erschrocken zurück.

Ich machte augenblicklich einen Schritt nach hinten und zückte mein Schwert.

Es war sehr heiß auf der staubigen Straße. Die Geräusche des Basars verstummten.

Der Soldat, den ich zu Boden geworfen hatte, kam wieder auf die Beine. Sein Gesicht, soweit es nicht vom Bart bedeckt wurde, war totenbleich. Der Soldat, dem ich den Faustschlag in den Bauch versetzt hatte, rang immer noch keuchend nach Luft.

Aber die anderen zogen nun ebenfalls ihre Schwerter.

Aus dem heißen, stillen Nachmittag war plötzlich der Tod aufgetaucht.

Schweiß rieselte mir übers Gesicht, als die Soldaten nun auf mich losgingen. Immerhin waren es für den Kampf ausgebildete Männer mit eisenharten Muskeln.

Doch während ich ihnen gegenüberstand, tauchten meine beiden Freunde neben mir auf.

»Übernimm du den Mann in der Mitte, Ungläubiger«, sagte Mahmud. »Harun und ich werden die beiden anderen übernehmen!«

Ein Soldat spuckte Blut, das aus seinen aufgeplatzten Lippen quoll.

»Kinder!« höhnte er. »Ich werde euch den Bauch aufschlitzen, damit sich die Fliegen darin tummeln können!«

Er stieß zu, doch ich parierte seinen Stoß. Meine eigene Schwertspitze zuckte nach vorn. An seinem Oberarm tauchte ein blutiger Fleck auf.

Als der Soldat seine Position wechselte, sagte eine Stimme klar und deutlich: »Mittags auf dem Orangenplatz!«

Es war das Mädchen auf dem Kamel, und kaum hatte es die Worte ausgesprochen, da versetzte es dem Kamel einen leichten Schlag. Das Tier setzte sich in Bewegung.

Der Soldat, den ich geschlagen hatte, wollte wild nach dem Kamel greifen, aber das Mädchen hatte das Kamel in die Menschenmenge des Basars getrieben. Leute liefen schleunigst nach allen Seiten auseinander.

Die Soldaten versuchten, den Kampf abzubrechen.

Ich begriff plötzlich, daß das Mädchen ihre Gefangene gewesen war und ihnen nun zu entkommen drohte.

Mit einer schneller Drehung meines Handgelenks parierte ich die Klinge und den Stoß.

Der Soldat, der den Kampf abzubrechen versuchte, um das Mädchen zu verfolgen, wurde von meinem Schwert durchbohrt und stürzte laut schreiend vor Schmerz zu Boden.

Auf der Straße oberhalb von uns erklangen schnelle Schritte.

Mahmud packte mich am Arm und rief mir zu: »Fort! Schnell!«

Ich versetzte dem Soldaten, der mir am nächsten war, rasch noch einen Schwerthieb, dann ergriff ich die Flucht und folgte

Mahmud und Harun, die durch eine Gasse auf eine Straße dahinter gerannt waren. Auf der gegenüberliegenden Seite dieser Straße sprang Mahmud an einer Mauer hoch, schwang sich darüber und ließ sich auf der anderen Seite fallen. Harun und ich folgten ihm auf den Fersen.

Hinter uns ertönte ein Chor von Schreien, eher aufgeregt als verängstigt, und laute, zornige Ausrufe eines beleidigten Eunuchen.

Wir rannten durch Gärten und bahnten uns einen Weg zwischen einem Dutzend oder mehr hübsch und spärlich bekleideter Frauen.

Mahmud hielt lange genug unter einem Aprikosenbaum an, um sich ein molliges, hübsches Mädchen zu schnappen, es an sich zu drücken und es rasch zu küssen, bevor wir uns über die rückwärtige Mauer des Gartens warfen und in eine schmale, schattige Gasse rannten.

Geduckt huschten wir durch Stallungen und alte Gebäude, bis wir schließlich bei einem anderen Basar herauskamen. Wir hörten sofort zu rennen auf und schlenderten gemächlichen Schrittes zwischen Verkaufsständen und Läden dahin. Schließlich hielten wir an und bestellten *natif* oder Kaffee. Während wir so dasaßen, stürmten mehrere Soldaten durch den Basar und schauten sich mit funkelnden Blicken um.

Harun sah mich über den kleinen Tisch hinweg an und lachte leise. Er war ein kleiner, stämmiger Mann, dieser Harun, und einer der besten Fechter an der Akademie, wo wir diese Kunst studierten.

»Weißt du, wer diese Soldaten waren?« fragte er mich.

»Nein.«

»Das waren Männer von Ibn-Haram.«

Ibn-Haram? Dann war das Mädchen also Aziza! Kein Wunder also, daß sie mir bekannt vorgekommen war.

Aziza ... hier? *Hier?*

Meine beiden Freunde sahen mich an. Einer von ihnen fragte: »Weißt du, wer Ibn-Haram ist?«

»Ich habe schon von ihm gehört. Wer hat das nicht?«

»Er ist ein gefährlicher Feind und die rechte Hand von Yusuf!«

Was hatte Aziza gesagt? *Mittags auf dem Orangenplatz!*

Mit meiner Einmischung hatte ich ihr unwissentlich zur Flucht verholfen. Aber gab es für sie hier einen Zufluchtsort?

Hatten die Soldaten den Ausruf *Mittags auf dem Orangenplatz!* gehört?

Meine Freunde sagten jedenfalls nichts, also konnten auch sie es nicht gehört haben. Die Soldaten hatten sich ja ausschließlich auf mich konzentriert.

Sollten sie es aber doch gehört haben und sich daran erinnern, konnte der Orangenplatz eine Falle werden.

Aber an welchem Tag? Und zu welcher Zeit? Wie dem auch sei, Aziza würde kommen, und dann sollte ich lieber zugegen sein, um mich mit ihr zu treffen.

»Hör auf meinen Rat«, sagte Mahmud. »Laß dich ein paar Tage lang nicht auf der Straße blicken. Ich glaube, du hast diesen Mann getötet.«

Er hatte dabei einen Ausdruck in den Augen, den ich bisher noch nicht bei ihm gesehen hatte. War es Eifersucht? Berechnung?

Als es dunkel war, gingen wir unserer Wege. Ich war vorsichtig und benutzte dunkle Straßen und leere Gassen.

Ibn-Tuwais saß bei einer Schale Obst und einem Glas Tee, als ich eintrat. »Habt Ihr Ärger?« fragte er mich.

Mein Gesicht war von der Anstrengung des schnellen Gehens gerötet, und meine Stimmung fand wohl in meinem Verhalten Ausdruck. So erzählte ich Ibn-Tuwais zum erstenmal von Malaga, vom Kampf am Strand sowie vom Verschwinden von Aziza und Redwan.

»Sie wird Freunde haben«, sagte er. »Ich kann mir vorstellen, wohin sie gehen könnte.«

»Und Redwan?«

»Es gibt Gerede... ich glaube, er ist Gefangener in Saragossa.« Ibn-Tuwais suchte sich sorgfältig eine Frucht aus. »Ihr habt Euch da einen mächtigen Feind geschaffen, aber ein Mann kann danach beurteilt werden, wer seine Feinde sind und wie groß deren Macht ist.«

»Was würdet Ihr mir raten?«

»Abwarten, wie Euer Freund Euch schon geraten hat. Bleibt den Straßen fern. Laßt Euch eine Weile nicht blicken.«

Warten... das mußte ich in der Tat tun. Und natürlich mußte ich jeden Tag auf den Orangenplatz gehen.

Das 12. Jahrhundert war in Europa eine Zeit der Unruhe. Neue Ideen schlichen sich ein und rüttelten an den Fundamenten alter Glaubenssätze. Der zweite Kreuzzug gehörte bereits der Geschichte an, aber zurückgekehrte Kreuzfahrer waren erstaunt über das, was sie gesehen hatten, und so gaben sie sich nicht länger mit ihren kalten, zugigen Burgen zufrieden.

Mehr als hundert Jahre waren vergangen, seit Wilhelm der Eroberer und seine Normannen in England eingedrungen waren. Jetzt festigte Heinrich II. seine Herrschaft über Irland und Wales, indem er die letzte Feudalrevolte niederschlug. In einer kleinen Stadt namens Oxford begann so etwas wie eine Universität zu entstehen. Anderswo boten Adelard of Bath und Robert of Chester, beide Jünger der arabischen Wissenschaft, ihr Wissen einem begrenzten Kreis von Studenten an.

In Deutschland gründete Friedrich I., genannt Barbarossa oder Rotbart, das Heilige Römische Reich. Bei seiner fünften Expedition nach Italien war er soeben bei Legnano von den lombardischen Städten geschlagen worden.

Arabische Wasserfahrzeuge trieben an der Ostküste Afrikas Handel, wie sie es schon seit Menschengedenken getan hatten. Ihre Schiffe waren nach China gesegelt, hatten die letzten Inseln von Indonesien erforscht und waren mit Ladungen zu den Häfen am Roten Meer und am Persischen Golf zurückgekehrt.

Kaufleute und Reisende aus aller Welt kamen nach Cordoba, angelockt vom Reichtum und Glanz der hiesigen Gesellschaft. Diese Gesellschaft konzentrierte sich in der Hauptsache um die Häuser von einem Dutzend schöner Frauen, die in Cordoba Hof hielten und die fähigsten Geister der arabischen Welt um sich versammelten.

Ich wünschte mir, in Cordoba bleiben zu können, doch vieles würde davon abhängen, was geschah, wenn ich Aziza erneut traf.

Ibn-Haram war kein Mann, dem man ungestraft in die Quere kommen durfte. Er würde sehr schnell entscheiden, daß dieser Kampf im Basar kein Zufall gewesen war, wie es zunächst den Anschein gehabt hatte; er würde darin vielmehr ein Komplott sehen, Aziza zu befreien. Er würde nicht eher ruhen, bis er entdeckt hatte, wer in dieses Komplott verwickelt war.

Irgendwie mußte ich mich mit Aziza treffen und ihr helfen, zu ihren Freunden zurückzukehren. Jeder derartige Versuch konnte meinen Tod bedeuten, und das in einem Streit, der mich an sich überhaupt nichts anging.

War es dumm von mir, mich auf ein solches Risiko einzulassen, nur wegen eines Mädchens, das ich doch kaum kannte?

Aziza war in die Stadt entkommen. Zweifellos hatte sie hier Freunde, die ihr helfen konnten. Aber sie hatte den Wunsch geäußert, sich mit mir zu treffen, und offenbar schien sie bereit zu sein, auch ihrerseits dieses große Risiko einzugehen.

Ruhelos wanderte ich im Garten von Ibn-Tuwais herum. Der Orangenplatz und die Moschee waren mir bekannt, aber für den Fall, daß einer der Soldaten den Zuruf gehört hatte, mußte ich darauf vorbereitet sein, schnellstens von dort zu entkommen.

Mittags auf dem Orangenplatz! Diese Worte klangen mir in den Ohren und hämmerten einen Rhythmus in mein Blut.

Waren Mahmud und Harun entkommen? Vielleicht waren sie ergriffen worden, nachdem sie mich verlassen hatten. Gehört hatte ich davon bisher jedenfalls nichts.

Auch traute ich Mahmud nicht. Ich wußte, daß er ein Mann von großer Eitelkeit war, und er hatte doch behauptet, daß Aziza ihn angesehen hätte. Es könnte ein schwerer Schlag für seine Eitelkeit gewesen sein, als er entdeckt hatte, daß es nicht so gewesen war.

Ein aufstrebender junger Mann wie Mahmud, eitel und ehrgeizig, dürfte auch kaum Verlangen danach verspüren, sich gegen Ibn-Haram zu stellen, der sich für Hilfe, die ihm zuteil wurde, durch Gefälligkeiten erkenntlich zeigen könnte. Jedenfalls hatte mir der Ausdruck in Mahmuds Augen nicht gefallen.

Darüber sprach ich mit Ibn-Tuwais. Der alte Mann nickte.

»Vertraut auf Euren Instinkt. Das Leben lehrt uns vieles, dessen wir uns gar nicht bewußt sind. Unsere Sinne nehmen Dinge wahr, die von unserem Bewußtsein nicht registriert werden. Doch solche Wahrnehmungen schlummern in unserem Unterbewußtsein und beeinflussen unsere Fähigkeit, Leute und Bedingungen zu erkennen und zu durchschauen. Aber Ihr müßt Geduld haben. Ungeduld birgt immer Gefahr.«

Natürlich hatte er recht. Aber Geduld ist nicht immer die leichteste Tugend. Außerhalb dieser Mauern spielten sich Geschehnisse ab, die für Aziza erneut Gefangenschaft und für mich den Tod bedeuten konnten.

Als ich mich hinlegte, rechnete ich kaum damit, schlafen zu können. Aber ich war so müde, daß ich doch einschlief. Meine letzten Gedanken galten einem Mann mit vernarbtem Gesicht. *Verstand und ein Schwert*, hatte er gesagt. Jetzt war die Zeit, den Verstand sprechen zu lassen, aber es galt vor allem, vorsichtig zu sein.

Besonders schlimm fand ich, daß ich vielleicht gezwungen sein könnte, Cordoba zu verlassen, diese Stadt, die bisher mein ganzes Entzücken gewesen war.

Cordoba war neben Konstantinopel und Bagdad eins der drei geistigen Zentren der Welt. Diesen Gedanken hegte ich allerdings nur unter Vorbehalt, denn inzwischen hatte ich einiges über Indien erfahren; desgleichen über das ferne Land, das manchmal Kathai genannt wurde. Was lag dort? Nach allem, was ich aus den wenigen Büchern gelernt hatte, waren die dortigen Städte genauso groß, vielleicht sogar noch größer als die zuvor erwähnten drei.

Ich hatte gelernt, daß Cordoba zu seiner wahren Größe unter Abd-al-Rahman III. und seinem Nachfolger Al-Hakam II. von 961 bis 976 n. Chr. gelangt war; dann unter der Herrschaft von Ali Mansur von 977 bis 1002. Viele Meilen Straßen waren gepflastert worden; es gab künstliche Beleuchtung, viele Parks, Basare und Buchläden. Ich liebte es ungemein, in dieser Stadt herumzustreifen, und dabei hatte ich doch erst angefangen, die hiesige Lebensart kennenzulernen.

Und was war mit der königlichen Valaba? Meine Gedanken, die ihr galten, waren schuldbewußt, denn liebte ich nicht Aziza? Liebte ich sie wirklich?

Wie dem auch sei, Aziza brauchte im Moment meine Hilfe. Sie würde sie auch bekommen. Doch ich mußte mich mit allergrößter Vorsicht bewegen.

Valaba dagegen war für mich doch nichts weiter als eine schöne Frau, mit der ich bisher nur ein, zwei Worte gewechselt hatte. Wahrscheinlich hatte sie mich inzwischen schon längst wieder vergessen, wenngleich meine Eitelkeit vor einem solchen Gedanken zurückscheute. Oder war es etwas anderes als Eitelkeit? Vielleicht irgendeine Art von Zuneigung, deren wir uns beide bewußt waren?

Lange vor Tagesanbruch schlief ich dann endlich ein. Der Wind raschelte im Weinlaub und wehte Jasmin- und Rosenduft zusammen mit der kühlen Luft vom Springbrunnen über mich hinweg.

Würde es heute sein? Würde Aziza sich heute mit mir auf dem Orangenplatz treffen?

Würde mich dort Liebe erwarten?

Oder Abenteuer und Tod?

12

Mittags auf dem Orangenplatz. Die Sonne schien sehr heiß. Die Luft war von Blumen- und Blütenduft geschwängert. Wasserplätschern war zu hören.

Mittag auf dem Orangenplatz. Tausende von Menschen in weißen Umhängen wanderten langsam in die Moschee.

Die Palmen warfen schlanke Schatten über die Orangenbäume. Goldfarbene Früchte schimmerten durch die glänzenden Blätter... wie die goldenen Äpfel der Legende.

Auf dem Orangenplatz gab es vier große Bassins. Wasser plätscherte in sie hinein und verursachte ein angenehmes, einschläferndes Geräusch. Die heiße Luft war vollkommen windstill und erfüllt vom Duft nach Jasmin und Rosen. An den Mauern wuchs Hibiskus mit großen, weichen, roten Blüten und anderen von blaßgoldener oder weißer Farbe.

Auf der Nordseite des Platzes gab es ein Minarett, fünfunddreißig Meter hoch und so schön, daß es eher wie ein Traum als wie das Werk von Menschenhand wirkte. Stattlich, schön und aus Stein erbaut, von Goldfäden in phantastischem Muster durchwoben.

Mittags auf dem Orangenplatz. Ich bewegte mich innerhalb der langsam und gravitätisch dahinschreitenden Menschenschar, einer von ihnen und doch keiner von ihnen, denn mein Geist war nicht auf Andacht und Gebet gerichtet. Ich schaute auch nicht wie alle anderen – versunken auf den Boden.

Hier und da standen Leute in Gruppen herum. Ab und zu stand auch jemand ganz allein. Man murmelte Gebete oder genoß die heiße, schwüle Schönheit des Platzes.

Und unter ihnen konnte sich irgendwo auch Aziza befinden.

Unter ihnen konnten sich aber auch Spione von Ibn-Haram aufhalten, denn ich wußte, was von diesem Mann mit dem eiskalten Gesicht zu erwarten war.

Wochenlang hatte ich müßigem Geschwätz auf den Basaren gelauscht und allerhand Klatsch über Ibn-Haram gehört. Er war ein ungemein raffinierter Intrigant, erbarmungslos seinen Feinden gegenüber und ohne jeglichen Skrupel; ein starker, intelligenter und gefährlicher Mann, außergewöhnlich ehrgeizig und Anhänger und Unterstützer des Kalifen. Gerüchtweise verlautete, daß er selbst die Position eines Kalifen anstrebte.

Gegen ihn und gegen Yusuf stand eine Armee ruhiger, aber entschlossener Leute. Einige von ihnen unterstützten die Umayyad-Dynastie, seit langem entmachtet; andere waren den Almoraviden verbunden. Dazu kamen Leute, die zu keiner Seite gehörten: Poeten, Philosophen sowie Intellektuelle, denen die Ignoranz, die Bigotterie und die destruktive Politik Yusufs ein Dorn im Auge waren. Bisher hatte sich der Kalif nur selten in solche Gruppen eingemischt, aber viele glaubten, daß sie nur noch wenig Zeit hatten.

Graf Redwan war einer von diesen. Er war seit langem Gegner der Almohaden, und er plante, die Tochter von Ibn-Sharaz nach Cordoba zu bringen und sie mit einem Nachfahren der Omayyaden zu verheiraten. Mit der Macht von Wilhelm von Sizilien im Rücken würden sie noch einmal versuchen, das Kalifat zu erringen.

Es war ein kühner Plan, aber er konnte durchaus Erfolg haben, denn Wilhelm hatte starke Freunde in Afrika und sogar noch mehr Freunde unter den Piraten von Almeria, die über großen Reichtum und viele Schiffe verfügten.

Ibn-Haram hatte zweifellos die Absicht, Aziza als Geisel festzuhalten, um Ibn-Sharaz und Wilhelm II. von der Bildfläche fernzuhalten.

Ich löste mich aus der Menge der Andächtigen und blieb im Schatten der Orangenbäume stehen. Genießerisch atmete ich den Duft der Blüten ein, hielt den Kopf gesenkt und beobachtete die Menge.

Aziza war alles andere als dumm. In ganz Spanien, vielleicht sogar in ganz Europa, gab es kaum einen Ort, wo man sich so leicht in einer Menschenmenge verlieren konnte wie hier auf dem Orangenplatz zu dieser Stunde.

Eine Hand berührte sanft meinen Ärmel.

Es war Aziza. Ihre dunklen Augen sahen mir ins Gesicht.

Am liebsten hätte ich sie jetzt einfach in die Arme genommen und den Ort, die Zeit und die Gefahr vergessen.

»Seht mich nicht so an!« protestierte sie flüsternd. »Ihr macht mir angst!«

Doch wenn der Ausdruck in ihren Augen Angst bedeutete, dann wünschte ich mir, daß alle Frauen solche Angst hatten.

»Wie könnte ich Euch denn sonst ansehen? Ihr seid doch so schön!«

»Hier können wir nicht bleiben.«

»Wo ist Redwan?«

»Ich weiß es nicht. Er ist ein Gefangener. Ich weiß nicht, wo.«

Soldaten tauchten am äußeren Tor auf. Ich zählte vier... sechs... acht.

Ohne sonderliche Eile nahm ich Azizas Arm und mischte mich mit ihr unter die Menge.

Im Tempel gab es eine lange Galerie mit Säulen und Bögen. Im Halbdunkel war nur das Rascheln von Kleidungsstücken zu hören.

Gegenüber der Moschee lag eine Tür; eine sehr kleine Tür, die nicht oft benutzt wurde. Doch ich hatte sie schon vorher ausfindig gemacht und die damit verbundenen Möglichkeiten erkannt.

Wir lösten uns aus der Menge und schlüpften durch die kleine Tür in einen kleinen Garten dahinter. Wir durchquerten ihn und gelangten in einen öffentlichen Park.

Wir gingen betont langsam, doch ich dachte intensiv nach. Ich hielt es für unwahrscheinlich, daß meine Verbindung zu Ibn-Tuwais allgemein bekannt war. Mahmud wußte davon, desgleichen Harun. Aber wenn ich mit Aziza dorthin gelangen konnte, würden Pferde für uns bereitstehen. Ich hatte bereits mehrere Fluchtwege durch die Gassen der Stadt erkundet.

Wir gingen vorbei an den Ständen der Weihrauch-Verkäufer, vorbei an den Seidenhändlern, vorbei an den Astrologen und Sehern, dann um eine Ecke auf eine leere Straße mit hohen Seitenmauern. Dort bewegte sich nichts außer dem Wind und dunklen Schatten.

Ibn-Tuwais begrüßte uns und führte uns in sein Haus.

»Ihr braucht nichts zu erklären. Dieses Haus wurde in einer Zeit der Unruhe erbaut.«

Wir folgten ihm in ein inneres Gemach. Er bog scharf in einen Alkoven ab und preßte sich an die Wand. Lautlos schwenkte die Wand nach innen und gab eine dunkle, schmale Treppe preis.

»Dies hier ist schon früher benutzt worden«, sagte Ibn-Tuwais und händigte mir eine Kerze aus. »Ihr werdet Essen und Wein finden.«

Nachdem Aziza die Kerze genommen hatte und die Treppe hinabgegangen war, flüsterte der alte Mann: »Hier in der Nähe ist dieses Mädchen verschwunden, und man hat damit begonnen, das ganze Viertel zu durchsuchen. Ihr müßt bleiben, bis die Suche abgebrochen wird. Aber...« er hatte sich bereits zum Gehen angeschickt, »...falls mir irgend etwas zustößt – es gibt einen Gang hinter der Wand. Sie läßt sich auf die gleiche Weise wie diese hier öffnen. Der Gang führt hinter die Mauern. Wenn Ihr den Gang verlassen habt, reitet zur Burg von Othman. Es ist eine Ruine, die jetzt nur noch von Eulen bewohnt wird. Dort könnt Ihr Euch verstecken, bis Ihr entkommen könnt.«

»Wie können wir denn reiten?«

»Der Gang ist für Pferde geeignet. Er wurde für den Einsatz von Reitern angelegt. Es gibt einen Eingang von unserem Stall aus. Eure Pferde sind bereits nach unten gebracht worden. Es gibt Futter für sie und Essen für Euch. Eine Quelle fließt da unten durch einen Kanal. Wenn nötig, könnt Ihr Euch dort wochenlang versteckt halten, aber ich würde es Euch nicht raten.«

Er machte eine Pause, und sein Blick verhärtete sich.

»Ihr seid kein Moslem, aber Ihr habt eine Dame in Eurer Obhut, eine sehr wichtige Dame. Sollte ihr, und sei es auch nur rein zufällig, irgendein Schaden zustoßen, würde es euch beiden das Leben kosten.«

»Auch ihr?«

»Vor allem ihr. Sie würde fraglos getötet werden. Seid also auf der Hut und bewacht sie gut!«

Wieder zögerte er. »Sollten es die Umstände jemals erlauben, daß Ihr hierher zurückkehrt, so ist mein Haus immer Euer Haus.«

»Bei der Burg von Othman? Gibt es da einen Platz zum Verstecken?«

Er erklärte mir präzise und mit militärischer Knappheit alle Details der Ruine. »Und nun schnell! Ihr müßt gehen!«

Die Tür schloß sich hinter mir. Ich stieg im Dunkeln die Treppe hinab.

Aziza hatte ihren Schleier abgenommen und stellte Essen und Wein auf den niedrigen Tisch.

Über uns war ein dumpfer Laut zu hören, als ob eine schwere Tür zugeschlagen wurde. Nur hörte es sich noch lauter an.

Ich zog mein Schwert und drehte mich nach der Treppe um.

Nichts.

Hatte ich Ibn-Tuwais in Schwierigkeiten gebracht? Was war da eben geschehen?

Aziza deutete auf den Tisch.

»Eßt!« sagte sie. »Wir müssen bereit sein, wenn es Nacht wird.«

Wir aßen schweigend. Ich weiß nicht, woran Aziza dachte, aber ich mußte ständig an diesen alten Mann dort oben denken. Hatte ich etwa einem Mann, den ich so bewunderte und liebte,

Folter und Tod gebracht? Doch ich konnte nicht umkehren, um ihm gegebenenfalls zu helfen. Mein Auftauchen würde beweisen, was bisher nur vermutet wurde.

Packen lagen auf dem Boden herum; offenbar hatte Ibn-Tuwais alles in Betracht gezogen. Er wußte, was ich vorhatte... und wo seine Sympathien lagen, denn auch er war schließlich ein Feind von Yusuf.

Auf einem niedrigen Tisch lag ein Stapel Bücher. Ibn-Tuwais hatte also mit Ärger gerechnet und seine kostbare Bibliothek vorsorglich hierher gebracht. In Paris konnte man mit solchen Büchern eine ganze Provinz oder Diözese kaufen.

Die Packen enthielten Lebensmittel und vier Bücher. Offenbar wünschte Ibn-Tuwais, daß ich diese Bücher besäße.

»Schlaft«, sagte ich zu Aziza. »Nach Anbruch der Nacht müssen wir gehen.«

Als sie sich hingelegt hatte, breitete ich eine Decke über sie.

Es war früher Nachmittag gewesen, als wir das Haus von Ibn-Tuwais erreicht hatten. Jetzt hieß es also, vier Stunden zu warten. Dann noch eine Stunde durch den Gang zu einer Stelle hinter der Mauer. Danach konnten wir in der Dunkelheit untertauchen.

Ich suchte mir ein Buch aus dem Stapel und begann zu lesen.

Lange Zeit später, als die Länge der Kerze die inzwischen verstrichene Zeit anzeigte, legte ich das Buch zwischen die anderen zurück. Vielleicht würde ich es eines Tages zu Ende lesen können.

Aziza erwachte unter meiner Berührung, stand sofort auf und zündete eine frische Kerze an.

Ich schulterte die Packen und folgte ihr durch den Gang.

Die Pferde standen gesattelt in ihrem unterirdischen Stall bereit.

Wir stiegen auf und ritten durch den Gang auf die Außenmauern der Stadt zu.

Mein Kopf war nur wenige Zentimeter von der Decke des Ganges entfernt. Ein Teil dieser Passage war aus Felsgestein herausgehauen worden. Mehrmals ritten wir durch kleine Wassertümpel. Einmal führte der Weg ein paar hundert Meter an einem Bach mit klarem, kaltem Wasser entlang.

Der Gang nahm ein abruptes Ende. Wir standen vor einer Felsplatte. Daneben befand sich ein Bronzehebel.

Die Arbeit hier sah nicht nach Arbeit von Mauren, Goten oder Phöniziern aus. Ich hatte noch nie etwas dergleichen gesehen. Ich dachte unwillkürlich an das Bildwerk von Cadiz. Waren hier vielleicht die gleichen Hände am Werk gewesen?

Ich stieg ab und packte den Hebel. Nach kurzem Zögern drückte ich ihn nach unten. Nichts passierte.

Unsere Blicke begegneten sich im Kerzenschein. Angenommen, die Steinplatte ließ sich nicht öffnen? Würden wir dann in der Falle sitzen?

Ich wartete noch einen Moment, dann raffte ich all meine Kraft zusammen und hängte mich mit meinem ganzen Körpergewicht an diesen Bronzehebel. Langsam, unendlich langsam gab er nach. Die große Felsplatte schwang langsam nach innen, schwerfällig und knarrend vor Alter; sie war offenbar viele, viele Jahre nicht mehr benutzt worden.

Kalte Luft wehte uns entgegen. Es roch nach Vegetation. Wasser plätscherte.

Ich hielt mein Schwert in der Hand und trat hinaus. Jetzt befand ich mich in einer schmalen Schlucht. Über mir funkelten Sterne. Nur ein kleines Stück weiter mündete unser Bach in einen größeren Wasserlauf.

Ich suchte und fand den anderen Hebel, der kunstvoll in einer Felsspalte versteckt war.

Aziza kam aus dem Gang heraus.

Ich drückte den Hebel nach unten, und diesmal schloß sich die Tür wesentlich leichter. Sie verschmolz genau mit natürlichen Rissen im Felsgestein. Ich prägte mir diese Stelle sehr gut ein, verbarg den Hebel wieder und verwischte alle Spuren, die durch die Bewegung der Tür entstanden waren.

Wir bestiegen erneut unsere Pferde und ritten das steinige Flußbett hinab. Nach einer kurzen Strecke verließen wir das Wasser und bogen auf einen uralten Pfad ab. Dann ritten wir an einem Weg entlang, der von Arbeitern benutzt wurde, die zu ihren Feldern gingen oder von dort zurückkamen.

Wir glaubten, in weiter Ferne schon den Turm der Burg von Othman zu erkennen.

Die Burg war vor langer Zeit erbaut worden, aber sie war schon eine Ruine, als die ersten Westgoten nach Spanien kamen. Vielleicht hatten die Römer oder sogar die alten Iberer diese Burg erbaut. Sie war mehrmals zerstört und wiederaufgebaut worden; so war sie zu einem Ort bösen Vorzeichens geworden, und nur wenige wagten es, die Gefahren zu riskieren, die ein Bestandteil dieser Burg zu sein schienen.

Wir ritten schweigend dahin, deprimiert von unserer Angst um Ibn-Tuwais. Vielleicht hatte man ihn der Folter unterzogen oder erschlagen. Es hätte jedoch gar keinen Sinn gehabt, noch einmal dorthin zurückzukehren, denn damit wäre allenfalls bewiesen worden, daß er uns geholfen hatte. Dies aber hätte unweigerlich seinen Tod zur Folge. Alles, was er für uns getan hatte, wäre dann vergeblich gewesen.

Wie lange würden wir uns in der Burg von Othman behaupten können? Wie lange würde es dauern, bis irgend jemand vorbeikam und uns entdeckte oder auch nur eine verdächtige Bewegung in der Ruine wahrnahm?

Doch wohin hätten wir sonst gehen sollen? Für mich allein wäre es einfach genug gewesen. Doch man konnte nicht mit einem schönen Mädchen über Land reiten, ohne daß darüber geredet wurde. Vor allem aber dann, wenn keine Reiter-Eskorte vorhanden war.

Die Dämmerung lag immer noch hinter dem Horizont, als wir den Hang zum Turm hinaufritten. Es war ein riesiger alter Turm. Viel mehr gab es eigentlich gar nicht mehr. Eine zerklüftete Brustwehr mit Zinnen. Mondlicht fiel auf die längst zusammengebrochenen Mauern. Es war ein einsamer, gespenstischer Ort, vom Geruch des Todes umwittert.

Wir ritten durch das offene Tor und hielten auf dem ehemaligen Burghof an. Alles war dunkel und still, nachdem die Hufschläge unserer Pferde verklungen waren. Eine Fledermaus flatterte an meinem Kopf vorbei. Aus der Dunkelheit war der Ruf einer Eule zu vernehmen.

Wir waren bei unserem Versteck angelangt ... wie zwei Gespenster, die sich den anderen Gespenstern anschließen wollten. Ich fürchtete jedoch nicht die Dinge der Nacht, sondern unsere Entdeckung. Wir, die wir auf den einsamen armorikanischen Mooren lebten, waren an Werwölfe, Vampire und *Geister* gewöhnt.

»Ich habe Angst, Mathurin!« wisperte Aziza.

Ich stieg aus dem Sattel und streckte ihr meine Hände entgegen.

»Die Dunkelheit ist ein Freund der Verfolgten, Aziza. Und wo wir sind, kann auch Liebe sein. Hier werden wir bleiben.«

13

Nach der Morgendämmerung schien in der Burg von Othman die Sonne sehr hell. Die Gespenster, falls es hier tatsächlich welche gab, waren mit den dunklen Schatten der Nacht geflohen. Wasser plätscherte im uralten Brunnen. Doch wo früher Gärten gewesen waren, gab es jetzt nur noch verwildertes Gras, Gestrüpp und Bäume. Rinde, die von den Bäumen gefallen war, lag im Gras. Über allem lag ein dichter Teppich aus Laub.

Die Mauer war bei einem längst vergessenen Kampf zu Bruch gegangen. Die Steine lagen schief und waren oft von wildem Wein überwuchert.

Die Burg stand auf einem Hügel und hatte einst die ganze Landschaft beherrscht; jetzt aber schien sie nur noch ein Teil dieser Landschaft zu sein, etwa wie ein herausragender Felsen oder ein uralter, verwitterter Baum.

Früher dürfte der Abhang wesentlich steiler gewesen sein, aber jetzt hatten die Trümmer der Burg für ein sanfteres Gefälle gesorgt.

Auf der Nordseite gab es drei runde Türme, durchweg nur noch Ruinen. Von den drei Türmen auf der Südseite war einer viereckig. Dieser Turm sowie der Turm am entgegengesetzten Ende der Südmauer waren noch relativ intakt.

Der Burghof war fast vollkommen eingeschlossen, aber die große Halle war auch nur noch eine Ruine mit halb eingestürztem Dach.

Mein erstes Unterfangen bestand darin, die Ruine gründlich zu durchsuchen.

Die Innenmauer wies eine Reihe sorgfältig angelegter Treppen und Passagen auf, die mit jedem Teil der Burg verbunden waren, so daß von überall her Verstärkung hatte heraneilen können.

Der Bergfried hatte drei Stockwerke. In jedem Stockwerk gab es Schießscharten für Bogenschützen. Auf jeder Ebene boten Türen Zugang zu allen anderen Teilen der Festung.

Vom Bergfried aus hatte man eine prächtige Aussicht auf die umliegende Landschaft. Von versteckten Positionen aus konnte jede Annäherung beobachtet werden.

Doch ich suchte vor allem nach einem Fluchtweg. Wie schon Platos Plautus gesagt hatte: Nicht einmal eine Maus vertraut sich nur einem einzigen Loch an.

Solche alten Burgen hatten immer einen oder mehrere geheime

Ausgänge, für einen plötzlichen Ausfall oder eine Flucht. Während einer Belagerung hatte man solche Geheimgänge auch dazu benutzt, Proviant in die Burg zu schmuggeln.

Der viereckige Turm, also der Bergfried, war offensichtlich der älteste Teil dieses Bauwerkes. Jeder dort existierende Gang mußte eine versteckte Öffnung nach draußen haben, sei es in ein Wäldchen, in eine Schlucht oder zumindest in eine Bodenmulde. Wenn ich eine solche Öffnung finden könnte, würde es auch leicht für mich sein, den inneren Zugang zu einer Passage zu entdecken.

Während Aziza schlief, streifte ich in der Burgruine umher, erforschte alle Gänge und Verliese und studierte von jedem Fenster oder von jeder Bresche aus die umliegende Gegend. Es konnte eine Zeit kommen, da Flucht dringend erforderlich war; deshalb war es unbedingt nötig, sich hier genauestens auszukennen, damit man bei einer Flucht nicht gesehen und entdeckt werden konnte.

In weiter Ferne lag Cordoba, aber in der näheren Umgebung gab es keine Dörfer, auch keine sonstigen Einwohner oder Straßen. Man reiste meistens in starken Gruppen, die sich gut verteidigen konnten, denn fast überall gab es Briganten-Banden oder desertierte Soldaten, welche die Gegend unsicher machten.

Die Burg von Othman war sehr abgelegen und einsam; offensichtlich stattete ihr niemand einen Besuch ab. Jedenfalls fand ich bei meiner gründlichen Durchsuchung keinerlei Hinweis darauf, daß hier einmal jemand Unterschlupf gesucht haben könnte, zumindest seit vielen Jahren nicht mehr. Die Burg lag sehr weit von Straßen entfernt; aus der Ferne machte sie eher den Eindruck einer aufragenden Felsklippe als den einer Burg.

Ich hoffte, daß wir wenigstens für einige Zeit sicher waren.

Ich kehrte zum Innenhof zurück. Der Boden war von Gras überwuchert; durch Breschen in der Burgruine konnte man Gärten sehen. Diese waren von Mauern eingefaßt. Zwischen Innenhof und Gärten gab es für mindestens eine Woche Weideplätze für unsere Pferde. Die Verpflegung, die wir mitgebracht hatten, würde etwa genauso lange, vielleicht sogar noch länger reichen. Wir konnten sie durch Obst aus den Gärten ergänzen, obwohl es nur wenig davon gab.

Ich saß im Bergfried und schaute durch eine Schießscharte zum fernen Cordoba hinüber, wobei ich überlegte, was die dort verbrachten Monate für mich bedeutet hatten.

Abgesehen von allem, was ich auf der Straße gelernt hatte, war es mir möglich gewesen, mich in der arabischen Sprache zu vervollkommnen. Ich hatte auch von Unterhaltungen profitiert, die ich belauscht hatte, desgleichen von gelehrten Diskussionen, an denen ich mich manchmal sogar beteiligt hatte. Ich hatte viel gelesen; Werke von Aristoteles, Avicenna, Rhazes, Alhazen, Al-Biruni und vielen anderen. Ich hatte mich mit Wissenschaften wie Astronomie, Logik, Medizin, Nekromantie und Naturwissenschaften beschäftigt und mein Wissen vertieft. Jedes Buch, jeder Autor, jede Unterhaltung schien neue Wege und Möglichkeiten zu eröffnen.

Mein Geschick im Umgang mit Schwert und Dolch hatte sich gebessert; auch vom Bogenschießen verstand ich jetzt allerhand. Doch ich war noch immer nicht zufrieden.

Noch besaß ich die Schmuckstücke vom Verkauf der Galeere; nur den Saphir hatte ich bereits verkauft. Aber ich hatte keinen Landbesitz, keinen Handel, keine Habe. Ich gehörte nirgendwohin, hatte keinen Beschützer und diente keinem Mann. Das machte mich zum Freiwild für alle.

Es waren unruhige Zeiten, und der schnellste Weg zum Erfolg waren Krieg und Piraterie. Von Navigation verstand ich wohl mehr als die meisten seefahrenden Männer. Ich war auch geübt in den militärischen Taktiken durch die Lektüre des Vegetius und anderer. Für einen Beruf mit Waffen war ich am besten geeignet, aber ich neigte mehr zu Gelehrsamkeit.

Gelehrte waren überall willkommen. Könige und Städte wetteiferten um die Aufmerksamkeit von Wissenschaftlern.

Doch ich war ein Mann, der ganz allein dastand, ohne Familie, ohne Freunde, ohne Einfluß und ohne Lehrer von Rang und Namen.

Und was war mit meinem Vater? War er wirklich tot?

»Mathurin...?«

Aziza kam über den Gang zu mir. Ihr Gesicht wirkte noch weich und entspannt nach dem Schlaf. Das Haar war zwar ein wenig zerzaust, war mir aber noch nie reizender als jetzt vorgekommen.

»Ich dachte, Ihr seid fort«, sagte Aziza.

»Und hätte Euch allein hier zurückgelassen?«

Sie trat dicht an mich heran.

»Wird man uns hier finden?«

»Das bezweifle ich. Könnt Ihr diesen Ort hier für eine Weile ertragen?«

»Nur wenn Ihr bei mir seid.«

Wir saßen nebeneinander und schauten auf die Ebene von

Andalusien hinaus. Weit entfernt, so weit, daß unsere Augen es kaum wahrnehmen konnten, gab es Bewegung auf der Landstraße, die von Cordoba nach Sevilla führte.

Ein paar Lämmerwolken trieben sachte am Himmel dahin und warfen ab und zu leichte Schatten auf die lohfarbene Ebene.

Schließlich gingen wir nach unten, aßen von unserem kleinen Vorrat und tranken Wasser aus dem Brunnen. Für den Fall, daß es regnete, sammelte ich trockenes Holz unter den Bäumen und brachte es hinein. Obwohl Aziza ein Kind des Luxus war, blieb sie an meiner Seite und beteiligte sich am Holzsammeln. Wir säuberten einen Raum in der Nähe des Gartens. Dort konnten wir schlafen.

Als ich mich so in der Ruine umschaute, wurde mir klar, wie schnell der Aufenthalt hier beschwerlich und lästig werden konnte, vor allem natürlich für Aziza, die ja noch nie auf Luxus und Bequemlichkeit hatte zu verzichten brauchen. Sie hatte stets irgendeinen Diener in der Nähe gehabt, der jeden ihrer Wünsche augenblicklich erfüllt hatte.

Zunächst gefiel ihr dies alles hier wohl noch einigermaßen, weil es vollkommen neu für sie war.

Doch ich mußte auch noch an diese andere Sache denken, deren auch sie sich bewußt sein mußte. Sollten wir hier zusammen angetroffen werden, würde man uns beide töten, und zwar aus keinem anderen Grund.

Ich wurde von Fragen geplagt. Was war aus Ibn-Tuwais geworden? Was mochte Ibn-Haram jetzt denken? Wo suchte er nach uns?

Am meisten beunruhigte mich jedoch eine andere Frage: Was würde geschehen, falls irgendeine zufällig vorbeikommende Bande von Briganten sich ausgerechnet diese abgelegene Burg aussuchten, um hier zu übernachten? Ich gab mich keinen Illusionen hin, was geschehen würde, wenn man Aziza erblickte.

Einen konnte ich töten, vielleicht auch zwei oder drei, aber am Ende würden sie mich töten. Dann würde Aziza in die Hände roher Gesellen fallen, die es gewohnt waren, Frauen zu vergewaltigen.

Bei Sonnenuntergang erlegte ich mit einem Pfeil einen Hasen. Wir bereiteten uns eine bescheidene Mahlzeit und verzehrten ein paar Weintrauben und Aprikosen aus dem Garten. So konnten wir unseren spärlichen Vorrat an Proviant schonen. Nachdem wir gegessen hatten, stiegen wir wieder in den Bergfried hinauf, um den Sonnenuntergang zu beobachten.

Fast eine Meile entfernt gab es ein Gehölz. Dort wuchsen ein paar Bäume. Es war wenig wahrscheinlich, daß sich jemand dorthin wagte, zumal es nicht viel weiter entfernt andere und attraktivere Orte gab. Rinnen führten von diesem Gehölz aus nach allen Richtungen. Dort, so überlegte ich, wäre ein logischer Platz für einen Tunnelausgang.

Der innere Zugang zu diesem Tunnel mußte sich im Bergfried befinden, wahrscheinlich sogar in diesem Raum, den wir jetzt bewohnten.

Ich suchte eine Stunde lang fleißig danach, konnte aber nichts finden.

Schließlich kam mir Aziza zu Hilfe.

»In der Nähe von Palermo gibt es in der Mauer eines Alkovens einen gut ausgewogenen, beweglichen Stein. Damit wollte man eine geheime Öffnung verschließen.«

Natürlich! Ich war ein Idiot, weil ich nicht selber daran gedacht hatte! Außer Sichtweite der Tür gab es einen Alkoven, eine kleine Nische mit einer Schießscharte für Bogenschützen. Die Unterkante der Schießscharte war beinahe brusthoch. Darunter befand sich eine solide Steinplatte, etwa einen Meter zwanzig hoch und fast einen Meter breit.

Ich hockte mich daneben und stemmte mich gegen die Oberkante. Nichts geschah. Jetzt stemmte ich mich an die Unterkante. Immer noch nichts. Erst als ich zum zweitenmal an die linke Seite stieß, mich mit dem Rücken dagegenstemmte und sehr fest schob, bewegte sich die Platte. Sie war viele Jahre nicht benutzt worden und daher ziemlich verklemmt, aber sie bewegte sich. Sie drehte sich um eine Achse aus poliertem Stein, die oben und unten in den Felsen paßte. Sie gab die Öffnung frei, die knapp einen halben Meter breit und gut einen Meter hoch war. Sie gewährte Zugang zu einer steilen, gewundenen Treppe, die ins Innere eines brunnenähnlichen Raumes führte. Die Stufen waren nur knapp dreißig Zentimeter breit, und um sie herum war totale Dunkelheit.

Ein einziger falscher Schritt, und man stürzte ab... wie tief?

Ich nahm einen kleinen Stein, ließ ihn fallen und lauschte. Es dauerte ziemlich lange, bis er auf dem Grund aufschlug.

Ich nahm eine Kerze aus unserem kleinen Vorrat und zündete sie an. »Wenn jemand kommt, schließt die Öffnung«, sagte ich zu Aziza. »Laßt aber einen Spalt offen.«

»Ich werde mit Euch gehen.« Aziza war blaß und verängstigt. »Ich möchte nicht allein zurückgelassen werden.«

»Ihr müßt hierbleiben. Die Treppe kann eingefallen oder der

Gang eingestürzt sein. Laßt mich erst nachsehen, ob der Abstieg sicher ist.«

»Bitte, laßt mich mitkommen! Wenn Ihr sterbt, möchte ich mit Euch sterben!«

»Ich werde nicht sterben. Aber haltet Wache für mich. Und wenn jemand kommt, versteckt Euch!«

Nachdem ich dies gesagt hatte, trat ich durch die Öffnung, klammerte mich an die Mauer und begann den Abstieg.

Ich hatte Angst. Der uralte Brunnenschacht verströmte den Geruch eines sehr lange verschlossen gewesenen Raumes. Ich konnte auch nicht sicher sein, ob es da unten tatsächlich einen Ausgang gab, und wenn ja, ob er dann nicht im Laufe der vielen Jahre durch Wasser und Gestein verschlossen worden war. Ich konnte nicht einmal vermuten, wie alt dieser Schacht schon war, denn dies hier war zweifellos der älteste Teil der Festung.

Es war stockdunkel, und die Luft war schrecklich. Vielleicht wäre es besser gewesen, den Zugang eine Weile offenzuhalten, um die schlechte Luft oder einen Teil davon entweichen zu lassen. Aber wir brauchten einen Ausweg, und diese Notwendigkeit konnte sich jeden Moment ergeben.

Ich testete jeden Schritt, jede Stufe. So arbeitete ich mich langsam und äußerst vorsichtig die Wendeltreppe im Brunnenschacht hinab.

Es war totenstill. In diesen dunklen Raum drang kein Laut. Meine Kerze spendete nicht mehr als einen schwachen, runden Lichtschein.

Mehrmals hielt ich an, um mich auszuruhen. Jetzt tat es mir leid, daß ich die Stufen nicht gezählt hatte, denn dann hätte ich wenigstens gewußt, ob ich mich schon unter der Erdoberfläche befand. Der Brunnenschacht war in der Mauer des Bergfrieds, aber je weiter ich nach unten stieg, desto breiter wurde er, wie ich feststellen konnte.

An einer Stelle war eine Stufe halb abgebrochen. An einer anderen Stelle gab das Gestein unter meinem Fuß nach und bröckelte ab. Die Bruchstücke fielen klappernd und scheppernd in die dunkle Tiefe. Die Stufen waren Steinplatten, die wie Leitersprossen in die Wand des Brunnenschachtes eingelassen waren.

Meine Kerzenflamme stand gerade, denn es gab keine Luftbewegung. War die Flamme kleiner geworden? Stimmte es, daß an einem Ort, an dem eine Flamme nicht brennen wollte, auch kein Mensch leben konnte? Ich hatte das einmal irgendwo gehört.

Plötzlich befand ich mich auf einer steinernen Plattform, etwa zwei Meter im Quadrat. Hier legte ich eine Pause ein, um mich wieder einmal ein bißchen auszuruhen. Ich war schweißüberströmt. Die Luft war beinahe erstickend heiß. Mein Atem ging heiser und rasselnd, aber ich war mir nicht sicher, ob dies von meiner Anstrengung oder der schlechten Luft herrührte.

Ich begann weiter nach untern zu steigen.

Plötzlich stieß ich auf eine zerbrochene Stufe!

Vorsichtig tastete ich mit meiner Fußspitze danach, stellte sie auf die Stufe und testete, ob sie mein Gewicht aushielt. Mein Fuß fand Halt... und ganz plötzlich gab die Stufe nach. Das Gestein zerbröckelte, und mein Fuß sackte nach unten durch. Ich klammerte mich verzweifelt an die Wand. Meine Finger fanden eine Spalte und krallten sich darin fest. Jetzt hatte ich beinahe Angst, noch zu atmen. Ich hing an der Innenwand des Brunnenschachtes und zitterte an allen Gliedern.

Und dann kam mir jäh zum Bewußtsein, wie ernst meine Lage war!

Meine Kerze war weg!

Als ich die Wand gepackt hatte, war mir die Kerze aus der Hand gefallen. Jetzt saß ich fest. Ich hing in abgrundtiefer Finsternis an einem Spalt in der Wand! Ich konnte nichts sehen und war auch zu keiner Bewegung fähig.

Es gab kein Licht, und wo es überhaupt kein Licht, sondern nur totale Dunkelheit gab, konnten sich auch die Augen nicht an veränderte Lichtverhältnisse anpassen.

Ich klammerte mich an die Wand, zitterte vor Angst und keuchte heiser.

Langsam kehrte mein gesunder Menschenverstand zurück. Wie lange ich so an der Brunnenwand gehangen hatte, wußte ich nicht. Mir kam es jedoch wie eine Ewigkeit vor, bevor ich es schließlich wagte, mich zu bewegen.

Meine Zehenspitzen steckten in einem winzigen Spalt; meine Finger waren in eine Ritze gekrallt. Unter mir lag diese schwarze und schreckliche Grube. Mein Körper wurde durch den Angstschweiß, der mir aus allen Poren quoll, glitschig und schlüpfrig. Wenn ich jetzt versuchte, einen Fuß zu heben, um nach einem anderen Halt zu suchen, konnte ich ausrutschen und abstürzen.

Unter mir polterte ein Stein in die Tiefe; er fiel... und fiel... und fiel... und fiel.

In mir war eine große Leere. Angst hatte mein Inneres zu

Wasser werden lassen; jedenfalls kam es mir so vor. Ich hatte es schon immer gehaßt, irgendwo eingeschlossen zu sein oder mich an abgesperrten und verschlossenen Orten aufzuhalten.

Meine Muskeln schmerzten. Meine Finger begannen taub zu werden. Nur die Müdigkeit in meinen Muskeln ließ mich überhaupt noch die inzwischen verstrichene Zeit schätzen. Vielleicht waren es nicht mehr als ein paar Minuten oder sogar nur Sekunden gewesen, doch ich hatte das Gefühl, schon eine halbe Ewigkeit so an der Wand zu hängen.

Ich mußte irgendeine Anstrengung unternehmen, ob ich dabei nun gewann oder verlor. Wenn ich noch länger so in der Schwebe blieb, mußte ich früher oder später abstürzen. Es gab niemanden, der mir zu Hilfe kommen konnte.

Irgendwo unter mir mußte es eine weitere Stufe geben. Doch angenommen, daß auch sie verschwunden war? Angenommen, daß dies der eigentliche Zweck dieser Wendeltreppe war? Einen entkommenen Gefangenen im Glauben zu lassen, endgültig entrinnen zu können? Ihn in dieser Dunkelheit hinabsteigen zu lassen, damit er hier an dieser Stelle abstürzte und auf dem Grund elend starb.

Ungemein vorsichtig und behutsam, um meine Fingerspitzen in der winzigen Spalte nicht zu überanstrengen, streckte ich zaghaft und forschend die Zehenspitzen aus.

14

Unter mir gab es nichts weiter als leere Tiefe. Vorsichtig tastete ich mit den Zehenspitzen an der Wand herum und suchte damit nach irgendeinem Halt für meinen Fuß. Meine Finger schmerzten, und das eine Bein, das noch einen Halt hatte, zitterte heftig und unkontrolliert. Ich hatte keine Ahnung, wie lange ich es noch schaffte, wie eine Fliege an dieser Wand zu kleben.

Ich tastete weiter mit den freien Zehenspitzen an der Wand herum und stieß auf ein Hindernis. Es war weiter drüben und etwas tiefer. Behutsam streckte ich meinen Fuß noch weiter aus und bekam ihn schließlich auf festen Stein.

Einen Moment lang verharrte ich in dieser Position und raffte Kraft und Willen zusammen. Dann streckte ich meine rechte Hand etwas weiter aus und suchte mit den Fingern nach einem neuen

Halt. Ich fand ihn, aber nur an einer winzigen Kante eines Steines, der nicht ganz richtig eingesetzt worden war. Sie bot nur ganz knapp meinen Fingerspitzen Halt.

Jetzt bewegte ich mich mit äußerster Vorsicht. Ich verlagerte meine andere Hand und auch meinen anderen Fuß, bis ich wieder sicher stand. Um mich blieb jedoch die absolute Dunkelheit, und ich hatte keinerlei Möglichkeit, mir zu etwas Licht oder auch nur schwacher Helligkeit zu verhelfen.

Ohne Licht konnte ich unmöglich die Stufen wieder hinaufgehen. Mit jeder Bewegung würde ich mein Leben riskieren. Doch ich hatte gar keine andere Wahl, als meinen Weg nach unten fortzusetzen. Wenn ich zu lange ausblieb, würde Aziza vielleicht versuchen, mich zu finden. Der Gedanke, daß sie sich auf diese Treppe wagen könnte, war erschreckend und beängstigend. Also mußte ich weiter nach unten steigen und mir den Weg ertasten. Ich konnte nur hoffen, daß es jetzt keine fehlenden Stufen mehr gab.

Die Luft war stickig. Ich hatte Mühe, noch genügend Luft in die Lunge zu bekommen. Es galt keine Zeit zu verschwenden, denn ich hatte schon gehört, daß Menschen in alten Tunneln oder Räumen, die zu lange geschlossen gewesen waren, gestorben waren.

Ich hatte keine Ahnung, wie lange es dauerte. In der pechschwarzen Dunkelheit gab es auch keine Möglichkeit, irgendwie die Zeit zu bestimmen oder auch nur zu schätzen. Es schien, als hätte ich für immer an dieser Wand gehangen. Zentimeterweise arbeitete ich mich weiter nach unten. Mein gesamter Körper war schweißüberströmt. In diesem dunklen Brunnenschacht konnte ich nicht wissen, ob Minuten, Stunden oder gar Tage vergingen.

Plötzlich stieß mein Fuß auf Erdreich. Aber als ich mich bewegte, spürte ich, wie etwas unter meinen Füßen brach. Ich hockte mich hin, und meine tastenden Finger berührten die glatte Oberfläche eines Schädels und einiger zerbrochener Knochen.

Ich tastete weiter mit meiner Hand herum, fand erneut den Schädel und berührte die Augenhöhlen. Ich riß die Hand zurück. Irgend jemand wie ich selber hatte versucht, auf diesem Wege zu entkommen, war dann aber hier gestorben.

Ich hatte das Gefühl, daß meine Brust von irgend etwas zusammengepreßt wurde. Meine Hände tasteten wieder nach der Wand.

Es mußte irgendeinen Ausweg geben!

Noch zweimal traten meine Füße auf zerbrochenes Gebein.

Aber meine tastenden Finger fanden keine Felsspalte, sondern nur solides Gestein.

Ich hockte mich hin und begann einen zweiten Rundgang um das Fundament des Turmes. Diesmal tastete ich etwas tiefer nach irgendeiner Spalte oder Ritze im Gestein, die vielleicht eine Öffnung bedeutete. Ich fand nichts.

Allein schon der Gedanke, wieder nach oben zu steigen und diesen Alptraum noch einmal zu erleben...

Mir fielen die Augenlider zu. Meine Muskeln schienen einfach nachzugeben. Ich setzte mich hin. Mein Verstand warnte mich, daß ich in der schlechten Luft umkommen konnte. Sie würde mir sehr bald das Bewußtsein rauben, und dann würde ich auf den Boden fallen und genauso sterben wie andere schon vor mir.

Und Aziza? Sie würde allein sein und warten. Dort oben im goldenen Sonnenschein auf einen Mann warten, der nicht zurückkehren konnte.

Erdreich, dachte ich. Ein Fußboden aus Erdreich.

Ich konnte graben, aber in was würde ich graben? In welche Richtung? Zurück in den Hügel? Oder weg von ihm? Und wie tief in die Erde war das Fundament eingelassen?

Verbissen wie ein Betrunkener zwang ich meinen Verstand, sich mit dem Problem zu befassen. Mein Lebenswille kämpfte gegen die schlechte Luft an. Ich zwang mich dazu, noch einmal die Runde an der Wand entlang zu machen. Schlimmstenfalls konnte ich ja immer noch versuchen, den Aufstieg zu riskieren. Die Luft würde frischer werden, je näher ich dieser kleinen Spalte kam, die wir da oben offen gelassen hatten.

Ich konnte und wollte einfach noch nicht aufgeben

Plötzlich stießen meine tastenden Finger an eine Stufe. Es war die unterste Stufe der Wendeltreppe. Ich setzte mich hin.

Denken... nachdenken... überlegen! Ich mußte nachdenken.

Mein Geist begann sich benommen mit dieser Idee zu beschäftigen.

Wenn es einen Ausweg gab, mußte mein Verstand ihn finden. In meinem Kopf dröhnte und hämmerte es. Ich versuchte, meine Gedanken zu zwingen, sich mit dem Problem zu befassen. Ich stützte die Ellbogen auf die Knie und hielt mit beiden Händen meinen schmerzenden Kopf fest...

Mein Bein fühlte sich kalt an.

Kalt? Kalt, weil ich schweißüberströmt war. Doch mir war sehr heiß! Ich schwitzte! Warum sollte also auf einmal mein Bein kalt sein?

Luft!

Das mußte Luft sein! Kalte, frische, wunderbare Luft!

Ich ließ mich auf die Knie nieder. Meine Finger scharrten in der Erde an der Wand und suchten nach dieser Luft, die Leben spendete! Suchten nach irgendeiner Öffnung.

Meine Finger fanden jedoch nichts weiter als kaltes Gestein.

Keine Öffnung.

Nichts!

Und doch war da Luft, wenn auch nur ein winziger Hauch. Ich mußte also irgend etwas getan haben, um diesem schwachen Lufthauch Zutritt in den dunklen Brunnenschacht zu verschaffen. Irgendeine unwissentliche Bewegung. Vielleicht das Gewicht und der Druck meines Körpers, als ich im Schacht herumgesucht hatte. Vielleicht mein Körpergewicht auf der untersten Treppenstufe?

Ich legte mich flach hin und preßte mein Gesicht auf den Boden und gegen die unsichtbare Öffnung. Gierig atmete ich ein.

Langsam erfrischte mich die kühle Luft. Leben kehrte zurück. Energie kehrte zurück. Mein Gehirn klärte sich.

Mein Kopf dröhnte immer noch. Aber jetzt konnte ich wenigstens wieder klar denken. Die Benommenheit war gewichen.

Eifrig scharrte ich weiter mit den Fingern in der Bodenritze herum. Ich krallte die Finger hinein und zerrte. Nichts geschah. Mein Gesicht auf der untersten Treppenstufe schien auch nichts zu bewirken. Ich preßte mich hart an die Wand und tastete nach irgendeinem besonderen Stein. Nichts, absolut nichts geschah.

Und dann ... ich konnte es kaum glauben!

Ich hörte ein Geräusch, eine kaum wahrnehmbare Bewegung, fast wie ganz leises Flüstern!

Es war der erste Laut, den ich außer meinem Atem während einer Zeitspanne gehört hatte, die mir wie Stunden vorkamen. Es hörte sich an, als kratzte etwas oder jemand an einem Stein!

Ich drückte meinen Mund an die Öffnung und sagte: »Ist da jemand?«

Ein leiser Schrei war die Antwort.

»Mathurin! Ihr lebt!«

»Ich habe kein Licht. Ich habe meine Kerze auf der Treppe verloren. Könnt Ihr die Tür finden?«

Ein paar Sekunden herrschte Schweigen. Dann entdeckte ich, wie sich draußen ganz schwach etwas rührte.

Aziza unternahm irgend etwas. Was es war, konnte ich nicht einmal ahnen.

Plötzlich sprach sie wieder.

»Es ist ein Hebel! Genau wie der andere! Aber er ist zu hoch für mich! Ich kann ihn nicht erreichen!«

»Klopft mit einem Stein an die Mauer! Zeigt mir, wo die Stelle ist!«

Kurz darauf hörte ich sehr heftiges, schnelles Klopfen. Die Stelle war wirklich sehr hoch, sogar für mich zu hoch. Offenbar war irgendeine Stufe oder Plattform zusammengebrochen oder ins Erdreich versunken. Selbst als ich mich auf die Zehen stellte, konnte ich die Stelle nur ganz knapp erreichen.

Da ich im Dunklen nichts sehen konnte, mußte ich die Position schätzen. Dann sprang ich in der Dunkelheit hoch und bekam etwas zu fassen! Ich konnte nicht sehen, was es war. Aber ich packte sofort mit beiden Händen zu!

Ich hängte mich mit meinem ganzen Körpergewicht an diesen unbekannten Gegenstand.

Langsam, ganz langsam begann sich ein Abschnitt der Wand zu bewegen! Kühle Luft strömte herein...

Die Öffnung war nicht breit genug, um mich entrinnen zu lassen. Doch ich streckte eine Hand hindurch und tastete nach Azizas Hand. Eine Zeitlang hielten wir uns einfach fest.

Dann kehrte Vernunft zurück.

»Es ist der untere Rand der Tür«, sagte ich. »Wenn Ihr die Erde wegscharren könnt?«

Aziza ließ sich sofort auf die Knie fallen und begann verzweifelt zu graben. Ich hörte, wie sie keuchend nach Luft rang.

Noch einmal stemmte ich mich mit aller Kraft gegen die Tür, und diesmal bewegte sie sich weit genug, um mich hindurchzulassen.

Aziza warf sich an meine Brust, und wir hielten uns einen Moment wie Ertrinkende umklammert. Erst nach längerer Zeit zog ich mich zurück und stieß die Tür mit meiner Schulter zu.

Die Öffnung war nicht viel mehr als ein schmaler Spalt und mit einer raffinierten Vorrichtung versehen, die von Büschen und Bäumen getarnt wurde. Der Hebel hatte sich wieder in den Spalt zurückbewegt, und selbst jetzt mußte ich noch sehr genau hinschauen, wenn ich ihn entdecken wollte. Behutsam zupfte ich mit den Fingern Kletterpflanzen, Moos und Laub zurecht, soweit wir diese zur Seite geschoben hatten.

»Wie habt ihr denn diese Stelle hier gefunden?« fragte ich Aziza.

Wir befanden uns in dem kleinen Gehölz, das ich vom Bergfried aus so genau studiert und als Möglichkeit in Betracht gezogen hatte.

»Ich hatte doch gesehen, wie Ihr Euch diese Stelle sehr genau angesehen habt«, erwiderte sie. »Ich habe schon in mehreren Burgen gelebt, nicht nur in der Burg von Palermo. Solche Stellen wie diese hier werden oft benutzt. Was Ihr von dort oben aus nicht sehen konntet, war die Tatsache, daß sich dieser Teil des kleinen Gehölzes direkt unter der Mauer befindet. Ihr habt nach einer viel weiter entfernten Stelle Ausschau gehalten. Wegen ihrer Länge verschwinden die Bäume zum Teil. Dann gibt es noch eine andere Ansammlung von ihnen. Ihr seid so lange fortgeblieben, daß ich es mit der Angst zu tun bekam. Ich bin ein paar Stufen hinabgestiegen und Euch gefolgt. Ich habe nach Euch gerufen. Aber ich bekam nie eine Antwort. Deshalb bin ich zurückgegangen, um nicht zu weit nach unten zu kommen. Ich hatte Angst, daß Ihr inzwischen dort oben nach mir sucht und mich nicht findet. Dann bin ich am zweiten Morgen...«

»Am... *was*?!«

»O Mathurin! Wißt Ihr es denn nicht? Ihr seid zwei Tage und eine Nacht dort unten gewesen!«

Wie hätte ich das da unten wissen sollen? Wie lange mochte ich wohl in totaler Finsternis auf der untersten Stufe gesessen haben, Hatte ich geschlafen? Wie lange war ich auf der Treppe unterwegs nach unten gewesen? Hatte ich nicht manchmal sehr lange Pausen einlegen müssen, während ich mit Händen und Füßen nach einem Halt gesucht hatte?

Jetzt verriet mir mein Hunger, daß es stimmte, was Aziza da eben gesagt hatte. In meiner entsetzlichen Angst, dort im dunklen Brunnenschacht zu sterben wie jene anderen, deren Gebeine unter meinen Füßen zerbrochen waren, hatte ich mein Hungergefühl, falls ich ein solches überhaupt gehabt hatte, vollkommen vergessen.

In der Burg von Othman war alles noch so, wie wir es verlassen hatten.

Mein Berberpferd begrüßte mich mit leisem Wiehern und streckte mir die Nüstern entgegen.

Ich streichelte ihm etwa eine Minute lang den Hals und sprach leise mit ihm.

Dann ging ich zum Brunnen und zog mein Hemd aus. Ich wusch Schmutz und Schweiß ab.

Als ich mich wieder angezogen hatte, ruhte ich mich aus, während Aziza mir etwas zu essen brachte. Danach schlief ich.

Lange Zeit später wurde ich wach. Es war noch nicht Morgen, aber der Himmel schien schon etwas heller zu sein.

Ich lag ganz still da, starrte nach oben und dachte intensiv über unsere Situation nach.

Unser Proviant war fast aufgebraucht.

Hier konnten wir also nicht mehr lange bleiben.

Die einzige Lösung schien mir zu sein, nach Cordoba zurückzukehren und von dort aus zu irgendeiner anderen Stadt zu reisen, etwa nach Sevilla oder Toledo.

Inzwischen dürften Ibn-Harams Männer die Stadt und deren Umgebung gründlich durchsucht haben.

Einer Rückkehr stand also nichts mehr im Wege.

Wenn wir vorsichtig waren, konnten wir vielleicht sogar den Weg nehmen, den wir gekommen waren. So würden wir den Wachposten an den Toren der Stadt entgehen. Wir könnten uns sogar weiter im Haus von Ibn-Tuwais verstecken.

Ich kam auf die Beine, ging zum Fenster und schaute nach Cordoba hinüber.

Noch war es nicht hell, aber ich konnte doch schon ziemlich weit über die Landschaft blicken.

Nichts bewegte sich da draußen.

Ich stieg die Treppe hinab und ging zum Garten.

Die wenigen Trauben, die es hier gegeben hatte, waren von uns aufgezehrt worden. Auch die Aprikosen, nur sehr wenig an der Zahl, waren weg.

Wir hatten gar keine andere Wahl.

Wir mußten die Burg von Othman wieder verlassen und von hier fortreiten.

15

Als Aziza erwacht war, wartete ich, bis sie vom Brunnen wieder hereinkam.

»Wir haben nur noch für einen Tag Verpflegung«, sagte ich ihr. »Wir werden fortgehen müssen.«

»Nach Cordoba? Das können wir nicht.«

»Dort werden wir sicherer sein. Wenn wir woanders hingehen, können wir Briganten und Soldaten in die Hände fallen.«

»Yusuf versucht, für Sicherheit auf den Straßen zu sorgen«, sagte Aziza.

»Daran zweifele ich nicht, aber das wird eine Zeit dauern. Noch sind die Straßen nicht sicher.«

Aziza schwieg einen Moment.

Da sagte ich: »Es ist sicherer für Euch. Mit unserer Rückkehr nach Cordoba wird man am allerwenigsten rechnen. Ich habe ein bißchen Geld.«

Noch vor Mittag führte ich die Pferde zum Gehölz und pflockte sie an einer Stelle an, die durch Bäume rund um eine kleine Wiese gut versteckt war.

Wir mußten entkommen. Notfalls konnten wir den Turm benutzen. Nachdem ich diesen Weg einmal zurückgelegt hatte, konnten wir es mit Kerzen und viel Sorgfalt schaffen. Mit Vorsicht konnten wir noch einen Tag durchhalten, und für uns war jeder gewonnene Tag ein kleiner Sieg.

Wo konnten wir denn sonst hingehen?

Azizas Freunden konnten wir nicht trauen, denn einige von ihnen waren bestimmt Verbündete von Yusuf oder Ibn-Haram. Andere hatten Angst vor ihm. Nach dem Sturm, der heraufbeschworen worden war, würde jeder junge Mann, der mit einem schönen Mädchen reiste, Aufmerksamkeit erregen.

In Cordoba dagegen konnte ich mich unter die Studenten mischen und irgendeine Beschäftigung für mich finden. Es lag mir nun einmal nicht, lange müßig zu bleiben. Sogar jetzt brannte ich ungeduldig darauf zu lernen.

Es war beinahe dunkel, als wir die Reiter sahen. Mindestens ein Dutzend. Sie ritten in einer kompakten Gruppe direkt auf die Burg von Othman zu.

»Schnell! Wir werden uns im Gang verstecken!«

Rasch rafften wir alles, was wir mitgebracht hatten, zusammen. So gut wie irgend möglich verwischten wir alle Spuren, die verraten konnten, daß wir hiergewesen waren. Da wir ohnehin geplant hatten, von hier fortzugehen, war vieles schon getan. Als wir die Tür hinter uns zumachten, konnten wir schon Hufschläge auf dem Burghof hören.

Wir hockten in der Dunkelheit auf der kleinen Plattform und warteten. Wir waren sicher, nichts zurückgelassen zu haben. Doch es würde zertrampeltes Gras und sonstige Beweise geben, daß sich bis vor kurzem jemand hier aufgehalten hatte. Wir konnten nur hoffen, daß man glaubte, es wären Briganten gewesen.

Hinter der Steintür waren Geräusche zu hören; zweifellos laute Geräusche, aber von unserem Platz aus nur schwach zu vernehmen.

Ich zog mich etwas zurück und stieß dabei an einen Gegenstand, den ich vorher noch nicht gesehen hatte.

Eine Treppe führte nach oben. Sie war sehr klein. Leise stiegen wir hinauf, bis wir einen kleinen Raum erreichten, der nur einen Meter breit, aber fast vier Meter lang war. Ich entdeckte eine Steinbank und eine verrostete Hellebarde.

Dann sah ich eine schmale Ritze, wo die Steine eigentlich hätten ineinander passen müssen. Doch diese Spalte war absichtlich angebracht worden, um einem Betrachter zu gestatten, alles zu beobachten, was sich unten in der großen Halle abspielte. Da die Mauern zum Teil eingefallen waren, konnte man auch einen Teil des äußeren Burghofes sehen.

Wir löschten unsere Kerzen und spähten hinaus.

Ein halbes Dutzend Soldaten war zu sehen. Außerhalb des Hofes sahen sich andere Soldaten sehr gründlich um.

Während ich sie beobachtete, drehte sich der Offizier, der hier das Kommando führte, plötzlich einmal um, so daß ich sein Gesicht klar und deutlich erkennen konnte.

Es war Duban.

Ich öffnete schon den Mund zu einem Ruf, doch Aziza legte mir rasch eine Hand auf den Mund und schüttelte heftig den Kopf.

»Aber es ist Duban!« sagte ich. »Er wird uns helfen!«

»Sie würden Euch töten. Ihr seid zu lange bei mir gewesen.«

»Aber...!«

»Ich weiß, ich weiß, aber man würde Euch trotzdem und auf jeden Fall töten!«

»Natürlich«, stimmte ich zu. »Ich bin ein Dummkopf.«

»Was immer Ihr seid... ich liebe Euch!«

Erschrocken sah ich sie an, und sie erwiderte aus großen Augen meinen Blick.

»Ich meine es ernst«, sagte sie. »Doch darauf kommt es gar nicht an. Sie werden mich mit einem Mann ihrer Wahl verheiraten, wenn dies ihren Zwecken nutzt.«

Als die Soldaten wieder fortgeritten waren, stiegen wir die kleine Treppe hinab und gingen auf die obere Plattform des Bergfrieds. Von dort aus konnten wir die ganze Landschaft überschauen.

Die Reiter waren jetzt schon sehr weit fort und ritten sehr schnell zu einer Landstraße.

Wir durften nicht länger in der Burg von Othman bleiben. Zwar hatten die Soldaten nichts gefunden, aber sie konnten dennoch noch einmal zurückkommen. Zu offensichtlich dürfte gewesen sein, daß sich jemand auf dem Hof und im Garten aufgehalten hatte.

»Ihr hattet recht«, gab ich zu. »Ich hätte wissen müssen, was man denkt.«

»Ich bin sehr wichtig für sie«, sagte Aziza. »Man will mich unbedingt haben, weil man mich für Verhandlungen braucht. Man hofft, mit mir ein Bündnis besiegeln zu können.« Sie zuckte mit den Schultern. »Frauen wie ich wissen, daß so etwas geschehen wird. Man erwartet das ganz einfach von uns. Manchmal wird eine solche Verbindung sogar glücklich.«

»Und wenn nicht?«

»Irgendwie kommen wir schon zurecht. Wir haben ja gewußt, was von uns erwartet wird. Manche Frauen sind in der Politik und bei Intrigen sehr klug und geschickt. Die einen finden einen Liebhaber. Andere finden sich mit ihrem Leben ab und widmen sich ihren Kindern, von denen es oft mehr als genug gibt.«

Gegen Abend verließen wir die Burg von Othman und gingen Hand in Hand den Abhang hinunter zu dem Gehölz, in dem die Pferde angebunden waren. Bei der Erinnerung an den dunklen Brunnenschacht wurde mir unbehaglich, und eine Vorahnung sagte mir, daß ich ihn nicht zum letztenmal gesehen hatte. Doch jetzt kannte ich seine Geheimnisse oder einige von ihnen. Eins sollte ich im Gedächtnis behalten: Dort unten zwischen den Gebeinen lag der größte Teil meiner Kerze, die auf den Grund gefallen war. Solche Dinge können der Preis für Leben oder Tod sein.

Wir ritten zum Eingang von Ibn-Tuwais' Tunnel und nutzten die Dunkelheit und möglichst flaches, tiefliegendes Gelände aus.

Als wir schließlich drin waren, hörten wir zunächst keinen Laut.

Wir ritten zum versteckten unterirdischen Stall, ließen dort unsere Pferde mit reichlich Futter zurück und betraten erneut die schönen Wohnräume, in denen wir uns zuerst versteckt hatten.

Hinter der Wand gab es kein Geräusch. Wir konnten im ganzen Haus keine Bewegung entdecken. Hatte man Ibn-Tuwais fortgebracht, um ihn zu foltern und zu töten?

Im Haus konnte keinerlei Beweis für meine Anwesenheit zurückgeblieben sein. Die Durchsuchung dürfte also rein routinemäßig erfolgt sein; es sei denn, daß man doch schon vorher irgendwie etwas von meiner Anwesenheit gewußt hatte.

Aber wie könnte das möglich gewesen sein?

Nachdem wir lange Zeit keinen Laut gehört hatten, drückte ich gegen die Steinplatte, die sich langsam zu drehen begann. Außer dem leisen Knirschen von Stein auf Stein war kein anderer Laut zu vernehmen.

Ich zog mein Schwert aus der Scheide und ging durch die Tür.

Leises Kleiderrascheln. Dann eine bekannte Stimme: »Kerbouchard? Komm ruhig herein! Hier bist du in Sicherheit!«

Es war die Stimme von Mahmud.

Ich betrat den Raum.

Wir trafen Mahmud an, der lässig zurückgelehnt auf einem Diwan lag und eins von Ibn-Tuwais' Büchern in der Hand hielt.

Er erhob sich sofort, kam uns entgegen und verbeugte sich sehr tief vor Aziza.

»Wir befürchteten schon, daß man dich gefangengenommen oder gar getötet hätte«, sagte er zu mir. »Ibn-Tuwais hatte uns verständigt, hier auf dich zu warten.«

Warum traute ich ihm nicht? Es gab keinerlei Grund für Mißtrauen, und wir brauchten dringend einen Freund.

»Als du nicht gefunden werden konntest, wurde Ibn-Tuwais verhaftet. Er hat ihnen jedoch nichts erzählt.«

»Aber woher konnte man wissen, daß ich mich hier aufhielt?«

Mahmud zuckte mit den Schultern.

»Ich nehme an, daß dich irgend jemand gesehen hat. Spitzel und Spione gibt's ja überall. Und du solltest eigentlich wissen, daß wir Berber niemandem trauen.«

Er sah Aziza an. »Wie man sagt, soll Ibn-Sharaz über das Verschwinden seiner Tochter sehr zornig sein. Und Prinz Ahmed... nun, Ihr könnt Euch gewiß vorstellen, wie ihm zumute ist.«

Mahmud setzte sich hin und klatschte in die Hände, um einen Sklaven herbeizurufen.

Der Mann, der hereinkam, war mir fremd, doch ich erinnerte mich, ihn schon einmal gesehen zu haben. Wo war das gewesen? In Mahmuds Haus?

Der Sklave stellte einen niedrigen Tisch für eine Mahlzeit zusammen. Nach unserer kargen Kost während der vergangenen Woche lief mir das Wasser im Mund zusammen.

»Ihr müßt einige Zeit hierbleiben«, schlug Mahmud vor. »Wir werden dann irgendwie arrangieren, daß du aus der Stadt fort kannst.«

Mahmud war mein Freund. Es gab wahrhaftig keinen Grund, ihm nicht zu trauen. Doch die gegenwärtige Situation bereitete mir Unbehagen.

Mahmud war ein Berber, doch ich glaubte nicht, daß es irgendeine Verbindung zu Yusuf oder Ibn-Haram gab. Seine Freunde gehörten durchweg zur früheren Herrschergruppe, zu den Almoraviden.

Dies alles gefiel mir ganz und gar nicht. Im Grunde genommen waren wir jetzt Gefangene hier im Haus. Wir mußten uns wegen Verpflegung und Information ausschließlich auf Mahmud verlassen. Ich hatte bereits bemerkt, wie er Aziza angeschaut hatte. Was war dabei in seinem Blick zu lesen gewesen? Neid oder Eifersucht?

Mahmud war ehrgeizig, und Aziza war ein Pfand in einem Machtkampf; in einem Kampf, bei dem ich nur im Wege war. Widerstrebend mußte ich mir eingestehen, daß Aziza bei Prinz Ahmed besser aufgehoben war als bei mir. Zumindest wären ihr gutes Essen und Bequemlichkeit gewährleistet; vor allem aber würde sie vor jeglicher Verfolgung sicher sein.

Was hatte ich ihr außer Liebe zu bieten? Ich war ein ziellos herumstreifender Abenteurer; ein Mann, der von seinem Verstand und seiner Klinge lebte. Ich hatte weder Familie noch Vermögen oder Freunde.

Als Mahmud gegangen war, kam Aziza sofort zu mir. »Woran denkt Ihr?« fragte sie mich.

»Ich traue ihm nicht.«

»Ich auch nicht.«

»Bei Prinz Ahmed wärt Ihr sicherer.«

»Aber bei Euch bin ich glücklicher.«

Zweifellos glaubte sie, was sie sagte, doch ich konnte nur an diese Stadt da draußen denken, wo es vor möglichen Feinden nur so wimmelte, während es keinerlei Freunde gab.

»Der Sklave ist ein Spion!« warnte sie mich. »Seid also vorsichtig mit allem, was Ihr sagt.«

»Wir haben immer noch die Pferde.«

»Ja.«

Hatte ihr Tonfall eben widerstrebend geklungen? Sie war zu einem Leben in Luxus und Bequemlichkeit herangewachsen; ein Leben im Sattel oder in irgendeiner alten Burgruine konnte sehr bald lästig werden. Unser vorübergehender Aufenthalt in der Burg von Othman war nur bis zu einem gewissen Punkt romantisch und idyllisch gewesen.

Rastlos ging ich hin und her, von Unsicherheit geplagt und mir ständig der Anwesenheit des Sklaven bewußt. Er war zwar beschäftigt, hielt sich aber ganz in unserer Nähe auf.

Meinen Bogen und die Pfeile hatte ich an meinem Sattel zurückgelassen. Krummschwert und Dolch hatte ich bei mir. Im geheimen Raum gab es nur wenig Verpflegung, aber ich konnte mehr beschaffen. Die Frage war nur ... wann sollte etwas unternommen werden?

Der Zeitpunkt war jetzt.

Sowohl mein Instinkt als auch mein Verstand warnten mich, daß keine Zeit zu verlieren war.

Die Wände schienen mich plötzlich erdrücken zu wollen. Ich wünschte mir verzweifelt, wieder frei zu sein und irgendwo da draußen über die gelbbraunen Ebenen reiten zu können.

Ich drehte mich zu Aziza um und sagte: »Ihr müßt nachdenken und dann ganz ehrlich sein, sowohl mir gegenüber als gegenüber Euch selbst. Wenn Ihr jetzt mit mir entkommt, werdet Ihr Euch und Euer Glück an mich binden, vielleicht für immer. Dann könnt Ihr nicht mehr zurück.«

»Ich will auch gar nicht zurückgehen, Mathurin. Ich möchte bei Euch sein.«

»In Ordnung. Dann werden wir gehen ... jetzt!«

Der Sklave war aus dem Zimmer gegangen. Jetzt kehrte er plötzlich zurück.

»Herr, Ihr braucht mir doch nur zu sagen, was Ihr braucht, dann werde ich es für Euch erledigen.«

»Bleib du gefälligst, wo du bist! Ich werde es selber tun!«

Er wandte sich ab, um den Raum zu verlassen, doch ich verstellte ihm den Weg und legte eine Hand auf den Griff meines Krummschwerts.

»Hinsetzen!« befahl ich.

Er preßte die Lippen hart zusammen und war plötzlich höchst wachsam.

»Wenn du versuchst, diesen Raum hier zu verlassen, wirst du an deinem eigenen Blut ersticken!« drohte ich ihm.

Er zog sich zurück und setzte sich auf ein Faß.

Ich beendete rasch das Zusammenpacken, ging aus dem Vorratsraum und schloß die Tür hinter mir ab.

Aziza wartete auf mich.

»Beeilt Euch, Mathurin! Man...«

Die Außentür wurde geöffnet.

Ich hörte Schritte und das Klirren von Waffen. Hastig drehte ich mich um und drückte gegen die Tür des Geheimzimmers.

Die Steintür drehte sich.

Und ich sah mich vier Männern mit gezückten Schwertern gegenüber!

16

Als ich die Augen aufschlug, war in meiner Zelle alles unverändert. Ich lag auf dem schmutzigen Stroh, das seit drei Monaten meine Liegestatt war.

Lange Zeit lag ich absolut still da und erinnerte mich an den Ausdruck in Mahmuds Gesicht, während er hinter den vier mit Schwertern bewaffneten Männern gestanden hatte.

»Tut mir leid, mein Freund«, hatte er gesagt und dabei selbstgefällig gelächelt. »Aber du warst im Wege!«

Aziza hatte geweint, als man sie von mir getrennt hatte. Ihr reizendes Gesicht war vor Leid verzerrt gewesen.

Und dann war da noch ein anderes Gesicht gewesen, an das ich mich immer erinnern würde... das Gesicht eines großen, stattlichen Mannes mit elegant gestutztem Bart. Er hatte mich eiskalt angesehen, als wäre ich irgendeine Art von Insekt, dann hatte er weggeschaut.

Prinz Ahmed!

»Werft ihn ins Gefängnis!« hatte er gesagt. »Und wenn er genug gelitten hat, tötet ihn!«

Er konnte offenbar die Tage, die ich auf der Burg Othman mit Aziza verbracht hatte, nicht vergessen. Allein die Tatsache, daß ich Ahmeds Braut ohne ihren Schleier angesehen hatte, war schon eine tödliche Beleidigung.

Und nun hatte ich schon drei Monate an diesem widerlichen Ort verbracht? Wann und wie würde man mich töten? Oder hatte man mich vergessen?

Meine Berber-Wächter waren wilde, verbitterte Männer, doch sie waren Kämpfer, und dafür bewunderte ich sie.

Man hatte mir meine Bücher gelassen. Bevor man mich aus dem Haus von Ibn-Tuwais fortgebracht hatte, war mir gestattet worden, die Bücher mitzunehmen, die er mir gegeben hatte. Seltsamerweise hatte ich von Zeit zu Zeit auch noch andere Bücher bekommen.

War dies Mahmud zu verdanken? Oder hatte Aziza irgendwie Mittel und Wege gefunden, Bücher zu mir zu schmuggeln?

Eins hatte ich getan: Bevor ich fortgebracht worden war, hatte ich Ibn-Tuwais gerechtfertigt und ihn von jeglicher Beteiligung an meinen Aktivitäten reingewaschen. Als besonderer Beweis war gewertet worden, daß ich für meinen Aufenthalt bei ihm bezahlt hatte. Kein Araber würde in einem solchen Fall Geld von einem Freund nehmen. Also hatte man meine Geschichte geglaubt und Ibn-Tuwais wieder freigelassen.

Während der vergangenen drei Monate hatte ich die Erdbeschreibung von Al-Idrisi studiert; sie war allem, was in dieser Hinsicht im christlichen Europa erhältlich war, weit überlegen.

Eratosthenes, ein Gelehrter in Alexandria im dritten Jahrhundert v. Chr., hatte eine Methode entwickelt, um den Durchmesser der Erde zu berechnen, und Al-Mamun hatte den Durchmesser mit 7850 Meilen berechnet.

Während dieser drei Monate hatte ich auch die Werke des Hippokrates Galen gelesen.

Auf dem Fußboden meiner Zelle gab es nur Stroh. Ein sehr kleines Fenster spendete spärliches Licht. Wenn der Wind Regen in die Zelle peitschte, mußte ich mich direkt unters Fenster stellen, um einigermaßen trocken zu bleiben. Es war immer kalt, feucht und unangenehm.

Eines Tages kam ein Wächter an meine Tür und händigte mir ein Päckchen aus; darin eingewickelt war das Werk über Chirurgie von Albucasis.

Außer Lesen gab es für mich kaum etwas zu tun. Allerdings machte ich tagtäglich gymnastische Übungen, um mich körperlich fit zu halten.

Das Essen war schlecht, aber auch nicht schlechter als an Bord der Galeere.

Im Geiste beschäftigte ich mich ständig mit dem Gedanken an Flucht. Doch inzwischen wußte ich, daß ein Entkommen über den Gang außerhalb meiner Zelle so gut wie unmöglich war.

Es gab vier Berber-Wachen auf diesem Gang, und in einem Wachraum am Ende des Ganges pflegten sich noch zehn, zwölf Wärter mehr zu versammeln, um sich zu unterhalten und zu spielen.

Mein kleines Zellenfenster befand sich oberhalb einer steilen Felsklippe, die mehr als hundert Meter hoch war.

Ich liebte Al-Idrisi. Der große Moslem-Geograph hatte vieles über die entferntesten Winkel der Erde zu berichten. Solche Informationen gab es sonst nirgendwo. Die Araber waren wegen der Pilger, die aus allen Teilen der Welt nach Mekka kamen, in einer ausgezeichneten Lage, geographisches Wissen zu sammeln.

Meine Rastlosigkeit nahm immer mehr zu.

Prinz Ahmed würde mich nicht am Leben lassen. Das würde sein Stolz nicht erlauben. Früher oder später würde er den Befehl geben, mich zu töten.

Wenn mein Wärter nicht in der Nähe war, zog ich mich oft am Fenstersims hoch, bis ich durch die Gitter spähen konnte.

Ich konnte jedoch nichts weiter als blauen Himmel und eine gelegentlich vorbeiziehende Wolke sehen. Doch ich testete die drei Gitterstäbe einen nach dem anderen. Sie waren in den steinernen Fensterrahmen eingesetzt, näher am äußeren als am inneren Rand.

Die Burg war sehr alt und stammte noch aus frühesten Westgoten-Zeiten.

Die Außenmauer war ständigem Regen ausgesetzt, und am äußersten Rand konnten die Steine stark verwittert und zum Teil sogar abgefallen sein.

Bei der Überprüfung des Gitters konnte ich feststellen, daß eine Stange schon recht locker im Sockel steckte. So wurde es Teil meiner täglichen Übungen, meiner täglichen Routine, an diesem Gitterstab zu arbeiten. Ich drehte ihn herum und fand heraus, daß ich gelegentlich Fragmente lockern konnte.

Gelegentlich schüttelte ich ein paar Tropfen Wasser ins Loch. Da ich mehr Kraft als ein gewöhnlicher Mann besaß, hielt ich es für möglich, den Gitterstab am unteren Ende aus der dünnen Steinschicht, die noch verblieben war, herauszubrechen.

Die anderen Gitterstäbe waren fest eingelassen, doch der Rand eines anderen Loches war schon sehr dünn. Wenn ich den ersten Gitterstab herausbrechen und dann als Hebel benutzen konnte...

Mein Wächter an diesem Tag war ein schlanker Mann mit

schmalem Gesicht und hohen Wangenknochen. Er war ein Krieger und sah auch danach aus.

Mehrmals bemühte ich mich, ihn in eine Unterhaltung zu verwikkeln. Erfolg hatte ich damit aber erst, als ich die Bemerkung machte, ich hoffte, daß mein Pferd gut versorgt sei.

»Der Berber-Apfelschimmel? Vielleicht wird man ihn mir geben, wenn man Euch getötet hat!«

»Ihr seid ein Mann, der ein solches Pferd verstehen würde«, stimmte ich zu.

Jetzt änderte sich sein Benehmen. Er schien geneigt zu sein, sich freundlich mit mir zu unterhalten. Wir sprachen erst über Pferde, dann über Kamele. Der Berber war ein Mann aus der Wüste, und er schien sich zu freuen, als ich Interesse an Kamelen verriet. Über sie hatte ich ein wenig von Hassan gelernt, dem Diener von Juan von Sevilla.

Nach etwa einer Stunde hatte ich ein paar Dinge erfahren. Die Burg, in der ich eingesperrt war, stand auf einer einsamen Felsklippe in einiger Entfernung von Cordoba. Mit Ausnahme einer Seite fielen alle anderen in eine tiefe Schlucht ab.

Dieser Gedanke schreckte mich nicht, denn ich war von klein auf in den hohen Klippen meiner Heimat Bretagne herumgeklettert. Berghöhen bereiteten mir keine Sorgen. Ich hatte gelernt, jeden kleinen Fingergriff, jede Spalte, jede Öffnung im Gestein zu benutzen.

Mein Bart war gewachsen. Meine Kleidung war unsauber. Das Stroh, auf dem ich meine Nächte verbrachte, schien ständig an meiner Kleidung zu kleben. Doch noch reichte diese Kleidung aus, um meinen Körper zu bedecken. In die Säume waren die restlichen Edelsteine eingenäht, die mir vom Verkauf der Galeere noch geblieben waren.

Als es in dieser Nacht in meiner Zelle dunkel war, arbeitete ich lange daran, den ersten Gitterstab zu lockern und dann auch noch einen zweiten. Bevor ich mich bei Tagesanbruch zum Schlafen hinlegte, ließ sich auch der zweite Gitterstab schon etwas bewegen.

Der Wärter weckte mich und brachte mir das Essen. An diesem Morgen schien er nicht geneigt zu sein, mit mir zu reden. Er wich auch meinem Blick aus.

»Dann ist wohl der Befehl gekommen?« fragte ich.

Er zuckte nur gereizt mit den Schultern und machte die Tür hinter sich zu. Dann sagte er sehr entschieden: »Ihr sollt erdrosselt werden!«

»Wann?«

»Morgen.«

»Ihr könnt mein Pferd haben.«

Als er sprach, hatte seine Stimme einen merkwürdigen Tonfall, den ich mir nicht erklären konnte.

»Ich habe es bereits. Es steht im Stall bei meinem Haus im Dorf, zusammen mit Euren Waffen und Eurem Sattel.«

Wollte er prahlen? Oder mir irgendeine Information übermitteln?

»Wartet! Ist jemand in der Nähe?«

»Nein.«

»Ich muß fliehen. Ich habe einen Diamanten. Helft mir, und er gehört Euch.«

»Ich würde getötet werden. Prinz Ahmed ist wütend.« Er lachte leise. »Man sagt, daß die Schöne im Schlaf Euren Namen murmelt.«

Er zögerte an der Tür. »Ihr habt Freunde, die Euch frei sehen möchten.«

»Aziza?«

»Sie hat die Bücher nicht geschickt. Aber ich kann Euch nicht helfen.«

»Man hat Euch gefragt?«

»Ja.«

»Wer?«

»Das kann ich nicht sagen, nur daß sie an manchen Orten sehr mächtig sind. Doch ihr Einfluß reicht nicht über Ibn-Haram und Prinz Ahmed hinaus.«

Sie?

Außer Aziza kannte ich keine Frau oder sonstige Person, die den Wunsch haben könnte, mir zu helfen. Vielleicht Juan von Sevilla... aber er würde doch nichts von der Gefahr wissen, in der ich momentan schwebte.

Als der Wärter gegangen war, verschwendete ich keine Zeit. Das Verhalten des Mannes hatte mir verraten, daß es ihm nichts ausmachen würde, wenn mir die Flucht gelang. Aber persönlich wollte er nichts damit zu tun haben.

Außerdem... was hätte er oder sonst jemand schon tun können? Auf dem Gang und auf dem Hof wimmelte es nur so von Männern. Alle konnte man unmöglich kaufen. Sie würden auch kaum die Vergeltung von Ibn-Haram riskieren.

Ich zog mich zum Fenster hoch und packte mit der linken Hand einen Gitterstab, den anderen mit der rechten Hand. Mit aller Kraft drückte ich gegen die Gitterstange in meiner rechten Hand.

Nichts geschah.

Ich zog den rechten Gitterstab in seine Fassung zurück; es war nur ein winziges Stückchen. Dann stieß ich ihn mit aller Kraft, die ich aufbieten konnte, nach draußen. So arbeitete ich etwa eine Stunde lang, bis mir der Schweiß in Strömen über den Körper rann und ich mir Arme und Beine an der Steinmauer wundgescheuert hatte.

Mein Wärter kam mit dem Essen zurück. Falls ihm irgend etwas auffiel, so ließ er sich davon nichts anmerken. Erst als er wieder gehen wollte, meinte er: »Zweimal haben Männer versucht, an dieser Mauer hinabzuklettern. Beide wurden unten auf den Felsen zerschmettert. Bis zum Grund sind es zweihundert Meter!« Er fügte noch hinzu: »Mein Haus ist nicht gerade hübsch, aber rosa gestrichen. Es ist das einzige rosa Haus außerhalb der Mauern.«

Er verließ meine Zelle. Außer den Männern im Wachraum würde jetzt niemand mehr in der Nähe sein. Ich verzehrte das mehr als dürftige Essen, dann machte ich mich sofort wieder oben am Fenstersims an die Arbeit.

Ich wurde von Verzweiflung angetrieben. Für mich gab es nur noch zwei Möglichkeiten... entweder heute nacht zu fliehen oder morgen zu sterben! Ich mußte mein Leben für die Freiheit riskieren und vielleicht dort unten auf den Felsen sterben... oder ich würde wie ein Schaf erdrosselt werden!

Ich packte den lockersten Gitterstab und drückte ungemein wuchtig zu.

Es bewegte sich etwas!

Stein knirschte!

Ich schob erneut.

Der Gitterstab löste sich am unteren Ende, und dann glitt auch das obere Ende aus der Fassung. Jetzt hielt ich eine etwa ein Meter lange Eisenstange in der Hand; der Gitterstab war an einem Ende leicht abgeschrägt.

Eine Stunde später hatte ich die zweite Gitterstange herausgelöst.

Ich steckte den Kopf aus dem Fenster und blickte in eine ungeheure, unglaubliche Leere. Die Zelle, in der ich eingesperrt war, befand sich auf dem Fels der Klippenspitze, aber der Abgrund fiel steil etwa siebzig Meter tief ab und wurde dann von mehreren

Rissen unterbrochen, die sich an der Oberfläche der Klippe nach unten zu erstrecken schienen.

Ich musterte die Felswand unterhalb meines Zellenfensters. Sorgfältig prägte ich mir alle Vorsprünge ein, die Fingern Halt bieten konnten. Dann kehrte ich auf den Fußboden meiner Zelle zurück, trank das restliche Wasser und legte mich dann für eine kurze Ruhepause hin. Vielleicht würde mein Körper innerhalb einer Stunde irgendwo da unten in der Tiefe zerschmettert und blutüberströmt liegen, aber ich würde niemals von Prinz Ahmeds Gefolgsleuten erdrosselt werden!

Nach dem Erwachen spülte ich mir den Mund mit den letzten paar Tropfen Wasser aus, dann kletterte ich aufs Fenstersims und schob mich mit den Füßen zuerst nach draußen. Ich hielt mich mit den Fingern am äußersten Rand fest und tastete mit den Zehenspitzen nach der schmalen, vorspringenden Felskante, auf der das Gebäude ruhte. Ich fand Halt.

Da ich mich mit Felskletterei auskannte, wußte ich, daß nun die schwerste Aufgabe meines Lebens vor mir lag. Hinter meinem Gurt festgebunden steckten die beiden Eisenstangen aus dem Fenstergitter. Ich hielt mich nur mit den Fingerspitzen einer Hand fest und schob eine der Stangen tief in eine Mauerritze.

Ich ließ das Fenstersims los und mich fallen. Mit beiden Händen bekam ich die vorragende Eisenstange zu fassen. Wäre die Stange gerutscht oder das Gestein abgebröckelt...

Doch keines von beiden geschah.

Ein Windstoß erfaßte meinen Körper.

Ich hörte fernes Donnergrollen.

Meine Zehenspitzen fanden einen anderen Halt. Mit der linken Hand hielt ich mich an der Eisenstange hinter mir fest, während ich mich erneut hinabbeugte und die zweite Stange in eine Spalte rammte.

Etwas weiter unten auf der Oberfläche der Felswand gab es eine senkrechte Spalte, etwa ein Meter breit, aber nur wenige Zentimeter tief. Langsam arbeitete ich mich auf diese Felsspalte zu und benutzte die zweite Eisenstange, die ich wieder herausgezogen hatte, während ich die erste an ihrem Platz gelassen hatte.

So schaffte ich es, zu dieser Felsspalte zu gelangen.

Regen plätscherte um mich herum aufs Gestein. Ein erneuter Windstoß zerrte an meiner Kleidung, diesmal schon wesentlich kräftiger als der erste.

Ich stemmte eine Fußsohle gegen die Felskante hinter mir, ein

Knie an die Kante vor mir und machte mich daran, mich in der Felsspalte nach unten zu arbeiten. Nach kurzem Abstieg wurde die Spalte tiefer, so daß ich auch eine Schulter gegen die Kante hinter mir stemmen konnte. Diese Technik hatte ich während meiner Knabenzeit oft benutzt, wenn ich zwischen den Felsklippen meiner Heimat herumgeklettert war. Ich stieg mindestens zwanzig Meter hinab.

Dort fand ich einen guten Halt für meine Füße und ruhte mich ein wenig aus. Wind und Regen peitschten meinen Körper.

Ich schaute nach unten. Die Felswand war vollkommen glatt und bot weder Händen noch Füßen auch nur den geringsten Halt.

Blitze zuckten in immer rascherer Reihenfolge vom Himmel. Bei einem solchen kurzen Aufleuchten konnte ich einen Blick auf ein schmales Felsband erhaschen, das sich ein gutes Stück weiter unten an der Felsoberfläche entlangzog. Dieser Vorsprung war nur wenige Zentimeter breit.

Behutsam rutschte ich auf der glatten Oberfläche entlang und preßte meinen Körper fest ans Gestein. Dann ließ ich los und begann abzugleiten. Einen Moment lang wollte mich Panik überkommen, als ich an die ungeheure Tiefe unter mir dachte. Ich wagte mir kaum vorzustellen, was geschah, falls ich über die schmale Felskante hinausglitt.

Mit Körper, Ellbogen und Zehen bremste ich meinen Rutsch so gut wie irgend möglich ab, doch ich glitt immer schneller nach unten. Verzweifelt tastete ich mit den Fingerspitzen nach irgendeinem Halt. Scharfer Schmerz durchzuckte mich, als ich mir dabei einen Fingernagel abriß. Doch dann stießen meine Zehen gegen dieses schmale Felsband. Nur das Gewicht meines Körpers, den ich fest an den Fels preßte, bewahrte mich davor, einfach in die Tiefe geschleudert zu werden.

Verbissen klammerte ich mich an der Felswand fest, kämpfte meine Angst nieder und atmete langsam und tief die kühle Luft ein. Heiser keuchend wartete ich, versuchte ich mich zu beruhigen und auf das vorzubereiten, was nun noch vor mir lag.

Ich hatte keine Ahnung, wie weit ich schon nach unten gekommen sein mochte, aber an Umkehr war nicht mehr zu denken. Es gab kein Zurück mehr. Ich konnte nicht aufhören, sondern mußte weitermachen. Vor mir lagen Entkommen und Freiheit; um mich herum gab es nichts weiter als Tod.

Das nur wenige Zentimeter breite Felsband, auf dem meine Füße Halt gefunden hatten, schien an der Felswand schräg nach unten zu führen. Ich klammerte mich weiter an die Wand und schob mich langsam auf dem schmalen Grat entlang. Zeit existierte nicht mehr für mich. Manchmal wurde das Felsband nur zwei Zentimeter breit, so daß ich nur mit den Zehenspitzen darauf stehen konnte. Dann wurde es wieder breiter.

Plötzlich befand ich mich in einer flachen Höhle, die durch Wind und Regen entstanden war. Der Platz reichte aus, um mich hinzusetzen. Das tat ich auch, aber zuvor schaute ich nach oben und wartete auf einen Blitz. Ich sah, daß ich noch nicht weiter als fünfzig Meter von meiner Zelle entfernt war!

Nur meine heikle Situation und das Wissen, daß ich nicht bleiben konnte, wo ich war, veranlaßten mich schließlich, mich erneut in Bewegung zu setzen. Es lag mir nicht, aus Verzweiflung aufzugeben und auf den Tod zu warten.

Irgendwo war mein Vater, falls er noch lebte, ein Gefangener, und ich mußte ihn befreien.

Ich saugte an meinen zerschundenen Fingern und betrachtete forschend das Felsgestein. Dann ließ ich mich ungemein vorsichtig, Handgriff um Handgriff, weiter nach unten. Zweimal stieß ich auf enge Kamine, die ich benutzen konnte, um ein gutes Stück weiter nach unten zu gelangen. Einmal bröckelte ein Felsvorsprung unter meinen Füßen ab, und nur der Griff meiner Finger rettete mich. Ein anderes Mal hielt mich meine geschlossene Faust in einer senkrechten Felsspalte über einem dunklen Abgrund. Ich hätte nur meine Faust zu öffnen brauchen, um in den Tod zu stürzen.

Der Regen hatte schon eine Weile aufgehört, bevor ich es merkte, so intensiv hatte ich mich auf die Aufgabe konzentriert, die vor mir lag. Donner grollte in den Schluchten; es hörte sich an wie das zornige Brummen von Bären in Höhlen.

Die Felsoberfläche wurde rauher. Da bewegte ich mich unwillkürlich schneller, bis ich plötzlich ausrutschte und stürzte.

Ich prallte so hart auf, daß ich mit dem Kopf gegen die Felswand knallte.

Wie betäubt lag ich ein paar Minuten lang da, bevor ich mich herumwälzte und taumelnd auf die Beine kam. In der Ferne zuckten immer noch Blitze vom Himmel. Ich schaute mich um und suchte nach einem Weg nach unten. Doch es gab keinen. Ich stand in einem ausgetrockneten Bachbett!

Aus der Ferne war dumpfes Tosen zu hören. Das warnte mich vor einer bevorstehenden Flutwelle. Ich rannte los, stolperte über das Bachbett und torkelte gerade noch rechtzeitig genug das Ufer hinauf.

Die Wolken am östlichen Horizont begannen sich blaßgelb zu färben.

Und jetzt... auf zum rosa Haus! Zu meinem Pferd!

Ich hatte die ganze Nacht in dieser Felswand verbracht.

Meine Unterarme waren zerschunden, die Haut zerfetzt und abgerissen. Meine Knie sahen nicht viel besser aus. Ich hatte starke Schmerzen beim Gehen. Aus einer Platzwunde am Kopf sickerte Blut. Am meisten aber schmerzte der Finger, dessen Nagel abgerissen war.

Mein Kopf dröhnte unter dumpfem, schwerem Druck.

Aber ich war unten!

Ich war frei!

17

Ich floh nach Osten. Mein Berberpferd war sehr schnell und ausdauernd. Bevor die Mittagssonne am Himmel stand, ritt ich bereits in rauhem, unwegsamem Gelände. Es war eine Gegend, die aus kahlen Bergen, zackigen Felsgraten, aufragenden Klippen und natürlichen Festungen bestand; undurchdringlich und deshalb wohl noch nie von Menschen benutzt.

Schweiß brannte in meinen frischen Schürfwunden und Verletzungen. In der glühenden Sonnenhitze bekam ich heftige Kopfschmerzen. Nirgendwo konnte ich Wasser finden. In den Satteltaschen hatte ich nur sehr wenig Proviant.

Doch meine einzige Sicherheit lag darin, in dieser Bergwelt unterzutauchen, die dem Vernehmen nach lediglich für Briganten ein Ort der Zuflucht war.

Kurz vor Sonnenuntergang hörte ich das Läuten von Glöckchen.

Ich ritt an einem Felshang entlang und stieß auf Kot von Ziegen und die Abdrücke ihrer kleinen Hufe. Als ich die Kuppe einer Bodenwelle erreichte, sah ich die Herde vor mir.

Mindestens zweihundert Ziegen wurden von drei Männern und zwei riesigen, wilden Hunden bewacht.

Und bei ihnen war ein Mädchen.

Das Mädchen kam ein paar Schritt auf mich zu und blieb breitbeinig stehen. Der Wind bauschte den dünnen Rock auf. Das Haar war wirr und zerzaust. Beinahe unverschämt und aufreizend stand sie da. Der Körper unter dem fadenscheinigen Rock wies eine Figur auf, bei deren Anblick mir das Wasser im Munde zusammenlief. Mein Puls schlug unwillkürlich schneller.

Ich überließ es dem Berberpferd, sich selbst einen Weg durch das Felsgewirr zu suchen.

Das Mädchen erwartete mich ganz ruhig.

Die Männer schrien dem Mädchen etwas zu, doch als es nicht auf sie hörte, verließen auch sie ihre Ziegen und kamen auf uns beide zu.

Alle waren bewaffnet und musterten mein Pferd und mein Krummschwert, als gehörten ihnen diese Dinge bereits.

Ich machte es mit dem Mädchen genauso.

»Was wollt Ihr?« fragte sie unverschämt.

»Essen und Wein«, erwiderte ich und ließ meinen Blick mehr ausdrücken, als es meine Worte taten. »Und vielleicht einen Platz zum Ausruhen.«

Sie sah mich unter ihren langen Wimpern ziemlich verwegen an.

»Essen und Trinken könnt Ihr haben«, sagte sie. »Aber Ruhe werdet Ihr hier nur sehr wenig finden!«

Ich nahm einen Fuß aus dem Steigbügel.

»Reiten?« schlug ich vor.

Sie sah mich erst an, warf den Kopf in den Nacken, steckte einen nackten Fuß in den Steigbügel und schwang sich vor mir aufs Pferd.

Ich legte einen Arm um ihre Taille.

»Welcher ist denn Euer Mann?« fragte ich sie.

»Von denen?« erwiderte sie verächtlich. »Keiner! Allerdings möchte es jeder nur zu gern sein. Sie haben Angst vor meinem Vater.«

»Sie sind Dummköpfe.«

»Wartet!« Sie warf mir einen sehr kühlen Blick zu. »Ihr habt ja meinen Vater noch nicht kennengelernt.«

Die drei Männer schrien das Mädchen an und forderten es zum Absteigen auf.

Das Mädchen verwünschte sie und fluchte ziemlich derb und ausgiebig.

Ich vermutete, daß sie jünger war, als sie aussah, aber wie alt auch immer sie sein mochte, sie war eine Wildkatze, und es lohnte sich für einen Mann bestimmt, sie zu zähmen.

»Runter!« schrie ein großer, junger Mann, der aussah wie der zufällige Nachfahre eines Westgoten-Kriegers. »Absteigen! Oder ich reiße ihn vom Pferd!«

»Na, versucht's doch mal!« sagte ich einladend. »Dann werde ich Euch einfach niederreiten!«

Er funkelte mich wütend an, aber sein Mut bestand wohl nur aus einem großen, losen Mundwerk.

Ich hielt den Griff meines Krummschwerts in der Hand.

Mein Pferd war nur ein, zwei Sprünge von ihm entfernt, und das Berberpferd war durchaus imstande, aus dem Stand heraus einen mächtigen Sprung zu tun. Hätte der Mann jetzt versucht, seinen Bogen anzuheben, hätte ich ihn niedergehauen wie ein Schwein, das er ja auch war. Aber er war ein großes, sehr muskulöses Schwein, und bei seinem Anblick begann ich unwillkürlich zu überlegen, wie der Vater des Mädchens wohl aussehen mochte. Nun, das würde ich herausfinden.

Das Mädchen zeigte auf einen Trampelpfad. Wir folgten ihm. Das Berberpferd spitzte die Ohren und beschleunigte die Schritte.

Kurz darauf bogen wir um eine Wegbiegung und gelangten in ein grünes, wunderschönes Tal, das zwischen den hohen Bergen vollkommen versteckt war. Auf einer kleinen Bodenerhebung auf der Talsohle stand eine alte Burgruine, die man teilweise wieder bewohnbar gemacht hatte.

Als wir uns dem Tor näherten, kam der größte Mann heraus, den ich je in meinem Leben gesehen hatte.

Er war mehr als einen Kopf größer als ich und auch wesentlich breiter. Er hatte riesige Hände und wild dreinblickende Augen. Er trug einen schwarzen Bart, und sein Haar fiel wie Rabenschwingen lose auf die Schultern herab.

Mir selbst warf er nur einen flüchtigen Blick zu, aber er musterte ziemlich lange und eingehend mein Krummschwert und das Berberpferd.

»Komm sofort da runter!« schrie er das Mädchen an, und zwar so laut, als wäre es mindestens zwei Felder von ihm entfernt.

Das Mädchen wollte gehorchen, aber ich hielt es absichtlich zurück und küßte es sogar flüchtig auf die Wange.

»Er wird Euch töten!« zischte sie mir zu, bevor sie sich vom Pferd auf den Boden fallen ließ. Auf die ihr eigene unverschämte Art ging sie davon.

Ihr Vater machte einen schnellen Schritt auf mich zu und langte nach den Zügeln meines Pferdes.

Das Berberpferd wich zur Seite aus.

Ich zückte mein Krummschwert.

»Laßt Eure Hände von meinem Pferd, mein großer Freund!« sagte ich ruhig. »Oder Euch wird sehr bald eine Hand für immer fehlen!«

Jetzt musterte er mich etwas genauer und eingehender. Er war groß, rauh, hart und gemein. Offenbar war er es gewohnt, daß Männer Angst vor ihm hatten.

Bevor er jedoch etwas erwidern konnte, sagte ich ganz ruhig: »Ich bin nicht hergekommen, um Ärger zu machen. Eure Tochter war so freundlich, mich zu Essen und Trinken einzuladen. Wenn Ihr mir das geben könnt, werde ich mich anschließend sofort wieder auf den Weg machen.«

Er wartete eine Weile; ich hätte langsam bis zehn zählen können. Dann sagte er: »Steigt ab. Kommt rein.«

»Ich möchte erst mein Pferd versorgen.«

»Das wird Alan tun.« Er zeigte auf einen schlanken, dunklen Mann mit schnellen, intelligenten Augen.

Ich schwang mich vom Pferd und sagte: »Versorgt es gut! Es ist ein schönes Tier.«

Seine Augen leuchteten auf. »Natürlich«, sagte er. Dann warnte er mich sehr leise: »Hütet Euch vor meinem Onkel! Wenn Ihr Sharasa berührt, wird er Euch töten.« Er fügte hinzu: »Wahrscheinlich wird er Euch sowieso töten!«

»Ein Mann, der töten will, muß auch bereit sein zu sterben!« sagte ich.

Sharasa hielt die Tür für mich auf.

Ich trat ein.

Ihr Vater war bereits an einem roh zusammengezimmerten Tisch damit beschäftigt, Wein aus einer Karaffe auszuschenken. Auf der Holztischplatte lagen Brot, Käse und ein Stück Hammelbraten.

Plötzlich kam mir zu Bewußtsein, wie ausgehungert ich war.

Vor einer halben Stunde hatte ich weiter nichts als Sharasa im Sinn gehabt... und solcher Einfluß kann sehr ablenkend wirken.

Der Mann starrte mich vom entgegengesetzten Ende des Tisches an. »Ich bin Akim«, sagte er. »Und das hier ist mein Tal.«

»Und ich bin Kerbouchard, ein Soldat.«

»Pah!« sagte er spöttisch. »Heutzutage gibt's doch gar keine Soldaten mehr! Ja, zu meiner Zeit, da...«

»Als Ihr noch jünger wart, waren die Soldaten auch nicht besser als heute«, unterbrach ich ihn. »Ich werde Essen und Wein mit Euch teilen, mein Freund, aber glaubt ja nicht, daß ich eines dieser Schafe bin, die Ihr Männer nennt!« Ich fügte nachdrücklich hinzu: »Ich bin ein genauso guter Mann, wie Ihr es seid... oder jemals wart!«

Er funkelte mich wütend an. Ich gefiel ihm kein bißchen. Nun, mir gefiel er auch nicht. Ich dachte auch gar nicht daran, mich von Prahlereien beeindrucken zu lassen. Ich konnte mich ihm gewachsen zeigen, Lüge für Lüge, Prahlerei für Prahlerei. Es stimmte, daß ich kein Soldat war, aber ich war im Gebrauch von Waffen gut ausgebildet. Meine Klinge hatte Blut vergossen, wie es eine gute Klinge tun mußte. Doch zu solchen Zeiten ist die Wahrheit nur für diejenigen, die keine Phantasie haben. Wenn dieser große, ungeschlachtete Mann einen Kampf haben wollte, dann konnte er einen bekommen. Und im Lügen war ich ihm sogar weit überlegen, weil ich sehr belesen war.

Ich langte über den Tisch hinweg, nahm das Weinglas, das vor dem Mann stand, und schob ihm dafür mein Glas hin.

»Ihr würdet mich doch eher vergiften, bevor Ihr es auf eine Probe mit dem Schwert ankommen laßt«, sagte ich. »Ich traue Euch überhaupt nicht.«

Er riß Fleisch von der Hammelkeule ab, die vor mir auf dem Tisch lag.

Aber ich nahm meinen Dolch heraus und schnitt dünne Scheiben ab, damit er sah, wie scharf meine Klinge war.

Er trank mit mir und aß auch etwas Brot.

Meine Augen waren sehr beschäftigt. Das hier waren keine simplen Schaf- oder Ziegenhirten, sondern Spitzbuben und Halunken, wenn sich eine günstige Gelegenheit bot. Zweifellos hatte dieses Haus hier schon gesehen, wie das Blut unschuldiger Reisender vergossen worden war. Aber ich würde nicht zu ihnen gehören.

Akim machte den Eindruck eines kampferprobten Kriegers. Sicher würde er in einem Kampf auch ein gefährlicher Gegner sein. Doch Leute wie ihn konnte man nicht mit schönen Worten abtun. Leute wie er würden bedenkenlos jeden töten, der sich ihnen unterwarf; sie würden nur Respekt haben vor Männern, die ihnen ebenfalls gefährlich werden konnten.

Ich hatte mir absichtlich einen Platz ausgesucht, von dem aus ich die Tür im Auge behalten konnte. Niemand konnte unerwartet oder ungesehen hinter mir auftauchen.

Dies alles war Akim offenbar nicht entgangen, denn sein Blick verriet mürrischen Respekt.

Sharasa brachte noch mehr Essen; eine Schale Obst und ausgesuchteres Fleisch. Mit wiegenden Hüften entfernte sie sich wieder von mir.

Akim bedachte sie mit einem Fluch.

Sie schnippte spöttisch mit einem Rockzipfel nach ihm.

Er kam halb von seinem Platz hoch.

»Ein ansehnliches Mädchen«, sagte ich. »Habt Ihr schon einen Mann für sie gefunden?«

Akims Augen nahmen einen leicht glasigen Ausdruck an, als er sah, wie Sharasa zu mir zurückstarrte.

»Ich werde den Mann töten, der sie auch nur berührt!« erwiderte er zähneknirschend.

Ich grinste ihn an, weil ich jetzt, nachdem ich mir den Bauch vollgeschlagen hatte, in heiterer Stimmung war.

»Haben die Schafe davor Angst?« sagte ich. »Ich meine die Schafe, die Ihr Männer nennt. Nun, mir macht das keine Angst! Dieses Mädchen würde es wert sein. Und was das Töten betrifft... zwei Männer können dieses Spiel spielen!«

»Wenn Ihr mit dem Essen fertig seid, dann raus hier!«

»Ihr meint, daß Ihr Euch dagegen entschieden habt, mich auszurauben? Denkt lieber noch mal gründlich nach! Das ist ein sehr schönes Pferd da draußen!«

Ich nahm meinen Dolch wieder in die Hand und schnitt eine papierdünne Scheibe von meinem Braten.

»Ihr könntet es bekommen... vielleicht aber auch nicht!« fügte ich hinzu.

Sharasa kam mit einem Krug kalter Ziegenmilch zurück. Ich sah die Wasserperlen auf der Oberfläche des Kruges. Sie hatte ihn aus einem Brunnen oder einer Höhle geholt.

Ich goß etwas Milch in meinen leeren Becher und trank. Über den Becherrand hinweg blinzelte ich Sharasa mit einem Auge verschmitzt an.

Sie hob schnippisch das Kinn und entfernte sich.

»Ich werde über Nacht bleiben«, sagte ich zu Akim.

»Meinetwegen«, erwiderte er ungewöhnlich sanft.

Ich war klug genug, dies als Warnung zu betrachten. Ich bekam sogar ein bißchen Angst.

Akim war kein Feigling, und er hatte ein halbes Dutzend Männer bei sich, die ihm helfen würden.

Aber ich war an Furcht gewöhnt.

Früher hätte Akim meine Herausforderung wahrscheinlich sofort angenommen, aber die Angst der anderen Männer, die er um sich hatte, hatte ihn wohl angesteckt und verdorben. Der Gedanke, es wieder einmal mit einem Mann aufzunehmen, der keine Angst vor ihm hatte, war zu ungewohnt; er mußte sich erst eine Weile daran gewöhnen.

Für mich war der kühne Weg der einzige Weg. Wäre ich mit Angst in dieses Tal gekommen, wäre ich höchstwahrscheinlich schon längst tot gewesen.

Was Sharasa anlangte, so hatte ich wahrhaftig keine Zeit für verspielte Tändeleien, falls eine solche Möglichkeit überhaupt bestand. Aber sie war so eine Frau, die Königsthrone zum Wanken bringen und Fürstentümer in den Staub legen konnte! Wenn man ihr Anstand und Benehmen beibrachte und sie mit entsprechender Kleidung versah, dann...

Akim kam plötzlich auf die Beine und verließ den Raum.

Ich blieb gelassen am Tisch sitzen und trank meine Ziegenmilch.

Sharasa kam rasch zu mir herein. »Ihr müßt gehen! Er hat die Absicht, Euch zu töten! Ich kenne ihn!«

»Selbst mit Eurem ungekämmten Haar und in diesem Lumpen von Kleid seid Ihr immer noch schöner als so manche Prinzessin!« sagte ich. »Und ich habe schon eine ganze Anzahl gesehen!«

Sie errötete und strich unwillkürlich mit einer Hand über ihr zerzaustes Haar.

»Ich habe nicht... ich meine, da ist doch niemand...«, stammelte sie sichtlich verlegen, dann verließ sie fluchtartig das Zimmer.

Vor ein paar Tagen war ich noch im Gefängnis gewesen und hatte damit gerechnet, erdrosselt zu werden. Doch ich war entkommen. Inzwischen würde halb Spanien nach mir suchen oder von meiner Flucht wissen.

Zu oft schon hatte mich der Tod gestreift. Ich hatte ihm in der Burg von Othman und dann erneut auf dieser steilen, glatten Felsklippe ins Auge geschaut. Jetzt war jeder Augenblick des Lebens ein der Ewigkeit gestohlener Augenblick.

Ich wollte leben.

Und Akim plante, mich noch heute nacht sterben zu lassen.

Sharasa konnte für mich schweren Ärger bedeuten, aber eine richtige Frau mußte erkämpft oder gestohlen werden.

Akim kehrte in den Raum zurück und stellte eine frische Flasche auf den Tisch.

»Noch etwas mehr Wein?«

Heiter langte ich um die Flasche herum nach der Karaffe, die Sharasa früher hereingebracht hatte.

Das gefiel ihm überhaupt nicht, aber er sagte nichts.

Dann kamen auch die anderen herein.

Auch Sharasa kehrte zurück.

Trotz ihrer Feindlichkeit hungerten diese Männer nach Neuigkeiten.

Deshalb erzählte ich ihnen von Cordoba und auch von Yusufs Plänen, das Land vom Banditentum zu säubern.

Die verschiedenen Regierungen von Maurisch-Spanien waren bisher einmütig tolerant gewesen; sie hatten Christen und Juden gleichermaßen akzeptiert und ihnen erlaubt, ihre Religion auszuüben. Westgoten, die Land besaßen, wurde gestattet, es zu behalten und dafür nur eine kleine Abgabe zu entrichten.

Die Almohaden, in der Hauptsache Berber aus Nordafrika, ein starkes weißes Volk, das schon lange dort lebte, waren ein strikt fanatischer Haufen. Unter ihrer Herrschaft veränderte sich Maurisch-Spanien. Doch eine brillante, ungemein kreative Gesellschaft setzte ihre Blütezeit fort.

Nur im Athen zur Zeit des Perikles und ein paar Jahrhunderte später in Alexandria hatte es eine solche glanzvolle Periode gegeben, wie sie jetzt in Maurisch-Spanien vorhanden war.

Bis zur Zeit nach Mohammed hatte es für den arabischen Geist nur sehr flüchtigen, oberflächlichen Kontakt zur Welt der Kunst und des Geistes gegeben. Aber dieser Geist war ungemein neugierig und aufnahmefähig. Die Araber fielen über das Wissen, über die Wissenschaften, über die Geschicklichkeiten und Fähigkeiten der Ägypter, Perser, Griechen und Römer her, wie sie mit dem Schwert über ihre Feinde hergefallen waren.

Unter den Kalifen des Islams wurden Gelehrte wie sonst niemals in der Welt geehrt.

Doch erst jetzt, hier in diesem einsam gelegenen Tal in den Bergen von Spanien, kam ich zum erstenmal wirklich dazu, die Macht des gesprochenen Wortes richtig einzuschätzen. Bisher war das Schwert meine Waffe gewesen. Ich hatte noch nicht gelernt, daß Verstand und Klugheit Schlüssel sein können, um eine Tür zu öffnen und das Herz einer Frau zu gewinnen.

Es steckt Kraft und Macht im Wort, ob nun geschrieben oder

gesprochen. Worte können Bilder für diejenigen schaffen, die beschriebene Dinge noch nicht selber gesehen haben.

Ich erzählte blumenreich, denn wann ist ein Kelte nicht beredt und wortgewandt? Ich sprach von Cadiz, Sevilla und Cordoba. Ich sprach von bevölkerten Straßen, von Basaren, von Frauen, von Kleidung und Waffen. Ich erzählte von Schwerttänzern und Jongleuren, vom Zauber der Farbe, des Lichts und der Schönheit.

Die Kerzen flackerten qualmend. Die Stunden vergingen wie im Fluge. Aber alle harrten wie gebannt auf ihren Plätzen aus.

Und ich? Ich war der Gefangene meiner Zuhörer, aber noch keineswegs scharf darauf, ihnen zu entkommen. Ich wußte, daß ich mir mit jedem Wort zu größerer Sicherheit verhalf; daß ich mit jedem Wort neue Türen immer weiter aufstieß.

Ich erzählte ihnen vom Orangenplatz und von den Parks, die von bronzenen Laternen beleuchtet wurden. Ich schuf mit meinen Worten gewissermaßen einen Wandteppich, den alle sehen konnten.

Ich berichtete ihnen von der Großen Moschee mit ihren einundzwanzig Bogengängen, die mit Terrakotta-Mosaiken in Gelb und Rot verziert waren; von ihren Türen, die mit brüniertem Messing beschlagen waren; von den vierzehnhundert Säulen, die das Dach dieser Moschee stützten. Ich sprach von Gitterwerk aus Alabaster, von Marmorwänden und wie die gesamte Moschee im Monat Ramadan von zwanzigtausend Lichtern erhellt wurde.

Dann kam ich noch einmal auf den Orangenplatz zu sprechen; ich sprach von den stillen, heißen Tagen, vom plätschernden Wasser in den Springbrunnen, von den schlurfenden Schritten der Andächtigen, vom Duft der Rosen, des Jasmins und der Orangenblüten. Ich erzählte von Reisenden aus fremden Ländern, von Granatäpfeln, Aprikosen, Weinreben und Palmen.

Ah... was erzählte ich nicht alles!

Ein besonders aufmerksamer Zuhörer war Alan; er lauschte geradezu gierig meinen Worten, und seine Augen funkelten vor Aufregung.

Bei diesem jungen Mann, so dachte ich, würde es sich lohnen, ihn zu retten. Er hatte die Seele eines Poeten. Er besaß Phantasie und Intelligenz. Für Leute wie ihn wurde diese Welt gemacht.

»Jetzt bin ich müde«, sagte ich schließlich. »Ich bin heute sehr lange und weit geritten.« Ich wandte mich an Sharasa und sagte: »Wollt Ihr mir zeigen, wo ich schlafen werde?«

Akim runzelte sofort finster die Stirn.

»Das wird Euch Alan zeigen«, murrte er und fügte nach kurzer Pause hinzu: »Es ist nicht nötig für Euch, gleich weiterzureiten. Bleibt ein paar Tage hier bei uns.«

Der große junge Mann spottete: »Ihr kommt zwar mit schönem Gerede daher, aber Ihr kommt auch in Lumpen!«

Ich lächelte ihn an.

»Bringt Euch nicht in Schweiß, mein großer Freund!« sagte ich. »Wenn der richtige Zeitpunkt gekommen ist, werdet Ihr Eure Prügel schon noch bekommen! Bettelt nicht schon vorher darum!«

Ich machte einen Moment Pause.

»Wenn Ihr es wissen wollt... ich bin erst vor kurzem aus dem Gefängnis entkommen.« Ich nannte den Namen der Burg. »Ich habe Feinde. Jetzt suchen sie bestimmt überall nach mir. Meine Feinde sind auch Eure Feinde, denn ich habe euch ja bereits gesagt, daß Yusuf nach allen sucht, die in den Bergen lauern.«

Ich wandte mich an Akim und schlug vor: »Stellt einen Wachposten auf. Sucht Euch eine Stelle in den Bergen, wohin Ihr notfalls entkommen könnt. Ich warne Euch. Man hat die ernsthafte Absicht, das gesamte Bergland gründlich abzusuchen, und man wird Euch hier auch finden! Versteckt Eure Herden und was sonst irgendeinen Wert für Euch darstellt.«

Akims Vorschlag, daß ich noch hierbleiben sollte, war schon ein großes Zugeständnis, und ich hatte gelernt, daß so mancher Sieg leichter mit Worten als mit dem Schwert zu erringen ist... und die Ergebnisse sind dann sogar noch besser.

»Ich werde bleiben, Akim«, sagte ich. »Und Ihr solltet mir Geschichten über Eure Kriege erzählen. Ich möchte wetten, daß Ihr Geschichten habt, die es wert sind, erzählt zu werden.«

»Habe ich wirklich«, sagte er, und es war ihm anzusehen, wie erfreut er war. »Es wird gut sein, mit einem anderen Soldaten darüber zu reden.«

Alan kam mit einer Kerze.

Ich folgte ihm.

In maurischen Heimen gab es kaum Räume, die nur zum Schlafen vorgesehen waren. Jeder schlief, wo er wollte.

Doch Alan führte mich in einen Raum, den ich ganz allein für mich hatte. Er brachte mir Wasser zum Waschen.

Als ich ihm aus dem Hauptraum folgte, sah ich gerade noch den Ausdruck in den Augen dieses Westgoten-Bastards, falls er ein solcher war; und dieser Ausdruck war alles andere als freundlich.

Dieser Sieg mußte mit dem Schwert erkämpft werden.

Sharasa stand im Türeingang, als ich vorbeikam. Sie hatte den Kopf leicht an den Türpfosten gelehnt und sah mich unter gesenkten Wimpern an.

Und dieser Sieg würde mit ganz anderen Waffen erkämpft werden!

18

Nach zwei Tagen war noch immer nichts beseitigt, mit Ausnahme von ein paar Falten in meinem Bauch.

Sharasa wich mir immer noch geflissentlich aus, war aber noch genauso anziehend.

Überraschenderweise waren Akim und ich Freunde geworden.

Auch er hatte viele Geschichten zu erzählen; von Krieg und Blutvergießen, von Risiko und Aufstand, von Einzelkämpfen und dem Erklimmen von Mauern.

Akim lehrte mich unwissentlich sehr viel über Krieg. Da ich nicht wissen konnte, was noch alles vor mir lag, lernte ich begierig.

Er hatte sowohl für als auch gegen die Mauren gekämpft. Er hatte so manche erbitterte Schlacht überlebt, die innerhalb von Stadtmauern stattgefunden hatte. Er hatte viele Häuserkämpfe mitgemacht und auch auf Straßen gekämpft.

Der Bastard-Sohn des Westgoten, wofür ich ihn immer noch hielt, hicß Aric, und ich wußte, daß er die Absicht hatte, mich zu töten. Aric hatte nämlich beschlossen, daß Sharasa ihm gehören sollte. Dies hatte er wohl für unbestritten gehalten, bis ich auf der Bildfläche aufgetaucht war. Jetzt warf er ständig drohende Blicke in meine Richtung.

Sharasa hielt sich oft bei mir auf, aber so eitel ich auch war, so mußte ich doch begreifen, daß ihr Interesse in der Hauptsache meinen Schilderungen von Kleidung, Städten und dem Verhalten anderer Frauen galt.

Aric war zu dumm, um das alles zu begreifen.

Sharasa hatte schon lange ihre eigenen Träume, und mit keinem dieser Träume hatte Aric auch nur im geringsten etwas zu tun. Meine Erzählungen gaben Sharasas Träumen neue Nahrung.

Alan war auch nie weit von mir entfernt, wenn ich von Cordoba sprach.

Als wir eines Abends einmal allein waren, sagte ich zu ihm: »Ihr müßt nach Cordoba oder Sevilla gehen, Alan. Dort würdet Ihr glücklicher sein.« Ich riet ihm: »Geht nach Sevilla. Sucht Juan von Sevilla auf. Sagt ihm, daß Kerbouchard Euch zu ihm geschickt hat.«

Akim hatte es auch gehört. Er drehte sich sehr scharf nach mir um. Bisher hatte er von mir keinen anderen Namen als Mathurin gehört.

»Kerbouchard?« wiederholte Akim. »Euer Name ist... *Kerbouchard*?«

»Ganz recht.«

Er schlug mit der flachen Hand auf die Tischplatte.

»Warum habe ich das nicht gleich gesehen? Ihr seht ihm doch sehr ähnlich... Kerbouchard, dem Korsaren!«

Welchen Klang er diesem Namen gab!

»Ich bin sein Sohn.«

»Ich habe ihn einmal gesehen. Es war in Almeria, dieser Stadt der Piraten und Seeräuber! Er kam mit einem Dutzend Schiffe dorthin, die randvoll mit Beute beladen waren! Ah, wie wir da gestarrt haben! Bei diesem Anblick lief uns allen das Wasser im Munde zusammen! Gold, Seidenstoffe, Gewürze, Edelsteine... und er hat alles ausgeladen! Hätte er damals nach Freiwilligen gefragt, hätte sich bestimmt die ganze Stadt gemeldet! Es hat nie einen anderen wie ihn gegeben, keinen einzigen! Er hatte Griechenlands Inseln geplündert, einen reichen Fang vor Tripolis gemacht und ein anderes Schiff in Sichtweite von Rhodos erbeutet!«

Akim hatte sich ordentlich in Begeisterung geredet.

»Er hatte einen Soldaten bei sich, einen Mann, den ich aus früherer Zeit aus einem anderen Krieg kannte. Sein Name war Taillefleur, und er...«

»*Was...?!*« Ich packte Akims Handgelenk. »Taillefleur war bei meinem *Vater*?«

»Ihr kennt ihn? Dann wißt Ihr sicher auch, was für ein Schurke er ist. Allerdings auch ein erstklassiger Kämpfer. Ja, Taillefleur war bei ihm, und darüber habe ich mich gewundert, denn Taillefleur war kein Mann, der einem anderen diente, es sei denn, daß er ihn für einen hohen Preis verraten konnte. Und es gab viele, die hohe Preise auf Kerbouchard ausgesetzt hatten.«

Akim dachte kurz nach.

»Taillefleur hat an meiner Seite gekämpft... im Jahre 1158 bei der Verteidigung von Calafrava. Wir haben zwar gemeinsam gegen die Moslems gekämpft, aber ich habe diesem Mann niemals getraut.«

Taillefleur war bei Baron de Tournemine gewesen, dem Feind meines Vaters. Hatte Taillefleur die Nachricht vom Tod meines Vaters gebracht? Konnte nicht er meinen Vater verraten haben, wenn Verrat seine Sache war?

Dies alles konnte und mußte man in Betracht ziehen.

Am Morgen des dritten Tages kam Alan zu mir.

»Laßt Euch warnen!« flüsterte er mir zu. »Aric will Euch töten!«

Für mich wurde es Zeit, weiterzureiten. Ich wollte dem großen Kerl keinen Schaden zufügen. Mein Schicksal lag außerhalb von diesem Tal. Vor allem befürchtete ich, daß Yusufs Soldaten sogar dieses lange versteckt gewesene Tal fanden.

An diesem Morgen stand ich sehr früh auf und ritt das Tal hinab zu dem großen Teich, in dem ich schon oft gebadet hatte.

Der Himmel war wolkenverhangen, was auf bevorstehenden Regen hindeutete.

Doch das Bad würde mich erfrischen, und schon morgen mußte ich wieder unterwegs sein, wohin auch immer mich mein Weg führen würde.

Wer von uns kennt schon die Richtung seines Lebens? Wer weiß schon, was uns das Morgen bringen kann? An einer Wegkreuzung hatte ich oft überlegt, was wohl in Richtung der Straße lag, die ich nicht eingeschlagen hatte.

Im Schutze einiger Weiden hielt ich an und stieg ab. Ich band mein Pferd an einer Stelle an, an der es zwar weiden konnte, aber zugleich gut versteckt war, so daß jemand, der zufällig hier vorbeikam, das Pferd nicht sehen konnte.

Ich zog mich aus, ging zu einem Felsen und sprang in den Teich.

Ich schwamm ein paar Minuten lang herum, dann kehrte ich zum Felsen zurück, von dem aus ich ins Wasser getaucht war, und begann mich wieder anzuziehen. Doch ich hatte kaum damit begonnen, als ich einen zornigen Schrei hörte.

Es war Sharasa!

Ich rannte schnell durch die Büsche und stand plötzlich im Eingang einer Höhle.

Keine zehn Schritte von mir entfernt war Sharasa.

Aric stand uns beiden gegenüber und hielt mein Krummschwert in der Hand, das er von meinem Sattel genommen hatte.

»Ich werde Euch jetzt töten!« sagte er. »Ich werde Euch töten... und sie auch!«

»Er hat doch gar nichts getan!« protestierte Sharasa. »Er wußte nicht, daß ich hier war!«

»Und *das* soll ich dir glauben?«

Ich wußte nur allzugut, wie scharf dieses Krummschwert war.

Ich war nicht nur unbewaffnet, sondern obendrein noch halbnackt. Diese Klinge würde einen Arm wie Butter durchschneiden!

»Laß ihn in Ruhe!« rief Sharasa. »Er hat doch gar nichts getan!«

Mein Schock über das plötzliche Auftauchen dieses Mannes war abgeklungen. Er hatte mir diesen Moment die Zeit gelassen, die ich brauchte. Mein Verstand suchte fieberhaft nach einem Ausweg. Auf dem Boden der Höhle gab es weder einen Stein noch einen Stock. Da gab es gar nichts. Es gab keine Waffe für mich.

Aric hatte sich bewegt, um mir jedweden Fluchtweg abzuschneiden. Es gab keinen Ausweg. Ich mußte Aric von Angesicht zu Angesicht gegenübertreten. Hier stand mein Leben auf dem Spiel. Aber auch Sharasas Leben war in Gefahr.

Wachsam machte ich einen Schritt auf Aric zu und ließ dabei beide Hände schlaff nach unten hängen. Ich glaube, das überraschte ihn, denn er hatte wohl erwartet, daß ich vor dem Tod zurückschreckte, wie er es an meiner Stelle zweifellos getan hätte. Nur war für mich der Tod schon fast zu einem ständigen Begleiter geworden. Ich war noch längst nicht zum Sterben bereit, und schon gar nicht durch die Hand eines solchen Halunken wie Aric.

Er hielt das Krummschwert ziemlich unbeholfen in der Hand. Offenbar war er den Umgang damit nicht gewöhnt. Aber er war ein sehr agiler und kraftvoller Mann. Für mich konnte es von Vorteil sein, daß er innerlich vor Wut kochte.

Es gab nur wenig Raum für Manöver. Doch ich trat noch einen Schritt dichter an ihn heran, so daß ich ein wenig links von ihm zu stehen kam. Wachsam studierte ich seine Stellung.

Mein Vater, ein sehr geschickter Kämpfer, hatte mir stets eingeschärft, auf die Füße eines Mannes zu achten. Wenn es gelingt, einen Mann aus dem Gleichgewicht zu bringen, kann er auch geschlagen werden. Die Reichweite eines Mannes ist beschränkt, wenn er seine Füße nicht bewegen kann.

Hinter mir konnte ich jetzt Sharasas heiseren, verängstigten Atem hören. Ich wußte, daß ich nicht nur um mein eigenes, sondern auch um Sharasas Leben kämpfte.

Ich konnte mich gegen Arics Beine werfen und ihn auf diese Weise vielleicht von den Füßen bringen. Doch die scharfe Klinge dieses Krummschwerts konnte mit Leichtigkeit einen Finger oder eine ganze Hand abtrennen. Wenn Aric vor meinem Angriff zurücksprang, könnte er mich mit dem Krummschwert durchbohren.

Plötzlich sprang Aric vorwärts und wollte gemein zuschlagen.

Im allerletzten Augenblick konnte ich noch ausweichen, so daß mich die Spitze der Klinge um Haaresbreite verfehlte. Bevor ich mich auf ihn werfen konnte, wechselte er bereits seine Position.

Dann stieß er erneut zu und hielt das Krummschwert auf Armeslänge von sich.

Ich schlug mit der flachen Hand an die Breitseite der Klinge und bewegte so die Spitze von meinem Körper weg. Ich setzte augenblicklich nach, hakte mein rechtes Bein hinter sein Bein und schlug ihm mit der Handkante unters Kinn.

Er ächzte vor Schmerz, stolperte über mein rechtes Bein und taumelte zurück. Er wurde hart auf den Sand geschleudert und landete auf dem Rücken.

Prompt versetzte ich ihm einen wuchtigen Fußtritt unters Kinn, bückte mich und entriß ihm das Krummschwert, dessen Griff von ihm nicht festgehalten werden konnte.

Er sprang auf, geriet aber ins Taumeln. Trotzdem hätte er mich bestimmt angesprungen, wenn ich ihm nicht einen Schlag mit der flachen Klinge seitlich an den Kopf versetzt hätte. Wieder stürzte er in den Sand.

Ich geriet einen Moment in Versuchung, ihm jetzt auch noch den Rest zu geben.

»Nein, Mathurin! Nein!«

Da zog ich mich zurück, denn eigentlich hatte ich ja gar nicht den Wunsch, ihn zu töten.

»In Ordnung«, sagte ich. »Soll er am Leben bleiben. Aber wir müssen gehen.«

Ich kehrte zu meinem Pferd zurück, zog mich fertig an und schnallte meinen Dolch und die Scheide meines Krummschwertes um. Dann zog ich Sharasa zu mir aufs Pferd, und wir ritten zum Bauernhof.

Wir ritten sehr schnell. Meine übliche Wachsamkeit war durch die Ereignisse des Nachmittags ein wenig eingeschläfert.

Ich ließ Sharasa vom Pferd gleiten, schwang mich aus dem Sattel und ging durch die Tür. Ich rief nach Alan und betrat einen Raum, in dem es von Soldaten wimmelte!

Akim lag blutüberströmt auf dem Steinfußboden.

Mindestens zwei der angreifenden Soldaten waren getötet worden; andere hatten Wunden davongetragen.

Dies alles konnte ich gerade noch sehen, bevor ich einen gemeinen Schlag über den Schädel bekam und zusammenbrach. Ich schlug mit dem Gesicht auf dem Fußboden auf.

Während mich das Bewußtsein verließ, hörte ich noch eine Stimme sagen: »Laß ihn verbrennen. Nimm das Mädchen, aber sanft, hörst du? Sie wird ein passendes Geschenk für Zagal abgeben.«

Unter Aufbietung all meiner Willenskraft versuchte ich mich zu bewegen, konnte es aber nicht. Ich versank in einer Welle der Dunkelheit, und durch diese Dunkelheit hörte ich das Prasseln von Flammen!

19

Hitze schlug mir ins Gesicht; Rauch quoll und wehte über mich hinweg.

Ich öffnete die Augen und sah Flammen, die nur noch wenige Zentimeter von meinem Kopf entfernt waren. Unbeholfen wälzte ich mich herum und wollte aufstehen, doch ich schlug sofort wieder hin. Da ich zu schwach war, um vom Boden hochzukommen, kroch ich durch den dichten Qualm zur Tür.

Zweimal brach ich zusammen. Zweimal versuchte ich es von neuem. Mein Kopf war schwer wie ein gefülltes Faß. Mein Verstand wollte einfach nicht funktionieren. Wie ein Tier kämpfte ich mich nach vorn und wollte an die frische Luft. Ich stöhnte und ächzte vor Anstrengung und war nur halb bei Bewußtsein. Irgendwie gelangte ich dann doch nach draußen.

Tagelang lag ich wie benommen herum.

Die Ruinen hörten schließlich zu qualmen auf.

Ich schaffte es, die sterblichen Überreste von Akim und den anderen, die getötet worden waren, zu begraben.

Alan war fort, desgleichen Sharasa.

Mein Pferd war gestohlen worden. Sogar meine armselige Jacke mit den eingenähten Edelsteinen hatte man mitgenommen oder weggeworfen. Meinen Dolch hatte ich unter dem Hemd gehabt; so war er glücklicherweise nicht gesehen worden. Das war aber auch schon alles, was mir noch geblieben war.

Zu meinem Glück hatte man die Höhle in der Nähe des Brunnens nicht gefunden, wo die Ziegenmilch und der Käse aufbewahrt wurden. Es gab auch etwas Wein.

Meine Kleidung war schmutzig. Ein Teil davon war von den Flammen angesengt worden. Ich hatte keinen Umhang. Mein Turban hatte mich davor bewahrt, durch den Schlag auf den Kopf getötet zu werden, hatte danach aber auch stark gelitten.

Ich saß am Rand des Brunnen, trank kalte Ziegenmilch und aß Käse.

Dabei dachte ich über all die Mißgeschicke nach, die mich in letzter Zeit getroffen hatten. Die alten Götter mußten mich sicherlich mit einem Fluch bedacht haben, daß alles, was ich auch immer unternahm, in einer Katastrophe enden mußte.

Ich war allein. Die nächste Stadt war meilenweit entfernt. Der Weg dorthin würde über rauhes Gelände führen und von Briganten wimmeln, von denen viele aus reinem Vergnügen töten würden.

Aziza war für mich verloren ... und jetzt auch Sharasa.

Mein Gesicht hatte große Brandblasen davongetragen. Doch ich hatte sie mit den Methoden behandelt, die ich beim Medizinstudium gelernt hatte; so glaubte ich, daß alles ohne Narben verheilen würde. Zunächst aber war die Haut ungemein empfindlich. Mein Bart war inzwischen enorm gewachsen. Es würde lange dauern, bevor ich es riskieren konnte, mich zu rasieren oder wenigstens den Bart zu stutzen.

Niemand in Cordoba würde mich jetzt erkennen. Meine Eleganz war dahin. Ich sah sehr schäbig aus, war halb verhungert, hatte einen struppigen, ungepflegten Bart und viele noch nicht verheilte Wunden; ich sah eher wie ein Bettler als wie ein Student oder vornehmer Herr aus. Abgesehen von den wenigen Sachen, die ich am Leibe trug, besaß ich nur noch eine alte Decke, die ich in einem Stall gefunden hatte.

Mahmud ...? Ah ... Mahmud! Er verdiente meine Aufmerksamkeit, und ich war entschlossen, dafür zu sorgen, daß sie ihm auch in vollem Maße zuteil werden würde!

Ich fand einen alten Wasserbeutel aus Tierhaut, reinigte ihn so gut wie möglich und füllte ihn dann mit Ziegenmilch. Ich wickelte den Käse ein und machte mich auf den Weg.

Es würde eine lange Wanderung nach Cordoba werden.

Eine Woche später saß ich auf der alten Römerbrücke, die den Guadalquivir nach Cordoba überquerte. Es war eine uralte Brükke, zur Zeit des Augustus erbaut und erst kürzlich ausgebessert.

Der Tag war heiß und schwül.

Auf der Landstraße zog ein niemals endender Strom von Leuten, Kamelen, Eseln und Karren vorbei. Die einen wollten nach Cordoba, die anderen kamen von dort.

Ich hatte wundgelaufene Füße, war ziemlich erschöpft und kam mühselig auf die Beine, um mich der endlosen Prozession anzuschließen. Ich ging auf die Stadt zu, die mir so viel gegeben, aber auch so viel genommen hatte. Doch es war eine Stadt, die ich noch nicht für immer verlassen konnte.

Ich mußte Geld, anständige Kleidung und Waffen haben.

Die Verbrennungen, der Schlag auf den Schädel und die Entbehrungen der letzten Tage hatten mich sehr stark geschwächt, so daß ich nun rasch ermüdete.

Allmählich begann ein Plan in meinem Kopf Gestalt anzunehmen.

Die Mannschaft meines Vaters hatte aus Männern aus vielen Ländern bestanden. Ich war aufgewachsen und hatte verschiedene Sprachen gesprochen, keine davon allzu gut; aber seitdem hatte ich perfekt Arabisch gelernt und meine Kenntnisse in Latein und Griechisch stark verbessert.

Ein Seemann aus der Mannschaft meines Vaters war aus Miletos gekommen, und es hatte auch ein paar andere von griechischen Inseln gegeben. Sie hatten mir oft Geschichten erzählt. Was ich dabei von ihrer Sprache erworben hatte, war durch meinen Aufenthalt auf der Galeere noch ergänzt worden.

In Cordoba gab es eine Nebenabteilung der »Gesellschaft der Übersetzer« des Kalifen. Ich hatte mir vorgenommen, mich dort um einen Auftrag zu bewerben, und sei er auch noch so klein.

Zuallererst brauchte ich neue Kleidung. Es konnte keine besseres Tarnung geben als die des Gelehrten. Ich würde Zugang zu

Büchern bekommen und gleichzeitig Gelegenheit haben, viel zu lernen und mein Wissen zu vervollkommnen.

Bisher hatten meine Studien keine definitive Richtung gehabt; dies war auch gar nicht von mir beabsichtigt oder geplant. Wissen konnte Macht bedeuten, war aber auch der Schlüssel zum Überleben. Mein Wissen über Navigation hatte mir dazu verholfen, von der Galeere zu entkommen. Mein bescheidenes Wissen über Medizin hatte mir geholfen, meine Wunden zu heilen.

Sogar in einer relativ kleinen Stadt – und Cordoba war ja eine sehr große Stadt – kann ein Mann untertauchen, wenn er eine andere Lebensweise annimmt. Innerhalb großer Städte gab es gewissermaßen Inseln, wo Leute keinerlei Verbindungen außerhalb ihrer eigenen Insel hatten. Wenn ich mir eine dieser Inseln aussuchte, die weit entfernt war von denen, die ich früher gekannt hatte, konnte ich dort genauso isoliert leben, als hielte ich mich in einem anderen Land auf.

Vor mir gähnte das große Stadttor. Mehrere Soldaten lungerten in der Nähe herum. Mein Herz begann zu pochen. Dies war der Moment der Gefahr. Ich riß mich zusammen und ging weiter, wobei ich meinen Blick auf die Straße gerichtet hielt. Ein Schauer rieselte mir über den Rücken, als ich auf gleicher Höhe mit den Soldaten war.

Als ich durchs Tor schritt, hörte ich plötzlich eine bekannte Stimme.

»Die Kontrolle muß gründlich sein! Bis der Kalif die Suche in den Bergen einstellt, müssen wir vor Briganten auf der Hut sein, die versuchen, sich in der Stadt zu verstecken!«

Es war die Stimme von Harun! Es war Harun!

Ich riskierte einen verstohlenen Blick und sah ihn in der Uniform eines Offiziers auf einem prächtigen Rappen sitzen.

Also auch er gehörte zu meinen Verfolgern!

Ich hatte Harun nie so nahegestanden wie Mahmud, wenngleich auch zwischen uns so etwas wie Freundschaft bestanden hatte.

Der Menschenstrom zog mich vorwärts.

Aber ich warf noch einmal einen Blick zurück.

Das war ein Fehler.

Unsere Blicke begegneten sich einen Moment.

In Haruns Augen war zunächst Überraschung, dann Verwunderung zu erkennen. Er wollte auf mich zukommen. Aber ein von vier Ochsen gezogener Karren versperrte ihm den Weg.

Als ich abermals zurückblickte, hatte sich Harun bereits wieder abgewandt.

Hunger wühlte in meinen Eingeweiden. Der einzige Gegenstand von Wert, den ich noch besaß, war mein Dolch, der zugleich das letzte Bindeglied zu meinem Vater und meiner Heimat war.

Schließlich konnte ich nicht mehr laufen. Ich lehnte mich mit dem Rücken an eine Hauswand und ließ mich zu Boden sinken. Die Sonne schien sehr warm. Die Luft war von allen möglichen Düften erfüllt. Um mich herum wurden Orangen, Melonen und Weintrauben verkauft. Doch ich war am Verhungern. Leute stritten sich ziemlich laut. Peitschen knallten. Wagenräder rumpelten über das Pflaster. Von einem Verkaufsstand ganz in meiner Nähe wehte verlockender Kaffeeduft zu mir herüber. Erschöpft ließ ich den Kopf auf die Brust sinken und schlief ein.

Als ich erwachte, war ich bis auf die Knochen durchgefroren. Die Sonne war längst untergegangen. Der Basar war leer. Ich schien mich im Schlaf keineswegs erholt zu haben. Hunger rumorte nach wie vor in meinem Bauch.

Meine Muskeln hatten sich verkrampft und waren steif geworden. Mein Gesicht schmerzte. Für mich gab es nichts, wohin ich mich jetzt hätte wenden können. Verzweifelt schaute ich mich um.

Warum war ich eigentlich ein solcher Dummkopf? Wäre ich ein Gefangener, würde man mir wenigstens zu essen geben. Oder würde ich sofort erdrosselt werden?

Düster schaute ich mich auf dem Basar um. Auf dem Boden lagen Obstschalen und all der gewöhnliche Abfall, den Händler hinterließen. Bald würden die Straßenfeger kommen und nach ihnen die Laternenanzünder.

Noch hatte ich meinen Dolch. Er versprach Befreiung von allen Sorgen und Nöten. Ich konnte von eigener Hand sterben.

Sterben? Aber ich war Kerbouchard, der Sohn von Jean Kerbouchard, dem Korsaren! War ich nicht aufgebrochen, um meinen Vater zu finden und mein Glück zu suchen? War ich ein Feigling, der so schnell aufgab? Ich, der ich mit Edelsteinen in meiner Kleidung aus Cadiz fortgeritten war?

Um mich herum gab es alle möglichen Gerüche, aber der schlimmste Geruch war für mich der meines eigenen ungewaschenen Körpers. Dazu kam noch der widerliche Geruch meiner zerlumpten und verdreckten Kleidung.

Ich wollte aufstehen, als mein Blick auf eine Orange fiel, die von einem Verkaufsstand in der Nähe heruntergefallen war. Ich sah erst die Orange an, dann den Besitzer des Verkaufsstandes, der sich zum Gehen anschickte.

Ich schlenderte hinüber und hob die Orange auf.

Doch da drehte sich der Mann nach mir um, sah erst die Orange an und schaute mir dann ins Gesicht.

»Sie gehört mir! Gib sie mir! Oder bezahle mich!«

»Ich habe Hunger«, sagte ich.

Er zuckte mit den Schultern.

»Na, und? Bezahle mich! Dann kannst du die Orange essen.«

»Ich habe kein Geld.«

Sein Gesichtsausdruck verhärtete sich. Er sah mich mit unverhüllter Verachtung an.

»Los, gib mir die Orange!« sagte er barsch. »Und dann verschwinde!«

Der Dolch steckte hinter meinem Hosenbund. Wenn ich jetzt den Dolch zückte, würde dem Mann die Orange wahrscheinlich gar nicht mehr so lieb sein.

Doch am hinteren Ende des Marktbereiches hielten sich Soldaten auf. Der Mann brauchte nur seine Stimme zu erheben, um die Soldaten herbeizurufen.

»Ihr befolgt also nicht das Wort Allahs?« fragte ich leise. »Eßt hiervon und gebt auch den Armen und Unglücklichen davon zu essen! So lautet Allahs Gebot. Befolgt Ihr es nicht?«

»Allah hat seine Sorgen, ich meine. Bezahle mich! Wenn es Allahs Wille ist, dich zu ernähren, dann wirst du auch ernährt werden, aber nicht von mir!«

Ich starrte ihn an und legte alle Intensität in meinen Blick. Als ich einen Schritt auf ihn zuging, trat er unwillkürlich zurück.

»Es gibt keinen Gott außer Allah!« sagte ich. »Aber es gibt Teufel!«

Meine Worte gefielen ihm nicht. Er trat noch einen Schritt zurück und blickte sich hastig um, als suchte er bereits nach einem Fluchtweg.

»Es gibt Teufel!« wiederholte ich. »Und es gibt Flüche!«

Ich hob eine Hand, zeigte mit einem Finger auf ihn und murmelte in meiner bretonischen Heimatsprache ein, zwei Sätze eines Druiden-Rituals, die aber nichts mit Flüchen zu tun hatten.

Sein Gesicht verzerrte sich vor Entsetzen.

Ich hatte vergessen, wie spät diese Leute erst aus der Wüste gekommen waren, wo wilde Götter herrschten und der Aberglaube zu den alltäglichen Dingen gehörte.

»Nein!« rief er und hob beide Hände, als wollte er sich schützen. »Nimm die Frucht! Und dann geh!« Er langte nach einer kleinen Bananenstaude und hielt sie mir entgegen. »Nimm auch noch das hier! Aber dann geh! Ich bin ein armer Mann. Ich habe nichts Schlechtes getan! Ich wußte doch nicht... ich dachte doch nur...«

Ich riß ihm die Bananen aus der Hand, funkelte ihn noch einmal drohend an und ging dann fort, innerlich hocherfreut über mein unverhofftes Glück. Worte konnten wahrhaftig sehr mächtig sein!

Ich ging langsam dahin und verzehrte erst die Bananen, dann auch noch die Orange. Sie war überreif und nicht nach meinem Geschmack. Aber es war Nahrung. Dann spülte ich meine Hände in einem Springbrunnen ab und trocknete sie an meinem Hemd.

Nachdem ich wieder etwas im Magen hatte, besserte sich meine Stimmung. Ich begann daran zu denken, mich nach einem Platz zum Schlafen umzusehen.

Wenn mit Flüchen etwas zu erreichen war, dann konnte ich mir fürchterliche Flüche einfallen lassen! Aber es mußte doch auch einfachere Lösungen geben.

Warum sollte ich auf einer kalten, staubigen Straße liegen, wenn ich meinen Kopf doch auch an die Schulter irgendeiner reichen Witwe legen konnte, die Trost suchte? Doch selbst wenn es solche Frauen gäbe, würden sie mich in meinen Lumpen wohl nicht gerade wohlwollend betrachten.

Doch ich besaß immer noch meinen wachen Verstand. Irgendwo und irgendwie würde ich schon ein Bett für mich finden.

Das letzte Tageslicht war dahin. Die Häuser in den Nebenstraßen wurden geschlossen. Diese Straßen wurden zu Höhlen der Dunkelheit, wo es keinerlei Leben mehr zu geben schien.

In Cordoba gab es beleuchtete Straßen, aber dort flanierten junge, elegante Männer oder tummelten sich Soldaten, die sich in der Stadt amüsieren wollten. Ich hatte viele von ihnen gekannt, konnte aber kaum einen von ihnen als wahren Freund betrachten. Vielleicht konnte ich mir ein paar Münzen erbetteln?

Nein! Nicht der Sohn von Kerbouchard!

Meine Füße trugen mich wie von selbst in einen schmalen Gang zwischen hohen Mauern. Hinter einer der beiden Mauern war eine Frauenstimme zu hören, die leise sang. Ein sehnsüchtiges Liebeslied, gesungen von einer einsamen Frau. Das Plätschern eines Springbrunnens war ebenfalls zu hören.

Mein Blick schätzte die Höhe der Mauer. Es würde mir nichts einbringen, mich im Frauenquartier eines Moslem-Hauses erwischen zu lassen. Männer waren schon für geringere Vergehen getötet oder kastriert worden.

Und doch . . .

Ich sprang an der Mauer empor, bekam den oberen Rand zu fassen, schwang mich hinauf und blieb oben flach liegen.

Hatte die Musik ein paar Takte ausgesetzt?

Finger zupften wieder an den Saiten der *A'lud*. Erneut ertönte die sehnsüchtige Frauenstimme. Das Lied handelte von Erinnerungen an die Wüste, an Sanddünen und Palmen, an die dunklen Zelte der Beduinen.

Die Worte hallten wie eine Frage in die Nacht. Im Springbrunnen plätscherte das Wasser. Es duftete betäubend nach Jasmin. Nach der Tageshitze herrschte hier wohltuende Kühle.

Ich schwang meine Beine über den Mauerrand und ließ mich auf den Boden hinabfallen.

Die Musik verklang leise und hinterließ nur noch sehnsüchtige Erinnerung.

Auf der Straße hinter der Mauer erklangen Schritte. Ich hatte die Straße gerade noch rechtzeitig genug verlassen.

Ich stand mit leicht gespreizten Beinen da, stemmte die Hände in die Hüften und schaute mich um.

»Wer seid Ihr? Und was wollt Ihr?«

Das war nicht der Tonfall eines verängstigten Mädchens oder einer Haremsfrau. Es hörte sich unerwartet selbstsicher an; eine Stimme, die das Befehlen gewohnt war.

Jetzt konnte ich nur noch zu Offenheit Zuflucht nehmen.

»Ich bin ein Mann ohne Geld, ein Mann mit vielen Feinden. Meine einzige Nahrung seit vielen Tagen war vorhin eine Frucht auf dem Markt, und ich habe auch keinen Ort zum Schlafen. Laßt Euch jedoch nicht durch meine Kleidung täuschen. Ich bin ein Mann von Ehre, ein Krieger, der Sohn eines Kriegers; ein Mann, der ein Schiff steuern kann. Oder einen gereimten Vers dichten. Oder über die Gesetze von Menschen und Nationen diskutieren. Ein Duell ausfechten. Eine Wunde behandeln.«

»Verlaßt sofort diesen Garten, und zwar auf dem gleichen Wege, auf dem Ihr hereingekommen seid! Wenn ich gezwungen bin, meine Sklaven zu rufen, wird man Euch töten.«

»Niemand kann seinem von Allah bestimmten Schicksal entgehen«, antwortete ich. »Aber es kann doch unmöglich mein Schicksal sein, von einer so Schönen wie Euch in den Hungertod geschickt zu werden? Wenn ich jetzt hier bin, dann doch nur Euretwegen. Ich konnte Eurer Stimme und dem Lied, das Ihr gesungen habt, einfach nicht widerstehen. Euer Lied hat mich gerufen, und ich konnte nicht anders, als diesen Ruf zu beantworten.«

Ich trat noch einen Schritt näher und sagte: »Ihr seht in mir einen Kelten, den Sohn von Kerbouchard, dem Korsaren! Ich bin ein Wanderer, ein Mann ohne Heimat, ohne Familie, ohne Land. Aber wenn Ihr Verwendung für ein Schwert habt, so kenne ich mich im Umgang mit einer Klinge bestens aus.«

»Ihr müßt gehen.«

Entdeckte ich ein Nachlassen des Widerstandes? Eine gewisse Nachgiebigkeit? Eine Andeutung von wachsendem Interesse? Im Kampf der Geschlechter ist die beste Waffe des Mannes die Neugier der Frau.

Sie befand sich im Schatten, außerhalb meines Blickwinkels, aber es war die Stimme einer Frau, die noch jung und gut erzogen war.

»Wenn Ihr mich aus Eurem Garten vertreibt, werden mich meine Feinde ergreifen, und wenn dies geschieht, wird man mich erdrosseln.«

»Diese Feinde, von denen Ihr da sprecht ... wer sind sie?«

Ah ... wie klug! Jetzt saß ich ganz schön in der Klemme, aber ich mußte das Risiko eingehen. Vielleicht stand ich jetzt im Garten eines Feindes oder eines Mannes, der mit denen im Bunde war, die fieberhaft nach mir suchten.

Wie dem auch sei ... ich hatte mich bisher auf Ehrlichkeit und Offenheit verlassen, und dabei würde ich auch bleiben. Ich mußte alles aufs Spiel setzen und konnte nur hoffen, daß Emotion die Oberhand über politische Gunst gewann.

»Prinz Ahmed ist mein Feind, desgleichen Ibn-Haram.«

Sie bewegte sich leicht, um mich besser sehen zu können, nahm ich an, denn sie befand sich immer noch im Dunkel.

»Wer solche Feinde hat, muß mehr sein als ein keltischer Abenteurer. Ich hatte nicht gehört, daß Prinz Ahmed ... ah?«

Sie machte eine Pause, als müßte sie sich an etwas erinnern.

»Prinz Ahmed? Dann seid Ihr also dieser Mann? Der Mann, der eine Woche mit Prinz Ahmeds Braut verbracht hat? Wenn ja, dann seid Ihr die gefeierte Person von Cordoba!«

Sie machte eine Pause.

»Was wollt Ihr?«

»Zuflucht bis ich ausgeruht bin. Ein Bad. Kleidung, wenn diese erhältlich ist. Hunger kann ich ertragen, aber nicht Unsauberkeit.«

»Tretet ins Licht!«

Ich kam dieser Aufforderung unverzüglich nach.

»Seht Ihr?« sagte ich spöttisch. »Ich bin schmutzig und zerlumpt, aber ich bin ein Mann!«

»Die Geschichte Eurer Flucht erzählt man sich überall in Cordoba, Sevilla und Cadiz.«

Jetzt trat auch sie ins Licht. Sie war klein und hatte eine entzükkende Figur. Sie zeigte auf eine Tür. »Nehmt an, was ich Euch gebe. Wenn Ihr mehr verlangt, werde ich die Wachen rufen.«

Ich verbeugte mich.

»Danke, Prinzessin. Ich bin ungemein dankbar.«

»Was ist denn mit Eurem Gesicht geschehen?«

Ich erklärte es kurz, erwähnte aber nur den Teil des Abenteuers, wie ich zum Haus zurückgekehrt, niedergeschlagen und als tot zurückgelassen worden war.

Sie stellte nur ein paar Fragen, aber jede war genau formuliert.

Ihr Verhalten wunderte mich. Ihre Fragen verrieten, daß sie sich geschickt darauf verstand, jemanden auszuhorchen.

Als ich vorhin von der Mauer in den Garten gesprungen war, wäre ich schon zufrieden gewesen, wenn ich irgendeinen Winkel gefunden hätte, wo ich sicher und ungestört hätte schlafen können, um mich morgen früh sofort wieder auf den Weg zu machen.

Doch hier schien es irgendein Geheimnis zu geben.

Ihre Augen zeigten einen berechnenden Ausdruck, der nichts mit meinem Aussehen zu tun hatte.

Das Haus, in dem ich mich befand, war nicht groß, zeugte aber von Überfluß.

Als ich aus dem Bad kam, lag ein Umhang auf einer Marmorbank. Ich zog ihn an. Einen Moment später kam sie zurück; sie würdigte mich keines Blickes, sondern legte nur ein Bündel Kleidungsstücke hin.

Meine Gesichtshaut war immer noch zu zart und empfindlich, so daß ich es nicht riskieren konnte, mich zu rasieren. Aber ich stutzte meinen Bart nach Moslem-Mode und zog mich an. Die Kleidung war einfach, stammte aber bestimmt von einem wohlhabenden Mann; sie war von guter Qualität, aber unauffällig. In Cordoba gab es etwa fünftausend Männer, die sich auf ähnliche Art kleideten.

Sie erwartete mich in einem kleinen Zimmer, das an den Wohnbereich grenzte. Auf einem Tisch gab es Tee, Brot, Obst, Käse und ein paar Scheiben Fleisch von kaltem Braten.

Ihr Name war Safia. Während wir aßen, befragte sie mich nach meinem bisherigen Tun. Ich erzählte ihr von meinem Entkommen von der Galeere, von meinen Studien, von meiner Einkerkerung und der Flucht aus dem Gefängnis.

Safia war älter als ich; älter als die Mädchen, die ich bisher gekannt hatte. Ihr Interesse galt ganz offensichtlich nicht einer kleinen Eskapade. Sie erklärte mir ganz offen, daß sie Pläne hatte, bei denen ich ihr vielleicht helfen könnte. Dies würde sich für mich als profitabel erweisen.

Sie zeigte auf mehrere Teppiche und Kissen auf dem Fußboden.

»Dort könnt Ihr schlafen.«

»Natürlich. Wo denn sonst?«

Sie kniff die Augen ein wenig zusammen. Diese Frau hatte zweifellos Temperament. »Wir werden morgen früh reden.«

Wieder einmal hatte ich aus dem Sand der Verzweiflung das Wasser des Wohlbefindens gerettet. Meine Zukunft war allerdings immer noch mehr als zweifelhaft und fragwürdig. Aber ich hatte gebadet, gegessen und getrunken, und ich war frisch und sauber gekleidet. Als ich mich schließlich hinlegte, hatte ich ein nicht allzu weiches Bett unter mir.

Safia, meine Dame vom Springbrunnen, hatte den Körper einer Sirene, das Gesicht einer Göttin und den Geist eines armenischen Kamelhändlers.

Ich hatte keine blasse Ahnung, was sie vorhatte, aber Cordoba war ein Ort der Intrige, einer Kunst, für die der arabische Geist einmalig talentiert war.

War Safia eine Araberin? Eine Berberin? Eine Jüdin?

Ich konnte es nicht erraten, zumal sie mir ja auch nicht den mindesten Hinweis gegeben hatte.

Ihre Fragen und Kommentare zu meiner Geschichte waren ein untrüglicher Beweis dafür, daß ihr sehr wohl bekannt war, was sich zur Zeit in Spanien abspielte. Für mich gab es keinen Zweifel, daß sie in irgendwelche Angelegenheiten verwickelt war.

Und zweifellos sollte auch ich einbezogen werden. Zweifellos sollte ich als Werkzeug benutzt werden. Aber ich war natürlich fest entschlossen, selbst als Werkzeug für andere meine eigenen Interessen zu wahren und mein eigenes Leben zu schützen.

Meine Finger tasteten unwillkürlich nach meinem Dolch. Diese Waffe hatte ich wenigstens noch. Und wenn ich Glück hatte, vielleicht schon morgen wieder ein Schwert.

Zunächst aber gab es für mich erst einmal Schlaf.

20

Cordoba war ein Universum in sich; ein Universum, in dem sich viele Planeten drehten, jeder von allen übrigen isoliert.

Als Folge meiner nächtlichen Begegnung im Garten bewohnte ich nun einen dieser Planeten.

Meine Welt bestand aus Leuten, die – wie nun auch ich – für die Gesellschaft der Übersetzer arbeiteten. Dazu kamen die paar Ladenbesitzer, die ich bei der täglichen Runde meines neuen Lebens kennenlernte.

Es bedurfte nur eines Wortes von Safia, um mich mit Gelehrten zusammenzubringen und von ihnen angehört zu werden.

Meine ausgezeichnete Handschrift befriedigte sie, aber dann wurde verlangt, daß ich aus lateinischen und arabischen Werken laut vorläse und übersetzte.

Auf dem Tisch lag ein Band des *Canon* von Avicenna, hier unter seinem richtigen Namen Ibn-Sina bekannt. Da ich dieses Werk schon früher studiert hatte, fiel meine Übersetzung zufriedenstellend aus.

Man übertrug mir die Aufgabe, den *Index der Wissenschaften* zu kopieren, von Al-Nadim im Jahre 998 zusammengestellt.

Ich stand stets bei Tagesanbruch auf, kleidete mich bescheiden und ging durch die Straßen zur Bibliothek. Dort befand ich mich unter älteren Männern, die viel mehr an den vor ihnen liegenden Manuskripten interessiert waren als an der Person ihrer Mitarbeiter.

Am Abend ging ich durch einen Park nach Hause. Gelegentlich setzte ich mich unter Bäumen hin, um zu lesen. Während der ganzen Zeit sah ich nur ein paar Leute, von denen ich niemand kannte.

Meine Arbeit war mühsam, aber faszinierend. Zwei Monate verstrichen bei diesem ruhigen Unterfangen. Mein gut trainiertes Gedächtnis nahm Fakten mit Leichtigkeit auf. Es ließ alles weg, was unwichtig war, registrierte aber mit Eifer jede Information, die sich als nützlich erweisen könnte.

Ich beherrschte die arabische Sprache immer besser. Dies traf auch auf Griechisch und Latein zu. Von Safia lernte ich Persisch.

Da die Straßen für mich Gefahr bedeuteten, vermied ich alle, auf denen ich jemandem begegnen konnte, den ich früher einmal gekannt hatte. Wegen der von mir gewählten Zeiten war dieses Risiko jedoch sehr gering.

Mein anfängliches Selbstvertrauen war allerdings enttäuscht worden, denn Safia fand mich keineswegs unwiderstehlich. Falls sie überhaupt in mir den Mann sah, so entging mir dies vollkommen. Das machte unsere Beziehung einfach, aber auch sehr angenehm.

Daß sie über einen Verstand verfügte, der weit über das normale Maß hinausging, wurde offensichtlich; desgleichen die Tatsache, daß sie irgendeine Beschäftigung ausübte, die Geheimhaltung verlangte.

Obwohl sie mir nichts erzählte, wurde mir sehr bald klar, daß sie das Zentrum für viele Informationsquellen war. In Cordoba passierte nur wenig, wovon Safia nicht sofort Kenntnis erlangte; dies galt auch für Sevilla, Toledo, Malaga und Cadiz.

Die Tatsache, daß unsere Beziehungen so einfach blieben, war zum Teil auch der Tochter eines Schankwirtes in der Nähe des Hauses, in dem ich lebte, zuzuschreiben.

Wir waren gelegentlich auf der Straße aneinander vorbeigegangen, und wenn wir auch nie ein Wort sprachen, so nahmen wir uns doch gegenseitig zur Kenntnis. Sie war ein vollbusiges Mädchen mit dunklen maurischen Augen und langen, schwarzen Wimpern. Wie gesagt, wir gingen oft aneinander vorbei.

Und dann kam der Tag, an dem wir nicht aneinander vorbeigingen...

Dank meiner Kindheitsausbildung im überlieferten Wissen der Druiden besaß ich ein vorzügliches Gedächtnis; dabei hatte ich mir auch das Lernen angewöhnt. Wenn ich ein Buch kopieren sollte, so bedeutete dies für mich zugleich, das Buch gründlich kennenzulernen.

Unter vielen Dingen fand ich in der Bibliothek auch einen Vorrat an Landkarten, viele schon sehr alt und längst überholt, doch einige auch noch recht neu. Darunter befanden sich auch Karten über Häfen, die von der Handelsschiffahrt benutzt wurden. Ich kopierte die besten dieser Karten auf Pergamentblätter, und schon bald besaß ich eine wirklich stattliche Sammlung eigener Karten.

Und dann besuchte Juan von Sevilla eines Tages die Bibliothek und sprach mit verschiedenen Übersetzern. Als er mich wie einen alten Freund begrüßte, gab es eine merkliche Veränderung der Atmosphäre um mich herum. In der klosterhaften Stille der Bibliothek inmitten zahlloser Pergamentrollen mußten meine breiten Schultern als völlig fehl am Platze aufgefallen sein. Trotz meiner Bemühungen, ein möglichst unauffälliges Benehmen an den Tag zu legen, war nur allzu offensichtlich, daß ich ein Mann war, der sich überwiegend im Freien aufgehalten hatte; ein Mann der See und des Schlachtfeldes.

Juan von Sevilla war ein sehr bekannter Gelehrter, und wenn man von ihm als Freund anerkannt wurde, so verlangte das Respekt.

»Ihr führt ein recht ereignisreiches Leben, Mathurin«, sagte Juan zu mir, und dabei blinzelte er mich verschmitzt an.

»Mir war gar nicht bewußt, daß ich Aufmerksamkeit geweckt hatte.«

»Ihr habt Euch Feinde geschaffen, aber Ihr habt auch Freunde gewonnen.«

»Freunde? Ich habe keine Freunde.«

»Bin ich denn nicht Euer Freund?«

»Es ist eine große Ehre für mich, aber ich hätte kaum geglaubt, daß Ihr Euch überhaupt noch an mich erinnern würdet. Aber andere Freunde? Davon weiß ich nichts. Der einzige Freund, den ich zu haben geglaubt hatte, war der Mann, der mich dann an meine Feinde verraten hat.«

»Aber hat nach Eurer Flucht aus der Festung nicht ein Pferd auf Euch gewartet?«

»Das wißt Ihr? Dann wißt Ihr bestimmt, bei wem ich mich dafür bedanken muß!«

»Ich bin nicht befugt, es zu sagen. Laßt es dabei bewenden, daß jemand geglaubt hat, daß Ihr ein zu guter Mann seid, um auf solche Weise und zu einer solchen Zeit zu sterben.« Lachelnd fügte er hinzu: »Jemand, der an Eure gewissermaßen einmaligen Fähigkeiten geglaubt hat, bei einer sich bietenden Gelegenheit zu entkommen.«

Mehr wollte er mir nicht sagen. Er erkundigte sich nach meiner Arbeit und war sehr beeindruckt, als ich ein paar Seiten aus einem alten Manuskript wiederholte.

»Ich beneide Euch um Euer Gedächtnis«, sagte er. »Es wurde ausgebildet, habt Ihr gesagt?«

»Seit Generationen gab es mütterlicherseits in unserer Familie Druiden. Sie waren die Meister unserer Geschichte, unseres Wissens, unserer Rituale, alles nur aus dem Gedächtnis überliefert. Ich weiß nicht, ob ein gutes Gedächtnis vererbt werden kann, aber wir alle hatten so ein gutes Gedächtnis. Und dann war ja da auch noch die Ausbildung...«

»Ja?«

»Darüber kann ich nicht sprechen. Ich kann nur folgendes sagen: Es ist eine Methode, den Geist wie ein Brennglas zu benutzen. Wenn man die Sonnenstrahlen durch ein solches Glas bündelt und konzentriert, wird die Hitze so intensiv, daß Feuer entsteht. Bei uns ging es darum, unseren Geist zu konzentrieren, so daß wir alles, was wir sahen, für immer im Gedächtnis behielten. Allerdings muß ich hinzufügen, daß wiederholtes Lesen auch sehr viel hilft.«

Nach diesem Besuch, den Juan von Sevilla unserer Bibliothek abstattete, wurde ich zu kleinen Versammlungen der Übersetzer hinzugezogen, wenn sie sich außerhalb der Bibliothek trafen. So wurde ich auf bescheidene Art zu einem Teil, zu einem zuhörenden Teil dieser großen Stadt.

Ich hörte oft von Valaba, dieser wunderschönen Frau, die ich in Begleitung von Averroës in einem Kaffeehaus gesehen hatte. Wie es den Anschein hatte, war ihr Heim ein Sammelplatz für Schönheit und Geist.

In der Bibliothek las ich Übersetzungen von Heraklith, Sokrates, Plato, Empedokles, Pythagoras und Galen.

Hunayn-Ibn-Ishaq, der Hippokrates und Galen übersetzt hatte, hatte auch Plato übersetzt. Ich fertigte mir von all diesen Werken Kopien an, denn am Anfang war ich mehr mit Kopieren als mit Übersetzen beschäftigt.

Dann bekam ich den Auftrag, ein Buch aus dem Persischen zu übersetzen: *Quabus Nama*, im Jahre 1082 von Kai Ka'us Ibn-Iskander, Prinz von Gurgan, geschrieben. Dieses Buch war ein Ratgeber für seinen Sohn und beleuchtete alle Aspekte seines Lebens als Prinz und als Mann.

In seinem Kapitel über Feinde stieß ich auf folgende Passage:

Man muß sich immer der Aktivitäten seines Feindes bewußt sein, seien sie nun geheimer Art oder sonstwie. Man darf sich niemals vor seinem Verrat sicher fühlen. Man muß ständig überlegen, wie man seinen Feind überlisten oder besiegen kann.

Ich blickte von dieser Seite auf. Wie konnte ich sicher sein, daß Ibn-Haram oder Prinz Ahmed nichts von meiner Anwesenheit in

Cordoba wußten? Wie konnte ich sicher sein, daß ich gut vor ihnen versteckt war, nur weil ich mich von alten Bekannten fernhielt?

Bisher hatte ich den Rat von Kai Ka'us nicht befolgt. Meine Feinde hatten gegen mich gehandelt, nicht ich gegen sie. Sollte ich über vorbeugende Kriegführung nachdenken und sie in Betracht ziehen? Um meine eigene Position zu sichern, denn war ich nicht verwundbar?

Bisher hatte ich auf meine Klinge, auf meine Kraft und auch auf mein Glück vertraut. Das war nicht ausreichend. Ich mußte Verteidigungen aufbauen. Und die einzig mögliche Verteidigung konnten mir nur einflußreiche Freunde verschaffen. Ich hatte aber keine.

Konnte ich seine Position nicht ausspionieren? Seine Absichten entdecken?

Duban hatte mir gesagt, daß Ibn-Haram zwar Yusuf unterstützte, aber selber sehr ehrgeizig war und nach Macht strebte.

Also, dann ... ich brauchte Freunde; ich brauchte Informationen; und wenn ich schon nicht imstande war, meinen Feind zu schlagen, konnte ich zumindest versuchen, ihm zu entkommen. Für diesen Zweck war es am besten und einfachsten, ihm auszuweichen und aus dem Weg zu gehen.

Mein Gesicht war inzwischen geheilt. Meine Kraft war zurückgekehrt. Neues Blut schien in meinen Adern zu strömen.

Der Besuch von Kaffeehäusern überstieg mein bescheidenes Einkommen; aber es gab andere Läden, wohin ich gehen konnte, um Scherbett zu trinken und auf müßiges Gerede zu lauschen.

Ich wünschte mir sehnlichst ein Schwert, aber da ich nun einmal wie ein Gelehrter gekleidet war, mußte ich vorsichtig sein und durfte keine Aufmerksamkeit auf mich lenken.

An einem warmen Tag hielt ich mich auf einem abgelegenen Basar auf. Ich betrachtete einige Sandalen, während ich in Wirklichkeit die Schwerter beim angrenzenden Verkaufsstand musterte. Es waren sehr schöne Waffen aus Damaskus- und Toledo-Stahl.

Plötzlich blieb ein Mann fast neben mir stehen und suchte sich ein Krummschwert heraus. Er probierte, wie die Waffe in der Hand lag.

Ich wollte mich schon umdrehen, als der Mann plötzlich zu mir sagte: »Hier, Gelehrter ... probiert mal! Meint Ihr nicht auch, daß dies eine sehr schöne und gute Waffe ist?«

Ich kannte diese Stimme; sie gehörte Harun.

Ich hielt das Gesicht abgewandt und sagte: »Ich verstehe wenig von Waffen, Emir. Ich bin doch bloß ein Student.«

Er antwortete sehr leise: »Mir brauchst du doch nichts vorzumachen, Kerbouchard. Ich kenne dich.«

Jetzt sah ich ihm direkt in die Augen und sagte: »Ich habe wenig Grund, meinen alten Freunden zu trauen.«

»Wegen Mahmud? Er war doch immer eifersüchtig auf dich, und als Aziza sich mehr für dich als für ihn interessierte... na, du weißt ja, wie eitel er ist.«

»Und du?« fragte ich bitter.

»Ich bin immer noch dein Freund«, erwiderte er ruhig. »Wenn es dir recht ist. Habe ich dich nicht das Tor passieren lassen?«

»Du hattest mich erkannt?«

»Nicht sofort. Erst als du vorbeigegangen warst. Es war dein Gang. Ich wagte nicht, dich anzusprechen, denn das hätte die Soldaten neugierig gemacht. Danach habe ich überall nach dir gesucht, konnte dich aber nirgendwo finden.«

Wir suchten eine kleine Schenke auf, um Scherbett zu trinken und zu reden.

Harun trug die Uniform der Reitersoldaten von Yusuf. Er war ein vierschrötig gebauter Mann von großer physischer Kraft. Die harte militärische Ausbildung hatte ihn sehr schnell heranreifen lassen. Er war nicht so wortgewandt wie Mahmud, sprach aber niemals, ohne vorher nachzudenken.

Harun war einer dieser ruhigen Männer, die zu ungeheuren Ausbrüchen von Energie fähig waren. Ich kannte diesen Typ gut, denn mein Vater war auch so ein Mann gewesen.

»Du hast Pläne?« fragte er mich.

»Ich will lernen und immer noch mehr lernen«, antwortete ich. »Dann muß ich herausfinden, ob mein Vater noch lebt. Anschließend möchte ich noch mehr von der Welt sehen. Ich habe zum Beispiel an Indien gedacht.«

»Daran habe ich auch schon gedacht, aber wer weiß denn überhaupt etwas von Indien?«

»Ich.«

»Du?«

»Ja. Es gibt Bücher. Manchmal segeln arabische Schiffe nach Indien. Es gibt auch eine Route durch die Wüste.« Ich sah ihn direkt an und fügte hinzu: »Dort liegt mein Schicksal, Harun. Ich spüre es.«

Er stand auf.

»Vielleicht werden wir uns eines Tages dort begegnen. Oder wir könnten gemeinsam hingehen.« Er legte mir eine Hand auf die Schulter und drückte sie kräftig. »Es war gut, dich wiederzusehen, Mathurin... wie in alten Zeiten.«

Er trat in den Abend hinaus.

»Und Mahmud? Hast du ihn gesehen?« fragte ich Harun.

»Mahmud ist jetzt ein bedeutender Mann und steht Prinz Ahmed sehr nahe.«

»Ich denke an ihn«, sagte ich. »Aber da sind noch andere, die zuerst an die Reihe kommen.«

»Sei vorsichtig!« warnte er mich. »Du gehst über sehr losen Sand!«

»Nur noch eins, Harun«, sagte ich. »Kennst du den Namen Zagal?«

»Er befehligt viele Soldaten und herrscht über eine *taifa*. Ist er etwa auch dein Feind?«

Ich erzählte ihm die Geschichte über Sharasa und Akim. Bis jetzt hatte ich geglaubt, daß es sich bei den Angreifern um Männer gehandelt hatte, die von Yusuf geschickt worden waren. Jetzt entdeckte ich, daß Zagal eins der kleinen Fürstentümer beherrschte, in die Maurisch-Spanien eingeteilt war.

»Es ist nichts weiter«, sagte ich. »Ich möchte ganz einfach wissen, ob es ihr gutgeht.«

»Nach allem, was du mir eben erzählt hast, stelle ich mir vor, daß es ihr gutgeht, wo auch immer sie zur Zeit sein mag.« Er lächelte. »Wenn du versuchst, alle Mädchen zu schützen, denen du begegnest, dann sehe ich ein sehr aktives Leben für dich voraus.«

Wir trennten uns.

Ich fühlte mich wesentlich wohler. Es war gut zu wissen, daß Harun immer noch mein Freund war. Ich hatte ihm jedoch nicht gesagt, was ich jetzt machte. Deshalb wanderte ich noch eine Weile herum, um mich davon zu überzeugen, daß mir niemand folgte. Dann erst machte ich mich auf den Heimweg.

An diesem Abend erzählte ich Safia von meinem Vater und daß ich ihn trotz Todesmeldung immer noch am Leben glaubte.

Sie stellte mir eine ganze Reihe von Fragen über die Galeere, über die Mannschaft und wohin er zuletzt gesegelt war. Dann erkundigte sie sich nach seinem Alter, nach seinem Aussehen und wollte schließlich auch noch wissen, ob er irgendwelche Körpermerkmale hatte.

»Ihr hättet mir das schon viel früher erzählen sollen«, sagte sie zu mir. »Doch das ist nicht so wichtig. Es ist möglich, daß ich etwas über ihn in Erfahrung bringen kann.«

Bevor ich fragen konnte, wieso es ihr möglich war, an solche Informationen heranzukommen, händigte sie mir einen Schlüssel aus.

»Geht dorthin«, sagte sie und beschrieb mir den Ort. »Dort werdet Ihr vier Pferde finden. Seht sie Euch an und prüft nach, ob sie über Schnelligkeit, Kraft und Ausdauer verfügen. Während der nächsten vier Wochen nehmt Ihr Euch jede Woche einen Tag frei und kauft Vorräte für eine Reise ein.«

»Ihr wollt fortgehen?«

»*Wir* werden gehen. Ich hatte Euch doch schon gesagt, daß ich Euch vielleicht brauchen würde.« Sie drehte sich nach mir um und sah mich an. »Wenn ich Hilfe brauche, Mathurin, werde ich sie sehr dringend brauchen. Ich möchte aber nicht, daß darüber gesprochen wird. Geht nicht bei Tage zu den Pferden. Wenn Ihr hingeht, überzeugt Euch, daß Euch niemand folgt.«

»Und wann soll es losgehen?«

»Wann ich will. Ihr kommt mir wie ein unternehmensfreudiger Mann vor. Einen solchen Mann brauche ich. Kann man Eurem Freund Harun trauen?«

»Davon bin ich überzeugt.«

Sie lächelte über meine Überraschung, denn ich hatte ihr gegenüber noch gar nicht den Namen meines Freundes erwähnt.

»Es ist nun mal meine Sache, alles zu wissen«, sagte sie. »Eure Sache ist es, bereit zu sein und mir zu helfen, wie ich Euch geholfen habe. Eines Tages... schon sehr bald... werde ich diese Stadt verlassen müssen, und zwar sehr schnell.«

»Ihr braucht es mir nur zu sagen.«

»Versteht mich bitte nicht falsch. Ich habe getan, was notwendig war... und Ihr seid ja hergekommen und habt mir Eure Hilfe angeboten.«

»Und ich werde dieses Angebot auch nicht zurückziehen.«

Der Duft von Jasmin hing schwer über dem Garten. Ich dachte an jene Nacht vor ein paar Monaten zurück, als ich über diese Mauer gekommen war, ausgehungert und in Lumpen in einer Stadt voller Feinde.

Ja, ich stand tief in Safias Schuld.

Maurisch-Spanien war eine Brutstätte für Intrigen. Ständig entwikkelten sich Komplotte und Verschwörungen über die Straße von Gibraltar hinweg nach Nordafrika, dem Heimatland der Berber. Ihre Herrscher in Navarra, Kastilien und Leon schauten voller Neid auf den Luxus im südlichen Andalusien.

Ich begriff, daß ich nur noch wenig Zeit hatte; deshalb intensivierte ich meine Studien. Medizin und militärische Taktiken standen an erster Stelle, aber ich studierte auch Navigation, Geschichte, Philosophie, Chemie und Botanik.

In den arabischen Ländern jener Zeit war der Schlüssel zum Erfolg in keiner dieser Wissenschaften zu finden. Der Araber ist von Natur aus ein Poet. Seine Sprache ist von Poesie und wundervollen Lauten erfüllt, und zwar in so starkem Maße, daß sogar Staatspapiere in poetischer Form geschrieben wurden. Der Poet, der spontan und aus dem Stegreif heraus Verse schmieden konnte, war der gesuchteste und begehrteste Mann.

Im *Quabus Nama* gab es ein Kapitel mit Ratschlägen für das Schreiben von Poesie. Ich wußte nicht, ob der Sohn des Prinzen von Gurgan von diesem Rat seines Vaters profitiert hatte, aber ich tat es. Der Prinz war vor mehr als hundert Jahren vor meiner Zeit gestorben, aber sein Rat war immer noch gut.

Systematisch überprüfte ich Fluchtwege aus Cordoba, einen nach dem anderen. Ich machte mich mit den Schließungszeiten der Stadttore vertraut. Ich wußte, welche Wächter sehr streng, welche sehr lässig waren. Von Zeit zu Zeit leerte ich eine Flasche mit denen, die trinken wollten, denn die meisten Moslems wollten es nicht.

Manchmal besuchte ich kleine Kneipen und Kaschemmen und schloß Bekanntschaft mit Marktschreiern, Quacksalbern, Scharlatanen, Jongleuren, Zauberkünstlern, Troubadouren und sogar Spitzbuben. Ich hörte den Geschichtenerzählern auf den Basaren zu, weil ich der Meinung war, daß mir dies alles vielleicht eines Tages nutzen konnte. Ich übte mit der A'lud. Hier und da ließ ich eine Münze in eine bereitwillig aufgehaltene Hand fallen.

So wurde unter diesen Leuten bekannt, daß ich der Kerbouchard war, der die Galeere verkauft hatte und aus der Burg entkommen war, in die Prinz Ahmed mich eingesperrt hatte.

Nach und nach bekam ich Informationen.

Ibn-Haram war nach Nordafrika gegangen. Prinz Ahmed hatte noch immer keinen Sohn.

Ich war nicht mehr in der großen Bibliothek beschäftigt, denn Safia wünschte, daß ich jederzeit bereit wäre. Doch die Bibliothek stand mir nach wie vor offen. Die Gelehrten hießen mich stets willkommen.

Safia unterstützte mich mit Geld, und die Tatsache, daß ich mir dieses Geld verdiente, beseitigte mein Widerstreben, es anzunehmen.

Es gab reichhaltige, ausführliche, kunstvoll angelegte Kataloge, in denen alle Bücher der Bibliothek aufgeführt waren. Sie waren sehr schön illustriert, in aromatisches Holz gebunden und mit Ledereinbänden verziert, in die sogar Edelsteine eingelassen waren.

Unter den Büchern, die in die Bibliothek kamen, waren auch einige, die auf Baumrinde geschrieben waren; oder auf Palmblätter, Bambus und Holz, das in sehr dünne Scheiben geschnitten war. Andere waren auf Tierhäute, Knochen, dünne Platten aus Kupfer, Bronze, Antimon oder Lehm sowie auf Leinen und Seiden geschrieben. Papyrus, Leder und Pergament waren allgemein gebräuchlich.

Manche Bücher waren in Sprachen geschrieben, die keiner von uns übersetzen konnte, zum Beispiel Bücher aus Kreta oder Thera oder etruskischen Ruinen.

In der Bibliothek gab es Gelehrte, die Sanskrit lesen konnten; ferner Pali, Kharoshthi und sogar die uralte Kaschmir-Schrift Sarada.

Tag um Tag vergrub ich mich in meine Arbeit. Da ich jetzt nicht mehr mit Kopieren oder Übersetzen beschäftigt war, konnte ich meine Studien weiter ausdehnen, denn ich befaßte mich sogar mit dem großen Lager von Manuskripten, die bisher unberührt und ungelesen geblieben waren.

Eines Nachts kam Safia in den Raum, wo ich schlief.

»Ich habe Neuigkeiten.«

»Neuigkeiten?«

»Euer Vater könnte noch am Leben sein.«

»Was?« entfuhr es mir, und mein Herz pochte schneller.

»Seine Galeere wurde vor Kreta versenkt, aber er oder jemand, der ihm sehr ähnlich sah, wurde aus dem Meer gefischt und in die Sklaverei verkauft.«

»Dann muß ich nach Kreta gehen!«

»Dort ist er doch längst nicht mehr. Er wurde an einen Kaufmann in Konstantinopel verkauft.«

Mein Vater ... er war *noch am Leben*!

»Ich muß gehen!«

Safia schüttelte den Kopf.

»Das wäre dumm. Die Leute, die dies alles herausbekommen haben, stellen bereits weitere Nachforschungen an. Sowie ich etwas Neues erfahre, sollt Ihr es sofort zu hören bekommen.«

Ich brannte zwar vor Ungeduld, aber ich mußte warten. Safia hatte natürlich recht. Jetzt Hals über Kopf ohne weiteres Wissen davonzustürzen, würde mich doch nur wieder zu einem herumstreifenden Abenteurer machen. Zunächst mußte ich einmal wissen, welcher Kaufmann meinen Vater als Sklaven erworben hatte. Ich mußte feststellen, ob dieser Kaufmann immer noch der Besitzer war oder meinen Vater als Sklaven weiterverkauft hatte. Wenn ja ... an wen?

Hatte ich so lange gewartet, konnte ich auch noch länger warten. Ich mußte mich darauf verlassen, daß Safia mich nicht im Stich ließ. Aber dann mußte ich auch meiner Pflicht ihr gegenüber nachkommen.

21

Wo Safia sich die Pferde beschafft hatte, wußte ich nicht, aber alle waren von *Al Khamsat al Rasul*, den fünf größten Zuchten, die allen anderen arabischen Pferden überlegen waren. Zwei waren *Huhaila*, eins ein *Saglawi* und das letzte ein *Hadbah*. Nur das dritte Pferd war ein Hengst, die ersten beiden und das letzte waren Stuten, die von Arabern bevorzugt wurden.

Es waren stattliche Tiere, und der Pferdepfleger, der sich darum kümmerte, war ein taubstummer Araber aus der Wüste.

Für ihn bedeuteten die Pferde offensichtlich das ganze Leben. In besseren Händen hätten die Tiere gar nicht sein können.

Ich nahm mir die Zeit, die Pferde zu streicheln und mich mit ihnen vertraut zu machen. Jedem gab ich ein paar Stücke *naida*; ein Leckerbissen, den man herstellte, indem man Weizen ein paar Tage einweichte, dann wieder trocknen ließ und ihn schließlich in Kekse preßte.

Nach meinem zweiten Besuch bei den Pferden machte ich einen Umweg, um zu vermeiden, daß mir jemand folgte. Plötzlich befand ich mich in der Ecke eines Basars, wo es mehrere *karob* und

Weinstuben gab. Ich wollte daran vorbeieilen, hielt aber abrupt an, als ich eine kühle und bekannte Stimme hörte.

»Wenn Ihr es wissen wollt, fragt Kerbouchard!«

Die Stimme gehörte Valaba!

Ich drehte mich um und sah sie im Eingang einer Weinstube stehen; zwei junge Männer waren neben ihr. Sie trug das byzantinische Kostüm, das bei den eleganten Frauen von Cordoba in Mode war; eine Tunika aus hellblauem Stoff, die bis zu den Knöcheln reichte, dazu einen dunkelblauen, ärmellosen Umhang, der mit kleinen Moline-Kreuzen aus Gold bestickt war.

»Kerbouchard kennt die fernen Regionen der Welt. Fragt ihn danach.«

Einer der jungen Männer, sehr schlank und blaß, warf mir nur einen flüchtigen Blick zu und betrachtete ganz kurz meine derbe Studentenkleidung. Der andere, ein großer, schlaksiger junger Mann mit leicht amüsiertem Blick, war mehr interessiert.

»Wir sprachen über die Erde. Stimmt es, daß einige christliche Theologen glauben, daß die Welt eine Scheibe ist?« fragte er mich.

»Theologen sollten zur See fahren«, sagte ich. »Daß die Welt rund ist, wird jedesmal bewiesen, wenn ein Schiff am Horizont auftaucht.«

Valaba wandte sich dem Inneren der Weinstube zu.

»Es ist schön, Euch wiederzusehen, Kerbouchard. Wollt Ihr Euch uns anschließen? Ich möchte, daß Ihr uns etwas über die Länder hinter Thule erzählt.«

»Hinter Thule?« Der große junge Mann legte mir eine Hand auf die Schulter. »Gibt es solche Länder?«

»Es gibt sie, und sie sind nur für Gelehrte und Bücherschreiber ein Geheimnis. Fischerboote fahren zu jeder Fangzeit hin. Ich bin ein Kelte aus Armorica in der Bretagne. Fischerboote sind schon vor undenklichen Zeiten von unserer Insel Brehat zu diesen fernen Ländern gesegelt. Sie waren nicht die einzigen. Baskische und normannische Boote sind auch schon dort gewesen, auch die Boote aus Island.«

»Erzähl mir von diesen Ländern.«

»Das kann ich nicht, unsere Boote sind nur zum Fischen hingefahren. Das Land ist sehr abgelegen, und die Leute dort sind sehr wild. Wenn wir unsere Fische gefangen hatten, sind wir sofort wieder nach Hause gefahren.«

Der blasse junge Mann war gelangweilt. Er war auch sehr hochmütig. Sein Blick verriet Abneigung.

»Ein Fischer? In Studentenkleidung?«

»Wir sind alle Fischer auf die eine oder andere Art«, sagte ich. »Manche fischen nach einer Sache, manche nach einer anderen.« Ich lächelte ihn an. »Sagt Ihr es mir? Wonach fischt Ihr denn?«

Er starrte mich an und war über meine Antwort schockiert. Bevor er jedoch sprechen konnte, sagte Valaba, deren Augen verrieten, wie amüsiert sie jetzt war, sehr sanft: »Ihr versteht nicht, Roderick. Mathurin Kerbouchard ist *Graf* Kerbouchard. In seinem Heimatland ist es Brauch, daß alle Jungen die Seefahrt erlernen.«

Der Titel war natürlich Unsinn, wenngleich bei uns zu Hause behauptet wurde, daß es einige gegeben hatte, allerdings in längst vergangenen Zeiten. Aber was Valaba sonst gesagt hatte, war ganz einfach die Wahrheit. Ich überlegte, woher sie soviel wußte. Oder hatte sie es nur vermutet? Titel hatten mich noch nie beeindruckt. Sie wurden Dienern der Könige verliehen. Ich kannte mal einen Mann, der einen Titel allein dafür bekommen hatte, daß er dem König an jedem Morgen behilflich gewesen war, die Hose anzuziehen. Wir Kerbouchards dienten niemandem.

Mein Vater hatte oft gesagt, daß er keinen König kannte, dessen Familie auch nur halb so alt gewesen wäre wie unsere eigene. Womit nicht gesagt sein soll, daß das Alter einer Familie wichtig ist. Viele alte Bäume tragen noch Früchte.

Roderick mochte mich nicht, aber der andere junge Mann war interessiert. Er bestellte Wein für uns, Kaffee für sich.

»Ihr seid ein Gelehrter, aber Ihr wart auch schon ein Mann der See. Das ist eine seltene Kombination.«

»Auf See gibt es Wissen, das nirgendwo anders gefunden werden kann. Ich habe in letzter Zeit viele Berichte über Reisen gelesen, aber es wird so vieles weggelassen. Das Wissen des Meeres wird für Generationen vom Vater an den Sohn weitergegeben.«

Ich machte eine kleine Pause, bevor ich fortfuhr: »Bei uns ist es Brauch, von unserem Land aus zu den großen Fischgründen im Westen zu segeln; nach Irland, dieser grünen Insel hinter England. Bei günstigem Wind sind es von dort aus nur fünf oder sechs Tage bis nach Island und nur zwei, vielleicht drei Tage bis nach Grönland. Von dort aus sind es wiederum fünf Tage oder weniger bis zu den Fischgründen.«

Ich trank einen Schluck Wein.

»Unsere Fischer und die Fischer von Irland erfuhren von diesen

Ländern, indem sie den Vogelflug beobachteten, denn wenn Vögel, die nur auf dem Land nisten, übers Meer fliegen, dann muß es dahinter auch Land geben. Also folgten Fischer einer Vogelschar, solange diese gesehen werden konnte. Bis dahin konnten die Fischer dann schon die Berggipfel auf dem fernen Land sehen. Im Laufe der Jahre fand unser Volk viele Länder. Oft waren schon Mönche aus Irland vor uns dort, um sich eine Einsiedelei zu suchen. Solche Männer haben bereits auf Island gelebt, bevor die ersten Wikinger dorthin kamen. Die Wikinger sprechen in ihren eigenen Sagen davon. Forscher und Entdecker sind es, die die Aufmerksamkeit auf Dinge lenken, die von einfachen Leuten schon seit vielen Jahren getan wurden. Ich bezweifele, ob jemals ein Land gefunden wurde, in dem es nicht schon irgendeinen Jäger, Fischer oder Handelsmann gab.«

»Solche Männer würden doch gar nicht den Mut für ein solches Abenteuer aufbringen!« sagte Roderick.

»Wer spricht denn von Mut? Oder von Abenteuer? Die Männer, von denen ich spreche, haben für beides keine Zeit. Sie wollen Fische fangen, um sie zu essen oder zu verkaufen.«

Der große junge Mann stimmte mir zu.

»Mas'udi spricht in seiner Geographie davon. Die Seefahrer gehen und kehren zurück, während der Geograph in seinem Studierzimmer sitzt und versucht, die Erde und ihre Länder nach seiner eigenen Theorie zu formen.«

Valaba sagte nichts. Sie spielte mit ihrem Weinglas und hörte zu.

Der große junge Mann gab mir Rätsel auf; er hatte die Hände und Schultern eines Bauern und das Gesicht eines Denkers . . . falls es so ein Gesicht überhaupt gibt. Zumindest war es das Gesicht eines nachdenklichen Mannes. Seine Kleidung war reich, und das einzige Schmuckstück, das er trug, war ein prächtiger Rubin. Aber ich konnte den jungen Mann einfach nicht in eine bestimmte Kategorie einordnen. Ein Gelehrter war er nicht, und er hatte auch nicht das Aussehen eines Soldaten.

Wir sprachen noch lange miteinander; über die Schriften des in Cordoba ansässig gewesenen Al-Bakri und sogar über das ferne Land Kathai. Beim Wein drehte sich unsere Unterhaltung um viele Themen und um den halben Erdball.

Valaba schlug schließlich vor: »Ihr müßt morgen in mein Haus kommen. Wir werden viele Gäste haben, und Ibn-Quzman wird singen.«

Ibn-Quzman, ein herumwandernder Minnesänger, hatte dem *zajal*, bei Troubadouren sehr beliebt, zu echter Anerkennung und Ehrung verholfen. Er war das Entzücken von Cordoba geworden, desgleichen von Sevilla, Toledo und Malaga.

Natürlich wußte ich von ihm, doch ich hatte niemals erwartet, ihn auch einmal singen zu hören.

Das wagte ich selbst jetzt noch nicht. Bei einer solchen Versammlung würde es bestimmt auch Spitzel geben, die Ibn-Haram oder Prinz Ahmed meine Anwesenheit melden würden.

»Licht der Welt!« sagte ich. »Am liebsten möchte ich mein Leben in Reichweite Eurer Stimme verbringen, aber wenn ich zu einer solchen Zeit in Euer Haus käme, würde dieses Leben in der Tat nur sehr kurz sein.«

Der große junge Mann lächelte.

»Kommt!« forderte auch er mich auf. »Ich möchte sehr gern wieder mit Euch sprechen. Eine Verhaftung braucht Ihr nicht zu befürchten. Dafür verbürge ich mich mit meinem Wort.«

Er stand auf, und auch Valaba und Roderick folgten seinem Beispiel.

»Kommt nur«, wiederholte Valaba ihre Einladung. »Und habt keine Angst!«

Sie verließen die Weinstube.

Mich hatte dieser Nachmittag sehr aufgeregt. Langsam ging ich durch die Straßen zurück. Wer war dieser freundliche junge Mann, kaum älter als ich, der Valaba begleitete?

Safia hörte sich meine Geschichte an.

»Ihr könnt in der Tat von Glück sagen, Mathurin«, sagte sie. »Der junge Mann mit den großen Händen? Hatte er ein kräftiges, derbes Gesicht? Ein breites Lächeln?«

»Ja.«

»Dann ist es Ya'kub, der älteste Sohn von Yusuf, sein Lieblingssohn!«

Abu-Yusuf Ya'kub! Über ihn wurde in Cordoba viel geredet. Zwischen ihm und seinem Vater gab es ein recht seltenes Verstehen, das zwischen Moslem-Herrschern und ihren Söhnen höchst ungewöhnlich war. Yusuf wußte, daß Ya'kub nicht den Ehrgeiz hatte, vor seiner Zeit zu herrschen, falls überhaupt.

Ya'kub war eminent tüchtig und zu Regierungsgeschäften erzogen, aber er zog es vor, seinem Vater nur zu assistieren und nicht im Brennpunkt öffentlicher Aufmerksamkeit zu stehen.

Safia setzte sich und goß Kaffee ein.

»Aber Valaba!« rief sie. »Erst die Braut von Prinz Ahmed... und jetzt auch noch Valaba! Die schönste Frau in Cordoba! An sich sollte ich jetzt überrascht sein, aber ich bin es nicht. Immerhin seid Ihr ja sehr stattlich.«

»Ich kenne sie doch kaum.«

»Aber sie kannte Euch offenbar schon gut genug, um dafür zu sorgen, daß Euer Pferd im Stall des Wärters auf Euch wartete!«

»*Was*? Ihr könnt doch gar nicht wissen, was Ihr da sagt! Damit konnte sie doch unmöglich etwas zu tun haben!«

»Hatte sie aber. Es war ihr Gold, mit dem Euer Wärter am Ende des Ganges spielte, damit er nicht hörte oder sah, was in Eurer Zelle geschah. Mehr konnte sie nicht tun. Wäret Ihr auf irgendeine andere Weise entkommen, hätte man den Wärtern die Köpfe abgeschlagen. An sich sollte ich das alles gar nicht erwähnen. Solche Dinge sollte man einfach akzeptieren und in Erinnerung behalten, statt viel darüber zu reden. Es könnte Valaba nämlich sehr schaden.«

»Sie hat Macht in Cordoba.«

»Ja«, sagte Safia bitter. »Und das hatte ich auch einmal. Aber Macht ist nur ein Hauch im Wind und geht rasch verloren.«

Sie legte eine Hand auf die meine. Sie berührte mich zum erstenmal. »Laßt mich nicht im Stich, Mathurin. Ich kann mich sonst nirgendwohin wenden.«

»Ich habe keine andere Antwort, als daß ich Euch niemals im Stich lassen werde.« Nach kurzer Pause fügte ich hinzu: »Aber Ihr habt mir noch nie gesagt, was Ihr tut.«

»Was immer es ist, es wird sehr bald zu Ende sein. Glaubt mir, ich konnte nicht weniger tun, als ich getan habe.«

Furcht lastete auf ihr, durchströmte ihre Adern und überschattete ihre Augen. Daß sie mit irgendeiner Intrige beschäftigt war, war offensichtlich. Genauso offensichtlich war, daß sie über Informationsquellen verfügte. Mehr wußte ich nicht.

Es war bereits Mitternacht, als ich sie verließ, denn sie hatte Angst, allein zu sein. Ich verließ das Grundstück durch ein kleines Tor in der Gartenmauer, denn jetzt hatte ich eine Unterkunft in der Nähe der Pferde. Ich hielt mich im tiefsten Schatten und ging durch den kleinen Gang zur Straße. Bevor ich sie betrat, zögerte ich kurz.

Nichts.

Ich hatte das sichere Gefühl, daß Gefahr in der Luft lag. Es gefiel mir nicht, zu wissen, daß ich Feinde hatte, gegen die ich nichts unternehmen konnte, weil sie mir unbekannt waren. Und ich hatte außer meinem Dolch noch immer keine andere Waffe. Ich zog ihn aus der Scheide und betrachtete die Klinge.

Ein Berbersoldat sah es und lachte.

»Das ist doch nur ein Spielzeug!« spottete er. »Nur von Milch befleckt!«

»Die Milch hat keine Flecken hinterlassen«, sagte ich lächelnd. »Aber kommt doch mal her, dann werden wir sehen, ob das Blut eines Hundes Flecken auf meiner Klinge hinterläßt!«

Der spöttische Ausdruck wich aus seinem Gesicht. »War doch nur ein Scherz, und wer möchte schon für einen Scherz sterben?«

»Vielleicht Ihr?«

Ich hielt meinen Dolch in der Hand und wartete.

»Ihr seid ja verrückt!« sagte er nur noch und ging davon. Er warf noch einmal einen Blick über die Schulter zurück.

Also steckte ich meine Klinge in die Scheide, statt sie ihm in den Bauch zu stoßen.

Ich setzte meinen Heimweg fort, atmete den intensiven Jasminduft ein und dachte, daß der Berbersoldat eben recht gehabt hatte.

Ein Mann mußte wirklich verrückt sein, in einer Welt zu sterben, wo es Jasmin gab.

Ganz zu schweigen von Aziza, Sharasa und Valaba.

22

In unserem Jahrhundert war der Islam die größte und mächtigste Religion der Welt. Das war schon seit mehr als fünfhundert Jahren so.

Noch nie zuvor hatte eine einzige Idee im Hinblick auf Eroberungen und Kultur einen so nachhaltigen Eindruck gemacht wie die Religion, die der Welt von Mohammed, dem Kameltreiber aus Mekka, beschert worden war.

Das Christentum, die andere große Strömung meiner Zeit, hatte in tausend Jahren nur ein paar Länder im westlichen Europa für seine Lehre gewinnen können.

Die Araber hatten dagegen in einem Zeitraum von nur hundert Jahren nach Mohammeds Tod im Jahre 632 n. Chr. das Schwert des Islams vom Atlantik bis zum Indischen Ozean getragen. Zeitweilig hatte man fast ganz Spanien, einen Teil von Südfrankreich, die Insel Sizilien, ganz Nordafrika und Ägypten, ganz Arabien, das Heilige Land, Armenien, Persien, Afghanistan und fast ein Drittel von Indien besetzt gehalten. Das Reich der Araber war größer als das Reich von Alexander dem Großen oder Rom.

Man kam zwar mit dem Schwert, bewahrte aber das Beste dessen, was man entdeckte. Vieles, was wir von arabischer Wissenschaft kennen, entsprang dem Geist von Juden, Persern, Griechen, verschiedenen zentralasiatischen Völkern sowie Berbern, aber es blühte unter arabischem Schutz, entfacht durch arabischen Enthusiasmus.

Ein Gelehrter war überall willkommen. Er konnte ein paar tausend Meilen reisen und wurde in jeder Stadt von einem Sultan, einem Bey oder Emir begrüßt, mit Geschenken überhäuft, eskortiert, unterhalten... und man hörte ihm vor allem sehr aufmerksam zu.

Hier und da gab es Anzeichen von Veränderungen. Herrscher kamen, die entweder ignorant oder grausam waren; ihre Interessen lagen auf anderem Gebiet als auf der Förderung der Wissenschaften. Anzeichen von Verfall waren unter dem strahlenden Glanz von Größe sichtbar, aber für mehr als fünfhundert Jahre trugen die Araber die Fackel der Zivilisation voran.

Die Welt war vom Entdeckungsfieber gepackt. Alte Bibliotheken und Buchläden wurden nach Büchern durchsucht. Gelehrte aus allen Ländern waren willkommen. Männer forschten, experimentierten und versuchten neue Dinge. Seit Menschengedenken hatte es so etwas noch nie gegeben.

Die Griechen in Athen hatten nachgedacht, überlegt und debattiert. Die Menschen der arabischen Welt experimentierten, testeten, forschten und gebrauchten ihren Verstand. Neue Ideen schreckten sie nicht. In ihren Wüsten waren sie den Sternen nahe. Ihre Schiffe hatten zusammen mit Wasserfahrzeugen aus China und Indien den Indischen Ozean genauso bevölkert, wie es auf dem Mittelmeer der Fall war.

Unter anderen Büchern fand und las ich einen Leitfaden und ein Lotsenbuch zu allen Häfen des Indischen Ozeans und angrenzender Gewässer; den *Hudud al'Alam*, eine Geographie und ein Leitfaden, zum erstenmal im Jahre 982 n.Chr. veröffentlicht; desgleichen das Werk von Sharaf al-Zaman Tahir Marvazion, *China, die Türken und Indien*, geschrieben im Jahre 1120 n.Chr.

Bis zum Beginn der Eroberung hatten die Araber am äußersten Rand der Zivilisation gelebt, sich zwar ihren Einflüssen unterworfen, aber nur wenig von ihren Lehren akzeptiert. Als praktisches Volk waren sie nicht geneigt, zu spekulieren oder Theorien zu formen. Sie führten das objektive Experiment und die akkurate Beobachtung von Phänomena ein. Ihr Leben als Hirten, Wüstenreisende oder Seefahrer hatte ihnen zu aufbauendem Wissen über die Sterne verholfen; dies entwickelten sie zu einem Studium der Astronomie.

Arabische Schiffe waren nach China, Malakka. Sumatra, Borneo und Java gesegelt. Ihre Religion war auf Inseln eingeführt worden, von denen man in Europa noch nie etwas gehört hatte; und wohin ihre Religion kam, dorthin folgte auch der Handel.

Die Pilger, welche die *hajj*, die Wallfahrt nach Mekka, machten, brachten Reiseberichte mit; diese trugen wesentlich dazu bei, das geographische Wissen der Araber zu erweitern.

In der Bibliothek hatten die meisten Bücher Ledereinbände und Papier von guter Qualität, aber sie wurden von Leuten wie mir mit der Hand geschrieben. Sie waren von handlicher Größe, so daß sie leicht getragen und bequem benutzt werden konnten. Mehrere Listen von erhältlichen Büchern waren aufgestellt worden, darunter der Index des Al-Nadim, auf den ich mich oft bezog.

Harun und ich trafen uns öfters in einer Weinstube in der Nähe der großen Moschee. Wir tranken Wein, der mit Kassiablättern gewürzt war, oder aßen *Foūl Madumnas*, ein Gericht aus Bohnen, hartgekochten Eiern und Zitrone; wir tunkten Brot ein, und während wir aßen, unterhielten wir uns.

Wir sprachen über Alchemie, mit der ich mich zur Zeit intensiv beschäftigte, oder die Schriften von Djabir-Ibn-Hajjan, den Franken als Geber bekannt, der um 750 n. Chr. in Tarsos seine Experimente durchführte; ferner über die Schriften von Al-Rhazi, dem Größten in der Chemie-Wissenschaft. Er hatte Reduktion und Kalzinierung beschrieben und auf fast allen Gebieten des chemischen Experiments Fortschritte gemacht.

Es war das gute Gespräch junger Männer, denen Ideen sehr wichtig sind; für die Leben zugleich Denken bedeutete.

»Heute abend gehe ich ins Haus von Valaba!« sagte ich zu Harun.

»Du hast wirklich Glück«, erwiderte Harun beinahe bedauernd. »Du wirst nämlich als Gast hingehen, ich dagegen als Wächter!«

Es war Nacht über den Ufern des Guadalquivir. Unter den Orangenbäumen und Palmen gab es Musik und Lachen, das weiche Spiel von Licht aus vielen Laternen, die lebhafte Bewegung von Leuten. Von Bäumen und Balkonen warfen Bronzelampen ihr Licht durch bunt gefärbtes Glas.

Auf der hinteren Seite des geräumigen Hofes sang eine Stimme zur Musik einer A'lud ein Lied, das von der traurigen Einsamkeit der Wüste erfüllt war.

Erst vor einer Stunde hatte ich entmutigt meine einfache, schlichte Studentenkleidung betrachtet und mich nach wenigstens einem der Edelsteine gesehnt, die ich mit meiner zerlumpten Jacke verloren hatte. Gewiß, ich hatte gebadet und meine Kleidung sorgfältig ausgebürstet, aber viel besser war sie dadurch auch nicht geworden.

Ich wollte gar nicht hingehen. Ich würde auch nicht hingehen. An einem Ort, wo es nur Eleganz und Schönheit gab, würde ich ja aussehen wie ein Totengerippe! Nein, ich würde weder mir noch dem Gedächtnis meiner Vorfahren Schande machen!

Plötzlich erschien ein Sklave, und ein guter Geist aus der mohammedanischen Mythologie hätte mir nicht gelegener kommen können!

»O Herr, ich komme von Abu-Yusuf Ya'kub! Er bittet Euch, o Herr, Tribut zollen zu dürfen!«

Bei diesen Worten nahm er einen langen Beutel von einer Schulter. Er öffnete ihn und brachte prächtige Kleidung zum Vorschein! Einen Umhang und alles andere!

Jetzt stand ich unter den Palmen und trug eine Hose, die *sirwal* genannt wurde; eine Pluderhose aus schwarzem, dünnem, allerfeinstem Wollstoff, der wie Seide glänzte; dazu ein kurzes Jackett, das *damir* genannt wurde, aus gleichem Material und mit Gold verziert; ein *zibun*, ein Hemd aus feinster Seide; eine scharlachrote Seidenschärpe; einen Umhang aus schwarzer Wolle, also aus dem gleichen Material wie der Anzug, aber mit Gold und Scharlachrot besetzt. Mein Turban schimmerte nur matt, bestand aber aus dunkelrotem Stoff. In meiner Schärpe trug ich einen mit Edelsteinen verzierten Dolch, den Ya'kub mir geschickt hatte; aber daneben steckte ich meinen Damaszener Dolch, der in so vielen schwierigen und gefährlichen Situationen mein ständiger Begleiter gewesen war.

Valaba würde irgendwo sein.

Und Ya'kub würde ebenfalls anwesend sein.

Das Geschenk von Ya'kub hatte mich überrascht, obwohl es durchaus Sitte war, herumreisenden Gelehrten solche Geschenke zu machen . . . Kleidung, Pferde, Börsen mit Goldmünzen, manchmal auch Sklaven, wenn der Gelehrte sein Wissen mit einem Herrscher teilte.

Plötzlich wurde mein Name ausgesprochen.

Es war Averroës. Der *qadi* lächelte und legte mir eine Hand auf die Schulter.

»So? Valaba hat Euch also schließlich doch eingefangen! Sie hatte sich schon sehr darauf gefreut, Kerbouchard! Es kommt nicht oft vor, daß wir einen vornehmen Geographen bei uns haben, und besonders einen, der schon selbst zur See gefahren ist!«

Geograph? Hätte ich jetzt widersprechen sollen? Man mochte mich nennen, wie man wollte. Meine Unwissenheit war ja nur mir bekannt. Gewiß, ich hatte viel über Geographie gelesen und viele Karten studiert, wahrscheinlich mehr als die meisten Männer, die sich Geographen nannten. Ich war auf Meeren gesegelt, die den Moslems noch unbekannt waren, doch es war betrüblich, wie wenig ich doch eigentlich von allem wußte.

Der Ausdruck »unbekannte Meere« störte und beunruhigte mich. Der Mensch fuhr seit Anbeginn aller Zeiten zur See. Oft wurden Reiseberichte hinterlassen. Doch es gab noch so unendlich vieles, von dem noch nie die Rede war. Der Ruf des Horizonts findet ein schnelles Echo im Herzen jedes Wanderers.

Wir von den Venetern kannten Legenden über das Segeln zu fernen Ländern. Es gab Geschichten über turmhoch aufragende Klippen, über donnernde Brandung, über Tempel, Gold und fremde Städte. Julius Cäsar schrieb in seinen *Kommentaren* über unsere großen Schiffe, die Rümpfe aus Eichenholz und Segel aus Leder hatten; aber er wußte nichts darüber, welche Häfen diese Schiffe besuchten und mit welch merkwürdigen Ladungen sie manchmal zurückkamen.

Vielleicht hatte man Aufzeichnungen über ihre weitreichenden Reisen in den großen, später leider zerstörten Bibliotheken von Karthago oder Alexandria aufbewahrt.

Wir schlenderten durch den Garten, Averroës und ich; viele drehten sich nach uns um, denn der *qadi* war ein großer Mann und bekannter Gelehrter. Wir sprachen über Geographie, Medizin und Sterne. Ich erzählte ihm von Heilmitteln, die von unserem

Volk benutzt wurden, und von Heilkräutern, von denen mein Vater oft gesprochen hatte.

Ya'kub kam auf uns zu, begleitet von Valaba. Als sie mich in der neuen, schönen und eleganten Kleidung sah, die mir so gut stand, trat ein überraschter Ausdruck in ihre Augen.

Wir wanderten zwischen den Bäumen umher, und die Blicke aller Anwesenden folgten uns. Allein dieser Spaziergang hätte ausgereicht, um mich mein Glück in Spanien machen zu lassen. Doch mich interessierte weniger, wer sie waren, sondern was sie sagten; und daß ich, ein bloßer Wanderer, von Averroës persönlich als Gleichberechtigter akzeptiert und behandelt wurde.

Wohin auch immer ich meinen Blick richtete, überall gab es schöne Frauen, die Fingerspitzen mit Henna gefärbt, den Glanz der Augen durch Antimon verstärkt. Viele trugen einen Kamm am Hinterkopf, und an diesem Kamm war ein Tuch aus durchsichtigem Material befestigt; alle Gewänder waren sehr schön und wohlgefällig.

Der Prophet hatte das Tragen von Seide verboten, aber gerade er, der doch ein guter Ehemann gewesen war, hätte die Frauen besser verstehen sollen. Alle hier versammelten Frauen trugen jedenfalls Seide, und das taten auch viele Männer.

Die Seide war mit den Mauren nach Spanien gekommen, und im 10. Jahrhundert war Seide der hauptsächlichste Exportartikel; gemusterte Seiden und Dekorationsstoffe wurden nach allen Häfen im Nahen Osten verschifft. Bis zur Geburt der Seidenindustrie in Spanien waren die koptischen Seiden aus Ägypten und die Sassanid-Seiden aus Persien bevorzugt worden. Jetzt übertrafen spanische Seiden alles andere.

Almeria war besonders für die Turbane der Frauen und den Damast für Vorhänge bekannt. Im Gegensatz zu den wesentlich schwereren Satin-, Samt- und Damaststoffen wurden leichte Seiden in Katalonien und Valencia hergestellt. Die meisten christlichen Nationen bestellten Hofroben und Kirchenkleidung in Spanien.

Valaba und ich waren einen Moment allein.

»Es war sehr gnädig von Euch, mich hierher einzuladen«, sagte ich und zeigte mit einer Handbewegung um mich. »Im Vergleich zu diesen Leuten hier habe ich doch noch gar nichts getan, obwohl ich Ehrgeiz besitze.«

Sie zog leicht eine Augenbraue hoch.

»Ich kann mir Euren Ehrgeiz sehr gut vorstellen, Kerbouchard, und wenn die Geschichten über die Burg von Othman ein Maßstab sind, dann nehme ich an, daß Ihr da draußen viel Hilfe findet.«

Ihr Blick schweifte über die anwesende Menge.

»Von den Leuten hier könnte man sechzig oder siebzig unter die bedeutendsten Köpfe von Cordoba einreihen, und mindestens zwanzig werden innerhalb von Jahresfrist diesen anderen ebenbürtig sein, aber nur wenige von ihnen werden über mehr Wissen verfügen als Ihr, Kerbouchard.«

Ihre Augen blickten mich direkt an, und sie waren sehr schön.

»Verlaßt Euch darauf, Kerbouchard... Ihr wärt nicht hier anwesend, wenn Ihr nicht hierhergehören würdet!« Sie fuhr fort: »Juan von Sevilla hat Eure Studien mitverfolgt. Erst letzte Woche hat Averroës ein Buch über Alchemie gelesen, das von Euch aus dem Persischen übersetzt wurde.«

In diesem Moment sagte eine sehr kühle Stimme: »Stellt mich Eurem Gast vor, Valaba. Ich glaube nicht, daß wir uns auf gesellschaftlicher Ebene schon einmal begegnet sind.«

Es war Prinz Ahmed, und seine Augen blickten eiskalt drein.

»Prinz Ahmed...«, sagte Valaba. »Mein sehr guter Freund Mathurin Kerbouchard!«

»Und auch *mein* sehr guter Freund!« Ya'kub tauchte unter den Bäumen auf, wo er sich mit Averroës unterhalten hatte.

»Natürlich, Herr.« Es hörte sich sehr bitter an. »Das ist ja Eure Domäne.« Er machte eine sehr kurze Pause. »Aber wenn ich richtig verstanden habe, reist Kerbouchard sehr gern.«

»Glaubt mir, Prinz Ahmed...«, sagte ich lächelnd. »Ihr müßt mir verzeihen, wenn ich Eure Stadt meide. Ihr heißt einen Gast zu sehr willkommen!«

»Ohne Beistand wärt Ihr jetzt immer noch mein Gast. Nun, ich rechne damit, eines Tages zu erfahren, wer Euch beigestanden hat!«

»Wer mir beigestanden hat? Ich versichere Euch, Herr, ich war allein auf dieser Felsklippe, sehr allein! Niemand hätte mir in dieser Situation helfen können. Falls Ihr daran zweifelt, versucht doch selbst einmal, diese Klippe zu erklimmen!«

»Ich bin kein Schausteller.«

»Jeder von uns spielt viele Rollen. Manche sind Helden, manche Schurken und manche lediglich...« ich legte eine ganz flüchtige Pause ein, »...Scharlatane!«

Jetzt wurde sein Gesicht blaß unter der olivfarbenen Haut.

Einen Moment lang rechnete ich schon damit, daß er mich schlagen würde.

Doch dann wandte er sich abrupt ab und ging davon, wobei sein Rücken sehr steif und gerade war.

Ya'kub wandte sich an mich. »Ihr versteht es, Euch Feinde zu schaffen, Kerbouchard.«

»Ich habe ihn mir nicht als Feind ausgesucht, Herr. Er hat sich mich ausgesucht. Ihm verdanke ich ein paar Monate in einem Verlies... und dafür ist er mir noch etwas schuldig!«

»Man hat es ihm bereits heimgezahlt, indem er ausgelacht wurde«, sagte Valaba.

Dann begann Ibn-Quzman auf ein Signal von Valaba hin zu singen; ein leises, schwermütiges Liebeslied eines Wüstenreiters; es folgte ein wildes Lied von Krieg und Rache.

Doch ich konnte mich der Musik nicht so hingeben, wie ich es gern getan hätte. Es gab Feinde, die es sogar riskieren konnten, Ya'kub Mißvergnügen zu bereiten, um sich selbst zu dem Vergnügen zu verhelfen, mein Blut zu vergießen. Mächtige Freunde konnten mit einem einzigen Wort eine Rüstung schaffen; ein Satz von ihren Lippen konnte ein Schutzschild sein. Das hatte ich heute abend feststellen können.

Ich vertraute jedoch weniger auf die Worte anderer Männer, als vielmehr auf meine eigenen Hände und den Stahl hinter meiner Schärpe. Ein Mann, der nicht mehr auf der Hut ist, lädt den Tod ein.

Ibn-Quzman kam zu Valaba herüber, die neben mir stand.

Ich sagte: »Ich beneide Euch. Ihr singt schöner als irgend jemand sonst.«

»Ihr seid Kerbouchard? Wir müssen uns eines Tages einmal über die keltischen Barden und ihre Lieder unterhalten.«

»Und Ihr könntet mir die Schriften von Al-Mausili erklären. Ich weiß zuwenig von Musik, um alles zu verstehen, was er geschrieben hat.«

»Ihr kennt ihn? Wie man sagt, hat sein Onkel Zalzal die A'lud besser gespielt als sonst jemand.«

Wir unterhielten uns eine Weile.

Als Quzman gegangen war, legte Valaba mir eine Hand auf den Arm.

»Ya'kub möchte einen Platz für Euch schaffen.«

Ya'kub hatte diese Bemerkung gehört und kam zu uns herüber.

»Loyale Männer sind nicht leicht zu finden, Kerbouchard. Ich habe gefährliche Tage vor mir. Ich könnte Euch einen Platz verschaffen, der Euch genügend Zeit zum Studieren lassen würde.«

»Tut mir leid.«

Er war über meine Ablehnung nicht gerade erfreut. Ich beeilte mich mit einer Erklärung.

»Es gibt keinen Prinzen, dem ich lieber dienen würde, aber ich habe eine Mission, und erst kürzlich habe ich einen ersten Hinweis bekommen.«

Ich erklärte kurz und fügte hinzu: »Falls mein Vater noch am Leben ist, muß ich ihn finden. Sollte er dagegen tot sein, muß ich mir absolute Gewißheit verschaffen. Sonst könnte mich nichts davon abhalten, Euch zu dienen.«

»Ich hatte daran gedacht, Euch zum Kommandanten meiner persönlichen Leibwache zu machen.« Er lächelte flüchtig. »Wie ich gerüchtweise hörte, sollt Ihr gut mit dem Schwert umgehen können.«

»Darf ich einen Mann vorschlagen?«

»Ich traue nur wenigen Männern, Kerbouchard.«

»Diesem Mann könnt Ihr vertrauen. Ich würde mein Leben dafür verpfänden. Er ist heute abend hier und befehligt die Wachen rund um diese Mauern. Er hat sich in schwierigen Zeiten mir gegenüber als sehr loyal erwiesen.«

»Sein Name?«

»Harun El-Zegri.«

»Ich kenne den Mann.« Er lauschte einen Moment der Musik, dann sagte er: »Kommt! Laßt uns speisen.«

Auf dem Tisch, wo das Essen auf uns wartete, sah ich zum erstenmal in meinem Leben Zucker; weiße, glitzernde Kristalle. Davon hatten wir in den christlichen Ländern zwar schon gehört, aber wir hatten noch nie Zucker gesehen. Zum Süßen hatten wir nur Honig oder süße Kräuter.

Es gab große Mengen Speisen von unendlicher Vielfalt. Platten mit *carra bige*, einer pastenartigen Wurst aus gehackten Mandeln und Walnüssen, mit Zucker gemischt und mit zerlassener Butter übergossen; diese Mischung wurde zu dünnem Pastetenteig gerollt und fünfzehn Minuten überbacken. Serviert wurde dieses Gericht mit einem Löffel *natif*, einer flockigen Mischung aus Zucker, Eiweiß und Orangensaft.

Es gab Reis mit saurer Zitronensoße, ägyptischen Pilaf, *shebach*, eine ägyptische Obstschnitte, grüne und schwarze Oliven, in

Blätterteig gebratenes Hirn, gebratene Artischockenherzen, sehr heiß serviert, und *kebaeba*, eine Mischung aus rotem Fleisch, Piniennüssen und zerquetschtem Weizen.

Ferner gab es *louzine saparzel*, ein syrisches Dessert aus Quitten, gemahlenen Mandeln und Kardamom, in kleinen viereckigen Stückchen serviert. Es gab Rosenmarmelade, hergestellt aus Rosenblättern, Zucker und Zitrone.

Es gab Fleischspieße von Rind, Lamm und Kalb, heiß und mit einer Anzahl von Soßen serviert.

Es gab Wein aus Portugal, Italien und Griechenland; ferner Kaffee, mit Zucker gesüßt.

Der Mond ging auf, verbarg sein Licht jedoch hinter dem Minarett der großen Moschee.

Valaba sagte: »Dann werdet Ihr uns also bald verlassen?«

»Das kann jeden Moment geschehen.«

»Und wir hatten gehofft, daß Ihr bleiben würdet. Ya'kub ist ein guter Mann, und der Zeitpunkt rückt immer näher, da er gute Männer um sich brauchen wird.«

»Es ist gut, an Ya'kub zu denken. Er ist ein selten guter Mann.«

Sie drehte sich zu mir um.

»Ich denke auch an Euch, Kerbouchard. Der Weg, den Ihr einschlagen wollt, ist voller Risiken und Gefahren.«

»Gibt es denn andere Wege?«

»Für manche ja, vielleicht sogar für Euch. Ihr seid ein merkwürdiger Mann, Kerbouchard. Ihr seid ein Abenteurer, aber doch ein Gelehrter.«

»Es hat viele solche Männer gegeben, sogar Alexander und Julius Cäsar. Ich beschäftige mich doch nur oberflächlich und aus Liebhaberei mit der Wissenschaft. Für mich ist Lernen so etwas wie Lebensart. Ich lerne nicht, um Position oder Ruf zu erlangen. Ich möchte nur lernen.«

»Ist Eure Art nicht die beste? Lernen, weil man das Lernen liebt?«

»Es gibt Orte, die ich noch nicht gesehen habe, Valaba. Ich möchte die dortige Sonne auf meinem Gesicht spüren und das Meereswasser kosten. Es gibt zu viele Horizonte... und zu viele Träume über das, was hinter jenen Horizonten liegen könnte.«

»Was sucht Ihr eigentlich, Kerbouchard?«

»Muß man denn unbedingt etwas suchen? Ich suche, um zu suchen, genau wie ich lerne, um zu lernen. Jedes Buch ist ein Abenteuer... genau wie der Horizont an jedem Tag.«

»Und was ist mit der Liebe, Kerbouchard? Habt Ihr Aziza geliebt?«

»Wer vermag das zu sagen? Was ist Liebe? Vielleicht habe ich Aziza für eine gewisse Zeit geliebt; wahrscheinlich liebe ich sie in gewisser Hinsicht immer noch. Wenn ein Mann erst einmal eine Frau in den Armen gehalten hat, dann bleibt wohl etwas von dieser Frau für immer bei ihm. Wer vermag das schon zu sagen?«

Ich machte eine kleine, nachdenkliche Pause.

»Eine Burgruine, ein alter Garten, Mondschein über einem Springbrunnen... wie leicht kommt zu solchen Zeiten die Liebe! Vielleicht haben wir uns damals geliebt. Vielleicht lieben wir uns jetzt nicht mehr. Aber jeder von uns beiden hat die Erinnerung. Liebe ist ein Moment der Stille, die durch ein einziges Wort in kleine Teile zerrissen werden kann. Liebe kann aber auch eine Sache von Dauer sein, eine tiefe Strömung, die ohne zu enden durch die Jahre fließt.«

Valaba hörte mir sehr aufmerksam zu.

»Ich glaube, man sollte nicht verlangen, daß Liebe ewig währt. Vielleicht ist es besser, wenn sie nicht ewig währt. Wie kann man auf mehr als auf den Moment reagieren? Wer weiß, welch fremde Ströme uns fortschwemmen? Wie viele Krümmungen, Biegungen und seichte Stellen mag es geben? Jedes Leben segelt einen anderen Kurs. Manchmal allerdings, und das sind die besten Zeiten, bewegen sich zwei Leben miteinander bis zum Ende der Zeit.«

Ich machte eine Geste.

»Lauscht auf die Musik da draußen! Ist das Lied vielleicht weniger schön, weil es ein Ende hat? Ich glaube, jeder von uns wünscht sich, das Lied zu finden, das kein Ende hat, aber für mich ist dieser Zeitpunkt jetzt nicht, noch nicht. Seht Ihr?« Ich spreizte weit die Hände. »Ich habe nichts. Ich habe kein Heim, kein Land, keine Stellung. Ich bin ein leeres Gefäß, das sich erst noch füllen muß. Ich möchte dem Schicksal nichts schuldig sein, Valaba, aber ich könnte auch nicht von der Freigebigkeit anderer existieren. Ich bin kein Schoßhund, der von einer Frau gehalten werden kann. Ich weiß nicht, was mich da draußen erwartet, aber das Schicksal ruft, und deshalb muß ich gehen. Für Euch und mich ist das Heute alles, was wir haben. Das Morgen ist heute noch ein Trugbild.«

»Ihr sprecht gut, Kerbouchard. Habt Ihr das auf diesen düsteren Mooren im Norden gelernt?«

Wir wanderten langsam im Schatten herum, fort von der Menge, weg von der Musik.

Vor uns gab es einen nicht beleuchteten Hof; durch das offene Tor zu diesem Hof konnte ich die Lichter eines Hauses sehen.

Zwei dicke Bäume neigten ihre Stämme dicht über den Pfad; daneben gab es Rosenbüsche.

Valaba wollte vorausgehen, doch da hörte ich ein Geräusch.

Ein schwaches Klirren von Metall, als ob eine Klinge an Zweigen entlangstreifte!

Ich packte Valaba am Arm und schleuderte sie nach einer Seite. Gleichzeitig zog ich den Dolch aus der Scheide.

Männer drangen auf mich ein.

Mein Leben wurde gerettet, weil ich nicht zögerte oder gar zurücktrat, wie man es wohl von mir erwartet hatte. Es war schon immer meine Art gewesen, einem Feind entgegenzugehen.

Und das tat ich jetzt auch.

Er trat hinter einem Busch hervor und hielt ein Schwert in der Hand.

23

Er hielt die Spitze tief. Als er mich kommen sah, hob er die Klinge an. Aber er war zu langsam. Ich hatte die notwendige Entfernung bereits hinter mir. Bevor er zurückweichen konnte, stieß ich ihm meinen Dolch in den Bauch.

Ich drehte mich sehr scharf um und sah mich drei Männern gegenüber, die ihre Schwerter bereits gezückt hatten.

Valaba schrie.

Einer der Männer drehte sich nach ihr um, ein anderer verwünschte ihn deswegen.

Außerhalb des Gartens waren schnelle Schritte zu hören.

Die drei Männer schickten sich nun schleunigst an, mich zu töten.

Das waren gedungene Mörder. Mit einem Sieg über sie war weder Ehre noch Ruhm zu gewinnen. Die beste Niederlage, die ich ihnen beibringen konnte, war mein Überleben.

Valaba war beim Tor.

Aber die Männer würden nicht wagen, einer Frau wie ihr etwas anzutun.

Ich wußte, daß Valaba sicher genug war.

Ich machte eine Finte. Das stoppte die drei Männer. Sie rissen die Schwerter hoch. Ich wirbelte blitzschnell herum, nahm meine Klinge zwischen die Zähne, setzte zum Sprung an und bekam den oberen Rand der Mauer zu fassen. Mit rascher Bewegung schwang ich die Beine über die Mauer und ließ mich auf der anderen Seite fallen.

Ich hörte, wie hinter mir Harun und seine Wachen den Garten umstellten. Für mich gab es hier nichts mehr zu gewinnen. Ich verließ den Garten, machte einen Umweg und eilte in meine Unterkunft.

Auf dem Bett lag eine Nachricht. Sie bestand nur aus einem einzigen Wort in persischer Sprache.

Kommt!

Safia wartete auf mich, ließ sich aber nicht anmerken, ob ihr meine elegante Kleidung auffiel. Sie zeigte auf mehrere Kleidungsstücke auf einer Bank und sagte: »Zieht das an! Ihr müßt verschwinden!«

»Verschwinden?«

»Ihr dürft nicht mehr in Eure Unterkunft zurückkehren. Alles, was Ihr dort habt, wird zusammengepackt und in die Bibliothek geschickt.« Sie zeigte auf einen kleinen Stapel Goldmünzen. »Nehmt das! Ihr müßt zu einem Ort gehen, den ich bestimmen werde. Dort bleibt Ihr, bis ich Euch rufe.«

»Dann ist die Zeit gekommen?«

»Ihr wurdet doch heute abend überfallen, oder etwa nicht?«

»Ihr habt es gewußt?«

»Das waren nicht Eure, sondern meine Feinde.«

Als ich mich umgezogen hatte, sah ich aus wie einer der vielen Söldner, die ihre Dienste an jeden verkaufen.

Neben den Sachen lag auch ein Schwert. Ich hob es auf, und das Blut strömte mir vor Aufregung schneller durch die Adern und rauschte in meinen Ohren.

Was für eine Klinge!

Das Schwert lag ausgezeichnet in der Hand und war gut ausgewogen. Ein herrliches Gefühl für mich.

Und ich brannte darauf, diese Waffe im Kampf einsetzen zu können.

Der Raum war klein; es gab nur eine Tür und ein Fenster, das den Blick auf eine Mauer freigab, die sich zwischen zwei Baumreihen entlangzog, beschattet von den Ästen und Zweigen, so daß das Laubwerk eine Art Tunnel bildete, der von beiden Seiten verborgen war. Die Mauer endete an einem Aquädukt bei einer Straße.

Safias Planung versetzte mich in Erstaunen. Der Stadtteil, in dem ich jetzt wartete, war schäbig und wurde lediglich von Söldnern und Lagertroß bewohnt. Die Stallungen, in denen unsere Pferde untergebracht waren und warteten, befanden sich in der Straße in der Nähe des Aquäduktes. Nicht weit davon entfernt gab es ein kleines Nebentor.

Die Tage vergingen. Aber es gab einen ausreichenden Vorrat an Proviant; von einem Deckenbalken hing eine mit Wasser gefüllte *olla* herab. Es gab auch Bücher.

Ich machte mir nur einen Freund. Khatib war ein verschmitzter Mann mit schnellen Händen und einem noch schnelleren Verstand. Er war nicht mehr ganz jung, aber er kannte sich bestens mit den Methoden der Bettler oder Gauner aus. Er hockte auf den Absätzen neben der Türschwelle und informierte mich über alles, was es auf der Straße oder in der Nachbarschaft an Neuigkeiten gab.

Khatib hatte ein Gesicht wie altes Leder und eine merkwürdige Art, aus den Augenwinkeln zu blicken, als wollte er abschätzen, welche Wirkung seine Bemerkungen hatten. Er schien mich zu mögen, und ich konnte ihn auch recht gut leiden. Doch ich wagte nicht, irgend jemandem zu trauen.

Ich spielte jetzt die Rolle eines fränkischen Soldaten und ehemaligen Piraten; dafür war ich bestens geeignet, denn abgesehen von meiner eigenen kurzen Erfahrung, hatte ich zahllose Geschichten von meinem Vater und seiner Mannschaft gehört.

Von Khatib lernte ich alle möglichen Gauklertricks und auch das Jonglieren, denn er war einmal mit einer solchen Gesellschaft herumgereist, von denen einige Diebe gewesen waren.

Ich las nur nachts und hinter verschlossener Tür. Ein Mann, der lesen konnte, fiel auf; es gab stets irgendwelchen Klatsch.

Zu jener Zeit las ich *Der Ring der Taube*, geschrieben von einem jungen Spanier maurischer Herkunft, der seine Zeit der Erforschung amourösen Spiels und aller damit verbundenen Begleiterscheinungen widmete. Ich hielt das Thema dieses Buches für ein interessantes, fesselndes Studiengebiet.

Khatib war gewissermaßen ein anderes Buch; ich wurde nicht müde, darin zu lesen. In diesem gerissenen, fruchtbaren, unmoralischen Geist lagen all die hinterhältigen Tricks und Listen, die der Mensch über Jahrtausende hinweg gelernt hatte; jedenfalls hatte es diesen Anschein. Er besaß aber auch unbestreitbare Vorzüge, wie zum Beispiel Würde und Loyalität; diese Eigenschaften hätten für jeden Christen oder Moslem eine Lehre sein können.

Ich ging oft mit Khatib in einen Raum in einer alten Ruine, wo Gaukler, Taschenspieler und Jongleure sich versammelten, um ihre Kunst zu üben oder sich neue Tricks anzueignen. Es war mir nie schwergefallen, mich sportlich zu betätigen und mich körperlich fit zu halten. Ich beteiligte mich an ihren Übungen, um Purzelbäume und Radschlagen zu lernen. Einiges davon hatte ich als Junge schon von gleichaltrigen Freunden gelernt, aber jetzt wurde ich Experte darin.

In der Nähe war die Straße der Buchverkäufer; dort versammelten sich über hundert Händler. Das war schon seit der Zeit der Abbasiden so. Al-Ya'qubi stellt fest, daß zu seiner Zeit – etwa 891 nach dem christlichen Kalender – diese Läden bereits vorhanden gewesen waren. Viele der Inhaber waren Buchautoren oder Literaten verschiedener Art; manche schrieben Briefe gegen Bezahlung. Diese Läden dienten nicht nur dem Buchverkauf, sondern waren gleichzeitig Zentren gelehrter Diskussionen.

Mehrmals kaufte ich Kopien alter Manuskripte und schmuggelte sie unter meiner Kleidung in mein Zimmer.

Ich wurde niemals müde, in der Gegend der Buchläden umherzuschlendern, den Diskussionen zuzuhören, ägyptische Papyri, chinesische Papiere, Schriftrollen oder Pergamente zu überprüfen. Cordoba stellte sein eigenes Papier her.

Chinesische Gefangene hatten im Jahr 751 n. Chr. in der weit entfernten Stadt Samarkand die Kunst eingeführt, Papier aus Lumpen oder Leinen, Flachs oder Hanf herzustellen. Im Jahre 794 wurde in Bagdad eine Papierfabrik gegründet; in allen Regierungsämtern wurde das herkömmliche Pergament durch Papier ersetzt. Im 10. Jahrhundert war in der moslemischen Welt Papier überall leicht erhältlich; mit der Einführung des Papiers gab es dann auch reichlich Bücher.

Wenn ich auf der Straße dahinschlenderte, sprach ich mit den Webern und ihren Meistern; ich war von ihrer Geschicklichkeit fasziniert. Durch unterschiedliche Fütterung der Seidenraupen hatte man Seide von vielerlei Schattierungen geschaffen. Von weißen Maulbeerbaumblättern kamen weiße Kokons, aber wenn die Raupen mit den Blättern des Zwergmaulbeerbaumes gefüttert wurden, waren die Kokons gelb. Rehbraune Kokons gab es, wenn die Raupen mit den Pflanzen der Pfefferbohnen gefüttert wurden.

Diese Geheimnisse waren nur wenigen Außenseitern dieses Gewerbes bekannt und keineswegs allen, die mit Seide arbeiteten. Die Araber waren Meisterweber und experimentierten mit vielerlei Laub. Mir wurde zugeflüstert, daß jemand eine Seide entwikkelt hatte, die den Träger vergiftete; man hatte die Raupen mit Blättern gefüttert, die für den Menschen, nicht aber für die Raupen giftig waren.

Diese Seide war extrem selten. Kleidungsstücke dieser Art wurden nur an wenige geheime Kunden verkauft. Umhänge machte man nur selten aus diesem Material, da es ungemein wirksam war, wenn es mit der Haut in Berührung kam. Bei den Käufern handelte es sich oft um Haremsfrauen, die eine Rivalin aus dem Weg räumen wollten. Auch Königssöhne, die nach Macht strebten, benutzten solches Material.

Die häufigsten Kleidungsstücke aus diesem Material waren Hemden oder Turbane, denn durch die Körperwärme wurde die höchste Effektivität des Giftes erreicht. Der Träger starb, oft in einem Anfall von Wahnsinn, ohne daß es den geringsten Hinweis auf Gift gab.

Es gab auch Berichte über einen Araber, der durch eine Spezialfütterung seiner Würmer scharlachrote Seide produzieren konnte; dies war aber nur ein unbestätigtes Gerücht.

Schöne Färbemittel waren erhältlich; das beste Rot stammte von einem Insekt, das die Araber *kermes* nannten; es wurde mit Eichen in Verbindung gebracht.

Meine innere Unrast wurde immer stärker. Doch ich konnte nicht lange aus meiner Unterkunft fortbleiben, denn wenn Safia mich brauchte, würde es sehr plötzlich und dringend geschehen. Sie hatte mich mit Essen, Unterkunft und Kleidung versorgt, als ich dies alles am nötigsten gebraucht hatte. Dazu kam noch etwas anderes: Falls überhaupt jemand herausbekommen konnte, wo mein Vater jetzt war, dann würde dies Safia möglich sein.

Ich wußte, daß Safia in tödlicher Gefahr schwebte.

Manchmal vermutete ich, daß sie sich mit Zauberei beschäftigte, doch irgendwelche Anzeichen gab es dafür nicht. Während meiner Jugend hatte man mir altes Wissen beigebracht, das niemals aufgeschrieben worden war; für mich würden also Anzeichen von Zauberei sehr offensichtlich sein. Waren meine Großeltern nicht mit Eiche und Mistelzweig begraben worden?

Unsere Familien-Erinnerung reichte zurück bis zu der Zeit, als ein Druiden-Tempel auf der Insel Mont Saint-Michel stand. Erst sehr viel später waren Christen auf die Insel gekommen, um dort zu bauen.

War ich nicht selbst immer wieder geweiht worden? Das erste Mal bei *Men Marz*, einem großen, grauen Stein nahe Brignogan an der Küste, wo ich geboren war?

Die Druiden waren fort, wie man sagte. Aber Sitten und Gebräuche sowie Traditionen sterben an unserer rauhen Küste von Armorica nur sehr schwer und langsam. Es gab immer noch Leute, die zu den alten Plätzen in der Wildnis von Arrée und Huelgoat gingen.

Inmitten dieser bewaldeten Hügel, neben tosenden Wildbächen, zwischen riesigen Felsblöcken gab es Plätze, die wir, die das alte Wissen besaßen, niemals vergessen hatten und auch niemals vergessen werden. Dort hatte man mir die Geschichte unseres Volkes beigebracht; eine Geschichte, die in die Zeit zurückreicht, bevor die ersten Kelten in die Bretagne kamen. Einige von ihnen waren nach England und Irland ausgewandert, um den Römern zu entfliehen. Aber viele Jahre später kamen sie zurück, um die keltische Bevölkerung der Bretagne zu verstärken.

Ich dachte wieder an Valaba.

Ob sie wohl jemals zur Straße der Buchverkäufer kam? Würde ich sie dort vielleicht sehen?

Safia war nicht gekommen; es konnte noch Tage dauern, bis sie erschien.

Ich nahm mir vor, noch einmal zur Straße der Buchverkäufer zu gehen.

24

Ich zog mich aus und badete in der kleinen Wanne in einer Ecke des Zimmers.

Dies war ein altes Westgoten-Haus, und das Bad war nach Ankunft der Mauren eingerichtet worden.

Das ständige Üben mit den Gauklern, die Schwertkämpfe und Ringkämpfe hatten meinen Rücken, meine Schultern, Arme und Beine gut entwickelt. Größer geworden war ich allerdings nicht mehr, denn ich hatte schon früh meine volle Größe erreicht. Aber mein Körper war insgesamt kräftiger, breiter und kompakter geworden. Ich hatte eine schlanke Taille und schmale Hüften; meine Beine waren stark, aber schlank.

Als ich in Spanien gelandet war, hatte ich noch keinen nennenswerten Bart gehabt; jetzt hatte ich einen Schnurrbart und einen Bart, der nach letzter Mode gestutzt war.

Nachdem ich gebadet hatte, schnitt ich Haare und Bart. Mein Haar war schwarz mit einem rötlichen Schimmer, wenn das Licht darauf fiel; ein Erbe meiner keltischen Vorfahren.

Ich gab einer Inspiration des Augenblicks nach und legte mein Panzerhemd an. Es war noch neu und aus kleinen Gliedern sehr schön zusammengesetzt; die Arbeit stammte von einem bekannten Waffenschmied in Toledo. Das Gewicht war bemerkenswert gering. Dann hängte ich mein Schwert über eine Schulter, wie es bei den Mauren Mode war.

Die Straße war leer. Nur ein verdrossener Esel war zu sehen; ein Stück weiter unten auf der Straße lagen zwei Kamele, bereits für eine Reise gesattelt. Daß jemand nachts mit Kamelen aufbrechen wollte, war merkwürdig.

Die Straße der Buchverkäufer war hell erleuchtet. Hier und da hatten sich Gruppen von Studenten versammelt.

Ich schlenderte zwischen ihnen dahin und hielt ständig Ausschau nach Valaba, sah sie aber nirgendwo.

Ein Gefühl der Depression lastete auf mir, und ich war nicht imstande, es abzuschütteln.

Mehrere Buchverkäufer sprachen mich an und waren offenbar bereit, sich mit mir in eine Diskussion einzulassen, aber heute war ich daran nicht interessiert.

Nachdem ich eine Weile vergeblich nach Valaba gesucht hatte, machte ich mich deprimiert auf den Heimweg. Ich hatte durch meinen Spaziergang nichts gewonnen. Valaba war offenbar anderswo beschäftigt.

Ein Bettler kam bei der Suche nach Almosen von seiner Ecke, aber als er dicht an mich herangekommen war, flüsterte er: »O Mächtiger! Kehrt nicht zurück! Flieht! Wenn Eure Feinde nicht schon dort sind, werden sie es bald sein!«

Bettler standen mit Straßenspielern und Sängern auf freundlichem Fuße, und ich wurde jetzt schon für einen von ihnen gehalten. Doch ich wagte nicht, die Warnung zu akzeptieren, denn Safia würde kommen.

Als ich mich meiner Unterkunft näherte, war alles dunkel und still, doch nicht weit davon entfernt entdeckte ich eine schwache Bewegung im Schatten.

Ich betrat mein Zimmer und hielt mein Schwert in der Hand. Sehr gründlich sah ich mich um, bis ich sicher sein konnte, allein zu sein. Dann erst ging ich zu der Ecke, in der ich mich auf mein Bett setzen konnte, ohne gesehen zu werden, wenn ich las. Mein schwaches Licht war gut verborgen. Ich hatte die Tür einen Spalt offen gelassen, um hinausschauen und jede verdächtige Bewegung draußen sofort wahrnehmen zu können.

Ich nahm ein seltenes Buch aus der Bibliothek der großen Moschee zur Hand. Der Band war auf merkwürdigem Wege in meine Hand gelangt. Ich hatte dort einen Stapel nicht aufgelisteter Manuskripte überprüft, um sie in Ordnung und Reihenfolge zu bringen. Dabei war mir der Stapel entgegengefallen. Dahinter war eine schmale, in die Wand eingelassene Tür zum Vorschein gekommen. Da dort nichts anderes als alte Manuskripte und angesammelte Bücher aufbewahrt worden waren, die noch aus der Zeit von Al-Hakim stammten und bisher noch nicht katalogisiert worden waren, bestand die Möglichkeit, daß niemandem in der Bibliothek etwas von dieser Tür bekannt war. Die Tür war verschlossen, aber meine Neugier geweckt. Ich öffnete das Schloß, wie ich es von den Leuten auf der Straße gelernt hatte.

Ich sah mich einem kleinen Raum gegenüber, recht gemütlich eingerichtet, doch alles war von einer dicken Staubschicht überzogen. Es war ein privates Arbeitszimmer, das wahrscheinlich von Al-Hakim persönlich benutzt worden war. Zweifellos hatte hier der Kalif, einer der großen Gelehrten der arabischen Welt, sein eigenes Studium alter Manuskripte betrieben.

Unter den reichlich fünfzig Büchern gab es einige, die mir seit langem wohlbekannt waren, aber auf dem Tisch lag in ledernem Umschlag ein Buch, das in arabischer Sprache geschrieben, aber eine Übersetzung aus dem Chinesischen von Tseng Kung-liang war. Der Originaltitel lautete *Wu Ching Tsung Yao*; das Buch war im Jahre 1044 n. Chr. geschrieben worden. Übersetzt bedeutete der Titel *Ein Handbuch der Militärkunst*.

Ich schlug das Buch auf und fand eine sorgfältige Studie über die Militärkunst der Chinesen und Mongolen. Mein größtes Interesse fand eine Stelle, an der ein Sprengstoff beschrieben wurde, den die Chinesen bei der Kriegführung benutzt hatten. Unter Anmerkungen am Schluß des Buches gab es die Formel für die Herstellung dieses Pulvers.

So etwas war noch nie von den Mauren benutzt worden und im christlichen Europa vollkommen unbekannt. Aber hier hielt ich die Gebrauchsanweisung in der Hand; desgleichen Informationen über die Verwendung und auch etwas über die Auswirkungen, wenn das Pulver in Bambus, Holz oder Metall eingeschlossen war.

Aus Notizen, die in sorgfältiger Handschrift geschrieben waren, ging hervor, daß dieses Buch kurz vor Al-Hakims Tod in seinen Besitz gelangt war. Seine Nachfolger hatten nicht sein Interesse an Büchern gehabt, und so war dieser Raum in Vergessenheit geraten.

Ich steckte das Buch in die Tasche, schloß die Tür wieder ab und stapelte die Manuskripte wie vorher auf. Viele Manuskripte waren Duplikate von anderen, die bereits übersetzt worden waren; es konnte also Jahre dauern, bis sich wieder einmal jemand mit ihnen beschäftigte.

Der Militärkunst hatte stets mein besonderes Interesse gegolten. Das Buch, das ich nun im Besitz hatte, war ein wahrer Schatz. Mit einem solchen Buch konnte ein Mann leicht ein Königreich gewinnen. Es konnte mir auch dazu verhelfen, die Mauern der Burg von Baron de Tournemine zu sprengen.

Ich hatte das Buch zunächst in einer anderen Abteilung der Bibliothek gut versteckt. Erst Anfang dieser Woche hatte ich es gewagt, mich heimlich in die große Moschee zu schleichen und das Buch zu holen, um den Inhalt für mich zu verwenden und ihn sehr gründlich zu studieren.

Jetzt las ich dieses Buch noch einmal, denn ich wollte mir den Inhalt fest ins Gedächtnis einprägen. Die Formel für die Herstellung des Pulvers, für mich eigentlich der Hauptbestandteil des Buches, hatte ich mir bereits innerhalb von zehn Minuten nach dem ersten Aufschlagen des Buches fest eingeprägt. Aber es gab auch noch andere wichtige Informationen.

Doch ich vermochte mich jetzt nicht auf den Inhalt dieses Buches zu konzentrieren. Ich lauschte ständig auf das leiseste Geräusch draußen auf der Straße. Schließlich steckte ich das Buch unter mein Hemd und löschte die Kerze aus.

Eine ganze Weile saß ich im Dunkeln da, hielt das blanke Schwert auf meinen Knien und lauschte angespannt.

Plötzlich wurde ich hellwach.

Draußen auf der Straße war jemand hingefallen. Jedenfalls war irgend etwas auf dem Boden aufgeschlagen.

Ich hörte das Keuchen eines Pferdes, begleitet von einem Geräusch, als würde etwas oder jemand über die Straße geschleift. Dann vernahm ich ein schwaches Stöhnen, als litte jemand unter sehr starken Schmerzen.

Ich machte die Tür etwas weiter auf, wobei die gut geölten Scharniere keinen Laut verursachten.

»Kerbouchard! *Helft mir!*«

Es war Safia. Sie kam taumelnd auf die Beine und stürzte halb über die Türschwelle.

Mit der freien Hand fing ich sie auf und ließ sie sachte und behutsam auf den Fußboden gleiten. Dann steckte ich mein Schwert in die Scheide und kniete mich neben Safia hin.

»*Geht!*« flüsterte sie. »Sie kommen! Sie haben mich gezwungen zu reden! Sie werden Euch töten! Sie...«

Ich ging das Risiko ein, die Kerze wieder anzuzünden.

Safias Umhang war von Blut durchtränkt. Man hatte sie offenbar geschlagen, bis an manchen Stellen das Fleisch von den Knochen gefetzt worden war. Ihre Füße waren eine blutige Masse, weil man die Fußsohlen brutal zerschlagen hatte.

»Man hält mich für tot«, sagte Safia kaum hörbar. »Doch ich konnte Euch nicht im Stich lassen. Geht! Ich entbinde Euch von Eurem Versprechen. Ich hatte kein Recht...«

Ich schlang den Beutel, der Landkarten und ein paar kostbare Bücher enthielt, über eine Schulter, dann wickelte ich Safia in einen frischen Umhang und hob sie vom Boden auf.

Sie zu bewegen, konnte ihren Tod bedeuten; aber wenn sie hier gefunden wurde, würde man sie bestimmt erschlagen.

Ich kroch durchs Fenster und zog Safia neben mich an die Mauer, dann machte ich das Fenster zu. In absoluter Dunkelheit trug ich sie an der Mauer entlang und riskierte dabei einen Sturz. Laub streifte mein Gesicht und meine Kleidung.

Die Pferde standen ungestört im Stall. Ich sattelte zwei und legte zwei weiteren das Zaumzeug an. Dann band ich Safia im Sattel fest, führte die Pferde nach draußen und schloß die Tür hinter mir.

Die Nacht war kühl, beinahe kalt. Die großen Bögen des Aquäduktes warfen Schatten aufs Pflaster.

Heute nacht würde ich Cordoba verlassen. Würde ich jemals hierher zurückkehren? Ich liebte diese Stadt, und wenn sie mir auch viel genommen hatte, so hatte sie mir doch auch sehr viel gegeben.

Es würde ein brutaler Ritt werden. Safia konnte dadurch getötet werden, aber wir hatten gar keine andere Wahl.

Ich hielt mich so gut wie möglich im Schatten und ritt zum Wachtor. Wie ich gehofft hatte, war keine Wache da.

Safia kam zu sich und begann zu stöhnen.

Ich ignorierte es und ritt zu den Bergen. Nirgendwo hielt ich an.

Was Safia getan hatte, wußte ich nicht; es kümmerte mich auch nicht. Jedenfalls hatte es katastrophal geendet.

Noch vor Tagesanbruch fand ich eine Bodenmulde in der Nähe eines kleinen Stromes. Ich nahm Safia vom Pferd und machte mich an die Arbeit. Nicht umsonst hatte ich den *Canon* von Avicenna und andere große Lehrer der Medizin gelesen. Ich wusch die Wunden aus und benutzte, was ich an Medizin in meiner bescheidenen Ausrüstung hatte. Nachdem ich auch noch Safias von Peitschenhieben zerfetzten Rücken behandelt hatte, verband ich alle Verletzungen.

Safia hatte viel Blut verloren und war während der Behandlung bewußtlos. Der Anblick ihrer Füße flößte mir Grauen und Entsetzen ein. Es hatte schon mehr Mut erfordert, als man von einer Person verlangen oder erwarten konnte, um mit derartig zugerichteten Füßen noch zu mir zu kommen und mich zu warnen.

Die Sonne stand bereits hoch am Himmel, als ich mit meiner Arbeit fertig war. Noch ließ sich nicht sagen, ob ich erfolgreich gehandelt hatte. Jetzt ruhte alles in Allahs Schoß.

Safia sah blaß und mitgenommen aus. Als sie die Augen aufschlug, starrte sie wild um sich und flehte um Wasser. Es gab Wasser und Gras für die Pferde, aber hier konnten wir nicht lange bleiben. Gegen Abend kam Safia voll zu Bewußtsein, und ich konnte ihr etwas Suppe einflößen.

Anschließend band ich sie erneut im Sattel fest. Auf einem Umweg brachte ich sie zu der Höhle, in der ich vor langer Zeit mit dem Westgoten gekämpft hatte.

Es war eine einsame Gegend, und die Höhle war gut versteckt; es gab auch Wasser. Hier konnten wir uns gut verbergen, bis Safia sich entweder erholt hatte oder starb.

Nachdem ich die Pferde auf einer kleinen Wiese zwischen Weiden gut versteckt hatte, überzeugte ich mich, daß Safia schlief; dann nahm ich mein Schwert und meinen Bogen, um ein wenig herumzustreifen und mich umzuschauen. In einem kleinen Wäldchen fand ich ein paar von Akims Schafen, die von einem großen, alten Hammel beschützt wurden. Mit einem Pfeil tötete ich ein

Lamm, das sich etwas von der kleinen Herde entfernt hatte; ich schlachtete das Tier und trug das Fleisch zur Höhle zurück.

Später folgte ich dem Strom und fand eine andere Höhle; sie war größer und geräumiger, vor allem aber noch besser versteckt. Ich zog dorthin.

Die Behandlung von Safias schweren Verletzungen war die erste Probe für mein medizinisches Wissen und hätte sogar für einen viel erfahreneren Mann als mich einen strengen Test bedeutet.

Safia begann sich jedoch langsam zu erholen. Zuerst kämpfte sie um ihr nacktes Leben und dann um die Gesundheit. Für mich war es ein Kampf um unsere Existenz.

Der Proviant, den ich auf unseren Pferden mitgebracht hatte, war bald aufgebraucht.

Aber die Schafe schienen froh zu sein, mich in der Nähe zu haben. Daß ihre Anzahl abnahm, kümmerte sie offenbar nicht; das erwarteten sie wohl eher.

An einigen Stellen hatte sich Akims Getreide selbst versamt; ich fand etwas Gerste sowie einiges Obst, das von Vögeln nicht verzehrt worden war. Später konnte ich einen wilden Eber erlegen.

Mehrere Reitergruppen tauchten auf; eine von ihnen ritt zu den Ruinen von Akims Anwesen. Aber ich hatte alle Spuren sorgfältig verwischt, so daß man nichts fand.

Als Safia sich aufsetzen und selbst versorgen konnte, wurde es für mich etwas leichter, denn ich konnte mich nun weiter entfernen und nach Nahrung suchen; desgleichen nach Heilkräutern, um Safia zu behandeln.

Dann änderte sich die Situation jäh und ohne Vorwarnung.

Ich war gerade in den Sattel gestiegen, um wieder einmal fortzureiten, als sich drei Söldner der Höhle näherten. Ich entdeckte sie einen Moment früher als sie mich und zog sofort mein Schwert, während ich darauf achtete, daß die linke Seite meines Pferdes den herankommenden Söldnern zugewandt war. Mein Schwert lag mit der Spitze nach vorn auf meinem Knie.

Zweifellos hielten sie mich für einen Bauern, den man leicht in Angst und Schrecken versetzen konnte. Jedenfalls sagte einer von ihnen barsch zu mir: »Los, runter von diesem Gaul, oder du wirst gleich einen gespaltenen Schädel haben!«

Der dritte Mann, der sich etwas zurückgehalten hatte, sagte: »Rig, sieh doch mal nach, was da in der Hönle ist. Ich denke, wir haben eine Frau für uns gefunden.«

Ich saß regungslos auf meinem Pferd.

Der erste Sprecher kam weiter auf mich zu.

Der Mann namens Rig schwang sich vom Pferd.

Jetzt gab ich meinem Araberpferd die Sporen und ritt Rig einfach über den Haufen. Gleichzeitig hob ich die Hand mit meinem Schwert.

Der plötzliche Angriff auf den abgestiegenen Söldner hatte mich auf die linke Seite des ersten Mannes gebracht.

Der riß einen Arm hoch, hatte aber keinen Schild.

Die Schneide meiner scharfen Klinge schnitt tief in seinen Arm und seine Schulter.

Unsere Pferde waren dicht beieinander. Ich dirigierte mein Pferd mit den Knien und stieß mein Schwert in die Seite des Mannes.

Der dritte Mann wollte die Flucht ergreifen.

Doch ich steckte mein Schwert in die Scheide und trieb meinen Araber zur Verfolgung an, während ich gleichzeitig einen Pfeil auf die Sehne meines Bogens legte.

Das schwere und langsamere Pferd des Söldners war meinem Araber nicht gewachsen.

Ich holte sehr schnell auf und ließ den Pfeil von der Sehne schnellen.

Der Söldner wurde von meinem Pfeil durchbohrt.

Ich fing sein Pferd ein, nahm dem toten Söldner Rüstung und Waffen ab, dann kehrte ich zur Höhle zurück.

Der Mann, den ich zu Boden geworfen hatte, war nicht mehr zu sehen, aber für mich gab es keinen Zweifel, wo er zu finden war. Ich stieg ab, nahm mein Schwert in die Hand und betrat die Höhle.

Safia stand an der Wand und hielt ihren Dolch in der rechten Hand.

»Ihr seid ein Dummkopf!« sagte sie zu dem Söldner. »Er wird Euch töten!«

»Vielleicht, aber erst werde ich dich haben!«

Der Mann sprang Safia an.

Aber Safia benutzte nicht, wie der Mann wohl erwartet hatte, ihren Dolch, sondern schlug ihm mit einem brennenden Ast aus dem Feuer ins Gesicht.

Der Söldner hatte sich ausschließlich auf Safias Dolch konzentriert und den glühenden Stock gar nicht gesehen, den sie in der linken Hand an ihrer Seite nach unten gehalten hatte. Durch den scharfen Luftzug wurde die Glut zur Flamme angefacht.

Der Söldner sprang erschrocken zurück.

Es war nicht meine Schuld, daß er dabei genau gegen die Spitze meines Schwertes fiel, wenngleich ich vielleicht ein kleines bißchen zugestoßen hatte, aber wirklich nur ein ganz kleines bißchen. Wenn ein Mann entschlossen war, zu sterben, warum sollte ich mich dann dem Schicksal in den Weg stellen?

»Wir hatten Glück«, sagte ich.

»Ja«, gab sie zu. »Aber Ihr seid auch sehr geschickt.«

Unser Abenteuer an diesem Morgen trug für uns Früchte. Wir hatten jetzt drei weitere Pferde, dazu drei Helme, zwei Panzerhemden, einen Brustpanzer, Dolche, Schwerter und ein paar andere Ausrüstungsgegenstände. Die drei Söldner hatten vier Dinar bei sich gehabt, aber wir hatten ja etwas eigenes Geld.

Doch für uns wurde es nun Zeit, von hier fortzukommen.

Während der langen Tage in der Höhle hatte Safia mir noch wesentlich mehr Persisch beigebracht, als ich bis dahin gekannt hatte; sie hatte mich auch etwas Hindi gelehrt. Sie war in Basra als Tochter eines Emirs und eines Sklavenmädchens geboren worden; man hatte ihr eine sehr gute Erziehung angedeihen lassen und sie mit einem bengalischen Prinzen verlobt. Nach seinem Tod war sie allein gewesen, hatte aber dann in Bagdad einen Mann der alten Abbasiden-Dynastie geheiratet und sich auf eine Verschwörung eingelassen, um für ihn das Kalifat von Cordoba zu erringen. Nachdem dieses Vorhaben fehlgeschlagen war, hatte sie sich als Spionin betätigt; sie hatte Informationen an jeden verkauft, der dafür bezahlen konnte.

Seit unserer Flucht aus Cordoba waren nun vier Monate vergangen. Zwar war Safia nach der langen Krankheit immer noch sehr geschwächt, aber sie konnte jetzt schon wieder reiten. Ihre Fußsohlen waren allerdings so empfindlich geblieben, daß Safia nur wenige Schritte gehen konnte.

Wenn ich im Teich gebadet hatte oder zwischen den Ruinen von Akims Bauernhof herumgestreift war, hatte ich oft überlegt, wie es wohl Sharasa gehen mochte. Wo war sie jetzt? Ging es ihr gut?

Ich legte die verbeulte Rüstung eines Söldners wieder an, war aber jetzt wesentlich besser bewaffnet als vorher. Wir kehrten zur Straße zurück, aber diesmal schlugen wir die entgegengesetzte Richtung ein und entfernten uns immer weiter von Cordoba.

»In Konstantinopel gibt es einen Mann, der etwas über Euren Vater wissen könnte«, sagte Safia einmal zu mir. »Ihr müßt versuchen, diesen Mann zu finden.«

Wir verkauften die erbeuteten Pferde, desgleichen die Rüstung und Waffen. Die vier Pferde, die Safia ursprünglich erworben und bereitgestellt hatte, behielten wir, denn ihresgleichen würden wir kaum finden.

Safia hatte mir in Cordoba ihren Schmuck übergeben, um ihn an einem sicheren Ort aufzubewahren. Ich hatte mich daran erinnert und ihn mitgenommen, aber wir hofften, daß es nicht notwendig sein würde, ihn zu berühren.

Der Ritt in der frischen, sauberen Luft brachte wieder etwas Farbe in Safias Gesicht; auch der apathische Ausdruck in ihren Augen war verschwunden.

Außerhalb von Montoro stießen wir auf eine Reisegruppe und schlossen uns ihr an.

Fortan würden wir zwar durch Gegenden reisen, die nicht mehr von den Moslems beherrscht und kontrolliert wurden, aber wir würden uns dennoch in größerer Gefahr befinden. Banditentum existierte jetzt auch in Moslem-Territorien, die in viele kleine *taifas* zerfallen waren.

In Andujar trafen wir Rupert von Gildenstern, einen wahren Riesen von Mann, mindestens fünf Zentimeter größer als ich und viele, viele Pfunde schwerer. Sein langes, breites Gesicht wies eine Adlernase und ein Doppelkinn auf. Zwar sah er dick und fett aus, machte aber keineswegs den Eindruck, ein weicher Mann zu sein. Trotz seiner massigen Größe bewegte er sich erstaunlich geschmeidig und anmutig. Er sprach mit der Stimme eines Orakels und der Befehlsgewalt eines Gottes.

Als wir eine am Straßenrand gelegene Schenke erreichten, sahen wir, daß es auf dem Hof viele Packpferde und Maultiere gab.

Ein Mann stand breitbeinig auf einer Seite des Hofes; einen solchen Mann hatte ich noch niemals gesehen.

»Wir werden abladen!« sagte er. »Sucht bei euren Tieren nach Kratzern, Verletzungen oder wundgescheuerten Stellen. Wir wollen hier keine Tiere haben, die nicht fähig sind, Lasten zu tragen.«

Er ignorierte unsere Ankunft und sah auch keinen von uns an. Aber er sprach sehr laut und deutlich.

»Kümmert euch vor allem um die Fesselgelenke der Tiere. Sucht in den Hufen nach Steinen und entfernt sie. Bürstet das Fell auf dem Rücken, denn verfilztes Haar kann wundscheuern. Niemand sorgt für sich, solange die Tiere nicht versorgt sind!«

Offensichtlich waren wir auf einen Kaufmannszug gestoßen.

Dieser riesige Mann war der *Hansgraf* oder Hauptmann dieses Zuges und hieß Rupert von Gildenstern.

Solche Züge transportierten Handelsgüter kreuz und quer durch ganz Europa. Man benutzte uralte Handelsstraßen aus der Zeit vor den Römern. Manche folgten der alten Bernsteinstraße, die vom Baltikum zum Mittelmeer führte. Über diese Straße war Bernstein zu den Pharaonen von Ägypten, zu Salomon und zu Hiram von Tyrus in Phönizien gebracht worden.

Diese Handelskaufleute waren durch einen Treueid aneinander gebunden; sie waren gut bewaffnet und jederzeit bereit, Angriffen und Überfällen durch Briganten oder Raubrittern Widerstand zu leisten. Raubritter waren Edelleute, die von ihren Burgen aus Handelszüge überfielen und ausplünderten. So manche Burg diente solchem Zweck.

Hansgrafs Züge der »Weißen Händlergesellschaft« waren von riesigem Wert. Ich begriff augenblicklich, daß dies unsere Rettung sein konnte. Unsere Route führte ostwärts durch Gebirgspässe, wo überall Gefahr lauerte, doch mit einer solchen Karawane würde die Reise sicher genug sein.

Ich suchte mir eine freie Ecke auf dem Hof aus, sattelte unsere Pferde ab und versorgte sie. Kein anderes Pferd auf dem ganzen Hof konnte einem Vergleich mit unseren Tieren standhalten.

Ich beobachtete, wie der *Hansgraf* mir mehrmals einen Blick zuwarf oder von mir zu Safia schaute, die in meiner Nähe stand. Als unsere Tiere gut versorgt waren, nahm ich meine Waffen und ging in die Schenke.

Ein Dutzend Männer saß um den Tisch herum; sie aßen und tranken, und einige von ihnen waren schon ziemlich betrunken.

Die Männer starrten Safia an, als sie hereinkam. Einer von ihnen sagte etwas in fränkischer Sprache; es war eine beleidigende Äußerung, die Safia nicht verstand.

Ich langte über den Tisch hinweg und packte den Kerl am Bart. Das war die schlimmste Beleidigung, die man einem Mann in der moslemischen Welt zufügen konnte. Ich zerrte ihn über den Tisch hinweg zu mir herüber, riß seinen Kopf am Bart nach unten und schob dem Mann eine Handvoll Fett in den geöffneten Mund.

»Halte gefälligst dein dreckiges Maul!« herrschte ich ihn an. »Das nächste Mal ramme ich dir ein ganzes Schaf in den Hals!«

Ich wischte meine fettigen Finger an seinem Hemd ab, ließ ihn los und stieß ihn hart zurück. Er stürzte prustend und würgend über die Bank.

Zwei andere Männer, deren Gesichter vom Wein stark gerötet waren, wollten offenbar aufstehen.

»Die Dame wird als solche behandelt, verstanden?« herrschte ich sie an. »Wenn ihr euch mit mir anlegen wollt, werde ich euch die Schädel spalten wie Melonen!«

Wir suchten uns einen Tisch auf der hinteren Seite des Raumes. Ich sah, wie das Großmaul zur Tür taumelte und immer noch mit dem Ersticken rang. Es würde bestimmt eine Weile dauern, bis er sich noch einmal einer Frau gegenüber das Maul zerriß.

Als ich aufblickte, sah ich, wie der *Hansgraf* quer durch den Raum zu uns herüberschaute.

Wir bestellten eine Flasche Wein und etwas Braten. Dann setzten wir uns zum Essen hin.

Safia hatte sich mit Ausnahme der immer noch sehr empfindlichen Füße fast restlos erholt. Der Ritt in der frischen, kühlen Luft hatte ihr Appetit gemacht.

Ein Schatten fiel über unseren Tisch.

Es war der *Hansgraf*.

»Gut gemacht!« sagte er zu mir. »Dieses Schwein hatte es auch nicht anders verdient. Wollt Ihr weit reisen?«

Ich deutete auf die Flasche und sagte: »Ein edler Wein, *Hansgraf*. Darf ich Euch dazu einladen?«

»Nur für einen Moment.«

Er setzte sich zu uns an den Tisch, und ich staunte erneut über die Größe dieses Mannes. Er wog mindestens anderthalbmal soviel wie ich. Gekleidet war er ganz in Schwarz: schwarze Hose, große, schwarze Stiefel und über allem ein schwarzer Umhang.

»Ihr seid Soldat?« fragte er mich.

»Glücksritter«, erwiderte ich, »und ein Kämpfer, wenn es nötig ist. Aber auch so etwas wie ein Gelehrter.« Ich fügte hinzu: »Ich reise nach Osten, und die Dame Safia reist in ihre Heimat Shiraz.«

»Das ist eine sehr weit entfernte Gegend.« Er musterte mich wieder einmal anerkennend. »Habt Ihr Kapital zu investieren? Wir sind eine Handelsgesellschaft. Unsere Waren werden von uns gemeinsam eingekauft und verkauft. Der Profit wird geteilt. Wenn Ihr Euch uns anschließen möchtet... wir können starke Männer gut brauchen.«

»Wäre ich damit an der Gesellschaft beteiligt?«

»Ihr wärt einer von uns. Aber auch Euer Schwert würde uns dann gehören. Ich glaube, wir werden Schwerter noch sehr nötig haben.«

»Und Eure Route?«

»Über Pamplona nach Pau und Avignon. Wir ziehen nach Osten, nehmen aber den Weg über die Märkte.«

Und so geschah es, daß ich, der ich schon ein Gelehrter, ein Geograph und vielleicht ein Arzt war, nun auch noch ein Handelskaufmann wurde.

Ein Kaufmann mit einem Schwert.

25

Die lohfarbenen Hügel lagen wie schlafende Löwen neben der Wegstrecke. Weit voraus, den Konvoi anführend, ritt der *schildrake* oder Standartenträger. Hinter ihm ritten sechs bewaffnete Männer, die wegen ihres geschickten Umgangs mit Waffen eigens dafür ausgesucht woden waren. Dann kam der *Hansgraf* selbst.

Der Zug bestand aus nahezu fünfhundert Packtieren, überwiegend Pferde und Maultiere; aber es gab auch Rinder. Letztere würden geschlachtet und verzehrt werden, wenn ihre Lasten verkauft oder auf Maultiere umgeladen waren.

Die Tiere mußten zu zweit nebeneinander gehen, weil der Weg nur sehr schmal war; außerdem wurde die Kolonne auf beiden Flanken von bewaffneten Wachmannschaften begleitet.

Es gab vier Frauen und zweiundsechzig Männer, alle durch ständiges Reisen und gelegentliche Kämpfe abgehärtet. Alle waren aktiv und finanziell an diesem Unternehmen beteiligt, und in von Gildenstern hatten sie einen sehr fähigen und tüchtigen Anführer, der für strenge Disziplin sorgte. Falls irgend jemand den gestellten Anforderungen nicht gerecht wurde, ließ man ihn augenblicklich fallen. Seine Waren wurden aufgekauft, und der Mann wurde aus dem Geleitzug ausgestoßen und dort zurückgelassen, wo es geschehen war.

An diesem Morgen hatte Gildenstern breitbeinig dagestanden, die Hände in die Hüften gestemmt und mich angestarrt. Diese Stellung war für ihn typisch, wie ich noch erfahren sollte.

»Ihr seid Kelte?«

»Aus Armorica in der Bretagne, in der Nähe der Dünen von Brigognan.«

»Ich kenne diese Gegend. Und die Frau? Sie ist nicht mit Euch verheiratet?«

»Sie ist eine Dame, der ich zu tiefem Dank verpflichtet bin. Und sie *ist* eine Dame!«

»Das habe ich bisher auch angenommen. Faßt es bitte nicht als Beleidigung auf, aber sagt mir... hat sie ein gutes Benehmen?«

»Von Mann zu Mann... ja. Wir sind Freunde. Gute Freunde, aber nicht mehr als gute Freunde.« Ich fügte hinzu: »Sie könnte auch von großem Wert sein. Sie ist eine Dame, die mit Informationen handelt. Sie war im Zentrum der Dinge in Cordoba, bis ihre Feinde dahinterkamen. Ich habe ihr geholfen zu entkommen, so wie sie mir früher einmal geholfen hatte.«

Der *Hansgraf* nickte.

»Wir ziehen nordwärts nach Montauban, dann zu den Märkten in Flandern und von dort zurück zu den Märkten in der Champagne. Es könnte ein Jahr dauern, bis wir ans Meer gelangen.« Er sah mich sehr scharf an. »Ihr wart bereit zu kämpfen. Seid Ihr ein streitsüchtiger Mann?«

»Das bin ich nicht.«

»Nur zu Eurer Information... wir sind hier wie eine einzige große Familie, die fest und treu zusammenhält. Meinungsverschiedenheiten oder Streitigkeiten werden ausschließlich von mir bereinigt, ist das klar? Solltet Ihr irgendwann nicht zufrieden sein, werden wir Euch auskaufen, und Ihr könnt Eurer Wege gehen. Die Gesellschaft schützt all ihre Mitglieder, und alle Handelsgesellschaften stehen bereit, sich gegenseitig zu helfen.«

Wir zogen unter grauem Himmel weiter.

Die großen Märkte in Flandern und der Champagne lockten Kaufleute aus allen Ländern Europas an. Die Ehre, der älteste Markt zu sein, gebührte St. Denis, aber es gab auch Märkte in Ypern, Lille und Brügge; sie waren fast genauso alt wie der Markt von St. Denis. Der größte Markt in Flandern war Gent.

Am Anfang des 12. Jahrhunderts waren die Märkte von Bar und Troyes sowie von Lagny und Provins längst gegründet. Die Märkte in der Champagne waren die Geldmärkte Europas; Verrechnungsstelle für Schulden in allen christlichen und vielen moslemischen Ländern.

Märkte dauerten drei bis sechs Wochen, und bei Handelszügen war es Brauch, von einem Markt zum nächsten zu ziehen. Große Märkte waren auch in Cambrai, Château-Thierry und Châlons-sur-Marne in Betrieb.

Vielen Märkten waren durch Gesetze der jeweiligen Länder einmalige Privilegien verliehen worden, desgleichen den Kaufleuten, die solche Märkte besuchten. Damit wurde bezweckt, den Handel anzulocken und zu fördern. Kaufleute, die auf Märkten Geschäfte machten, operierten unter einer speziellen *conduit* unter dem Schutz des Herrschers eines Landes, durch das man reiste. Eine Spezialgruppe bewaffneter Männer, die sogenannten »Marktwächter«, sorgten für Ordnung. Ein Brief, der ihr Siegel trug, gewährleistete allen, die ihn bei sich hatten, größte Sicherheit.

Kein Kaufmann, der von einem Markt zum anderen reiste, konnte wegen irgendwelcher Schulden, die er außerhalb des Marktes gemacht hatte, festgehalten werden. Sie brauchten auch nicht zu befürchten, wegen irgendeines früher begangenen Verbrechens eingesperrt zu werden.

Den Karawanenleuten war auch das Kartenspielen und Würfeln an hohen Feiertagen erlaubt.

Die längste Route, der wir folgen würden, erstreckte sich von der Provence bis zur Küste von Flandern, zur Champagne, nach Köln, Frankfurt, Leipzig und Lübeck in Deutschland, und dann wahrscheinlich noch bis Kiew oder Nowgorod; der Handel endete in Konstantinopel.

Die Handelskompanien waren ins Leben gerufen worden, um die Gefahren einer Reise zu einer Zeit zu teilen, als es auf den Straßen nur so von Briganten wimmelte, desgleichen von räuberischen Edelleuten und ganzen Armeen kriegslüsterner Mönche, die ihre Kloster verlassen hatten, um Karawanen zu überfallen und auszuplündern.

Die ersten Handlungsreisenden waren offenbar Männer ohne Landbesitz gewesen, also herumstreifende Abenteurer, die in jeder Bevölkerung zu finden sind. Oft waren es jüngere Söhne und Ausgestoßene, die sich mit Handel Geld verdienten; oder sie wurden von Kirchenvertretern mit geheimen Darlehen ausgestattet und auf diese Weise finanziert. Manche begannen als Händler oder Hausierer in den Städten und erwarben sich Warenvorräte, mit denen sie dann wie andere ihresgleichen über Land zogen.

Einer der vorausreitenden Kaufleute blieb zurück, um mit mir zu reden. Er war ein hagerer Mann, hieß Lucca und stammte aus der Lombardei.

»Das habt ihr gut gemacht«, sagte er. »Von Gildenstern ist der beste *Hansgraf* auf der Staße. In Schwaben hat er letztes Jahr an einem Flußübergang einen eigenen Markt begonnen. Er kann einen Markt riechen, wie andere Honigwein wittern. Unsere Hände und unser Reichtum sind selten müßig.«

Lucca sah mich forschend an. »Ihr sollt ein Gelehrter sein, wie man sagt? Was für ein Gelehrter?«

Eine berechtigte Frage. Was für ein Gelehrter war ich? War ich überhaupt ein Gelehrter? Meine Unwissenheit war enorm. Im Vergleich dazu war mein bescheidenes Wissen so gut wie nichts. Mein Lerneifer hatte mich zum Studieren und Nachdenken veranlaßt, weniger um mein Schicksal zu verbessern, sondern vielmehr deswegen, meine Welt besser verstehen zu können. Lesen ohne Denken ist nichts, denn ein Buch soll weniger aussagen als zum Nachdenken anregen.

»Eine gute Frage«, erwiderte ich. »Aber ich suche eigentlich nur nach Wissen, weil ich die Welt für meine Provinz halte. Wie es scheint, ist alles Wissen miteinander verbunden. Jede Wissenschaft ist bis zu einem gewissen Grade von einer anderen abhängig. Wir studieren die Sterne, damit wir mehr über unsere Erde erfahren. Wir beschäftigen uns mit Kräutern, um mehr für die Medizin zu lernen.«

»Ihr seid Arzt?«

»Nur ein ganz kleiner. Bisher hatte ich mehr Erfahrung damit, Wunden auszuteilen, als sie zu heilen.«

»Wenn Ihr Erfahrungen sammeln wollt, werdet Ihr bei uns für beides hinreichend Gelegenheit bekommen. Wir müssen uns oft mit Räubern befassen, die ihren Tauschhandel mit dem Schwert betreiben.«

»Dann werden wir ihnen zu einem fairen Handel verhelfen.« Mir kam plötzlich ein Gedanke. »In der Bretagne gibt es wohl keinen Markt?«

»Vielleicht einen kleinen. Manchmal gehen wir nach St. Malo, aber dort gibt es einen Raubritter mit sehr ausgedehntem Jagdgebiet.«

»Tournemine? Ist das zufällig der Name?«

»Ihr kennt den Mann?«

»Hat er eine Narbe im Gesicht? So?«

»Allerdings, und ich wünschte, er hätte sie an seinem Hals!«

Ich legte unwillkürlich eine Hand auf meinen Dolch und sagte: »Diese Spitze hat ihm die Narbe beigebracht! Er hat meine Mutter getötet, alle unsere Leute. Wenn wir dorthin ziehen, kann ich ihm einen Besuch abstatten.«

»Allein?«

»Was denn sonst? Ich habe mich die letzten Jahre ständig an ihn erinnert.«

»Wir müssen mit dem *Hansgraf* darüber sprechen.«

Ich ritt an der Kolonne zurück. Es begann leicht zu regnen. Wir erreichten einen Hügelkamm und schauten in ein schönes Tal hinab, das jetzt allerdings vom Regen verschleiert war. Am fernen Ende ragte der graue Turm einer Burg empor. Es war ein einsamer und unheildrohender Anblick. Dahinter war die Sierra Madrona zu sehen, deren Gipfel sich in den Wolken verloren.

Bald begann es in Strömen zu regnen, aber wir setzten unseren Weg fort. Voraus gab es eine Schenke mit einem großen Stall. Dort konnten viele von uns schlafen.

Safia saß in sich zusammengesunken im Sattel, blickte aber auf, als ich an ihre Seite kam.

»Mir gefällt der Regen«, sagte sie. »Es tut gut, ihn auf meinem Gesicht zu spüren.«

»Dann genießt es«, sagte ich. »Wir werden bald wieder in einer Schenke sein.«

Wir waren müde und freuten uns auf die Schenke. Ein Topf Glühwein, ein Laib Brot, dazu etwas Käse ... ich lernte, wie leicht man zufrieden sein konnte. Doch ich vermißte schmerzlich meine Bücher. Seit wir Andujar verlassen hatten, war keine Zeit gewesen, auch nur eine einzige Seite zu lesen.

»Die Burg da drüben ...?« fragte Safia. »Wißt Ihr, wem sie gehört?«

»Ein häßlicher Ort. Gefällt mir ganz und gar nicht.«

»Die Burg gehört Prinz Ahmed. Ihr seid jetzt in seinen Landen.«

Was hatte er doch damals bei der Gesellschaft von Valaba gesagt? *Das ist ja Eure Domäne. Aber wenn ich richtig verstanden habe, reist Kerbouchard sehr gern.*

Mein Blick wanderte zu der Burg hinüber. Ich war ein Dummkopf, mich in die Hände des Feindes zu begeben.

»Er darf nicht erfahren, daß ich hier bin«, sagte ich. »Ich muß dem *Hansgraf* Bescheid sagen.«

Ich verließ Safia und ritt in schnellem Galopp zur Spitze der Kolonne, wo ich die Situation kurz erklärte.

Von Gildenstern saß wie ein Monument auf seinem Pferd und schaute das Tal hinab zur Schenke hinüber.

»Ihr habt gut daran getan, mir dies sofort zu sagen. Was habt Ihr vor?«

»Ich werde in die Berge reiten. Ich sehe keinen Grund, Euch in meine Angelegenheiten zu verwickeln.«

»Ein nobler, aber auch dummer Gedanke. Überall in diesen Bergen lauern Briganten auf Reisende. Bleibt bei uns. Ihr seid jetzt einer von uns, und Eure Sorgen sind nun auch unsere Sorgen geworden.«

Er wechselte das Thema.

»Lucca hat mich informiert, daß Ihr den Baron de Tournemine kennt. Kennt Ihr auch seine Burg?«

»Ich kenne sie. Ich bin mit meinem Vater hingeritten, als er dem Baron die Grenzen seiner Macht aufzeigte. Das hat dem Baron gar nicht gefallen.«

»Ein schlechter Mann, aber auch ein starker Mann. Unter dem Vorwand, Ruhe und Ordnung zu erhalten, reitet er weit hinaus, um überall Tribut zu verlangen. Er führt Krieg mit Handelsleuten.«

»Ich werde ihn aufsuchen.«

»Wir werden noch einmal darüber reden. Bis dahin aber seid versichert, daß die Gesellschaft zu Euch steht.«

Die grauen Türme zeichneten sich undeutlich, aber drohend im Regen ab. Ich zweifelte nicht daran, daß wir beobachtet wurden, denn eine solche Kolonne würde augenblicklich dem Burgherrn gemeldet werden.

Hinter der Ortschaft, einer Ansammlung von Häusern, lag die große und sehr alte Schenke. Es gab einen Hof mit einer starken Mauer sowie Holztore, die bei einem Angriff geschlossen werden konnten. Unsere Lasten würden auf den Hof gebracht werden, während man die Tiere noch für einige Zeit draußen auf den Wiesen grasen lassen würde. In einer solchen Nacht würden Wachmannschaften aufgestellt werden, jede zwanzig Mann stark.

Wie Lucca uns sagte, hielt sich Prinz Ahmed nur selten hier auf. Er hatte die Handelszüge, die durch seine Lande zogen, beschützt und gelegentlich auch mit ihnen Handel getrieben.

Der *Hansgraf* hielt beim Tor an und saß zunächst regungslos auf seinem starken, großen Pferd. Er machte nur selten Gesten, aber jede war zugleich ein Befehl. Ich hatte niemals einen Mann gekannt, der seine Rolle besser verstand. Er akzeptierte alles, was ihm rechtens zustand, ohne Kommentar, ohne Entschuldigung. Er machte die Verantwortlichkeit eines Befehlshabers zum Privileg. Jedenfalls hatte es diesen Anschein.

Die Packtiere wurden von ihren Lasten befreit und sofort auf die Wiese geführt. Aber die Pferde der Wachen blieben drin, bekamen Getreide zu fressen und mußten jederzeit bereit sein.

Der *Hansgraf* saß kerzengerade auf seinem Pferd und gab alle notwendigen Anweisungen; er tat es mit dem Geschick eines Malers, der ein Bild auf die Leinwand bannen wollte.

Als ich an ihm vorbeikam, sagte er nur: »Ihr übernehmt die Wache ab Mitternacht... vier Stunden.«

Es waren die einzigen Worte, die seit der Ankunft gesprochen worden waren.

Für die Männer war dies offenbar Routine, so daß nur ein paar Anweisungen nötig waren. Viele von ihnen hatten diese Schenke schon früher besucht. Die Prozedur nach der Ankunft war wirklich einfach genug. Abladen, Waren verstauen, Tiere versorgen.

Abgesehen von Lucca, der ein recht umgänglicher Mann war, kannte ich am besten noch einen Mann namens Johannes; er stammte aus Brügge. Seine Lebensgeschichte als Handelskaufmann war typisch. Ein Mann ohne Landbesitz; in Brügge geboren; alle Angehörigen durch die Pest verloren und Waise geworden. Er hatte gebettelt und sich seinen Weg mühsam erkämpft. Bei einer Seereise hatte er geholfen, reiche Beute zu machen; so war er mit etwas Geld wieder an Land gekommen.

Im Inland herrschte Hungersnot. Im Hafen gab es Getreide. Also kaufte er Maultiere und Getreide, transportierte es ins Inland und verkaufte es zu einem guten Preis. Alles, was zum Leben notwendig war, wurde meistens in unmittelbarer Umgebung angebaut und geerntet. Transportmöglichkeiten gab es nur auf Flüssen. So konnte es durchaus vorkommen, daß in einer Gegend Hungersnot herrschte, während es nur wenige Tagesreisen entfernt alles im Überfluß gab.

In einer bislang ausschließlich landwirtschaftlichen Gesellschaft entwickelte sich ein neuer Bürgerstand. Die alten Zeiten änderten sich. Früher hatten ein paar starke Stammeshäuptlinge alles Land an sich gerissen; Leibeigene hatten für sie schuften müssen. Jetzt entwickelte sich eine neue Art von Reichtum und damit zugleich eine neue Methode, Reichtum zu erwerben.

Kaufleute verstanden es, die Unzufriedenheit der Menschen zu nutzen. Sie brachten den Leuten viele Dinge, die gebraucht wurden, aber sie weckten auch neue Wünsche, indem sie Kosmetika, Stoffe, Seiden, Juwelen und viele einfachere Gegenstände zur Schau stellten.

Guido war ein Bauer aus Piemont. Seine Familie war durch Krieg umgekommen. Als junger Bursche war er zusammen mit anderen Flüchtlingen vor einer eindringenden Armee geflohen und schließlich nach Genua gelangt. Hier sah er zum erstenmal ein Schiff und beobachtete, wie Männer mit bescheidenem Reichtum an Land kamen. Also heuerte er auf einem Schiff an.

Seine Reise endete bei den griechischen Inseln. Das Schiff ging unter, nur wenige Überlebende erreichten das Ufer. Sie stahlen ein Boot, überfielen ein Dorf und gingen erneut zur See.

Die zweite Reise endete für Guido mit einem Fehlschlag, aber die dritte wurde ein Erfolg. Er spielte und verlor alles bis auf ein paar kleine Münzen. Doch mit dieser kleinen Summe kaufte er Kerzen, die er an Pilger verkaufte. Bald konnte er andere Waren dazunehmen.

Ein paar Jahre später schloß er sich einer Handelskarawane an.

Wie man mir sagte, waren die ersten Handelskompanien eigentlich nichts weiter als Briganten gewesen; sie hatten aus Taugenichtsen, Vagabunden und Spitzbuben bestanden, die während des Handels gleichzeitig raubten und plünderten.

Dann kam allmählich Ordnung in diese Unternehmungen. Märkte wurden organisiert. Die Handelskompanien wurden zu anerkannten Institutionen.

Die Schenke war ziemlich groß, aber als wir alle darin versammelt waren, gab es nicht mehr viel Platz; immerhin handelte es sich um vierzig starke Männer und fünf Frauen. Ein Drittel unserer Männer war draußen bei den Pferden auf der Wiese oder hielt bei den Mauern Wache.

Andere Reisende waren anwesend. Ein Klosterbruder auf einer Pilgerreise; die Priorin eines Klosters mit einer kleinen Eskorte; zwei Nonnen; zwei Soldaten, die aus dem Krieg zurückkamen; schließlich noch ein Viehtreiber, der sein Vieh soeben verkauft hatte.

In der Schenke war es heiß und muffig. Die nasse Kleidung unserer Männer dampfte. Der Raum selbst war auch nicht gerade allzu sauber. Aber das Essen war gut und einwandfrei; es gab reichlich davon.

Safia saß da und ruhte sich aus.

Ich näherte mich ihr und sagte: »Tut mir leid, daß ich Euch hierhergebracht habe.«

»Ich habe so etwas schon früher kennengelernt, Kerbouchard. Nicht hier, aber in Persien, in meinem eigenen Heimatland. Es braucht Euch also gar nicht leid zu tun. Es wird schon alles gut werden.«

Plötzlich wurde die Tür geöffnet.

Wir schauten alle sofort hin.
Ich wandte den Blick sofort hastig wieder ab.

Mehrere Soldaten waren hereingekommen, und der Offizier, der sie befehligte, war niemand anders als Duban!

Verstohlen sah ich mich nach einem Fluchtweg um. Es gab jedoch keinen.

Jeden Moment würde Duban mich sehen.

Und da geschah es auch schon.

Er drehte sich etwas um und ließ den Blick durch den Raum wandern. Dann starrte er mir direkt in die Augen.

Und sein Blick drückte deutlich genug aus, daß auch er mich sofort erkannte.

26

Duban durchquerte den Raum.

Ich stand auf und trat ihm gegenüber.

Johannes legte sein Schwert vor sich auf den Tisch, und Guido folgte sofort diesem Beispiel.

Duban übersah die beiden keineswegs.

»Ihr habt Freunde«, sagte er zu mir. Seine Augen blickten nicht unfreundlich drein.

»Gute Freunde«, erwiderte ich. »Und Ihr, Duban?«

»Ich bin ein Hauptmann. Ich diene, und mir wird gedient. Es wäre besser, Ihr bliebt über Nacht nicht hier. Am Zugang zum Paß gibt es eine kleine Schenke. Ich möchte sie Euch empfehlen.«

»Ich bin jetzt Handelskaufmann, Duban. Und ein Handelskaufmann reist mit seiner Hanse. Euer Prinz hat mir gedroht. Er hatte mich eingesperrt, aber ich bin ein geduldiger Mann.«

»Ihr sucht nicht nach Aziza?«

»Nein.«

Er sah mir forschend ins Gesicht, als wollte er die Wahrheit darin ablesen. Sie stand auch in meinem Gesicht geschrieben, falls er sie sehen konnte.

»Euer Prinz hat sich dafür entschieden, mein Feind zu sein. Bisher bin ich noch nicht sein Feind. Aber wenn Ihr wollt, könnt Ihr ihm von mir folgendes ausrichten: Sollte ich sein Feind werden, werde ich nicht eher ruhen, bis er tot ist! Aber er muß warten, bis er an die Reihe kommt. Ich habe nämlich noch einen älteren Feind.«

»Ihr seid ein kühner Mann, Kerbouchard, und als Sohn paßt Ihr hervorragend zu Eurem Vater.«

Ich verbeugte mich. »Noch habe ich einen weiten Weg vor mir, um ein Mann wie Jean Kerbouchard zu werden. Ich muß noch weit gehen, um ihn zu finden. Inzwischen aber bin ich *Euer* Freund.«

Duban streckte mir die rechte Hand entgegen.

»Dann lebt wohl, Kerbouchard, und alles Gute! Möge das Glück Eurem Schwert hold sein!«

Er wandte sich von mir ab und ging davon.

Ich hörte, wie Schwerter in die Scheiden gesteckt wurden. Dann glaubte ich für einen Moment, daß man sie zu früh weggesteckt hatte, denn die Tür der Schenke wurde geöffnet.

Aziza kam herein.

Sie war nicht allein. Bei ihr waren mehrere Frauen und ein halbes Dutzend Eunuchen. Sie war schön; ein bißchen rundlicher und möglicherweise sogar noch liebreizender, als ich sie in Erinnerung hatte. Aber ihr Gesicht strahlte eine Ruhe aus, an die ich mich nicht erinnern konnte.

Duban hatte keine Gelegenheit, Aziza zu warnen.

Unsere Blicke begegneten sich.

Aziza zögerte einen Moment, dann schaute sie sich weiter im Raum um. Sie hatte mit ihrem neuen Leben Frieden geschlossen und die Burg von Othman vergessen.

Und ich? Nun, das nicht gerade. Ich erinnerte mich noch an die Burg von Othman. Diesen Tribut habe ich Frauen immer gezollt. Ich habe nicht vergessen.

Welch größeren Tribut gibt es wohl, als sich an eine Frau zu erinnern, als sie am reizendsten war? Und an ihre Momente der Begeisterung?

Als ich mich neben Safia hingesetzt hatte, blinzelte sie mir verschmitzt zu.

»Sie war... nun, ja... sehr zurückhaltend, nicht wahr?« sagte Safia.

»Warum auch nicht. Ich bin ein Vagabund in staubiger Rüstung... und sie ist die Frau eines Prinzen.« Ich machte eine kleine Pause und fügte hinzu: »Ich hoffe, daß es allen Frauen, die ich kenne, so gutgehen wird.«

Ich dachte kurz nach und sagte: »Wißt Ihr, Safia... kein Mann sollte mehr verlangen als einen Augenblick. Er sollte akzeptieren, was die Götter anbieten, und keine Forderungen an die Zukunft stellen.«

»Ich glaube, es wird ein Tag kommen, da werdet Ihr Forderungen stellen, Kerbouchard.«

Dazu hatte ich nichts zu sagen, denn die Zukunft ist die Zukunft. Ich halte nichts davon, in den Sternen zu lesen. Und warten wir alle nicht auf die Zeit, da es nur *ein* Mädchen oder für Frauen nur *einen* Mann gibt ... für immer?

Safia? Sie war schön, aber sie war undurchschaubar und für immer ein Geheimnis. Sie war weich und reizend wie eine Huri aus dem Paradies, aber auch von ruhiger Würde wie eine Königin. Sie besaß stählerne Härte und konnte sich und andere beherrschen, wie ich es noch bei keiner Frau gesehen hatte. Zum erstenmal seit dem Tod ihres bengalischen Prinzen wurde sie jetzt umsorgt und beschützt. Ich glaube, das gefiel ihr sehr.

Als wir am nächsten Morgen davonritten, drehte ich mich noch einmal um und schaute auf die grauen Burgmauern zurück. Auf der Westseite des Turmes konnte ich ein paar Kuppeln und in ihrer Nähe ein Wohngebäude mit Flachdach sehen.

Lebe wohl, Aziza, lebe wohl!

Was hatte doch mein Bekannter vor langer Zeit in der Cadiz-Taverne gesagt?

Yol bolsun!

Möge es eine Straße geben!

Wie vergingen die Tage? Die Wochen? Wir zogen nordwärts, immer nach Norden. Gelegentlich hielten wir auf Märkten an. Manchmal trieben wir Tauschhandel in einer Burg oder Stadt. Zweimal wurden wir von Briganten überfallen. Einmal gab es einen kurzen, schnellen Überfall, als uns ein Raubritter angriff.

An diesem Tag verloren wir einen Mann. Aber wir hatten sie kommen sehen. In einem Graben und hinter einer Hecke warteten zwanzig unserer Bogenschützen. Als der erste Pfeilhagel schwirrte, stürzten sieben Angreifer aus den Sätteln. Dann kam es zum Nahkampf.

Der Raubritter war ein riesiger Mann in schwarzer Rüstung. Er griff meinen Teil der Kampflinie an, und ich ritt ihm entgegen. Er versetzte mir einen wuchtigen Schwerthieb auf den Helm. Ich flog aus dem Sattel. Zum erstenmal hatte mich jemand vom Pferd geholt. Ich war schockiert und wutentbrannt. Mein Kopf dröhnte vom Schlag. Ich sprang den Raubritter an.

Er schlug überhastet zu und verfehlte mich. Dadurch geriet er aus dem Gleichgewicht.

Ich zerrte ihn aus dem Sattel.

Auf dem Boden kämpften wir und teilten gegenseitig Hieb um Hieb aus. Es wurde ein verbissenes Duell auf dem nassen Rasen. Regen plätscherte auf uns herab.

Er war ein starker und geschickter Schwertkämpfer, der nicht an seinem Sieg über mich zweifelte. Meine fränkische Erziehung und Ausbildung hatte mir viel beigebracht, aber die Mauren waren Experten im Einzelkampf. So konnte ich den Raubritter bald in arge Bedrängnis bringen.

Nach einer Finte stieß er zu, dann holte er mit seinem Schwert nach meinen Augen aus. Die scharfe Klinge ritzte meine Wangen. Aus der tiefen Schnittwunde strömte Blut über mein Gesicht.

Unsere Schwerter prallten aufeinander und lösten sich wieder.

Ich holte zu einem Stoß nach seiner Kehle aus. Meine Klinge legte sein Gesicht frei. Ich machte eine schnelle Drehung und brachte meine Klinge nicht in Deckungsposition zurück, sondern machte einen Schnitt über seine Kehle. Es wurde jedoch nicht viel mehr als ein Kratzer.

Mein Kopf dröhnte immer noch von dem wuchtigen Schwerthieb. Meine an sich sehr starken Beine begannen zu ermüden.

Wieder holte der Raubritter zu einem heftigen Schlag nach mir aus, verfehlte mich jedoch erneut.

Ich schlug mit meiner Damaszener Klinge zurück, die wirklich aus echtem Stahl bestand. Die scharfe Schneide drang durch den Helm meines Gegners. Während er zurücktaumelte, gab ich ihm mit einem Stoß den Rest.

Als ich mich umdrehte, sah ich, daß wir von unseren Leuten umringt waren, die mir lebhaft Beifall spendeten.

Meine Beine zitterten.

Safia kam zu mir, um die starke Blutung in meinem Gesicht zu stillen. Diese Narbe würde für den Rest meines Lebens mein Gesicht zeichnen.

Das Blut beunruhigte mich eigentlich weniger als die Tatsache, daß ich jetzt tot auf dem nassen Rasen liegen würde, wenn der Raubritter mir diesen Schlag auf den Kopf mit einer so guten Waffe wie meinem Schwert versetzt hätte. Ich war zu sorglos gewesen, gefährlich sorglos!

Nach dem Tode des Raubritters griffen wir seine Burg an, bevor die Zugbrücke hochgezogen werden konnte.

Ich bekam zum erstenmal Gelegenheit zu beobachten, wie meine Gefährten als Kampfeinheit funktionierten, denn im Vergleich zu dem Kampf, den wir eben hinter uns hatten, waren alle früheren Überfälle nichts weiter als kleine Gefechte gewesen.

Sie stürmten durch die Hallen der Burg und machten alles mit dem Schwert nieder, was Widerstand leistete.

Wir fanden ein paar Dorffrauen, die Gefangene waren, und befreiten sie.

Schweine und Geflügel überließen wir ihnen, aber wir erbeuteten alles, was von Wert war.

Der Raubritter hatte die umliegende Gegend lange terrorisiert, und die Dorfbewohner begrüßten und feierten uns als ihre Retter.

Tag um Tag zogen wir nach Norden. Der Markt von Montauban lag Wochen hinter uns.

Wie von Gildenstern uns sagte, würden wir bei Mantes die Seine überqueren.

Diesen Ort kannte ich, Wilhelm der Eroberer war dort tödlich verletzt worden, als sein Pferd über einen Feuerbrand stolperte. Wilhelm hatte die männliche Bevölkerung der Stadt massakriert und anschließend die Stadt für sich in Anspruch genommen. In Rouen war er dann seinen Verletzungen erlegen.

In einer angenehmen Nacht mit funkelndem Sternenhimmel lagerten wir am Vilaine in der Nähe von Rennes.

Ich schaute mich um und dachte: *Dies ist mein Land, und das sind meine Leute.*

Ein Bauer hockte an unserem Feuer; sein Gesicht kam mir irgendwie bekannt vor. Schließlich fiel es mir ein. Er stammte von Tournemines Besitzungen. Seine Augen zeigten einen verschlagenen Ausdruck; sein Haar war verfilzt und schmutzig.

Da er mich noch nicht bemerkt hatte, ging ich rasch zu der Stelle hinüber, an welcher der *Hansgraf* bei einem Glas Glühwein saß.

»Wenn ich mich nicht sehr irre, ist er ein Spion. Ich schlage vor, daß sich fünf oder sechs unserer Leute krankstellen und einen sorglosen Eindruck machen. Vielleicht können wir auf diese Weise Tournemine zu einem Angriff auf uns verleiten.«

Der *Hansgraf* dachte darüber nach, während er seinen Wein trank. Schließlich stimmte er zu.

Innerhalb von zwanzig Minuten hatten wir uns zum Schlafen hingelegt. Wir beobachteten, wie der Bauer in unserem Lager herumschlich. Dann sahen wir, wie er sich verstohlen aus dem Staube machte. Später hörten wir, wie ein Pferd in die Nacht hinausgaloppierte; ein Pferd, das der Bauer offenbar bereitgestellt hatte.

Meine Bewunderung für den *Hansgrafen* war niemals größer als jetzt, denn er handelte sehr schnell.

Wir wußten nicht, in welcher Entfernung der Feind auf uns lauerte. Unsere Warenbündel wurden so hingelegt, daß sie wie schlafende Männer aussahen. Es wurde ausreichend Holz auf die Lagerfeuer gelegt, um sie lange brennen zu lassen.

Männer wurden ausgeschickt, die uns vor Tournemines Annäherung warnen sollten. Mehrere Männer bewachten die Frauen, unsere Waren und die Kranken, die beim Kampf mit dem Raubritter verwundet worden waren.

Der Angriff erfolgte sehr plötzlich.

Wir hörten das Hufedonnern. Es war so abrupt zu hören, als hätten die Angreifer die Absicht gehabt, unser Lager in einem einzigen Handstreich zu nehmen. Alles mußte ihnen sehr einfach vorgekommen sein, denn sie griffen Hals über Kopf an und rammten Schwerter und Spieße in die Bündel, die sie für schlafende Männer hielten.

In diesem Moment totalen Durcheinanders ließen unsere Männer den ersten Pfeilhagel fliegen.

Tournemine, ein alter, erfahrener Kämpfer, erkannte die Falle sofort. Noch während die Pfeile durch die Luft schwirrten, gab er den lauten Befehl zum Rückzug.

Die Pfeile fanden ihre Ziele.

Wir griffen aus dem Gehölz an, in dem wir uns versteckt hatten.

Ein riesiger Mann in Rüstung tauchte vor mir auf und schwang eine Kriegsaxt. Sein Schlag, der mich zweifellos von einer Seite zur anderen durchschnitten hätte, ging daneben.

Mein schnelles Araberpferd galoppierte an ihm vorbei, und ich holte mit meinem Schwert zu einem heftigen Schlag nach hinten aus. Die Klinge erwischte ihn genau dort, wo ich es beabsichtigt hatte, nämlich seitlich am Hals, wo es keine Rüstung gab.

Die Axt entfiel der leblosen Hand. Sein Pferd galoppierte davon.

Die Schreie der Männer und das Klirren der Waffen hallten weit in die Nacht hinaus.

Wie lange? Eine Minute? Zwei Minuten?

Während der ganzen Zeit bekam ich Tournemine überhaupt nicht zu Gesicht.

Wir sammelten uns, wie wir es geplant hatten, insgesamt dreißig starke Männer. Wir nahmen die Verfolgung auf und holten zwei Nachzügler ein, die wir niedermachten. Doch dann befürchteten wir einen neuerlichen Angriff und kehrten im Bogen zu unserem Lager zurück.

Wir hatten keinen einzigen Mann verloren; aber vier Männer waren leicht verletzt.

Die Angreifer hatten vier Männer beim Lager verloren und zwei weitere draußen auf der Ebene. Wir nahmen drei Verwundete gefangen. Fünf Pferde wurden erbeutet.

Der *Hansgraf* stand wie eine monumentale Gestalt von einem Mann da und starrte die Gefangenen an, einen nach dem anderen.

»Hört zu, ihr Diebsgesindel!« sagte er. »Ich hätte nicht übel Lust, euch für die Raben zum Fraß aufzuhängen! Es gibt hier sehr dicke, starke Äste. Stricke haben wir mehr als genug. Ihr hättet schon längst aufgehängt werden sollen! Oder wäre euch Feuer lieber? Was meint Ihr, Lucca? Soll es Feuer sein?« Er zeigte mit ausgestrecktem Finger. »Der Dicke da drüben würde bestimmt prächtig prasseln! Könnt Ihr Euch vorstellen, wie er in seinem eigenen Fett schmort?«

»Man könnte ihn mit einer Lanze durchbohren und wie an einem Spieß über dem Feuer rösten«, schlug Johannes ernsthaft vor. »Ich habe das einmal im Heiligen Land gesehen. Ihr habt ja keine Ahnung, wie lange es dauert, bis jemand auf diese Weise stirbt!«

»Vielleicht haben sie uns ja was zu sagen«, meinte Guido. »Wenn sie reden, wäre es nicht nötig, sie zu verbrennen.«

»Pah!« machte Lucca geringschätzig. »Die Kerle wissen doch überhaupt nichts! Verbrennt sie!«

Der dicke Mann starrte von einem zum anderen. Sein Gesicht verzerrte sich vor Angst und Entsetzen.

Der zweite Gefangene blickte sich ständig um und befeuchtete die trockenen Lippen mit der Zunge.

Der dritte Mann war ein mürrischer Schurke, dessen Augen verächtlich funkelten. Von ihm würden wir bestimmt nichts erfahren.

»Was könnten sie uns schon sagen? Tournemines Burg ist uneinnehmbar.«

»Hängt sie! Oder verbrennt sie! Bringen wir die Sache hinter uns«, schlug ich vor. »Tournemines Burg ist doch sowieso viel zu weit von hier entfernt. Der Ritt dorthin würde sich für uns nicht lohnen. Schlitzt ihnen die Bäuche auf und laßt die Kerle einfach liegen. Dann werden sie auch langsam genug sterben.«

Unser Gespräch hatte die beabsichtigte Wirkung.

Zwei Gefangene waren zu Tode geängstigt.

Der Dicke schluckte, als spürte er bereits, wie sich eine Schlinge fest um seinen Hals zusammenzog.

»In der Burg gibt's doch sowieso nichts zu holen, was den Ritt lohnen würde«, sagte Lucca. »Und für die Belagerung haben wir keine Zeit.«

»Es gibt Beute!« sagte der fette Mann plötzlich. »Letzte Woche wurden zwei Kaufmannszüge geplündert. Die Ware ist noch vorhanden. Ich sage Euch, es gibt sehr viel zu holen!«

»Halt's Maul, du Idiot!« fauchte der mürrische Mann wütend. »Dafür werde ich dir den Schädel spalten!«

»Du wirst keine Schädel mehr spalten!« sagte der *Hansgraf*. Er zeigte mit einem Finger auf den dicken Mann. »Hängt ihn!« befahl er schroff.

»Bitte!« schrie der Dicke und macht sich vor Entsetzen die Hose naß. »Ich hab's Euch doch schon gesagt! Und es gibt ein Wachtor...«

Der mürrische Kerl wollte ihn anspringen, aber der *Hansgraf* packte ihn erstaunlich schnell an den Haaren und schleuderte ihn zurück. »Wenn du dich noch mal bewegst oder einen Laut von dir gibst, durchbohre ich dich!« herrschte er ihn an. Er zog sein Schwert. »Also, dann...«, sagte er zu dem Dicken. »Du hast eben etwas von einem Wachtor erwähnt?«

Es gab ein Wachtor, das dringend repariert werden mußte. Das Tor ließ sich nicht mehr richtig schließen und befand sich auf der dunklen Seite der Burg in der Nähe des Waldes.

Der Dicke und der andere Mann sprachen bereitwillig. Als sie fertig waren, hatten wir ein ziemlich klares Bild dessen, was vor uns lag.

»Wie viele von den Leuten, die damals den Herrensitz von Kerbouchard plünderten, sind noch in der Burg?« wollte ich wissen.

Es herrschte augenblicklich Stille. Die drei Gefangenen starrten mich an. Ihre bisherige Angst verdoppelte sich.

»Kerbouchard ist tot«, sagte der Dicke.

»Er lebt!« erwiderte ich. »Und er wird bald zurückkehren. Aber jetzt beantworte meine Frage!«

»Das ist doch schon ziemlich lange her. Ein paar Jahre. Es war vor meiner Zeit.«

Der mürrische Mann starrte mich an, und jetzt verrieten seine Augen zum erstenmal Alarm.

Der zweite Gefangene zeigte auf ihn.

»Er war damals dabei! Fragt ihn!«

»Und du warst nicht dabei?»

»Ich wurde in der Burg zurückgelassen.«

Der mürrische Mann starrte vor sich auf den Boden, aber der Schweiß stand ihm auf der Stirn und rann vom Hals.

»Kerbouchard ist tot«, murmelte er.

»Er lebt!« widersprach ich abermals. »Und ich bin sein Sohn!« fügte ich hinzu.

»Hah... Der Wölfling! Der Junge vom alten Wolf!«

»Er war dabei, als Eure Mutter ermordet wurde!« sagte der *Hansgraf* zu mir. Dann befahl er: »Lucca... Guido... hängt ihn auf!«

Wir ließen zwanzig Männer bei den Frauen und Waren zurück. Der Rest von uns, durchweg starke Männer, bestieg die Pferde. Wir ritten schnell durch die Nacht und schlugen eine Route ein, die ich gut kannte; sie führte durch den Wald von Huelgoat. Es war ein wesentlich kürzerer Weg als die Route, die Tournemine eingeschlagen hatte.

Wir waren vierzig Männer und ritten durch die Nacht. Einmal machten wir kurze Rast, um etwas zu essen und in der anbrechenden Morgendämmerung ein kleines Weilchen zu schlafen.

Unsere Reittiere waren durch lange Marsche abgehärtet und behielten ein gutes Tempo bei. Jeder von uns hatte ein Reservepferd mitgebracht. Wir wechselten wiederholt die Reittiere.

Unsere zwei Gefangenen ritten mit uns.

Johannes war hinter uns geritten, und am dritten Morgen holte er uns ein.

»Wir werden verfolgt!« warnte er uns. »Vielleicht dreißig Reiter.«

»Tournemine?«

»Das glaube ich nicht. Sieht eher wie Peter aus.«

Wir bogen von der Straße ab, um zu warten.

Plötzlich gab der *Hansgraf* einen scharfen Ausruf von sich und ritt zwischen den Bäumen hervor.

Der kleine, vierschrötige Mann, der an der Spitze der ankommenden Kolonne ritt, streckte eine Hand aus.

»Rupert! Bei allem, was heilig ist!«

Die beiden Männer wechselten einen festen Händedruck.

Peter sagte: »Wir haben einen deiner Leute getroffen. Er hat uns zum Lager geführt. Wir haben unsere halbe Streitmacht dort zurückgelassen und sind sofort losgeritten, um euch einzuholen. Wenn mein Bruder eine Burg einnehmen will, dann will auch ich eine Burg einnehmen.«

Ich war sehr erstaunt.

»Sie sind Brüder?« fragte Johannes.

»Aus Rupert könnte man drei von Peters Statur machen, nicht wahr? Aber Peter ist ein erstklassiger Kämpfer und sehr guter Handelsmann. Er hat von Rupert gelernt.«

Wir ritten weiter, jetzt etwa siebzig Mann stark. Gegen Abend hielten wir auf einer Hügelkuppe an und schauten über ein braungrünes Tal zur Burg von Tournemine hinüber.

Für eine Burg war es eine gute Lage; ein niedriger Hügel inmitten eines Tales, das vor Seewinden und Kälte der Hochebenen gut geschützt war. Es war eine uralte Befestigungsanlage, die von den Tournemines wieder aufgebaut und seitdem besetzt gehalten wurde.

Wir stiegen am Rande des Waldes ab und warteten auf den Sonnenuntergang. Rund um die Burg war keinerlei Bewegung zu erkennen. Nichts deutete darauf hin, daß man uns entdeckt hatte.

»Wenn dieses schadhafte Wachtor geöffnet werden kann, werden wir bald drin sein«, sagte Johannes.

»Darauf kommt es nicht an«, erwiderte ich. »Ich kenne den Weg. Ich kann uns heute nacht in die Festung führen.«

27

Die Burg Tournemine war nicht viel mehr als ein von Mauern umgebenes Lager. Solche Befestigungen wurden oftmals auf natürlichen oder künstlichen Hügeln errichtet, die von einem tiefen Graben umgeben waren; die Bauwerke bestanden üblicherweise aus dickem Holz.

Im vorliegenden Falle handelte es sich um ein altes Römerlager, dem man später noch etwas Steinwerk hinzugefügt hatte.

Tournemine war mit einem Gefolge landloser Abenteurer in diese Gegend gekommen und hatte die Mauer zu einem eiförmigen Gebilde von etwa zehn Meter Höhe ausgebaut. In der Ummauerung war ein Turm von etwa dreißig Meter Höhe errichtet worden.

Ich war nur ein einziges Mal in der Burg und auch nur einmal im Bergfried gewesen. Damals war ich mit meinem Vater dorthin gegangen, der den Baron hatte warnen wollen. Wir waren von nur einem Dutzend Reitern begleitet worden. Mehr waren nicht nötig gewesen. Der Name Kerbouchard war sehr bekannt gewesen, und sechs seiner Galeeren hatten mit etwa fünfhundert kampftüchtigen Männern am Strand gelegen.

Tournemine war erst spät von einem Raubzug über Land heimgekommen.

Wir hatten seine Burg aufgesucht, um ihn zu warnen.

Tournemine war ein Mann mit schwarzen Augenbrauen. Sein Gesicht hatte sich vor Wut verdunkelt, die er nicht auszudrücken wagte, als wir in den Bergfried kamen. Er war von all seinen Männern umgeben, aber er wußte, daß seine Festung von Kerbouchards Leuten dem Erdboden gleichgemacht würde, falls auch nur ein einziger Pfeil abgeschossen wurde.

Mein Vater hatte nichts von Diplomatie gehalten. Er war zum Tisch gegangen, an dem Tournemine gesessen hatte. Mit einem Stück Holzkohle aus dem Kaminfeuer hatte mein Vater die groben Umrisse der Bretagne auf die Tischplatte gezeichnet. Dann hatte er die Stelle von Tournemines Burg markiert. Sie lag in der Nähe des Dorfes Plancoët, nicht weit von St. Malo am Meer entfernt.

Mein Vater hatte die Kohle genommen und einen Strich von Norden nach Süden durch die Skizze der Bretagne gezogen. Diese Linie führte durch Tournemines Lager.

»Wenn Ihr es wagt, westlich dieser Linie Raubüberfälle zu verüben, werde ich hierher zurückkommen und Euch an einer Eurer eigenen Zinnen aufhängen!«

Tournemines Gesicht war wie erstarrt vor Zorn und Angst, aber mein Vater war nun mal ein Mann, der andere zum Zittern brachte.

Mein Vater hob den Tisch auf und brach eigenhändig die Beine ab, die er beiseite warf. Dann legte er den Tisch mit der großen Skizze auf das Kaminsims über dem Feuer.

»Laßt ihn dort liegen!« sagte mein Vater. »Sollte ich jemals hören, daß der Tisch heruntergenommen wurde, werde ich zurückkommen und Euch dafür zur Verantwortung ziehen! Habt Ihr mich verstanden?«

Tournemine erstickte fast an seiner Wut und rang nach Worten.

»Ich verstehe«, murmelte er.

Von diesem Tag an hatte sich mein Vater nach jeder Rückkehr von einer Reise nach diesem Tisch erkundigt; jedesmal wurde ihm gemeldet, daß der Tisch immer noch an derselben Stelle lag.

Tournemine hatte diesen Tisch Tag für Tag vor Augen gehabt und ihn angestarrt... diesen stummen Hinweis auf seine Grenzen und seine nicht vorhandene Macht.

Erst als mein Vater als verschollen gemeldet worden war, hatte Tournemine es gewagt, den Tisch herunterzunehmen und fortan auch wieder Raubzüge nach Westen durchzuführen.

»Wenn wir nicht durch das Wachtor eindringen können, gibt es noch einen anderen Weg«, sagte ich zu von Gildenstern. »Ich habe gesehen, wie Johannes einen Speer geworfen hat. Wenn er einen Speer mit einer daran befestigten dünnen Leine über die Mauer werfen kann, müßte es einem unserer leichteren Männer möglich sein, mit einem dickeren Strick über die Mauer zu klettern.«

»Stimmt«, sagte Peter. »Falls der Speer beim Herunterfallen nicht die Wache alarmiert.« Er fügte hinzu: »Und wenn er über eine Schießscharte fällt.«

»Ein Versuch dürfte sich jedenfalls lohnen«, stimmte der *Hansgraf* zu.

Es wurde allmählich dunkel. Die Bäume, unter denen wir standen, wurden von Schatten eingehüllt. Wir drängten uns an die Festungsmauern. Von See her trieb Nebel herüber und überzog das untere Tal.

Wie viele Männer würden in der Burg sein? Nicht viele, denn in diesem Winkel der Bretagne hatte Tournemine kaum etwas zu befürchten. Es war zweifelhaft, ob er überhaupt noch einmal bedroht worden war, seit mein Vater wieder aufs Meer hinausgefahren war.

Unser Land war schon alt; es hatte viele Veränderungen erfahren. Die Bevölkerung vermied nach Möglichkeit jeden Ärger, war aber auch durchaus zum Kämpfen bereit, wenn es einmal sein mußte. Die Kelten waren sechshundert Jahre vor Christus hierhergekommen, wie man sagte; sie hatten sich mit dem bereits anwesenden Volk gemischt.

Die großen Steinmonumente, die Megalithen und Dolmen waren bereits seit Jahrhunderten an Ort und Stelle gewesen. Hier gab es Gräber, die mehr als tausend Jahre alt waren, bevor die ersten Pyramiden in Ägypten gebaut worden waren. Als die Römer eindrangen, besiegten sie ein Volk nach dem anderen, die Namneten, die Rhedonen und die Veneter. Im Jahre 407 n. Chr. zogen die Römer schließlich für immer ab. Die Raubzüge der Piraten begannen. Im Jahre 460 kehrten keltische Briten und Bretonen, die vor Jahrhunderten nach England gegangen waren, wieder zurück und gaben dem Land den Namen Bretagne. Sie waren von Großbritannien nach Kleinbritannien heimgekommen, wo viele Legenden um König Arthur entstanden.

Während all dieser Veränderungen hatten die Leute ihre Felder bestellt, waren zum Fischfang weit aufs Meer hinausgefahren und hatten gekämpft, wenn es nötig gewesen war. Es war ein herbes Land; es brachte Männer hervor, die in der unendlichen Weite des Meeres eher eine Einladung als eine Drohung sahen.

Als die Seeleute von Venedig und Genua sich aus Furcht nur an ihren beschränkten Meeresbereich hielten, segelten die Veneter und ihresgleichen weit auf den Atlantik hinaus.

Die irischen Mönche, welche die Norweger auf Island angetroffen hatten, waren unter den wenigen, die sich zu fernen Gewässern vorgewagt hatten. Viele Bretonen waren Korsaren geworden und hatten dieses reichere Leben dem Ackerbau und Fischfang vorgezogen.

Es begann zu regnen. Ich setzte meinen Helm auf. Peter stand neben seinem Pferd. Johannes kam heran und griff nach den Zügeln seines Pferdes.

Der *Hansgraf* sagte: »Bringt die Gefangenen zu mir.«

Als die Gefangenen, deren Gesichter in der Dunkelheit kaum zu erkennen waren, vor ihm standen, sagte er zu ihnen: »Ihr habt gesagt, daß man durch das Wachtor leicht in die Burg eindringen kann. Euer Leben kann davon abhängen, was in den nächsten paar Minuten geschieht.«

»Ich bin ganz sicher!« behauptete der dicke Mann. »Wenn ich mit der Wache sprechen könnte? Aber es gibt nicht immer eine Wache.«

»Lucca, nehmt zehn Männer. Kratzt am Wachtor. Meldet sich jemand, soll dieser Mann hier sich zu erkennen geben. Wenn er mehr tut, tötet ihn. Peter, nehmt zehn sehr gewandte Leute und geht über die Mauer. Wer zuerst drin ist, reißt das Tor weit auf.«

Wir bewegten uns in der Dunkelheit und vermieden nach Möglichkeit jedes Geräusch. Es war ein düsterer, furchteinflößender Anblick, als siebzig schwerbewaffnete Männer einen Wiesenhang hinabgingen und das Tal durchquerten. Unsere regennassen Rüstungen glänzten. Die Festungsmauern ragten dunkel und geheimnisvoll vor uns auf. Hinter den Mauern waren keine Lichter zu entdecken.

Wie viele Männer erwarteten uns? Zehn? Dreißig? Hundert?

Ich spürte den Regen auf meinem Gesicht. Vielleicht zum letzten Male? Ich atmete die feuchte, kühle Luft tief ein, rückte mich fest im Sattel zurecht und genoß das gute Gefühl, den Griff meines Schwertes in der Hand zu halten.

Es gab keine Sterne am Himmel; nur das Glitzern des regennassen Metalls.

Wie still die Nacht war!

Wo mochte Aziza jetzt sein? Wo Sharasa? Und Valaba?

Ruhte meine Mutter warm in der Erde? Wußte sie, daß ich jetzt unterwegs war, um ihren Tod zu rächen? Begriff sie, wie oft ich in den stillen Stunden der Nacht an sie dachte? Wie sehr wünschte ich mir jetzt wieder einmal, damals zur Stelle gewesen zu sein, um sie zu verteidigen und vielleicht zu retten... oder neben ihr zu sterben!

Wußte sie, daß ich sie immer noch liebte? Wenn Tote nur im Gedächtnis ihrer Hinterbliebenen weiterlebten, würde sie niemals sterben, solange ich lebte. Ich hatte sie nicht sterben sehen, und dafür war ich dankbar. Für mich lebte sie immer noch, wenn auch von mir getrennt.

Wir ritten in den Krieg. Was machte es schon aus, daß es nur ein kleiner Krieg war? Ist die Klinge deswegen weniger scharf? Der Pfeil weniger tödlich? In dieser Nacht würde meine Klinge nicht nur meine Mutter rächen, sondern auch meinen arabischen Lehrer und all die anderen, die von Tournemine damals erschlagen worden waren!

Ich bin kein Edelmann. Eigentlich bin ich auch kein tapferer Mann. Ich kämpfe, weil der Umgang mit dem Schwert mein Lebensinhalt ist und ich keinen anderen habe. Vielleicht kämpfe ich auch nur wegen der Wut, die jedesmal in mir aufquillt, wenn ich angegriffen werde. Meine Motive sind oft geringer, als sie es eigentlich sein sollten. Ich fürchte, daß ich manchmal fast so etwas wie ein Gauner und Schwindler bin, aber heute nacht, so sagte ich mir, würde ich meine Klinge in einer guten Sache gebrauchen und Blut zum Fließen bringen.

Hatte ich denn überhaupt eine andere Wahl? Ich war ein landloser Mann, und das war so ziemlich die tiefste Stufe, auf die ein Mann absinken konnte. Außerdem war ich dadurch um so leichter verwundbar. Man mußte entweder in einer Burg leben und einem großen Herrn dienen... oder man war nichts.

Wir wagemutigen Handelskaufleute bildeten den Anfang einer neuen Klasse und schufen eine neue Art von Reichtum.

Wir hielten an, und ich schauerte ein wenig zusammen, denn die Nacht war feucht und kalt. Wir starrten zu den Mauern hinauf, die wirklich sehr hoch waren.

Guido, der zum Haupttor gegangen war, kehrte von dort zu uns zurück.

»Tournemine ist hier«, meldete er. »Er ist schon vor uns eingetroffen.«

»So sei es denn. Der Angriff wird durchgeführt.«

Wir bewegten uns Seite an Seite nach unten und sprachen nicht einmal im Flüsterton miteinander.

Ich sah Johannes an, der seinen Speer in der Hand hielt. Was mir anfangs wie eine einfache Sache vorgekommen war, wurde plötzlich groß und gefährlich, denn die Mauer war sehr hoch; so hoch, daß die Umrisse der Brustwehr kaum auszumachen waren.

Johannes stieg vom Pferd. Wir machten Platz für ihn.

Er hielt den Wurfspieß bereit, schaute an der Mauer hinauf, machte ein paar schnelle Schritte, um Anlauf zu nehmen, und schleuderte den Speer hoch in die dunkle Nacht hinauf.

Wir warteten und hielten den Atem an, aber kein Laut war zu vernehmen.

Johannes griff nach der Leine und zog daran, bis sie straff gespannt war.

Der Speer war also tatsächlich hinter die Mauer gefallen und hatte sich in einer Schießscharte verfangen. Es war ein glücklicher Wurf gewesen, denn der Speer hätte ja auch mit der Spitze nach vorn in die Schießscharte eindringen können.

Peter band sich die dickere Leine um die Taille, packte mit beiden Händen die dünnere Leine und kletterte gewandt an der Mauer hoch.

Von drin war noch immer kein Laut zu hören.

Wartete man mit gezückten Schwertern auf uns?

Peter verschwand in der Dunkelheit. Plötzlich wurde die Leine, an der er emporgeklettert war, schlaff. Er gab das verabredete Signal, indem er die dickere Leine schüttelte.

Ich packte augenblicklich den Strick und hangelte mich daran nach oben. Meine akrobatische Ausbildung erwies sich als sehr wertvoll, und ich erklomm sehr schnell die hohe Mauer.

Als ich die Schießscharte beinahe erreicht hatte, hörte ich plötzlich einen keuchenden Laut. Dann stürzte ein Körper an mir vorbei nach unten.

Ich schwang mich durch die Schießscharte und warf einen Blick in die Tiefe. Ich sah, wie Peter mit dem Gesicht nach unten auf dem Boden lag. Ob er tot oder verwundet war, konnte ich nicht einmal vermuten.

Dann rannte ein halbes Dutzend Männer über den Laufgang auf mich zu.

Nun hatte es keinen Sinn mehr, still zu sein. Ich stieß einen wilden Schrei aus: »Ein Kerbouchard!« Und dann sprang ich die Männer an.

Mein Ausruf hatte sie erschreckt; dieser unerwartete, aber gefürchtete Schrei ließ alle vor Entsetzen erstarren.

Und der Schock über diesen Ausruf rettete mir das Leben. Ich war dichter als erwartet hinter Peter gewesen, und dieser Schrei, der nach all dieser langen Zeit völlig unerwartet gekommen war, hatte Tournemines Männern einen Schock versetzt.

Meine Klinge zuckte ihnen entgegen und stieß auf ein Schwert, das gegen mich gerichtet war. Im nächsten Moment befand ich mich in verzweifeltem Kampf mit drei Männern, die mir am nächsten gewesen waren. Aber der Laufgang war nur sehr schmal, und so konnten mich nicht alle gleichzeitig erreichen...

Hinter ihnen und unten am Wachtor, das den Zugang zum Burghof freigab, ertönte ein lauter Schrei, begleitet von Waffenklirren.

Wieder gerieten die Männer, denen ich mich gegenübersah, einen Moment ins Stocken.

Meine Klinge zuckte am Schwert des nächsten Mannes vorbei, und die Spitze drang in den Hals über dem Brustpanzer.

Der Mann brach in die Knie und kam so den anderen hinter ihm in die Quere.

Wieder schrie ich: »Ein Kerbouchard!« Es war der Kriegsruf der Männer meines Vaters gewesen. Mein Schrei schien meinen Widersachern Angst einzuflößen.

Ich drang nach vorn, stieß zu, hieb um mich.

Dann war Johannes plötzlich neben mir. Er warf eine große Schlinge über die Männer vor mir und zog die Leine straff.

Ein Mann, dessen Arme an den Körper gepreßt wurden, stürzte hin und konnte seine Klinge nicht mehr erheben, um meinen Schlag zu parieren.

Jetzt schwärmten alle unsere Männer über die Mauer.

Ich hörte, wie unten auf dem Hof die großen Torflügel knarrend geöffnet wurden.

Feuer flackerte auf. Jemand warf dürres Reisig in die Flammen.

Und dahinter stand mein Todfeind; der Feuerschein tanzte auf seinem vernarbten Gesicht.

Tournemine stand im Eingang des Bergfrieds und starrte auf den Kampf, der auf dem Burghof tobte. Er schien einfach nicht glauben zu können, was sich da vor seinen Augen abspielte. Er hielt ein Glas in der einen und eine Flasche in der anderen Hand.

»Ein Kerbouchard!«

Ich stieg die Leiter hinab.

Tournemine sprang zurück und versuchte, die Tür zu schließen.

Aber da prallte ich bereits mit einer Schulter dagegen.

Tournemine fiel zurück.

Ich folgte ihm nach drinnen und stand ihm endllich von Angesicht zu Angesicht gegenüber!

»Ihr seid nicht er!« sagte er. »Ihr seid nicht Kerbouchard!«

»Ich bin Kerbouchard, und Ihr tragt mein Zeichen auf Eurem Gesicht!«

Er betastete unwillkührlich mit den Fingern die Narbe in seinem Gesicht. Dann griff er nach seinem Schwert.

»Endlich kann ich Euch töten!«

»Nein, Tournemine, ich werde Euch töten! Ihr habt den Tisch heruntergenommen.«

Jetzt wurde er blaß bis in die Lippen.

Wie ihn diese Beleidigung getroffen und geärgert haben mußte! Wie viele Nächte hatte er wohl auf diesen Tisch gestarrt, den er nicht von seinem Platz zu nehmen gewagt hatte ... diesen Beweis seiner Unterwerfung, seiner großen Schwäche!

Doch jetzt war er selbstbewußt und zuversichtlich. Für ihn war ich offenbar nur jener Junge, der damals ins Moor entkommen war.

Ein verächtliches Lächeln spielte um seine Lippen, als er zum Angriff überging.

Ich begann den Kampf sehr vorsichtig, denn Tournemine hatte den Ruf eines sehr guten Schwertkämpfers.

Er wehrte meine Klinge ab und stieß seinerseits zu.

Aber ich parierte diesen Schlag.

Einen Moment lang geriet Tournemine aus dem Gleichgewicht.

Ich hätte ihn jetzt töten können, aber ein schneller Tod hätte mich nicht befriedigt. Deshalb schlug ich ihm mit der flachen Klinge seitlich ins Gesicht. Es war ein wuchtiger Schlag, der den Baron zum Taumeln brachte.

Ich hatte ihn absichtlich so verhöhnt, und voller Wut ging er nun auf mich los.

Jetzt kämpfte ich um mein Leben. Verzweifelt und manchmal geradezu wild wehrte ich seinen Ansturm ab.

Tournemine ritzte mein Handgelenk, verfehlte nur ganz knapp meinen Hals und griff ständig von neuem an.

Plötzlich wechselte ich meinen Standort und täuschte einen Scheinangriff vor, wie man es mich in Cordoba gelehrt hatte.

Tournemine reagierte augenblicklich auf die übliche Art.

Meine Schwertspitze berührte ihn über einem Auge. Ich spürte deutlich, wie die Spitze auf den Knochen stieß.

Das Gesicht des Barons wurde von Blut überströmt. Er zog sich zurück.

Ich setzte sofort entschlossen nach und versuchte einen Stoß nach seiner Kehle.

Von meinem Handgelenk tropfte Blut, und ich hatte Angst, mit den schlüpfrigen Fingern den Griff meines Schwertes nicht mehr richtig festhalten zu können.

Von draußen waren Kampfgeräusche zu hören. Noch konnten wir geschlagen werden, denn Tournemines Männer waren unserer kleinen Streitmacht zahlenmäßig überlegen.

Wie lange dauerte der Kampf? Wer hatte die bessere Klinge? Unser Zweikampf tobte kreuz und quer durch den Raum. Dann machte sich allmählich meine ständige Übung bemerkbar, dieses stundenlange Üben. Dazu kam meine artistische Gewandtheit. Auch die am Ruder der Galeere erworbene Ausdauer kam mir zugute. Ich sah auch, daß meine maurischen Tricks den Baron in Verlegenheit brachten, denn er kannte sie nicht.

Doch für mich war es einfach nicht genug, ihn schnell zu töten. Er sollte das Gefühl der Niederlage kosten und es wie bittere Asche im Mund spüren. Er sollte es wissen, dieser Mann, der meine Mutter ermordet, unsere Dienerschaft getötet und unser Heim zerstört hatte. Er sollte dieses bittere Gefühl der Niederlage bis zur Neige auskosten! Das war mein sehnlichster Wunsch.

Also drang ich immer heftiger und stürmischer auf Tournemine ein. Dabei verließ ich mich auf den maurischen Stil meines Schwertkampfes. Die Spitze meiner Klinge berührte seinen Hals und hinterließ eine blutende Wunde. Dann schlug ich blitzschnell nach unten zu, und die scharfe Schneide meines Schwertes schlitzte seinen Oberschenkel auf. Sein Panzerhemd hinderte mich daran, seinen Körper zu durchbohren. Ich hatte also nur ein sehr beschränktes Ziel.

Kühn und gelassen lehrte ich ihn, was er nicht wußte.

Schweiß perlte auf seiner Stirn und mischte sich mit dem Blut, das aus der Verletzung über dem Auge sickerte und an seiner Wange hinabrieselte.

»Ihr hättet weiter Frauen töten sollen, so wie Ihr meine Mutter ermordet habt, Tournemine! Jetzt werdet Ihr bald sterben müssen, Tournemine, und danach werde ich Euren Leichnam im *Youdig*-Sumpf vom *Yeun Elez* versenken!«

Er hatte in der Bretagne gelebt und wußte daher, was es mit dem *Youdig* auf sich hatte; dieser Sumpf sollte der Eingang zum Fegefeuer sein; die Leichen von Verrätern und schlechten Menschen wurden in die bodenlose Tiefe geworfen.

Sein Gesicht wurde blaß, aber seine Augen blitzten vor Haß. Er stieß nach mir, aber ich fegte seine Klinge beiseite und schlitzte ihm eine Wange auf.

Die Tür wurde geöffnet.

Johannes und Guido kamen herein. Ihre Schwerter steckten in den Scheiden. Also hatten wir den Kampf gewonnen.

Da beschloß ich, ebenfalls ein Ende zu machen. Ich machte eine Finte. Aber Tournemines Handgelenk war müde geworden. Die Spitze seines Schwertes kam zu langsam hoch, um meinen Schlag noch parieren zu können. Ich bohrte ihm meine Klinge durch den Hals und ließ den Mörder meiner Mutter von meinem Schwert auf den Boden gleiten.

Der *Hansgraf* betrat den Raum.

»War das dieser Mann?«

»Ja, das war der Mann.«

Ich erinnerte mich und fragte: »Peter? Wie geht es Peter?«

»Er ist schwerverwundet und wird wahrscheinlich sterben. Deshalb bin ich ja hergekommen, um Euch zu holen. Wenn es noch Hilfe für seine Rettung gibt, dann tut für ihn, was Ihr tun könnt.«

»Johannes? Ich möchte Tournemines Leichnam haben. Ich will weiter nichts aus dieser Burg. Nur diesen Leichnam.«

Ich verließ die Stätte des Todes und machte mich daran, ein

Leben zu retten. Es quälte mich, daß ich nur sehr wenig vom Heilen verstand.

Tournemine war tot.

Peter mußte am Leben erhalten werden.

28

Mein Weg führte mich nach Westen und dann Süden, wenn ich mein Gelübde erfüllen wollte. Deshalb zog ich mich etwas von der Kolonne zurück und beobachtete, wie sie an mir vorbeizogen.

Tournemines Leichnam lag quer über dem Sattel meines Reservepferdes.

Peter von Gildenstern lag auf einer Trage zwischen zwei Pferden; seine Wunden waren verbunden. Er hatte Blut verloren, aber ich hatte ihm Salzwasser zu trinken gegeben; das war gut gegen den Schock, wie wir glaubten, und half außerdem, das verlorene Blut zu ersetzen.

Die Männer würden zu ihren Waren zurückkehren und dann den Weg zu den Märkten fortsetzen. Ich hoffte, mich ihnen wieder anschließen zu können, wenn ich mich Tournemines Leiche entledigt hatte.

»Erlaubt mir, mit Euch zu reiten«, schlug Johannes vor. »Ich möchte Eure Schwierigkeiten teilen.«

»Nein, dies ist meine ureigenste Aufgabe«, antwortete ich entschieden. »Ich reite allein.«

Und so beobachtete ich, wie die Kolonne an mir vorbeizog und die erbeuteten Tiere davontrieb; Rinder und Schafe sowie Pferde, die mit der reichen Beute aus Tournemines Burg beladen waren. Als der lange Troß nur noch wie ein dunkler Strich auf der Straße zu erkennen war, machte ich mich ebenfalls auf den Weg.

Es war schon sehr lange her, seit ich zum letztenmal diesen Wald von Arrée und Huelgoat gesehen hatte, aber für einen Ritt nach einer solchen Gegend schien mir jetzt, wo es leicht regnete, die passende Zeit zu sein.

Im Sommer war das Moor von purpurner Heide überwuchert, aber jetzt sah die regennasse Heide sehr dunkel aus, und der Boden unter den Hufen meiner Pferde war sehr weich.

Tage später kam ich unter düsterem Himmel in die unwegsame Einsamkeit von Arrée. Es war ein düsteres, unwirtliches Land, ein sehr altes Land mit gespenstischen Hügeln, geheimnisvollen Fenns und dunklen Morasten. Hier hatten die Druiden ihre unheimlichen Riten unter Eichen abgehalten, von denen noch einige wenige erhalten waren, umgeben von Birken, Föhren und Kiefern. Hier hatten sie den heiligen Mistelzweig mit einer goldenen Sichel von den Ästen geschnitten und in einer weißen Robe aufgefangen.

Der Strom Elez floß aus dem gefürchteten Sumpf namens *Yeun Elez* und plätscherte davon, um in einem ferneren Land zu einem fröhlichen, freundlichen Fluß zu werden, der keinerlei Hinweis auf seinen Ursprung am Zugang zu den niederen Regionen verriet.

Hier war das *Youdig*, ein brodelndes, saugendes Loch, das alles, was hineinfiel, in die Tiefe zog. Viele hielten es für den Zugang zum Fegefeuer oder zu noch Schlimmerem; hier hatten wir Bretonen Hexen und andere Übeltäter hineingeworfen. Ein heimtückischer Sumpf, der einer Legende zufolge keinen Grund haben sollte.

Hier konnte man den gefürchteten *Ankou* sehen, den Totengeist in weiblicher Gestalt; ein Skelett, von dem wir Druiden wußten, daß es die Überreste der Todesgöttin der Dolmen-Erbauer darstellte.

Der Elez floß aus dem Sumpf wie ein dunkler, verdrossener Bach. Seine Ufer wurden von schwarzen Hunden mit Feueraugen heimgesucht, die über Reisende herfielen, wenn sie unwissentlich in diese Gegend gelangten. Hier waren die Jagdgründe der Werwölfe und Vampire, und es wimmelte von allen möglichen anderen schmutzigen Wesen.

Ich sah keinerlei Spuren, weder von Menschen noch von Tieren. Nur ein einzelner Rabe war zu sehen, der auf schwarzen Schwingen zu mir herabschwebte und mir im Vorbeifliegen einen heiseren Warnschrei zurief.

Eine düstere Landschaft unter wolkenverhangenem Himmel. Auf dem felsigen Untergrund gab es nur eine dünne Erdschicht. Aus dunklen Waldgebieten funkelten die Augen von *teursts*, diesen schwarzen und furchteinflößenden Ungeheuern, oder von *gorics*, bösen Kreaturen, die nur einen halben Meter hoch waren und in geheimen Höhlen oder Burgruinen Schätze bewachten.

Bei jedem Flußübergang hielt ich aufmerksam Ausschau nach *Nachtwäschern*, die in Flüssen bei Nacht die Kleidung von Toten waschen; sie zerren sorg- und ahnungslose Reisende ins Wasser, damit sie ihnen beim Waschen helfen. Wenn ein Reisender sich weigerte oder zu entkommen versuchte, brachen sie ihm die Arme und ließen ihn ertrinken. Es waren schlechte, heimtückische Wesen mit hohlen Augen, die aus schwarzen und leeren Löchern einem Menschen bis auf den Grund seiner Seele starrten.

Als Kind war ich vom Onkel meiner Mutter einmal hierher mitgenommen worden; er war ein Druide, ein Priester, Gottesdiener und Zauberer gewesen, der – wie man von ihm behauptet hatte – alle menschliche und übernatürliche Klugheit besessen hatte. Er hatte angeblich Stürme heraufbeschwören und Krankheiten hervorrufen können. Mir, der ich ja in der Tradition aufgewachsen war, hatte er einiges von seinem Wissen beigebracht.

Die Dunkelheit brach herein. Blitze zuckten vom Himmel.

Schließlich und endlich gelangte ich ans *Ziel*. Ich stieg von meinem Pferd, band Tournemines Leichnam los und trug meine Bürde zu diesem Stein, den nur wir Druiden kannten; dieser Stein markierte den einzigen Pfad zum *Youdig*.

Donner rollte über die Hügel. Regen plätscherte auf die dunklen Kiefern und aufs Moor herab.

Schritt für Schritt trug ich den Leichnam über den sehr schmalen Weg. Ich mußte die Schritte genau zählen und ungemein vorsichtig sein, bis die dunkle Grube schließlich vor mir lag.

Es war dunkles und häßliches Wasser. Gelegentlich blubberten Blasen an die Oberfläche. Es stank fürchterlich nach Verwesung.

Dies war die Schwelle zur Unterwelt.

Ich hielt Tournemines Leichnam hoch über dem Kopf, bis wieder ein greller Blitz die Dunkelheit zerriß. Dann schleuderte ich den leblosen Körper mit all meiner Kraft nach draußen. Der Leichnam landete laut aufplatschend im dunklen, häßlichen Wasser.

Die Arme schlotterten lose, als der Körper durch die Luft segelte und klatschend auf der Wasseroberfläche landete, die genau in diesem Moment von einem Blitz erhellt wurde und grünlich schimmerte. Der leblose Körper schwamm zunächst auf dem Wasser. Der Regen fiel auf die blicklos nach oben starrenden Augen. Langsam begann der Leichnam zu versinken. Das Gesicht tauchte zuletzt ins Wasser ein. Dunkles Wasser floß in den geöffneten Mund und in die offenen Augen.

Als der Körper in der Tiefe versank, ragte nur noch eine blasse Hand aus dem Wasser empor, als wollte sie sich zum allerletzten Mal an das Leben klammern, das sie nun zusammen mit allen anderen Dingen der Erde für immer verlassen mußte.

»So, Tournemine!« sagte ich sehr laut. »Du Zerstörer von Heimen, du Mörder von Frauen, du schlechteste aller schlechten Kreaturen! Jetzt versinkst du, wie ich es versprochen hatte, im *Youdig* und wirst vom Morast des Bösen verschlungen!«

Eine ganze Weile stand ich noch allein inmitten der Dunkelheit da, bevor ich mich umdrehte und den Rückweg antrat.

Meine Pferde, erschreckt durch diese unheimliche Gegend, begrüßten mich eifrig.

Ich stieg in den Sattel und ritt über den nur schwach erkennbaren Pfad nach Norden.

Erst viel später erfuhr ich, daß ein Sohn und ein Neffe von Tournemine während des Kampfes aus der Burg geflohen waren, und zwar zu dem östlich gelegenen Wald La Hunaudaye. In diesem dichten, tiefen Wald, bis dahin nur von Wildschweinen, Hirschen und Rehen bewohnt, erbauten sie eine neue Burg, die noch heute dort gesehen werden kann.

Meine Heimat lag westlich. In dieser Nacht fiel der Regen auf die dachlosen Fußböden und zusammengebrochenen Mauern des Hauses, in dem ich aufgewachsen war. Vor unserer Zeit war es eine römische Villa gewesen, und wer weiß, was sonst noch alles.

In der Bretagne sind alle Dinge zeitlos. Alles, was vorher war, ist nur ein Blatt dessen, was es früher und noch früher gewesen war. Ich, der ich in der alten Lehre erzogen worden war, kannte Geschichte vor Geschichte, es gibt keinen Anfang und kein Ende.

Wir wissen, daß es Schatten für die Schatten von Dingen gibt, so wie es das Spiegelbild eines Spiegelbilds in einem anderen Spiegel gibt. Wir wissen, daß es Kreise innerhalb von Kreisen gibt, Dimensionen hinter Dimensionen. Die Wirklichkeit selbst ist nur ein Schatten, nur eine Erscheinung, akzeptiert von denjenigen, deren Augen davor zurückscheuen, das zu sehen, was dahinter liegen könnte. Wir Druiden kennen die Lehre, die wir zurückgehalten und für uns allein bewahrt haben, vom Vater an den Sohn weitergereicht, und das schon seit undenkbaren Zeiten. Wir bewahren dieses Wissen für diejenigen auf, die imstande sind, die Schrecklichkeit und Unvollkommenheit von Zeit zu erfassen und zu begreifen.

Ich ritt mit meinen beiden Pferden über den hochgelegenen Weg inmitten von unwirtlichen Hügeln und einsamen Mooren. Blitze zuckten am Himmel und hörten schließlich auf. Donnergrollen verhallte zwischen weit entfernten Bergen. Es hörte zu regnen auf. Ich hielt an und nahm meinen Helm ab, um die letzten Regentropfen auf meinen bloßen Kopf fallen zu lassen.

Ich empfand jetzt ein Gefühl innerer Leere.

Tournemine war tot. Wer weiß, daß sein Feind tot ist, empfindet ein Gefühl des Verlustes, genau wie jemand, der einen Freund begraben hat. Der Gedanke an Tournemine hatte meine Erinnerung lange heimgesucht und geplagt.

Jetzt lag nichts weiter mehr hinter mir als die Ruine eines Hauses und das Grab meiner Mutter. Und die Sümpfe, in denen ich mich als Kind getummelt hatte.

Mein Weg führte jetzt nach Osten. Mein Vater konnte noch am Leben sein. In diesem Fall mußte er gefunden werden, ohne Rücksicht auf die Umstände; koste es, was es wolle.

Jetzt konnte ich gehen, wie ein Krieger geht. Eine alte Schuld war beglichen. Ich hatte das Blut meiner Mutter gerächt.

Ostwärts.

Zuerst zurück zum Lager, um meine Pflicht Safia gegenüber zu erfüllen.

Und so ritt ich vom *Youdig* fort, von diesem heimtückischen Höllenloch inmitten eines unheimlichen Sumpfes.

Und ich schaute auch nicht mehr zurück.

29

Es gibt ein Sprichwort, das lautet: »Man soll trompeten unter Elefanten, krähen unter Hähnen und blöken unter Ziegen.« Das ist ein guter Rat für einen Mann, der in einem fremden Land herumreist.

Weit im Norden war der Zug mit meinen Waren. Dort war auch Safia. Der Zug war viele Tagesreisen von mir entfernt, und das bedeutete für mich einen Ritt von vielen Meilen.

Die Menschen waren fremd für mich, und ich war fremd für sie. In vielen Sprachen sind die Bezeichnungen für Fremder und Feind identisch.

Meine Rüstung war arg mitgenommen und verbeult. Meine Kleidung war unansehnlich. Aber meine Pferde waren von bester Qualität, obwohl dies ein wenig unter dem Winterfell verborgen war. Auch mein Schwert war eins der besten, und ich hatte Gold in der Tasche.

Doch ein Mann wird oft von seinem Herzen verraten, und mochte ich nach außen hin auch ein noch so rauher Mann sein, so fiel ich doch oft auf diejenigen herein, die zu bitten verstanden oder irgendwie zu leiden hatten. Ein kluger Mann kümmert sich nur um seine eigenen Angelegenheiten. Aber wer ist schon immer klug? Man wird von seinen eigenen Erinnerungen an erlittene Unbill und Schwierigkeiten verraten. Eines Nachts kam ich zu einer Schenke. Nachdem ich meine Pferde im Stall untergebracht hatte, ging ich in den Schankraum.

Auf dem Herd prasselte ein Feuer. Die Holztische waren sauber abgewischt. Ein paar Männer saßen herum; sie sprachen nicht, sondern machten einen deprimierten, niedergeschlagenen Eindruck.

Als ich eintrat, blickten die Männer auf, sahen aber sofort wieder weg, denn Leute wie sie hatten von herumziehenden Soldaten nichts Gutes zu erwarten. Diese armen Teufel waren oft genug beraubt und ausgeplündert worden.

Der Wirt brachte mir auf meine Bestellung hin einen Laib Brot, ein Stück Käse und eine Hammelkeule; gute Verpflegung zu damaliger Zeit.

»Wein«, sagte ich. »Eine Karaffe Wein.« Mein Blick wanderte am Schankwirt vorbei und musterte die übrigen anwesenden Gäste. Sie kamen mir ziemlich abgemagert und hohlwangig vor.

Hungrig starrten sie einen Moment zu mir herüber, dann wandten sie hastig den Blick wieder ab.

»Setzt euch zu mir«, lud ich sie ein. »Es wird für jeden ein Glas geben.«

Sie kamen bereitwillig genug, akzeptierten den Wein und betrachteten hungrig die Hammelkeule.

Also schnitt ich für jeden von ihnen eine Scheibe Fleisch ab.

»Wir finden wenig genug zu essen oder zu trinken«, sagte einer von ihnen. »Einen Teller Haferschleimsuppe oder ein, zwei Karotten. Man nimmt uns die Schafe und Rinder weg, und heute haben sie uns den Honig abgenommen, den wir auf den Markt bringen wollten.«

»Wir sind Pächter«, sagte ein anderer. »Aber Ihr würdet uns nicht glauben, wie wir behandelt werden. Der *maire* als Verwalter der Besitzungen nimmt alles. Der Herr kommt niemals her, um nachzusehen, wie es uns geht.«

»Der Honig stammte von Bienen, die Nektar in der Heide gesammelt hatten. Der *maire* hatte keinen Anspruch darauf, aber er hat uns den Honig trotzdem abgenommen, und Ihr könnt sicher sein, daß der Herr niemals etwas davon zu sehen bekommt!«

Nachdem sie gegangen waren, blieb ich immer noch am Feuer sitzen.

Der Wirt kam herüber.

Ich lud ihn ein, sich zu mir zu setzen, und das tat er auch bereitwillig.

Mein Wirt war ein anständiger Mann mit redegewandter Zunge. Er sprach sehr frei und offen, wenn er den Wein eines anderen Mannes trinken konnte; auf den Gedanken, etwas auf eigene Kosten zu trinken, schien er überhaupt nicht zu kommen.

»Arme Kerle!« sagte er. »Haben ja schon wenig genug. Kommt nur selten vor, daß sie von einem Gast wie Euch mal eingeladen werden. Ihr habt doch auf Jacques geachtet, nicht wahr? Er hat seine Scheibe Fleisch und auch das Brot in die Tasche gesteckt und die ganze Zeit nur so getan, als ob er gekaut hätte! Ihr solltet glauben, daß er ißt. Er wird Brot und Fleisch seiner Frau und seinen Kindern bringen und steif und fest behaupten, hier schon gegessen zu haben.«

Er trank einen Schluck Wein.

»Jacques und Paul hatten die Bienen in Bienenkörben untergebracht und sie versteckt. Das ganze Jahr lang hatten sie geplant, den Honig auf dem Markt zu verkaufen, um für das Geld Kleidung für die Kinder zu kaufen. Doch dann hat ihnen der *maire* den Honig weggenommen. Ist ein raffgieriger Geizhals, dieser Mann! Einen so geldgierigen Kerl wie ihn werdet Ihr nirgendwo zu sehen bekommen!«

Das Feuer war angenehm warm, und der Wein schmeckte gut. Unsere Gläser wurden noch einmal gefüllt. Der Gedanke an den Honig, an den *maire* und an die armen betrogenen Bauern entfachte meinen Zorn. Aber wenn ich an Honig dachte, mußte ich auch an Bienen denken. Bei uns zu Hause auf den Mooren gab es auch Bienen, und ich verstand allerhand davon.

»Der *maire* ist ein Geizhals, habt Ihr gesagt? Er liebt also Geld über alles?«

»Ja, und er würde seine eigene Mutter betrügen, wenn dabei ein paar Münzen für ihn heraussprängen!«

»Er muß einen Vorratsraum im *cour* haben. Bewahrt er alles, was er hat, in seinem Haus auf? Oder an einem getrennten Ort?«

»Ihr denkt daran, ihn zu bestehlen? Ihr hättet keine Chance! Der Vorratsraum befindet sich nämlich in seinem Haus. Sein Bett steht unmittelbar daneben. Der Tisch, an dem er ißt, steht direkt neben der Tür. Und der *maire* hat Ohren wie eine Katze! Nein, nein, da hättet Ihr keine Chance! Ihr könnt sicher sein, daß Jacques auch schon daran gedacht hat, so verzweifelt ist er.«

»Und jetzt zum *cour*? Handelt es sich dabei um das große Gebäude unten am Fluß?«

Es stimmte. Ich habe mitunter einen recht listigen Geist, und die Männer, die das Essen mit mir geteilt hatten, waren ehrlich und anständig, hart arbeitende Leute. Bei Allah, dachte ich, doch dann begriff ich, daß ich endlich aufhören mußte, an Allah zu denken, denn dafür war dies hier das falsche Land. Jedenfalls nahm ich mir vor, diesen armen Teufeln zu helfen.

»Sagt Jacques Bescheid, daß er seine Bienenkörbe zwischen die Weiden am Flußufer schaffen soll«, sagte ich zum Wirt. »Er soll es heute nacht noch tun, wenn es dunkel ist. Falls mein Plan klappt, könnte Jacques seinen Honig zurückbekommen.«

Ich überließ es meinem Gastgeber, sich über meinen letzten Satz den Kopf zu zerbrechen. Dann kehrte ich zu meinen Pferden zurück und ritt über die Straße zum *cour*.

Zornig pochte ich an die Tür.

Plötzlich wurde sie geöffnet, und der *maire* tauchte wütend auf. Offenbar war vieles von dem, was er den Leibeigenen abgenommen hatte, hinter seinen Gurt gewandert, denn sein Bauch wölbte sich nach vorn.

»He, he! Was soll das? Schert Euch fort!«

»Was? Ihr wollt einen Reisenden, der eine Goldmünze zu bieten hat, einfach fortschicken? Ich will doch nichts weiter als eine Mahlzeit und Unterkunft. Diese Schenke ist mir höchst zuwider.«

Ich nahm ein neues, funkelndes Goldstück aus der Tasche.

»Nehmt mich auf, guter Herr, dann soll diese Münze Euch gehören.«

Er blickte von meiner arg ramponierten Kleidung zu meinen guten Pferden, dann nahm er mir hastig die Münze aus den Fingern. Er traute mir überhaupt nicht, aber das Gold sicherte mir seine Gastfreundschaft.

»Na, dann kommt rein!« sagte er.

Zum Glück hatte ich schon wieder Appetit, so daß ich eine zweite Mahlzeit einnehmen und noch besseren Wein dazu trinken konnte.

»Meine Zunge hat einen besonderen Geschmack für Süßes«, sagte ich schließlich. »Habt Ihr Süßigkeiten? Oder Honig?«

»Honig habe ich, aber er ist schwer zu bekommen.«

»Und die Goldmünze? Wann habt Ihr schon mal so eine Münze für eine Übernachtung bekommen?«

Er öffnete eine Tür, die sich hinter ihm befand.

Dort war der Vorratsraum; ein schöner, langer Raum mit Fenstern, die Lattenverschläge aufwiesen.

Der *maire* ging zu einem von fünf großen Gefäßen, die mindestens hundert Pfund Honig enthielten. Er schöpfte eine Kostprobe für mich.

»Ihr geht recht freigebig mit Euren Münzen um«, sagte er und starrte mich dabei aus seinen gemeinen Schweinsäuglein an.

Ich füllte mein Glas aus seiner Flasche nach und zuckte mit den Schultern.

»Ach, das ist doch nichts weiter. Wenn andere wüßten, was ich weiß, hätten alle Gold. Da, seht mal...« Ich nahm einen Lederbeutel unter meinem Hemd hervor und schüttete mehrere Münzen auf die Tischplatte, alle neu und glänzend. »Das hier habe ich, aber es wird allmählich Zeit für mehr. Gold ist nichts für uns, die wir uns damit auskennen, und Gott sei Dank gibt es nur ein paar von uns!«

Er starrte mich an, während ich die Goldstücke in den Beutel schob und ihn wieder unters Hemd steckte. Dann trank ich noch ein Glas Wein und schaute klug ins Glas.

»Ich habe im Krieg in Andalusien gedient«, sagte ich. »Ich habe gegen die Mauren gekämpft. Ah... diese Mauren! Sie verstehen wahrhaftig was von Gold!«

Mein Glas war leer, und ich füllte es noch einmal nach.

»Glänzend, nicht wahr? Glänzendes, neues Gold!« Ich blinzelte ihm zu. »Wenn ich einen Platz hätte, wo ich ein paar Tage arbeiten könnte... hm, dann könnten wir beide, Ihr und ich, eine schöne Sache miteinander teilen.«

»Wovon redet Ihr?«

»Na, von den Mauren! Und was einer von ihnen mich gelehrt hat, um mich davon abzuhalten, ihm das Messer an die Gurgel zu setzen! Als ich ihn überraschte, war er an diesen Tischen mit vielen Flaschen beschäftigt. Weiß der Himmel, was er da gemacht hat! An sich hatte ich vor, ihm das Herz aus dem Leibe zu schneiden, wie ich es bei jedem anderen Mauren auch getan hätte. Doch dann zeigte er mir ein Goldstück... strahlendes, neues Gold!«

»Gold?«

»Gold. Jetzt wäre nur ein Arbeitsplatz nötig. Dies...« ich berührte den Beutel unter meinem Hemd, »...ist alles, was ich noch habe. Doch wenn ich nach Paris komme, werde ich mehr brauchen. Deshalb benötige ich einen Ort...« ich zeigte mit einer weitausholenden Geste, »...wie diesen hier. Wir beide würden dann alles teilen... fünfzig zu fünfzig.«

Oh, er biß auf diesen Köder an! Er schluckte ihn so schnell, daß ich schnell nachdenken mußte, um ihm einen Schritt voraus zu sein. Es gab einen Raum, in dem ich arbeiten konnte. Der *maire* versprach, mir die nötige Ausrüstung zu verschaffen.

»Da ist nur noch eine Sache«, sagte ich. »Es gibt Pflanzen, die ich brauche. Sie müssen aber bei Neumond gesammelt werden. Wenn ich mich beeile...«

Es war recht dunkel, aber ich erinnerte mich noch gut daran, daß die benötigten Pflanzen am Wegesrand wuchsen. Wer so wie ich erzogen war, gewöhnte sich daran, allem seine Aufmerksamkeit zu schenken. So achtete ich beim Reiten stets auf Kräuter und Gräser, die neben der Straße wuchsen. In den Gräben Europas wuchsen viele Pflanzen, die von großer medizinischer Bedeutung waren.

Im Moment war ich an Klatschmohn interessiert. Die Jahreszeit dafür war schon reichlich spät, aber ich hatte ein paar verwelkte Blüten gesehen. Wenn das Frühjahr erst spät einsetzt, beginnt auch die Blütezeit entsprechend später. Wilder Klatschmohn wächst fast überall an den Straßenrändern.

Als ich zurückkehrte, waren zwei Gläser Wein eingeschenkt, und die Flasche war auf dem Tisch geblieben. Hätte ich Zeit gehabt, hätte ich Sirup hergestellt, aber dafür reichte die Zeit nicht.

Ich ging auf den Tisch zu, dann blieb ich plötzlich wieder stehen.

Wozu soviel Mühe? Der *maire* war nicht da, aber der Vorratsraum ganz in der Nähe.

Schnell öffnete ich die Tür, und wenn es im Raum auch dunkel war, so wußte ich doch, wo die Gefäße mit dem Honig standen. Rasch nahm ich die Verschlüsse von den Gefäßen und öffnete die mit Lattenverschlägen versehenen Fenster ein wenig, dann kehrte ich in den Hauptraum zurück, raffte meine Ausrüstung zusammen und griff nach meinem Schwert.

Der *maire* kehrte zurück, und aus seinem Gesichtsausdruck konnte ich schließen, daß er nichts Gutes vorgehabt hatte.

»Wo seid Ihr gewesen?« fragte ich. »Zweifellos habt Ihr wieder irgendeine Teufelei ausgeheckt!«

»Nein, nein!« protestierte er. »Ich habe mich nur um den Haushalt gekümmert, weiter nichts.«

Er starrte erst mich, dann das Bündel an, das ich von den Straßengräben zurückgebracht hatte.

»Habt Ihr gefunden, was Ihr gesucht habt? Darf ich es mal sehen?«

»Das dürft Ihr nicht! Ich traue Euch nicht mehr.«

Wir begannen zu streiten, und ich wurde immer zorniger. Schließlich sagte ich: »Ich traue weder Euch noch diesem Haus! Kommt mit mir in die Schenke. Wenn nach zwei Tagen alles gutgeht, werden wir anfangen, Gold zu machen. Sonst will ich nichts mehr mit Euch zu tun haben.«

Er protestierte und wollte sich widersetzen, aber ich blieb unnachgiebig. Schließlich begleitete er mich doch zur Schenke, protestierte aber unterwegs immer noch.

Als wir eintraten, warf ich dem Wirt einen Blick zu.

Der Mann nickte kaum merklich.

Ich würde meine Weiterreise verzögern, aber nicht lange. Irgendwie mußte ich den alten Mann zwei Tage von seinem Haus fernhalten, vielleicht ein bißchen weniger, vielleicht auch ein bißchen länger.

»Ihr habt Euer Haus abgeschlossen?«

»Natürlich! Hier gibt's doch Diebsgesindel!« Er deutete auf die schäbig aussehenden Männer, die der Wirt hier duldete. »So wie diese Kerle da!«

»Wenn sie hier sind, können sie nicht stehlen.«

»Aber sie stehlen, wenn man ihnen Gelegenheit dazu gibt.«

»Der Honig hat sehr gut geschmeckt«, sagte ich. »Haltet Ihr Bienen?«

»Das tun diese Leute dort, und was ihnen gehört, ist auch mein. Ist ein Teil dessen, was sie mir schuldig sind.«

»Und Ihr schickt den Honig an den Herrn der Besitzungen weiter?«

Er warf mir einen mißtrauischen Blick zu. »Allerdings.«

»Ihr habt den Leuten also den Honig abgenommen. Aber wenn sie jetzt noch mehr Honig bekommen, werdet Ihr ihnen diesen Honig dann auch wieder abnehmen?«

Er lachte leise.

»Das ist unmöglich! Wenn sie zu dieser Jahreszeit noch mehr Honig bekommen können, dann können sie ihn meinetwegen behalten und auf dem Markt verkaufen, wenn sie wollen.«

Der nächste Tag verlief langweilig, denn der *maire* war ein engstirniger, niederträchtiger Mann, der fast nur daran dachte, möglichst viel aus den Bauern herauszupressen; zweifellos betrog er auch seinen Herrn. Ich ignorierte seine Unruhe und Ratlosigkeit. Irgendwie schaffte ich es, ihn in der Schenke oder auf den Feldern zu halten, so daß er die Bauern ständig im Auge behalten konnte.

»Wir müssen sie beobachten«, beharrte ich. »Sonst stehlen sie etwas, was Ihr dann nicht zurückstehlen könnt.«

»Was war das?« Seine scharfen, kleinen Augen starrten mich an.

»Ich sagte, sie könnten soviel stehlen, wie sie ihrer Meinung nach verdient haben«, erwiderte ich.

Sie stahlen nicht, denn wir beobachteten sie aufmerksam.

Da ich von Natur aus neugierig bin, beobachtete ich auch noch etwas anderes. Die Dinge nahmen einen guten Verlauf, entschied ich.

Am Tisch in der Schenke sagte ich: »Heute haben die Bauern nichts gestohlen. Das stimmt doch, nicht wahr? Sie haben die Felder nicht verlassen.«

»Das haben sie wirklich nicht!« Das Gesicht des *maire* zeigte einen höchst zufriedenen Ausdruck.

»Ihr seid Zeuge«, sagte ich zum Wirt. »Der *maire* hat soeben ausdrücklich festgestellt, daß die Bauern nichts gestohlen und ihre Felder nicht verlassen haben.«

Der Wirt war ziemlich verwundert.

Der *maire* starrte mich argwöhnisch an.

Mir machte das alles einen Riesenspaß, denn manchmal kann auch ich ein schlechter, hinterhältiger Bursche sein.

»Das Gold?« fragte der *maire* ungeduldig. »Wann fangen wir endlich mit dem Gold an?«

»Bald«, sagte ich. »Ich mußte mich erst überzeugen, daß die Bauern beschäftigt sind und uns nicht beobachten. Was wir tun wollen, muß heimlich geschehen.«

Es war bereits dunkel, als der *maire* am Abend des zweiten Tages nach Hause ging.

Ich war sehr mit mir und dem unnachahmlichen und einzigartigen Lauf der Natur zufrieden.

Jacques und Paul kamen müde in die Schenke.

»Wein!« rief ich dem Wirt zu. »Eine Karaffe Wein für meine Freunde, die Honigverkäufer!«

»Ihr scherzt! Wir haben doch gar keinen Honig zu verkaufen!«

»Schaut morgen in eure Bienenkörbe!« sagte ich. »Ihr werdet feststellen, daß sie mit Honig gefüllt sind!«

Sie nannten mich keinen Lügner, denn der Wein stand auf dem Tisch. Außerdem bestellte ich wieder eine Hammelkeule. Diesmal schnitt ich nicht nur für jeden von ihnen eine Scheibe ab, sondern auch für alle ihre Angehörigen zu Hause.

»So, und nun fallt darüber her!« forderte ich sie auf. »Und wenn ihr morgen in eure Bienenkörbe schaut und immer noch glaubt, daß Ihr keinen Honig zu verkaufen habt, dann müßt ihr wirklich große Skeptiker sein!«

Plötzlich entstand draußen vor der Schenke ungeheurer Lärm.

Einen Moment später stürmte der *maire* herein, begleitet von zwei Männern der Wache.

»Packt sie!« schrie er und zeigte auf Jacques und Paul. »Sie sind Diebe! Sie haben meinen Honig gestohlen!«

»Halt!« rief ich, hob die Hand, kam auf die Beine und stand da, größer als jeder der beiden Wachmänner. »Euer Honig ist fort?« fragte ich den *maire*.

»Bis auf den letzten Tropfen! Alles ist weg!«

»Aber wir haben die Bauern doch volle zwei Tage ständig beobachtet. Habt Ihr nicht heute ausdrücklich festgestellt, daß sie nichts gestohlen haben? Haben sie jemals ihre Felder verlassen? Ich habe sie heute sehr aufmerksam beobachtet. Sie sind erst bei Anbruch der Nacht nach Hause gegangen. Bis dahin hatten sie ununterbrochen auf den Feldern gearbeitet.«

»Er hat gesagt, daß sie nichts gestohlen haben«, pflichtete mir der Wirt bei. »Er hat bestätigt, daß sie ihre Felder nicht verlassen hatten.«

Die Männer der Wache sahen den *maire* an, der jetzt nicht wußte, was er sagen sollte.

Ich beugte mich über den Tisch, machte ein sehr ernstes Gesicht und sagte: »Dies ist ein Komplott, um den Herrn zu betrügen! Mit Eurer Behauptung, daß Euch der Honig gestohlen wurde, könntet Ihr alles für Euch behalten und den Herrn um seinen gerechten Anteil bringen!« Ich wandte mich an die Männer der Wache und sagte zu ihnen: »Sorgt dafür, daß der *maire* drei große Gefäße mit Honig an den Herrn abliefert, selbst wenn der *maire* den Honig kaufen müßte!«

Ich wickelte mich in meinen Umhang, nahm meine Sachen an mich und sagte: »Ich werde jetzt gehen, aber ich werde über diese Angelegenheit reden. Sie erfordert eine gründliche Untersuchung. Mir scheint, daß hier alles einmal untersucht werden sollte!«

»Nein!« protestierte der *maire*. »Ich werde den Honig an meinen Herrn abliefern.«

»Tut das«, sagte ich. »Und sorgt in Zukunft dafür, daß Ihr den Leuten, die für ihn arbeiten, nichts mehr stehlt!« Ich beugte mich abermals weit über den Tisch. »Denkt nach, mein dicker Freund! Ihr wißt, daß die Bauern den Honig nicht gestohlen haben. Meint Ihr nicht, daß hier die Hand Gottes im Spiele war? Oder vielleicht ein Geist? Seid wachsam, mein Freund! Der gute Jacques und der gute Paul sind Männer, die mit Sorgfalt und Vorsicht behandelt werden müssen!«

Ich ging hinaus, zog die Tür hinter mir zu und ging zu meinen Pferden.

Der *maire* rannte mir nach.

»Aber das Gold?« protestierte er.

Ich zog meinen Umhang etwas fester um mich und sagte: »Ein Mann, der arme Bauern betrügt und außerdem versucht, seinen Herrn zu hintergehen, ist kein Mann, den ich als Partner haben möchte. Außerdem werde ich zu Eurem Herrn reiten und ihm alles berichten, es sei denn...« ich streckte wie zufällig eine Hand aus, »...daß es sich für mich lohnt, einen anderen Weg zu nehmen.«

Seine feisten Wangen und das Doppelkinn wabbelten vor Aufregung.

»Das würde Ärger geben! Großen Ärger!« Er beugte sich zu mir herüber und legte mir eine Börse in die Hand. »Nehmt einen anderen Weg! Oh, bitte, nehmt einen anderen Weg!«

Als ich ein kurzes Stück die Straße hinabgeritten war, hielt ich vor einem Bauernhaus an. Ich lehnte mich aus dem Sattel und klopfte an die Tür.

Eine sichtlich verängstigte Frau machte die Tür auf.

Ich gab ihr den prall gefüllten Geldbeutel.

»Das ist für Jacques!« sagte ich. »Er soll es mit den anderen teilen. Sagt ihm, daß es von Kerbouchard ist, dem Mann, der Bienen befehlen kann!«

Danach ritt ich in die Nacht hinaus und dachte über die Gewohnheiten der Bienen nach. Das sind sehr emsige Geschöpfe, die eifrig nach Süßem suchen. Sie fliegen in jedes Gebüsch, in jede Spalte... und auch in jedes leicht geöffnete Fenster!

Ja, wirklich, sehr beschäftigte, kleine, fleißige Tierchen! Aber ganz gewiß nicht dumm! Sie sammeln Nektar von Blüten, um Honig zu machen, aber nicht einmal Bienen würden sich die Mühe machen, Nektar zu sammeln, wenn bereits fertiger Honig zur Hand wäre, der nur aus geöffneten Gefäßen in Bienenkörbe getragen zu werden brauchte!

30

Das Frankreich, in das ich zurückkehrte, unterschied sich gewaltig vom islamischen Spanien. Ich lernte, mich nicht an Diskussionen zu beteiligen, aber es ging mir doch sehr gegen den Strich. Wir Bretonen neigen zwar zum Schweigen, aber Kelten haben eine Vorliebe für Auseinandersetzungen. Es fiel mir schwer zu schweigen, aber üblicherweise tat ich es doch.

Der allgemeine Mangel an Sauberkeit sowie der überhebliche Stolz und die Ignoranz der Edelleute und Kirchenmänner setzten mich in Erstaunen.

Nach den Auswirkungen auf die westliche Welt zu urteilen, hätten die griechischen Denker, vielleicht mit Ausnahme von Aristoteles, niemals gelebt haben können. Von moslemischen und jüdischen Denkern und Wissenschaftlern war so gut wie nichts bekannt. Die medizinische Praxis war erschreckend und beängstigend.

In der Vergangenheit hatte ich mich an die heftigen, aber gutmütigen Diskussionen in Cordoba gewöhnt, desgleichen an die heißen Bäder und die beleuchteten, gepflasterten Straßen. Überall in Cordoba, Toledo, Sevilla und Malaga gab es Witz, Poesie und aufgeregte Diskussionen über neue Ideen.

Doch sogar in Frankreich fand ich wachsende Neugier unter jungen Leuten; sie hörten durchaus bereitwillig zu und hatten den Wunsch, Neues zu lernen.

In den Klöstern waren Leute nach dem Vorbild Petrus Abaelard dabei, zu denken, zu schreiben und zu reden. Es waren nur wenige, und sie hatten oft Ärger, aber ihre Anzahl wuchs.

Etwa einen Monat nach unserem Abschied in der Bretagne schloß ich mich endlich wieder unserem Zug an.

Er befand sich in Cambrai. In Brügge und Lille hatte es Schwierigkeiten gegeben, und so war man diesen Märkten lieber ausgewichen.

Das Geschäft war gut gewesen. Bei meiner Rückkehr stellte ich fest, daß unsere Seide bis auf ein paar Ballen verkauft war. Das Geld hatte man in Stoffe von Flandern investiert.

Wir zogen südöstlich nach Châlons-sur-Marne und von dort aus sechs Wochen später nach St. Denis in der Nähe von Paris.

In St. Denis sagte Safia plötzlich zu mir: »Ich werde Euch hier verlassen, Mathurin.«

Sie war seit meiner Rückkehr sehr ruhig gewesen, und ich wußte, daß sie Probleme hatte, die sie mir nicht anvertrauen wollte. Ich fragte sie auch nicht danach. In Montauban hatte sie eine Nachricht von ihren alten Verbündeten bekommen, und jetzt würde sie ihre Tätigkeit wieder aufnehmen, wo sie sie damals abgebrochen hatte.

»Ich werde Euch vemissen.«

Sie sah mir fest in die Augen.

»Möchtet Ihr immer noch Euren Vater finden?« fragte sie mich.

»Mehr als sonst etwas.«

Ihre Augenlider schienen ein wenig zu flattern, und da wußte ich, daß sie mehr wußte, als sie mir sagen wollte.

»Es wäre besser, Ihr würdet nicht mehr an ihn denken.«

»Ist er tot?«

»Nein, aber er befindet sich außerhalb Eurer Reichweite. Ich fürchte um Euer Leben, wenn Ihr darauf besteht.«

»Ich habe doch gar keine andere Wahl.«

Sie schwieg.

Wir befanden uns in einem kleinen Wäldchen am Ufer der Seine. Morgen würden wir nach Paris reiten und uns dort voneinander verabschieden. Wir waren gute Freunde gewesen und hatten uns gegenseitig bewundert und respektiert.

Safia war eine kluge, intelligente Frau, die zu einem Netz gehörte, das sich über die gesamte islamische Welt spannte. Sie arbeitete für verschiedene Ideale, für verschiedene Sachen. Es gab mehrere Frauen ihrer Art; sie führten unsichtbaren Krieg untereinander, über den nicht gesprochen wurde, der aber bösartig und tödlich war.

Schließlich fragte sie: »Habt Ihr jemals etwas vom ›Alten vom Berge‹ gehört?«

»Von den *Assassinen*? Ja, ich weiß von ihnen.«

»Er hat eine Festung Alamut hoch in den Bergen hinter dem Kaspischen Meer. Um genau zu sein, dort gibt es mehrere Burgen, aber nur eine von ihnen ist für Euch von Interesse.«

»Ist mein Vater dort?«

»Er ist dort ein Sklave, und niemand, Mathurin – ich betone ausdrücklich *niemand* – betritt diese Burg, wenn er nicht einer der *Assassinen* ist.«

»Seid Ihr sicher, daß er dort ist?«

»Unsere Spione sind überall. Ich habe diesen Bescheid soeben erst bekommen. Allerdings weiß ich nur, daß er bis vor drei Monaten immer noch stark und gesund war.«

»Aber ein Sklave?«

Es schien unmöglich zu sein, daß ein solcher Mann Sklave werden konnte. Seine ungestüme Kraft, sein scharfer Geist, seine unbezwingliche Art... ich konnte mir keinen Mann vorstellen, der schlechter für die Sklaverei geeignet gewesen wäre als er!

Von den *Assassinen* wußte ich nur, was man allgemein von ihnen glaubte. Sie waren eine persische Sekte, eine Nebenlinie der Ismaili, die ihrerseits eine Nebenlinie der Shi'a waren, eine der größten Gliederungen der Anhänger Mohammeds.

Ein junger persischer Shi'ite namens Hasan-ibn-al-Sabbah schloß sich im Jahre 1071 der Sekte an und wurde zum ersten Großmeister der *Assassinen*, der erste »Alte Mann vom Berge«. Er machte Mord zu einer politischen Waffe und sich selber zum gefürchtetsten Mann in der islamischen Welt und sogar im christlichen Europa.

Von seiner Festung Alamut aus wurden *Assassinen* losgeschickt. Sie standen unter Einfluß von Haschisch und sollten Feinde des »Alten vom Berge« töten oder Karawanen überfallen und ihm die Beute bringen. Von seiner Festung aus schickte er Befehle an Könige und Sultane; mehr als einer von ihnen kam unter der Drohung, ermordet zu werden, den Wünschen des ›Alten Mannes‹ nach.

Einer Legende zufolge sollten Hasan-ibn-al-Sabbah, Omar Khayyam und Nisam-al-Mulk als junge Studenten einen Pakt miteinander geschlossen haben. Alle studierten bei demselben Meister; alle waren talentiert, und so schien es sicher zu sein, daß mindestens einer von ihnen zu großer Macht gelangen würde. Sie vereinbarten, daß derjenige, dem dieser Erfolg beschieden sein würde, ihn mit den anderen teilen sollte.

Nisam-al-Mulk wurde Wesir des mächtigen Seldschuken Reiches. Omar, der Gelehrte, Mathematiker und Poet, suchte sich ein Heim aus, das ihm den Lebensunterhalt sicherte, während er seine Studien fortsetzte.

Hasan dagegen bestand auf einer Stellung bei Hofe, wo er bald der Rivale von Nisam-al-Mulk wurde. Doch schließlich wurde er überlistet und geriet in Schande; er floh aus dem Reich und ließ sich bei Alamut nieder, von wo aus er die Ermordung von Nisam-al-Mulk betrieb.

Man erzählte sich eine Geschichte über den Garten Hasans in einem geheimen Tal in den nahegelegenen Bergen. Dort wuchsen alle Arten köstlicher Früchte, prächtiger Blumen und schattiger Bäume. Es gab Springbrunnen, in denen Wein oder Milch floß, und überall gab es wunderschöne, sinnliche Frauen.

Junge Leute der Wüstenstämme wurden hierher eingeladen. Nachdem man sie mit Drogen betäubt hatte, wurden sie in dieses Tal transportiert. Ein paar Tage lang lebten sie, wie sie noch nie in der herben und unfruchtbaren Wüste gelebt hatten.

Bis zu diesem Erlebnis hatten die Jugendlichen kaum etwas anderes gekannt als Datteln, Kamelmilch und Ziegenfleisch. Plötzlich waren sie von schier unglaublichem Luxus umgeben. Man erlaubte ihnen, die Gesellschaft von Frauen zu genießen, deren Schönheit einem Mann ansonsten nur im Traum erscheint.

Dann wurden sie abermals mit Drogen betäubt und wieder nach draußen gebracht. Man sagte ihnen, daß der Alte Mann sie ins Paradies befördert hatte; er könnte es ganz nach Belieben wieder tun. Sollten die jungen Männer in seinem Dienst sterben, würden sie auf alle Fälle wieder in dieses Paradies gelangen.

Dann wurden diese jungen Männer ausgeschickt, um die Feinde des Alten Mannes zu erschlagen. Weil man ihnen Haschisch gegeben hatte, um sie furchtlos zu machen, wurden sie als *Assassinen* bekannt.

Es wurden viele Geschichten über den Alten Mann erzählt, desgleichen über diejenigen, die er erschlagen hatte. Der Tod jedes möglichen Feindes wurde ihm zugeschrieben, ganz gleich, wie er zustande gekommen war.

Und jetzt war also mein Vater Gefangener in Alamut. Irgendwie mußte ich dorthin gelangen, in die Festung eindringen und ihn herausholen. Das sagte ich Safia auch sofort.

»Ich wußte, daß Ihr hingehen würdet, aber ich kann nichts, absolut nichts tun, um Euch irgendwie zu helfen.«

»Ich erwarte keine Hilfe. Es ist meine Aufgabe. Jetzt, wo ich weiß, daß er noch lebt, daß er gesund ist, liegt alles andere ausschließlich bei mir.«

»Ich brauche Euch nicht zu warnen, Mathurin, aber der Alte

Mann hat überall Spione. Wenn Ihr auch nur ein Wort über Eure Absichten verlauten laßt, wird er es erfahren. Er kann sogar hier Spione haben. Redet also nicht über Eure Pläne.«

Wir lauschten auf das Rauschen des Flusses und das Rascheln des Laubes.

»Safia? Seid Ihr ganz sicher, daß für Euch jetzt alles wieder in Ordnung ist?«

»Ich habe Freunde, Mathurin. Aber ich werde Geld brauchen. Wenn Ihr einverstanden seid, werde ich das Bargeld nehmen, das wir haben, und Ihr könnt die Waren und die Pferde behalten.«

»Das ist unfair. Der Wert der Waren und Pferde übersteigt bei weitem, was wir an Geld haben.«

Im Lager hinter uns entstand Bewegung. Guido begann zu singen, und wir konnten Johannes lachen hören.

»Ich werde sie vermissen, so wie ich Euch vermissen werde. Wir hatten großes Glück, als wir sie fanden.«

»Und ich hatte großes Glück, als ich Euch fand«, sagte ich. »Erinnert Ihr Euch noch an jene Nacht, Safia? Ich war überall von Feinden umgeben und wußte nicht, wohin ich mich wenden sollte.«

»Ihr seid mir ein guter Freund gewesen.« Sie schaute zu mir auf. »Mathurin, ich wünsche ...«

Was sie sich wünschte, sollte ich nie erfahren, denn in diesem Moment erklang vom Lager her ein Ruf.

Der *Hansgraf* und Peter erwarteten mich. Lucca und Johannes waren bei ihnen.

»Wir brauchen Euren Rat. Safia hat uns informiert, daß Ihr viel über Länder wißt und sogar Karten kennt.«

»Ja, ich besitze solches Wissen.«

»Östlich von hier? Kennt Ihr das Land der Magyaren und Petchenegen?«

»Ich habe Marvazi und andere gelesen. Sie bieten aber nur wenig.«

»Kennt Ihr Kiew?«

»Das ist eine große Marktstadt, die größte in Osteuropa. Aber der Weg dorthin ist gefährlich, und die Petchenegen sind ein wildes Volk.«

»Macht nichts. Unsere beiden Züge, Peters und meiner, können mehr als hundertfünfzig kampftüchtige Männer aufbieten.«

Da ich schon viel über die wilden Steppenvölker gehört hatte, beunruhigte mich diese Sache sehr.

Der *Hansgraf* hörte sich meine Einwände ernst und ruhig an.

»Wir haben die Märkte in Brügge und Lille verpaßt. Der Markt hier in Lille ist nur sehr klein. In Lagny und Provins wird es Tauschhandel geben. Aber wenn wir nach Osten ziehen, werden wir zu den Märkten von Köln und Leipzig gelangen. Wenn wir die Stoffe aus Flandern nach Kiew bringen und dort verkaufen, werden wir ein gutes Geschäft machen. Dann können wir Pelze nach Konstantinopel bringen und dort mit gutem Gewinn verkaufen.«

Ich hatte Gerüchte über Unruhen unter den Steppenvölkern gehört, und das machte mir zu schaffen.

Safia wartete auf mich und ich sagte ihr, was geplant und von mir befürchtet wurde.

Die Tiefe des Meeres kann ergründet werden, aber wer kennt schon das Herz einer Frau? Wir hatten uns viele Monate gekannt, und sie versetzte mich stets in innere Unruhe, aber in der Bekanntschaft zwischen Mann und Frau gibt es stets einen entscheidenden Moment, und wenn dieser Moment verpaßt wird, gibt es keine Wiederholung. Jedenfalls nicht von der gleichen Bedeutung.

»Ich werde Euch in die Stadt begleiten. Es wäre nicht gut, wenn Ihr allein reitet.«

»In Ordnung.«

Danach herrschte Schweigen zwischen uns, und ich suchte in meinem Herzen nach einem Schlüssel für das Schweigen, aber ich fand keine passenden Worte.

Paris war keine Stadt, wie ich sie gewohnt war, sondern ein schäbiger, kleiner Ort mit schlammigen Straßen und einer Bevölkerung, die jedem Fremden mißtraute.

Mein Vater hatte mir erzählt, wie Fischer eine Insel in der Seine besiedelt hatten, um eine Stadt namens Lutetia zu gründen. Sie waren viele Male von den Wikingern überfallen und ausgeplündert worden. Schließlich hatten Graf Eudes und Bischof Gozlin die Insel befestigt und die Stadtleute organisiert, um die Wikinger abzuwehren, die dann weiter stromabwärts gezogen waren, um sich in dem nach ihnen benannten Land Normandie niederzulassen. Die Nordmänner wurden dann in den fränkischen Ländern als Normannen bekannt.

Die Stadt, falls man sie überhaupt so nennen konnte, bestand ursprünglich aus drei Städten. Auf der Insel, wo Lutetia gewesen war und jetzt eine neue Kathedrale gebaut wurde, war der Sitz der Regierung mit ihrem Palast. Der Bischof lebte auf der Insel. Auf dem rechten Ufer war die Stadt, die separat verwaltet wurde; hier gab es die Läden, die Märkte und die sechs großen Gilden. Es gab Geldwechsler, Goldschmiede und Bankiers. Dieser Bezirk wurde vom Provost von Paris beherrscht. Auf dem linken Ufer waren die »Schulen« mit ihren eigenen Gesetzen, Verwaltungen und Bräuchen, wenn auch noch sehr am Anfang. Der Bischof von Paris war ein Feudalherr und Besitzer großer Ländereien; er hatte genausoviel Macht wie der König selbst.

Die Römer hatten sich nicht ausschließlich an die Insel gehalten, wie ich bemerkte, denn es gab die Überreste eines Amphitheaters und ein paar Bögen eines Aquäduktes am linken Ufer.

Safia und ich trennten uns an der Brücke, denn ich legte nicht den mindesten Wert darauf, mit dem Beamtentum in Berührung zu kommen. Je weiter man sich von Machthabern fernhält, desto länger und glücklicher verläuft das Leben. Außerdem bereiteten mir lange Abschiedsszenen stets Unbehangen.

»Und Ihr werdet wirklich zurechtkommen?« fragte ich.

»Ich kann Euch nur folgendes sagen: Ich werde einige Zeit hier in Paris sein. Ein paar Freunde – es ist nicht wichtig, wer sie sind – wollen die Seidenfabrikation in Paris einführen.«

»Das ist eine gute Idee, Safia. Die Zeiten ändern sich. Noch vor wenigen Jahren fehlte den Städten die rechte Bedeutung. Dann hörten sie auf, nur noch bloße Zufluchtsorte zu sein. Sie wurden zu Märkten. Ihr habt es ja selbst gesehen. Reisende Kaufleute hören allmählich damit auf, in den Landen herumzuwandern. Sie lassen sich statt dessen in Städten nieder. Ihr handelt klug, Safia. Wo es Frauen gibt, wird es auch einen Markt für Seide geben.«

Mehr sagten wir nicht. Aber wir trennten uns mit einem letzten langen Blick. Ich ritt davon und war genauso unglücklich wie Safia.

Die alte Römerstraße führte mich zum Stadtrand, aber als ich eine Ansammlung junger Männer sah, bog ich ab. Ich ritt im Schritt etwas näher heran und hielt an, um zuzuhören.

Eine Gruppe junger Männer saß auf Strohbündeln herum und hörte sich eine Vorlesung an. Dies war der Platz der Fouarres und eine der ersten Schulen in Paris.

Einige warfen mir schiefe Blicke zu. Immerhin saß ich auf einem prächtigen Araberpferd, obwohl meine Rüstung arg ramponiert war. Ich hatte das Schwert an meiner Seite; Bogen und Pfeile hingen an meinem Sattel. Zweifellos wunderten sie sich darüber, daß ein Mann wie ich an ihrer Diskussion interessiert war.

Der Vorleser war ein hagerer Mann mit mürrischem Gesicht. Er pochte nachhaltig auf das verdammende Urteil des Bernhard von Clairvaux gegenüber Abaelard, weil dieser für die Theologie auch die Vernunft gelten lassen wollte. Er pries Bernhard für dessen Urteil gegen Abaelard, den er einen Ketzer nannte.

»Unsinn!« sagte ich gereizt. »Bernhard war ein alter Narr!«

Alle drehten sich nach mir um.

Der Lehrer starrte mich entsetzt an.

»Wie könnt Ihr es wagen, so etwas zu sagen?« fragte er.

»Ich wage alles zu sagen«, erwiderte ich heiter. »Weil ich ein schnelles Pferd habe.«

Mehrere Studenten lachten, und einer rief: »Gut gesprochen, Soldat!«

»Habt Ihr denn gar keine Ehrfurcht?« fragte mich der Lehrer.

»Ich habe Ehrfurcht vor allen, die Fragen stellen und ehrliche Antworten suchen.«

»Ein Philosoph!« stellte ein Student lachend fest.

»Ein Wanderer auf der Suche nach Antworten«, sagte ich, dann wandte ich mich an den Lehrer. »Ihr habt gefragt, ob ich Ehrfurcht habe? Ich habe Ehrfurcht vor der Wahrheit, aber ich weiß nicht, was Wahrheit ist. Ich vermute, daß es viele Wahrheiten gibt, und deshalb mißtraue ich allen, die von sich behaupten, *die* Wahrheit zu kennen.«

Ich drängte mein Pferd noch etwas dichter heran und fügte hinzu: »Ich habe Ehrfurcht vor jedem, der fragt, vor jedem Sucher. Ich habe aber keine Ehrfurcht vor denen, die widerspruchslos und ohne zu fragen jede Idee akzeptieren, meine eigene eingeschlossen.«

»Ihr seid ein Ketzer!« drohte er.

»Ich bin ein Heide, und ein Heide kann kein Ketzer sein.«

»Ihr reitet ein Pferd der Ungläubigen!«

»Mein Pferd ist niemals irgendeine Glaubensverpflichtung eingegangen, aber nach seinem Verhalten an einem frostigen Morgen zu urteilen, ist es ein Ungläubiger.«

Mehrere Studenten lachten unterdrückt.

Der Lehrer kniff die Augen zusammen.

»Ihr macht euch über die Kirche lustig!« drohte er mir abermals.

»Wer hat denn die Kirche erwähnt? Ganz im Gegenteil, ich habe großen Respekt vor Religion. Mein Einwand gilt denen, die gegen so viele Dinge und nur für so wenige sind.«

»Wofür seid Ihr denn, Soldat?« rief einer der Studenten. »Sagt es uns!«

»Wofür ich bin? Da ich ein Mann bin, dürfte das wohl offensichtlich sein. Ich bin für Frauen.«

Das löste allgemeines Gelächter aus.

»Mein einziger Kummer ist, daß ich in der Stadt unbekannt bin.«

»Bleibt doch über Nacht, Soldat! Wir werden Euch der dicken Claire vorstellen.«

»Meine Theorie lautet, daß ich als Wahrheitssucher meine eigenen Antworten... und auch meine eigenen Frauen finden sollte!«

»Sagt uns, Soldat«, richtete ein anderer Student das Wort an mich, »habt Ihr auf Euren Reisen herausbekommen, ob die Erde rund oder eine Scheibe ist?«

»Sie ist rund«, sagte ich. »Diese Tatsache war schon den Griechen und auch den Arabern bekannt. Übrigens auch dem Hinduvolk, das weit, weit von hier entfernt lebt.«

»Seid Ihr von selbst darauf gekommen, Soldat? Oder durch die anderen?«

»Daß die Welt rund ist, weiß ich aus meiner eigenen Erfahrung, denn ich bin weit auf das Ozean-Meer hinausgesegelt. Ich weiß aber auch von Gesprächen, daß es den Arabern bekannt ist. Was die Griechen und das Hinduvolk betrifft... nun, ich habe ihre Bücher gelesen.«

»Ihr lest Griechisch?« fragte der Lehrer erstaunt.

»Griechisch, Lateinisch, Arabisch, Persisch und etwas Sanskrit«, sagte ich. »Und vieles von dem, was im Herzen einer Frau liegt.«

»Ich glaube, Ihr lügt!« sagte der Lehrer.

»Wer Pfeffer ißt, bekommt einen heißen Mund«, sagte ich und fügte hinzu: »Wenn Ihr behauptet, daß ich lüge, Lehrer, dann sagt es mit einem Schwert in der Hand!«

Mehrere Studenten standen auf.

»Es wird schon spät, Soldat. Wenn Ihr unsere Empfehlung bei der dicken Claire nicht annehmen wollt, dann kommt auf alle Fälle mit uns und seht Euch an, was Paris sonst noch zu bieten hat. Wir möchten auch gern mal den Wein des Landes bei Euch testen, um festzustellen, ob Euer Gaumen Eurem Intellekt gerecht wird!«

»Gern, meine Herren, sehr gern! Geht voran, geht voran! Ein wahrer Philosoph wird niemals ein Mädchen, ein Glas oder eine Stunde der Unterhaltung ablehnen!«

Ich wandte mich an den Lehrer und sagte: »Ich wollte Euch oder Eurer Lehre gegenüber nicht despektierlich sein, nur... stellt Fragen an Euch selber!«

»Der Bischof wird die Fragen stellen!« sagte er düster. »Und er wird sie Euch stellen!«

»Dann setzt ihn auf ein schnelles Pferd!« riet ich ihm heiter. »Sonst wird er die Fragen an den Wind stellen müssen!«

31

Die Kirche St.-Julien-le-Pauvre war auf dem Platz einer alten befestigten Priorei erbaut worden, von der noch ein Teil erhalten geblieben war.

Für Reisende, die erst spät bei den Toren von Paris ankamen, war es allgemeiner Brauch, die Nacht in der Priorei zu verbringen, aber als der Platz von der Kirche eingenommen worden war, waren mehrere Schenken entstanden.

Diese Gasthäuser führten ein äußerst kärgliches Dasein, bis auf dem linken Ufer die Schulen auftauchten. Den meisten Lehrern war die Lehrerlaubnis vom Rektorat von Notre Dame erteilt worden, aber der Wunsch nach größerer Meinungsfreiheit oder andere Gründe hatten sie veranlaßt, über den Fluß zu gehen.

In späteren Zeiten wurden Lizenzen vom Abt des Klosters der heiligen Genoveva gewährt.

Für diese Schulen gab es keine Unterkünfte. Sie wurden im Freien abgehalten. Die Studenten setzten sich auf Strohbündel. Später fanden einige in der Kirche St.-Julien-le-Pauvre Unterkunft, bis diese wegen der heftigen, hitzigen Debatten und auch der Studentenprügeleien berühmt wurde.

Als es Schulen auf dem linken Ufer gab, strömten Studenten in die Schenken, und wenn viele von ihnen auch nur mit knapper Not ihr Dasein fristeten, erhielt ihre große Anzahl die Schenken am Leben.

Unter den Studenten gab es aber auch eine Anzahl von Renegaten, Dieben, Zuhältern und Halsabschneidern, die sich der Haltung, Kleidung und des schützenden Armes der Kirche bedienten. Diese Leute wurden von den Studenten toleriert; einige wurden sogar Studenten oder sorgten für sie.

Dieser Bereich auf dem linken Ufer der Seine konnte die Universität genannt werden; in diesem Falle bedeutete der Ausdruck an sich weiter nichts als eine Gruppe von Personen. Ursprünglich hatten sich die Studenten unter den vielen Kreuzgängen von Notre-Dame getroffen; dort wurde auch noch weiterhin gelehrt. Studenten, die zur Universität abwanderten, waren die frechsten, respektlosesten und freidenkendsten, öfter aber noch die besten Köpfe.

Lernbegierige junge Männer kamen nach Paris, um hier zu studieren; viele wanderten tagelang, um die Stadt zu erreichen. Nur wenige besaßen genügend Geld für ihren Lebensunterhalt. Bücher waren knapp. Papier war teuer. Die Lehrer unterschieden sich in ihren Einstellungen. Nach drei Jahren konnte ein Student den Titel *bachelier-des-arts* erringen, aber zwei weitere Jahre waren erforderlich für einen Abschluß oder eine Lizenz. Um Doktor der Medizin zu werden, waren acht Studienjahre erforderlich. Wer Doktor der Theologie werden wollte, mußte vier Thesen vertreten und verteidigen. Die letzte These war eine Herausforderung, die nur wenige außergewöhnlich begabte Studenten zu versuchen wagten, denn der Kandidat wurde von sechs Uhr morgens bis sechs Uhr abends ununterbrochen geprüft; ihm wurde nicht gestattet, seinen Platz zu verlassen, um zu essen, zu trinken oder sonst etwas zu tun. Zwanzig Prüfer, die sich alle halbe Stunde ablösten, taten ihr Bestes, um Mängel bei der Vorbereitung des Studenten herauszufinden.

Die Sprache der Studenten war Latein, und aus diesem Grunde wurde ein Teil des Bezirkes als Quartier Latin bekannt.

Der Schankraum der Gastwirtschaft war schäbig, schmuddelig und dunkel; die Balkendecke war sehr niedrig. Mehrere Holztische standen herum, alle von Bänken umgeben. Ein riesiger Braten drehte sich an einem Spieß und erfüllte den Raum mit angenehmem, warmem Geruch.

Als wir eingetreten waren, ließ sich einer meiner Studentenbegleiter namens Julot auf eine Bank sinken, und ich nahm ihm gegenüber Platz. Julot hatte ein hartes, draufgängerisches, aber auch intelligentes Gesicht. Er lächelte gern und hatte kräftige Hände.

»Habt Ihr es ernst gemeint, als Ihr sagtet, daß Ihr Bücher gelesen habt?« fragte er mich. »Einen ganzen Haufen?«

»Natürlich. In den Straßen von Cordoba werden sie verkauft.«

»Man verkauft Bücher in Läden?« Offensichtlich konnte er es nicht glauben. »Religiöse Bücher?«

»Alles. Philosophie, Medizin, Rechtsprechung, Astronomie, Astrologie, Poesie, Drama... was Ihr wollt.«

Julot packte seinen Nebenmann am Arm. »Hast du das gehört? Man verkauft Bücher an den Straßen wie Zwiebeln oder Fisch! Was würde ich dafür geben, das einmal sehen zu können!«

»In Cordoba gibt es Dutzende öffentlicher Bibliotheken. Man kann lesen, was man will.«

»Laßt Gott seine Tempel und Kathedralen!« sagte Julot leidenschaftlich. »Wenn man uns Bibliotheken gibt!«

Einer, den sie »Katze« nannten, brachte drei Flaschen Rotwein zu unserem Tisch, und als ich ihm eine Goldmünze in die Hand legte, starrte er sie an.

»Ein Gelehrter mit Geld? Was habt Ihr denn getan? Einen Priester beraubt?«

Man brachte Bratenscheiben auf den Tisch. Teller kannte man hier so gut wie nicht, das Fleisch wurde auf Brotscheiben serviert.

Wir tranken Wein, aßen Braten und gestikulierten mit den Fleischknochen, während wir redeten. Wir stritten, protestierten und debattierten. Die Augen meiner Begleiter leuchteten vor Aufregung. Jeder wetteiferte mit dem anderen, wenn es darum ging, Fragen zu stellen. Beinahe wütend stritten sie über die Antworten und möglichen Antworten.

Ob ich Hippokrates gelesen hatte? Was war mit Lucretius? Was hielt ich von *Über die Natur der Dinge?*

»Und was ist mit Avicenna? Wer war er? Woher kam er? Wir haben nur seinen Namen gehört, mehr nicht.«

»Er war einer der größten Geister dieses oder jedes anderen Zeitalters«, sagte ich. »Er hat das gesamte Wissensgebiet als seine Provinz in Besitz genommen.«

Ihre Aufregung wirkte ansteckend und aufmunternd. Sie wußten von Juan von Sevilla, Averröes und Al-Biruni, wenngleich nur die Namen, und selbst diese flüsterten sie nur.

Während ich redete, hielt ich ständig Ausschau nach möglichen Spionen, denn es gab Leute, die wollten nichts von Lehren wissen, die ihre Macht schwächen konnten. Gegen angebliche Ketzer ging man sehr hart vor. Da ich ein Heide war, konnte ich vor einer Verfolgung ziemlich sicher sein, denn nach Kirchengesetz konnte ein Heide nicht wegen Ketzerei verfolgt werden. Jedenfalls nicht zu dieser Zeit. Über die Auslegung eines solchen Gesetzes war ich allerdings recht skeptisch, und Fremde waren jederzeit und überall verwundbar.

Studenten drängten sich um unseren Tisch, denn trotz ihres oft rüpelhaften Benehmens gab es echten Wissensdurst nach allem, was draußen in der Welt gedacht wurde. Man wollte wissen, was im alten Griechenland, in Rom und in Persien gedacht worden war. Es gibt keinen Vorhang, den Wissen nicht durchdringen kann, wenn es auch manchmal sehr lange dauert.

In den Klöstern gab es Leute, die sich vorsichtig auf Wissensgebieten bewegten, die bis dahin verboten waren. Es gab Äbte und Bischöfe, die diese Tatsache geflissentlich übersahen, aber mit Interesse beobachteten.

Wer sich damit begnügt, löffelweise Wissen eingetrichtert zu bekommen, das durch religiösen oder politischen Glauben gefiltert wurde, ist wahrlich ein armer Wicht! Dies gilt auch für einen Mann, der sich von anderen vorschreiben und diktieren läßt, was er lernen soll oder nicht.

Die jungen Leute um mich herum hatten den Wein des Wissens gekostet, und der Geschmack auf der Zunge gefiel ihnen. Ihr Appetit war mit dem Kosten gewachsen. Sie begnügten sich nicht länger damit, zu staunen und zu fragen; sie wollten Antworten. Zivilisation wurde aus Neugier geboren und kann auch auf keine andere Weise am Leben erhalten werden.

Sie wußten nur sehr wenig über moslemische Dichtkunst. Deshalb zitierte ich für sie aus Firdusi, Hafis und El-Yezdi. Über Avicenna erzählte ich ihnen, was ich wußte; daß er im Jahre 980 in Buchara geboren und 1037 gestorben war. Bereits im Alter von zehn Jahren kannte er den Koran auswendig. Er hatte die arabischen Klassiker studiert. Mit sechzehn verfügte er über das bis dahin bekannte Wissen von Mathematik, Medizin, Astronomie, Astrologie und Philosophie. Er hatte Vorlesungen über Logik gehalten. Bis zu seinem Tode hatte er mehr als hundert Werke geschrieben, unter anderem auch den *Canon medicinae,* ein sehr umfangreiches Buch.

Plötzlich wurde die Tür aufgerissen. Im Eingang stand die massigste Frau, die ich je gesehen hatte; aber so groß sie auch war, so besaß sie doch eine ansprechende Figur. Sie war nicht größer als einer der anwesenden Männer von durchschnittlicher Größe, aber vom Umfang her hätte man zwei oder sogar drei aus ihr machen können! Der Mund im rundlichen Gesicht lächelte breit, und die großen, blauen Augen waren wirklich schön.

Um sie herum war ein halbes Dutzend Mädchen; wie Tauben, die um eine Scheune herumflatterten.

»Wo ist dieses Musterexemplar von Mann? Wo ist er?«

Die Gruppe am Tisch teilte sich. Ich stand bereits und verbeugte mich sehr tief.

»Kein Musterexemplar, Claire, aber wer würde in einer Gesellschaft, deren Mittelpunkt Ihr seid, ein Musterexemplar sein wollen? Wie hat der liebe Gott Euch nur so viel Schönheit geben können?«

»Eine galante Rede!« Sie kam durch den Raum zu unserem Tisch herüber. »Also, da habt ihr einen Mann, Mädchen!«

Sie langte nach unserer Flasche und schenkte sich ein Glas ein.

»Man sagte mir, daß Ihr eine Zunge für Blasphemie habt. Stimmt das?«

»Blasphemie? Nur wenn es Blasphemie ist, die Wahrheit zu suchen. Nein, ich bin kein Gotteslästerer, sondern etwas noch Schlimmeres... nämlich ein Fragensteller.«

»Und Ihr seid kein Schurke?«

»In dieser Gesellschaft?« Ich schaute mich mit spöttischem Entsetzen um. »Wie kann jemand, der so unschuldig und harmlos ist wie ich, in einer solchen Gesellschaft wie dieser ein Schurke sein? Nein, der Lehrer hat Unsinn geredet, und ich habe eine gegenteilige Meinung ausgedrückt. Das ist alles.«

Sie setzte sich hin. Die Mädchen drängten sich um sie herum. Wären sie etwas sauberer gewesen, hätte ihr Anblick das Blut eines Mannes zum Kochen bringen können.

Ich machte ein ernstes, aufrichtiges Gesicht und sagte: »Wie man mir sagte, seid Ihr auch ein Professor.«

»Ein Professor? Ich? Man hat mir schon allerhand hübsche Bezeichnungen gegeben, aber mich noch niemals so genannt! Vielleicht ein Philosoph. Männer kommen mit ihren Problemen zu mir.«

»Und wer könnte sie wohl besser lösen?«

»Ich bin die dicke Claire, und ich leugne weder den Namen noch den Titel. Junger Mann, der Name ›Dicke Claire‹ wird von jedermann respektiert!«

»Wie könnte ich etwas anderes glauben? Ich hatte diese jungen Herren hier kaum kennengelernt, da versicherten sie mir, daß Eure Leistungen von hoher Qualität seien!«

Ich rief den Kellner.

»Noch eine Flasche Wein. Wenn mir das Geld ausgeht, werde ich die Schenke verlassen!«

»Bleibt! Wir brauchen Leute wie Euch hier in Paris.«

»Wenn Ihr eine Schule eröffnet, werde ich als erster zu Euren Füßen sitzen!« sagte Julot. Er wandte sich an Claire.»Er ist nicht nur ein Witzbold. Er hat in Cordoba studiert, wo es mehr Bücher als Priester gibt!«

»Und er hat wohl auch noch etwas mehr als nur Bücher studiert, würde ich sagen!« erwiderte sie trocken.

Die Mädchen ließen sich mit den Studenten ein.

»Bleibt bei uns, Soldat, dann werden wir Euch Unterhaltung bescheren, wie Ihr sie nicht mal in Cordoba finden werdet!«

»Ich habe bereits von Eurer Unterhaltung gehört. Mein Vater war vor langer Zeit hier.«

»Euer Vater? Und wer könnte das gewesen sein?«

»Kerbouchard. Das ist ein alter Name auf See.«

»Der Sohn von Kerbouchard!« Claire musterte mich sehr anerkennend. »Ja, das könnte sein, wenngleich sich zwei Männer nur selten sehr ähnlich sehen.«

Sie stellte ihr Glas hin.

»Ihr seid also der Sohn von Kerbouchard? Er war ein starker Mann mit schmalen Hüften.«

Julot neigte sich zu ihr hinüber.

»Claire, ich habe so eine Ahnung, als ob der Lehrer unserem Soldaten nicht gerade sehr gewogen war. Er könnte eine Untersuchung in Gang bringen. In diesem Fall müßten wir wahrscheinlich sehr schnell fliehen.«

Sie sah mich an.

»Seid Ihr allein? Habt Ihr Freunde?«

»Hier keine. Ich bin unterwegs, um mich mit ihnen zu treffen. Ich habe meine Pferde und etwas Ausrüstung.«

Sie fragte nicht, wer meine Freunde waren, denn sie hatte in ihrer eigenen Schule Diskretion gelernt. Im Falle einer Flucht würde ich es vorziehen, meine eigene Route einzuschlagen. Ein Mann, der sich am Strick eines anderen Mannes in einen Brunnen hinabläßt, ist ein Narr.

Für einen Tag hatte ich genug getan. Ich fühlte mich unbehaglich, denn dieser Lehrer war mir wie ein sehr engstirniger, rachsüchtiger Mann vorgekommen, dem meine Kommentare bestimmt keine Freude bereitet hatten. Bis zum Markt würde es ein Nachtritt sein, und wenn ich nicht bald aufbrach, könnte die Kompanie inzwischen weitergezogen sein.

Wäre ein Mann wie Petrus Lambardus, der Schüler Abaelards, der hier Bischof gewesen war, noch im Amte, das der Tod ihm nach einem Jahr entriß, hätte ich meinen Fall in seine Hände gelegt. Aber ich verspürte nicht den mindesten Wunsch, im Gefängnis zu liegen, bis man sich über mich einig geworden war oder mich der Folter unterziehen wollte. Ich wußte aus eigener bitterer Erfahrung, daß Politiker oder Kirchenmänner sich viel Zeit ließen, wenn es darum ging, Entscheidungen zu fällen.

Man behält seine Pläne am besten für sich, denn wenn man sie mit anderen teilt, könnten diese anderen sie wiederum mit anderen teilen. Ein kluger Mann hält im Geiste stets den Türriegel in der Hand.

Für das zu sterben, was man glaubt, ist gut und schön für diejenigen, die Neigung dazu verspüren, aber mir war dies stets als die allerletzte aller Lösungen vorgekommen. Es gibt keine Sache, für die es sich zu sterben lohnt. Es ist besser, für sie zu leben, wenn man ihr dienen will.

Die Luft in der Schenke war schwül und stickig. Aber das Gespräch, das im Raum hin und her wogte, war zumindest das gute Gespräch von Männern mit Ideen.

Die Ideen, von denen diese jungen Männer hier so begeistert waren, gehörten einer toten Vergangenheit an. Auch die Ideen von Plato stammten aus der Vergangenheit, wurden aber für jede Generation von neuem frisch. Viele der hiesigen Ideen waren in Cordoba und anderswo längst nicht mehr gefragt. Es war deprimierend, diese eifrigen jungen Männer zu beobachten, die unruhig nach Veränderungen strebten und von Ideen besessen waren, von denen viele niemals Gültigkeit besessen hatten und die Männern wie Plato, Avicenna, Aristoteles oder Rhazes nicht eingefallen waren. Was diese Generation brauchte, war ein neuer Abaelard; oder noch besser, ein Dutzend solcher Männer.

Im Vergleich zum hiesigen Denken war das Denken im maurischen Spanien, in Damaskus, Indien und Kathai, sogar auf Sizilien zweihundert Jahre voraus.

Die Kaufleute der Handelskarawanen behielten zwar ihrer eigenen Sicherheit wegen ihre Gedanken für sich, waren aber diesen Studenten hier um Generationen voraus. Diese Männer waren viel in der Welt herumgereist und hatten überall aufmerksam zugehört.

Doch der Geist des Fragens und Forschens war hier vorhanden, und wo er freie Existenz hat, kann Ignoranz nicht von Dauer sein. Frische Luft drang in die dunklen Hallen von Ignoranz und Aberglauben.

Männer wie Robert von Chester, Adelard von Bath und Walcher von Malvern machten astronomische Beobachtungen oder übersetzten arabische Bücher ins Lateinische. Dies war der Anfang von etwas Neuem. Doch ich hatte mich in eine Welt zurückgewagt, aus der ich gekommen war, und ich stellte fest, daß es eine fremde Welt war, zu der ich nicht länger gehörte.

In gewisser Hinsicht war ich schon immer ein Fremder gewesen. Meine Druiden-Ausbildung hatte mich tief in eine Vergangenheit geführt, die mehr enthielt als die Gegenwart. Dazu waren die vielen Berichte meines Vaters gekommen, wenn er von Reisen zurückgekehrt war; er hatte von einer Welt hinter unseren Stränden erzählt. Ich hatte mich unter die Männer seiner Besatzung gemischt, von denen gut die Hälfte aus anderen Ländern stammte, von anderen Kulturen. So war ich schließlich ein Fremder in meinem eigenen Land geworden.

»Schenkt ein, Soldat!« Julot klopfte mir auf die Schulter. »Schenkt ein und erzählt uns noch mehr!«

Wieviel konnte ich ihnen erzählen? Wieviel wagte ich ihnen zu erzählen? Wo war der Punkt, an dem bereitwilliges Akzeptieren schließlich starkem Zweifel wich? Der Geist muß auf Wissen vorbereitet werden, so wie man einen Acker für die Bestellung vorbereitet. Eine zu früh gemachte Entdeckung ist nicht besser als eine Entdeckung, die überhaupt nicht gemacht wird.

Wäre ich ein Christ gewesen, hätte man mich zweifellos für einen Ketzer gehalten, denn was die Welt immer gebraucht hat, sind mehr Ketzer und weniger Autorität. Ohne Disziplin kann es keine Ordnung und keinen Fortschritt geben, aber Autorität kann etwas ganz anderes sein. In dieser Welt, in der ich mich bewegte, bedeutete Autorität blinden Glauben an ein Dogma, das einfach akzeptiert werden mußte. Starres Dogma aber ist unweigerlich falsch, weil Wissen stets in einem Zustand des Übergangs ist. Die radikalen Ideen von heute sind oft die konservative Politik von morgen.

Jede Generation hat eine Gruppe, die allen Ereignissen eine feste Form geben möchte, um die Gesellschaft für immer unbeweglich in einer Position zu halten, die der zuvor erwähnten Gruppe günstig ist.

Vieles vom Konflikt im Geist der jungen Männer um mich herum basierte auf dem grundlegenden Konflikt zwischen religiösen Doktrinen, die in erster Linie auf Glauben beruhten, und griechischer Philosophie, die einen Versuch darstellte, Erleben durch Vernunft zu interpretieren. Jedenfalls kam es mir, einem Mann, der noch sehr viel zu lernen hatte, so vor.

Ich hatte nur noch ein paar Münzen in der Tasche, und die Zeit war schon sehr fortgeschritten.

»Es wird Zeit zu gehen, Julot«, sagte ich. »Ich überlasse Euch nun Claire und Euren Freunden.«

»Aber Ihr seid doch eben erst gekommen!« protestierte Julot und ließ seinen Unwillen deutlich erkennen. »Wir wollen von Euch lernen, Soldat! Ihr besitzt Wissen, das wir dringend brauchen!«

»Ihr seid Euer eigener bester Lehrer«, sagte ich. »Mein Rat lautet, alle Dinge in Frage zu stellen. Sucht nach Antworten, und wenn Ihr etwas findet, was eine Antwort zu sein scheint, dann stellt auch sie wieder in Frage.«

»Das ist sehr schwer«, sagte der, den sie Katze nannten.

»Hört auf ihn!« sagte Claire. »Was er sagt, klingt vernünftig.«

»Fragt sie doch einmal nach dem Wert experimenteller Wissenschaft«, schlug ich vor.

»Soldat...«, mischte sich hier eins der Mädchen ein. »Ihr habt uns von der Dichtkunst in Spanien erzählt. Poesie, die oft einem Augenblick entspringt. Macht ein Gedicht für Claire!«

Es war ein elegantes Mädchen, das eben gesprochen hatte; ein vollbusiges Mädchen, dessen besten Attribute deutlich genug hervorstachen. Sie war ein kesses Ding mit wiegenden Hüften, rotgoldenem Haar und Lippen... ah!

»Einen Reim, Soldat! Gebt Ihr uns einen Reim! Gebt uns ein Lied!«

»Dichtkunst war die Fähigkeit jener Leute, nicht meine. Ich würde einen armseligen Poeten abgeben.«

»Euer Vater hat da nicht so gezögert«, sagte Claire. »Aber seine Dichtkunst war ja auch von ganz anderer Art.« Ihre Augen funkelten vor Humor. »Natürlich war ich damals noch viele Pfunde jünger.«

»Mein Vater war ein seefahrender Mann«, gab ich zu. »Und zweifellos hat er für manch hübsches Fahrzeug den Kiel gelegt. Das ist nun mal die Art seefahrender Männer und hat zweifellos viel zur Ausbreitung von Wissen beigetragen. Es ist durchaus möglich, daß die griechische Annäherung an trojanische Frauen schuld ist an der Anerkennung ihrer Philosophie.«

An sich hatte ich vor, ihnen ein Gedicht zu geben. Ich stellte einen Fuß auf die Bank und wollte schon zu sprechen beginnen, als die Tür geöffnet wurde.

Dort stand der Lehrer und zeigte mit einem Finger auf mich. Hinter ihm war ein Dutzend Soldaten.

»Ergreift ihn!« sagte der Lehrer. »Das ist der Mann!«

32

»Schnell!« Julot packte mich am Arm. »Raus!«

Wir sprangen durch eine Gasse in der Menge. An der Tür brach eine Prügelei aus, die den Soldaten den Weg versperrte.

Ich warf einen Blick über die Schulter zurück und sah, wie »Katze« sich mit zwei anderen meiner aufmerksamen Zuhörer herumbalgte.

Wir huschten geduckt um den Schornstein und entkamen durch eine fast versteckte Tür in der Kaminecke in die Küche. Von dort aus strebten wir zu dem Stall, der dunkel unter den Bäumen lag. Doch bevor wir ihn erreichen konnten, mischten sich zwei Soldaten mit Piken ein. Der eine Soldat hielt seinen Spieß auf meinen Bauch gerichtet, während der andere vortrat, um mich zu entwaffnen.

Als er nach meinem Schwert langte, packte ich ihn am Oberarm und schleuderte ihn gegen den anderen Mann, der die Pike auf mich gerichtet hielt. Dieser Mann wurde aus dem Gleichgewicht gebracht und riß den anderen mit sich zu Boden.

Julot war bereits unterwegs zum Stall.

Ich riß meine Klinge heraus, parierte einen Stoß, den einer der beiden Soldaten mit der Pike nach mir ausführte, und stieß dem Mann die Spitze meines Schwertes in den Oberschenkel.

Als der zweite Soldat auf mich losgehen wollte, sagte ich: »Wenn Ihr noch einmal sehen wollt, wie die Sonne aufgeht, mein Freund, dann tretet zurück! Aber wenn Ihr noch einen Schritt näher herankommt, spieße ich Euch auf wie eine Ente!«

»Herrje, ich habe doch keinen Streit mit Euch! Also fort mit Euch! Ich werde mich um meinen Freund kümmern.«

»Danke«, sagte ich. »Viel Glück und Erfolg!«

Julot tauchte mit den Pferden auf, und ich sprang in den Sattel, um den Weg zwischen den Pappelreihen hinabzureiten. Am Himmel, wo in einer Stunde die Sonne stehen würde, zeichnete sich bereits ein wenig Helligkeit ab.

»Dieser Streit geht Euch nichts an, Julot«, sagte ich zu meinem

Begleiter. »Taucht also lieber in Paris unter. Ich habe ein schnelles Pferd und kann für ihre Hunde den Hasen spielen, solange es mir Spaß macht.«

»Ihr verlangt von mir, daß ich einen Freund im Stich lassen soll?« fragte Julot.

»Das verlange ich«, sagte ich. »Denn ich habe einen Ort, wohin ich gehen kann.«

»Claire wird mir bei lebendigem Leibe das Fell über die Ohren ziehen!« sagte Julot. »Sie hat sofort ein starkes Gefühl für Euch entwickelt, und Ihr habt ja keine Ahnung, was Ihr da verpaßt habt!«

»Es gibt andere Frauen, aber ich habe nur einen Hals. Also, los... ab mit Euch, Julot!«

»Ihr nehmt das zu leicht, mein Freund. Reden wie Eure werden nicht geduldet. Es hat schon zuviel Freidenkerei gegeben, und sogar wir von den Schulen müssen unsere Zunge im Zaum halten. Wenn man Euch erwischt, wird man Euch wie einen Ketzer auf dem Scheiterhaufen verbrennen!«

»Aber ich bin doch ein Heide!«

»Wer sagt das? Man wird Euch verbrennen, Soldat, denn es gibt Leute, die haben eine große Vorliebe für verbranntes Menschenfleisch... aber gar keinen Geschmack an der Lehre von Petrus Abaelard!«

Die Felder glitzerten weiß vom Rauhreif. Wir ließen unsere Pferde in forschem Trab gehen und schonten ihre Kräfte für eine schnellere Flucht, falls sich die Notwendigkeit dazu ergab. Eine sofortige Rückkehr zur Gruppe konnte meine Freunde einbeziehen, was ich jedoch nicht wünschte. Doch ich mußte entkommen, und wenn ich erst einmal bei ihnen war, würden sie mich verstekken. Das war früher auch schon mit anderen so geschehen.

»Auf dieser Seite von Melun gibt's ein kleines Dorf. Claire hat mir davon erzählt. Sollten wir getrennt werden, reitet dorthin und fragt nach einem Mann namens Persigny.«

»Ist es weit von der Straße nach Provins gelegen?«

»Die Richtung stimmt.«

Wenn ich meine Leute in Provins auf dem dortigen Markt erreichte, war es unwahrscheinlich, daß man mich dort fand. Die Suche an einem so unwahrscheinlichen Ort kam wohl nicht in Frage, denn ich sah ja ganz gewiß nicht aus wie ein Handelskaufmann.

Während der nächsten Stunde folgten wir vielen Biegungen und

Windungen zwischen Bauernhäusern und Wegen. Als einmal eine Reitergruppe auftauchte, die zur Stadt wollte, suchten wir hastig Zuflucht in einem Stall, wo Julot mehrere Hennen um ein paar Eier erleichterte.

Der Tag brach über eine herbstbraune Landschaft herein. Der Himmel war dunkelgrau von tiefhängenden Wolken, die Regen ankündigten.

Julot schauerte immer wieder heftig in seiner zerlumpten Kleidung zusammen, und ich war für solches Wetter auch nicht angezogen. Von Zeit zu Zeit schob ich meine Finger unters Hemd, um sie zu wärmen.

»In der Nähe gibt es eine Burg namens Blandy. Der Burgherr ist ein Brigant mit dem Hang, Handelszüge zu überfallen. Diese Burg müssen wir meiden. Aber in Champeaux gibt es eine Kapelle, um die Zeit von Chlodwig erbaut. Die Mönche sind sehr freundlich. Abaelard war dort Lehrer, und die meisten von ihnen haben seine Lehre angenommen. Der Mann namens Persigny ist übrigens auch ihr Freund.«

Es begann zu nieseln. Die Luft nahm das Aussehen eines feinmaschigen Netzes an. Wir stemmten unsere Schultern gegen den Regen und die Kälte. So setzten wir unseren Weg fort. Es bestand das dringende Bedürfnis nach Unterkunft und warmer Verpflegung, denn Julots Hände liefen allmählich blau an. Seine Wangen wirkten hohl, und seine Augen schauten ziemlich leer drein. Er sah halb verhungert aus, und das war er zweifellos auch, denn viele Studenten fristeten nur mit knapper Not ihr Dasein, während sie ihre Studien trieben.

Mönche hatten hier und da im Brie-Wald Gärten angelegt. Ab und zu gab es auch alte Bauernhäuser, meistens allerdings nur Ruinen als Folge längst vergangener Konflikte.

Der Wald war häßlich und abstoßend, ein Netz schwarzer Äste, die miteinander verflochten waren. Der Weg war von Regenpfützen gezeichnet, die wie glänzende Stahlscheiben dalagen.

Wir ritten an einer solchen Ruine vorbei und betraten sie von hinten, um keine Spuren zu hinterlassen. Dann ritten wir durch hohes Unkraut und Gestrüpp und dirigierten unsere Pferde durch eine Mauerlücke. Wir kamen in eine alte Halle, an deren Decke ein paar Fledermäuse hingen.

Wir sammelten Holz für ein Feuer und machten es sehr vorsichtig, damit weder Lichtschein noch Rauch zufällig vorbeikommende Reisende warnen konnten. Als die Flammen loderten, hielten wir unsere klammen Hände darüber, um sie zu wärmen. Wir waren zwei dunkle, zusammengekauert hockende Gestalten, von Regen durchnäßt, durchgefroren; wir suchten, wie es der Mensch seit eh und je getan hat, den Trost des Feuers.

»Das Feuer tut gut«, sagte Julot.

»Der Gefährte der Vagabunden. Nur wenige Menschen sind so arm, daß sie sich nicht einmal ein Feuer leisten könnten.«

»Ihr kanntet Euren Vater?«

»Ja.«

»Meine Mutter war ein Bauernmädchen, mein Vater Soldat in irgendeiner Armee. Sie wußte niemals, in welcher Armee er war oder woher er stammte. Er war ein sanfter Mann mit stattlichem Bart. Soviel und nicht mehr konnte sie mir sagen.«

»Männer ohne Väter legen oft mehr Nachdruck auf sie als andere. Ein Mühlrad dreht sich nicht in Wasser, das bereits vorbeigerauscht ist.«

»Vielleicht. Aber ohne Familie ist ein Mann nichts.«

»Da irrt Ihr Euch. Eure Kirche hat vielen Männern ohne Familie zu Gelegenheiten verholfen, auch der Armee.«

»Man muß sich anpassen, und ich kann mich nun mal nur sehr schwer anpassen.«

»Seid ein Philosoph. Ein Mann kann Kompromisse eingehen, um etwas zu erreichen. Es ist augenscheinlich geworden, daß ein Mann bis zu einem gewissen Grade seinen Neigungen innerhalb der Kirche nachgehen kann, wenn er es diskret tut.«

Ich lächelte ihn an.

»Denkt daran, Julot, daß sogar ein Rebell alt wird und manchmal auch etwas klüger. Er stellt dann fest, daß er die Dinge, gegen die er früher rebelliert hat, jetzt verteidigen muß, und zwar gegen neue Rebellen. Alternde Knochen knirschen in der Kälte. Sucht Wärme, mein Freund. Seid diskret, aber folgt Eurem eigenen Geist. Wenn Ihr eine Position erlangt habt, werdet Ihr Einfluß bekommen. Ansonsten werdet Ihr an den Gitterstäben zerren, bis Eure Kraft dahin ist, und Ihr werdet so gut wie nichts im Leben erreicht haben.«

»Kompromiß ist ein schlechtes Wort.«

»Denkt ein wenig nach, Julot«, sagte ich. »Wir alle müssen zeit unseres Lebens Kompromisse eingehen. Ansonsten gäbe es keinen Fortschritt. Die Menschen könnten nicht miteinander leben. Man kann einen Mann für einen Dummkopf halten, aber wenn er ein angenehmer Dummkopf ist, sagt man nichts. Ist das kein

Kompromiß?« Ich fuhr fort: »Ein Sieg wird nicht mit Meilenschritten, sondern zentimeterweise errungen. Gewinnt jetzt ein wenig, haltet stand und gewinnt später noch etwas mehr. In bezug auf seine Prinzipien sollte ein Mann allerdings keine Kompromisse schließen, aber er braucht sie auch nicht wie ein Banner flattern zu lassen. Es gibt für alles einen richtigen Zeitpunkt... Mal muß man reden, mal still sein. Wenn ein Unrecht verübt wird, ist der Zeitpunkt zum Reden da. Studiert, Julot. Gewinnt Ansehen. Dann werden die Leute Euch ernsthaft um Rat fragen über Dinge, von denen Ihr nichts wißt.«

»Das alles gefällt mir nicht«, murrte Julot. »Ich bin ein Kämpfer. Ich kämpfe für das, woran ich glaube.«

»Es gibt viele Arten von Kampf. Viele Männer und Frauen haben einen guten Kampf für Wahrheit, Ehre und Freiheit geführt, ohne dabei Blut zu vergießen. Hütet Euch vor denjenigen, die Gewalt benutzen wollen. Zu oft nämlich ist es die Gewalt selbst, die sie haben wollen, nicht aber die Wahrheit oder Freiheit. Wichtig ist zu wissen, wo man steht und woran man glaubt. Dann muß man sich in allen Dingen selber treu bleiben. Außerdem ist es töricht, über Fragen mit Leuten zu streiten, die sowieso keine Macht haben, Dinge zu ändern. So, damit ist meine Predigt für den heutigen Tag beendet. Zweifellos werde ich noch mindestens einen dieser Fehler begehen, vor denen ich Euch soeben gewarnt habe.«

»Ihr predigt gut!« grollte Julot. »Jetzt seht doch mal zu, ob Ihr auch eine Mahlzeit herbeipredigen könnt!«

»Ihr habt Eier. Dort gibt es Wasser. Hier brennt ein Feuer. Wenn wir einen Kessel finden, können wir die Eier kochen. Oder ein Stück Metall, auf dem wir sie braten können.«

»Das ist Eure Idee«, sagte Julot. »Versucht also, ob Ihr irgendwo einen Kessel finden könnt. Schließlich ... wer hat denn die Hennen beraubt, he?«

Ich stand auf und rückte meinen Schwertgurt zurecht.

»Bleibt Ihr hier am warmen Feuer sitzen. Ich werde mich in den Sturm und die Kälte hinauswagen.«

»Nur zu! Macht etwas daraus, aber kommt mit einem Kessel zurück.«

Um die Wahrheit zu sagen, ich war recht zuversichtlich. Diese Ruine hier war ein Ort, der Vagabunden anzog. Also konnte hier für zukünftigen Gebrauch auch irgendein Kessel versteckt sein. Ich trat in den Regen hinaus und begann in allen Ecken und Winkeln der Ruine nach einem Kessel zu suchen.

Meine Suche brachte mir aber weiter nichts ein, als daß ich noch stärker vom Regen durchnäßt wurde. Außerdem begriff ich, daß diese Ruine größer war, als ich zunächst angenommen hatte.

Und dann sah ich den Pfad.

Es ist eine Schwäche von mir, daß ich einem Pfad oder einer Wegbiegung niemals widerstehen kann, wenn es üblicherweise hinter einer Wegbiegung auch noch eine weitere Biegung gibt. Wenn man auf der Kuppe eines Hügels angelangt ist, sieht man meistens nur einen weiteren Hügel. Doch ich konnte nun einmal nicht widerstehen.

Also folgte ich diesem Pfad in den Wald. Vorsichtshalber legte ich eine Hand auf meinen Schwertgriff. Aufmerksam schaute ich mich sowohl nach einem Anzeichen von Gefahr als auch nach einem Topf oder Kessel oder etwas Eßbarem um.

Ich sah einen Baum, von dem ein großes Stück Rinde abgerissen worden war. Das erinnerte mich daran, wie ich als Kind oft Körbe oder Kästen angefertigt hatte.

Unser Problem war gelöst. Ich suchte nach der benötigten Rinde, fand ein paar Kastanien, die von Eichhörnchen übersehen worden waren, und studierte den Boden zu meinen Füßen.

Dann fand ich noch etwas.

Einen Fußabdruck!

Von einer kleinen, spitzen Zehe. Verursacht von einer Fußbekleidung, die niemals für den Wald geschaffen worden war; auch nicht für eine Dame, die in der Wildnis herumwanderte. Es handelte sich wohl eher um eine Art Tanzschuh für die Hallen einer Burg.

Ich hockte mich auf die Fersen und studierte den Fußabdruck.

Ein feuchtes Blatt war in das Erdreich gedrückt worden. Ich hob es auf und sah, daß die Erde unter dem Blatt feucht war. Da es erst vor kurzem zu regnen begonnen hatte, bestand also durchaus die Möglichkeit, daß der Abdruck erst nach Beginn des Regens hinterlassen worden war. Vor wie langer Zeit? Eine halbe Stunde? Eine Stunde?

Und was machte eine Frau zu einer solchen Zeit hier in diesem Wald? Falls sie sich nicht die ganze Nacht im Wald aufgehalten hatte, mußte sie irgendeine Burg vor Tagesanbruch verlassen haben.

Wenn dies der Fall war, würde jemand nach ihr suchen. Das wiederum bedeutete, daß auch unsere Ruine als wahrscheinliches

Versteck durchsucht wurde. Also mußten wir augenblicklich wieder fort von hier.

Aber wer war *sie?*

Ich stand auf und blickte mich aufmerksam um. Die Frau war aus der Richtung gekommen, in die ich gegangen war. Wäre sie weiter als bis hierher gekommen, müßte ich dann nicht ihre Spur gesehen haben? Ich hatte doch den Boden sehr gründlich nach irgendwelchen nützlichen Dingen abgesucht; also wären mir Fußabdrücke bestimmt nicht entgangen.

Zweifellos hatte sie mich kommen sehen und sich deshalb vor mir versteckt, und zwar irgendwo ganz in der Nähe!

»Wenn Ihr mich hören könnt...« ich sprach sehr laut, »...dann akzeptiert mich bitte als Euren Freund! Ich weiß nicht, wer Ihr seid, aber wer nach Euch sucht, wird auch mich hier finden. Ich werde aber schon weit fort sein, bevor jemand hier eintrifft. Vielleicht kann ich Euch irgendwie helfen.«

Regen rieselte sachte herab und gefror auf dem Laub der Bäume. Es wurde merklich kälter.

»Falls Ihr entkommen wollt, bleibt nicht mehr viel Zeit. Ich habe einen Freund und Pferde in der Nähe.«

Langsam verging eine Minute. Ich schickte mich an, wieder fortzugehen.

Dann gab es plötzlich Bewegung, und eine Stimme rief: *»Bitte!* Ich habe große Schwierigkeiten!«

Sie stand neben einem Busch, hinter dem sie sich bei meiner Annäherung versteckt hatte. Ein schlankes Mädchen in einem Mantel, der fast bis auf den Boden reichte. In einer Hand hielt es ein kleines Bündel.

»Mademoiselle!« Ich verbeugte mich. »Wenn ich Euch irgendwie helfen kann...?«

»Ja, das könntet Ihr! Ich darf nicht ergriffen werden!«

»Dann kommt mit.« Ich nahm sie bei der Hand und war ihr beim Gehen behilflich, was sie zweifellos auch ohne meine Hilfe hätte tun können. Aber ich hatte längst festgestellt, daß man eine Frau am besten beruhigen kann, wenn man zu ihr ausgesprochen höflich ist.

Julot blickte vom Feuer auf, als wir herankamen und im Freien auftauchten. Er starrte uns entgegen, als könnte er seinen eigenen Augen nicht trauen.

»Ah, Kerbouchard! Es gibt wohl keinen zweiten Mann wie Euch!« sagte er ironisch. »Er geht bei Tagesanbruch in einen finsteren Wald und kommt mit einer schönen Frau zurück! Es ist wahrhaftig leicht zu sehen, daß Ihr der Sohn eines Seemannes seid!«

»Wir müssen sofort aufbrechen«, sagte ich zu Julot und erklärte ihm kurz die Situation.

Mein Pferd rollte beim Anblick der Dame mit den Augen, hatte aber nichts dagegen, als ich das Mädchen in den Sattel setzte. Mein Pferd besaß eben Verständnis, wie es unter Tieren nur sehr selten vorkommt.

33

Es war dunkel, als wir das Dorf erreichten. Am Horizont hinter der Ansammlung von Häusern ragte der Bergfried von Burg Blandy empor.

Es war eine Stunde nach Sonnenuntergang. Die Häuser waren dunkel und verschlossen. Es kam nur selten vor, daß Reisende bei Nacht unterwegs waren; in kleinen Ortschaften waren sie sowieso nicht willkommen. Gottesfürchtige Leute waren vor Anbruch der Dunkelheit zu Hause oder in Schenken. Nur Diebe, Vagabunden und schlechte Menschen trieben sich nachts in der Gegend herum.

Die Straßen waren durch den kürzlich gefallenen Regen schlammig und aufgeweicht. So verursachten die Hufe unserer Pferde kaum ein Geräusch.

Das Anwesen des Mannes, den wir suchten, lag am Rande der Stadt und grenzte an die Ländereien der Kapelle.

Julot klopfte an die Tür.

Von drin war vorsichtige Bewegung wahrzunehmen.

Julot sagte leise: »Die dicke Claire ist unsere Freundin!«

»Was sucht Ihr hier?«

»Zuflucht und Freiheit.«

Da wurde das Tor geöffnet, und wir ritten hinein.

Der Mann namens Persigny starrte die Frau neugierig an, schien aber beruhigt zu sein, als er Julot sah.

»Wer seid Ihr?«

»Ich bin Julot, ein Student aus Paris und ein Freund der dicken Claire.«

»Und die Dame? Ist sie eins von Claires Mädchen?«

»Nein!« sagte ich in scharfem Tonfall. »Sie ist wirklich eine

Dame, aber sie muß noch vor Ablauf eines weiteren Tages schon weit von hier fort sein.«

»Kommt rein!« forderte er uns auf. Er deutete auf die Tür. Dann brachte er unsere Pferde in den Stall, um sie zu tränken und zu füttern.

Der Fußboden war mit Steinen ausgelegt, an sich unüblich in Bauernhäusern... falls Persigny ein Bauer war. Offensichtlich war das Haus schon sehr alt. Die Mauern waren dick. Die Fensterläden schienen aus sehr soliden Brettern zu bestehen und paßten so genau, daß kein Lichtschein durchdringen konnte.

Eine Frau brachte eine Schüssel mit dampfender Brühe und großen Fleischstücken sowie vielen Gemüsezutaten. Sie brachte auch einen irdenen Krug, der mit Wein gefüllt war.

Während wir aßen, erklärte Julot unser Dilemma.

Persigny hörte zu, ohne etwas zu sagen.

Ich hatte das Gefühl, daß er schon in vielen ähnlichen Fällen geholfen hatte und deshalb nicht sonderlich überrascht war. Er war ein großer Mann mit grauem lockigem Haarschopf auf dem Kopf und einem spärlichen Bart im dünnen, asketischen Gesicht.

»Man hat keine Geduld mit Freidenkern«, meinte Persigny schließlich. »Man hat uns bereits verständigt, nach Euch Ausschau zu halten.« Er sah Julot an. »Euch hat man nicht identifiziert. Wenn Ihr ihn also verlaßt, seid Ihr sicher.«

Er wandte seine Aufmerksamkeit dem Mädchen zu.

»Ihr steckt allerdings in ernsthaften Schwierigkeiten, Madame!«

Dann wandte er sich an mich.

»Diese Dame ist die Comtesse de Malcrais, die Frau von Graf Robert, der ungeheure Besitzungen im Heiligen Land hat.«

»Dieser Mann hat nichts mit meinen Übertretungen zu tun... falls man sie so nennen kann«, sagte sie. »Ich bin in den Wald geflohen, und dieser Mann hat mir geholfen.«

»Aber er wurde heute mit Euch zusammen gesehen. Nach allem, was ich über den Grafen hörte, wird er nicht glauben, daß Eure Begegnung ein Zufall war. Er wird Euer Beisammensein auch nicht für harmlos halten.«

»Lieber bringe ich mich selber um, bevor ich zu ihm zurückkehre!« sagte die Comtesse ruhig. »Es war nicht meine Entscheidung, daß ich seine Frau wurde. Ich bin auch nur dem Namen nach seine Frau. Nach unserer Eheschließung hat er die Nacht mit Trinken verbracht und ist am Tisch eingeschlafen. Ich hörte, wie seine Freunde darüber gelacht haben, daß er in seiner Hochzeitsnacht derartig betrunken war. Da bin ich in den Wald geflohen.«

»Und was ist mit Eurer Familie?«

»Mein Vater war Herr von Saône, einer der größten Kreuzfahrer-Burgen im Heiligen Land. Durch die Heirat mit mir wird Graf Robert Burgherr. Er hat mich entführt und gegen meinen Willen hierhergebracht.«

»Wenn Ihr sie nicht schützt, werde ich es tun«, sagte Julot. »Ich weiß allerhand über diesen Grafen Robert. Ein schlechter Mann. Er ist kein Ehemann für eine Dame wie diese hier!«

Man bereitete Proviant für uns vor, den wir mitnehmen konnten. Es war zwar unwahrscheinlich, daß uns jemand in solcher Nähe der Ortschaft gesehen hatte, aber es gab immer neugierig spähende Blicke, so daß man da nie so ganz sicher sein konnte.

»Wohin könnt Ihr gehen, um ihm zu entkommen?« fragte Persigny. »Er ist ein Mann von großem Einfluß, sowohl bei der Kirche als auch beim König.«

»Ich gehe nach Provins. Dort werde ich bei Freunden sein.«

»Nach Provins? Ah...! Vielleicht macht dies das Problem weniger schwierig! Ja, in der Tat... nach Provins!« Er fügte hinzu: »Wenn die Nachricht schon bis hierher gedrungen ist, wird sie auch noch weiter getragen werden. Man wird die Landstraßen beobachten.«

»Es gibt abgelegene Wege, und unsere Pferde sind sehr schnell«, sagte ich.

»Eßt!« sagte Persigny. »Dann schlaft ein bißchen. Vielleicht kenne ich einen Weg.«

Wir aßen weiter, und zum erstenmal sah ich die Comtesse de Malcrais mit zurückgeworfener Kapuze. Haare und Augen waren dunkel; die Haut schimmerte wie Creme. Die Lippen waren weich und schön geformt. Sie konnte neunzehn Jahre alt sein, vielleicht noch etwas jünger; jedenfalls ein reifes Alter für eine Ehe, denn die meisten Mädchen wurden bereits mit zwölf und dreizehn Jahren verheiratet.

Ihre Figur war reizend, und sie hatte schöne, ausdrucksvolle Hände.

Als sie sah, daß ich sie anschaute, lächelte sie; ein warmes, freundliches Lächeln. Ich hätte es mir anders gewünscht.

»Was eben gesagt wurde, ist wahr. Ich muß Euch warnen. Graf Robert wird nicht eher ruhen, bis er mich wiederhat.«

»Wie kommt es denn, daß Ihr im Besitz der Burg Saône wart?« fragte ich.

»Von meinem Vater, aber auch von meinem ersten Ehemann. Eine Frau kann eine Burg nicht halten, und als mein erster Mann getötet wurde, war es für mich notwendig, erneut zu heiraten. Im Heiligen Land ist es Brauch, daß eine Witwe, die eine Burg besitzt, wieder heiratet, und zwar sofort, damit die Burg einen starken Mann zur Verteidigung hat. Die Witwe hat gar keine andere Wahl, wenn solche Burgen gegen die Ungläubigen gehalten werden sollen. Graf Robert beneidete meinen Mann um den Besitz von Saône. Zur Burg gehören große Ländereien. Ich glaube, daß Graf Robert meinen ersten Mann ermordet hat.«

»Ermordet?«

»Vermutlich durch eine Bande von Ungläubigen. Ich glaube es jedenfalls, und Colin glaubt, daß es Graf Robert und seine Männer waren.«

»Colin?«

»Der Hauptmann der Männer, welche die Burg verteidigen. Ein guter Mann. Er hat mir zur Flucht verholfen, aber ich wurde wieder ergriffen und in der Kirche verheiratet, damit es an der Gültigkeit meiner Ehe keinerlei Zweifel geben konnte. Graf Robert hat Feinde im Heiligen Land.«

»Ich möchte euch nicht drängen«, sagte Persigny und erhob sich. »Aber was zu tun ist, muß bei Nacht und in aller Stille geschehen.«

Wir standen auf, und ich gab Julot die Hand, der ein paar Tage hierbleiben und dann nach Paris zurückwandern würde.

Aus meiner Satteltasche nahm ich ein kleines handgebundenes ledernes Buch meiner eigenen Übersetzungen des Lukrez und des Suleiman, einem Kaufmann.

Das erste war eins der großen philosophischen Gedichte aller Zeiten, das andere der Bericht eines Reisenden in China, 851 geschrieben; es enthielt Informationen über Handelsgeschäfte zwischen China und der moslemischen Welt. Suleiman erwähnt auch ein merkwürdiges Brauchtum der Chinesen, die Fingerabdrücke als Unterschriften benutzten und behaupteten, daß eine solche Unterschrift nicht gefälscht werden könnte, weil es keine zwei absolut identischen Fingerabdrücke gibt. Diese Praxis war in jenem Land schon Jahrhunderte alt.

»Nehmt das!« sagte ich zu Julot. »Ich wünschte, es wäre etwas mehr.«

»Ah... ein Buch! Ich habe noch nie ein Buch besessen. Ihr meint, daß es jetzt mir gehört?«

Danach trennten wir uns, und ich folgte Persigny in die Nacht hinaus.

Die Comtesse ging neben mir.

Die Pferde folgten.

Wir gingen einen Weg zwischen steinernen Stallungen und Heuschobern hinab, überquerten eine Weide und hielten am Rande eines dunklen Waldes an.

Nachdem wir einen Moment gelauscht hatten, folgten wir einem schmalen Pfad in den Wald am Rande eines Teiches. Dahinter war eine Grotte. In der Ferne zeichnete sich ein großes Gebäude, zweifellos ein Schloß, gegen den Himmel ab.

Der Teich wurde durch eine Steinmauer geteilt, wie man es bei künstlichen Seen machte, um die Möglichkeit zu schaffen, den Untergrund zu säubern. Auf einer Seite der Mauer war Wasser, die andere Seite war eine leere Bodensenke.

Persigny ging auf die Mauer hinaus und hob ein Schleusentor an; das Wasser begann in die leere Seite des Teiches zu fließen. Als das Wasser abgelaufen war, ging er in das Loch hinunter, wo vorher das Wasser gewesen war. Er wischte ein paar durchnäßte Blätter beiseite und griff nach einem Eisenring, der geschickt in einer Ritze zwischen zwei Bodensteinen eingelassen war. Persigny öffnete eine Steintür.

Offensichtlich gab es Gegengewichte, denn die Tür schwang leicht zurück und gab eine Rampe preis.

Persigny winkte uns, ihm zu folgen. Dann ging er die Rampe hinab und schloß die Öffnung hinter uns. Wir konnten hören, wie oben wieder Wasser in den Teich rauschte.

Persigny zündete eine Kerze an.

Wir sahen Boxen für mehr als zwanzig Pferde; alle waren jetzt leer. Es gab Futtertröge mit Getreide und Heu, seit langem nicht mehr gebraucht.

Persigny zeigte eine lange Fassade hinab, die offen vor uns lag.

»Folgt ihr«, sagte er zu mir. »Dann werdet ihr nach Provins gelangen. Macht aber keinerlei Geräusche. Während der ersten halben Meile dürft ihr nicht einmal flüstern. An einem nicht weit entfernten Punkt führt diese Passage an einem Geheimgang der Burg vorbei. Der Burgherr hat nie etwas von dieser Passage hier gewußt, aber wir haben einmal gehört, wie sich etwas in seinem Gang bewegte.«

Ich blickte in die Dunkelheit und hatte starke Zweifel.

»Was ist mit Luft?« fragte ich. »Und mit Licht?«

»Nehmt einen Vorrat an Kerzen und Fackeln mit. Ihr werdet in regelmäßigen Abständen noch weitere finden. Luft dringt in diesen unterirdischen Tunnel auf Wegen ein, die wir noch nicht entdeckt haben. Doch falls mehr gebraucht wird, werdet Ihr gelegentlich Ringe in der Wand finden. Zieht an einem Ring, dann wird eine kleine Öffnung auftauchen. Bleibt bei dieser Öffnung stehen und holt tief Luft. Bevor Ihr weitergeht, achtet aber sorgfältig darauf, daß die Öffnung wieder verschlossen ist.«

»Und in Provins?«

»Unter dieser Stadt gibt es Katakomben; ein Labyrinth unterirdischer Gänge. Einige stammen noch aus der Zeit vor den Römern. Seid aber vorsichtig, wenn Ihr auftaucht. Lauscht zuerst aufmerksam.«

Ich zögerte immer noch. Von solchen Orten hatte ich zum Überdruß böse Erfahrungen.

»Nach Provins? Das müssen doch dreißig Meilen sein!«

»Die Entfernung ist nicht wichtig. Dieser Gang wurde vor langer Zeit gebaut. Mönche mußten Getreide und Wein von einem Kloster zum anderen tragen, und dabei wurden sie oft beraubt, vor allem von Baronen wie dem Burgherrn von Blandy. Deshalb wurde dieser Tunnel gebaut, um die Mönche in die Lage zu versetzen, zu gehen und zu kommen, wie es ihnen beliebte. Es gab viele Mönche. Nur wenige wußten, was sie taten; sie kümmerten sich meistens auch nicht sonderlich darum. Dieser unterirdische Tunnel ist niemandem außerhalb der Kirche bekannt. Es wissen überhaupt nur sehr wenige etwas davon. Zwar wurde er schon seit vielen Jahren nicht mehr benutzt, aber der Bericht darüber ist in den Archiven versteckt.«

»Ich möchte Euch nicht täuschen. Ich bin auf der Flucht, weil ich ein paar Worte gesagt habe, mit denen einige Lehrer nicht einverstanden waren.«

Er zuckte mit den Schultern.

»Es gibt unterschiedliche Meinungen, mein Freund. Wir hier sind Anhänger von Abaelard, und darüber freuen wir uns sogar.«

»Und was ist mit der dicken Claire?«

Er sah mir direkt in die Augen.

»Sie ist meine Schwester.«

Ich hielt meine Fackel hoch und blickte die Passage hinab, während Persigny fortging.

»Habt Ihr Angst, Comtesse?«

»Ja, aber ich habe schon oft Angst gehabt, und zweifellos werde ich noch viele Male Angst bekommen. Ich glaube, niemand in unserer Welt lebt gänzlich ohne Furcht.«

Sie drehte sich nach mir um.

»Ich kenne ja noch nicht mal Euren Namen.«

»Mathurin Kerbouchard, aber ich bin nicht, wie es den Anschein hat, ein Soldat. Ich bin schon viel gewesen... ein Mann der See, ein Übersetzer von Büchern, ein Vagabund, ein Handelskaufmann und gelegentlich auch ein Arzt.«

»Ihr seid ein landloser Mann?«

Ich erzählte ihr, was bei mir zu Hause geschehen war und was sich später mit Tournemine abgespielt hatte.

»Ein Mann, der mit einem Schwert umzugehen versteht, braucht nicht lange landlos zu sein. Die Anhänger von Wilhelm von der Normandie haben es für sich zu etwas gebracht, desgleichen Roger von Sizilien.«

»Ihr könntet ein Ritter werden«, stimmte sie zu. »Oder einen Adelsbrief erwerben.«

»Das interessiert mich weniger. Der Unterschied zwischen diesem und einem Briganten oder einem herumziehenden Soldaten ist doch allenfalls eine Generation.«

»Ein bißchen mehr ist es wohl doch, glaube ich.«

»Oder weniger. Es könnte mehrere Generationen dauern, um ein Graf Robert zu werden. Aber mir scheint, daß blaues Blut erst dann wichtig wird, wenn das rote Blut dünn zu werden beginnt.«

Da sie von Adel war, wollte sie mir nicht zustimmen, aber zweifellos kannte sie ihre eigene Familiengeschichte. Ich kannte sie nicht, aber ich konnte sie mir gut vorstellen. Die Kreuzfahrer mochten edle Motive gehabt haben, aber das Beutemachen kam zumindest an zweiter Stelle. Ihr Wunsch, das Heilige Grabmal zu retten, hinderte sie keineswegs daran, ein oder zwei christliche Städte einzunehmen und auszuplündern.

Wir ritten eine Weile schweigend dahin. Als die Luft sehr heiß und stickig wurde, hielten wir in der Nähe eines Ringes in der Wand an. Ich zog kräftig daran und stellte fest, daß kühle Nachtluft durch eine Öffnung hereinströmte.

Der Mond war aufgegangen, und so konnten wir Wald und Felder sehen. Die Öffnung befand sich in irgendeiner Mauer, vielleicht von einer Burg.

Wir atmeteten ein paarmal sehr tief durch, warteten schweigend ein paar Minuten, schlossen dann die Öffnung wieder und ritten weiter.

»Wohin geht Ihr?« fragte die Comtesse.

»Nach Provins, wo ich Freunde habe. Sollten sie nicht zugegen sein, werde ich auf sie warten. Dann reisen wir weiter nach Kiew.«

Sie drehte sich erschrocken um und starrte mich an.

»Kiew?«

»Ja.«

»Aber das ist weit!«

»Von dort aus werde ich nach Konstantinopel gehen, nach Trapezunt und sogar noch weiter.«

»Das ist auch mein Weg. Ich muß nach Saône zurückkehren.«

»Dann kommt mit uns. Meine Freunde sind sehr zahlreich, und es gibt auch Frauen unter ihnen. Wir reisen gut.«

Sie gab keine Antwort, und lange Zeit war nur das Klappern der Hufe unserer Pferde auf dem Steinboden zu hören. In der Mitte floß ein Rinnsal, das jedoch kaum einen Zentimeter tief war.

»Dieses Buch, das Ihr Eurem Freund gegeben hat... was war das?«

Ich erklärte es kurz und fügte ein bißchen selbstgefällig hinzu, daß es leider nur meine eigene Übersetzung war.

»Dann lest Ihr also Latein? Und Arabisch?« Sie machte eine Pause. »Ich habe bisher nur wenige Leute gekannt, die lesen konnten.«

»Der Adel liest ja kaum, denn es könnte ihn zum Denken anregen.«

»Sehr schmeichelhaft seid Ihr nicht gerade.«

»Wie viele Leute habt Ihr denn gekannt, die noch mehr verstanden als Krieg, Jagd oder Trinken?«

»Ich glaube, Ihr mögt uns nicht.«

»Ich mag *Euch*. Ihr seid eine sehr schöne Frau.«

Wir machten wieder einmal eine Luke in der Wand auf, um frische Luft zu schöpfen. Es war inzwischen beinahe Tag. Wir konnten Hügel und eine Schafherde sehen.

»Ich war noch nie zuvor allein mit einem Mann, mit dem ich nicht verheiratet war.«

»Ihr braucht keine Angst zu haben. Ich werde Euch vorher warnen.«

»Mich warnen? Wovor denn?«

»Es ist weit bis nach Provins. Wahrscheinlich werde ich bis dorthin warten. Vielleicht sogar länger.«

»Ich habe Euch für ritterlich gehalten!«

»Ein Wort, das mehr als nur eine Bedeutung hat, wie Ihr sicher wißt. Ja, ich glaube, daß ich galant bin. Wäre ich weniger galant, wenn ich Euch nehmen würde?«

»Ohne meine Erlaubnis... ja!«

»Oh, ich würde Eure Erlaubnis schon haben! Andernfalls würde ich überhaupt nicht an so etwas denken.«

Sie drehte sich nach mir um, und jetzt funkelten ihre Augen vor Zorn.

»Glaubt Ihr auch nur für eine Minute, daß ich Euch, einem Vagabunden, einem landlosen Mann, erlauben würde, Liebe mit mir zu machen?«

»Natürlich.«

»Niemals... es sei denn, daß Ihr Gewalt anwendet!«

»Reitet lieber nicht auf dieser Idee herum«, sagte ich. »Sie hört sich nämlich zu sehr nach einer Einladung an. Nein, nein, was auch immer Ihr von mir erwartet, werde ich jedenfalls nicht tun. Ich werde warten. Die Küsse einer Frau, die gedemütigt wurde, sind um so süßer.«

»Ihr seid der egoistischste Mann, dem ich jemals begegnet bin!« Ihr Tonfall wurde kühl. »Wir wollen nicht länger über dieses Thema sprechen.«

»Wenn ich darüber spreche... würdet Ihr mich dann verlassen?«

»Ihr wißt doch, daß ich Euch nicht entkommen kann.«

»Ein befriedigender Gedanke, nicht wahr?«

Wir ritten schweigend weiter, bis ich schließlich sagte: »Ein anständiger Mann ist immer im Nachteil, wenn er sich mit Frauen abgibt. Frauen sind Realisten, und ihre Taktiken sind realistisch. Also sollte kein Mann zu anständig sein, wenn er es mit Frauen zu tun hat... es sei denn, daß sie schon sehr, sehr alt oder noch sehr, sehr jung sind. Frauen bewundern anständige Männer, schlafen aber mit ordinären Kerlen!«

Ich hatte keine Ahnung, wie weit wir schon gekommen waren, aber wir waren fast den ganzen Tag geritten. Wenn wir gelegentlich angehalten hatten, hatten wir auch unsere Pferde frische Luft schöpfen lassen. Ich nahm mir dabei stets die Zeit, den Tunnel zu studieren. Er schien in Abständen über einen langen Zeitraum hinweg gebaut worden zu sein. Nach dem Mauerwerk zu urteilen, war dieser Tunnel stets nur ein Stück gebaut worden. Danach war die Arbeit für viele Jahre eingestellt worden, bis man schließlich von neuem damit begonnen hatte. Der Mauerstil und sogar das Material unterschieden sich von einem Ort zum anderen.

Zweifellos hatte es ein paar hundert Jahre gedauert, bis der unterirdische Gang vollendet gewesen war. An menschlichen Arbeitskräften schien es während dieser langen Zeitspanne jedenfalls nicht gemangelt zu haben. Doch Kriege und politische Wirren innerhalb der Kirche dürften diese Unterbrechungen verursacht haben.

Wir stießen auf alte Eingänge, die zugemauert worden waren. Es gab auch mehrere Stellen, die ein Entkommen aus dem Tunnel ermöglichten; ich hatte jedoch keine Ahnung, wohin diese Ausgänge führten. Es fehlte mir auch an der Zeit, die Sache näher zu untersuchen.

Als wir wieder einmal anhielten, um frische Luft zu schöpfen, teilten wir Brot und Fleisch miteinander.

Aber die Comtesse blieb kühl.

»Wie heißt Ihr denn mit Vornamen?« fragte ich.

»Ich bin die Comtesse de Malcrais!«

Ich lächelte.

»Mich könnt Ihr nennen, wie Ihr wollt.«

»Da habe ich mehrere Ideen!«

»Gut! Ihr habt wenigstens Phantasie. Wollt Ihr mir diese Ideen nicht mitteilen? Wie würdet Ihr mich nennen?«

»Ungehobelter Bauer... Flegel... unmögliche, unritterliche Person... oh, ich könnte mir da noch viel einfallen lassen!«

»Hm, gar nicht schlecht, aber es sind doch ziemlich gewöhnliche Namen, oder?«

»Ich nehme an, daß Ihr daran gewöhnt seid.«

»Ich habe auch für Euch ein paar Namen.«

Sie zuckte leicht zusammen, und ihre Nasenflügel bebten ein wenig; sie preßte die Lippen hart zusammen.

»Ihr seid schön. Ihr habt einen sehr provozierenden Mund, der wie geschaffen ist fürs Küssen. Eure Schultern sind reizend. Und was Eure Beine betrifft... nun, ich habe noch nicht genug davon zu sehen bekommen, um mir ein Urteil darüber erlauben zu können, aber wahrscheinlich sind sie häßlich!«

»Das sind sie nicht!«

»Ich bin davon überzeugt, daß sie häßlich sind! Aber Ihr habt eine warme Gesichtsfarbe, besonders gerade jetzt, und sehr, sehr schöne Augen.«

»Ihr macht Scherze!«

»Nein, Ihr *seid* schön. Eure Lippen würden beim Küssen sehr weich sein, sehr warm, glaube ich, und...«

Sie stand abrupt auf.

»Es ist schon spät. Ich denke, wir sollten weiterreiten.«

»Natürlich.«

Ich half ihr in den Sattel und spürte dabei, wie ihr Arm steif wurde. Dann schwang ich mich ebenfalls auf den Rücken meines Pferdes, und wir setzten den Ritt schweigend fort.

Als wir das nächste Mal anhielten, um frische Luft zu schöpfen, war es draußen dunkel; die Luft war merklich kälter geworden.

»Wir sind nun bald am Ziel, Comtesse.«

Sie hob das Kinn und starrte mich an.

Dann ritten wir weiter, bis wir das Ende dieses langen Tunnels erreichten. Dort gab es ebenfalls einen Stall, der aber auch – wie der Stall am anderen Ende – seit langem nicht mehr benutzt worden war.

»Ich weiß nicht, was da draußen liegt. Wir müssen aber auf alles vorbereitet sein.«

Ich zog mein Schwert aus der Scheide.

»In Ordnung«, sagte die Comtesse. »Ich bin bereit.«

Ich langte nach oben und packte den eisernen Ring. Einen Moment lang zögerte ich noch, dann zog ich kräftig daran und knarrend begann die Tür sich zu drehen und zu öffnen.

Ich stand da, hielt mit der linken Hand die Zügel meines Pferdes und mit der rechten den Griff meines gezückten Schwertes.

34

Die Tür schwenkte an ihrem Gegengewicht herum, und wir standen in einem leeren Gewölbe. Alles war verstaubt. An einer Wand lehnten ein paar alte Bretter. Überall gab es Spinnweben. Der Raum schien seit Jahren nicht mehr betreten worden zu sein.

Es gab Luken für Bogenschützen, und während wir unsere Pferde quer durch den Raum führten, spähte ich nach draußen.

Es war dunkel und still. Kalte Luft strömte durch die Schießscharten.

Es gab Aussicht auf eine schmale Straße; eine krumme Straße, die jeweils nur ein kleines Stück nach beiden Seiten gesehen werden konnte.

Ich öffnete die innen versperrte Tür auf. Wir gingen hinaus, und ich schloß die Tür wieder zu.

Die Tür war so eingerichtet worden, daß sich der Sperrbalken beim Öffnen automatisch hob und beim Schließen von selbst wieder an Ort und Stelle fiel.

Die Comtesse und ich bestiegen die Pferde, die wir im Schritt über die Straße in die Stadt gehen ließen.

Alles war dunkel und ruhig.

Wir brauchten Unterkunft und einen Ort, an dem wir außer Sicht bleiben konnten, bis Gildensterns Kompanie eintraf, falls sie nicht bereits hier war.

Und wir brauchten Verpflegung.

Am Rande der Stadt fanden wir eine Schenke, die den Eindruck machte, gut besucht zu sein. Im Schankraum herrschte lebhafter Betrieb. Der Wirt kam sofort zu uns. Sein Blick war hart und mißtrauisch.

»Ist dies die Schenke, die von *Hansgraf* von Gildenstern besucht wird?«

Sein Benehmen änderte sich. »Hah...? Ihr seid ein Freund vom *Hansgraf*? Er kommt nicht in meine Schenke, aber ich kenne ihn gut. Er kam oft in die Schenke meines Vaters hinter den Mauern. Wird er hierher zum Markt kommen?«

»Ich bin ein Kaufmann seiner Handelskompanie. In Montauban habe ich ihn verlassen, um meine Schwester zu treffen. Wir sollen uns ihm hier wieder anschließen.«

»Ah...? Ihr wart also nicht in St. Denis? Wir hörten, daß er dort war.« Er drehte sich um. »Pierre! Raus auf den Hof! Kümmere dich um die Pferde des Kaufmanns!«

Er hob einen massiven Ring mit Schlüsseln auf.

»Ich habe ein schönes Zimmer. Habe ich für den *Hansgrafen* aufgespart und gehofft, das Geschäft mit ihm zu bekommen. Hoffentlich werdet Ihr uns empfehlen.«

»Sorgt dafür, daß wir nicht gestört werden, und verständigt uns sofort, wenn der Zug in die Stadt kommt.«

Er führte uns in ein gemütliches Zimmer mit zwei Betten und einem großen Kamin. Er kniete sich hin und zündete das Feuer an. Dann brachte er einen Krug und eine Schüssel.

»Ich hätte gewußt, daß sie Eure Schwester ist«, sagte er. »Ihr seht einander ähnlich.«

»*Merci.* Ein größeres Kompliment hättet Ihr gar nicht machen können«, antwortete ich und unterdrückte ein Lächeln, als ich den schockierten Ausdruck im Gesicht der Comtesse sah. »Meine Schwester ist die reizendste aller Frauen.«

Als der Wirt gegangen war, drehte sich die Comtesse nach mir um. »Wie könnt Ihr es wagen, so etwas zu sagen! Das ist doch Unsinn!«

»Ein gutes Zeichen, dachte ich. Leute verlieben sich oft in andere, die ihnen ähnlich sehen, weil sie sich keine größere Schönheit als ihre eigene vorstellen können. Vielleicht verliebt Ihr Euch deshalb in mich, weil wir uns so ähnlich sehen.«

»Ich verliebe mich doch gar nicht in Euch!« sagte sie in eisigem Tonfall. »Sollen wir etwa im selben Zimmer schlafen?«

»Es gibt keine andere Möglichkeit. Hätten wir getrennte Zimmer verlangt, hätte man das nicht verstanden. Es ist nun mal nicht Brauch, daß Ehemann und Ehefrau oder Bruder und Schwester sich in einer fremden Schenke getrennt aufhalten. Eine alleinstehende Frau schwebt immer in Gefahr.«

»Und hier bei Euch befinde ich mich nicht in Gefahr?«

»Das kommt ganz darauf an, Madame, wie Ihr Gefahr definiert. Manche Leute haben Angst vor der einen Sache, manche vor einer anderen.«

»Wenn Ihr zu meinem Bett kommt, werde ich um Hilfe rufen!«

»Wenn ich zu Eurem Bett komme, Madame, werde ich keine fremde Hilfe brauchen.«

Sie nahm mit zorniger Geste ihren Umhang ab.

Ich nahm ihr den Umhang aus der Hand und hängte ihn an die Wand.

»Ihr habt sehr schnell gesagt, wer Ihr seid, aber warum Montauban?«

»Wenn man versteckt bleiben will, Comtesse, dann muß man sich möglichst offensichtlich und nicht geheimnisvoll verhalten. Hätte ich nicht von selbst gesagt, wer ich bin und wer Ihr seid, dann wäre man neugierig geworden. Das führt zu allen möglichen Vermutungen. Ich habe mich als Handelskaufmann ausgegeben, der sich hier mit einer bekannten Kompanie treffen will. Meine Identität ist also festgestellt, und so interessiert man sich nicht weiter für uns. Vor allem aber wollte ich nicht, daß man uns irgendwie mit der Straße nach Paris in Verbindung bringt. Wenn Soldaten hierher kommen, um nach uns zu suchen, könnte der Wirt erwähnen, daß wir von dieser Straße her gekommen sind. Dann wäre man wahrscheinlich zu uns gekommen, um uns zu fragen, ob wir auf dieser Straße jemanden gesehen haben.«

»Ihr versteht Euch gut auf so etwas. Das läßt mich vermuten, daß Ihr schon oft ein Flüchtling gewesen seid.«

»Schöne Frauen sind die Ehefrauen oder Töchter mächtiger Männer. Natürlich war ich schon mal ein Flüchtling.«

»Macht Ihr eine Praxis daraus? Ich meine, mit fremden Frauen durchzubrennen?«

»Alle Frauen sind fremd, solange man sie nicht besser kennengelernt hat. Aber ich habe die anderen Frauen vergessen. Wie könnte eine Erinnerung daran zurückbleiben, wenn man Euch gesehen hat?«

»Ihr lügt!«

»Vielleicht, aber sogar eine Lüge kann Wahrheit enthalten. Das hört sich paradox an, aber ist das ganze Leben nicht paradox?« Ich machte eine Pause. »Jetzt werden wir uns gemeinsam hinlegen und paradoxe Dinge diskutieren. Sprechen wir über das Leben und über seltsame Begegnungen am Wegesrand, ja?«

Bevor sie antworten konnte, war unsere Mahlzeit an der Tür. Wir aßen schweigend, denn wir waren beide müde und hungrig. Als der Wein und die Wärme des Feuers unsere Muskeln entspannte, dachte ich an die Heimat der Comtesse.

»Erzählt mir doch etwas über Saône, ja?« bat ich sie.

»Saône wurde vor langer Zeit auf den Fundamenten einer früheren byzantinischen Burg erbaut. Sie sollte den südlichen Zugang nach Antiochien bewachen. Man baute die Burg auf einem nach Westen ragenden Vorsprung. An jeder Seite gab es eine tiefe Schlucht. Um den Vorsprung wurden zwei tiefe Gräben gezogen. Einer sollte die Annäherung ans Tor verhindern, der andere teilte die Burg in zwei Abteilungen, für den Fall, daß eine Hälfte erobert wurde. Ihr wißt ja Bescheid über solche Dinge. Aber diese Burgen wurden gebaut, um das Land zu verteidigen, das die Kreuzfahrer gewonnen hatten. Viele Kreuzfahrer kehrten nicht in ihre Heimatländer zurück, sondern blieben im Libanon, um dort über riesige Ländereien zu herrschen. Es gibt unterirdische Vorratskammern und Mühlen, um Getreide zu mahlen; desgleichen Brunnen und Zisternen, um für ausreichendes Wasser zu sorgen. Die Burgen wurden so angelegt, daß man sich mit Feuersignalen von einer zur anderen verständigen konnte, aber wenn die Entfernung zu groß war, benutzte man Brieftauben.«

»Es muß allerhand kosten, dies alles in Gang zu halten.«

»Wir haben Einkommen von einem Dutzend Dörfer. Außerdem besitzen wir sehr viel Land. Aber ein paar Jahre vor dem

Tode meines Vaters mußten wir ihn einmal gegen Lösegeld von den Arabern freikaufen. Das hat viele tausend Goldstücke gekostet.«

»Was werdet Ihr nach Eurer Rückkehr nach Saône tun? Wird man Euch nicht wieder verheiraten wollen?«

»Das muß ich auf alle Fälle tun, um die Burg und das Land zu halten, aber es gibt ja auch noch andere Männer als Graf Robert. Das weiß er auch, und er wird nicht wollen, daß ich nach Saône zurückkehre, es sei denn als seine Ehefrau.« Sie sah mich an. »Wenn er uns beide zusammen antrifft, wird er Euch töten!«

»Welch besseren Platz zum Sterben könnte es denn geben, als in Euren Armen?«

Sie geriet beinahe außer sich.

»Könnt Ihr denn niemals ernst sein? Ihr seid in viel größerer Gefahr, als Ihr ahnt!«

Wir schliefen in separaten Betten, aber ich war sicher, daß die Comtesse ein Messer hatte und darauf vorbereitet war, sich zu verteidigen. Genauso sicher war ich, daß sie fast die ganze Nacht wach blieb. Ich dagegen schlief tief und fest.

Da ich nur wenig von den Gedanken einer Frau verstehe, hatte ich keine Ahnung, was die Comtesse mir gegenüber empfand. Ich war überzeugt, daß sie während der ersten und vielleicht auch noch der zweiten Stunde dieser Nacht bereit gewesen wäre, sich mit dem Messer zu verteidigen. In der dritten Stunde aber, so vermutete ich, hatte sie wahrscheinlich gehofft, daß ich einen Versuch unternähme, damit sie die Sache ins reine bringen und endlich ein bißchen schlafen könnte. Ihren Geisteszustand danach wagte ich mir nicht einmal vorzustellen.

Als die Sonne aufgegangen war, ging ich den Schankraum hinab, frühstückte und brachte der Comtesse das Frühstück nach oben.

»Habt Ihr gut geschlafen?« fragte ich und gab mich dabei betont unschuldig.

»Ich habe sogar *sehr* gut geschlafen!«

»Gut. Die Kompanie müßte heute eintreffen, und dann müßt Ihr für die Reise frisch und ausgeruht sein.«

Am Nachmittag zog ich einen Stoffmantel an und setzte eine Mütze auf. Dann riskierte ich einen Besuch in der Stadt. Meine Kleidung entsprach der Aufmachung eines wohlhabenden Kaufmannes. Da viele Leute zum Markt strömten, würde man mir wahrscheinlich wenig Aufmerksamkeit schenken. Ich leistete ein wenig Vorausarbeit für die Kompanie und entdeckte dabei, daß der *Hansgraf* hier gut bekannt war.

Erst gegen Abend ging ich in die Schenke zurück.

Die Comtesse erwartete mich.

»Wie lange muß ich denn noch hier oben bleiben?« protestierte sie. »Das macht mich ganz verrückt!«

»Geht jetzt, wenn Ihr wollt. Graf Robert ist vielleicht nicht in der Stadt, aber ich bin sicher, daß er auch hier seine Spione hat.«

»Ihr könntet wenigstens bei mir bleiben!«

»Ich habe Dinge zu arrangieren, aber ich dachte, daß es Euch vielleicht lieber wäre, allein zu sein. Es muß doch ziemlich schwierig für Euch sein, mit einem einfachen Kaufmann in ein und demselben Raum zu sein.«

Darauf gab sie keine Antwort. Heute sah sie sogar noch schöner aus. Sie hatte die Zöpfe um den Kopf geflochten, was ganz entzükkend aussah. Dazu trug sie Perlen. Da ich ein wenig von solchen Dingen verstehe, hielt ich es für offensichtlich, daß diese Perlen mehr Geld wert waren, als ich je gesehen hatte.

Die Comtesse trug ein eng anliegendes weißes Gewand mit engen Ärmeln über den Ellbogen, währen die Ärmel von den Ellbogen abwärts breit und offen waren. Mit dem dunklen Haar und den dunklen Augen war die Comtesse erstaunlich schön. Ich hatte keine Ahnung, wie sie mit der wenigen Kleidung, die sie mitgenommen hatte, auskommen würde, doch das jetzige Resultat war jedenfalls alle Mühe wert.

Ich erzählte ihr von der Stadt, in der man unsere Ankunft ohne Neugier aufgenommen hatte. Trotzdem war ich wachsam. Nicht einen einzigen Moment lang unterschätzte ich die Eifersucht von Graf Robert, der nicht nur die Burg, sondern auch das Mädchen haben wollte. Die Burg bedeutete ähnliche Macht, wie sie ein gekrönter König besaß. Der Liebreiz der Comtesse war die Antwort auf den zweiten Punkt.

In der Stadt hatte ich mir eine pelzgefütterte Tunika gekauft, die mir bis zu den Knien reichte; dazu neue Lederstiefel, die über einfache Strümpfe bis zur Kniehose gezogen wurden. Sie bedeckten gerade die Unterschenkel und waren sehr schön angefertigt. Beim Herumwandern in der Stadt hatte ich kein Schwert bei mir, wohl aber zwei Dolche unter der Tunika; durch einen Schlitz unmittelbar über dem Gurt konnte ich nach den Waffen greifen.

Es wurde an die Tür geklopft.

Draußen stand der Schenkwirt; er war sichtlich nervös.

»Man hat Erkundigungen nach einer Dame eingezogen«, sagte er. »Da ich weiß, daß Ihr ein Freund vom *Hansgraf* seid, habe ich nichts von... von Eurer Schwester gesagt.«

»Wer hat Erkundigungen eingezogen?«

»Soldaten von Graf Robert. Er kam heute früh mit dreißig Männern in die Stadt geritten, und ich bin sicher, daß sie wiederkommen werden.«

»Möchtet Ihr, daß wir fortgehen?«

»Würdet Ihr das tun? Aber bleibt bis zur Nacht. Bis dahin sollte der *Hansgraf* eingetroffen sein.«

Ich nahm mein Schwert und legte es griffbereit auf die Tischplatte. Dann sah ich den Schenkwirt noch einmal an und entschied, daß ich mich auf seine Diskretion verlassen durfte.

»Was ich gesagt habe, ist wahr. Ich bin ein Kaufmann der Kompanie, die von *Hansgraf* Rupert von Gildenstern angeführt wird. Wie Ihr schon ganz richtig vermutet habt, ist die Dame nicht meine Schwester. Sie wurde zur Ehe mit Graf Robert gezwungen. Eine Burg und das Glück der Comtesse stehen auf dem Spiele.«

Er tat die Erklärung mit einer Geste ab.

»Das ist nichts weiter. Graf Robert kommt und geht. Wahrscheinlich werde ich ihn in meinem Leben nie mehr wiedersehen, aber der *Hansgraf* kommt jedes Jahr nach Provins, gibt hier viel Geld aus und bringt gute Geschäfte. Er ist ein guter Mann, der sehr respektiert wird. Macht Euch also keine Sorgen.«

Als er gegangen war, drehte sich die Comtesse sehr schnell nach mir um.

»Ihr müßt gehen! Wenn Ihr bei mir gefunden werdet, wird man Euch töten!«

Es reizte meinen Mannesstolz, daß sie glaubte, ich könnte so leicht getötet werden.

»Madame, so leicht sind wir Kerbouchards nicht umzubringen! Das da...« ich deutete auf mein Schwert, »...hat vor kurzem einem Baron das Leben genommen. Zweifellos kann es auch noch das Leben eines anderen Mannes nehmen!«

»Ihr habt einen *Baron* getötet?«

»Nachdem wir seine Festung im Sturm genommen hatten. Barone bluten genauso leicht wie Kaufleute oder Bauern, Comtesse. Dieser Baron hat geblutet wie ein Dieb, der er war. Der Baron de Tournemine...«

»Tournemine?«

»Hoffentlich kein Verwandter von Euch?«

»Nein, aber ein Hauptmann in der Burg Saône hat ihm einmal gedient ... ein Mann namens Taillefleur.«

»Traut ihm nicht! Ich glaube, er hat meinen Vater verraten. Dann hat er versucht, mich zu berauben. Er ist ein Söldner, aber ohne deren Tugend der Treue. Es würde mich sehr überraschen, wenn er nicht im Sold von Graf Robert stünde!«

»Ich traue ihm.«

»Andere haben es auf ihre Kosten getan. Einmal hätte ich ihm beinahe den Schädel eingeschlagen. Heute wünsche ich mir, daß ich damals noch härter zugeschlagen hätte.«

Sie war verängstigt.

»Wenn ich meinen eigenen Hauptleuten nicht mehr trauen kann, wem kann ich dann überhaupt noch trauen?«

Ich verbeugte mich.

»Ihr könnt mir Euer Schloß, Euren Reichtum und Euer Leben anvertrauen, aber nicht zu viele Nächte mit Euch im selben Zimmer.«

Ihr Blick verriet Belustigung.

»Ihr habt schon so viel davon gesprochen, Kaufmann, daß ich überlege, ob Ihr nicht nur ein Schwätzer und Angeber seid!«

Der Hieb hatte gesessen. Ich wollte etwas darauf erwidern.

Aber sie lachte und drehte mir den Rücken zu. Dieses weiße Gewand betonte wunderbar ihre Hüften, die wohlgeformt waren, sehr ...

Plötzlich entstand unten auf der Straße Tumult.

Ich ging zum Fenster.

Dort unten waren sechs bewaffnete Männer, und bei ihnen war ein großer, kraftvoll gebauter Mann mit dunklem Gesicht und schwarzen, buschigen Augenbrauen.

Niemand brauchte mir zu sagen, daß dies Graf Robert war.

Ich drehte mich rasch um und sagte: »Bleibt hier! Macht keinerlei Geräusch! Ich werde nach unten gehen.« Ich schnallte mein Schwert um und wandte mich der Tür zu.

Die Comtesse hielt mich am Arm zurück.

»Nein! *Bitte!* Er wird Euch töten!«

Ich beugte den Kopf, küßte sie flüchtig auf die Lippen und bedauerte sehr, daß ich ausgerechnet in diesem Moment fortgehen mußte.

»Wartet auf mich. Wenn ich sterben muß, werde ich die Erinnerung an Eure Lippen mitnehmen!« Zu meiner eigenen Information fügte ich hinzu, daß ich nicht die Absicht hatte, jetzt schon zu sterben. Zu vieles mußte noch getan werden.

Als ich auf der Treppe auftauchte, näherte sich Graf Robert den Stufen.

»Tretet beiseite!« befahl er. »Ich möchte die Treppe hinaufgehen!«

»Oben gibt es nur ein einziges Zimmer. Es ist mein Zimmer. Ihr habt dort nichts zu suchen!«

»Beiseite, habe ich gesagt!« Seine dunklen Augen starrten mich kalt an. »Oder ich reiße Euch die Innereien heraus und werde über sie hinweg zum Zimmer gehen!«

»Wenn Ihr diese Stufen heraufkommt, werden wir ja sehen, wessen Eingeweide dann auf der Treppe liegen.« Ich zog mein Schwert. »Kommt, wenn Ihr wollt! Ihr könnt auf diesen Stahl beißen!«

Er trat kühl zurück und winkte den Männern zu, die hinter ihm standen.

»Ich kämpfe nicht mit gewöhnlichen Männern. Das erledigen diese Soldaten für mich!«

»Eine Ausrede für Feiglinge!« erwiderte ich.

Graf Robert gab den bewaffneten Männern ein Zeichen und sagte: »Tötet ihn!«

In diesem Moment rief eine Stimme in hochmütigem Tonfall, den niemand je wieder vergaß, wenn er ihn auch nur ein einziges Mal gehört hatte: »Wenn Ihr nur noch einen Schritt weitergeht, werde ich diese Meute hängen... und Euch noch höher als die anderen! Ich bin der *Hansgraf* Rupert von Gildenstern von der Weißen Handelsgesellschaft! Dieser Mann auf der Treppe ist ein Kaufmann unserer Vereinigung!«

»Ich habe dreißig Männer!« erwiderte Graf Robert eiskalt.

»Und ich habe fünfmal soviel.«

Der *Hansgraf* stand auf dem Podest innen vor der Tür; er hatte die Füße gespreizt und die Hände auf dem Rücken verschränkt.

»Meine Männer sind Veteranen aus mehr als dreihundert Schlachten, Graf Robert. Jeweils fünf von meinen Männern würden dreißig der Eueren schlucken und wie Frösche ausspucken!«

Der *Hansgraf* stemmte eine Hand in die Hüfte.

»Falls Ihr noch keine Erfahrung im Kampf mit einer Handelsgesellschaft habt, Graf Robert, wird Euch jetzt eine Lektion erteilt... eine Lektion, die Ihr aber nicht überleben würdet, um sie später schätzen zu können!«

Der *Hansgraf* trat vom Podest in den Raum hinab, und ein Dutzend seiner Männer folgte ihm. Ihre Gesichter waren von harten Ritten bei jeder Witterung dunkel und streng geworden. Ihre Rüstungen wiesen Dellen von vielen Kämpfen auf. Es waren durchweg schlanke, muskulöse Männer, zu allem bereit, was getan werden mußte.

Graf Roberts Männer ließen ihre Waffen sinken.

Ihr Herr warf ihnen einen häßlichen Blick zu und marschierte aus dem Raum.

Seine Leute folgten ihm.

Der *Hansgraf* streckte eine Hand aus.

»Ihr verschwindet und taucht wieder auf! Ich freue mich, Euch wiederzusehen, Kerbouchard!«

Dann fügte er hinzu: »Ich würde vorschlagen, daß Ihr die Dame verkleidet, dann werden wir zum Markt gehen, wo wir bekannt sind.«

Die Comtesse erschien oben auf der Treppe.

»Ich bin bereit, *Hansgraf*, und ich spreche Euch meinen Dank aus.«

Sie kam die Treppe herunter. Jetzt trug sie wieder den alten Umhang, in dem ich sie im Wald getroffen hatte. Die Kapuze war über das Haar heruntergezogen.

Sie wandte sich an mich und sagte: »Das Verhalten von Graf Robert hat mir gezeigt, daß nicht nur Schurken schurkisch sind.« Sie blickte zu mir auf. »Und nicht nur Edelleute besitzen Edelmut, Kerbouchard!«

35

Der Markt von Provins war gegenwärtig einer der bedeutendsten. Es gab einen Markt im Mai, aber am wichtigsten war der Markt im September. Jetzt war das für die Jahreszeit viel zu kalte und nasse Wetter verschwunden; die Tage waren warm und sonnig.

Lange Schuppen ohne Wände dienten zur Ausstellung der Waren. Seide, Wolle, Rüstungen, Waffen, Lederwaren, Häute, Keramik, Pelze und jeder nur erdenkliche sonstige Gegenstand wurde hier angeboten.

Abseits des Marktes, wo die großen Kaufleute ihre Ausstellungen hatten, waren die Bauern; jeder von ihnen hatte irgendeine

Kleinigkeit zu verkaufen: Getreide, Häute, Gemüse, Obst, Ziegen, Schweine und Hühner sowie handwerkliche Arbeiten verschiedenster Art.

Es gab stets Unterhaltung, denn die Märkte lockten Zauberer, Akrobatentruppen, Feuerfresser, Schwertschlucker, Jongleure und Gaukler jeder Art an.

Die Kaufleute kauften und verkauften überwiegend en gros; deshalb nannte man sie auch Großhändler. Der Verkauf kleinerer Mengen brachte zu wenig Profit, aber auch mit einer zu großen Menge riskierte man, am Ende auf Waren sitzenzubleiben. Die Weiße Handelsgesellschaft war mit Seide aus Spanien gekommen und hatte Wollstoffe aus Flandern hinzugefügt. Unser bevorzugtes Handelsobjekt waren Spitzen, weil sie einerseits leicht zu transportieren waren, andererseits aber auch überall sehr geschätzt wurden.

Edelleute blickten auf Kaufleute sehr geringschätzig herab, aber sie waren auch eifersüchtig auf den ständig wachsenden Reichtum und die Macht von Männern wie *Hansgraf* Rupert von Gildenstern, Lucca, Johannes und einem Dutzend anderer unter uns.

Der Reichtum der Edelleute stammte aus Beute oder Lösegeldern, die im Krieg zu gewinnen waren; oder aus dem Verkauf von Produkten des Landes, das von Leibeigenen bearbeitet wurde. Es gab Zeiten, da war dies wenig genug. Die Kaufleute dagegen fanden immer und überall einen Markt für ihre Waren.

Auf dem Markt von Provins gab es alle möglichen Männer und Kleidungen: Franken, Goten, Sachsen, Engländer, Normannen, Lombarden, Mauren, Armenier, Juden und Griechen. Obwohl dieser Handel noch nicht einmal ein Jahrhundert alt war, traten bereits Veränderungen in Erscheinung. Manche Kaufleute fanden es profitabel, sich an günstig gelegenen Orten niederzulassen und ihre Waren aus dem nächsten Hafen zu importieren oder von einer reisenden Gesellschaft zu kaufen.

Handwerker hatten sich in den Städten niedergelassen, um dort ihre Sachen zu verkaufen. Schuster, Weber, Kupferschmiede, Töpfer und Waffenschmiede hatten damit begonnen, Werkstätten mit Läden einzurichten, statt nur Einzelstücke auf Bestellung anzufertigen. Die Handelskaufleute waren lediglich die Verteiler solcher Waren.

Der beste und feinste Stoff wurde in England und Flandern hergestellt; aus Wolle gewebt, die durch das Scheren der Schafe, die in feuchten Niederungen an der Küste weideten, gewonnen wurde. Diese Schafe produzierten die beste Wolle. Die Nachfrage nach Umhängen und Mänteln aus solchem Wollstoff war sehr groß, und je größer die Entfernung vom Herstellungsort war, desto höher lag der Preis.

Dies war der Grund, weshalb der *Hansgraf* und seine Gesellschaft beschlossen hatten, eine Reise nach Kiew zu wagen. Dort kostete dieser Stoff fünfzigmal soviel wie im Erzeugerland. Pelze, die man dort einkaufen konnte, würden in Byzanz oder Italien guten Profit abwerfen. Falls eine so weite Reise erfolgreich verlief, konnte jeder, der sich daran beteiligte, zum reichen Mann werden.

Die Kirche schaute voller Mißgunst auf die Handelskaufleute, denn Handel wurde als eine Form von Wucher betrachtet; jede Art von Spekulation wurde für Sünde gehalten. Vor allem aber verdächtigte man die weitgereisten Kaufleute der Verbreitung der Freidenkerei.

Veränderung lag in der Luft, aber für einen Kaufmann, für den ständige Veränderung üblich war, schien jede Art von Dauerhaftigkeit unwahrscheinlich zu sein. Diesen Männern kamen die Zweifel und der Aberglaube der Bauern und Edelleute kindisch vor, denn wer ständig weite Reisen unternahm, bekam sehr viel zu sehen, war vielen Ideen ausgesetzt und lernte so manche Lebensweise kennen.

Doch wenn ein Kaufmann einen guten Markt fand, behielt er diese Information oft für sich, um sie selber auszunutzen. Er beklagte seine Erlebnisse und erzählte von den großen Gefahren unterwegs, um andere davon abzuhalten, diesen Markt oder die Quellen für billige Rohstoffe zu finden.

Aber ohne Rücksicht darauf, was die Kirche als Institution empfand, gehörten Klöster und Kirchen zu den besten Kunden der Kaufleute. Die Gewänder der Kirchenfürsten waren üblicherweise das Produkt maurischer Weber.

Ich konnte feststellen, daß Kirchenmänner mit wenigen Ausnahmen gierig nach Büchern oder Neuigkeiten waren. Sie hörten sich gern die Erlebnisse der Kaufleute an. Trotz aller Versuche von oben, ein bestimmtes Verhalten vorzuschreiben und zur Pflicht zu machen, waren Priester und Mönche in Dörfern und Städten die treibende Kraft der Veränderung, die mit dem Gesicht Europas vorging.

Einer dieser Männer kam zu meinem Stand auf dem Markt,

um ein Stück Brokat für ein Meßgewand zu kaufen. Wir sprachen über den Stoff, über Cordoba, über Bücher und schließlich auch über Medizin.

»Die Araber glauben an die absolute Sauberkeit der Hände und Instrumente, bevor sie eine Operation beginnen«, sagte ich.

Er schaute mich beunruhigt an.

»Ich habe gehört, daß Maimonides gewagt hat, Galen zu kritisieren.«

»Und mit Recht.«

Er war schockiert.

»Gibt es denn gar nichts, worauf wir den Finger legen und sagen können: ›Das ist so... und das ist korrekt.‹«

»Vielleicht. Aber das einzige Gesetz des Universums scheint Veränderung zu sein. Alles befindet sich in fließendem Zustand, und das ist auch besser so.«

Er schüttelte den Kopf und war offenbar anderer Meinung, aber ich war sicher, daß er keinen totalen Widerspruch hegte.

»Sprecht leise«, sagte er. »Solche Bemerkungen bleiben am besten ungehört.«

Dann schien ihm ein Gedanke zu kommen.

»Ihr seid doch nicht etwa derjenige, der...?«

Er wußte, daß ich diejenige war.

Ich konnte es auch schlecht abstreiten, denn er konnte andere fragen, um herauszubekommen, ob ich der Mann war, der mit dem Lehrer der Pariser Universität disputiert hatte.

»Ich vertraue Eurer Freundschaft. Was ich sage, ist von einem Gelehrten für einen anderen bestimmt. Wenn dieser Markt vorbei ist, verlasse ich Europa und werde wahrscheinlich nie mehr hierher zurückkehren.«

»Was habt ihr denn damals gesagt?«

»Daß Bernhard von Clairvaux ein Narr war, es mit Abaelard aufzunehmen. Ich glaube, daß Abaelard ein guter Gelehrter war. Wir brauchen mehr Männer wie ihn.«

»Ich stimme mit vielem überein, was er gelehrt hat.« Er sah mich an. »Ihr habt Glück, daß Ihr reisen könnt. Möglicherweise brauche ich eine Pilgerreise.«

Wir sprachen darüber, wie die Anwesenheit von Handelskaufleuten die Gesetze der Franken veränderte; wie sie gegenseitig und mit Städten Geschäfte machten. Karl der Große hatte damit begonnen, als er das Reisen in seinem Reich gefördert hatte. Aber die Kaufleute verursachten grundlegende Änderungen im Gesetz, indem sie fremdländische Elemente der früheren Denkweise hinzufügten.

In eine Zivilisation, die in erster Linie auf Landwirtschaft basierte, so daß alle Gesetze auf der Nutzung von Land beruhten, brachten wir Kaufleute neue Überlegungen. Autorität ging vom König, von der Kirche und den großen Baronen aus; jeglicher Besitz war in Land verwurzelt. Kaufleute waren weniger den bestehenden Gesetzen unterworfen, also hatten sie für den Eigengebrauch untereinander eigene Gesetze entwickelt. Örtliche Gerichte begannen sich dieser Gesetze zu bedienen, um Streitigkeiten zu regeln, in die Kaufleute verwickelt waren.

Diese Gesetze machten den Kaufmann zu einer priviligierten Person, die frei war von den Gesetzen, an die normale Bürger gebunden waren.

Den Baronen gefiel der Handel, den die Kaufleute einführten; außerdem freuten sie sich natürlich über die von den Kaufleuten entrichteten Steuern. Deshalb boten sie Handelsleuten eine Spezialbehandlung an.

Den großen, jungen Mönch, dessen spezielles Interesse dem Gesetz galt, fesselte all dies. Es paßte zu seiner geistigen Einstellung, Veränderung als Tatsache zu akzeptieren.

Die Comtesse, die noch nie an einem Markt teilgenommen hatte, war fasziniert und aufgeregt. Sie legte ein Gewand aus Arabien an, das ihr eine der Frauen unserer Gesellschaft anbot.

Leute waren meilenweit hergekommen, um ihre Waren zu verkaufen oder ganz einfach die Vorstellungen und Aufregung zu genießen. Außer unserer eigenen Kompanie, die jetzt mit Peters Kompanie vereinigt war, waren noch fünf weitere anwesend. Eine stammte aus Italien, eine andere aus Armenien. Deutsche von der Küste des Baltikums, Venezianer und Niederländer besuchten den Markt.

Wir Kaufleute hatten unsere eigene Sprache und unsere Signale, um vor bevorstehenden Schwierigkeiten zu warnen.

Bereits wenige Minuten nach Eröffnung des Marktes wußten alle Kaufleute von Graf Robert und wen er suchte. Insgesamt waren wir mehr als eintausend kampftüchtige Männer. Die Jongleure, Zauberer und Akrobaten waren ebenfalls unsere Verbündeten. Die verschiedenen Gesellschaften kannten sich gegenseitig von früheren Begegnungen. Ganz gleich, welche Differenzen untereinander bestanden, und das waren wenige genug, standen doch alle zusammen, wenn es Ärger gab.

Plötzlich hörte ich direkt neben mir ein Wort. Ich drehte mich um und sah den verrunzelten, listigen alten Khatib!

Khatib aus Cordoba! Mein Freund, der Bettler, Dieb und Übermittler von Informationen!

»Ah... es wärmt mein Herz, Euch zu sehen!« sagte er und machte eine Geste. »Ich bin bei den Gauklern.«

Er legte eine Öffnung im Griff seines Dolches frei und entnahm ihr ein zusammengerolltes Stückchen Papier, auf dem ich lesen konnte:

Ich habe nicht vergessen.
V.

Die Comtesse sah es und blickte rasch vom Zettel zu mir.

»Von einer Frau?«

Khatib grinste mich an und verbeugte sich tief vor der Comtesse.

»Welcher Leopard erkennt nicht die Fährte eines anderen Leoparden?«

Er hatte in arabischer Sprache geredet, aber die Comtesse erwiderte rasch: »Ihr vergleicht mich mit einem Leoparden?«

Wir waren erstaunt, denn niemand hatte vermutet, daß die Comtesse Arabisch sprach. Doch warum eigentlich nicht? Sie war ja in einer Burg in einem arabischen Land aufgewachsen.

»Alle Frauen sind Jägerinnen. Alle sind sie gefährlich.«

»Ich bin nicht überrascht, daß dieser Mann Euer Freund ist«, sagte sie zu mir. »Ihr denkt beide gleich!«

Ich zeigte ihr den Zettel, ohne etwas zu sagen.

Die Comtesse zog eine Braue hoch, dann reichte sie mir das Stückchen Papier zurück.

»Ich überlege, was Ihr getan haben könntet, daß sich jemand länger als zwei Tage an Euch erinnert!«

»Ich erwarte nicht, daß man sich an mich erinnert«, sagte ich. »Man soll lediglich meine Gegenwart genießen.«

Plötzlich erklang lauter Beifall.

Wir drehten uns um und sahen, wie ein Mann mit einer Hand auf einer Stange, die von einem anderen gehalten wurde, Handstand machte.

Dann drängten sich die Gaukler, ein Schwertschlucker und andere an dieser Stelle zusammen.

»Es muß wunderbar sein, so zu leben!« sagte die Comtesse.

»Das ist Ansichtssache«, sagte ich. »Der Mann auf der Stange hat ein verkrüppeltes Kind, für das er lebt. Der Schwertschlucker ist eine Waise, die weder Vater noch Mutter gekannt hat. Sie haben viele Sorgen, diese Leute, Comtesse.«

»Ihr *kennt* sie?«

»Sie sind meine Freunde«, sagte ich. »Ich kann sogar einige Ihrer Darbietungen vollbringen.«

»Ihr setzt mich in Erstaunen!«

»Alle Dinge faszinieren mich, und ich liebe Geschicklichkeiten. Wer weiß? Vielleicht muß ich eines Tages verschwinden. Wer erinnert sich schon an das Gesicht eines Akrobaten?«

Die Tage vergingen. Der Handel war gut. Aber ich fühlte mich unbehaglich.

Graf Robert war bestimmt kein Mann, der so leicht aufgab, wenn so viel für ihn auf dem Spiel stand. Er haßte mich. Das hatte ich in seinen Augen erkannt.

Der Markt war einer unserer erfolgreichsten, und jetzt bereiteten wir uns für den Aufbruch vor.

Doch wir würden nicht allein weiterziehen. Nach vielen Besprechungen planten die anderen Kompanien, sich *Hansgraf* Rupert von Gildenstern anzuschließen, da er für seinen geschäftlichen Scharfsinn weithin bekannt war.

Noch war niemals Stoff aus Flandern auf den Markt von Kiew gekommen, wenngleich man dort schon gelegentlich Umhänge aus solchem Stoff gesehen hatte; einige waren von ihren Besitzern zu horrenden Preisen verkauft worden.

Unter uns gab es einen Armenier, der bereits einmal den Markt von Kiew besucht hatte; er sagte uns, daß der Markt für Seiden und Spitzen sehr gut war.

In der Nacht vor unserem Aufbruch erreichte mich eine Nachricht. Sie wurde mir auf dem Markt ganz plötzlich in die Hand gedrückt.

Wenn Ihr den Aufenthalt Eures Vaters erfahren wollt, kommt zum östlichen Wachtor.

Ich bestieg Ayesha, eine der Stuten, und ritt in die Stadt.

Nur Safia wußte von meinem Vater – und die Comtesse.

Ich ließ die Stute im Schatten der Mauer zurück und beobachtete das Wachtor.

Die Zeit verstrich.

Niemand näherte sich dem Tor.

War dies eine Falle?

Wenn Safia hier war ... wo war sie jetzt?

Ich wartete eine Stunde, aber es gab kein Geräusch, keine Bewegung.

Und dann fiel mir etwas auf, worauf ich bislang nicht geachtet hatte.

Das Tor stand offen.

36

Hinter dem Tor ... was?

Ein paar Minuten lang studierte ich die Situation. War das Tor schon offen gewesen, als ich es zuerst gesehen hatte? Das glaubte ich zwar nicht, aber wie konnte ich ganz sicher sein?

Angenommen, daß Safia dort wartete? Oder sonst jemand? Vielleicht ein Feind?

Wie dem auch sei ... wenn es Neuigkeiten über meinen Vater gab, dann mußte ich diese Neuigkeiten haben.

Sei es also! Sollte es sich um eine Falle handeln, mußte ich riskieren, daß sie zuschnappte.

Ich schlich an der Mauer entlang zum Tor und hielt meine ganze Aufmerksamkeit darauf gerichtet. Schließlich trat ich von der Mauer zurück und begann auf das Tor zuzugehen.

Plötzlich waren zwei Dutzend Männer um mich herum; alle hatten gezückte Schwerter in der Hand.

Das offene Tor war eine Falle gewesen. Es war der Köder gewesen, der meine Aufmerksamkeit auf sich gezogen hatte. Ich hatte mich gezwungen gefühlt, das offene Tor im Auge zu behalten. So hatte ich nicht auf die anderen Gebäude geachtet.

Das Tor wurde noch weiter geöffnet.

Graf Robert kam hindurch.

»Woher wußtet Ihr etwas von meinem Vater?«

Graf Robert lächelte, so daß seine gleichmäßigen, weißen Zähne blitzten. Er war sichtlich sehr zufrieden mit sich.

»Meine Männer haben sich auf dem Markt umgehört. Es gibt immer Klatsch ... hier ein Wort, da ein Wort.«

Es schien kein Entrinnen zu geben.

Konnte ich Graf Robert erreichen und ihn töten, bevor ich getötet wurde? Konnte ich meine Klinge wie einen Speer in seinen Hals werfen?

»Wollt Ihr also jetzt mit mir kämpfen? Oder lieber einem Kampf aus dem Wege gehen?«

»Mit Euch kämpfen? Warum sollte ich mit Euch kämpfen? Ich werde Euch einfach für Eure Unverschämtheit auspeitschen lassen, und wenn ich es leid bin, noch weiter zuzusehen, werde ich Euch aufknüpfen lassen!«

Sie bildeten einen großen Kreis um mich, aber ich hatte mein Schwert in der Hand und wußte, daß ich mich niemals lebend ergreifen lassen würde, damit man mich wie einen gemeinen Sklaven auspeitschte.

Plötzlich ertönte ein wilder, beinahe unheimlicher Schrei.

Ich war augenblicklich hellwach, und alle meine Sinne waren bis zum äußersten angespannt.

»Steckt Euer Schwert ein!«

Die Männer um mich herum starrten wild um sich.

Die Stimmen schienen von nirgendwoher zu kommen.

»Achtet nicht darauf!« befahl Graf Robert; er glaubte offenbar, daß der Schrei für seine Leute bestimmt gewesen war. *»Ergreift ihn!«*

Ich hatte einen Augenblick gezögert, doch jetzt stieß ich mein Schwert in die Scheide zurück.

Ein Strick fiel neben mir herunter!

Ich packte ihn so hoch oben, wie ich konnte, dann zog ich mich hinauf!

Der Strick war von einem Balkon am Turm des Stadttores geworfen worden, und dort oben waren Khatib und Lolyngton, einer der Akrobaten, mit denen ich in Cordoba geprobt hatte!

Glücklicherweise war keiner von Graf Roberts Soldaten ein Bogenschütze, sonst hätte mein Körper wohl von Pfeilen gestrotzt. So aber griffen sie das Stadttor an, doch noch während sie diesen Versuch unternahmen, tauchten mehrere unserer Männer auf; jeder hielt einen Bogen in den Händen, auf dessen straff gespannter Sehne ein abschußbereiter Pfeil lag.

Als ich mich über die Balkonbrüstung schwang; tauchte der *Hansgraf* auf und trat auf den Balkon heraus. Er war wie üblich ganz in Schwarz gekleidet. Sein einziger Schmuck war eine Goldkette, die zweimal um seine Taille geschlungen war.

»Graf Robert!« Er sprach pompös, aber mit enormer Wirkung. »Genug von diesem Unfug! Wir werden uns von Euch nicht stören lassen! Ich habe bereits einen Boten zu Seiner Majestät geschickt, die – wie Ihr sicher vermuten könnt – sehr entzückt ist über die hohen Steuern, die er von unseren vereinigten Gesellschaften erhält! Und nun Schluß! Ihr, Graf Robert, und Eure Männer werdet augenblicklich die Schwerter fallen lassen! Jeder dort, wo er gerade steht! Ich gewähre keine Zeit für Diskussion! Wer nach Beendigung meiner Ansprache noch sein Schwert in der Hand hält, wird auf der Stelle von meinen Bogenschützen getötet. Ihr alle werdet Provins verlassen und schon aus der Stadt sein, bevor die Sonne am Himmel steht. Andernfalls werden meine Männer euch jagen und aufhängen wie Hunde, die ihr ja auch seid! Wir sind sehr beschäftigte Leute und haben keine Zeit, mit euch Krieg zu spielen! *Also, los... laßt eure Schwerter fallen!«*

Schwerter fielen klirrend aufs Pflaster.

Graf Roberts Gesicht war vor Zorn dunkel angelaufen; das war deutlich genug zu sehen, denn er stand im hellen Mondschein.

»Und jetzt... vorwärts, marsch!« befahl der *Hansgraf*.

Und sie marschierten.

Als ich zu unserem Haus neben der Mauer kam, rannte mir die Comtesse entgegen.

»Oh... Ihr seid in Sicherheit! Ihr seid sicher!«

»Das verdanke ich *Hansgraf* von Gildenstern.«

»Ihr müßt Euch bei Khatib bedanken. Er hat etwas geahnt und ist zum *Hansgraf* gegangen. Ich habe noch nie gesehen, daß Männer sich so schnell versammeln können.«

»Draußen auf der Landstraße ist nicht viel Zeit, Comtesse. Man muß auf alles vorbereitet sein, wenn man nicht schon im nächsten Moment sterben will. Angriffe und Überfälle erfolgen stets ohne Warnung.«

Wir schwiegen und begriffen beinahe gleichzeitig, daß wir uns umarmt hielten.

Die Comtesse wollte sich zurückziehen, aber ich zog sie sanft an mich. Beinahe erleichtert kam sie noch näher an mich heran. So standen wir ein paar Minuten lang da. Schließlich legte ich eine Hand unter das Kinn der Comtesse, hob es etwas an und küßte sie auf die Lippen.

»Ich bin ein Dummkopf gewesen«, sagte sie.

»Wer kann von sich behaupten, kein Dummkopf zu sein? Wenn man verliebt ist, kann man oft nur gewinnen, indem man verliert.«

Sie kuschelte den Kopf an meine Schulter.

»Was Ihr da eben gesagt habt, enthält wohl etwas Tiefgründiges. Ich werde darüber nachdenken ... ein andermal.«

»Wie viele Dinge hört es sich nur tiefgründig an. Verschwendet also keine Zeit damit. Es gibt andere Dinge, an die man denken und die man erledigen sollte.«

Jetzt zog sie sich rasch zurück.

»Es ist heller Tag und ...«

»Wir müssen packen. Es wird bald Zeit zum Aufbruch sein.«

Die Comtesse sah mich naserümpfend an.

Aber wir packten rasch unsere paar Sachen zusammen. Diesmal hatten wir uns auf dem Markt mit Kleidung und allem Notwendigen versorgt.

Wegen des langen Trecks quer durch ganz Europa wurde beschlossen, daß wir alle zusammenbleiben sollten; unser *Hansgraf* würde die Führung übernehmen. Alle Gesellschaften zusammen würden mehr als tausend Männer umfassen. Mit den vielen Packtieren würden wir eine mächtige Kolonne bilden. Aber sie würde auch viel Verpflegung und gute Weide unterwegs brauchen. Außerdem mußte gut vorausgeplant werden. Es gab Männer, die kannten jedes Stück der Route, die wir zurücklegen wollten und der wir folgen mußten; sie kannten auch die Probleme, die uns bevorstanden. Wir mußten Kundschafter vorausschicken; sie sollten Weide für unsere Tiere und Lagerplätze suchen; außerdem sollten sie mögliche Schwierigkeiten feststellen, denen wir begegnen konnten.

Ich werde niemals den Morgen vergessen, als sich das erste Kontingent unserer fünf Gesellschaften auf den langen Marsch nach Kiew machte.

Im Frankenland konnten wir in zwei Gruppen bleiben, aber wenn wir in wildere Gegend gelangten, wo Städte weiter voneinander entfernt waren und wo es auch weniger Burgen gab, würden wir gemeinsam reisen, jedoch mit einer Vorausabteilung von fünfzig ausgesuchten Männern. Zwei Gesellschaften würden folgen, ein kurzes Stück dahinter die Hauptkolonne. Schließlich würde es auch noch eine Nachhut von zwanzig Reitern geben.

Wir sangen sehr oft während des Marsches, und man hörte ständig den Klang der Marschtrommel. Diesen Laut werde ich mein Leben lang hören, so tief hat er sich mir eingeprägt.

Die Marschtrommel ... ein schwerer, methodischer Schlagrhythmus, der jeden unserer Schritte bestimmte. Diese Trommel befand sich auf einem Karren am Schluß unserer Kolonne. Durch entsprechenden Trommelschlag konnte unser Tempo beschleunigt oder verlangsamt werden. Wir lebten mit diesem Laut, alle von uns. Es war wie ein großer Pulsschlag für unsere Gesellschaft. Die anderen Gesellschaften hatten ebenfalls eine solche Trommel.

Unsere Rüstung war nicht einheitlich, auch nicht unsere Helme. Wir hatten Waffen von jeder nur erdenklichen Art. Im Vergleich zu irgendeiner anderen Armee jener Zeitepoche war die Anzahl unserer Bogenschützen wesentlich größer. Wir hatten auch einen Trupp, der unglaublich gut mit der Schleuder umgehen konnte. Unsere Pferde und Zugtiere waren von allerbester Qualität.

Mühsal und Unwetter waren unsere ständigen Begleiter; sie hielten unsere Körper in Form und unseren Geist hellwach und auf alles vorbereitet. Wir lebten in der ständigen Erwartung von Schwierigkeiten; eine kleine Welt, die sich aus eigener Kraft bewegte und die sich notfalls auch selbst verteidigen konnte, was sie oft genug getan hatte.

Bei diesem Treck hatten wir außer dem Karren, der die Trommel beförderte, noch mehrere andere Karren. In einigen Karren wurden Vorräte transportiert; andere dienten während des Marsches den Frauen als Unterkunft. Es waren zweirädrige Karren. Unser Karren wurde von Khatib gefahren.

Wir zogen ostwärts. Das Laub der Bäume färbte sich; die grünen Blätter leuchteten strahlend in Rot und Gelb. Die grünen Felder wurden braun. Die Ernte war längst eingebracht worden; jetzt gab es nur noch Stoppelfelder.

Hier und da hielten wir an und bauten kleine Märkte auf. Wir kauften oder tauschten Vorräte ein und sammelten Informationen über den vorausliegenden Weg, so gut dies eben möglich war.

Das erste Mal wurden wir in der Nähe der Maas angegriffen, das zweite Mal am Rhein. Jedesmal kamen wir gut davon. Beim zweiten Mal verfolgten wir unsere Angreifer, holten sie ein, erbeuteten ihre Pferde, nahmen den Männern die Rüstungen und Waffen ab, erlaubten aber den Überlebenden freien Abzug.

Jedes Nachtlager war so etwas wie eine Festung; unsere Kolonnen erinnerten an eine Armee auf dem Vormarsch. Geweckt wurden wir durch ein Trompetensignal. Nach einem zweiten Signal begann der Weitermarsch.

Bei Tage waren wir ständig vom rhythmischen Schlag der Marschtrommel begleitet. Wir hörten dieses Geräusch wie dumpfes Donnergrollen, das sich an fernen Bergen brach. Wir hörten es bei Sonnenschein und Gewitter. Diese Trommel war unser Gott, unser Herr und Meister ... und zugleich eine Warnung für potentielle Feinde.

Der *Hansgraf* übernahm jeden Tag auf einem seiner prächtigen Pferde die Führung. Er beriet sich oft mit den *doyens*, die ihre Gesellschaften befehligten; desgleichen mit Kaufleuten, deren Urteil er respektierte.

Lolyngton, Chef der Akrobaten und Schausteller, war mein enger Freund geworden. Gelegentlich entfernte ich mich mit ihm von der Kolonne, um auf Jagd zu gehen. Er war ein meisterhafter Bogenschütze. Gemeinsam töteten wir mehrere Wildschweine, Hirsche und Hasen, um unsere Essensvorräte zu ergänzen.

Bei einem dieser Streifzüge stießen wir auf einen Hinterhalt. Wir hatten einige Zeit keine Reisenden, keine Schafe und auch keine Reiter gesehen. Plötzlich stießen Lolyngton und ich auf ein breites Band schlammiger Spuren.

Wir entfernten uns von dieser Fährte, ritten vorsichtig den Hang eines langen Hügels hinauf und stiegen ab. Wir krochen vorwärts und spähten über die Kuppe.

Eine halbe Meile nördlich von hier war der Weg, auf dem unsere Kolonne kommen mußte.

In einem Gehölz in der Nähe der Straße hielten sich ein paar hundert bewaffnete Männer auf; alle waren gut beritten.

Da viele unserer Männer gebraucht wurden, um Vieh zu treiben oder die Packtiere zu beaufsichtigen, konnten wir kaum mehr als halb so viel der dort im Gehölz lauernden Streiter aufbieten. Wäre man ohne Warnung über uns hergefallen, hätte man uns sogar vernichtet. Es gab keine Möglichkeit, diesen Männern aus dem Wege zu gehen. Eine scharfe Auseinandersetzung würde Verwundete und Tote bedeuten.

»Wenn wir jetzt über sie herfallen könnten, wäre die Überraschung auf unserer Seite«, schlug Lolyngton vor.

Die Tatsache, daß wir nun nicht mehr überrascht werden konnten, war ein Vorteil. Aber wie konnten wir das Beste daraus machen?

Was würde die andere Seite tun, wenn man uns zu Gesicht bekam?

Lolyngton sagte: »Wenn es nach mir ginge, würde ich warten, bis ein Teil unserer Kolonne vorbeigezogen ist, bevor ich angreife.«

Das war auch meine Überlegung, und wahrscheinlich dachten die Männer dort drüben im Gehölz genauso. Unsere Kolonne würde geteilt sein. Es würde zu Verwirrung und Durcheinander kommen. Aber angenommen, daß es kein Durcheinander gab?

Wir ritten schnell zur Kolonne zurück und erstatteten *Peter* von Gildenstern Meldung.

Er hörte uns aufmerksam zu und rief dann sofort die *doyens* zu sich, desgleichen Lucca und Johannes.

Sarzeau, *doyen* der größten anderen Gesellschaft, war ein guter Mann; ebenso Flandrin.

Meine Idee wurde ihnen erklärt. Mein Vorschlag lautete: Da ein Angriff nicht vermieden werden konnte, sollte die Kolonne ihren Weg fortsetzen, aber wenn der Überfall begann, sollte die Kolonne, die schon voraus war, genau wie die Kolonne, die noch dahinter war, herumschwenken und den Feind von den Flanken her angreifen.

Nachdem alle Mitglieder verständigt und gewarnt worden waren, ritten wir ruhig weiter.

Sarzeau hatte mehrere Karren, die mit Rinderhäuten bespannt und für Pfeile undurchdringlich waren. In jedem dieser Karren waren drei Bogenschützen postiert.

Vierzig Reiter trennten sich von der Kolonne und blieben etwas zurück; sie sollten einen Bogen schlagen und den Feind von hinten angreifen. Sie benutzten die Route, die Lolyngton und ich gefunden hatten.

Pläne wurden gemacht. Die Positionen der Verteidiger wurden bestimmt, während die Kolonne den Marsch fortsetzte.

Mir wurde das Kommando über die vierzig Reiter übertragen. »Ihr habt die Route erkundigt und kennt den Weg am besten.«

Lolyngton erbot sich freiwillig, mich zu begleiten.

Unsere Gruppe ritt im Abstand hinterdrein.

Von der Hügelkuppe aus sahen wir, wie die Briganten aus dem Wald stürmten.

Unser Konvoi löste sich auf und schwenkte mit militärischer Präzision herum.

Die Angreifer wurden von einem Pfeilhagel empfangen. Bogenschützen gab es in jeder Armee nur wenige, und das traf auch auf Söldner zu, die zu Straßenräuber geworden waren.

Mehrere Männer wurden durch Pfeile aus den Sätteln geholt.

Dann ritten wir unter lautem Geschrei den Hang hinab und griffen an.

Die Angreifer waren zwischen zwei Abteilungen unserer Kolonne geraten.

Wir stießen auf heftigen Widerstand, als wir von hinten angriffen.

Wir schlugen sehr hart zu und brachten mehrere Pferde zu Fall.

Ein gigantischer Reiter holte mit seinem Schwert zu einem Schlag nach mir aus, aber ein Pfeil drang ihm in den Hals, bevor der Mann den beabsichtigten Schlag durchführen konnte.

Ich jagte vorbei und versetzte einem anderen Reiter einen wuchtigen Schwerthieb auf den Bizeps. Der Arm des Mannes wurde beinahe abgetrennt und hing lose herab.

Lolyngton war nach der Seite ausgewichen und benutzte mit viel Geschick Bogen und Pfeile. Er verschwendete dabei keine Zeit, blieb ganz kühl und holte einen Reiter nach dem anderen aus dem Sattel.

Ein plötzlicher Schlag fegte mich aus dem Sattel. Ich stürzte und blieb mit einem Fuß im Steigbügel hängen.

Aber Ayesha hielt abrupt an.

So konnte ich meine Fußspitze aus dem Steigbügel ziehen und wieder auf die Füße kommen; gerade noch rechtzeitig genug, um eine Lanzenspitze auf meine Brust zukommen zu sehen.

Ich parierte die Lanze mit meiner Klinge und stieß diese dann sofort tief in die Seite des Mannes. Blut strömte über meine Klinge und meine Hand.

Plötzlich verstummten die Kampfgeräusche.

Der Überfall war vorbei.

Der Sieg war unser, aber um welchen Preis.

Der Schmied, ein stämmiger Mann und unser bester Eisenarbeiter, war tot.

Ein Lombarde, einer unserer besten Bogenschützen, den ich nie so richtig gekannt hatte, war ebenfalls getötet worden.

Ich steckte mein bluttriefendes Schwert in die Scheide und machte mich daran, die Verwundeten zu behandeln.

Johannes war von einem Speer in die Seite getroffen worden. Der Stoß hatte zwar das Herz verfehlt, aber Johannes verlor viel Blut. Ich legte einen festen Verband an und gab Anweisung, Johannes auf eine Decke zu legen. Während Susanne sich weiter um ihn kümmerte, entfernte ich einen Pfeil aus dem Augenwinkel eines Mannes. Glücklicherweise war das Auge selbst unverletzt geblieben, denn von Augen verstand ich nur sehr wenig. Der Pfeil hatten den Nasenrücken getroffen und war in die Augenhöhle eingedrungen, wo er steckengeblieben war. Der Mann war mehr schockiert als verletzt. Er war nur knapp dem Verlust des Auges und vielleicht noch Schlimmerem entgangen.

Ich ging von einem zum anderen, ergriff Notmaßnahmen, soweit sie mir bekannt waren, und setzte dann die Behandlung der Verwundeten fort.

Der *Hansgraf* beobachtete mich bei der Arbeit.

»Wir haben vierzehn Tote. Wie viele Verwundete?«

»Siebenunddreißig, einige nur mit unbedeutenden Kratzern.«

Das war an sich sehr gut, wenn man die Gesamtzahl in Betracht zog. Aber vor uns lag ein langer Tag, und wir konnten nicht die Nacht über warten. Es konnte weitere Überfälle geben.

Unsere Angreifer hatten dreimal soviel Männer verloren. Dies war der Präzision unserer Bogenschützen zu verdanken. Einige Verwundete waren ebenfalls auf dem Kampfplatz zurückgeblieben.

Wir sammelten Rüstungen, Waffen und Pferde vom Schlachtfeld ein.

Der *Hansgraf* war beunruhigt.

Johannes, seine starke rechte Hand, war schwerverletzt; er hatte stets kühlen Kopf bewahrt und vorsichtige Ratschläge erteilt. Es konnte Wochen dauern, bis er sich wieder erholte ... wenn überhaupt.

Flandrin, einer der *doyens*, war ebenfalls verwundet.

Wir hatten kaum genügend Platz, die Verwundeten in Karren zu transportieren.

Susanne bot als erste ihren Karren freiwillig an.

Es war ein unheildrohender Sonnenuntergang. Der Himmel stand in roten Flammen. Auch das braune Gras wirkte wie Feuerschein.

Aus unserem Lager war das Stöhnen der Verwundeten zu vernehmen.

Als die Dunkelheit hereinbrach, hörte ich plötzlich vom Abhang des Hügels her einen leisen Schrei; den verzweifelten, jammernden Schrei eines Verwundeten.

Ich lauschte und hörte den Schrei noch einmal.

Und ich, den man für einen Arzt hielt, konnte diesen Ruf nicht ignorieren.

37

Kiew war eine häßliche Stadt. Aber das Wetter war ausgezeichnet.

Wir kampierten in einem Wald nicht weit vom Dnjepr entfernt. Der wochenlange Treck über die ungeheuren Ebenen, Flüsse und Berge hatte uns allen hart mitgespielt.

Beim Überqueren der Donau hatte es einen kurzen, heftigen Kampf gegeben. Wir hatten zwei Männer verloren; elf waren verwundet worden.

In Buda waren einer unserer Männer bei einer Prügelei getötet und andere verletzt worden.

Bei unserer Ankunft in Kiew hatten wir siebenundvierzig Männer, die in Karren transportiert werden mußten.

Ich verbrachte einen großen Teil jeden Tages mit der medizinischen Versorgung der Verwundeten.

Für eine so große Kolonne war die Anzahl der Verletzten nicht gerade übermäßig hoch; aber jeder Mann hatte irgendeine Arbeit zu verrichten, die nun als zusätzliche Last auf den Schultern anderer Männer ruhte.

Der Handel in Kiew entsprach voll und ganz unseren Hoffnungen. Wollmäntel aus Flandern brachten viel höhere Preise, als wir dafür bezahlt hatten. Innerhalb von zwei Wochen war unser Warenbestand verkauft. Unsere Karren und Packpferde waren hochbeladen mit Pelzen, Hermelin-, Marder-, Fuchs- und Wolfsfellen, Elchhäuten und vielem anderen.

Im 9. Jahrhundert waren die Nordmänner aus Schweden über dieses Land hinweggefegt, hatten die Slawen geschlagen und sich in einer Reihe von Befestigungen, sogenannten *gorods*, zum Schutz vor der Bevölkerung, die man beherrscht hatte, niedergelassen. Nowgorod war eine solche Befestigungsanlage, Kiew eine andere.

Kiew war das größte Handelszentrum, und der hiesige Fürst war allen anderen überlegen.

Im Südosten lag die moslemische Welt von Bagdad, Damaskus, Aleppo und Samarkand. Im Süden lag Konstantinopel mit dem byzantinischen Reich.

Arabische, jüdische und byzantinische Händler strömten nach Kiew und stellten sehr schnell Beziehungen mit den Fürsten im Norden her. Der Sklavenhandel war sehr einträglich und lohnend. Sklaven wurden für die Harems, Läden und großen Haushalte von Byzanz gebraucht.

Der *Hansgraf* mißbilligte die Leibeigenschaft und wollte nichts davon wissen; ich glaube, er war selbst als Leibeigener geboren worden. Er stand auf gutem Fuße mit den skandinavischen Händlern, die sich unter den Slawen angesiedelt hatten und von der eingeborenen Bevölkerung Russen genannt wurden.

In Cordoba hatte ich die Schriften Kaiser Konstantins VII., genannt Porphyrogenetos, gelesen, der im 9. Jahrhundert hierher gereist war. Seine Werke dienten als Quelle für viele Informationen, die ich dem *Hansgrafen* gegeben hatte.

In jedem Jahr versammelte sich hier in Kiew eine große Flotte von Booten. Wenn das Eis geschmolzen war, fuhr diese Flottille den Dnjepr hinab zum Schwarzen Meer, um Konstantinopel mit Sklaven, Pelzen und Produkten der Nordländer zu versorgen.

Boote fuhren auch flußaufwärts. Von dort aus reisten die Handelszüge über Land zum Baltikum und folgten einem Teil der Bernsteinstraße.

Als wir in Kiew eintrafen, hatte schon viel von diesem Handel zu existieren aufgehört. Weit im Osten gab es Unruhen unter den wilden Stämmen der Steppe.

Die Petchenegen, später dann die Kumanen, waren über die Handelsroute nach Bagdad hinweggefegt und hatten Kiew beinahe von Konstantinopel abgeschnitten.

Kiew war in vieler Hinsicht eine aufgeklärtere Stadt als Paris, denn Paris lag unter der Herrschaft einer autokratischen Kirche, die ihre intellektuelle Basis erst zu verbreitern begann. Kiew war zwar rein heidnisch, profitierte aber von christlichen und moslemischen Kulturen.

Um die Stadt herum gab es nur wenig Landwirtschaft.

Nomadenhirten, dunkeläugige und wilde Burschen mit mongolischen Gesichtszügen, streiften in kompakten, gut bewaffneten Gruppen durch die Straßen und sprachen mit niemandem.

Es gab große, blonde Wikinger aus dem Norden; ein wildes, piratenhaftes Volk. Viele von ihnen waren ausgezeichnete Händler geworden.

»Irgendwann werde ich einmal eine Abhandlung über die Beziehung zwischen Piraterie und Handel schreiben«, sagte ich zu Comtesse Susanne. »Das eine scheint dem anderen immer voranzugehen. Die erfolgreichsten Piraten sind Händler geworden, vielleicht deswegen, weil es leichter ist, einen Mann zu betrügen, als ihn zu töten. Der Handel ist der Piraterie weit überlegen. Ausrauben und töten kann man einen Mann schließlich nur einmal, aber man kann ihn immer wieder betrügen.«

»Ihr seid ein Zyniker«, sagte Susanne. »Man verkauft den Leuten doch nur, was sie haben wollen.«

»Wenn man Leuten nur verkaufen würde, was sie haben wollen, dann gäbe es wenig Handel, meine Dame. Die Seele des Geschäfts besteht darin, Leute zu inspirieren, Dinge zu kaufen, die man weder braucht noch haben will. Man muß den Leuten bestimmte Waren, die man gern verkaufen möchte, ganz einfach schmackhaft machen, um sie zum Kauf zu verleiten. Unser Lucca versteht sich zum Beispiel ausgezeichnet auf solche Verkaufsmethoden.«

»Hat der *Hansgraf* schon gesagt, wann wir nach Süden gehen werden, Mathurin?«

»Bald. Er verhandelt noch mit den Bootsleuten, um mit ihnen zu reisen. Aber ich fürchte, dabei wird nichts herauskommen. Die Boote haben ihre eigenen Ladungen zu tragen, und wir haben viel zu viele Leute.«

»Aber bei einer Überlandreise müssen wir doch durch das Land der Kumanen!«

»Wahrscheinlich hoffen die Bootsleute, daß wir überfallen werden. Unsere Waren stellen doch für sie Konkurrenz dar, denn sie werden ja ebenfalls Pelze und Gold befördern.«

Ich stand auf, schnallte mein Schwert um und zog einen der Wollmäntel an, die wir in Flandern gekauft hatten.

»Die Entscheidung wird heute fallen.«

Der Handel interessierte mich nicht mehr. Jetzt wollte ich nur noch nach Konstantinopel, um mich mit Safias Freund zu treffen und dann zu tun, was getan werden konnte, um meinen Vater zu befreien... falls er noch am Leben war.

Wir waren vielen Reisenden begegnet, und ich hatte alle nach Alamut und dem Alten vom Berge befragt; desgleichen hatte ich mich nach seinem Tal der *Assassinen* erkundigt. Man hatte mir nur wenig mehr sagen können, als ich ohnehin schon wußte. Alle waren sich einig, daß ein Entkommen aus dem Tal unmöglich war; genauso unmöglich war es, dort unbefugt einzudringen.

Wir versammelten uns im Wald außerhalb von Kiew, und wir waren eine merkwürdig zusammengesetzte Gruppe.

Sarzeau war da; seine Wunden heilten jetzt, aber er war sehr mürrisch.

Neben Peter von Gildenstern waren da noch Lucca und Johannes; letzterer war nach seiner langen Krankheit sehr blaß und dünn.

Flandrin, Grossefeldt und alle anderen waren ebenfalls da.

Der *Hansgraf* hatte es nicht geschafft, durch Verhandlungen eine Bootsfahrt stromabwärts zu erreichen.

Die allgemeine Enttäuschung war sehr groß. Nach dem langen, beschwerlichen Treck durch Europa mit den Kämpfen und Schwierigkeiten sehnten sich alle danach, geruhsam den Fluß hinabzufahren und über das Schwarze Meer zu segeln.

Sarzeau grollte; er war ein guter Mann und Kämpfer, aber seit seiner Verwundung hatte er sich verändert.

Lucca kam darauf zu sprechen und meinte: »Er bildet sich ein, daß ihn das Glück verlassen hat.«

Es war offensichtlich, daß er sich mit von Gildenstern zanken wollte.

Grossefeldt, ein sturer, starrsinniger Mann, aber guter Anführer, saß neben ihm.

Juri Olegvichi war anwesend. Er war der Anführer eines neuen Klüngels in Kiew.

Ich verdächtigte ihn, irgendwelche Beziehungen zu den Stämmen im Süden zu haben. Es gab nur wenig, worauf ich meinen Verdacht stützen konnte, aber ich glaubte, daß er viel dazu beigetragen hatte, daß uns die Fahrt mit den Booten abgeschlagen worden war. Khatib spionierte bei den Begegnungen und versicherte mir, daß mein Verdacht begründet war. Eine seiner Frauen war eine Magyarin.

Ich wußte nicht, was der *Hansgraf* im Sinn hatte, aber als wir die Versammlung betraten, flüsterte ich ihm die Nachricht zu, die Khatib gebracht hatte.

Juri hatte ich schon gesehen, und ich mochte ihn nicht; mir gefiel auch nicht, wie er Susanne anschaute. Ihn interessierte gewiß nicht nur ihre Schönheit, sondern vor allem Saône. Der Besitz einer solchen Burg würde ihm zu großem Prestige verhelfen. Ich verdächtigte Juri sogar, daß sein Ehrgeiz auf Konstantinopel abzielte. Es war erst ein paar Jahre her, seit ein Fürst von Kiew einen Angriff auf das byzantinische Reich angeführt hatte und tief in dieses Territorium eingedrungen war.

Wenn Juri eine starke Burg im Süden, eine Flotte auf dem Schwarzen Meer und starke Landstreitkräfte besaß, konnte er eine ernsthafte Bedrohung für Konstantinopel darstellen.

Er war ein großer, kräftiger Mann und hatte den Ruf eines Kämpfers und zugleich auch guten Staatsmannes. Wenn ihm die Burg Saône gehörte, konnte er verhindern, daß Vorräte oder Männer über diese Route Konstantinopel erreichten, denn er würde dort über eine beachtliche Streitmacht verfügen. Er war etwas größer als ich, extrem stark und somit ein gefährlicher Gegner.

Der *Hansgraf* eröffnete die Besprechung mit einer Feststellung.

»Man hat uns den Transport den Fluß hinab zum Meer verweigert. Deshalb schlage ich vor, daß wir den Überlandweg nehmen und zwecks leichterer Reise dem Dnjepr folgen.«

Ich hob den Kopf und starrte ihn an, aber er ignorierte mich.

Dem Dnjepr folgen? Das war heller Wahnsinn! Der Fluß floß weit nach Osten, bevor er in großem Bogen zum Schwarzen Meer zurückströmte. Wenn wir über Land nach Süden marschierten, war die Entfernung nur halb so groß. Gewiß, am Fluß entlang gab es etwas Schutz, aber nicht viel. Meiner Ansicht nach war es richtig, direkt nach Süden zu marschieren. Aber ich mischte mich nicht ein.

Landkarten gab es so gut wie keine, und die wenigen Männer, die das Land kannten, zogen es vor, schweigend zu warten, bis der *Hansgraf* seinen Plan erläuterte.

»Wir könnten Boote kaufen«, sagte Sarzeau. »Es ist dumm, über Land zu ziehen. Wir haben mit der Ruhe während der Flußreise gerechnet.«

»Wir haben versucht, Boote zu kaufen«, sagte Lucca, der nach Möglichkeit jede Diskussion vermeiden wollte. »Aber es gab keine. Mit der Beförderung von Fracht läßt sich mehr verdienen als mit dem Transport von Menschen.«

»Wir könnten unsere eigenen Boote bauen.«

»Bis zum Frühjahr hätten wir vielleicht genügend Boote gebaut«, sagte Johannes. »Oder wir können einen Monat warten, bis der Fluß zugefroren ist. Dann könnten wir Schlitten benutzen.«

»Was immer wir tun wollen und werden, muß hier und jetzt entschieden werden. Die Jahreszeit ist schon ziemlich weit fortgeschritten.«

»Wie groß ist die Entfernung?« fragte Grossefeldt.

»Vielleicht sechshundert Meilen. Es ist sicherer, dem Fluß zu folgen.«

Sarzeau war entschlossen, Einwände zu erheben.

»Wir können Boote finden. Noch haben wir uns ja flußaufwärts gar nicht umgeschaut.«

»Es steht Euch frei, Euch dort umzuschauen«, erwiderte der *Hansgraf*. »Aber wir anderen sollten schon morgen aufbrechen.«

»Morgen?« explodierte Grossefeldt. »Unmöglich! Das ist zu früh!«

»Fünfzig Meilen weiter nördlich liegt bereits Schnee. Es kann auch hier schneien. Ich will jedoch niemanden an unsere Vereinbarung, zusammenzubleiben, binden. Es sei denn, daß Ihr sie ausdrücklich bestätigt. Wir – unsere Gesellschaft – werden morgen aufbrechen, zusammen mit allen anderen, die uns begleiten wollen.«

»Ich werde mitgehen«, sagte Flandrin ruhig.

Sarzeau und Grossefeldt zögerten, aber ich beobachtete nicht sie und hörte auch gar nicht zu. Ich beobachtete Juri Olgevichi.

Sein Gesicht zeigte einen arglosen Ausdruck, doch ich glaubte, in seinen Augen ein zufriedenes Funkeln zu erkennen.

Der *Hansgraf* erhob sich.

»Also, dann ... bei Tagesanbruch.«

Susanne stand in meiner Nähe.

Juri ging zu ihr hinüber und verbeugte sich.

»Wenn Ihr den Fluß vorzieht, Madame, kann ich Euch mein Boot anbieten.«

»Mit Kerbouchard und unserer Gesellschaft?«

»Das Angebot wurde Euch gemacht, Madame. Schließlich ist es für eine Frau Eurer Stellung angenehmer, auf einem Boot den Fluß hinabzufahren.«

»Ich werde bei der Gesellschaft bleiben. Wir hatten es bisher angenehm genug. Danke.« Sie wandte sich halb ab, dann warf sie ihm über die Schulter hinweg einen Blick zu. »Habt Ihr schon einmal Konstantinopel besucht, Fürst Juri? Seid Ihr auf den Mauern entlanggewandert? Das könnte viel Mühe und Enttäuschungen ersparen.«

Erschrocken und wütend wollte er eine Antwort geben, aber da gingen wir einfach davon.

»Ihr habt also die gleiche Idee wie ich?«

»Er hatte bisher nur kleine Erfolge und hält sie irrtümlich für große Siege. Er hat in Nowgorod und Kiew intrigiert, und jetzt bildet er sich ein, für Konstantinopel bereit zu sein. Glaubt mir, Mathurin ... kein Volk versteht sich so gut auf Intrigen wie die Byzantiner!«

»Und wenn es zum Krieg kommt?«

»Dann wird Fürst Juri geschlagen sein, bevor er die Mauern von Konstantinopel erreicht. Während er plant, sie zum Abendessen zu verspeisen, werden sie ihn schon zum Frühstück verzehren!«

Wir standen beisammen und beobachteten den Sonnenuntergang, obwohl es noch recht früh am Tag war. Der Wind war kalt.

Ja, ich war bereit, weiterzuziehen; mehr als bereit.

Blätter fielen von den Birken am Rande des Lagers. Die Wolken waren vom weit entfernten Sonnenfeuer gerötet.

Nein, ich mochte Fürst Juri ganz und gar nicht.

38

Der *Hansgraf* Rupert von Gildenstern übernahm auf seinem kraftvollen Schlachtroß die Führung. Es saß wie immer kerzengerade im Sattel und hielt mit der linken Hand die Zügel in Brusthöhe. Er bot einen wahrhaft monumentalen Anblick.

In einiger Entfernung war das Ufer vom Dnjepr; zu unserer Rechten befanden sich die Felder der wenigen Leute, die es gewagt hatten, sich in der Umgebung von Kiew mit Landwirschaft zu befassen.

Hinter von Gildenstern folgte seine Gesellschaft und die seines Bruders Peter; etwas weiter zurück kam die Gesellschaft von Flandrin.

Die anderen folgten in der unserem Plan entsprechenden Reihenfolge; Sarzeau und Grossefeldt bildeten die Nachhut.

Ich hatte an sich nur einen einzigen Gefolgsmann, nämlich den Bettler, Dieb und Philosophen Khatib.

Bevor wir Kiew verließen, rief ich die Gaukler und Akrobaten zu mir, von denen ich die meisten bereits von Cordoba her kannte.

»Ich habe keinen Anspruch auf euch, aber ich fürchte, daß Fürst Juri versuchen wird, die Comtesse zu ergreifen, und ich kann nicht immer bei ihr sein. Ihr würdet mir den größten Gefallen tun, wenn ihr mir helft, sie zu bewachen.«

»Keine Bange!« sagte Lolyngton. »Wo die Comtesse ist, da werden auch wir nicht weit sein.«

Wir lagerten am Rande eines Birkenwaldes. Unser Kreis war sehr eng zusammengezogen; das Vieh wurde auf einer Wiese in unmittelbarer Nähe bewacht.

Bei Sonnenuntergang rief mich der *Hansgraf* zu seinem Zelt.

Peter, Flandrin, Sarzeau, Grossefeldt und die anderen waren ebenfalls anwesend.

»Ihr seid doch ein Meister in Geographie, Kerbouchard. Wie weit ist es bis zum Meer, wenn wir direkt nach Süden ziehen?«

»Nur halb so weit, wie wenn wir dem Fluß folgen, der einen weiten Bogen nach Osten macht.«

»Also, gut... so sei's denn! Wir ziehen direkt nach Süden weiter!«

Es gab keinen Widerspruch. Sogar Sarzeau schien erfreut zu sein. Wenn wir Konstantinopel vor den Booten erreichten, verkauften wir mehr.

Der *Hansgraf* stand auf.

»Bereitet alles für den Aufbruch in einer Stunde vor.«

Wir alle wollten das Zelt bereits verlassen, doch jetzt hielten wir an.

»Was?« protestierte Flandrin. *»Heute abend?«*

»Unsere Feinde werden sich zu ihrer Zufriedenheit davon überzeugt haben, daß wir dem Fluß folgen. Jetzt werden wir Gewaltmärsche durchführen. In zehn Tagen werden wir das Meer erreichen.«

Sein Blick wanderte von einem zum anderen. »Wenn wir Glück haben, schaffen wir es sogar in acht Tagen, vielleicht sogar in sieben.«

Draußen murmelte Sarzeau: »Er ist ein guter Mann. Manchmal zweifelte ich daran, aber ich habe mich geirrt. Was haltet Ihr von seiner Maßnahme, he?«

»Wir werden weniger Flüsse durchqueren müssen, und diese Flüsse werden außerdem schmaler sein als an den Stellen, wo sie in den Dnjepr münden.«

»Ja, ja! Natürlich! Daran habe ich noch gar nicht gedacht.« Er legte eine Hand auf meine Schulter. »Ihr seid auch ein guter Mann, Kerbouchard. Ihr solltet Eure Pläne aufgeben und lieber Handelskaufmann bleiben.«

Am Anfang zogen wir über Marktstraßen, die von den Bauern benutzt wurden. Dann schlugen wir eine Richtung quer durchs Gelände ein, denn für den Weg, den wir uns ausgesucht hatten, gab es keine Straße.

Es war freies Gelände. Die Waldgrenze blieb hinter uns zurück. Allerdings gab es hier und da noch etwas Wald, vor allem natürlich dichtes Unterholz an den Ufern der Wasserläufe.

Bei Tagesanbruch hatten wir bereits fünfzehn Meilen hinter uns.

Am dritten Tag gelangten wir ins Tal des Bug. Weit zu unserer

Rechten war das Hochland von Podolien, aber abgesehen von Flußniederungen war das Gelände flach oder nur schwach gewellt; es bot nur wenige Hindernisse.

Üblicherweise ritt ich voraus und erkundete den Weg. Manchmal entfernte ich Hindernisse. Stets hielt ich wachsam Ausschau nach irgendwelchen Gefahren.

Wir ließen uns jetzt vom Bug leiten und folgten dem westlichen Ufer. Die dichten Eichenwälder hatten Birken Platz gemacht; Ahorn, Eschen und Ulmen wechselten einander ab. Es gab reichlich Wild und ausgezeichnete Weide. Das Gras schimmerte bläulich. Manchmal sahen und töteten wir *saiga*-Antilopen, Rotwild, Rehböcke und Wildschweine. Von Zeit zu Zeit sahen wir kleine *tarpan*-Gruppen oder Wildpferde. Sie waren mausgrau und hatten einen schwarzen Streifen auf dem Rücken.

Jede Gesellschaft hatte ihre Jäger, die weit herumstreiften und unsere Vorräte ergänzten. Gleichzeitig erkundeten sie das Land, so wie ich es auch tat.

Am Abend des dritten Tages hatten wir hundert Meilen zurückgelegt, etwa ein Drittel der Gesamtstrecke.

Die flußabwärts fahrenden Boote würden langsam vorankommen, abgesehen von der kurzen Strecke durch die Dnjepr-Wasserfälle. Kiew lag nicht besonders hoch, und das Gefälle einschließlich der Wasserfälle betrug nicht mehr als dreißig Meter pro Meile.

Wir hatten den Bug schon vor längerer Zeit überquert; er floß in den Strom, dem wir von Nordwesten gefolgt waren. Jetzt näherten wir uns dem Chicheklaya.

Lolyngton, Johannes und ich befanden uns auf der Jagd. Wir hatten mehrere Bären und einen Elch gesehen, aber kaum viel mehr als einen flüchtigen Blick auf die Tiere erhaschen können.

Plötzlich zog Lolyngton die Zügel an und hob eine Hand.

»Ich rieche Rauch«, sagte er.

Wir überquerten eine kleine Wiese, die von einem schönen Eschengehölz begrenzt wurde. Wir alle zügelten unsere Reittiere und prüften den Wind.

»Ein Lagerfeuer«, stellte ich fest. »Mehr kann es nicht sein.«

Wir hatten seit Tagen kein Lagerfeuer gesichtet. Jetzt drangen wir in den Wald ein und suchten uns einen Weg.

Johannes, der sich nicht besonders wohl fühlte, blieb bei den Pferden zurück.

Wir trugen Kettenpanzer unter der Tunika; unsere Kopfbedeckung bestand aus konischen Helmen, die wir aus Spanien mitgebracht hatten.

Schließlich gelangten wir zu einem Windbruch; viele Bäume waren bei einem starken Sturm entwurzelt worden.

Wir hielten uns in der Deckung von Bäumen, denn ein Beobachter, der sein Geschäft versteht, bleibt unter Bäumen, wo er gut verborgen ist, aber genausogut sehen kann.

In einer Entfernung von nicht mehr als hundert Metern hielt sich ein Dutzend Männer um ein Feuer auf. Sie trugen konische Helme, die sich etwas von unseren unterschieden. Ihre Fellumhänge reichten bis zum Knie, waren aber auf beiden Seiten geschlitzt, um das Reiten zu erleichtern. Die Stiefel schienen aus weichem Leder gefertigt zu sein. Die Männer hatten Köcher mit Pfeilen und kürzere, dickere Bogen bei sich, als ich bisher jemals gesehen hatte. Es waren dunkelhäutige Männer mit breiten, flachen Gesichtern, schmalen Augen und großflächigen Kinnbakken. Sie sahen wie ein rauher, gefährlicher Haufen aus.

Aus hundert Meter Entfernung wirken Augen wie Punkte; aus fünfzig Meter Entfernung können Mund und Augen ziemlich deutlich gesehen werden. Also mußten wir uns wohl zwischen diesen beiden Entfernungen befinden, nicht nahe genug, falls sie die Verfolgung aufnehmen wollten.

Das waren die Kumanen, von denen ich gehört hatte; verwegene Reiter aus den Steppen Asiens. Leute wie sie hatten vor langer Zeit römische Armeen angegriffen und vernichtet.

Während wir beobachteten, hob einer der Soldaten seinen Sattel an und brachte einen Batzen Fleisch zum Vorschein.

Ich erinnerte mich daran, einmal gehört zu haben, daß man auf diese Weise Fleisch mürbe machte; sie legten es zwischen Sattel und Pferderücken und ritten den ganzen Tag darauf herum. Diese Vorstellung gefiel mir nicht sonderlich, doch der Geruch von gebratenem Fleisch weckte unseren Hunger. Wir zogen uns etwas tiefer in den Wald zurück und machten uns wieder auf den Weg zu Johannes.

»Das muß sofort dem *Hansgrafen* gemeldet werden!« sagte er.

»Geht ihr zurück. Ich werde mich im Kreis umsehen, um festzustellen, woher sie gekommen sind und ob es noch mehr von ihnen in dieser Gegend hier gibt.«

»Und was ist mit Euch? Ihr wißt ja, daß wir weiterziehen werden.«

»Zieht so schnell wie möglich zum Meer. Wenn diese Männer

hier ein Stück vom Haupttrupp entfernt sind, werden wir einen Vorsprung gewinnen.«

Als sie gegangen waren, bestieg ich mein Pferd und ritt los, bis ich auf die Spuren der Kumanen stieß. In flottem Trab ritt ich diesen Weg zurück. Als ich auf eine Anhöhe gelangte, drehte ich mich im Sattel um. In der Ferne lag die flache Ebene, die wir mit unserer Kolonne überquert hatten.

Ich ritt ein kurzes Stück auf der Anhöhe entlang und fand eine Stelle, an der ein großer Reitertrupp einige Zeit angehalten hatte; diese Stelle lag dem Fluß gegenüber.

Man hatte uns also gesehen. Aber wie weit entfernt war die Hauptstreitmacht?

Es war ein warmer Tag; eine leichte Brise brachte die wenigen Blätter, die es noch an den Bäumen gab, zu leisem Rascheln. Ein Reiher flog aus dem Torfmoor auf.

Ich folgte dem Weg, den die Kumanen gekommen waren. Als ich erneut eine Hügelkuppe erreichte, sah ich das Lager vor mir liegen. Das Herz wurde mir schwer, denn die schwarzen Zelte breiteten sich weit auf der Ebene aus.

Wie viele Zelte? Wie viele Pferde?

Fünftausend Mann? Zehntausend?

Ich betrachtete die Pferdeherde, doch selbst wenn man drei oder vier Pferde pro Mann rechnete, wie es oft bei den Kumanen der Fall war, so handelte es sich um eine stattliche Anzahl. Sollten sie über uns herfallen, würden wir wie dürres Laub weggefegt werden. Sie würden uns vernichten.

Uns blieb nur eins... Flucht, schnelle Flucht!

Der *Hansgraf* würde aus Johannes' Meldung schließen, daß dieser Trupp, den wir gesehen hatten, nicht allein war.

Also dürfte sich unsere Gesellschaft bereits in Bewegung befinden und dem Meer zustreben.

Doch die Kundschafter der Kumanen würden hierher ins Hauptlager zurückkehren, und dann würde die Armee die Pferde besteigen und losreiten.

Konnte ich sie irgendwie aufhalten? Oder den Aufbruch wenigstens etwas verzögern?

Jetzt ritt in einiger Entfernung eine Reitergruppe auf das Kumanen-Lager zu. Den Mann, der dieses prächtige graue Pferd ritt, das es bestimmt nicht zweimal gab, erkannte ich sogar aus dieser großen Entfernung.

Es war Fürst Juri.

Sie waren noch eine beachtliche Strecke entfernt, und der Gedanke war plötzlich da.

Der Angriff auf die Kolonne mußte hinausgezögert, die Kumanen irgendwie in ihrem Lager festgehalten werden. Wie ich gehört hatte, sollte ihnen nichts besser gefallen, als bei einem guten Kampf zuschauen zu können.

Fürst Juris Anwesenheit konnte nur eins bedeuten: Er kam her, um sich die Dienste der Kumanen gegen uns zu sichern, falls er das nicht schon getan hatte. Also war Fürst Juri mein Feind.

Ich ritt absichtlich in den hellen Sonnenschein hinaus und nahm meine Tunika ab, damit meine Rüstung in der Sonne glänzte. Man sollte mich klar und deutlich sehen. Sie mußten mich sehen.

»So, Ayesha!« sagte ich zu meinem Pferd. »Laß uns hoffen, daß du keinen Dummkopf zum Herrn hast... und daß seine Klinge heute besonders gut und scharf schneidet!«

Ich drückte Ayesha leicht die Absätze in die Flanken und ritt auf meiner Stute den sanften Abhang zum Lager meiner Feinde hinab. Ich saß sehr aufrecht im Sattel und ritt in leichtem Trab.

Vielleicht ritt ich jetzt in den Tod, aber für die Kompanie und meine Freunde mußte unbedingt ein Aufschub erreicht werden, koste es, was es wolle. Wenn der Angriff und Überfall durch die Kumanen nicht verzögert werden konnte, hatte die Kompanie keine Chance.

Und Susanne auch nicht.

39

Die Leute im Lager sahen mich aus der Ferne kommen, aber ich kam, wie ein Besucher kommt, und vor Besuchern hatten sie Respekt.

Mein Weg führte mich, wie von mir beabsichtigt, so ins Lager, daß ich mich von der entgegengesetzten Seite näherte. Ich fragte sofort nach dem Khan.

Dieses Wort verstanden sie, und zweifellos glaubten sie jetzt, daß ich als Botschafter oder erwarteter Gast käme. Sie erkannten meine arabische Rüstung und begannen anerkennend zu murmeln, während sie meine Stute Ayesha betrachteten.

Vier Reiter umgaben mich und führten mich zu einem größeren Zelt.

Dort war Fürst Juri, der mich zunächst höchst verblüfft und erstaunt anstarrte, dann aber triumphierend rief: »Ergreift diesen Mann! Er ist von der Karawane!«

Da ich von ihrer Sprache nichts verstand, verließ ich mich auf Arabisch, das sicher viele von ihnen verstanden.

»Ich bin freiwillig in euer Lager gekommen. Man hat mir von der Gastfreundschaft der Leute der ›Schwarzen Zelte‹ erzählt.«

Ihr Khan war ein vierschrötiger, kraftvoller alter Mann mit krummen Beinen und grimmigem Gesichtsausdruck.

»Warum seid Ihr hierhergekommen?« fragte er.

»In Kiew wurde behauptet, daß Ihr Anhänger von Fürst Juri seid«, log ich heiter, um meinen Feind in die Verteidigung zu drängen. »Aber ich glaube nicht, daß der Khan der ›Schwarzen Zelte‹ irgendeinem Mann folgt.«

Ayesha tänzelte nervös, und als ich die Stute wieder beruhigt hatte, sagte ich: »Ich bin im Vertrauen auf Eure Gastfreundschaft und Euren Edelmut hergekommen, um Fürst Juri zum Kampf herauszufordern. Ihr seid als Männer des Schwertes bekannt, die jeden respektieren, der kämpft. Ich bitte nicht um Eure Freundschaft, wenngleich es mich stolz machen würde, Euer Freund zu sein. Ich bitte nur um faire Behandlung, und ich weiß, daß ich sie von Euch bekommen werde. Das Blut auf Euren Schwertern ist niemals das Blut der Feigheit gewesen!«

»Ihr kommt hierher, ins Lager seiner Freunde, um Fürst Juri herauszufordern?« Die Augen des alten Khan funkelten, und ich spürte, daß ich seinen Respekt gewonnen hatte, was auf irgendeine andere Weise nicht zu erreichen gewesen wäre. Dies waren Männer, die Wagemut liebten. »Warum sucht Ihr ihn?«

»Weil er versucht, seine Kämpfe von anderen Männern ausführen zu lassen! Weil er ein Knecht ist, ein Feigling und Köter, den man anderen Hunden zum Fraß vorwerfen sollte!«

Fürst Juri zog sein Schwert.

»Bei allen Göttern! Dafür werde ich Euer Blut haben!«

»Warum den Bauch mit Ostwind füllen und vergebliche, dumme Worte äußern?« sagte ich verächtlich. »Wollt Ihr mir zu Fuß oder zu Pferde entgegenreiten?«

Inzwischen hatten sich ein paar hundert Anhänger des Khan um uns versammelt; alle warteten gespannt auf den Kampf.

Ich aber konnte im Moment an weiter nichts denken als daran, wie ich den Kampf möglichst lange hinauszögern und durchhalten könnte. Noch war die Kundschafter-Abteilung, die ich gesehen hatte, nicht ins Lager zurückgekehrt. Würde ich nach ihrer Rückkehr noch imstande sein, diese Leute hier eine Weile zurückzuhalten? Jede gewonnene Minute würde meine Leute näher ans Meer heranbringen und damit an die Boote, die dort warten sollten. Plötzlich ertönte lautes Geschrei.

Eine Reitergruppe kam im Galopp ins Lager.

Männer rannten sofort hin, um zu hören, was die Kundschafter zu melden hatten.

Es war der Spähertrupp, den ich gesehen hatte.

Für mich war es jetzt zu spät.

Inmitten all der Verwirrung starrte Fürst Juri mich haßerfüllt an. Dann zeigte er auf mich.

»Tötet ihn! Sein Auftauchen war nur ein Trick, um eure Aufmerksamkeit abzulenken!«

»So spricht ein Feigling!« höhnte ich. »Statt einen Feind selber zu töten, will er ihn von anderen umbringen lassen!«

»Er hat Euch herausgefordert, Fürst Juri«, sagte eine Stimme. »Seine Herausforderung verdient Respekt. Fürchtet Ihr Euch vor ihm, weil Ihr vor dem Kampf zurückscheut?«

Diese Stimme! *Wo hatte ich sie schon einmal gehört?*

»Er ist unser Feind«, sagte Fürst Juri kalt. »Er ist doch nur hergekommen, um Zeit zu gewinnen.«

»Wieviel Zeit brauchen wir Männer der ›Schwarzen Zelte‹?« Der Sprecher war hinter mir. »Er ist als Gast in unser Lager gekommen, freiwillig, und er wird es auch wieder verlassen, wann er will!«

»Wer sagt das?« fragte Juri, und seine Stimme klang rauh und hart vor Zorn.

»Ich sage es!« Der Sprecher trat vor und blieb neben mir stehen. »Ich, Abaka Khan!«

Ich starrte ihn einen Moment an, dann erinnerte ich mich.

»Abaka Khan! Der Mann, dem ich vor langer Zeit in Cadiz einen Trunk gekauft habe!«

Fürst Juri zögerte, und dieses Zögern verriet mir, wie bedeutend Abaka Khan war. Juri war sich plötzlich seiner Sache gar nicht mehr so sicher.

»Sprecht Ihr für diesen Feind?« fragte Juri.

»Welchen Feind? Man hat uns nicht angegriffen. *Ihr* behauptet, daß sie Feinde sind!«

»Es gibt viel Beute bei ihnen.«

»Und eine Frau«, sagte ich. »Eine Frau, die er zu ergreifen

hofft!« In besonders verächtlichem Tonfall fügte ich hinzu: »Dieser Hund kann die Frau nicht selber ergreifen! Er muß die ›Schwarzen Zelte‹ haben, um eine Frau zu erringen!«

»Ist das so?« Der alte Khan wandte sich an Fürst Juri. »Ihr habt von einer Frau gesprochen, als Ihr uns von der Karawane erzähltet!«

»Die Frau ist wichtig. Es handelt sich um Politik.«

Zu den Männern, die mir am nächsten standen, sagte ich: »Was ist das für eine Maus, daß er Politik als Vorwand für die Ergreifung einer Frau beansprucht? Ist er ein Mann oder ein Eunuche?«

Fürst Juri hörte diese Bemerkung und machte einen Schritt auf mich zu.

Die Menge bildete sofort eine Gasse, um ihn herankommen zu lassen; alle brannten offenbar auf einen bevorstehenden Kampf.

»Ein richtiges Duell? Oder soll ich Euch mit meiner Klinge den nackten Hintern versohlen?«

»Es soll ein Duell sein«, sagte Abaka Khan ernst. »Und wir werden dafür sorgen, daß es richtig durchgeführt wird. Kommt Ihr, Fürst Juri? Wie soll es sein ... zu Fuß oder zu Pferde?«

»Zu Pferde!« sagte Fürst Juri zornig. »Und kein Pardon! Ein Kampf bis zum Tod!«

»Einverstanden.« Ich sprach sorglos und zog mein Schwert. Dann ritt ich fünfzig Meter fort; ich ritt absichtlich sehr langsam, denn wir brauchten Zeit. Dann drehte ich mich nach Juri um.

Wie lange mochte es jetzt her sein, daß Lolyngton und Johannes die Kolonne erreicht hatten? Wieviel Zeit hatte ich gewonnen? Waren es zwanzig Minuten? Eine halbe Stunde? Eine Stunde konnte für die Kolonne fünf Meilen bedeuten, höchstens sechs. Das war nicht viel, aber das Meer war ja nicht mehr weit entfernt. Der *Hansgraf* würde die Zeit schon zu nutzen verstehen.

Am meisten fürchtete ich, daß der Zug beim Durchqueren des Flusses überfallen werden könnte. Hatte er jedoch erst einmal den Fluß überquert, würde es zwischen ihr und dem Meer, das weniger als fünfzig Meilen entfernt war, kein Hindernis mehr geben.

»Ruhig, Mädchen, nur ruhig!« sagte ich zu meiner Stute und tätschelte ihr den Hals. Ich wußte, daß sie mich verstand. Ayesha war in vielen Turnieren und Duellen geritten worden. Eifrig tänzelte sie, blähte die Nüstern auf und schüttelte den Kopf, als sie die Bißstange zu kosten bekam.

Das Signal wurde gegeben, und wir ritten aufeinander zu.

Trotz meines überheblichen Geredes, mit dem ich einen Kampf

hatte erzwingen wollen, wußte ich, daß ich in ernsthaften Schwierigkeiten steckte.

Fürst Juri war ein paar Zentimeter größer als ich, und seine langen Arme verliehen ihm eine größere Reichweite mit dem Schwert. Das war ein entscheidender Vorteil für ihn. Er war ein kraftvoller Mann und zweifellos auch ein guter Kämpfer. Jedenfalls sah er ganz danach aus.

Er hielt sein Schwert bereit. Sein Pferd steigerte plötzlich das Tempo.

Ayesha machte es von sich aus ganz genauso.

Wir griffen an und gingen aufeinander los. Aber als wir uns nahe waren, parierte ich seinen Schlag und ritt vorbei.

Daß ich auf diese Weise ausgewichen war, löste ein lautes Geschrei aus.

Doch ich riß Ayesha herum und griff Fürst Juri an.

Juri hatte kehrtgemacht.

Obwohl Ayesha den ganzen Vormittag geritten worden war, reagierte sie jetzt doch noch etwas schneller.

Ich holte mit meiner Klinge aus, und mein Schlag wurde nur teilweise pariert.

Doch Fürst Juri verlor das Gleichgewicht im Sattel.

Es gab einen Moment, da hätte ich ihn töten können. Das wurde auch von allen gesehen.

Einen Augenblick lang war starke Furcht in Fürst Juris Augen zu erkennen, denn er war machtlos und hätte einen Stoß nicht abwehren können. Ich dagegen war in Position.

Damit wäre der Kampf jedoch schon vorbei gewesen. Ich aber kämpfte doch, um möglichst viel Zeit zu gewinnen.

Mit einer demonstrativ verächtlichen Geste ließ ich mein Schwert sinken. »So leicht sollt Ihr nicht sterben!« sagte ich zu ihm und ritt auf meinem Pferd im Kreis herum.

Die Menge spendete lauten Beifall; sie mißverstand meine Geste.

Dann ging Fürst Juri auch schon wieder auf mich los.

Wir kämpften verbissen, stießen zu, parierten und umkreisten uns gegenseitig.

Einmal wäre Ayesha beinahe gestürzt, als die Stute mit dem wesentlich schwereren Pferd des Fürsten zusammenprallte.

Hastig zog ich die Zügel an und wich aus.

Fürst Juri erkannte natürlich sofort seinen Vorteil und griff mich erneut an.

Lediglich Ayeshas schnelle Drehung verhinderte, daß wir niedergeritten wurden.

Unsere Schwerter prallten klirrend aufeinander und trennten sich wieder.

Plötzlich stieß ich zu und spürte, wie die Spitze meines Schwertes Stoff zerfetzte.

Dann bekam ich von Fürst Juri einen wuchtigen Schlag mit dem Schwert auf den Kopf. Mein Helm erdröhnte von diesem kraftvollen Hieb.

Fürst Juri trieb sein Pferd gegen meine Stute und schlug gemein zu.

Ich verlor das Gleichgewicht und stürzte vom Pferd.

Als mein Körper im Staub landete, ging ein ungeheures Geschrei los.

Fürst Juri riß sein Pferd herum und wollte mich niederreiten.

Ich wälzte mich jedoch sehr schnell herum, kam auf die Beine und warf mich gegen sein Pferd, als er sich herabbeugte, um mich zu schlagen. Ich schlüpfte unter seinem Waffenarm hindurch.

Dieses Manöver hatte ich viele Male mit den Akrobaten geübt; desgleichen mit Männern, die auf bloßem Pferderücken ritten, im Galopp absprangen und sich wieder auf ihre Pferde schwangen.

Ich erwischte den Sattelknauf und Juri selbst, dann schwang ich mich hinter ihm auf den Rücken seines Pferdes. Mit einem Arm packte ich den Fürsten um den Hals, mit der anderen Hand brachte ich mein Schwert hoch. Doch plötzlich wirbelte sein Pferd herum, und wir wurden beide abgeworfen und landeten auf dem Boden.

Dank meiner akrobatischen Ausbildung war ich sofort wieder auf den Beinen, aber doch arg erschüttert. Von irgendwoher rieselte Blut über mein Gesicht.

Juri stand auf, aber er hätte ein paar Schritte machen müssen, um sein Schwert wiederzuerlangen.

Die wilden Kumanen schrien mir zornig zu, ihn zu töten.

Diesmal zögerte ich nicht, weder aus Ritterlichkeit noch wegen des Versuchs, den Kampf zu verlängern. Aber mir fehlte ganz einfach die Kraft, Juri zu folgen. Ich mußte erst wieder zu Atem kommen.

Er raffte sein Schwert vom Boden auf und ging sofort wieder auf mich los. Jetzt war ihm von lodernder Wut nichts mehr anzumerken; er war eiskalt und tödlich, nur noch darauf aus, mich kurzerhand umzubringen.

Wie lange hatte der Kampf gedauert? Wahrscheinlich nur Augenblicke, bestimmt nicht länger als ein paar Minuten. Aber ich durfte jetzt einfach nicht mehr daran denken, das Ende noch länger hinauszuschieben. Wenn ich überhaupt überleben wollte, mußte ich jetzt nur noch kämpfen, um zu gewinnen.

Er kam auf mich zu, fintete und stieß zu.

Ich sprang zurück, griff sofort meinerseits an und verfehlte nur ganz knapp sein Gesicht.

Wir umkreisten uns gegenseitig. Unsere Schwerter klirrten gegeneinander. Dann sprang meine Klinge an seinem harten Stoß vorbei. Die Spitze traf ihn zwar an der Brust, aber mein Arm reichte nicht weit genug. Ich spürte, wie sein Panzerhemd unter der Berührung durch diesen herrlichen Toledostahl nachgab. Als ich mein Schwert zurückzog, sah ich einen Blutflecken auf seiner Brust, nur wenige Zentimeter rechts von seinem Herzen.

Wieder umkreisten wir uns.

Dann griff er mich wild und ungestüm an.

Ich mußte all meine Geschicklichkeit aufbieten, um seinen Angriff abzuwehren.

Meine Klinge sank nach unten.

Sofort zog er sein Schwert zurück, um zu einem wuchtigen Schlag auszuholen.

Wie ein Blitz zuckte in meinem Kopf eine Erinnerung daran auf, wie mein Vater sich einmal in einer Schlacht an Bord eines Schiffes das Leben gerettet hatte.

Ich ließ mich auf ein Knie fallen, und als Fürst Juri sein Körpergewicht aufs rechte Bein verlagerte und mit dem Schwert nach unten zuschlagen wollte, stieß ich meine Klinge mit der Spitze nach oben in seinen Hals.

Eigentlich erledigte er die Sache fur mich, denn seine wuchtige Bewegung nach unten jagte meine Klinge durch seinen Hals in seinen Kopf.

Er gab einen halberstickten Schrei von sich. Das Schwert fiel ihm aus der Hand und prallte klirrend auf meinen Helm. Der Körper drehte sich im Sturz, und so wurde mir der Schwertgriff aus der Hand gerissen.

Ich sprang jedoch sofort auf und zog die Klinge mit ungeheurem Ruck zurück.

Der alte Khan kam zu mir herangeritten, während ich noch dastand und keuchend um Luft rang. Mein bluttriefendes Schwert hielt ich nach unten.

»Das war gut gekämpft.«

»Ich fühle mich ihm gegenüber zu einer Entschuldigung verpflichtet«, sagte ich. »Er war ein mutiger Kämpfer und ein starker Mann. Ich habe vorhin doch nur so dahergeredet, um Zeit zu gewinnen.«

»Ihr seid ehrlich.«

»Ihr gabt mir Gelegenheit. Ich gebe die Wahrheit.«

Abaka Khan war herangeritten und hielt neben dem alten Krieger an.

»Das ist mein Sohn«, sagte der Khan. »Er war lange von meiner Seite fort.«

»Ein starker Sohn macht einen Vater stolz.«

Am Sattel von Abaka Khan war ein Weinbeutel aus Haut. Ich zeigte darauf.

»Ich habe Euch einmal einen Trunk gegeben, Abaka Khan. Jetzt möchte ich einen haben.«

Er nahm den Weinbeutel vom Sattel.

Ich hielt den Weinschlauch hoch, bevor ich trank.

»Yol bolsun!« rief ich. »Möge es eine Straße geben!«

»Yol bolsun!« Der Ruf ertönte aus tausend Kehlen.

Ich hielt den Weinschlauch sehr hoch und drückte Wein in meinen Mund. Mein Hals war vom Kampf wie ausgedörrt. Dann gab ich den Weinbeutel zurück und sagte: »Das war ein guter Trunk! Erinnert mich daran, daß ich Euch einen schuldig bin.«

Der alte Khan drehte sich um.

»Dort ist Euer Pferd. Reitet zu Eurer Gesellschaft und sagt den Leuten, daß wir bei Sonnenaufgang kommen werden. Wir werden uns nehmen, was sie haben.«

Ich stieg in den Sattel und sah die beiden an, den kleinen, kraftvollen alten Mann und seinen großen, schlanken Sohn.

»Ich werde es ihnen sagen, und wir werden uns mit Euch messen, aber viele Eurer Männer werden sterben.«

Der alte Khan zuckte mit den Schultern.

»Wo es Gold gibt, da fließt auch Blut.«

Ich dirigierte mein Pferd herum und salutierte mit meinem Schwert, denn es waren gute, starke Männer, doch morgen um diese Zeit würden viele von ihnen tot auf dem Boden liegen.

»Yol bolsun!« rief ich.

Die tausendstimmige Antwort hallte von den Bergen wider.

»Yol bolsun!«

40

Der tiefliegende Strand, der nördlich der Küste des Schwarzen Meeres zwischen den Mündungen von Dnjepr und Dnjestr liegt, ist bis weit ins Inland hinein von überschwemmten Tälern durchzogen, die schmale Buchten in den Flutebenen der Küste bilden. Dort gibt es keine Wälder; nur vereinzelte Gehölze aus Weiden, Schwarzpappeln und europäischen Erlen, durchwachsen mit Haselnußsträuchern, Ahorn sowie Birn- und Apfelbäumen. Ranken von wildem Wein klettern bis in die höchsten Zweige der Bäume. Die überschwemmten Täler formen lange, schmale Buchten oder Meeresarme, in die zahlreiche Flüsse münden. In eins dieser Täler mündet der Bug, dieser Fluß, der bei unserem Treck zum Meer unser Begleiter gewesen war.

Zwischen zwei solchen Meeresarmen bereiteten wir uns auf den Angriff der Kumanen vor.

Hinter uns lag das Schwarze Meer, zu beiden Seiten je eine Abzweigung eines Meeresarmes.

Der *Hansgraf* gab Anweisungen für Verteidigungsmaßnahmen. Jeder von uns wußte, daß es ein Kampf auf Leben und Tod werden würde. Es konnte keinen Rückzug geben, und falls die Boote nicht eintrafen, auch kein Entrinnen. Die Streitmacht, der wir uns gegenübersahen, war uns mindestens zehn zu eins überlegen.

Zu unserer Rechten am Strand der Bucht gab es dichtes Buschwerk; Millionen von Zweigen waren miteinander verflochten und von wildem Wein überwuchert. Diese Barriere, die der *Hansgraf* sofort nutzen wollte, war ein paar hundert Meter breit und erstreckte sich etwa eine Viertelmeile über den Landvorsprung, den wir uns für unsere Verteidigung ausgesucht hatten.

Für Reiter war dies eine undurchdringliche Barriere und eine Falle für jeden, der es trotzdem versuchen wollte. Zwischen dem Dickicht und dem Wasser gab es einen schmalen Sandstreifen. Dort schichteten wir Treibholz auf, um eine künstliche Barriere zu schaffen. Dahinter streuten wir ein paar hundert Fußangeln aus. Sie bestanden aus Metall oder Hartholz und waren so hergerichtet, daß eine der vier Spitzen stets nach oben zeigte; eine tödliche Verteidigung gegen Reiterangriffe.

Der restliche Bereich, den wir verteidigen mußten, wurde zum Teil von dichtem Wald geschützt, einem Gewirr aus Weiden, Pappeln und wildem Wein sowie Dornbüschen, deren Namen ich nicht kannte.

Äste wurden von Bäumen geschnitten und zwischen anderen Bäumen verkeilt, um auf diese Weise so etwas wie einen Zaun zu bilden. Innerhalb und außerhalb unserer Verteidigungsstellung wurden spitze Stangen und Pfähle von jeder nur erdenklichen Größe in den Boden gerammt, und zwar so, daß die Spitzen in die Angriffsrichtung zeigten.

In der Öffnung, die es etwas östlich von der Mitte der Landzunge gab, errichteten wir hastig einen Wall; davor verstreuten wir weitere Fußangeln.

Nachdem der *Hansgraf* die Warnung von Lolyngton und Johannes erhalten hatte, hatte er sehr schnell gehandelt. Er setzte alle Leute aus den Karren auf Packtiere und schickte die Karren weiter am Fluß entlang, während er seine Reiter und die Packtiere aufteilte und in fünfzig verschiedene Richtungen losschickte; alle sollten sich an einem bestimmten Punkt wieder treffen.

Es kam dann auch so, wie er gehofft hatte. Die Kumanen waren den Karren gefolgt und hatten sie leer angetroffen, lediglich mit ein paar Steinen beschwert. Bis die Kumanen ihren Irrtum begriffen und Späher über die vielen Wege schickten, hatte sich die Gesellschaft bereits wieder versammelt und an der gewählten Position sofort mit Befestigungsarbeiten begonnen.

Männer und Frauen, die wegen Verwundungen oder anderen Beschwerden nicht arbeiten konnten, wurden angewiesen, weitere Fußangeln herzustellen; ein gewisser Vorrat hatte sich stets in den Wagen befunden, denn die Handelskaufleute fürchteten am meisten die Überfälle durch Reiter.

Viele Fußangeln wurden weit hinausgetragen und ins hohe Gras gelegt, um die Wucht des Angriffes auf die Verteidigungsstellung zu brechen. Als diese Position relativ gesichert zu sein schien, zog sich der *Hansgraf* etwa hundert Meter zurück und baute mehrere Verteidigungsinseln, kleine Befestigungen hinter Erdwällen und Büschen, die ebenfalls dazu angetan waren, einem massiven Angriff die Wucht zu nehmen, den Feind zu teilen und ihn ins Kreuzfeuer zu nehmen. In eine dieser Befestigungen in der zweiten Reihe wurden alle Frauen gebracht, desgleichen die Verwundeten, die der Pflege bedurften.

Lebensmittelvorräte wurden unter die einzelnen Befestigungsanlagen verteilt. In der Anlage, wo sich die Frauen und Verwundeten aufhielten, gab es eine Quelle.

Die Arbeit, diese Verteidigung vorzubereiten, wurde mit unglaublicher Schnelligkeit verrichtet. Dies war einem gut durchdachten Plan zu verdanken, den der *Hansgraf* schon seit langer Zeit entwickelt hatte, um den Treck vor fast jeder Situation zu schützen, die sich irgendwie unterwegs ergeben konnte.

In der Hauptsache richteten sich unsere Verteidigungsmaßnahmen gegen Reiter, denn Überfälle erfolgten fast ausschließlich durch sie. Wir hatten die allerbesten Bogenschützen, aber wir hatten auch viele Männer, die ausgezeichnet mit Steinschleudern umgehen konnten. Ein Teil des Strandes in unserer Nähe war mit Kieselsteinen übersät und lieferte somit die beste Munition.

Als ich den Treffpunkt erreichte, waren alle diese Vorbereitungen schon weit fortgeschritten.

Der *Hansgraf* wußte, daß es bei Steppenreitern Brauch war, einen Wall oder eine Hecke anzugreifen und solche Hindernisse von den Pferden im Sprung nehmen zu lassen, aber die spitzen Stangen und Pfähle, deren scharfe Enden in die Angriffsrichtung zeigten, machten ein solches Vorhaben praktisch unmöglich. Dazu kamen noch die vielen ausgelegten Fußangeln, die im fast kniehohen Gras überhaupt nicht zu sehen waren.

Schon vor Wochen hatte der Hansgraf von Kiew einen Boten nach Konstantinopel vorausgeschickt, um die Boote zur Eile anzutreiben, die uns erwarten und unsere Ladung transportieren sollten. Doch es war zweifelhaft, ob sie rechtzeitig genug eintreffen würden.

Am dritten Tag nach meiner Rückkehr fanden sie uns. So viel Zeit hatten sie gebraucht, um uns im Labyrinth der hinterlassenen Wege aufzuspüren und einzuholen.

Ein paar tausend Mann ritten in flottem Trab auf unser Fort zu, hielten aber sofort an oder bogen scharf ab, als sie die Ebene vor unserem Wall sahen.

Da mir die Geschicklichkeit dieser Reiter bekannt war, wußte ich, daß es einigen von ihnen gelingen würde, einen Weg durch die Rammpfähle und Fußangeln zu finden.

Ich konnte den Khan erkennen, der in einiger Entfernung auf seinem Pferd saß und sich gelegentlich in den Steigbügeln aufrichtete, um unsere Verteidigungsstellung zu mustern.

Wie lange würde es dauern, bis er begriff, daß wir vom Meer oder von den Buchten her verwundbar waren? Zu unseren Gunsten sprach allerdings die Tatsache, daß die Kumanen als Steppenvolk kaum schwimmen konnten und das Wasser fürchteten.

Susanne erwartete mich am äußeren Wall einer Verteidigungsinsel. Ihr Gesicht war sehr blaß.

»Mathurin? Was erwartet uns?«

Welche Antwort konnte ich auf eine solche Frage geben? Unsere Verteidigungsmaßnahmen konnten gar nicht besser sein, wenn man die Zeit berücksichtigte, die uns in dieser Situation nur geblieben war. Doch ich hatte ebenfalls Angst.

Susanne hätte eigentlich gar nicht zu fragen brauchen, denn sie hatte genausoviel Erfahrung wie ich. Ihre Burg Saône war oft angegriffen worden, als sie noch jünger gewesen war.

Doch ich hatte in die kalten, grimmigen Augen des alten Khan geschaut. Nur ich hatte diese Männer aus nächster Nähe gesehen, diese wilden Tiger der Steppe. Sie lebten für den Krieg und kannten kaum etwas anderes.

Ich war auch nicht der Mann, der vor einer Frau die Wahrheit verheimlichte. Frauen sind weder Schwächlinge noch Dummköpfe; auch sie müssen für bevorstehende Gefahren planen. Wer seine Frau nicht auf eine mögliche Katastrophe vorbereitet, ist ein Narr.

»Wir können gewinnen, Susanne, vielleicht auch nicht. Solltet Ihr ergriffen werden, fragt nach Abaka Khan. Er ist ein Prinz, der Sohn des alten Khan. Wir kennen uns. Verlangt ihn zu sehen und zu sprechen. Erzählt ihm Eure Geschichte. Versucht jedoch vor allem, irgendwie zu entkommen, wenn dies möglich ist. Ich werde versuchen, einen Weg für Euch vorzubereiten.«

»Und Ihr?«

»Denkt nicht an mich. Dort liegt das Meer und dahinter Konstantinopel. Dort habt Ihr Freunde. Geht also unbedingt dorthin.«

»Glaubt Ihr, daß sie uns besiegen werden?«

»Ein kluger Mann kämpft, um zu gewinnen, Susanne, aber wer eine mögliche Niederlage nicht einplant, ist ein doppelter Narr.«

Sie legte eine Hand auf meinen Arm.

»Ich möchte Euch nicht verlieren, Mathurin.«

»Ich Euch auch nicht.«

Wir standen beisammen und genossen die Morgensonne, während wir zur dunklen Linie der Kumanen-Reiter hinüberschauten, eine düstere Wolke an unserem Horizont.

Eine dunkle und schreckliche Linie; sie erstreckte sich von einer Seite der Landzunge bis zur anderen. Die Kumanen blickten von den uralten Dünen, wo sie warteten, über die Ebene, die sich vor ihnen erstreckte.

Nachdem wir die überstürzte Arbeit an unseren Verteidigungsstellungen beendet hatten, ruhten wir uns aus und sammelten Kräfte; wir aßen, redeten und warteten auf den Angriff.

Ich erinnerte mich daran, was ich gesehen hatte, diese Männer mit den dunklen Gesichtern und schmalen Augen, und ich schauderte zusammen, als ich an die Leute um mich herum dachte.

Die Steppenreiter haßten alle Gegenden, in denen kein Gras wuchs. Städte waren ihnen ein Greuel. Sie lebten von Stutenmilch, Quark und Blut aus den Adern lebender Pferde. Getreide und Fleisch verzehrten sie nur, wenn es irgendwie zu haben war. Töten war für sie so etwas wie eine Lebensart.

»Selbst wenn wir gewinnen, wird es das Ende dieses Unternehmens hier bedeuten«, sagte ich. »Es ist ein Jammer, daß jeder Anfang auch ein Ende sein muß. Ich werde die Marschtrommel vermissen, Susanne. Sie wird mir sehr fehlen. Diese Trommel ist unser Pulsschlag gewesen. Ich habe oft überlegt, was die Trommel im Leben eines Mannes zum Schlagen bringt. Denn jeder von uns schreitet zum Takt seiner eigenen Trommel, und dieser Trommelschlag ist ein unhörbarer Rhythmus für all unsere Gedanken und Bewegungen.«

Ich dachte kurz nach.

»Was hat mich eigentlich in Bewegung gebracht? War es das Verschwinden meines Vaters? Oder begann es schon in irgendeinem Druiden-Wald, als dort vor langer Zeit der Mistelzweig mit einer goldenen Sichel von einem Baum geschnitten wurde? Oder begann es vielleicht schon, als sich das Blut von meinem Vater und meiner Mutter vereinigte?«

Der *Hansgraf* kam zu uns herüber.

»Ein kleines Boot ist gefunden worden. Es kann ein halbes Dutzend Leute tragen. Es gibt Ruder und ein Segel. Es wird nicht mehr lange dauern, bis die Boote von Konstantinopel kommen.« Er sah Susanne an. »Die Frauen unserer Gesellschaft werden mit diesem Boot fahren, und es muß ein Mann dabeisein.« Jetzt sah er mich an. »Ihr seid keiner von uns, Kerbouchard. Ihr werdet gehen.«

»Ich werde bleiben. Khatib wird gehen.« Der *Hansgraf* protestierte nicht, und ich wußte, daß er mich bei sich haben wollte.

»Drüben auf der anderen Seite der Bucht gibt es ein Schilfdikkicht. Khatib kann Euch zum Boot bringen. Ihr solltet sofort aufbrechen. Zweifellos werdet Ihr die Boote auf dem Meer treffen.«

Er sah Susanne an. »Habt Ihr Freunde dort?« fragte er.

»Ja, und auch in Antiochien.«

»Na, dann ist es gut.«

Er verließ uns wieder.

Ich schaute seiner Gestalt nach; er bewegte sich trotz seiner enormen Größe mit Leichtigkeit und Anmut. Doch zum erstenmal entdeckte ich bei ihm den Schatten einer Sache, die mich erschreckte. Er, der unverwundbar gewesen zu sein schien, war sich plötzlich seiner selbst nicht mehr ganz sicher.

Wie konnte er das auch sein? Wie konnte es in dieser verzweifelten Situation überhaupt jemand sein?

Sie hatten sich in Bewegung gesetzt ... eine lange, dunkle Reihe von Reitern, die in flotter Gangart zum Angriff übergingen. Rasch küßte ich Susanne.

»Geht hinein, bis Ihr mit Khatib aufbrecht«, sagte ich. »Denkt daran, er ist ein alter Schurke und Taugenichts, aber Ihr könnt ihm vertrauen. Sollte ich am Leben bleiben, werde ich zu Euch nach Saône kommen.«

Wie leicht in solcher Lage Versprechungen gemacht werden! Und wie sinnlos, wenn das Schicksal in der Schwebe ist und nur noch an einem seidenen Faden hängt.

Meine Klinge glitt leicht aus der Scheide, und ich schritt vorwärts. Mit der freien Hand berührte ich Khatib an der Schulter.

»Geh zu Madame, du stinkender Kerl! Du Pirat! Du Dieb! Geh zu ihr und bewache sie gut für mich! Bringe sie ins Boot, das bereits auf euch wartet, dann nach Konstantinopel und von dort nach Saône! Sorge gut für sie, Khatib, denn sie hält mein Herz in ihren Händen!«

»Ein Boot, o Mächtiger! Es gibt ein Boot, und da haltet Ihr ein Schwert in der Hand? Was für ein Wahnwitz! Was für eine Dummheit! Eine schöne Frau, ein breites Meer und ein Boot? Und da entscheidet Ihr Euch für ein Schwert?«

»Ich habe meine Ehre, o Vater der Läuse! Ich habe meine Ehre, und ich bin ein Krieger!«

Seine tückischen, alten Augen blinzelten.

»Gelobt sei Allah, daß ich nur ein Dieb und Philosoph bin! Ich wähle das Boot!«

Er machte eine Pause, und während er mich über die Schulter hinweg ansah, wurde sein Blick plötzlich ernst.

»Vergeßt nicht, o Mächtiger ... ein Mann ist klug, wenn er den richtigen Moment erkennt und sich dann auch richtig entscheidet. Es ist nicht nötig zu sterben, wenn man beweisen will, daß man mutig ist. Denkt gut von Eurem Feind und von Euren Waffenbrüdern, aber wenn der entscheidende Moment kommt, denkt auch an Euer Pferd! Erinnert Euch an Ayesha, diese leichtfüßige Schönheit mit ihrer Blume von Nase! Wenn es nutzlos wird, Euer Schwert noch weiter mit Blut zu beschmieren, dann steigt in den Sattel und reitet!«

Lolyngton kam zu mir herüber. Er lächelte ernst, aber auch amüsiert.

»Ich fürchte, mein Freund, daß in diesem Stück meine Rolle nicht bis zum letzten Akt dauern wird. Welch eine Rolle für einen Marktschreier und Scharlatan!«

»Und Soldaten.«

»Meint Ihr? Man hat mich schon viele Dinge genannt . . . aber einen Soldaten? Das hat einen guten Klang, Kerbouchard.«

Die Kumanen kamen jetzt, saßen hochaufgerichtet in den Sätteln und trieben ihre Pferde zu rascher Gangart an. Da kam eine schwarze Linie des Todes geritten!

Und dann griffen sie an.

Sie erreichten die Fußangeln.

Ein Pferd bäumte sich auf und wieherte laut vor Schmerzen. Ein anderes schwenkte ab.

Unsere Bogenschützen ließen einen Pfeilhagel fliegen. Pferde bäumten sich auf und scheuten. Männer stürzten.

Auch zwischen uns fielen Pfeile.

Wir warteten; noch war unsere Zeit nicht gekommen.

»Was freut Euch, Kerbouchard?« fragte Lolyngton. »Ihr habt gelebt. Was habt Ihr geliebt?«

»Was mich glücklich gemacht hat? Ein Schiffsdeck unter den Füßen. Ein Pferd zwischen den Knien. Ein Schwert in der Hand. Ein Mädchen in meinen Armen. Alles dies habe ich geliebt . . . und den Horizont da drüben, hinter dem das Unbekannte liegt. Was ich sonst noch geliebt habe? Den Nebel am Morgen. Den rosigen Sonnenuntergang am Abend. Eine feuchte Brise auf meiner Wange. Die Hand meines Vaters auf meiner Schulter. Und was Frauen betrifft? Ich habe sie geliebt . . . Aziza, Sharasa, Valaba und Susanne, jede zu ihrer Zeit. Ich habe sie für den Augenblick geliebt, und zweifellos haben auch sie mich geliebt. Wer kann schon sagen, wie lange ein solcher Moment dauert? Ich trinke den Wein und stelle das Glas beiseite, aber der Geschmack bleibt, Lolyngton! Der Geschmack bleibt! Wer kann vergessen, daß er ein Pferd geritten hat? Auf einem Schiff gesegelt ist? Eine ferne Küste im ersten

Morgenlicht gesehen hat? Eine Schlacht gekämpft hat? Oder eine Frau geliebt hat? Wer auch nur eins davon jemals vergessen kann, ist überhaupt kein Mann! Kommt, Lolyngton, sie nähern sich bereits dem äußeren Wall. Laßt uns sehen, was die Zukunft für uns bereithält!«

Wir gingen gemeinsam zum äußeren Wall, wo wir Schulter an Schulter warteten. Jetzt konnten wir schon ihre Gesichter erkennen.

Die Kumanen warteten wieder in langgezogener Linie, knapp außerhalb von Bogenschußweite.

Sie würden angreifen und sich einen Weg durch die spitzen Pfähle bahnen, als wollten sie schöne Arabesken zwischen die Zähne des Todes weben! Oh, es war ein prächtiger Anblick! Die scharfen Klingen blitzten im Sonnenschein.

»Worauf seid Ihr stolz, Kerbouchard?«

»Da gibt es wenig, so herzlich wenig, Lolyngton. Stolz... für dieses erbarmungslose Wort hat es nicht viel Zeit gegeben. Was habe ich getan? Nichts! Oh, ich habe großartige Träume gehabt. Ich bin über Land gezogen. Ich habe nur sehr wenig gelernt, aber... ja, ich bin stolz darauf, daß ich eine gute Klinge schlage. Und ich bin stolz darauf, daß ich viel gelesen habe und... ja, und daß ich der Sohn von Kerbouchard bin!«

Und dann kamen sie... ein historisches Schaugepränge von martialischer Schönheit in der Stille des Morgens. Sie kamen und ließen ihre Pferde zwischen den Dolchstangen tänzeln, als wäre dies eingedrillt oder von unhörbarer Musik inspiriert.

Und wir ließen sie kommen.

Einhundert Bogenschützen hockten unterhalb der Barrikade. Dazwischen befanden sich einhundert Männer mit Steinschleudern. Weiter hinten warteten als zweite Verteidigungslinie einhundert Reiter in Reserve. Am Wall entlang standen Männer mit Piken und Schwertern, einige auch mit Streitäxten.

Ich glaube nicht, daß es Furcht gab; alle warteten ganz einfach.

Und dann erfolgte die Explosion des Angriffs. Die Pferde steigerten plötzlich das Tempo, und die Männer warfen sich gegen den Wall!

»*Jetzt!*« schrie der *Hansgraf*. Er riß den erhobenen Arm herunter.

Die Bogenschützen erhoben sich wie ein Mann und schossen ihre Pfeile in die anstürmende Masse. Sie zielten auf die Reiter, denn kein Mann wollte und würde freiwillig ein Pferd töten.

»*Jetzt!*« kam erneut das Kommando.

Die Steinschleuderer erhoben sich und schnellten ihre Steine ab.

Danach gab es keine Befehle mehr, denn jeder wußte auch so, was er zu tun hatte.

Überall um uns herum wimmelte es von Männern und Pferden. Pfeile und Steine flogen. Oben auf dem Wall klirrten die Waffen. Ein Pferd schrie. Ein Mann wurde in hohem Bogen aus dem Sattel geworfen und von einem spitzen Pfahl aufgespießt. Er strampelte wild mit Armen und Beinen und wehrte sich gegen den Tod, der viel zu früh kam.

Ein dunkler Reiter trieb sein Pferd mit einem Sprung über den Wall und landete neben mir.

Ich schlug mit dem Schwert nach seinem Gesicht und spürte, wie die scharfe Schneide den Nasenrücken durchschnitt. Der Mann stürzte mit dem Dolch in der Hand auf mich zu.

Ich trat zurück und durchbohrte ihn mit meiner Klinge.

Ein Pfeil zischte durch meine Kleidung.

Danach gab es keine Einzelheiten mehr. Es gab nur noch dieses schreckliche Kampfgeschrei, Schmerzensschreie, Waffenklirren und das peitschenähnliche Zischen von Pfeilen.

Sie kamen immer wieder; es gab kein Ende. Wir kämpften und kämpften. Ich kreuzte meine Klinge mit einem Dutzend Schwertern.

Pfeile zischten haarscharf an mir vorbei. Ein Pfeil traf mich in die Seite, doch ich riß ihn sofort weg und kämpfte weiter. Ich vergaß alles um mich herum und konzentrierte mich nur auf den Kampf.

Sie griffen an, zogen sich zurück und griffen von neuem an. Einigen gelang es, in unseren Kreis einzudringen, wo sie sofort starben. Viele wurden am Wall getötet.

Wir trieben sie zurück und verfolgten sie mit Pfeilen. Wir schleuderten Steine und warfen griechisches Feuer unter sie.

Aber sie kamen immer noch. Sie kämpften wie knurrende Hunde und starben mit gefletschten Zähnen. Manche bewegten in schrecklichen Muskelreflexen noch die Klingen, obwohl der Geist, der sie sonst befehligt hatte, längst entschwunden war.

Ein Mann, der mir noch vor wenigen Tagen lauten Beifall gezollt hatte, sprang mich mit einem Schwert an.

Ich stieß nach seiner Kehle.

Er erkannte mich und schrie: »*Yol bolsun*!«

»Das ist deine Straße!« schrie ich und rammte ihm mein Schwert durch die Brust.

Seine Augen funkelten dicht vor meinem Gesicht. Er versuchte, mit einem Kurzschwert nach mir zu stechen, aber ich stieß ihn heftig zurück.

Wieder sprang ein Pferd über den Wall und riß mich um. Ich landete auf den Knien und sah gerade noch, wie ein Akrobat einen mächtigen Luftsprung machte und auf den Schultern des Reiters landete. Das Pferd preschte über das Schlachtfeld... der Reiter auf dem Pferd, der Akrobat auf dem Reiter, nach dem er wild stach und hieb.

Johannes starb neben mir, und ich tötete den Mann, der ihn erschlagen hatte.

Guido stürzte und erstickte an seinem eigenen Blut.

Lucca, der einen grimmigen und schrecklichen Anblick bot, ließ sich etwas zurückfallen und kämpfte neben mir weiter.

Gemeinsam trieben wir ein Dutzend Reiter von den Barrikaden zurück.

Und dann wurde der Angriff abgebrochen.

Es war vorbei... für den Moment.

41

Einige setzten sich hin, wo sie gerade standen. Andere gingen zum Wasser. Manche ließen sich die Wunden verbinden. Ich selbst behandelte die schlimmsten Fälle.

Wir hatten ein Dutzend Tote und zweimal soviel Verwundete. Auch ein paar unserer Pferde waren tot.

Während einer Verschnaufpause stützte ich mich auf die Barrikade und legte den Kopf auf die verschränkten Arme.

Wir hatten sie getötet, aber sie waren nur schwer gestorben. Außerdem wußten wir natürlich, daß es sich bisher lediglich um ein Scharmützel gehandelt hatte, das ihnen nur geringen Schaden zugefügt hatte, wenngleich ihre Verluste viermal so hoch waren wie unsere eigenen.

Susanne brachte einen Weinschlauch.

Die Kumanen waren so schnell gekommen, daß die Frauen nicht mehr ins Boot gelangt waren.

»Ihr blutet!« sagte Susanne, während ich trank.

Jetzt erst erinnerte ich mich. Ich legte eine Hand auf die verletzte Seite, aber das Blut war bereits angetrocknet.

Meine Halsberge war geschlitzt, damit ich reiten konnte. Als sie nach oben gerutscht war, hatte mich ein Pfeil getroffen. Nur ein Streifschuß, zweifellos nicht mehr. Später wurde meine Seite vielleicht steif, aber jetzt war keine Zeit, noch mehr zu tun, denn die Kumanen würden bestimmt bald wiederkommen.

»Es ist schlimm, nicht wahr, Mathurin?« Sie war dazu übergegangen, mich so zu nennen; es war ein Name, den meine Mutter benutzt hatte.

»Es ist sehr schlimm«, stimmte ich zu.

Mehrere Männer warfen Fußangeln ins Gras hinaus, aber niemand redete viel, denn es gab nichts zu sagen.

Der Akrobat, ein Zwerg, der auf den Schultern eines Feindes davongeritten war, war zurückgekehrt. Er hatte eine häßliche Schnittwunde an einem Fuß, aber er hatte seinen Gegner getötet.

Ich behandelte die Verletzung.

Die Sonne stand noch am Himmel. Das Wasser kräuselte sich unter einer leichten Brise. Ein Fisch platschte. Eine Lerche trillerte auf der Wiese, wo der Tod so reiche Ernte gehalten hatte; der Vogel nahm keinerlei Notiz von den Leichen.

»Mathurin ... seht!«

Susanne zeigte nach oben, und mein Blick folgte ihrem ausgestreckten Finger bis zu einer großen, kreisenden Kolonne, die ein paar hundert Meter hoch in die Luft aufgestiegen war; ein Schwarm von Pelikanen, deren weiße Schwingen im Sonnenlicht schimmerten. Es war ein reizender, friedlicher Anblick.

»Das ist besser als Krieg«, sagte ich.

Wir standen beisammen, hielten uns an den Händen, und ich spürte, wie der Schweiß auf meinem Körper zu trocknen begann. Unwillkürlich überlegte ich, ob ich den heutigen Tag wohl überleben würde. Es war gut, zu leben und Susannes Hand zwischen meinen Fingern zu spüren.

Hoch über uns kreiste nervös ein Steppenadler. Vielleicht war sein Nest irgendwo da draußen in diesem Dickicht.

Der *Hansgraf* sagte: »Haltet euch bereit, Leute! Sie kommen!«

Diesmal kamen sie mit ihren Wurfleinen, von denen wir schon gehört hatten. Sie hatten lange Stangen bei sich, an deren vorderem Ende Haken befestigt waren. Damit rissen sie außerhalb der Reichweite unserer Bogenschützen die spitzen Pfähle aus dem Boden.

Die kurzen, starken Bogen, die zwei Männer zum Spannen der Sehne erforderten, schickten Pfeile zwischen uns.

Aber wir hielten uns in Deckung und warteten.

Plötzlich griffen sie von der Seite her an. Ihr Ziel war unser Wall, wo er an den Wald grenzte. Offenbar hofften sie dort eine schwache Stelle zu finden. Mehrere Reiter versuchten sogar, in den Wald selbst einzudringen, aber sie wurden von versteckten Barrikaden zurückgeworfen oder gerieten in eine Falle, wo sie von unseren Männern getötet wurden.

Wir verloren einen weiteren Mann, der von einem Pfeil durchbohrt wurde.

Der Nachmittag schleppte sich langsam dahin.

Wir dösten an der Barrikade und genossen den Sonnenschein. Sorgfältig, um keine Aufmerksamkeit zu wecken, ging ich zum Boot, um es in Augenschein zu nehmen. Es hatte breite Balken, war aber ein gutes, seetüchtiges Boot. Es gab ein Faß Wasser und einen Beutel mit Brot und Fleisch.

Mir wurde bewußt, daß wir aus dieser Sache nicht mehr herauskommen würden. Der *Hansgraf* wußte es. Er hatte es die ganze Zeit gewußt. Als ich zu der Stelle kam, wo der *Hansgraf* stand, hielt er mich an. Er sagte aber nichts. Wir standen nur schweigend nebeneinander.

Erst nach einer Weile sagte er: »Falls Ihr mit dem Leben davonkommt, Kerbouchard, so hoffe ich, daß Ihr Euren Vater finden werdet.«

Unser Proviant war aufgeteilt und zu den Verteidigungsstellungen in der zweiten Linie gebracht worden. Diese Befestigungen waren von ovaler Form und etwas vor den anderen errichtet worden. Es handelte sich um Erdwälle, in die Pfähle gerammt worden waren, deren Spitzen nach draußen zeigten. Aus zusammengeflochtenem Buschwerk waren Wälle gebaut worden, die innen durch Erdreich verstärkt waren. Eine solche Befestigungsanlage würde nur schwer einzunehmen sein, denn ein Angriff auf einen Wall setzte die Angreifer dem Feuer der anderen aus.

Vor Sonnenuntergang erfolgte noch einmal ein Angriff.

Wieder verloren wir zwei Männer, und etwa ein Dutzend wurden verwundet.

Es war schon lange dunkel, bevor ich zum Feuer kommen und mich hinsetzen konnte.

Susanne hielt heißen Wein für mich bereit, der sehr gut schmeckte. Danach schlief ich eine kleine Weile.

In der Dunkelheit der Nacht hörten wir Vogelschreie. Gelegentlich rührte sich etwas im Dickicht.

Niemandem von uns war nach Reden zumute. Wir wollten uns nur ausruhen, denn morgen würden die härtesten Angriffe erfolgen. Im Moment waren wir alle todmüde und erschöpft.

Früher oder später würden die Kumanen dahinterkommen, daß das Wasser ziemlich seicht war. Dann würden sie um uns herumreiten.

Wir hatten zu wenige Männer, die uns schützen konnten; die Zeit reichte nicht aus, um auch dort hinten Verteidigungsstellungen zu errichten.

Wir würden also gezwungen sein, uns in die Befestigungsanlagen der zweiten Reihe zurückzuziehen; dann würden wir einem langen, erbitterten Kampf entgegensehen.

Die Bogenschützen wanderten herum und sammelten alle Pfeile auf, die innerhalb unserer Barrikade auf dem Boden lagen.

Niemand schlug vor, sich zu ergeben oder mit dem Feind zu verhandeln, wenn das überhaupt möglich gewesen wäre. Die Kumanen verhandelten nicht; sie töteten. An sich hatten wir ihnen ja auch nichts anzubieten, denn sie wollten nur haben, was auf Pferden davongetragen werden konnte.

Es gab nur einen Weg... siegen oder sterben.

Wir schliefen und wechselten uns beim Wachen ab. Gesprochen wurde nur wenig. Wir knabberten am Proviant.

Susanne rieb Öl auf meine schmerzenden Muskeln.

»Wenn wir uns zu den Befestigungsanlagen zuruckziehen, geht zum Boot!« warnte ich sie. »Verschwendet keine Zeit, sondern flieht. Jemand muß im Boot das Kommando übernehmen. Tut Ihr es. Aber vertraut auf Khatib, denn er ist in jeder Hinsicht ein kluger Mann.«

»Glaubt Ihr, daß es nötig sein wird?«

»Ja, Susanne, es wird nötig sein.«

»Dann werde ich Euch bis Konstantinopel nicht wiedersehen? Oder erst in Saône?«

»Das eine oder das andere. Erwartet mich, aber schützt Euch selber. Graf Robert kann dort sein... oder jemand wie Fürst Juri.«

»Ihr habt ihn für mich getötet.«

»Ich weiß nicht, ob es für Euch war. Vielleicht wollten wir unsere Stärke testen. In der Hauptsache aber ging es um Zeit. Der *Hansgraf* brauchte Zeit.«

Die Feuer waren heruntergebrannt; nur ein paar Flämmchen flackerten hier und da auf, wo es noch Brennstoff gab.

»Sollten einige der anderen euren Weg kreuzen, dann helft ihnen«, sagte ich. »Lolyngton und seine Leute. Sie sind nur Schauspieler, wißt ihr, und es wurde ihnen viel zugemutet. Sie sind nur Schatten der Rollen, die sie spielen, und oft gibt es nur den Schatten.«

»Nicht Lolyngton.«

»Nein, nicht Lolyngton.«

»Der beste Schauspieler von allen ist gar kein Schauspieler«, sagte Susanne. »Ich meine Khatib. Er tritt auf der Bühne der Welt auf. Ich glaube, er hätte ein König oder Wesir werden können. Vielleicht ist er es in einem anderen Leben gewesen. Er ist ein Mann mit vielen Gesichtern, aber nur mit einer Seele.«

Wir wurden uns der Gegenwart einer anderen Person bewußt.

Der *Hansgraf* stand vor uns.

Wir erhoben uns und stellten uns neben ihn.

»Wißt Ihr, daß ich nur wenige Meilen von hier entfernt geboren wurde?« fragte er.

Ich hatte ihn eigentlich immer für einen Flamen oder Bayern gehalten.

»Ich bin niemand.«

»Ihr seid der *Hansgraf*.«

Er machte eine Pause, dann nickte er langsam.

»Ja... das stimmt.«

Danach stand er schweigend da und beobachtete unsere Schatten auf der Erde, auf der es in wenigen Minuten keine Schatten mehr geben würde.

»Es wird Tag, glaube ich. Es ist Morgen.«

»Sie werden bald kommen«, sagte ich.

»Geht!« herrschte er mich zornig an. »Seid kein Narr! Was ist schon Tapferkeit? Das ist doch nur Trug und Schein!«

»Warum geht Ihr nicht?«

»Ich bin der *Hansgraf*.«

»Und ich bin der Sohn von Kerbouchard.«

»Ihr seid beide Narren!« sagte Susanne. »Aber gerade deswegen liebe ich euch!«

Sie kamen bei Tagesanbruch. Diesmal war es kein wahnwitziger Angriff wie die vorangegangenen, die schon so viele Feinde vom

Schlachtfeld gefegt hatten. Man war wegen unserer Verteidigungsanlage sehr vorsichtig.

Wir traten ihnen beim Wall entgegen und wußten, daß es vielleicht zum letztenmal geschah.

Diesmal benutzte auch ich einen Bogen, den ich einem gefallenen Bogenschützen abgenommen hatte. Mein erster Pfeil traf einen Mann in siebzig Meter Entfernung in den Hals. Ich konnte noch zwei weitere Treffer anbringen und einen Fehlschuß tun, bevor sie den Wall erreichten.

Wir traten ihnen am Wall mit dem Schwert in der Hand entgegen, und es kam zu einem verbissenen, verzweifelten Kampf.

Dann ertönte plötzlich hinter uns ein lauter Schrei.

Ich blickte zurück und sah, wie die Kumanen auf ihren Pferden durchs Wasser schwammen, um uns in den Rücken zu fallen. Einige wateten sogar zu Fuß durchs Wasser.

Da ließen wir uns allmählich zurückfallen und kämpften um jeden Zentimeter Boden.

Männer stürzten. Pferde bäumten sich auf und brachen zusammen. Wut- und Schmerzensschreie erfüllten die Luft.

Es war heller Wahnwitz.

Hinter uns dröhnte die Marschtrommel und rief uns zurück. Ein Mann ging auf mich los und holte mit einem Krummschwert nach mir aus. Es war eine dieser breiten Klingen, die Knochen wie Käse durchschneiden konnten.

Ich parierte den Schlag, stieß selbst zu und parierte erneut.

Er sprang mich an, und nur der Umstand, daß mein Fuß auf einem Stein ausglitt, rettete mir das Leben.

Ich stürzte, dann rettete ich mich wieder einmal mit einem solchen Stoß, der schon Fürst Juri getötet hatte. Dann kam ich schleunigst auf die Beine und schloß mich der Flucht in unsere Verteidigungsinseln an.

Susanne!

War sie fortgekommen? War sie in Sicherheit?

Der Feind griff an, umkreiste unsere Befestigungen und schrie markerschütternd.

Wieder schnappte ich mir einen Bogen, bestieg den Wall und zielte auf die angreifenden Reiter.

Zweimal konnten wir sie noch vertreiben. Überall auf dem Boden lagen ihre Toten. Wie viele waren erschlagen worden? Wie viele waren bei diesen wilden, ungestümen Angriffen gestorben?

Ein Pfeil prallte gegen meinen Helm. Mein Kopf dröhnte von

diesem Schlag. Wie betäubt fiel ich einen Moment zurück. Doch Toledostahl war kein gewöhnliches Metall. Er war von den besten Handwerkern gearbeitet worden. Jetzt rettete er mir wieder einmal das Leben.

Die Wunde in meiner Seite war aufgeplatzt und begann erneut zu bluten.

Ein Stein streifte meinen Nasenrücken, und als Folge schwollen mir die Augen zu.

Wir kämpften verbissen auf den Wällen, trieben die Angreifer zurück und hielten sie auf Distanz.

Unsere Pferde flohen hin und her, zusammen mit den Pferden der gefallenen Kumanen.

Es war ein Schauplatz blutiger Verwirrung.

Der *Hansgraf* war hier, dort und überall. Er zeigte niemals Furcht, niemals Schwäche, sondern führte stets ganz kühl das Kommando.

Der Angriff wurde abgebrochen. Die Kumanen zogen sich zurück, wobei sie noch einiges von unserem Wall niederrissen. Jetzt würden sie sich auf den Angriff vorbereiten, der uns den Rest geben sollte.

Viele von uns waren gefallen. Viele waren verwundet. Ich konnte nur Verletzte innerhalb unserer Inseln behandeln.

Plötzlich klang ein lauter Schrei auf.

»Die Boote! Die Boote!«

Und da waren sie, die Boote, die uns und unsere Waren abholen sollten!

Sie waren da draußen, keine dreihundert Meter entfernt. Sie bedeuteten Entkommen und Sicherheit. Auf ihnen lag unsere Zukunft... falls wir diese Boote erreichten.

Wir würden Männer zu Fuß sein und gegen Reiter kämpfen müssen, aber wir hatten gar keine andere Wahl.

Innerhalb unserer Befestigung waren noch etwa zweihundert Mann, die meisten verwundet. In den anderen mochten es etwa genausoviel sein. Längeres Verweilen bedeutete schließlich den Tod. Doch hinausgehen und diesen wilden Reitern gegenübertreten, diesen hervorragenden Kämpfern, diesen Teufelsreitern aus der Steppe...

»Wie viele Piken gibt es?« fragte der *Hansgraf*. Er schaute sich um und zählte sie. Es waren nicht mehr als vierzig. Gegen Reiter waren Piken die besten Verteidigungswaffen. Er hob eine Pike an, um den anderen Männern ein Signal zu geben. Als Antwort hoben die Männer von Sarzeau einen wahren Wald von Piken... vielleicht sechzig. Aber bei Flandrins Leuten gab es nicht mehr als zwanzig.

Die Rettung lag vor der Küste. Rettung. Sicherheit. Und Susanne.

»Wir werden es versuchen. Hier werden wir alle sterben. Dort draußen aber können vielleicht ein paar von uns am Leben bleiben.«

Die Kumanen hatten sich etwas zurückgezogen, gruppierten sich und bereiteten einen erneuten Angriff vor. Wegen der Dünen, die es am Strand gab, hatten sie die Boote noch nicht gesehen.

Plötzlich begann die Marschtrommel zu dröhnen.

Wir strömten aus den Befestigungsanlagen, umgeben von einem Wall von Piken. Die Trommel begann doppelt so schnell zu schlagen. Wir setzten uns im Trab zum Strand in Bewegung und behielten die dichte Formation bei.

Welche Entfernung legten wir wohl zurück? Vierzig Meter? Fünfzig?

Sie kamen wie der Wind, saßen tiefgeduckt im Sattel und warfen sich in unsere Piken, wodurch unsere Männer noch dichter zusammengedrängt wurden. Männer stürzten und wurden in den Boden getrampelt.

Ein Akrobat, den ich gekannt hatte, stürzte hin; einen Moment später wurde sein Gesicht vom Huf eines angreifenden Pferdes zerfetzt. Doch er kam noch einmal hoch und schleuderte sein Schwert wie einen Speer in den Rücken des Reiters.

Wir kämpften uns vorwärts. Männer fielen. Wir halfen ihnen wieder auf die Beine. Jetzt machte sich das monatelange Zusammenleben bemerkbar, denn Männer kämpften, um andere zu retten. Man kämpfte, wie nur Brüder kämpften.

Und wir erreichten den Strand.

Zu unserer Rechten gab es dichtes Schilf und Gebüsch. Wir nutzten diese Flankendeckung rasch aus.

Dann war lautes Gebrüll zu hören.

Wir sahen, wie noch mehr Kumanen ins Wasser ritten, um uns den Weg abzuschneiden.

In der wilden Hingabe dieses Kampfes vergaß ich, wer ich war und wo ich war. Jeder Gedanke an Entrinnen wurde vorübergehend vergessen. Ich nahm eine schwere Pike aus den Händen eines gefallenen Mannes und schleuderte sie in die Brust eines angreifenden Reiters. Dann hieb ich mit meinem Schwert wie mit einer Sense um mich. Eins meiner Beine wurde von einer Hand gepackt; ein Feind versuchte, mich zu Boden zu reißen.

Ich versetzte ihm einen heftigen Tritt. Der Mann stürzte mit gebrochenem Genick zu Boden.

Wir kämpften.

Ein Körper fiel von einem Pferd und riß mich um. Während ich mich bemühte, wieder vom Boden hochzukommen, sah ich, daß der *Hansgraf* von den anderen abgeschnitten und umzingelt war. Er handhabte das schwere Schwert wie einen leichten Dolch.

Ein Pfeil traf ihn in die Brust. Der *Hansgraf* riß ihn heraus und kämpfte weiter.

Lucca ging zu Boden.

Lolyngton konnte ich nirgendwo sehen.

Blut rann mir in die Augen.

Ein Reiter griff mich mit der Lanze an.

Meine Klinge wehrte die Lanze ab und drang dem Reiter in die Seite, aber das anstürmende Pferd schleuderte mich zurück und warf mich ins Wasser.

Ein Pferd brach ganz in meiner Nähe zusammen und schlug wild mit den Hufen um sich.

Verbissen bemühte ich mich, aus dem Wasser hochzukommen. Ich schluckte blutiges Salzwasser.

Jemand schlug mit einer Streitaxt nach mir, aber mein Schwerthieb fetzte ihm das Ohr ab und drang tief in den Kopf ein. Er stürzte ins Wasser. Ich stellte einen Fuß auf seine Brust, um mein Schwert wieder herauszuziehen.

Die Trommel dröhnte immer noch, ein dumpfes, rhythmisches Pochen, das in meinen Ohren widerhallte.

Irgend etwas traf mich, und ich fiel ins Wasser zurück.

Ein Pferd sprang über mich hinweg; seine Hufe verfehlten meinen Kopf nur knapp.

Überall um mich herum waren wilde Reiter.

Unsere Männer kämpften sich immer weiter ins Wasser vor. Jemand schwamm bereits zu den Booten.

Sarzeau, Flandrin und die anderen waren dicht zusammengedrängt. Unter ihnen waren ein paar Bogenschützen und Männer mit Piken.

Einer der Kumanen ließ eine Lassoschlinge durch die Luft fliegen und erwischte Sarzeau, den er aus der Menge riß.

Sarzeau zerschnitt die Wurfleine mit seinem Messer, dann warf er das Messer mit solcher Gewalt, daß es dem Angreifer tief mitten zwischen die Augen drang. Reiter und Pferd kamen an mir vorbei. Die Augen des Mannes funkelten immer noch vor Wut; das Messer war bis zum Heft über der Nasenwurzel in die Stirn gedrungen.

Eine Welle von Reitern schwenkte ab und an mir vorbei.

Ich bekam einen Schlag auf den Helm und stürzte abermals ins Wasser. Mein Bewußtsein schien zu schwinden, aber ich kämpfte verbissen weiter wie ein wildes Tier, das unbedingt überleben wollte.

Ein Steigbügel klatschte in meiner Nähe ins Wasser. Mit einer Hand packte ich den Steigbügel, mit der anderen das Bein. Ich wurde hochgerissen. In einem schrecklichen Wutanfall zerrte ich den Reiter aus dem Sattel und griff sofort den nächsten Reiter an. Er wurde durch mein Ungestüm aus dem Sattel geworfen. Das Schwert flog ihm aus der Hand. Ich fing es in der Luft auf, und als ein Reiter direkt auf mich zukam, hieb ich ihm mit einem einzigen Schlag den Kopf ab.

Jetzt kehrte eiskalte Überlegung bei mir zurück. Ich drehte mich um und benutzte das Dickicht als Flankendeckung, während ich wieder ins Wasser zurückstürmte.

Wenn ich doch bloß zu den Booten gelangen könnte!

Männer schwammen wild darauf zu. Andere wurden bereits an Bord gezogen.

Ich glaubte, Susanne in einem der Boote zu sehen.

Ich gab meinem Pferd die Sporen, doch plötzlich schien es zu stolpern. Ich wurde hoch über seinen Kopf hinweg ins Wasser geschleudert, das über mir zusammenschlug. Als ich wieder auftauchte, entdeckte ich ein Loch in der Dickichtwand; ein Loch, wie es von Wölfen oder einem Wild gemacht wird. Verzweifelt kroch ich hinein und lag keuchend da.

Ein solches Loch wie dieses hier hatte mich vor langer Zeit in Armorica gerettet... vor meinem Feind Taillefleur.

Würde ich ihn jemals wiedersehen?

Plötzlich hörte ich eine Stimme.

Es war die Stimme von Abaka Khan.

»Noch ein Trunk, den Ihr mir schuldig seid!« rief er.

Ein Weinschlauch wurde ins Loch geworfen und blieb dort liegen.

Ich streckte eine Hand aus und zog den Weinschlauch an mich.

Mein Bewußtsein schwand. Mit letzter Kraft kroch ich noch etwas tiefer ins Dickicht.

Eine merkwürdige, heiße Dunkelheit schwemmte über mich hinweg... heiße Dunkelheit, die lange Zeit später kalt wurde... kalt... so sehr, sehr kalt.

42

Kalter, dichter Nebel hing über der Tiefebene. In meinem Versteck im Dickicht war außer dem Wellenschlag am Strand kein Laut zu vernehmen.

Ich hockte an einem winzigen Feuer und schauderte heftig zusammen... ein krankes, verletztes, beinahe hilfloses Ding. Meine Kleidung war zerlumpt. Mein Gesicht war von Bart überwuchert, mein Haar war ungepflegt.

Ich streckte meine dünnen Hände dem kleinen Feuer entgegen, denn es war kalt... kalt.

Mein Kopf dröhnte vor endlosem Schmerz. Meine Haut, soweit sie durch die Kleidung schimmerte, war blau.

Ich war lange Zeit krank gewesen. Meine Verletzungen waren erschreckend und beängstigend, viel schlimmer, als ich in der Hitze des Kampfes begriffen hatte.

Wie lange war das nun schon her? Ich runzelte die Stirn, verbiß den Schmerz und versuchte, die Zeit zu schätzen.

Ein Monat? Zwei Monate?

In langen, bitteren, von Schmerzen geplagten Nächten hatte ich um mein Leben gekämpft... gegen meine Wunden, gegen Kälte, gegen Hunger, Durst und Niedergeschlagenheit.

Ich hatte eine Kopfverletzung gehabt; eine bis auf den Knochen reichende Schnittwunde, die ich davongetragen hatte, nachdem ich meinen Helm verloren hatte. Der Schlag hatte zweifellos eine schwere Gehirnerschütterung bei mir ausgelöst; daher die immer wiederkehrenden Kopfschmerzen.

In meiner Seite hatte ich zwei Verletzungen durch Pfeile gehabt; ich hatte viel Blut verloren. Gift von den Pfeilspitzen war in meinen Kreislauf gelangt. An einem Oberschenkel hatte ich eine böse Schnittwunde. Ein Fuß war von einem Pferdehuf beinahe zerstampft worden.

Zwischen Anfällen von Delirium hatte ich Feuchtigkeit aus Torfmoos gequetscht und in meine Wunden geträufelt. Das war eine gute Behandlung, die ich schon sehr früh gelernt hatte. Mein

Vater hatte mir davon erzählt, als er die Schlacht von Clontarf im Jahre 1014 beschrieben hatte.

Dies hatte mir das Leben gerettet, denn die Blutungen waren zum Stillstand gekommen. Außerdem der Weinschlauch, den Abaka Khan mir zugeworfen hatte; er hatte im wilden Kampfgetümmel gesehen, wie ich in das Loch gekrochen war, um dem Tod zu entrinnen.

Der Wein stillte meinen Durst und ließ mich die ersten bitterkalten Tage überleben, als ich aus Furcht, entdeckt zu werden, nicht gewagt hatte, mich zu bewegen.

Die Kumanen hatten unser Lager – oder was davon noch übriggeblieben war – geplündert. Sie hatten die Felle und Pelze genommen, die wir eingetauscht hatten. Man hatte den Toten die Rüstungen abgenommen, desgleichen alles, was irgendwelchen Wert gehabt hatte. Alle noch Lebenden waren erschlagen worden.

Schließlich waren sie davongeritten und hatten das Schlachtfeld den Wildschweinen und Geiern sowie einer Vielzahl kleiner Geschöpfe und Insekten überlassen.

Tagelang hatte ich kaum gewagt, mich zu bewegen. Ich war von Schmerzen geplagt und von Fieberschauern geschüttelt worden.

Ich hatte gehört, wie die Wildschweine über die Leichen hergefallen waren, die auf dem Schlachtfeld herumgelegen hatten. Die schrillen Schreie der Geier, die sich gefräßig an das Fleisch meiner ehemaligen Gefährten herangemacht hatten, klangen immer noch in meinen Ohren nach.

Mein Schwert war weg. Ich hatte nur meinen Damaszenerdolch behalten, dazu den alten Gurt, den ich von zu Hause mitgebracht und niemals abgelegt hatte.

Einmal kam ein Wolf in meinen Tunnel. Ich packte mein Messer und erwartete ihn; sein Knurren beantwortete ich ebenfalls mit Knurren. Schließlich hatte er sich, immer noch knurrend, wieder davongemacht.

Alles dies geschah zwischen Anfällen von Delirium. Als ich endlich wieder voll bei Bewußtsein war, konnte ich nicht laufen, ja mich kaum bewegen. Mein Fuß war schrecklich geschwollen, und ich konnte nicht feststellen, ob Knochen gebrochen oder gequetscht waren.

Meine Kehle kratzte vor Trockenheit, denn der letzte Wein war aufgebraucht. Meine Knochen schmerzten vom langen Liegen auf dem kalten, feuchten Boden.

Schließlich brachte ich es fertig, zum erstenmal ein kleines

Feuer zu machen. Ich stemmte mich auf einen Ellbogen hoch und streckte den gesunden Arm aus, um Zweige zu zerbrechen und trockenes Reisig, das überall herumlag, in meine Nähe zu ziehen.

Feuerstein hatte ich stets bei mir. Es gelang mir, Funken mit meinem Messer zu schlagen, die in dürres Laub und Gras fielen, das ich mühsam und sorgfältig zusammengescharrt hatte. Dann fügte ich kleine Stöcke hinzu. Durch das Zerbrechen und Verbrennen der Zweige und Äste vergrößerte ich zugleich meine Schlafstelle. Beim Zusammenscharren von Laub und Gras entdeckte ich ein paar Haselnüsse, die an einigen Sträuchern wuchsen. Laub und Gras benutzte ich dazu, meine Liegestatt zu verbessern. Das Pflücken und Knacken der Haselnüsse erschöpfte mich. Langsam aß ich die paar, die ich gefunden hatte, dann suchte ich nach anderen.

Das Feuer wärmte mich. Allmählich bekam ich das Gefühl, daß wieder so etwas wie Leben in meine Adern zurückkehrte. Damit machte sich zugleich brennender Durst bemerkbar. Meine Wunden mußten ausgewaschen, mein geschwollener Fuß gebadet werden. Außerdem mußte ich etwas Eßbares finden.

Was für eine trostlose Szenerie erwartete mich! Zerbrochene Piken, verstreut herumliegende Rüstungsteile, ein zerbrochenes Schwert, die abgenagten Skelette von ein paar hundert Männern ... und über allem der Gestank des Todes und der widerliche Verwesungsgeruch.

Ich schlich herum und fand einen eingebeulten Helm; er würde Wasser aufnehmen können. Daneben steckte ich den Stummel eines Schwertes in den Boden.

Die Quelle innerhalb der Befestigung war zertrampelt worden, aber mit der Spitze einer Pike legte ich die Öffnung wieder frei. Ich konnte nur mit der gesunden Hand arbeiten und mußte öfters eine Pause einlegen, um mich auszuruhen. Mühsam kratzte und scharrte ich Sand und Schlamm aus dem Loch. Wasser begann ins Loch zu sickern.

Ich legte mich ganz in der Nähe hin und wartete darauf, daß sich noch mehr Wasser sammelte. Gelegentlich schöpfte ich eine Handvoll Wasser und trank. Endlich konnte ich den Helm mit Wasser füllen und wieder in mein Loch zurückkriechen. Ich hatte schreckliche Angst vor Wölfen oder – noch schlimmer – vor einem wilden Eber.

Als ich wieder im Dickicht war, erhitzte ich das Wasser auf dem kleinen Feuer, dann badete ich den geschwollenen Fuß und Knöchel.

Nachdem ich noch ein paar Nüsse gefunden und gegessen hatte, legte ich mich schließlich schlafen.

Während der Nacht erwachte ich durch ein schreckliches Geräusch; Knochen wurden zwischen scharfen Zähnen zermahlen.

Ich hörte das Knurren und Fauchen der Bestien, die sich um die Gerippe meiner alten Freunde stritten... oder meiner Feinde. Jetzt waren beide eins, Freund und Feind; niemand konnte die Knochen des einen von den Knochen des anderen unterscheiden.

Diese Schädel da draußen... einst so heiß vor Zorn, Liebe, Haß, Begehren oder Einsamkeit... jetzt waren sie leer und hohl, nur noch Spielzeug für wilde Tiere. Alle Leidenschaften und Träume waren dahin.

Wo war alles, wofür wir gearbeitet und Tauschhandel getrieben hatten? Welchen Profit hatte unser langer Treck quer durch Europa gebracht? Wie viele hatten ihn überlebt? Würde ich ihn jemals überleben? Oder schob ich lediglich das unvermeidliche Ende noch ein bißchen hinaus?

Ich fachte mein Feuer etwas höher an, achtete aber sorgfältig darauf, daß es sich nicht ausbreiten und mein Dickicht in Brand stecken konnte. Ich saß dicht bei den wärmenden Flammen, warf kleine Stöckchen ins Feuer und dachte darüber nach, wie seltsam doch das Schicksal spielte.

Ich dachte an Cordoba und Valaba. Ich erinnerte mich an Susanne.

Wo war sie jetzt?

Am Morgen wusch ich erneut meine Wunden aus und machte einen Breiumschlag aus Ackermennig, gemischt mit Blättern von Minze, Gänseblümchen und Rittersporn, einer Pflanze, die ich auf Feldern in ganz Europa hatte wachsen sehen. Diese Pflanzen waren seit vielen Jahren für die Behandlung von Schlachtfeldwunden benutzt worden. Über Minze hatte ich in den Werken des Virgil, Theophrastos und Dioskorides gelesen.

Nachdem ich mich von der Kräutersuche erholt hatte, richtete ich eine Schlinge her; dafür benutzte ich mehrere alte Bogensehnen, die ich auf dem Schlachtfeld gefunden hatte.

Am nächsten Morgen hatte ich ein Murmeltier in der Schlinge gefangen. Ich häutete es ab, nahm es aus und röstete es über dem Feuer.

Das Wetter wurde immer kälter, aber ich konnte immer noch nicht laufen. Ich mußte wie ein Tier im Schmutz herumkriechen, wenn ich etwas erledigen wollte. Am schwersten war es, mich sauber zu halten, wenngleich ich es jeden Tag schaffte, im Meer zu baden.

Langsam verstrichen zwei Wochen. Meine Wunden zeigten die ersten Anzeichen von Heilung. Allerdings hatte ich viel Gewicht verloren; jetzt war ich eigentlich nichts weiter als ein mit Knochen gefüllter Kleiderbeutel. Meine Haut sehr alt aus, und mir war ständig kalt.

Zweimal fand ich frühmorgens die Fährte eines Tarpans, eines in diesem Lande heimischen Wildpferdes. Einmal stieß ich auf die Spuren eines riesigen Bären.

Eines Morgens fand ich eine Bogensehne, die nicht zerschnitten oder geplatzt war. Ich behielt sie bei mir. Später fand ich noch andere Stücke. Ich knotete sie zusammen, bis ich eine Leine von drei Metern Länge hatte. Etwa einen Meter vom Ende entfernt knüpfte ich eine andere Leine an. Ich band jedes dieser Enden an einen Stein und machte auf diese Weise eine primitive Bola oder Wurfschlinge für die Jagd.

Mehrmals hatte ich Trappenschwärme gesehen. Ich ließ mich nicht blicken, um die scheuen Vögel nicht zu verscheuchen. Als endlich einige von ihnen in meine Nähe kamen, warf ich meine Bola und fing ein Tier. Ich zog den kreischenden Vogel zu mir heran und beobachtete, wie die anderen davonstoben.

An diesem Abend bereitete ich mir eine königliche Mahlzeit.

An diesem Tag hatte ich auch mit der Arbeit an einer Krücke begonnen. Dafür benutzte ich ein Stück einer alten Pikenstange. Ein anderes kurzes Stück befestigte ich mit einem Stück Bogensehne als Querstrebe. Nachdem ich drei Wochen lang nur herumgekrochen war, war ich jetzt endlich wieder imstande, auf die Beine zu kommen.

Und nun würde ich nach Konstantinopel aufbrechen!

In meinem zerlumpten, schmutzigen und ausgemergelten Zustand erinnerte ich kaum noch an den Mann, der erst vor ein paar Wochen noch der Liebhaber der Comtesse de Malcrais gewesen war.

Die Entfernung nach Konstantinopel betrug meiner Schätzung nach einige hundert Meilen, doch übers Meer wohl etwas weniger. Aber ich hatte kein Boot, nicht einmal Proviant. Vor allem hatte ich keinen Behälter für Wasser.

Ich begann nach Westen zu wandern und zählte jeden Schritt. Nach hundert Schritten ruhte ich mich aus. Bei mir hatte ich den Stummel des zerbrochenen Schwertes und den Helm.

Am Ende des Tages hockte ich mich unter einige Schwarzpappeln und schaute zurück zu dem dunklen Flecken am Meer; dort war das Dickicht, in dem ich mich so lange aufgehalten hatte. Den ganzen Tag hatte ich mich abgemüht. Zweimal war ich hingefallen, aber jedesmal hatte ich meinen Weg fortgesetzt. Bisher hatte ich nur dreihundert Schritte gezählt.

Es würde ein langer, sehr langer Weg werden bis nach Konstantinopel!

Bei Tagesanbruch entdeckte ich Pferdespuren. Es waren die plumpen Hufe eines Tarpans, aber dazwischen befanden sich die zierlichen Abdrücke von Ayeshas Hufen!

Sollte ich pfeifen? Ayesha war darauf abgerichtet, auf meinen Pfiff hin zu mir zu kommen.

Aber wer konnte sonst noch meinen Pfiff hören?

Waren die Kumanen wirklich alle fort?

Dennoch pfiff ich sehr schrill. Ich wiederholte den Pfiff, und dann pfiff ich noch einmal.

Lange wartete ich . . . nichts.

Es konnte auch ein anderes Pferd gewesen sein. Manche Pferde bei unserer Packkolonne hatten kleine Hufe gehabt. Dies traf sicher auch auf einige Pferde der Kumanen zu.

Langsam ging ich unter Schmerzen weiter.

Diesmal mußte ich mindestens eine Meile zurückgelegt haben, bevor ich mich wieder ausruhte und erneut pfiff.

Mehrere Minuten saß ich wartend da, dann wollte ich wieder aufstehen.

Aber ich stand nicht auf.

Ich saß ganz still da und schaute über die kleine Lichtung den Mann mir gegenüber an.

Er war aus dem Wald aufgetaucht, ein dünner, hagerer Mann mit komischem Gesicht. Über der Schulter trug er einen Sack. Der Mann war unglaublich schmutzig. In einer Hand hielt er einen Stock. Über der anderen Schulter hing ein Köcher mit Pfeilen und Bogen.

Mehrere Minuten lang beobachtete er mich.

Schließlich rief ich ihn in arabischer Sprache an.

Er gab keine Antwort.

Ich begann mir Sorgen zu machen. Irgend etwas an diesem Mann bereitete mir Unbehagen. Zwar war er nur ein relativ kleiner Mann, aber in meinem verkrüppelten Zustand war ich noch weniger.

Wegen der Wunde in meiner Seite konnte ich nur einen Arm heben, und auch das nur mit Mühe. Mein linkes Bein und der Fuß befanden sich immer noch in sehr schlechtem Zustand; ich konnte nur auf meine primitive Krücke gestützt humpeln. Da ich mit der rechten Hand durch meine Verletzungen nichts tun konnte und meine linke Hand mit der Krücke beschäftigt war, war ich tatsächlich wehrlos.

Ich rief den Mann noch einmal an, diesmal in fränkischer Sprache. Mühsam kam ich auf die Beine und wartete, während er zu mir herüberkam.

Etwa drei Meter von mir entfernt blieb er stehen.

Sein Blick verriet bösartige Belustigung, die mir Grauen einflößte.

Plötzlich trat er einen Schritt vor, und bevor ich auch nur seine Absicht ahnen konnte, stieß er mit dem Ende seines Stockes gegen meine Brust.

Dieser Stoß brachte mich aus dem Gleichgewicht. Ich stürzte hin, unglücklicherweise auf meinen verletzten Fuß, so daß ich vor Schmerz laut aufschrie.

Jetzt trat er dicht an mich heran und versetzte mir einen Tritt ins Gesicht, als mache ihm dies besonderen Spaß. Es war kein sonderlich harter Tritt; ich war schon viele Male kräftiger geschlagen worden. Aber ich bekam es doch mit der Angst zu tun.

Was war das für ein Monster?

Er setzte sich an der Stelle hin, wo ich vorhin gesessen hatte, und starrte mich an. Dann sagte er in gebrochenem Arabisch: »Du wirst mein Sklave sein!«

Er hob seinen Stock und stieß mich damit in den Mund.

Als ich einen schwachen Versuch unternahm, den Stock abzuwehren, lachte der Mann höhnisch.

Etwa eine Stunde lang saß er so da, stieß mit dem Stock nach mir und schlug mich gelegentlich damit. Schließlich stand er auf.

»Warum hast du vorhin gepfiffen?«

Dieser Mann war eine schlechte, teuflische Kreatur, kaum menschlich.

Ich wußte nicht, was er mit mir vorhatte. Mir fehlte es an der Kraft, diesen an sich so schwachen Mann zu überwinden.

Fehlte es mir auch an Witz?

»Ich habe nach einem Dschin gepfiffen.«

Das Lächeln verschwand aus seinem Gesicht, aber eine Art hinterhältiger Humor blieb.

»Nach einem Dschin? *Du?* Steh auf! Du bist mein Sklave. Steh auf und trage meinen Sack! Oder ich stecke dich in Brand! Ja, das werde ich tun! Ich werde dich in Brand stecken!«

Behutsam bemühte ich mich, meine Krücke in Position zu bringen.

Er beobachtete jede meiner Bewegungen, wahrscheinlich deswegen, um besser mit mir fertig werden zu können.

Ich brauchte ein paar Minuten, bis ich auf die Beine kam.

Er zeigte auf den Sack und sagte: »Bring ihn her zu mir!«

»Bringt mich nach Konstantinopel«, sagte ich. »Ihr werdet gut dafür bezahlt werden.«

Er warf mir einen geringschätzigen Blick zu.

»Du hältst mich wohl für einen Dummkopf, was? Aber ich werde es dir zeigen! Du bist mein Sklave. Wenn du nicht gehorchst, werde ich dich schlagen. Jawohl, ich werde dich schlagen! Oder ich werde dich verbrennen!«

Als ich auf den Beinen war, versuchte ich, mir den Sack über eine Schulter zu werfen, aber es gelang mir nicht.

Der Mann kam zu mir heran, achtete aber darauf, meiner gesunden Hand auszuweichen. Dann legte er mir den Sack auf die Schulter.

Ich war so schwach, daß ich unter dem Gewicht fast zusammengebrochen wäre. Aber schließlich schaffte ich es doch, einen Schritt zu tun.

Der Mann ging los und warf nur gelegentlich einen Blick zu mir zurück.

Ich konnte mich nur sehr langsam bewegen.

Schließlich kam er zu mir zurück.

»Du taugst nichts!« Er spuckte mir ins Gesicht. »Du taugst überhaupt nichts!«

Plötzlich sprang er mich an und begann mich mit seinem Stock zu schlagen.

Verzweifelt wollte ich ihn packen, aber da sprang er zurück und begann um mich herumzutanzen, wobei er immer wieder nach mir schlug und stieß.

Schließlich stürzte ich hin.

Dann fiel er wirklich über mich her und schlug erbarmungslos mit seinem Stock auf mich ein. Er versuchte sogar, mir Dreck in die Augen zu werfen. Das war ein Wahnsinniger!

Doch noch hatte ich mein Messer. Wenn ich ihn bloß dicht genug an mich heranbringen könnte!

Am Ende wurde er es aber doch leid, mich noch länger zu schlagen. Er machte ein kleines Feuer und begann eine Mahlzeit zuzubereiten. Einmal kam er mit einem Feuerbrand zu mir herüber und versuchte, damit nach meinen Augen zu stechen. Er verbrannte mir das Kinn, und ein Ohr wurde angesengt.

Aber als ich mit meiner Krücke ausholte und ihn ins Stolpern brachte, fiel er ins Feuer. Er schrie laut auf und wälzte sich vom Feuer weg. Zwar verfluchte und verwünschte er mich, aber er blieb mir jetzt doch vom Leibe und wagte sich nicht mehr in meine Reichweite.

Irgend etwas bewegte sich im Schatten hinter dem Feuer. Der Feuerschein flackerte auf einer seidig glänzenden Flanke!

»Ayesha!«

Der Name sprang mir unwillkürlich über die Lippen, und ich sah, wie das Pferd den Kopf hob und beim Klang des vertrauten Namens die Ohren spitzte.

Mein Quälgeist am Feuer drehte sich wie von einer Tarantel gestochen herum, und dann sah auch er die Stute. Er sprang auf die Beine, starrte das Pferd an und keuchte hörbar.

»Ist das dein Pferd?« Seine kleinen Knopfaugen funkelten bösartig. »Rufe es her! Dann bekommst du von mir das hier...« Er hielt einen dreckigen Knochen hoch, den ich nicht einmal einem Hund vorgeworfen hätte.

Meine Stute in den Händen dieses gemeinen Kerls... das war ein erschreckender Gedanke. Doch Ayesha, so temperamentvoll sie auch war, konnte eingefangen werden, wenn ich in ihrer Nähe war. Falls nicht etwas getan wurde, würde dieser bestialische Mann nicht nur mich, sondern auch die Stute quälen können.

»Ich kann das Pferd zu mir heranbringen, aber es hat Angst vor Fremden.«

Langsam und vorsichtig veränderte ich meine sitzende Stellung. Meine Finger tasteten nach der Bola mit den beiden Steinen und den Bogensehnen.

»Ich kann die Stute einfangen«, sagte ich. »Aber dafür gibt es nur einen Weg.«

Ich saß auf dem Boden und hatte meine gesunde Hand frei. Wie weit war er entfernt? Zwei Meter?

»Komm, Ayesha!« sagte ich. »Komm her zu mir!«

Die Stute war sich nicht sicher. Sie hob den Kopf, blähte die Nüstern auf, schnaubte in meine Richtung, stampfte auf den Boden und schüttelte den Kopf. Offenbar gefiel ihr die Witterung in ihren Nüstern ganz und gar nicht. Das konnte ich ihr auch kaum verdenken, denn der Geruch, den der Mann und ich verströmten, mußte ja erschreckend sein.

»Ayesha!« bat ich. »Komm!«

Zögernd kam sie einen Schritt näher und machte noch einen Schritt.

»Jetzt, Ayesha! Komm!«

Der Mann war einen Schritt nach vorn gegangen und konnte seinen Eifer kaum noch bezähmen. Seine Aufmerksamkeit war voll und ganz auf Ayesha gerichtet.

Meine Hand zuckte in schneller, huschender Bewegung nach vorn und schleuderte die beiden Steine am Hals des Mannes vorbei. Das Gewicht der Steine tat die beabsichtigte Wirkung. Die Leine wickelte sich um den dürren Hals des Mannes. Mit einem Ruck zerrte ich ihn auf mich zu.

Er fiel hin.

Ich ignorierte meine Verletzungen und warf mich auf ihn. Mit der kranken Hand hielt ich die Leine fest und packte mit der gesunden Hand meinen Dolch.

Der Mann kämpfte wie ein Wahnsinniger und schlug wild um sich, während er versuchte, sich von der Schlinge, die ihn zu ersticken drohte, zu befreien. Gemein trat er nach meinem verletzten Bein, und der Schmerz durchzuckte mich wie ein Blitzschlag. Ich keuchte vor Schmerzen und wurde schwach.

Trotzdem hob ich die Hand mit dem Dolch und stach nach meinem Widersacher. Er bekam drei Zentimeter der Klinge zu spüren, bevor die Spitze auf Knochen stieß.

Er brüllte und explodierte. Es gelang ihm, sich von meiner kranken Hand loszureißen. Er sprang hoch.

Doch ich dachte jetzt weder an Schmerzen noch an Gefahr. Ich mußte töten!

Töten!!!

Er mußte sterben, denn sonst würde ich sterben müssen. Ich durfte jetzt nicht versagen und ihm Ayesha überlassen.

Wieder warf ich mich auf ihn.

Er trat einen Moment auf meinen verletzten Fuß.

Rasender Schmerz durchzuckte mich.

Er versuchte zurückzuspringen, fiel aber rücklings ins Feuer.

Bevor er sich erheben oder auch nur bewegen konnte, fiel ich auf ihn und stieß und stach mit meinem Dolch zu, wieder und immer wieder.

Er schrie gellend auf, noch ein letztes heiseres Röcheln. Doch schließlich hörte er auf, sich noch länger zu wehren. Er konnte es nicht mehr. Seine Zähne waren gefletscht, und die weit aufgerissenen Augen starrten blicklos zum Himmel hinauf.

Ich ließ mich von ihm herunterfallen und kroch vom Feuer weg. Mir wurde übel.

Als ich lange Zeit später die Augen aufschlug, stand Ayesha vor mir.

43

Einem Mann mit Geld stößt oft Schlimmes zu. Tyrannei widerfährt ihm bestimmt, wenn er kein Geld hat.

Dies sage ich, Mathurin Kerbouchard, ein heimatloser Wanderer auf den fernen Straßen der Erde. Ich spreche als Mann, der Hunger und Festgelage, Armut und Reichtum, den Ruhm des Schwertes und die Erniedrigung der Wehrlosigkeit kennengelernt hat.

Ich kam ohne Geld in Konstantinopel an.

Hunger inspiriert kein Talent, und wenn er ein gewisses Maß überschreitet, tötet er Fähigkeiten und vernichtet Initiative.

Und ich hatte Hunger, auch wenn ich noch nicht ganz am Verhungern war.

Frauen haben mich gut behandelt; der Himmel segne sie dafür! Ich bin zu der Erkenntnis gelangt, daß ein Mann eigentlich nur zwei Sätze zu kennen braucht, um zu überleben. Mit dem ersten muß er um Nahrung bitten, mit dem zweiten einer Frau sagen, daß er sie liebt. Wenn er aus irgendwelchen Gründen auf den einen oder anderen Satz verzichten muß, dann sollte es der erste sein, denn wenn man einer Frau sagt, daß man sie liebt, wird sie einem auch zu essen geben.

Das war zumindest meine Erfahrung, auch wenn sie recht begrenzt war.

Doch eine solche Lösung kam im Moment für mich überhaupt nicht in Betracht, denn in meinen Lumpen machte ich alles andere als einen ritterlichen, galanten Eindruck. Lumpen ohne festes, aufregendes Fleisch darunter wecken nur wenig Mitgefühl und gar keine Leidenschaft.

Eine Frau, die einen verirrten Hund auf die Arme nimmt, wird sofort nach einer Wache rufen, wenn sich ihr ein verlaufener Mann nähert, es sei denn, daß er ungewöhnlich stattlich aussieht, doch selbst dann nicht allzu oft, denn der weibliche Geist konnte leicht auf den Gedanken kommen, daß der Mann mehr an ihrem Geld als an intimen Möglichkeiten interessiert ist.

Jetzt war ich mutterseelenallein in Konstantinopel... ein zerlumpter, mittelloser Vagabund inmitten von all dem Glanz des byzantinischen Reiches. Überall um mich herum gab es Reichtum, Luxus und Dekadenz. Mit den ersten beiden hatte ich jetzt nichts zu tun, aber Dekadenz ist das einzige Attribut der sehr Reichen, zu dem auch der Arme Zugang hat.

Dekadenz ist für alle erreichbar, nur wird sie beim Reichen besser genährt, besser gekleidet und besser gebettet.

Städte wurden für Eroberungen gebaut. Jetzt mußte ich, ein Vagabund, diese Stadt hier erobern, und zwar lediglich mit den Waffen, die mir meine Erfahrung geliefert hatte.

Für einen Mann ohne Geld – ich brachte es nicht fertig, mich als armen Mann zu bezeichnen – ist der offensichtliche Weg zu Reichtum der Diebstahl.

Diebstahl ist jedoch nur ein Verbrechen für sehr ignorante Leute; nur die Dümmsten lassen sich darauf ein. Diebstahl ist vulgär, ein Hinweis darauf, daß es einem an Witz und Verstand mangelt. Die Strafe überwiegt bei weitem den möglichen Gewinn.

Einem Mann in Lumpen sind alle Türen versperrt. Unter den gegenwärtigen Umständen würden mir lediglich einfachere Beschäftigungen offenstehen. Ich, der Sohn von Kerbouchard, ein Handelskaufmann, ein Gelehrter, ein Sprachenkenner, ein Arzt und sogar so etwas wie ein Alchimist, hatte die Möglichkeit, ein Akrobat oder Zauberer zu sein. Doch welche Beschäftigung liegt für einen Mann mit Witz außer Reichweite?

Was nutzen Fähigkeiten, wenn sie nicht bekannt sind? Jetzt bestand also mein Problem darin, meine Fähigkeiten und mich selber bekannt zu machen.

Akrobat kam wegen meiner Gesundheit und physischen Verfassung nicht in Betracht. Als Zauberer mußte ich in einer solchen Stadt weit unter dem Durchschnitt liegen. Als Söldner war der Weg zum Reichtum zu lang. Außerdem mußte ich ja auch noch meinen Vater suchen und ihn, falls ich ihn fand, auch retten.

Da es mir an geeigneter Kleidung fehlte, konnte ich mich auch nicht als Arzt ausgeben, denn ein zerlumpter, schlecht gekleideter Arzt erweckt kein Vertrauen.

Vielleicht Geschichtenerzähler? Bisher war der Flug meiner Phantasie stets nur für die Ohren von Frauen reserviert gewesen, denn ich hatte schon seit langem festgestellt, daß männliche Schönheit als Anreiz für eine Frau doch stark überschätzt wird. Frauen kann man am besten durch ihre Ohren ins Boudoir führen. Das ist für einen Mann, der gut reden und ein bißchen Witz, aber nicht zuviel, einflechten kann, gar kein Problem.

Soweit es Frauen betrifft, erreicht man bei ihnen am meisten durch den Klang der Stimme, durch die Worte, die gesprochen werden, und natürlich auch durch die Geschicklichkeit, mit der man solche Worte ausspricht, vor allem dann, wenn sie mit ein wenig, aber nicht zuviel Bescheidenheit kombiniert werden.

Was ich aber jetzt unbedingt brauchte, waren ein paar Münzen, nur ein paar armselige Dirhams. Also würde ich ein Märchenerzähler werden, denn die meisten Leute, die diese Beschäftigung ausübten, waren in Lumpen gekleidet. Auf diese Weise würde ich meine Zuhörer, falls es welche gab, informieren können, was für ein Mann ich war.

Ayesha hatte mich an den Rand eines Basars gebracht, offenbar von einem eigenen inneren Zauber angetrieben. Im Schatten eines großen alten Gebäudes gab es einen Stein.

Ein polierter Stein, den zweifellos die Hintern von müßigen Armen so glänzend gemacht hatten. Dieser Stein verhalf mir zu einer Inspiration.

Ich band Ayesha im Schatten an, und zwar so, daß sie ein paar Blätter wildern konnte. Dann setzte ich mich auf den Stein und schaute mich nach Passanten und Herumtreibern um.

Bevor ich jedoch den Mund auftun konnte, um etwas zu sagen, gab es ein mächtiges Gebrüll. Ein großer, bärtiger Tölpel kam auf mich losgestürzt und schrie: »Fort! Verschwinde, du Vagabund! Weißt du denn nicht, daß du den Platz von Abdullah, dem Geschichtenerzähler, eingenommen hast?«

Er blieb vor mir stehen, und sein Bart zitterte vor Wut. Die Augen quollen ihm förmlich aus dem Kopf. Sein dicker Bauch wabbelte.

»Ich zweifle nicht daran, daß andere schon deinen Platz eingenommen haben«, sagte ich kühl. »Aber ich gehöre nicht zu ihnen. Wenn dies hier der Stein ist, von dem du redest, so habe ich ihn unbesetzt vorgefunden. Und jetzt, Vater des Ungeziefers, Sohn der Niedertracht, verschwinde! Ich bin gerade dabei, diesen Herren hier ...« ich zeigte mit weitausholender Geste auf die wachsende Menge amüsierter Zuschauer, »die atemberaubende Geschichte eines Diebes und einer Sultanstochter zu erzählen! Der Dieb hatte sich in ihr Schlafgemach eingeschlichen und...«

»*Was?*« Er kreischte beinahe. »Niemals! Niemand außer Abdullah wird hier Geschichten erzählen! Fort mit dir, oder ich ziehe mein Schwert heraus!«

»Insekt! Du bist doch viel zu plump, um überhaupt ein Schwert halten zu können, und dein Bauch ist so dick, daß du nicht mal eine Schwertspitze sehen kannst!«

Der fette Graubart packte drohend den Griff seines Schwertes.

»Weg mit dir! Oder ich schneide dir das Herz heraus! Zieh dein Schwert!«

»Mein Geist ist mein Schwert«, erwiderte ich. »Und wenn du noch länger hierbleibst, wirst du die scharfe Schneide zu spüren bekommen!«

Eine größere Menge hatte sich inzwischen angesammelt und war wie immer bereit, einen Streit oder Wortwechsel zu genießen. Ihrem Gesichtsausdruck nach zu urteilen, freuten sich alle, daß der pompöse alte Geschichtenerzähler ganz offensichtlich den kürzeren zog.

Mein Blick wanderte über die Menge. Bettler und Müßiggänger, aber auch ein paar Ladenbesitzer und Handwerker.

»Was kannst du schon für Geschichten erzählen?« höhnte ich. »Du, der du doch weiter nichts getan hast, als diesen Stein mit deinem fetten Hintern zu polieren! Und ich? Welches Meer hat mein Schiff noch nicht gesehen? Welche Straßen haben nicht ihren Staub an meinen Füßen hinterlassen?«

Er plusterte sich mächtig auf, tobte und packte erneut sein Schwert. Wütend funkelte er mich an.

»Zieh ruhig dein Schwert!« forderte ich ihn auf. »Dann werde ich dir mit deiner eigenen Klinge den Hintern versohlen! Oder ich reiße dir den Bart aus, Haar für Haar!«

Ich zeigte auf seinen dicken Bauch und sagte zu der Menge: »Seht ihn euch doch mal an! Ist dieses aufgeblähte Ding da ein Geschichtenerzähler? Oder verbirgt er darin Reichtum? Wie man sagt, ist der Geschichtenerzähler Abdullah in Wirklichkeit der Spitzel Abdullah, der Belohnungen für Informationen erhält!«

Ich beugte mich der Menge zu und blinzelte, um anzudeuten, daß es mir nicht ernst war.

»Glaubt ihr, daß diese monströse Schwellung tatsächlich nur ein *Bauch* ist? Wer das glaubt, ist ein Dummkopf! Das Ding da ist ein riesiger Sack, in dem er seinen Reichtum mit sich herumschleppt!«

Ich zeigte auf den dicken Bauch und sagte: »Ich überlege, wieviel Reichtum wohl in diesem Sack versteckt ist! Wollen wir ihn mal aufmachen und nachsehen?«

»Nein!« brüllte Abdullah. »Dieser Mann ist ein...!«

Ich zückte meinen Dolch und prüfte mit dem Daumen die Schneide.

»Komm! Laß uns diesen Beutel mal aufmachen und nachsehen, ob ich recht habe oder nicht. Wenn ich mich irre...« ich spreizte beide Hände, »...werde ich meinen Irrtum eingestehen und mich bei dir entschuldigen.« Geringschätzig fuhr ich fort: »Aber vielleicht ist ja nur Wind drin! Aber laß uns mal nachsehen. Komm, Abdullah! Eine faire Probe. Laß uns den Beutel mal aufmachen!«

Ich sah die Menge an.

»Ich wette, daß dieser Beutel mit Münzen gefüllt ist! Wer nimmt die Wette an?«

Die Menge stimmte zu und amüsierte sich über Abdullahs Erstaunen, das sich rapide in Protest und auch einen Anflug von Furcht wandelte.

Ein breitschultriger Mann mit bloßer, behaarter Brust drängte sich durch die Menge.

»Ich wette, daß es weiter nichts ist als Wind! Da drin sind bestimmt keine Münzen! Ich nehme deine Herausforderung an. Öffne den Beutel!«

»Komm, Abdullah, du bist doch kein Spielverderber! Hilf uns, die Wette zu erledigen!«

Ich langte mit der linken Hand nach seiner Schärpe. In der rechten Hand hielt ich meinen Dolch.

Für einen so ungeschlachten Mann sprang er erstaunlich gewandt zurück, doch dabei geriet er ins Stolpern und fiel in einen Haufen Kamelmist.

»Komm!« protestierte ich. »Verstecke dich doch nicht da unten! Ich werde deinen Sack in einem einzigen Augenblick geöffnet haben!«

Während ich dies sagte, packte ich ihn an seinem Bart, eine tödliche Beleidigung in jedem moslemischen Land. Ich hielt die Spitze meines Dolches an seinen feisten Bauch.

Ich drehte die Hand etwas herum und schlug ihm mit der Faust, die das Messer hielt, leicht auf den Bauch.

»Hier?« fragte ich die Menge. »Oder wollen wir lieber hier aufmachen?« Dabei schlug ich Abdullah leicht in die Seite.

»Versuch's doch mal da!« sagte der breitschultrige Mann und zeigte mit den Zehenspitzen auf eine Stelle direkt unterhalb der Schärpe.

»Perfekt!« sagte ich, ließ den Bart los und hob die Hand mit dem Dolch. »Jetzt...!«

Abdullah schoß unter meiner Hand hinweg wie ein Aal aus einer eingefetteten Hand. Er sprang auf die Beine, fiel halb gegen das Gebäude und ergriff dann Hals über Kopf die Flucht.

Das Gelächter der Menge folgte ihm.

Einige Leute begannen sich zu entfernen, aber viele blieben.

»Da!« sagte ein Grieche und zeigte auf den Stein. »Du hast den König entthront. Nimm jetzt seinen Platz ein und erzähle uns eine Geschichte!«

Dieser Grieche war ein schlanker, anmutiger Mann in braunem Umhang, der am Kragen und am unteren Saum reich mit Edelsteinen bestickt war. Es handelte sich um Perlen und Granatsteine. Unter dem Umhang trug der Mann eine Tunika, die bis zu den Knien reichte.

Er deutete auf Ayesha.

»Deine Stute ist ein Vollblut. So eine Stute wäre sogar der Stolz eines Königs.«

»Es gibt Könige und Könige«, sagte ich. »Und die Stute gehört mir.«

Er nahm eine Münze aus seiner Schärpe und warf mir das Geldstück mit achtloser Geste zu. Es glitzerte golden im Sonnenlicht.

Ich fing die Münze geschickt in der Luft auf.

»Und nun komm, du Erzähler von Geschichten!« sagte der Grieche. »Laß uns mal hören, was du kannst!«

Ich verbeugte mich tief und sagte spöttisch: »O Mächtiger, was ist Euer Begehren? Möchtet Ihr eine Geschichte über den Kalifen von Bagdad hören? Oder über die Belagerung von Troja? Etwas von Aristophanes? Von Firdusi? Oder möchtet Ihr lieber von fernen Meeren und Ländern hören, die den Byzantinern unbekannt sind?«

»Kann es denn so etwas geben?« fragte er und zog überheblich eine Braue hoch. »Byzanz ist doch das Zentrum der Welt!«

»Ach...?«

»Zweifelst du etwa daran, Vagabund?«

»Ich erinnere mich nur an Rom, Karthago, Babylon, Ninive ... und jedesmal war es das Zentrum der Welt! Und jetzt? Nur noch Ruinen!«

Er war sichtlich amüsiert.

»Meinst du, daß es dieser Stadt hier genauso ergehen wird?« fragte er. »Du machst Spaß!«

»Hätte ich in einer dieser Städte gefragt, wer hätte wohl geglaubt, daß sie eines Tages in Ruinen liegen würden? Jedes Zeitalter ist ein Zeitalter, das vorübergeht, und Städte, mein Freund, sind vergängliche Dinge. Jede Stadt wird aus dem Staub geboren. Sie reift, wird älter, verblaßt dann und stirbt schließlich. Ein vorbeikommender Reisender betrachtet einen Haufen Sand und zerbrochenes Gestein, dann fragt er: ›Was war hier einmal?‹ Und seine Antwort ist nur ein Echo oder ein Windhauch, der Sand vor sich her weht.«

Ich verneigte mich abermals höflich.

»Vielleicht wird Eure Stadt neues Leben, neues Blut aus den Steppen beziehen«, sagte ich und sah ihm dabei direkt in die Augen. »Vielleicht wird das Blut hier jetzt allmählich dünn. Parfüm wird mehr geschätzt als Schweiß.«

»Du hast von Troja gesprochen? Was weißt du denn von Troja?«

»Wahrscheinlich nicht mehr, als Virgil oder Homer gewußt haben. Aber vielleicht doch etwas mehr, denn ich selbst habe ein Ruder auf einer Galeere in Händen gehabt.«

»Ein Sklave? Hatte ich mir doch gleich gedacht!«

»Sind wir gelegentlich nicht alle Sklaven? Des Brauchtums? Einer Situation? Einer Idee? Wer unter uns ist wahrhaftig frei, Byzantiner? Ja, ich bin ein Sklave gewesen, aber auch vieles andere, zum Beispiel ein Seemann auf Homers weindunklen Meeren, aber auch auf vielen anderen, die den Byzantinern noch unbekannt sind.«

»Schon wieder diese Behauptung! Was für Meere?«

»Habt Ihr Pytheas gelesen? Oder Skylax? Eudoxus? Ich bin über die Meere gesegelt, über die Pytheas segelte. Soll ich von ihnen sprechen?«

»Das würde uns doch nur ablenken.«

Der Byzantiner mochte mich nicht.

»Erzähle uns etwas, Vagabund, und wenn deine Geschichte gut ist, sollst du noch eine Münze haben.«

Ich saß auf dem glänzenden polierten Stein, schlug die Beine übereinander und sagte: »So wisset denn, daß weit im Westen ein kalter Landfinger ins dunkle Gewässer des Meeres vorstößt, das man den Atlantik nennt. An dieser seltsamen Felsküste leben hart arbeitende Leute, die sich seit uralten Zeiten ihren Lebensunterhalt aus dem Meer holen. Seit undenklichen Zeiten haben sie auf fernen Meeren nach Fisch gesucht. So wisset denn, Byzantiner, daß diese Männer vor langer Zeit große Schiffe aus Eichenholz gebaut haben. Schiffe, die hoch über die Galeeren von Rom hinausragten. Großartige Schiffe mit ledernen Segeln und ohne Ruder. Mit diesen Schiffen segelten die Männer zu fernen Ländern. Sie folgten dem Flug der großen Graugänse, die jedes Jahr nach Westen zu kälteren und immer kälteren Gewässern ziehen. Diese Männer sind nach Island, Grönland und sogar zu den Küsten dahinter gesegelt.«

»Dahinter?«

»Es gibt immer die Küsten dahinter, denn dies haben die Götter den Menschen gegeben: Wir sollen immer diese fernen Küsten erahnen und immer einem Traum folgen. Es soll immer ein Meer geben, das noch erforscht werden kann. Denn nur darin ist der Mensch großartig, wenn er sucht, was hinter den Horizonten liegt, und es gibt unendlich viele Horizonte, die wartend daliegen. Nur im Suchen ist der Mensch bedeutend. Im Suchen nach Antworten... und im Schatten, den er auf dem Lande hinterläßt.«

»Schatten?«

»Der Mensch selbst ist klein, aber seine Tempel, seine Pyramiden, seine Kathedralen... da vollbringt er Großes und hinterläßt den Schatten seines Daseins auf dem Land.«

Er konnte mich nicht leiden, denn ich beleidigte seinen angeborenen Sinn für Überlegenheit. Ihm wurden jetzt Dinge bewußt, die er bisher nicht gekannt hatte. Dieser Gedanke ärgerte und reizte ihn. Doch er musterte mich sehr nachdenklich.

»Du scheinst über einiges Wissen zu verfügen«, sagte er. »Woher kommst du?«

»Von weit her.«

Ich konnte ihn ebenfalls nicht leiden.

»Möchtest du die Stute verkaufen?«

»Nein.«

»Ich könnte sie einfach nehmen.« Er betrachtete mich mit kühler Aufmerksamkeit, und ich traute ihm zu, es zu versuchen.

»Das würde ich an Eurer Stelle lieber nicht tun«, sagte ich.

»Denn wir verstehen uns gegenseitig, meine Stute und ich. Deshalb werde ich sie haben, bis einer von uns stirbt.«

»Das könnte arrangiert werden.«

Ich lächelte, und dieses Lächeln überraschte ihn.

»Dann plant es gut, Byzantiner, denn der Tod ist ein Gast, der jeden Mann besuchen kann.«

»Du wagst es, *mir* zu drohen?«

»Drohen?« Ich gab mich so überrascht wie möglich. »Ich habe doch lediglich eine philosophische Feststellung gemacht.«

Er starrte mich an, als wollte er mich zwingen, den Blick abzuwenden. Dann sagte er eiskalt: »Ich habe Bildung immer für eine gefährliche Sache gehalten.«

»Woher solltet Ihr das denn wissen?« fragte ich.

Jetzt wurde er blaß bis in die Lippen. Er trat etwas vor, als wollte er mich schlagen.

Aber ich rührte mich nicht.

»Das würde ich an Eurer Stelle lieber nicht tun«, sagte ich abermals. »Es sei denn, daß Ihr bereit seid, die Konsequenzen zu akzeptieren.«

Wir starrten uns noch einen Moment lang in die Augen, dann raffte er seinen Umhang und ging davon.

Ganz in der Nähe hatte ein junger Mann gestanden und aufmerksam zugehört.

»Du machst dir leicht Feinde«, sagte er. »Dieser fette Geschichtenerzähler ist ja nichts, aber dieser Mann, der eben gegangen ist, ist gefährlich!«

Er schien mir freundlich gesonnen zu sein, und ich brauchte Freunde.

»Ich bin Kerbouchard, ein Wanderer.«

»Und ich bin Philipp.«

»Von Mazedonien?« fragte ich lächelnd.

»Merkwürdigerweise ... ja.«

Meine Zuhörer, falls man sie so nennen konnte, entfernten sich.

»Du bist staubig von der Reise«, sagte Philipp und schlug vor: »Warum kommst du nicht mit mir?«

Im Moment gab es wenig, was ich mir mehr wünschte als ein Bad und einen Kleiderwechsel. Die Goldmünzen würden mir zumindest zu einfachen, bescheidenen Kleidungsstücken verhelfen.

Wir gingen davon. Ich führte Ayesha am Zügel. Die Stute war in der Nähe des Basars sehr glücklich gewesen.

Philipp sprach von dem jungen Aristokraten, mit dem ich den Wortwechsel gehabt hatte.

»Er heißt Bardas und ist ein enger Freund von Andronicus Comnenus, dem Vetter des Kaisers Manuel I.«

Andronicus war ein stattlicher Mann von brillantem Witz, sehr elegant, ein Athlet und Krieger, beliebt bei den Leuten, die nichts von seiner wahren Natur ahnten. Man hatte ihn den »Alkibiades des byzantinischen Zeitalters« genannt. Von Frauen wurde er vergöttert, doch er war ein Heuchler, Intrigant und Meineidiger.

Um sich versammelt hatte er, was viele für die intellektuelle und künstlerische Elite hielten. In Wirklichkeit aber handelte es sich um eine Gruppe gelangweilter Männer und Wüstlinge, die glattzüngig über Kunst, Musik und Literatur redeten, ohne jedoch davon überzeugt zu sein. Sicher waren sie sich nur ihrer eigenen Vorurteile. In der Hauptsache waren sie an ihrer eigenen Position interessiert. Sie suchten sich einfach diesen Schriftsteller oder jenen Komponisten aus und erhoben ihn in den Himmel, bis der entsprechende Mann sie wieder langweilte. Dann ließen sie ihn einfach fallen und suchten sich einen neuen. Gelegentlich waren Künstler, die dafür ausgesucht wurden, von echtem Talent mit ausgezeichneten Fähigkeiten; meistens aber handelte es sich um recht obskure Persönlichkeiten, die bei Dilettanten die Illusion von Tiefe und Qualität erzeugten. In der Mehrzahl der Fälle war alles, was für tiefgründig gehalten wurde, schlechte Schreiberei oder schlechte Malerei.

Da Manuel I. seinen Vetter Andronicus der Verschwörung gegen ihn verdächtigte, hatte Andronicus den größten Teil seines Lebens im Exil verbracht. Jetzt, mit sechzig Jahren, war er in die Hauptstadt zurückgekehrt.

»Verstehe die Sache nicht falsch!« warnte mich Philipp. »Bardas hat nicht nur Macht, er ist auch sehr gehässig und steht Andronicus sehr nahe, der geradezu bestialisch grausam sein kann.«

»Es ist unwahrscheinlich, daß ich ihn jemals wiedersehen werde«, sagte ich. »Ich muß einen Weg finden, um Geld zu verdienen, und so werde ich mich kaum in den Stadtteilen aufhalten, wo ich ihm möglicherweise begegnen könnte.«

»Er treibt sich auf den Märkten herum«, erklärte mein neuer Freund. »Er kann überall sein. Er mag Frauen seiner Klasse nicht und sucht sich lieber häßliche, oft schmutzige Frauen aus den Armenvierteln. Wenn er nicht mit Andronicus zusammen ist, meidet er alle, die für gleichberechtigt gehalten werden könnten.

Er zieht Frauen vor, die er verachtet. Ihnen gegenüber kann er grausam sein, ohne mit Vergeltung rechnen zu müssen. Über ihn wird in allen Unterkünften der Stadt gesprochen.« Er fügte hinzu: »Er läßt sich von einer Gruppe Schurken beschützen, die er sich hält. Sie sind ebenfalls Verschwörer und Meineidige.«

Philipps Haus war schon alt, aber gemütlich. Das Bad war ein Überbleibsel aus der Römerzeit, sehr groß und luxuriös. Während ich badete, ging Philipp auf den Markt und kaufte für die Goldmünzen, die Bardas mir gegeben hatte, ein paar Kleidungsstücke für mich ein.

Ich sah mich Problemen gegenüber, die jeden Mann entmutigen mußten.

Mein Vater war versklavt und mußte Unwürdigkeiten und Folter erleiden, die ich mir kaum vorstellen konnte.

Gegen eine Burg, die den stärksten Königen getrotzt hatte, war ich machtlos, und der Alte vom Berge hatte seine Spione überall.

Zuallererst mußte ich ein Einkommen haben. Alles, was ich bisher im Leben getan hatte, lag ruiniert hinter mir.

Wären unsere Waren verkauft worden, wäre ich jetzt ein reicher Mann gewesen und hätte mich ganz nach Belieben bewegen können. Ich hätte sogar eine Gruppe von Söldnern anheuern können, um mir von ihnen helfen zu lassen.

Der *Hansgraf* war tot. Alle Mitglieder der Gesellschaft, die ich gekannt hatte, waren ebenfalls tot.

Und falls Susanne noch am Leben war... wie konnte ich denn mit leeren Händen wieder zu ihr gehen?

44

Meine zwei Goldstücke statteten mich mit passender und ausreichender Kleidung aus. Dafür schuldete ich Bardas Dank, was immer ich auch sonst von ihm oder er von mir dachte.

Nachdem ich mich der reinen Freude des heißen, duftenden Wassers hingegeben hatte, begann ich über mein Problem nachzudenken.

Meine Druiden-Ausbildung hatte mich die grundlegenden Prinzipien vernünftiger Überlegung gelehrt. Erst muß man das Problem definieren, denn ein klar definiertes Problem ist meistens schon so gut wie gelöst. Man muß das Für und Wider an Beweisen gegeneinander abwägen. Unerhebliches muß man weglassen. Dann kann man versuchsweise eine Lösung formulieren und sie schließlich erproben.

Ich hatte gleich mehrere Probleme. Erstens mußte ich wieder zu Kräften kommen und gesund werden, wenn ich meinen Vater befreien wollte. Zweitens brauchte ich Geld für meinen Unterhalt. Drittens mußte ich meinen Vater aus dem Tal der *Assassinen* retten.

Vor allem mußte ich meine Route von Konstantinopel nach dem Elbursgebirge und der Festung Alamut festlegen. Dann war da auch noch die Frage der Identität, die ich annehmen sollte, um mich für meine Zwecke zu tarnen. Außerdem mußte ich alle Methoden erforschen, die mir helfen konnten, in die Festung selbst einzudringen.

Ich mußte den Mann finden, der Safias Informationsquelle war.

Ein Sklave brachte Essen und Wein.

Ich setzte mich auf eine Marmorbank, nur in einen dicken Umhang gewickelt, und begann zu essen.

Philipp schloß sich mir an und brachte zwei Bücher mit: *Chronographia* und *Alexias*. Ersteres hatte ich bereits gelesen, letzteres noch nicht.

Das erste Buch war von Michael Psellos, einem jungen Mann, dessen Leben der Gelehrsamkeit und dem höfischen Leben in den großen Jahren des byzantinischen Reiches gewidmet gewesen war. Er war 1018 in Konstantinopel geboren worden und hatte sein Leben am kaiserlichen Hof verbracht, oft in bedeutenden Positionen.

Das Buch *Alexias* war ein Bericht über Kaiser Alexios I. Er hatte von 1069 bis 1118 regiert. Geschrieben hatte dieses Buch seine Tochter Anna Comnena, eine der brillantesten Frauen ihrer Zeit.

Philipp brachte Brot und deutete auf die beiden Bücher.

»Bücher sind in Byzanz jetzt rar«, sagte er. »Aber das war nicht immer so. Wir hatten einmal großartige Schulen. Es gab Bücher im Überfluß. Aber die Schulen wurden aus religiösen Gründen abgeschafft.«

»Und jetzt?«

»Wir haben wieder Schulen, aber es ist nicht mehr so wie früher.«

Er war ein großer junger Mann von schlankem, athletischem Körperbau; er hatte einen schmalen Kopf und ein langes Gesicht.

Es war ein düsteres Gesicht, aber wenn er plötzlich lächelte, hellte es sich auf.

Philipp stammte aus einer sehr alten Familie, obwohl sein Vater ein Söldner aus Mazedonien gewesen war. Das Haus, in dem Philipp lebte, hatte einmal Belisarius, Justinians großem General, gehört.

Philipp war an sich äußerst attraktiv, aber ich konnte ihn nicht so recht verstehen, denn er tat nichts. Das war für einen Mann von meiner Energie unglaublich. Er war bescheiden wohlhabend und hatte eine Familienposition sowie die Möglichkeit für ein Amt, doch er zog es vor, seine Zeit zu vertrödeln. Es gab Dinge, die er zu tun gedachte; eine Reise zum Nil, zu den phönizischen Häfen. Er wollte schreiben. Doch er tat nichts dergleichen.

Als ich ihm von meinen Erlebnissen hinter dem Schwarzen Meer erzählte, sagte er: »Du hast Glück gehabt, in die Stadt zu gelangen. Es werden alle Anstrengungen unternommen, alle fernzuhalten, die keinen definitiven Zweck verfolgen oder ausreichende Geldmittel haben, um davon leben zu können. Du wirst hier keinerlei Beschäftigung finden, Kerbouchard. Das gesamte Geschäftsleben wird von Gilden und Regierung streng geregelt.«

Der gegenwärtige Kaiser Manuel I. regierte recht gut, aber die Stadt hatte die Zeit ihrer großen Blüte hinter sich. Ich fand vieles in der Stadt großartig, aber es gab auch ganze Stadtviertel in Trümmern, nur noch von Dieben und Bettlern bewohnt.

Der eleganteste Geschäftsbezirk lag abseits vom Goldenen Horn. Die große Zentralallee mit Arkaden erstreckte sich zwei Meilen weit in beide Richtungen; sie führte durch die Märkte und an den Geschäften vorbei. Kleidermacher, Goldschmiede (die zugleich Geldverleiher waren), Silberschmiede, Juweliere, Töpfer, Lederarbeiter, sie alle hatten Läden in den Arkaden. Das »Haus der Lichter«, wo es immer noch den Seidenmarkt gab, war ein bekannter Ort und die ganze Nacht erhellt. Seide war viele Jahre ein kaiserliches Monopol gewesen, aber es hatten sich Weber gefunden, die nicht unter kaiserlicher Kontrolle standen.

Lange vor unserer Zeitrechnung war Konstantinopel Markt für Produkte aus China, Persien, Zentralasien, Rußland und Europa gewesen. Bereits im Jahre 556 v. Chr. waren Schiffe aus China zum Persischen Golf gekommen, um mit Ur oder den Chaldäern Handel zu treiben.

Die Stadt Konstantinopel, auch als Byzanz bekannt, war ein grob umrissenes Dreieck, das in Europa lag und mit der Spitze nach Asien zeigte. Auf der Landkarte wurde die Stadt durch einen Wall von elf Toren geschützt; die Halbinsel lag zwischen dem Marmarameer und dem Goldenen Horn, durch den Bosporus von Asien getrennt.

Konstantinopel war wie Rom auf sieben Hügeln erbaut. Die Hügel, die dem Bosporus und dem Goldenen Horn gegenüberlagen, waren relativ steil, aber sie fielen zum Marmarameer hin sanft ab.

Strabo, ein Geograph aus alter Zeit, behauptete, daß die Bucht von Byzanz einem Hirschgeweih ähnlich sei. Wenn das Wasser von den Strahlen der untergehenden Sonne überflutet wurde, schimmerte es wie poliertes Gold, geschmückt mit den kleinen Schiffen, die auf dem Gewässer herumfuhren.

»Falls du die Geschichte noch nicht gehört hast, wird es dich amüsieren, wie der Bosporus zu seinem Namen gekommen ist«, sagte Philipp. »Es wird behauptet, daß Io, die Geliebte von Zeus, von dessen Ehefrau verfolgt und von Land zu Land getrieben wurde, bis sie schließlich an die Küste des Bosporus gelangte. In eine Kuh verwandelt, watete sie ins Wasser und schwamm sicher hinüber. Deshalb gab man dieser Wasserstraße den Namen Bosporus, der nichts anderes bedeutet als das ›Durchqueren der Kuh‹.«

Ich stellte fest, daß das Goldene Horn vier Meilen lang und etwa eine Viertelmeile breit war. An den zum Meer zeigenden Seiten der Stadt gab es Mauern, aber außerhalb der Mauern befanden sich längs der Küste des Goldenen Horns die Kais und Lagerhäuser; dort lagen Handelsschiffe angebunden oder vor Anker. Dahinter waren die Häuser und Aufenthaltsorte der Seefahrer; diese Bauwerke waren auf Pfeilern über dem Wasser errichtet. Noch weiter zurück, wo sich die Stadtmauer zum Wasser erstreckte, lag der kaiserliche Palast.

Es gab prächtige Bauwerke; die Sophienkirche, die neue Basilika von Basil I. und die Kirche der heiligen Apostel.

In der Nähe des Bezirkes, wo Philipp zu Hause war, gab es den kaiserlichen Portiko und die kaiserliche Bibliothek. Öffentliche Bibliotheken gab es in Konstantinopel nicht.

Ich konnte auch nichts von der geistigen Freiheit entdecken, an die ich mich in Cordoba gewöhnt hatte. Das Leben war hier weniger lässig und wurde durch Gesetz und Brauchtum stark beschnitten und eingeengt.

Eines Abends gingen wir in eine Weinstube, die im extravaganten Stil der Byzantiner eingerichtet war und in der Nähe vom königlichen Portiko lag.

Ein Dutzend Männer saß herum, trank und unterhielt sich in gedämpftem Tonfall.

Wir setzten uns ebenfalls hin.

Philipp bestellte eine Flasche Wein.

Wir lauschten den Unterhaltungen.

Manche Männer sprachen von Unruhen im Norden, andere redeten über Handel oder über ihre Geliebten. Man berichtete sich gegenseitig, wieviel Wein man in der Nacht vorher getrunken hatte. Man sprach vom Wildfang und vom Zirkus.

Viele schienen Anhänger von Andronicus, dem Vetter des Kaisers, zu sein; man hoffte, daß Andronicus den Kaiser ablösen und ersetzen würde.

Im Vergleich zu den intellektuellen Gesprächen in Cordoba kam mir diese Unterhaltung hier geschraubt und langweilig vor. Ich wurde bald unruhig und war bereit, der Stadt wieder zu entrinnen. Doch dazu brauchte ich dringend Geld. Ich mußte mir etwas einfallen lassen, womit ich zu Einkommen gelangen konnte.

Während ich den anderen Männern zuhörte, kam mir plötzlich eine Idee.

Wenn Bücher in dieser Stadt so selten und knapp waren, warum sollte ich dann nicht einige aus dem Gedächtnis kopieren?

An wieviel erinnerte ich mich noch? Die Autoren dieser Bücher waren seit ein paar hundert Jahren tot; also könnte man doch nur froh darüber sein, wenn ihre Werke wieder in Umlauf gebracht wurden. Wenn ich mehrere Bücher kopierte, würde es mir vielleicht möglich sein, sie Leuten anzubieten, die mir dank ihrer Positionen helfen konnten.

Mönche und Laienschreiber kopierten Bücher, viele für den Export, aber dabei handelte es sich um Werke religiöser Natur. Bücher anderer Art waren kaum zu entdecken und fast unmöglich zu finden.

Plötzlich wurde die Tür geöffnet. Zwei Männer kamen herein. Hinter der Tür sah ich noch andere Männer, wahrscheinlich eine Leibwache.

Der erste Mann war stattlich gebaut und hatte einen schön geformten Kopf mit prächtigen Augen. Er strahlte königliche Würde aus. Dieser Mann war Andronicus Comnenus.

Sein Begleiter war Bardas.

Sie kamen zu unserem Tisch.

Philipp erhob sich hastig, aber ich stand nicht auf; vielleicht deswegen nicht, weil Bardas hier war. An sich war es meine Art, mich den Sitten und Gebräuchen des Landes anzupassen, in dem ich mich gerade aufhielt, aber diesmal tat ich es ausnahmsweise einmal nicht, sondern blieb sitzen.

»Aufstehen!« befahl Bardas zornig. »Du befindest dich in Gegenwart von Andronicus Comnenus!«

»Ich respektiere ihn, aber in meinem Lande ist es nicht Brauch für Leute meines Standes, sich in Anwesenheit von Königen vom Platz zu erheben. Könige unterbrechen uns auch nicht, wenn wir reden!«

Philipp wurde blaß.

Bardas war schockiert.

Andronicus war lediglich neugierig, und das sprach für ihn.

»Aus welchem Land kommt Ihr denn?« fragte er mich höflich. »Ich kenne den Brauch nicht, den Ihr eben erwähnt habt.«

»Aus Armorica im Frankenland, weit westlich von hier. Ich stamme aus einer Druidenfamilie. In früheren Generationen waren wir Priester und Berater von Königen.«

Sein Interesse verstärkte sich, wie sein scharfer Blick verriet. Er setzte sich zu uns an den Tisch.

»Ja, ja, natürlich! Ich hätte mich erinnern sollen! Doch ich nahm an, daß alle Druiden längst tot sind!«

»In meinem Land halten sich Sitten und Gebräuche sehr lange«, erwiderte ich. »Doch nur wenige geben das alte Ritual und das alte Wissen weiter.«

»Lernen durch Überlieferung, nicht wahr? Der Vater erzählt, und der Sohn lernt es auswendig?«

»In meinem Fall von Onkel zu Neffe. Die Druiden waren Vorfahren meiner Mutter.«

Er war sehr interessiert, wie ich es in einem ähnlichen Fall sicher auch gewesen wäre.

»Ihr interessiert mich«, sagte er. »Ich würde gern einmal über alles dies reden. Es steht geschrieben, daß die Druiden geheimes Wissen besaßen, das nicht mehr bekannt ist. Sie sollen große Verstandeskräfte gehabt haben.«

Ich hatte niemals versucht, das Wissen, in dem ich als Kind ausgebildet worden war, irgendwie zu benutzen; ich hatte es lediglich in Erinnerung behalten und mir immer wieder ins Gedächtnis zurückgerufen.

Wenn ich in Cordoba ein Buch übersetzt oder kopiert hatte,

dann nur für mich, ob ich es gewollt hatte oder nicht. Was das geheime Wissen betraf, so gehörte ich zu den wenigen noch lebenden Menschen, die im Gebrauch dieses Geheimwissens ausgebildet waren. Jetzt war vielleicht einmal der richtige Zeitpunkt dafür.

Wunder wurden hier wie alltägliche Dinge akzeptiert. Man glaubte an alle Arten von Mysterien, bei manchen mit Grund, bei den meisten jedoch nicht. In der Stadt und in ihrer Umgebung gab es Tempel, in denen immer noch die uralten Riten der Griechen praktiziert wurden. Dies hatte ich von griechischen Handelsleuten in unserem Zug erfahren.

Andronicus war sehr stark in Verschwörungen und Intrigen verwickelt; daher war er daran gewöhnt, Informationen zu kaufen und zu verkaufen.

»Ich bin eben erst in Eurer Stadt angekommen«, sagte ich. »Mein Reichtum ging verloren, als unsere Karawane von Kumanen überfallen wurde. Ich muß also Mittel und Wege finden, meine Verluste wieder wettzumachen. Andernfalls bin ich gezwungen, die Stadt wieder zu verlassen.«

»Oh? Dann wart Ihr also einer der Handelskaufleute bei *Hansgraf* von Gildenstern?«

Sein Wissen überraschte mich, aber er lächelte nur.

»Wir sind über solche Dinge informiert«, sagte er. »Das muß auch so sein, denn wir haben viele Feinde, von denen viele aus den Steppen Rußlands stammen. Aber es gab auch Leute, die sich auf den Handel mit *Hansgraf* von Gildenstern freuten. Nun, es tut mir sehr leid.«

Philipp wählte diesen Moment, um je ein Glas für Andronicus und Bardas zu füllen.

Bardas suchte sich ebenfalls diesen Moment aus.

»Wir haben Grund zu der Annahme, daß dieser Mann die Stadt betreten hat, ohne die Inspektoren zu passieren.«

Andronicus ignorierte ihn.

»Cäsar hat über die Druiden geschrieben«, sagte er zu mir und warf mir dabei einen Blick zu. »Ihr habt also dieses geheime Wissen der Druiden?«

»Mein Volk ist von sehr altem Blut. Solches Wissen wird unter Bluteid von Generation zu Generation weitergegeben.«

Er musterte mich mit einem sehr forschenden, nachdenklichen Blick.

»Ich würde sehr viel für solches Wissen geben«, sagte er schließlich. Er wandte sich an Bardas. »Eure Börse!« befahl er.

Bardas zuckte zusammen, und seine Gesichtszüge erstarrten. Aber er holte doch, wenn auch sichtlich widerstrebend, seine Börse heraus.

Andronicus wog sie einen Moment auf der rechten Handfläche, dann legte er die Börse vor mir auf den Tisch.

»Nehmt das bitte an. Wir müssen bald einmal miteinander reden.«

Er erhob sich.

»Kommt, Bardas!«

Doch Andronicus verweilte noch einen Moment.

»Dieser alte Volksglaube? Ich habe von Methoden über die Entwicklung des Verstandes gehört. Man soll sogar in die Zukunft schauen können. Stimmt das?«

»Ich weiß nicht, was Ihr gehört habt«, erwiderte ich vorsichtig. »Wir haben viele Geheimnisse.«

Danach gingen sie, aber aus dem Blick, den Bardas mir noch zuwarf, sprach purer Haß.

Philipp schwieg eine ganze Weile, dann sagte er sehr ruhig: »Du bist ein sehr vielseitiger Mann, Kerbouchard. Ich weiß nicht so recht, was ich von dir halten soll.«

»Halte folgendes von mir: Ich bin ein Mann, der unbedingt überleben muß, und ich habe längs der Straßen, über die ich gewandert bin, ein wenig gelernt.«

»Du hast durch den Überfall der Kumanen viel verloren. Ich glaube jedoch nicht, daß du alles verloren hast.«

»Die Güter dieser Welt gehen sehr schnell verloren, Philipp. Feuer, Sturm, Diebe und Krieg sind ständig bei uns. Aber was im Geist gespeichert ist, gehört uns auf immer und ewig. Ich habe sogar mein Schwert verloren. Geblieben ist mir nur noch, was ich gelernt habe ... und das Wissen, wie man es mit Diskretion verwenden kann.«

»Es wäre sehr gefährlich, Andronicus zu täuschen.«

»Ich werde ihn nicht täuschen. Vielleicht wird er ein wenig mehr empfangen, als er erwartet; vielleicht auch etwas weniger.«

Wir saßen eine Weile schweigend da, bis ich schließlich sagte: »Der Mann ist brillant, aber ein Dilettant. Er möchte mein Wissen in einer Kapsel haben, die er mit einem einzigen Schluck verschlingen kann.«

»Du kennst ihn nicht. Er will alles haben, was es irgendwo gibt, und selbst wenn er es bekommen hat, hungert er immer noch nach mehr.«

»Wenn er entdeckt, daß selbst ein sehr gelehriger Schüler zehn Jahre braucht, um dieses Wissen, das ich besitze, zu lernen, wird sein Interesse sehr bald dahinschwinden, zumal er fünfzehn Jahre brauchen würde, falls er ein weniger gelehriger Schüler ist.« Ich fügte hinzu: »Solches Wissen wird aus Schmerz, Hunger und Disziplin des Geistes und Körpers geboren. Schmerz und Hunger könnte er vielleicht ertragen, aber die Disziplin? Niemals!«

»Kannst du wirklich in die Zukunft schauen, Kerbouchard?«

»Wer möchte das schon? Unser Leben hält einen Schleier zwischen Erwartung und Schrecken. Erwartung ist die Karotte, die man einem Esel vors Maul hält, damit er sich in Bewegung setzt. Schrecken wäre dagegen das, was er sehen könnte, wenn er den Blick von der Karotte abwendet.«

»Das hört sich sehr düster und unheilvoll an.«

Natürlich, aber das war an sich nicht meine Art. War es ein Gefühl, das Andronicus bei mir ausgelöst hatte? Oder Bardas?

»Er wird vom Volk geliebt«, sagte Philipp. »Das Volk möchte, daß er Kaiser wird.«

»Der Pöbel möchte immer seinen Helden zum Kaiser erheben, aber kaum ist er Kaiser geworden, da hat man schon wieder einen neuen Helden, der die Stelle des alten einnehmen soll. Falls du jemals ein Held des Pöbels wirst, Philipp, dann denke daran: Jeder, der dir zujubelt, trägt im Gurt das Messer eines Meuchelmörders!«

45

Als ich allein im Zimmer war, das Philipp mir zur Verfügung gestellt hatte, saß ich am Tisch, hatte einen Stapel Papiere vor mir und begann damit, mir meinen Lebensunterhalt zu verdienen.

Die Börse, die Andronicus mir gegeben hatte, war prall gefüllt, aber ich setzte mein Vertrauen nun mal nicht auf großzügige Geschenke.

Die Gunst großer Männer und Frauen ist wie das Erröten auf den Wangen einer Kurtisane... selten, nett anzuschauen, aber nicht vertrauenswürdig. Man sollte sich lieber nicht darauf verlassen.

Mein nur für Eingeweihte bestimmtes Geheimwissen versetzte mich in die Lage, bei diskreter Anwendung eine wichtige Position zu erlangen.

Andronicus konnte eines Tages Kaiser werden, und sogar schon jetzt verfügte er über Macht, die nur noch von Manuel übertroffen wurde.

Ich entschied mich dafür, eine Kopie von *Qabus Nama* anzufertigen, eines ausgezeichneten Buches, das der Prinz von Gurgan verfaßt hatte.

Kein anderes Buch lehrte soviel über praktisches Leben. Während des langen Trecks quer durch Europa hatte ich es immer wieder gelesen.

Doch für den Anfang suchte ich mir ein späteres Kapitel aus, in dem der Prinz den Dienst bei Königen diskutiert.

Kaum hatte ich mich hingesetzt, da fiel mir ein Gedanke des Prinzen ein, den ich augenblicklich niederschrieb. Zweifellos war ich durch meine gegenwärtige Lage darauf gebracht worden.

Sollte dein Prinz zu irgendeiner Zeit heucheln, daß deine Stellung bei ihm absolut sicher ist, dann fühle dich von diesem Moment an unsicher! Es gab noch einen weiteren Gedanken: *Wer sich mit einem König streitet, stirbt vor seiner Zeit.*

An solche und ähnliche Gedanken mußte ich mich erinnern.

Da ich den Charakter des Kaisers Manuel I. nicht kannte, sondern von ihm nur wußte, daß er ein Mann war, der den Krieg und die Jagd liebte, beschloß ich, weder in Andronicus noch in Bardas irgendwelches Vertrauen zu setzen.

Die ganze Nacht lang kopierte ich aus dem Gedächtnis die Seiten des Buches, das ich so oft gelesen hatte. Das stellte für mich, der ich von Kindheit an zu totalem Erinnerungsvermögen ausgebildet worden war, kein großes Problem dar. Ich brauchte nur eine Zeile oder einen Gedanken aus einem Buch niederzuschreiben, dann kehrte mir sofort der gesamte Inhalt des Buches ins Gedächtnis zurück.

Nachdem ich geschrieben hatte, bis mir die Augenlider schwer wurden, ging ich zum Fenster, riß es auf und schaute in die Nacht und auf die Stadt hinaus, hinweg über die glänzenden Kuppeln und dahinter über das dunkle, reflektierende Wasser des Goldenen Horns in Richtung Asien.

Verborgen in der Dunkelheit hinter dem Zugang zum Goldenen Horn lag der Bosporus ... mein Schicksal. Dort erwartete mich nicht nur mein Vater, sondern auch etwas mehr.

War es Intuition? War es altes Druiden-Bewußtsein? Oder rief mich irgendeine atavistische Erinnerung zurück?

Wir Kelten waren vor langer Zeit aus Zentralasien gekommen; so jedenfalls hieß es in alten Liedern.

Steckte in mir etwa der Drang, auf den Spuren der nach Westen gewanderten Völker zurückzukehren? War dort hinten irgend etwas verlorengegangen? Wollte ich zurückkehren, wie manche Fische zu den Strömen ihrer Geburt zurückkehren, um dort zu laichen?

Und mein Vater? Wie würde er aussehen, mein Vater, der Held meiner Kindheit? Alt? Grau? Gebückt? Würde seine gewaltige Kraft dahingeschwunden sein? Verkrüppelt? Blind?

Konnte Andronicus für mich die Tore von Alamut öffnen? Oder Manuel I.?

Nach allem, was ich bisher gehört hatte, konnte dies niemand tun.

Aber was war schon ein einzelner Sklave? Vielleicht...

Schließlich legte ich mich schlafen.

Kalte Dämmerung weckte mich. Vögel sangen. Wasser plätscherte im Springbrunnen des Innenhofes.

Ich kehrte erneut an meinen Tisch zurück.

Zu dieser Stunde war der Geist besonders frisch; es war die Stunde der ersten und größten Klarheit.

Meine Gedanken flossen leicht und mühelos wie Wasser aus einer Quelle. Ich schrieb und schrieb und schrieb.

Philipp kam herein, gefolgt von einem Sklaven, der Essen brachte.

»Ich habe gehört, daß du im Raum herumgingst«, sagte Philipp. Er hob ein paar Blätter auf. »Darf ich?«

Er las und nickte ab und zu.

»Das ist ein guter Stoff«, sagte er schließlich. »Willst du Andronicus bitten, das Buch zu fördern?«

»Nicht Andronicus«, sagte ich. »Manuel.«

»Den *Kaiser*? Aber wie willst du ihn denn sprechen?«

»Ich werde einfach fragen. Viele Dinge wurden ganz einfach deswegen nicht getan, weil sie gar nicht erst versucht wurden.«

»Und wie wird Andronicus diese Sache aufnehmen?«

»Mit Zweifel. Aber ich bin ja weder sein noch Manuels Gefolgsmann. Andronicus traut mir jetzt nicht, und er kann mir nicht weniger trauen, aber er könnte mich mehr schätzen.«

»Du spielst mit hohem Einsatz.«

»Ich sage, was ich schon früher gesagt habe«, erwiderte ich. »Ich habe ein schnelles Pferd.«

Lächelnd raffte ich meine Papiere zusammen und legte sie unter einen marmornen Briefbeschwerer an einer Ecke des Tisches.

»Komm, laß uns in die Stadt gehen und uns dort ein bißchen umschauen.«

Es wurde Zeit, zwei Dinge herauszubekommen: den Aufenthalt von Safias Informanten – falls möglich –, und was aus Susanne geworden war.

»Es ist gefährlich, immer nur in einer einzigen Stadt zu leben, Philipp. Es wird denen, die dort leben, zuviel Bedeutung beigemessen. Wenn man sie aber mit anderen vergleicht, dann wird ihr Schatten geringer.« Ich fügte hinzu: »Ich habe beobachtet, daß die Schritte eines Mannes schwerer klingen, wenn er in einer großen Halle allein ist.«

Wir fanden den Weg zu einer schmalen Nebenstraße, die von der großen Straße durchs Zentrum abging. Es war eine Ladenstraße, nicht weit entfernt von den Bädern des Zeuxippus.

Ich betrat ein Geschäft, in dem Waren aus vielen Ländern ausgestellt waren.

Ein Perser kam uns entgegen.

»Sucht Ihr etwas?« fragte er, und sein Blick verweilte ziemlich lange auf mir, denn Philipp war ohne weiteres anzusehen, was er war.

»Verkauft Ihr auch Waren aus Cordoba? Dort gibt es ein Leder von ganz bestimmter Qualität. Es wurde in der großen Moschee dafür benutzt, Bücher zu binden. Das Leder wurde von einer Dame gewünscht.«

Er hatte Leder von ausgezeichneter Qualität in seinen Auslagen.

Philipp sah sich inzwischen Umhänge und Mäntel auf der anderen Seite des Ladens an.

Ich sagte sehr leise: »Ein Tal in den Elbursbergen... und ein Sklave in der Festung Alamut.«

»Der Name des Sklaven?«

»Kerbouchard... wie mein Name.«

Er schaute zu Philipp hinüber, der sich außer Hörweite befand.

»Vergeßt den Sklaven. Er hat versucht zu entkommen, und er könnte inzwischen tot sein.«

»Ich werde zum Tal gehen.«

»Es ist Euer Leben.« Der Perser zuckte mit den Schultern, dann sagte er: »Man hat davon gesprochen, daß Ihr Arzt seid?«

»Bin ich.«

»Man bezeichnet Euch als einen kühnen und wagemutigen Mann.«

»Ich habe Glück gehabt.«

»Solche Männer sind wertvoll. Kommt wieder, wenn Ihr allein seid.«

Wir wandten uns den Bädern zu. Ich warf noch einen Blick zurück und sah, wie ein Mann aus dem Laden auftauchte und davoneilte.

Safia vertraute ich, aber was wußte ich eigentlich über diesen Perser?

Tag um Tag arbeitete ich an meiner Niederschrift, entweder in meinem stillen Zimmer oder neben dem Springbrunnen im Garten. Ich bereitete die erste Kopie von *Qabus Nama* vor, anschließend *Die Kriegskunst* von Sun Tsu.

Wir gingen jeden Tag zu einem Waffenmeister, der einen Raum hatte, wo man mit Waffen üben konnte. Dort brachte ich mich wieder in Form. Ich probte Luftsprünge und Saltos, um meine alte Beweglichkeit zurückzugewinnen. Oder ich arbeitete mit Gewichten, um das Schwert in meiner Hand leicht werden zu lassen.

Mehrere Männer der Waräger-Wache des Kaisers kamen zu dem gleichen Zweck hierher. Es waren Wikinger, die man angeworben hatte, um den Schutz des Kaisers zu übernehmen. Alle waren bekannt für ihre Treue und Unbestechlichkeit.

Einer dieser Männer, sein Name lautete Odrik, übte oft den Schwertkampf mit mir. Er war ein stämmiger, kraftvoller Mann, der geschickt mit allen möglichen Waffen umzugehen verstand. Am Anfang war er mir überlegen. Doch als meine Kraft und meine Geschicklichkeit zurückkehrten, war ich ihm oft überlegen. Aber da ich seine Hilfe brauchte, hielt ich mich zurück und schlug ihn nicht so oft, wie ich es ohne weiteres hätte tun können.

Als wir eines Tages nach einem harten Waffengang ausruhten, erklärte ich ihm, was ich machte; daß ich ein altes Buch über Kriegskunst kopierte und welche Lehren man daraus ziehen konnte. Er stellte mir viele Fragen, und dann trat genau das ein, worauf ich gehofft hatte; er erwähnte mich bei Manuel.

Der Kaiser war ein guter Soldat, außergewöhnlich stark und aktiv. Ihn fesselte und faszinierte alles, was Krieg und Kampf betraf. Deshalb schlug er Odrik vor, daß er mich einmal mitbringen sollte.

Wir gelangten durch das Wachtor in einen geschützten Garten, wo Bäume Schatten spendeten und Jasmin, Rosen und Lilien wuchsen.

Der Kaiser saß auf einer Bank und betrachtete den Hafen. Sein Haar war grau, aber er war ein stattlicher Mann; seine Gesichtszüge waren allerdings nicht so ebenmäßig wie die des Andronicus.

Manuel stand rasch auf und drehte sich um, um mich zu begrüßen. Die Lachfältchen in seinem runzeligen, braunen Gesicht vertieften sich.

»Es schickt sich wohl, daß ich in Gegenwart eines Mannes aufstehe, der nicht vor Königen kniet... und den Könige auch nicht unterbrechen.«

»Euer Majestät sind gut informiert.«

»Das ist für Kaiser notwendig. Sagt mir: Was haltet Ihr von Andronicus?«

»Ein brillanter, interessanter, ja sogar faszinierender Mann, aber absolut skrupellos und daher sowohl für das Reich als auch für Euch gefährlich.«

»Wißt Ihr denn nicht, daß er mein Vetter ist?«

»Euer Majestät, wie Ihr ja sicher wißt, waren meine Vorfahren Berater und Vertraute von Königen. Wir hielten uns stets streng an die eine Regel: Wir erzählten unseren Königen die Wahrheit... oder zumindest das, was wir für die Wahrheit hielten.«

»Das ist eine seltene Eigenschaft«, sagte er ruhig. »Da ist es kein Wunder, daß Ihr nicht von Königen unterbrochen wurdet und Euren Platz am Kopf der Tafel hattet.«

»Wir hatten nur unsere Klugheit zu bieten, Euer Majestät, und nur die Wahrheit.«

»Also, dann... was würdet Ihr mir vorschlagen, mit Andronicus zu machen? Ihr glaubt doch, daß er gern Kaiser werden möchte, nicht wahr?«

»Ja, er möchte gewiß sehr gern Kaiser werden. Um Kaiser zu werden, würde er vor nichts zurückschrecken. Was Ihr mit ihm tun sollt? Was Ihr ohnehin schon tut. Behaltet ihn unbedingt. Er wird der Brennpunkt für alle Eure Feinde sein. Solange er lebt, wird es wahrscheinlich keinen anderen geben. Behaltet ihn also. Schätzt ihn. Wenn Ihr ihn beobachtet, werdet Ihr durch seine Verbindungen wissen, wer Eure Feinde sind. Sie werden auf ihn fliegen wie Bienen auf Honig, und solange er lebt, wird man sich an keinen anderen wenden.«

Manuel wandte sich an seine Leibwache.

»Ihr hattet recht, Odrik. Dieser Mann ist tatsächlich sehr wertvoll.«

Er drehte sich wieder nach mir um.

»Ihr habt eben gesagt, daß Andronicus brillant und gefährlich ist. Sollte ich da nicht befürchten, daß seine Verschwörung mich vernichten wird?«

»Nein, Euer Majestät. Ihr kennt Euren Feind gut, jedenfalls besser, als er Euch kennt. Andronicus glaubt, daß er viel klüger ist als Ihr. Das wird ihm niemals erlauben, die Wahrheit zu ahnen... daß Ihr ihn nämlich für einen ganz bestimmten Zweck benutzt. Außerdem vermute ich, daß Andronicus sich besser auf Verschwörung als aufs Handeln versteht.«

Manuel stand da und hielt die Hände auf dem Rücken verschränkt.

»Und Ihr seid erst ein paar Wochen hier in Konstantinopel? Wieviel werdet Ihr da wohl erst erfahren, wenn Ihr ein paar Monate hier seid?«

»Vielleicht weniger. Man sieht oft klarer, wenn nicht zu viele Faktoren im Spiel sind. Es gab einmal einen Mann, der es vorzog, eine Stadt zu besuchen, bevor er deren Sprache lernte. Er glaubte, die Qualität besser schätzen zu können, wenn er die Meinungen der Bürger zunächst nicht hörte. Er verließ sich lieber darauf, was er sehen, hören und spüren konnte.«

Er erkundigte sich nach unserer Niederlage durch die Kumanen.

Ich beschrieb ziemlich genau ihre Anzahl, die Führung und den Überfall, anschließend auch unseren Rückzug und unsere Verteidigung. Da ich wußte, daß er ein guter Soldat war, gab ich ihm einen klaren Umriß der Strategie und Taktik unserer Niederlage.

»Euer *Hansgraf* war ein viel zu guter Mann, um auf solche Weise zu enden«, sagte Manuel. »Wäre er nach Byzanz gekommen, hätte ich ihm den Oberbefehl über eine Armee übertragen.«

Wir sprachen länger als eine Stunde miteinander und redeten über Kriege, Männer, Taktiken und Methoden für den Sieg.

»Darin liegt die Schwäche unserer Stadt«, sagte Manuel plötzlich. Er zeigte über das Goldene Horn zum schmalen Hafen dahinter. »Wenn Schiffe durch unsere große Kette gelangen, könnte die Stadt fallen.«

Er sah mich sehr scharf an.

»Wenn Ihr Andronicus das nächste Mal seht, werdet Ihr dann mit ihm über diesen Besuch hier sprechen?«

»Ich bin sicher, daß er es weiß. Andronicus ist ein Mann, der überall seine Spione hat.«

»Und was werdet Ihr ihm sagen?«

»Daß ich Euch ein Buch gab, und zwar in der Hoffnung, daß Ihr mir dafür einen Gefallen tun würdet.«

»Das Buch ist in Griechisch?«

»Das ist es jetzt.« Ich händigte ihm das Buch aus. »Es stammt aus persischer Quelle.«

Er schlug das Buch auf, blätterte darin herum und zeigte sich sehr interessiert.

Die Sonne ging allmählich unter. Im Garten wurde es ziemlich kühl. Schließlich blickte Manuel auf und sagte: »Setzt Euch bitte. Es wird lange dauern.« Er las weiter und drehte gelegentlich ein, zwei Seiten um.

»Ihr wolltet einen Gefallen von mir? Was für einen Gefallen?«

»Ich möchte einen Sklaven aus der Festung Alamut holen, und falls ich den Sklaven nicht bekommen kann, werde ich in die Festung eindringen.«

Er starrte mich an, als hätte ich den Verstand verloren, dann schüttelte er den Kopf.

»Der Sklave?«

»Mein Vater.«

»Es ist unmöglich. Die Festung ist uneinnehmbar. Sie ist durch keinen Angriff zu erobern. Es wird auch keinem Sklaven gestattet, die Festung lebend zu verlassen. Seit Jahren habe ich nach solch einem Sklaven oder sonst jemandem gesucht, der mir etwas über das Innere der Festung erzählen könnte, vor allem darüber, wie sie verteidigt wird. Es gibt niemanden. Niemandem, der nicht von ihrem Kult ist, wird das Betreten der Festung erlaubt.«

Er stand auf.

»Ich würde Euch sehr gern helfen, aber was Ihr da verlangt, ist unmöglich. Mehr als ein Dutzend Könige haben es versucht oder geplant. Niemand hatte bisher damit Erfolg.«

Er wollte mir das Buch aushändigen, aber ich lehnte es ab.

»Das Buch wurde für Euch geschrieben, Euer Majestät. Behaltet es bitte.«

»Ich stehe in Eurer Schuld. Das Buch ist sehr wertvoll.« Er machte eine Pause. »Für Euch gibt es einen Platz in meinem Dienst.«

»Ich bin sehr dankbar für dieses Angebot, aber ich muß nach Alamut gehen.«

»Ihr werdet Geld brauchen. Ihr werdet Pferde brauchen.«

»Ein Pferd habe ich bereits. Meine anderen wurden von den Kumanen geraubt.« Mir kam plötzlich ein Gedanke. »Aber vielleicht könnte ich sie zurückkaufen, wenn ich eine Nachricht an Prinz Abaka Khan schicken könnte.«

»Abaka Khan ist schon an meinem Hof gewesen.«

Die Sonne war untergegangen. Eine kühle Brise wehte vom Wasser her.

»Ich muß mich jetzt um verschiedene Angelegenheiten kümmern«, sagte Manuel. »Und Euch, Odrik, bin ich sehr dankbar, weil Ihr diesen Mann zu mir gebracht habt.«

Er streckte eine Hand aus.

»Überlegt Euch, wie ich Euch sonst einen Dienst erweisen könnte.«

Als er gegangen war, verließen wir den Garten durch das Wachtor, das hinter uns sofort wieder geschlossen wurde.

Lichter spiegelten sich wie goldene Dolche im dunklen Wasser. Vom Hafen her wehte es kühl herüber.

»Ihr habt einen Freund«, sagte Odrik.

»Ich mag ihn.«

»Er ist ein Soldat. Sogar heute noch so stark wie drei meiner Männer. Er ist schon länger Kaiser, als ich bisher gelebt habe.«

Am Ende der Straße blieb Odrik stehen.

»Ich muß umkehren«, sagte er zu mir. »Aber seid vorsichtig. Für einen einzelnen Mann sind unsere Straßen sehr unsicher.«

»Ich bin nicht allein«, erwiderte ich. »Ich habe mein Schwert.«

46

Ich war der Meinung, daß man in jedem Jahr einmal Pause machen, eine Bestandsaufnahme vornehmen und sich selber fragen sollte: Wohin gehe ich? Was werde ich? Was möchte ich tun und werden?

Die meisten Leute, denen ich begegnete, hatten keinen rechten Lebenszweck. Es waren Leute, die sich selbst ein Ziel gesetzt hatten. Das erste Ziel muß nicht unbedingt das letzte sein, denn ein Schiff segelt ja auch erst unter dem einen, dann unter einem anderen Wind. Es geht darum, daß es immer irgendwo fährt und einem endgültigen Schicksal zustrebt.

Meine Aufgabe hatte bisher darin bestanden, herauszubekommen, ob mein Vater noch am Leben war, und falls ja, wie ich ihn dann aus der Sklaverei befreien konnte.

Dies waren jedoch nur zeitweilige Ziele.

Was wollte *ich*? Wohin ging ich? Was hatte ich bisher getan, um mein selbstgestecktes Ziel zu erreichen?

Ich lebte in einer Zeit der Abenteurer. Vor einem Jahrhundert hatte Wilhelm, der sogenannte Eroberer, eine Schar von Abenteurern und Glücksrittern aus der Normandie nach England geführt. Außer Mut, Urteilsvermögen und ihren Schwertern hatten sie nur wenig besessen. Aber sie hatten reiche Ländereien eingenommen und sie zu eigenem Gebrauch umgewandelt.

Eine andere normannische Familie hatte Sizilien erobert und ein kleines, aber sehr wohlhabendes Reich aufgebaut.

Wer ein Schwert hatte, konnte sich seinen Weg zu Reichtum und Macht damit bahnen. Die Königreiche der Welt wurden von solchen Männern oder deren Nachfahren regiert.

Gestern war ich halbverhungert und in Lumpen angekommen; heute war ich der Vertraute von Königen. So kann sich das Glück eines Mannes wandeln.

Doch Macht, Reichtümer und die Freundschaft mit Königen sind nur flüchtige, vorübergehende Dinge.

Wer kein Recht auf Ansehen hat, kann es durch Reichtümer erwerben.

Abstammung ist nur wichtig für alle diejenigen, die selber nichts getan haben. Oftmals ist der Vorfahre, von dem sie abzustammen behaupten, ein Mann, dem sie keinen Zutritt zum Haus gestatten würden, falls sie ihm heute begegneten.

Große Familien wurden oft von Piraten, Freibeutern oder energischen Bauern begründet, die zur rechten Zeit am rechten Ort waren und dies auszunutzen verstanden. In den meisten Fällen würde der Gründer mit Abscheu auf seine Nachfahren hinabblicken.

Mein Ziel war es, zu lernen, zu sehen, zu wissen, zu verstehen. Wenn ich einen Blick auf das Segel eines nach Süden fahrenden Schiffes erhaschen konnte, tat mein Herz unwillkürlich ein paar schnellere Schläge.

Das Leben eines Mannes wird bis zu einem gewissen Punkt von Umgebung, Erbe und Veränderungen der Welt geformt. Dann kommt eine Zeit, da liegt es für einen Mann in Griffweite, aus dem Ton seines Lebens das zu formen, was er gern sein möchte. Nur der Schwache schiebt die Schuld den Eltern, der Rasse, der jeweiligen Zeit, dem Mangel an Glück oder den Launen des Schicksals zu. Jeder Mensch besitzt die Kraft, sich selbst zu sagen: Das bin ich heute, das möchte ich morgen sein. Dem Wunsch müssen allerdings Taten folgen.

Innerhalb weniger Wochen würde mein Vater wieder frei sein. Oder ich würde tot sein.

Darüber hinaus hatte ich noch nicht geplant. In mir steckte lediglich der Drang, noch weiter nach Osten zu gehen und mein Schicksal in den fernen Ländern Hind oder Kathai zu suchen.

Frauen? Ah... Frauen waren der Stoff für Träume! Frauen waren dafür geschaffen, geliebt zu werden; und wer behauptete, daß die Realität dem Versprechen nicht gerecht wird, der war weder ein Liebhaber noch ein Träumer.

Aziza, Sharasa, Valaba, Safia, Susanne... hatte ich etwa die eine weniger geliebt, weil ich zuvor die anderen geliebt hatte? Hatte nicht jede auf ihre Art zu meiner Erziehung und Bildung beigetragen? Zu meiner Wertschätzung der Frauen? Liebte ich nicht sogar heute noch jede von ihnen? Jedenfalls ein wenig.

Wo lag mein Schicksal? Wo hinter dem Tal der *Assassinen*?

Vielleicht in Hind? In diesem fernen Land hinter den Wüsten? Dort gab es viel zu lernen. Es gab dunkelhäutige Mädchen mit weichen Lippen. Dort gab es Palmen, weiße Sandstrände und das sanfte Plätschern der Brandung. Dort gab es Dschungelnächte mit fremden Düften und Lauten. Paddel wurden ins Wasser getaucht. Wind raschelte im Laub.

Wer ein fernes Land erleben wollte, mußte dieses ferne Land im Herzen tragen. Hitze, Staub und Mühsal gehörten dazu. Wer die Schönheiten sehen wollte, mußte solche Dinge in Kauf nehmen.

In der Stille so mancher Nacht hatte ich meine Landkarten hervorgeholt, die ich stets dicht am Körper trug, sicher in Ölhaut eingewickelt. Ich studierte diese Karten, bereitete aber auch eine neue vor.

Ich bereitete eine Karte der Festung Alamut vor; Stückchen für Stückchen trug ich zusammen; hier ein Wort, dort eine Bemerkung.

Doch nichts von alledem, was ich hörte, kündigte Gutes für mich an.

Die Dorfbewohner in meilenweitem Umkreis waren Freunde oder gar Mitglieder dieser Sekte; jeder von ihnen war ein Spion.

So war es wirklich unmöglich, dicht an die Festung heranzukommen, ohne daß die Burgbewohner informiert wurden.

Kaiser Manuel ließ zwei Wochen verstreichen, ohne mein Geschenk irgendwie zu würdigen oder anzuerkennen.

Ich hatte es beinahe vergessen, als Odrik mit einigen anderen der Waräger-Wache zu meiner Tür kam. Bei ihnen waren meine Araberpferde; der Hengst und die beiden anderen Stuten, die Safia mir gegeben hatte.

In einen Brokatumhang, im Stil wie er in Konstantinopel beim Weben Mode war, war ein mit Juwelen besetztes Schwert eingewickelt; es hatte eine verzierte Klinge und eine prächtige Scheide. Das Schwert war aus Toledostahl gefertigt und sogar noch besser als die Klinge, die ich früher besessen hatte.

Ergänzt wurde dies alles noch durch mehrere mit Gold gefüllte Börsen.

Und an diesem Abend kam von Andronicus die Einladung zum Essen.

Mehrmals hatte ich den Laden in der Nähe der Bäder des Zeuxippus besucht.

Manche behaupteten, diese Bäder wären nach einem berühmten Führer aus Megara benannt worden. Andere schrieben den Namen dem »Anschirren der Streitrösser« zu, denn einer Tradition zufolge standen die Bäder genau an der Stelle, an der Herkules die wilden Streitrösser von Diomed gezähmt und angeschirrt hatte.

Die Bäder waren von Kaiser Severus erbaut worden; Konstantin hatte sie erneuert. Während des Nika-Aufstandes im Jahre 532 wurden sie restlos zerstört. Justinian baute sie noch schöner wieder auf. Die Bäder lagen nur ein wenig östlich vom Hippodrom.

Während meiner Unterhaltung mit dem Perser hatte ich feststellen können, daß sich sein Tonfall mir gegenüber geändert hatte. Er versuchte nicht mehr, mich davon zu überzeugen, daß mein beabsichtigtes Vorhaben unmöglich war. Dies weckte mein Mißtrauen.

Meine Kraft war zurückgekehrt. Das wochenlange gute Essen in Verbindung mit Übungen und Schwertkampf hatte meinen Muskeln die früheren Fähigkeiten zurückgegeben.

Am Abend des Essens bei Andronicus trug ich eine prächtige Tunika aus großgemustertem Brokat von schwarzer und goldener Farbe. Als Kopfbedeckung wählte ich einen hochkronigen, turbanähnlichen Hut mit aufgestellter Krempe. Hut und Krempe waren aus Seide, die Krempe war mit Schmuckstücken besetzt.

Philipp in einem Kostüm von gleicher Eleganz begleitete mich.

Über die Essen bei Andronicus war viel geredet worden; dort wurden die seltensten Speisen und die besten Weine serviert. Außerdem hatte er die verführerischsten Tanzmädchen.

Wir benutzten eine Sänfte und betraten die Marmorhallen zwischen bewaffneten Wachposten.

An der Stelle, an der die Gäste versammelt waren, entdeckte ich als einen der ersten Bardas.

Er kam herüber, um mich zu begrüßen. In Gegenwart von zehn, zwölf Leuten sagte er sehr laut und deutlich: »Ah, Bettler... du hast es weit gebracht, seit ich dir damals im Basar eine Münze zugeworfen habe!«

Blicke richteten sich auf mich; Blicke aus kalten Augen fremder Leute.

»Danke, Bardas.« Ich verbeugte mich. »Es stimmt, daß ich es weit gebracht habe, doch ich stelle fest, daß Ihr immer noch dort seid, wo Ihr immer wart! Ihr leckt immer noch die Krümel von den Fingern derer, die Euch überlegen sind!«

Danach ging ich einfach weiter und ließ ihn stehen; sein Gesicht war vor Schock verkrampft, und seine Augen glitzerten wie Glaskugeln.

»Bravo!« flüsterte Philipp. »Du hast getan, was sich schon viele gewünscht haben... Bardas einmal in seine Schranken zu verweisen!«

Hinter mir erklangen hastige Schritte. Bardas packte mich an einer Schulter.

»Bei allen Göttern! Wenn du ein Duell mit Witz und Verstand haben willst, dann sollst du es bekommen!«

»Tut mir leid, Bardas. Aber ich kämpfe niemals mit einem unbewaffneten Mann!«

Schallendes Gelächter brach im Raum aus.

Bardas hob eine Hand, als wollte er mich schlagen.

Ich stand absolut still da, wartete und schaute ihm in die Augen.

Da ließ er die Hand wieder sinken und entfernte sich in steifer Haltung.

Andronicus erhob sich vom Platz, an dem er saß, und deutete auf eine Stelle am Kopfende des Tisches.

»Kommt!« sagte er mit einem Anflug von Sarkasmus. »Ich bin zwar kein König, Kerbouchard, aber ich biete Euch einen Platz am Kopfende des Tisches an! Man soll niemals behaupten können, daß Andronicus weniger getan hätte als der König!«

Als ich mich gesetzt hatte, sagte er: »Ihr wart sehr hart zu Bardas.«

»Das hat er sich selber zuzuschreiben. Wenn jemand die Absicht hat, Schläge mit einem Fremden auszutauschen, dann sollte er zuvor seine Armlänge feststellen!«

»Ja, ja, da habt Ihr recht. Sagt mir, Kerbouchard... was haltet Ihr von unserer Stadt?«

»Prächtig! Aber ich glaube nicht, daß jemand wirklich daran glaubt. Sie hat das Aussehen einer Stadt, die eine Katastrophe erwartet.«

Wir sprachen über viele Dinge.

Andronicus verstand sich darauf, gewandt und witzig zu reden. Gelegentlich war er mit brillanten Einsichten ausgestattet. Er verfügte über einen Reichtum an Wissen. Sein Verstand war schärfer als der Manuels, aber weniger diszipliniert. Er verachtete alle, die geringer waren als er. Dies tat Manuel nicht; er schien alle Männer zu achten und zu respektieren.

Man schrieb jetzt das Jahr 1180. Seit 1143 hatte Manuel mit Erfolg regiert.

Diese Vettern, in jeder Hinsicht so grundverschieden, faszinierten mich.

Manuel besaß Festigkeit und gesunden Menschenverstand, woran es Andronicus mangelte. Der Kaiser konnte Fehler begehen, aber sie würden niemals aus Engstirnigkeit begangen werden.

Andronicus fühlte sich dem Kaiser überlegen, und aus diesem Grunde wurde er ständig überlistet.

Neben vielen anderen Dingen aßen wir ein Gericht aus gekochter und zerfaserter Hühnerbrust; das weiße Fleisch war mit Milch und Honig gemischt und dann so lange gekocht worden, bis ein dicker Brei entstanden war. Serviert wurde er mit Rosenwasser.

Es gab auch einen Nachtisch, *kazan dibi*, eine Speise türkischen Ursprungs.

Ein Dutzend Fleischgerichte wurden serviert, dazu Geflügel, Fisch und Obst. Manches Obst hatte ich noch nie zuvor gesehen. Darunter befanden sich auch die honigsüßen Spitzen reifer Feigen.

Andronicus beendete soeben einen kleinen Vortrag, in dem er die Schriften des Griechen Menander mit denen des Byzantiners Prokopius verglich.

Ich benutzte diese Pause, um Informationen zu bekommen.

»Was ist mit der Gegenwart? Wie ich hörte, hat der Kaiser in letzter Zeit die Römer bevorzugt. Es gibt Unruhe.«

»Das ist eine von Manuels Schwächen. Die Byzantiner hegen keine Zuneigung für Rom. Wenn ich Kaiser wäre, würde ich die Kreuzfahrtstützpunkte im Süden zurückerobern, vor allem Anamur, Camardesium, Til Hamdoun und Saône. Wenn man diese Burgen eingenommen hat, muß der Rest ganz von selbst fallen.«

»Saône ist mir unbekannt.«

»Das war früher eine byzantinische Burg, die von den Franken eingenommen und verbessert wurde. Sie bewacht den südlichen Zugang nach Antiochien.«

»Ist sie stark befestigt?«

»Wie wir erfahren haben, wurde die Verteidigung in letzter Zeit erheblich verbessert. Die Comtesse de Malcrais ist zurückgekehrt und hat eine starke Schar von Söldnern rekrutiert.« Er machte eine Pause. »Der Anführer heißt Lucca und ist uns fremd.«

Lucca!

Aber... ich hatte ihn doch auf dem Schlachtfeld fallen sehen!

Doch... war nicht auch ich gefallen?

Wenn Susanne Lucca und andere Überlebende des Zuges rekrutiert hatte, hatte sie eine Streitmacht, die durchaus imstande war, Saône gegen einen gewöhnlichen Überfall zu verteidigen.

Lucca war Pirat und Brigant gewesen, doch er war ein erfolgreicher Handelskaufmann mit Geschick für Verhandlungen geworden. Ein besserer Anführer für eine Söldnertruppe war kaum zu finden. Einige Männer des Zuges waren mit den Booten entkommen. Damals waren etwa drei Dutzend Männer im Wasser gewesen, und Lucca wäre ihr natürlicher Anführer.

»Ich kenne Lucca«, sagte ich und riet: »Unterschätzt ihn nicht! Er ist ein geschickter Kämpfer, in hundert Schlachten erprobt.«

Ein Sklave füllte mein Glas.

»Auf Euer Wohl, Andronicus! Möge Euch Erfolg beschieden sein!«

Seine Augen blickten amüsiert drein.

»Und wenn ich Saône angreifen würde?«

»Mein Rat? Verhandeln. Es wäre leichter, zu einem Abkommen zu gelangen, als die Burg zu erobern.«

Andronicus gestattete sich ein Lächeln.

»Euer Rat ist gut, Kerbouchard. Darf ich zu gegebener Zeit der Comtesse de Malcrais sagen, daß es Euer Rat war?«

Ich antwortete vorsichtig und zurückhaltend: »Die Comtesse und Signor Lucca wissen auch ohne ein Wort von mir den Wert von Verhandlungen zu schätzen.« Ich fügte hinzu: »Lucca ist einer der gefährlichsten und intelligentesten Kämpfer, die ich jemals kennengelernt habe. Der Preis für die Eroberung einer Festung, die er hält, würde deren Wert bei weitem übersteigen.«

»Sagt mir, Druide...«, begann Andronicus leichthin. »Stimmt es, daß Ihr die Zukunft voraussehen könnt? Wie man sagt, sollten die Alten ja dazu imstande gewesen sein. Seid Ihr einer von diesen?«

»Wir wurden in der Methode ausgebildet, und es gibt eine Methode. Allerdings habe ich sie noch nie versucht.«

Er schwieg ein paar Minuten und beobachtete die anderen.

Bardas saß auf der gegenüberliegenden Seite des Raumes und starrte haßerfüllt zu mir herüber.

»Seid Ihr denn gar nicht neugierig?« fragte Andronicus schließlich.

»Wer ist das nicht? Aber ich möchte lieber versuchen, mein Schicksal selbst zu formen, und zwar hiermit...« Ich hob beide Hände. »Denn wir glauben, daß viele Dinge das Schicksal eines Mannes sein können, obwohl der Weg vorgeschrieben ist. Ein Mann kann sich ändern. Es ist interessant, daß es nur so wenige tun.«

»Könntet Ihr mein Schicksal lesen, Druide?«

Philipp unterhielt sich nicht weit von Bardas entfernt mit zwei Männern.

Bardas sagte etwas sehr laut, was ich jedoch trotzdem nicht verstehen konnte. Aber Philipp stieg das Blut ins Gesicht.

»Bardas ist ein Dummkopf!« sagte ich. »Jetzt versucht er, Ärger mit meinem Freund anzufangen.«

Andronicus zuckte mit den Schultern.

»Bardas ist mein Freund.«

»Und Philipp ist mein Freund!«

Er sah mich eiskalt an.

»Ist es wichtig, der Freund von Kerbouchard zu sein? Oder von Andronicus?«

Ich erwiderte kühl: »Für Kerbouchard ist es wichtiger, Kerbouchards Freund zu sein.«

Sein Verhalten änderte sich.

»Sollte es Ärger geben, werdet Ihr Euch nicht einmischen! Das ist mein Befehl!«

Ich erhob mich und blieb vor ihm stehen.

»Dann müßt Ihr mich jetzt entschuldigen. Philipp und ich werden sofort gehen.«

Er gab keine Antwort.

Ich fing Philipps Blick auf und zeigte mit einer Kopfbewegung zur Tür.

Sein Gesicht verriet echte Erleichterung, und er wollte auf mich zugehen.

In diesem Moment sprang Bardas auf die Füße; sein Gesicht war vor Zorn gerötet.

»Dann geht doch, Abkömmling einer Hure! Ich...«

Er sprang uns nach und geriet in meine Reichweite.

Ich schlug ihm mit dem Handrücken auf den Mund.

Seine Lippen platzten auf und bespritzten ihn mit Blut. Er verlor das Gleichgewicht und landete in sitzender Position auf dem Boden. Mit einer Hand strich er sich über den Mund und starrte das Blut an.

Andronicus hatte sich erhoben und gab mehreren Soldaten ein Zeichen.

»Packt ihn!« befahl er. »Und werft ihn auf die Straße hinaus!« Er zeigte auf Philipp. »Und ihn auch!«

Sein Verhalten drückte äußerste Verachtung aus, und er wollte sich abwenden.

Ich hatte bereits mein Schwert in der Hand und stand den Soldaten gegenüber, eher bereit zu sterben, als mich schmählich hinauswerfen zu lassen.

Plötzlich ging etwas in mir vor, was noch nie passiert war.

Vor mir tauchte eine starke Vision auf, so gräßlich, daß ich schockiert war.

Dies war mir in meiner schrecklichen Wut widerfahren. War es eine echte Zukunftsvision? Oder nur eine Ausgeburt meines lodernden Zorns?

Mein Gesichtsausdruck stoppte die Soldaten. Sogar Andronicus blieb stehen.

»Was ist denn? Was ist passiert?«

»Ihr habt vorhin nach Eurer Zukunft gefragt. Ich habe sie soeben gesehen.«

Er kam sofort zu mir. Seine Augen schauten heiß und gierig drein. »Was ist es? Was habt Ihr gesehen? Sagt es mir!«

»Wollt ihr es wirklich wissen? Was ich eben gesehen habe, würde ich freiwillig keinem Mann anbieten!«

»Sagt es mir!«

»Ich sah einen Körper, der vom Pöbel zerfetzt wurde. Manche schlugen oder stachen mit Stöcken nach Euch. Einige stopften Dung in Eure Nasenflügel und in den Mund. Andere stießen Spieße zwischen eure Rippen. Eine Frau schüttete Euch heißes Wasser ins Gesicht. Dann wurdet Ihr, immer noch lebend, mit dem Kopf nach unten an einem Balken zwischen zwei Pfosten im Hippodrom aufgehängt. Ein Zuschauer rammte Euch ein Schwert in den Mund und dann nach oben in den Körper!«

»War ich zu dieser Zeit Kaiser?«

»Ja«, erwiderte ich. »Ihr wart Kaiser.«

»Dann hat es sich gelohnt und war die Sache wert«, sagte er und entfernte sich von mir.

47

Wie still die Nacht war! Wie rein das Gold der Mondsichel über dem dunklen Gewässer des Goldenen Horns! Wie hell die fernen Sterne funkelten!

Um mich herum plätscherte das Wasser gegen die Bootsplanken.

Männer murmelten im Schlaf.

Nichts bewegte sich, nichts rührte sich; nur das Wasser; nur der sanfte Wind wehte von Asien herüber. Leere Augen, wo ferne Fenster erleuchtet gewesen waren; jetzt starrten sie wie lidlose Augen in die Nacht.

Ich war ganz allein, hatte mich in die Falten eines dunklen Umhangs gewickelt und wartete.

Konstantinopel schlief. Das byzantische Reich schlief neben seinen schönen Gewässern . . . sicher, stark, ein Barbarenvolk gegen das andere ausspielend und sie wie Figuren auf einem Schachbrett bewegend, mit gelangweilter Belustigung unter schweren Lidern hervor beobachtend.

Heute mußte meine letzte Nacht in Konstantinopel sein. Wie schon an so vielen Orten war ich auch hier nur ein Passant gewesen. Als Bettler war ich gekommen; als Freund des Kaisers und Feind dessen Vetters ging ich wieder.

Der Gurt um meine Taille barg Gold unter dem Futter. Gold war in den Taschen meiner Schärpe. Gold war auch noch anderswo bei mir versteckt.

Meine Pferde waren bereits an Bord des gemieteten Bootes; desgleichen meine wenigen Habseligkeiten. Nur eine Stunde trennte mich noch vom Abschied.

Vor weit im Osten an der Schwarzmeerküste lag Trapezunt. Dahinter lagen die Berge, die das Kaspische Meer im Süden und Osten begrenzen. Hoch oben in diesen Elbursbergen war das Tal der Assassinen mit der Festung Alamut.

Die Nacht war kühl. Licht spiegelte sich wie Lanzen auf dem dunklen Wasser.

Ich tastete unter meinem Umhang nach dem Griff meines Schwertes.

Als ich das Haus von Andronicus Comnenus verlassen hatte, war mir irgend etwas in die Hand gedrückt worden.

Ich hatte mich schnell umgedreht, aber nur ausdruckslose, wachsame beobachtende Blicke gesehen. Ich kannte niemanden, der mir etwas gegeben haben könnte.

Unsere Sänfte hatte vor dem Haus gewartet, aber ich hatte Philipp an der Schulter gepackt, und wir waren die dunkle Straße hinuntergerannt und hatten das Hippodrom umrundet. Wir waren beide keine Dummköpfe, und wir hatten uns in Bardas einen Todfeind geschaffen. Als wir schließlich in der Straße der Gewürze langsam dahingegangen waren, hatte ich Philipp gewarnt: »Du verläßt am besten die Stadt mit mir zusammen. Sonst wird man dich jetzt töten.«

»Wohin soll ich denn gehen? Diese Stadt hier ist meine Heimat, mein Leben. Ich kenne keinen anderen Ort.«

»Wenn dir die Aussicht vom Eyoub lieber ist?« Eyoub war der Friedhof hinter dem Goldenen Horn. »Sieh mal«, sagte ich zu ihm. »Man wird nach uns beiden suchen. Ich werde den von mir geplanten Weg einschlagen, aber du gehst am besten zur Burg Saône. Sage der Comtesse de Malcrais und Lucca, daß ich dich geschickt habe!«

»Vielleicht... ja, das muß ich wohl tun. Ich wurde im Umgang mit Waffen und für Kämpfe im Krieg ausgebildet, aber bisher habe ich nichts dergleichen getan. Ich wurde auch in der Verwaltung von Besitzungen ausgebildet.«

Ein Levantiner hatte gegen entsprechende Bezahlung mein Pferd an Bord gebracht. Um Mitternacht würden wir segeln.

In meinem Zimmer in Philipps Haus hatte ich einen Blick auf den Zettel geworfen, der mir in Andronicus' Haus in die Hand gedrückt worden war.

Geht nicht nach Alamut! Es bedeutet Euren Tod.
S.

Die Nachricht war in persischer Sprache in der flüssigen Handschrift von Safia geschrieben.

Geht nicht nach Alamut!

Hatte ich denn überhaupt eine andere Wahl? War es nicht mein Schicksal, nach Alamut zu gehen? Was hatten die letzten Jahre denn anderes für mich bedeutet, als mich auf Alamut vorzubereiten?

Eine Warnung von Safia, die mich gut kannte, deutete darauf hin, wie verzweifelt sie fürchtete, daß mich dort nichts Gutes erwartete.

Safia bekam es nicht so leicht mit der Angst zu tun; ich auch nicht. Wenn es dort also etwas zu fürchten gab, so war es diese Furcht auch wert.

Schatten lösten sich von Schatten. Schatten bewegten sich auf mich zu. Ein Panzerhemd schimmerte matt.

Wenn jemand sterben mußte, gab es da einen besseren Ort als die Kais am Goldenen Horn im Licht des goldenen Mondes?

Meine Klinge war wie ein Finger aus Stahl und hob sich...

»Nein, Kerbouchard. Wir sind nur hergekommen, um dafür zu sorgen, daß Ihr sicher fortkommt.«

Odrik trat aus der Dunkelheit. Ein Dutzend Männer folgte ihm.

»Der Kaiser hat es befohlen. Allerdings hatten wir es auch so schon geplant.«

Männer der Waräger-Wache; Männer aus dem Nordland. Odriks Vater war ebenfalls Korsar gewesen.

»Ihr seid ein kühner Mann, deshalb liebt Euch unser Kaiser. Er hat mich aufgefordert, Euch zu sagen, daß es für Euch einen Platz an seiner Seite gibt, falls Ihr wieder einmal hierherkommt.«

»Hatte er denn von heute nacht gehört?«

»Natürlich. Alle Byzantiner haben Spione, und jeder Byzantiner ist selbst ein Spion. Hier intrigiert jeder gegen jeden. Es ist der Sport von Byzanz; es ist ihr Spiel.«

An Bord des Bootes trat Odrik dem levantinischen Kapitän gegenüber.

»Kennt Ihr mich?«

»Ich habe Euch schon gesehen«, sagte der Levantiner mürrisch.

»Bringt diesen Mann sicher nach Trapezunt, sonst schneide ich Euch die Kehle durch und versenke Euer Fahrzeug! Sollte er nicht sicher dort ankommen, werden wir Euch hetzen, bis wir Euch geschnappt haben, und dann werfen wir Euch stückchenweise den Hunden vor! Habt Ihr mich verstanden?«

Heute nacht hatte ich ein Panzerhemd an, darüber eine Tunika aus hellem Wollstoff mit Stickereien an den Rändern. Meine Füße steckten in Strümpfen und weichen Stiefeln. Außerdem trug ich einen halbrunden Umhang, der vorn von einer Spange zusammengehalten wurde.

Unser Boot glitt ruhig vom Kai und aus dem Goldenen Horn hinaus in die bewegteren Gewässer des Bosporus. Ich spürte die frische, kühle Brise auf meinem Gesicht. Ich ging zum Achterdeck und blieb neben dem Levantiner stehen.

»Es ist ein gutes Gefühl«, sagte ich. »Ich wurde an Deck eines Schiffes geboren.«

»Ihr?« Er war erstaunt. »Und ich hatte Euch für einen jungen Laffen von Edelmann gehalten!«

»Zuletzt war ich Handelskaufmann.« Ich zeigte nach Nordosten und sagte: »Wir wurden von den Kumanen vernichtet.«

»Ich habe davon gehört... eine üble Geschichte.«

Meine Pferde waren mittschiffs untergebracht. Ich ging zu ihnen und fütterte sie mit etwas Gemüse.

Ayesha stieß mich mit den Nüstern in die Seite, und der Hengst zupfte auf freundliche Art an meinem Ärmel.

Schließlich ging ich nach vorn, legte mich hin, wickelte den Umhang um mich und schlief.

In der grauen Morgendämmerung erwachte ich. Die See frischte auf. Gischt sprühte mir ins Gesicht. Der Geschmack auf meinen Lippen gefiel mir, brachte er doch Erinnerungen an die ferne Atlantikküste und an meine Heimat zurück.

Der Levantiner kam nach vorn.

»Es gibt Gefahr von den Türken«, sagte er. »Wir gehen weiter auf See hinaus.«

Das byzantinische Reich umfaßte Griechenland und erstreckte sich nach Norden bis zur Donau, im Westen bis zur Adria; unter Manuel I. gehörten die Küste des Adriatischen Meeres und Dalmatien dazu. Auf dem Festland von Asien hielt man die Küste bis etwas südlich Antiochiens sowie ein Gebiet landeinwärts. Auch die Küste des Schwarzen Meeres bis nach Trapezunt gehörte Byzanz.

Inneranatolien wurde durch die Seldschuken gehalten; Ikonien war die Hauptstadt. Diese Leute waren eine wilde Gruppe nomadischer Stämme aus Zentralasien; sie waren nach Süden gewandert und hatten sich ihren Besitz erkämpft.

Die Zitadelle von Trapezunt stand auf einem Tafelland zwischen zwei tiefen Bodenrinnen, die bei Regen ihre Fluten ins Meer ergossen.

Als wir uns näherten, konnten wir im Vordergrund Kais, Lagerhäuser und Seemannsunterkünfte sehen; desgleichen Läden, die Vorräte an Schiffe und Fischereifahrzeuge verkauften.

Am Fuße des Tafellandes sowie auf der Hochebene waren die ummauerten Heime der wohlhabenden Kaufleute; die Mauern waren von Efeu überwuchert.

Hinter den Mauern der Zitadelle lagen die Türme der byzantinischen Kirchen.

Am späten Nachmittag legten wir in strömendem Regen an.

Ich hatte mich umgezogen und trug einen *birrus*, einen capeähnlichen Umhang aus tiefrotem, schwerem Stoff. Dieses Kleidungsstück war für den Winter oder kaltes, regnerisches Wetter vorgesehen. Der *birrus* hatte eine Kapuze, die ich über den Helm zog.

Als wir an Land kamen, wurde eine Rampe ausgelegt; ich führte meine Pferde hinab. Müßiggänger auf dem Kai blieben stehen und beobachteten uns.

Ich fühlte mich unbehaglich, denn meine Pferde waren prächtige Tiere, über die man höchstwahrscheinlich reden würde.

In der Hafengegend waren selbst bei diesem scheußlichen Wetter viele Waren aufgestapelt. Kamele wurden be- und entladen. Es gab Scharen von Kaufleuten.

Ich bestieg Aycsha und führte meine anderen Pferde. Für meinen Weg suchte ich mir eine schmale Straße aus, die landeinwärts fuhrte. Als ich noch einen Blick zurückwarf, sah ich einen Mann allein auf der Straße stehen und mich beobachten.

Es würde überall Spione und Diebe geben.

Außer Schwert und Dolch hatte ich einen Bogen und einen Köcher mit Pfeilen bei mir.

Ich ritt nach Osten und kam an mehreren Kamelkarawanen vorbei, die in westliche Richtung nach Trapezunt zogen.

Gegen Mitternacht bog ich vom Weg ab und kampierte in einem *Wadi* zwischen ein paar Weiden.

Es gab Gras für meine Pferde; der kleine Bereich wurde durch einen Hügel und die Weiden abgeschirmt.

Ich sammelte Brennholz, röstete Hammelfleisch und aß. Dabei genoß ich die Stille um mich herum.

In der Nähe dieser Gegend hatten damals Xenophons Zehntausend beim Rückzug nach dem Tode von Kyros vom wilden Honig gegessen, der sie zum Wahnsinn getrieben hatte. Alle, die diesen Honig gegessen hatten, bekamen Brechreiz und Durchfall; sie waren nicht mehr imstande, aufrecht zu stehen. Einige, die nur wenig gegessen hatten, schienen wie betrunken zu sein. Andere waren vorübergehend geistesgestört. Ein paar starben sogar. Wie ich von einem Armenier erfuhr, wurde dieser Honig von Azaleen gewonnen und enthielt ein Rauschgift.

Aus meinem Packen nahm ich frische Kleidung heraus. Ich legte das byzantinische Kostüm mit Ausnahme von Panzerhemd und Umhang ab. Ich zog einen *burdah* oder Untermantel an, der mit einer Schärpe zusammengebunden wurde. Darüber zog ich den *aba* oder langen Außenmantel. Unter der Schärpe verborgen war mein alter Ledergurt, außer dem Damaszener Dolch mein einziger Besitz aus der Heimat. Dann setzte ich mir den Gelehrten-Turban auf, dem ich noch ein *taylasan* hinzufügte, ein Tuch, das man über den Turban warf, mit einem Ende unter das Kinn zog und über die linke Schulter fallen ließ.

Taylasans wurden von Richtern und Theologen getragen; sie boten ein gewisses Maß an Sicherheit vor Befragung oder Überfall. Das paßte zu der Identität, die ich annahm: Ibn-Ibrahim, ein Arzt und Gelehrter.

Dies war keine zufällige Wahl, denn nur als Gelehrter hatte ich die einzige Möglichkeit, vielleicht die Tore von Alamut für mich zu öffnen. Doch innerhalb der Festung würde ich von Fanatikern umgeben sein, die mich beim kleinsten Fehler, den ich beging, in Stücke reißen würden.

Ich hockte an meinem kleinen Feuer und spürte die eisige Hand der Verzweiflung. Was war ich eigentlich für ein Dummkopf, daß ich mich auch nur der Hoffnung hingab, ich könnte das Wunder vollbringen, in die Festung von Alamut einzudringen?

Immer wieder rief ich mir alles ins Gedächtnis zurück, was ich wußte, aber Hilfe fand ich dadurch auch nicht.

Meine einzige Hoffnung bestand in der fernen Möglichkeit, eine Einladung von Rashid-Ad-din Sinan persönlich zu bekommen; dieser Mann war für seine intuitiven Gaben bekannt und sollte dem Vernehmen nach an Alchemie interessiert sein.

Über dies alles wußte ich nichts weiter als Basar-Klatsch. Ich mußte in Täbris anhalten und mich in dieser Stadt als Ibn-Ibrahim etablieren. Dort konnten mich die Spione des Alten Mannes ganz nach Belieben beobachten.

Sollte ich allerdings das unwahrscheinliche Glück haben, in die Festung Alamut zu gelangen, würde jede Sekunde Aufenthalt größte Gefahr für mich bedeuten.

Aziza in der Burg von Prinz Ahmed, Susanne in der Burg Saône, Valaba in den Salons von Cordoba... ob sie wohl ab und zu noch an mich dachten? Doch wer erinnert sich schon an den Wanderer, der flüchtig für ein, zwei Tage auftaucht und dann schon wieder fort ist? Ich war wie ein Schatten im Garten gewesen, und wer würde sich daran erinnern? Oder warum sollten sie sich daran erinnern? Würde es für mich immer so sein und bleiben? War ich nur ein Vorübergehender?

Wenn man zurückkehrt und wieder auf demselben Boden steht... ist man es dann wirklich selbst? Oder ein Fremder?

Armorica würde immer noch Armorica sein. Die Sandbänke von Brignogan würden immer noch die Sandbänke von Brignogan sein. Aber Kerbouchard würde... ja, was würde er sein?

Da war die Erinnerung an das große Ruder in meinen Händen; der Gestank und Dreck unter mir; die Arme von Aziza; die Bücher der großen Bibliothek von Cordoba; der Hieb eines Schwertes durch Knochen... oder diese von Regen gepeitschte Klippe in Spanien.

Wieviel von mir war jeweils dort zurückgeblieben, an diesen verschiedenen Stellen? Und wieviel hatte mich hierhergebracht, vielleicht zu meinem Tod?

Wieviel von mir lag auf dem blutgetränkten Torf, wo der *Hansgraf* mit den Händlern der Weißen Gesellschaft gestorben war? Wieviel von mir auf dieser schlammigen Lichtung, wo ich niedergeschlagen, gedemütigt und geprügelt worden war, ohne Widerstand leisten zu können, weil ich hilf- und wehrlos gewesen war?

War es mehr als Glück, daß meine Gebeine jetzt nicht dort lagen, um von Wölfen und Geiern aufgelesen zu werden?

Ein Stock fiel ins Feuer; Funken stoben auf.

Würde ich jemals einen Platz finden, wohin ich gehörte? Oder war mir das Schicksal bestimmt, wie ein aufgescheuchter Geist durch die Welt zu irren? Würde ich diesen Jemand finden, nach dem ich suchte? Jemand, der mir wichtiger als sonst jemand oder sonst etwas war?

Ha...! War ich ein Kind, daß ich so träumte? Ich konnte von Glück sagen, daß ich überhaupt noch am Leben war. Noch glücklicher konnte ich mich schätzen, wenn es mir gelang, meinen Vater zu befreien und mit ihm zu entkommen.

Und was war mit der Marschtrommel? Würde ich sie wieder einmal schlagen hören? Und wenn ja, würde ich dann meinen Packen aufnehmen und dem Trommelschlag folgen?

Und der *Hansgraf*? Würde auch er dort, wo er jetzt war, die Marschtrommel hören?

Diese Trommel, die uns durch ganz Europa marschieren und tief nach Asien eindringen ließ... direkt bis zu den Pforten des Todes?

48

Wer wird die Aufregung leugnen, die einen Mann befällt, wenn er zum erstenmal eine fremde Stadt betritt? Oder in einem fremden Hafen an Land geht?

Und die Schönheit von Täbris? Nach Norden, Süden und Osten gab es rötlich schimmernde Hügel, ein brillanter Kontrast zum üppigen Grün von Obst und Gärten. Tabriz war ein Juwel von Stadt, von Strömen bewässert, die aus den Bergen herunterflossen.

In diese Stadt war ich gekommen. Ich, Mathurin Kerbouchard, jetzt als Ibn-Ibrahim bekannt, Arzt, Gelehrter, Pilger zu den heiligen Stätten des Islam.

Die Mauern rund um Täbris waren zehn Meilen lang. Es gab zehn Stadttore. Außerhalb der Mauern lagen sieben Distrikte, jeder nach dem Strom benannt, der die jeweilige Gegend bewässerte.

Ich verlangsamte das Tempo, denn ich war jetzt ein Gelehrter und mußte mich würdevoll bewegen, wie es meiner Position zustand. Was hier geschah, konnte die Tore von Alamut öffnen.

Doch als ich näher herankam, weckten vor allem mein Hengst und meine Stuten die allgemeine Aufmerksamkeit, denn es gab wohl keinen lebenden Araber, der die großen Züchtungen nicht kannte. Die Pferde paßten an sich nicht zu meiner Rolle als Gelehrter, aber sie trugen wesentlich dazu bei, mich als einen Mann von Reichtum und Bedeutung zu etablieren. Um solche Stuten waren schon Kriege geführt worden, und ich besaß immerhin drei davon, dazu noch einen prächtigen Hengst.

Ich blickte weder nach links noch nach rechts, als ich durch die Straßen und den großen Bazar von Ghazan ritt, einen der besten und schönsten auf Erden.

Wohin ich auch schaute, überall fiel mein Blick auf Scharen buntgekleideter Leute; jedes Gewerbe war in einer anderen Ecke des Basars vertreten.

Als ich den Basar der Juweliere erreichte, sah ich dort eine so herrliche Kollektion von Schmuckstücken, daß ich unwillkürlich anhielt, um mir alles anzusehen. Mein Interesse galt aber nicht nur den Schmuckstücken, sondern auch den schönen Sklavenmädchen, die den Schmuck zur Schau stellten.

Jedes Mädchen war wegen seiner Schönheit und ebenmäßigen Figur ausgewählt worden. Und diese Sklavinnen posierten; sie drehten sich hierhin und dorthin, um die teuren Arm- und Fußreifen besonders gut zur Geltung zu bringen.

Ganz in der Nähe war ein anderer Basar, wo Parfüme verkauft wurden: Lavendel- und Nardenöl, Patschuli, Myrrhe, Weihrauch, Ambra, Moschus, Rosen und Jasmin... die Düfte ließen sich überhaupt nicht zählen.

Es gab eine Straße der Buchverkäufer, eine andere für Lederwaren. In mehreren Straßen wimmelte es von Teppichwebern; das erinnerte mich daran, daß ich mir unbedingt einen Gebetsteppich kaufen mußte.

Ich ritt weiter und kam zu einer Herberge in der Nähe des Bagdag-Tores. Hier servierte man Reisenden Brot, Fleisch, mit Butter gekochten Reis und Süßigkeiten.

Überall waren Pferde, Kamele, Ochsen und Ziegen, desgleichen Frauen mit und ohne Schleier. Türkische Frauen trugen keinen Schleier.

Es waren auch fränkische Kaufleute da, denen ich rasch aus dem Wege ging, weil ich befürchtete, erkannt zu werden.

Es gab Armenier, Levantiner, Griechen, Juden, Kurden, Slawen, Türken, Araber und Perser. Da waren große, blonde Männer, die ich als Pathans erkannte. Es gab sogar Kaufleute aus Hind und Kathai, denn Täbris war wirklich ein echter Knotenpunkt des Handels.

Täbris hatte sich seit der Zeit, als die Stadt im *Hudud-al-Alam* beschrieben worden war, stark verändert. In dieser Geographie wurde über Täbris schlicht und einfach gesagt: *Täbris: eine kleine*

Stadt, angenehm und wohlhabend, innerhalb einer Mauer, die von 'Ala-ibn-Ahmad erbaut wurde. Dies war natürlich 982 geschrieben worden, also nahezu zweihundert Jahre vor meiner Ankunft.

Täbris lag im Talkessel des Urmia-Sees, beherrscht vom Vulkan Mount Sahand, meilenweit umgeben von Gärten und Feldern. Die Stadt war einmal unter dem Namen Kandag bekannt gewesen, aber das war schon lange, sehr lange her.

Meine Ankunft in der Herberge verursachte Aufregung.

Die arabischen Stalljungen kamen sofort angerannt, um mir aus dem Sattel zu helfen, als wäre ich dick wie eine Tonne und hilflos.

Dann hörte ich dicht neben mir eine bekannte Stimme sagen: »O Mächtiger! Ich – Khatib, der Prediger – möchte Euch dienen! Zwar bin ich ein Schüler des Korans, aber ich kenne mich in allen Methoden des Schlechten und Bösen bestens aus! Vertraut mir, o Mächtiger, dann werdet Ihr sicher geleitet werden!«

Er war es... *es war Khatib!*

»Bismillah!« rief ich. »Was ist das für ein Mann, der mit Flöhen herumkriecht? Du Haufen Ungeziefer, wie könnte so ein Mann mir dienen... mir, Ibn-Ibrahim, Gelehrter und Arzt?«

Er folgte mir zur Tür der Karawanserei und blinzelte mich verschmitzt an.

»Ich wußte, daß ich nur zu warten brauchte«, sagte er. »Früher oder später mußtet Ihr ja hierherkommen, und nun seid Ihr tatsächlich gekommen!«

»Und die Comtesse?«

»Sicher genug durch den Willen Allahs! Und das wird sie wahrscheinlich auch bleiben, denn Lucca hat Männer für sie rekrutiert, darunter über dreißig Leute, die den Kumanen damals entkommen sind. Ihr geht es also gut genug, dieser Frau.«

»Weißt du, was ich jetzt zu tun gedenke?«

»Ihr seid ein Narr, wenn Ihr nur daran denkt! Aber ich bin eben auch ein Narr, der jetzt seinen Herrn und Meister gefunden hat. Deshalb werde ich Euch helfen. So steht es nun mal geschrieben.«

»Meine Chancen sind nicht gut.«

»Wer spricht von Chancen? Wir haben weder die eine noch die andere, Ibn-Ibrahim!« Er grinste verschmitzt, als er diesen Namen aussprach. »Wir werden Fraß für die Schakale werden!« Er zuckte mit den schmalen Schultern. »Aber ich habe lange gelebt, und wer will behaupten, daß ich anders sterben soll?«

»Ibn-Ibrahim, ein Gelehrter und Arzt, könnte in die Festung Alamut eingeladen werden... ich sage *könnte.*«

»Wie Allah will.« Er fügte hinzu: »Ihr seid ganz gewiß einer der gelehrtesten Männer, und das meine ich ganz aufrichtig! Ich habe gehört, daß kluge Männer so über Euch gesprochen haben, sogar der große Averroës. Habt Ihr schon einen Plan?«

»Zunächst möchte ich nur möglichst schnell als Gelehrter und Arzt bekannt werden. Wie ich hörte, weiß Sinan solche Dinge zu schätzen. Also gibt es vielleicht eine Einladung. Wenn nicht, werde ich schon irgendeinen anderen Weg finden.«

Khatib zuckte mit den Schultern.

»Was Ihr wünscht, ist bereits so gut wie getan. Schon vor Eurer Ankunft habe ich alle, die mir zuhörten, darüber informiert, daß ich auf meinen Herrn warte, der ein kluger Mann vor Allah sei.« Wieder grinste er und schaute mich verschmitzt an. »Außerdem hatte ich ja kein Geld. Natürlich wollten die Leute hier nicht zulassen, daß in ihrer Gegenwart der Diener eines gelehrten Mannes hungerte!«

»Aber der Name, Khatib! Was hast du ihnen gesagt, wer ich bin?«

»Wie konnte ich das denn wissen? Ich habe ihnen überhaupt keinen Namen genannt, sondern nur gesagt, daß mein Herr ein großer Gelehrter ist, der nicht bekannt werden möchte, aber viel herumreist, um nach Klugheit und Weisheit zu suchen.«

»Und wie steht es mit dem Weg, Khatib? Kennst du ihn?«

»Ja... er führt weit in die Berge in der Nähe von Qazvin, wo jedes Dorf ein Nest von Spionen ist! Man kann nicht einen einzigen Schritt tun, ohne daß sie es erfahren. Und noch etwas. Beherzigt es! Da ist ein Mann namens Al-Zawila. Kennt Ihr so einen Mann?«

»Nein.«

»Er hat große Macht unter den Isma'ili, ist aber in letzter Zeit nach Alamut gekommen. Manche behaupten, daß er genauso mächtig ist wie Sinan selbst. Jetzt ist Al-Zawila die starke rechte Hand von Sinan, sein Verteidiger, sein Meisterspion!«

Ich hörte interessiert und gespannt zu.

»Man flüstert, und nicht einmal Mauern können ein Flüstern aufhalten, daß es seit Al-Zawilas Ankunft viel Kummer und Leid für den Sklaven namens Kerbouchard gegeben hat. Dieser Sklave hatte sich durch Fleiß einen guten Platz verschafft, aber seit Al-Zawila eingetroffen ist, wird dieser Sklave für die schändlichsten Arbeiten eingesetzt. Es ist, als möchte Al-Zawila ihn zum Zorn reizen, um ihn dann foltern und töten zu können!«

»Dann müssen wir sehr schnell handeln, denn die Geduld meines Vaters ist begrenzt, auch wenn seine Kraft sehr groß ist.«

Wir redeten lange miteinander, und ich hörte meistens zu, denn Khatib kannte allen Klatsch der Basare; ihm entging so gut wie nichts.

Zunächst einmal mußte ich mich hier in Täbris etablieren, denn es war unbedingt nötig, daß man offiziell von meiner Anwesenheit Notiz nahm. Da ich die Wege der Mächtigen kannte, bezweifelte ich, daß ich gezwungen sein würde, lange zu warten.

Al-Zawila? Einen solchen Namen kannte ich nicht. Warum haßte dieser Mann dann also meinen Vater so stark? Der Mann mußte ganz bestimmt Haß empfinden, denn sonst hätte er wohl kaum von meinem Vater, der doch im Moment nur ein Sklave war, sonderlich Notiz genommen.

Und erst kürzlich angekommen? War er auch ein Feind von mir?

Ich kannte einen solchen Mann nicht, und ich konnte mich auch nicht an ihn erinnern.

Wie Khatib mir erzählte, war Täbris für die Pracht seiner Teppiche und Bücher bekannt. Einen Teppich brauchte ich unbedingt für meine Gebete.

Daß ich Khatib gefunden hatte, machte mir zwar Hoffnung, aber ich wurde auch von Zweifeln geplagt. Wie konnte ausgerechnet ich Erfolg haben, wo Könige und Kaiser bisher versagt hatten?

Doch Khatib war ein Mann mit tausend Talenten. Vor allem konnte er sehr gut zuhören. Er verfügte über hinterhältige Mittel und Wege, um an Wissen heranzukommen, das allen anderen verborgen blieb.

Es war erst knapp eine Stunde vergangen, als ein fetter Eunuche schnaufend vor Anstrengung eintraf.

»O Glückverheißender! Ich komme vom Emir! Vom mächtigen und gelehrten Mas'ud Khan! Ob Ihr Euch dazu herablassen könntet, ihn mit Eurer Gegenwart zu beehren?«

»Sagt Eurem Herrn, daß sein Wunsch für mich eine große Ehre ist. Sein Edelmut, sein Glanz, seine Reichtümer und seine Macht sind allen bekannt! Wenn er mich, diesen Unterwürfigen, sehen und sprechen will, dann werde ich natürlich hinkommen!«

So ist das nun mal mit dem Gesellschaftsleben; es macht manchmal aus den besten Männern Lügner.

Ich hatte noch nie etwas von Mas'ud Khan gehört; ich hatte auch keine Ahnung, ob er edelmütig, glänzend oder reich war.

Aber unter Berücksichtigung meiner Probleme hoffte ich, daß alle drei Eigenschaften auf ihn zutrafen.

Doch wenn er ein Emir war, so hegte ich keine Zweifel, daß jemand den Saft aus der Orange preßte, denn ich hatte ja bereits gesehen, welchen Reichtum, aber auch welche Armut es hier in der Stadt gab. Reich dürfte er also auf alle Fälle sein.

Doch es gab noch andere Dinge zu berücksichtigen. Mir schwebte vor, mich möglichst oft und viel in den Basaren blicken zu lassen, denn was dort geflüstert wurde, würde innerhalb der Mauern von Alamut als Echo widerhallen.

Vor allem aber mußte ich mir einen Gebetsteppich beschaffen, denn fortan wollte ich ja als Moslem gelten. Frauen und die sehr Reichen hatten damit begonnen, solche Teppiche zu benutzen, und ich wollte mich als sehr reicher Mann etablieren; also war ein Gebetsteppich von grundlegender Wichtigkeit.

Viele hatten schon versucht, die Mauern von Alamut zu brechen, aber bisher hatte es niemand geschafft. Durch das dichte Netzwerk von Spionen war es auch unmöglich, heimlich in die Festung einzudringen. Hier war jeder Fremde von vornherein verdächtig. Deshalb schien mir die einzige Lösung für mein Problem zu sein, mich weithin anzukündigen und auf eine Einladung zu hoffen.

Ränkeschmiede und Verschwörer suchte man an geheimen Orten. Ich würde mich also in aller Öffentlichkeit sehen lassen. Man sollte mich hören und mit mir sprechen.

Sinan war ein Mann mit vielseitigen Interessen, und deshalb konnte es durchaus sein, daß ihn ein Fremder interessierte.

In Täbris wurden Teppiche verschiedener Art gewebt, aber in dieser Gegend wurden die Sehna- oder persischen Knoten allmählich durch Ghiordes- oder türkisches Knüpfen ersetzt. Die Stadt war schon seit langem für ihre Weber bekannt, wenngleich dieses Gewerbe durch die türkischen Invasionen Schaden genommen hatte. Jetzt hatten sich Türken in Täbris und der näheren Umgebung der Stadt niedergelassen; sie führten allmählich ihre eigenen Webmethoden ein. Der büschelige Stil war für Leute geeignet gewesen, deren Teppiche die Fußböden von Zelten bedeckt hatten. Die Türken waren zwar mindestens hundert Jahre vor meiner Zeit eingedrungen, aber ihre Webmethoden hatten die persischen Methoden nur langsam ablösen und ersetzen können.

Die Idee des Gebetsteppichs war noch neu, obwohl Moslems kleine Bereiche markiert hatten, wenn man sich auf dem Feld aufhielt oder bei Reisen unterwegs war, um auf diese Weise andere Leute auf Distanz zu halten, wenn man seine Gebetsübungen machte. Als Markierung dienten oft Stöcke oder Steine. Trotz der Tatsache, daß die moslemische Religion viele Elemente des christlichen oder jüdischen Glaubens enthält, wird ein wahrer Moslem niemals dort beten, wo die Schritte von Juden oder Christen den Boden unsauber gemacht haben.

Falls kein Wasser zur Verfügung steht, wäscht der Andächtige seine Hände mit Sand oder Erde, denn vor dem Beten muß er baden.

Der fromme Moslem betet täglich fünfmal. Seinen Gebeten geht das Waschen von Gesicht, Händen und Füßen voraus. Ohren, die etwas Schlechtes gehört haben, werden mit Wasser berührt. Augen und Mund, die etwas Schlechtes gesehen oder gesagt haben, werden gewaschen. Wenn ein Moslem die Hände wäscht, schöpft er das Wasser mit beiden Händen, hält sie hoch und läßt das Wasser bis zu den Ellbogen hinablaufen.

Diese Gewohnheit, vor dem Beten die Hände zu waschen, hatten wir Ärzte übernommen, denn es war Brauch, vor jeder Operation zu beten.

Nach der Waschung pflegte sich der Beter auf den markierten Platz oder einen Teppich zu knien, sich weit vornüberzubeugen, mit der Stirn den Boden zu berühren.

Zu Mohammeds Lebzeiten war es Brauch, in Richtung Jerusalem zu beten, aber nach seinem Tode bestimmte Mekka die Gebetsrichtung.

Schon seit frühesten Zeiten waren Matten oder Teppiche von verschiedenen Religionen benutzt worden. Für Araber, Türken oder Perser war diese Idee also nicht neu.

Die Gebetsteppiche, die in Täbris angeboten wurden, waren von rechteckiger Form und wiesen eine verzierte Kante mit Blumenmuster auf. Am oberen Ende des Teppichs und innerhalb der Begrenzung war so etwas wie ein Paneel eingearbeitet, etwa zehn Zentimeter breit und mindestens einen halben Meter lang; es enthielt ein stilisiertes Zitat aus dem Koran in arabischer Sprache. Unter diesem Paneel war die Spandrille, ein saphirblaues Feld mit kompliziertem Muster.

Die Ghiordes-Teppiche, die ich in Täbris sah, waren sehr schön und klar eingefärbt. Der Teppich, den ich kaufte, war gerade erst fertiggestellt worden; er war aus Seide gewebt und mit ein paar Wollmustern versehen. Hätte der Teppich vollkommen aus Seide oder Wolle bestanden, wäre er absolut perfekt gewesen. Doch nichts außer Allah war perfekt. So deuteten die paar Muster in anderem Material auf die Demut des Webers hin. Die blauen, hellgrünen und gelben Farben waren extrem schön. Wenn man den Teppich in unterschiedliches Licht hielt, schimmerte er wie eine Luftspiegelung in der Wüste.

Der Gewebeflor des Teppichs war so arrangiert, daß die Haarseite nach Mekka zeigte.

Diese Teppiche faszinierten mich. Deshalb wanderte ich durch die Basare und studierte die verschiedenen Motive, die in die Teppiche eingewebt worden waren. Bei manchen Teppichen war der chinesische Einfluß unverkennbar. Kontakte mit den Chinesen waren schon vor langer Zeit hergestellt worden. Ein paar Jahrhunderte lang waren Schiffe aus Kathai nach dem Persischen Golf gekommen. Sowohl in Konstantinopel als auch hier hatte ich Bronze-Artikel sowie Keramiken aus China gesehen.

Auf den Märkten waren Teppiche aus Samarkand ausgestellt; einige waren mit einem Granatapfel-Muster ausgestattet, einem hethitischen Symbol für ewiges Leben und Fruchtbarkeit. Bei anderen Teppichen waren Kiefernzapfen das grundlegende Motiv, ein chinesisches Symbol für Langlebigkeit. Auch Zypressen, oft auf moslemischen Friedhöfen angepflanzt, waren mehrfach zu sehen. In alten Zeiten glaubte man, daß Zypressenzweige, auf ein Grab gelegt, weiter trauern. In Persien galt die Zypresse lange Zeit als heiliger Baum, heilig für das Feuer der Verehrer, die Persien den Namen gegeben hatten, denn die große, schlanke Form der Zypresse symbolisierte die Flamme.

In Cordoba hatte ich viele Teppiche aus dem Osten gesehen, berühmt für Schönheit und Gewebe. Es war schier unglaublich, daß solche Teppiche mit ein paar hundert Knoten pro Quadratzentimeter gewebt werden konnten.

Der Teppich, für den ich mich schließlich entschied, wies zweihundert Knoten pro Quadratzentimeter auf. Dies war allerdings noch gar nichts im Vergleich zu den Palastteppichen, wie sie etwa für die Audienzhalle in Ktesiphon gewebt worden waren; sie stellten einen Garten dar. Bei manchen dieser Teppiche wurden über eintausend Knoten pro Quadratzentimeter gezählt, eine geradezu unglaubliche Anzahl!

Das Gartenmotiv war bei persischen Teppichen durchaus üblich. Das Wort Paradies stammt aus dem Persischen und steht für einen »ummauerten Garten«.

Khatib fand mich im Basar; meine Abwesenheit hatte ihn beunruhigt. Er erinnerte mich an mein Treffen mit dem Emir. In diesem Basar wurden Teppiche sowie Töpferwaren und Bücher verkauft. Ich war von den zum Ausdruck gebrachten Ideen und dem eingearbeiteten Symbolismus sehr fasziniert.

Eine Stunde nach Verlassen des Basars erschien ich im Palast des Emirs Mas'ud Khan.

Auf einem Podium am hinteren Ende des Audienzsaales waren auf einem Tisch alle Arten von Obst und Lebensmittel ausgebreitet. Ich war kaum in den Raum geführt worden, da tauchte auch schon Mas'ud Khan persönlich auf.

Alle meine Erwartungen gingen jäh zu Bruch.

Statt eines korpulenten Emirs, vorn und hinten wohlgerundet, wie ich es erwartet hatte, sah ich mich einem schlanken, habichtgesichtigen Mann mit schwarzen, durchdringenden Augen gegenüber, die mich kalt musterten. Das war kein fauler Beamter, der von den Taten anderer dick wurde, sondern ein Krieger, schlank, geschmeidig und wild. Er trug den Geruch von Blut und Sattel mit sich herum. Ich begriff sofort, daß ich hier mit allergrößter Vorsicht vorgehen mußte.

»Es ist eine Ehre, einen Gelehrten mit so großem Wissen kennenzulernen«, sagte er ruhig, dann fragte er abrupt: »Seid Ihr tatsächlich Arzt?«

»Tatsächlich«, erwiderte ich und fügte hinzu: »Und seid Ihr tatsächlich der Emir?«

49

Er lächelte mit echtem Humor, aber es war wölfischer Humor, der mehr als nur einen Anflug von Sarkasmus enthielt.

»Gut gesprochen!« sagte er, setzte sich an den Tisch und händigte mir ein Stück Obst aus. »Ich denke, wir werden Freunde!«

»Ein Gelehrter ist immer der Freund des Emirs«, sagte ich. »Oder er ist nicht klug genug, um den Namen eines Gelehrten zu verdienen!«

»Ihr müßt meine Unwissenheit entschuldigen«, sagte Mas'ud Khan. »Aber bisher glaubte ich, die Namen der hervorragendsten

Gelehrten zu kennen. Wie schade, daß ich so wenig von dem weiß, was Ihr getan habt!«

War er mir gegenüber mißtrauisch? Er war argwöhnisch und daher gefährlich, denn er würde danach handeln, was er glaubte. War er ein Isma'ili? Vielleicht ein Verbündeter und Freund von Sinan?

»Wie konntet Ihr etwas über mich wissen? Von mir, der ich doch der allergeringste Diener Allahs bin? Meine Heimat war Cordoba, und in Cordoba muß man wahrlich ein großer Gelehrter sein, um bekannt zu werden. Doch dort kannte ich Averroës, und Juan von Sevilla war mein Freund.«

»Was habt Ihr denn dort gemacht? Wart Ihr ein Lehrer?«

»Ich habe Bücher aus dem Griechischen und Lateinischen ins Arabische übersetzt, manchmal auch aus dem Persischen.«

»Und Eure Pläne?« Mas'uds harte, schwarze Augen musterten mich.

»Ich möchte in Shapur studieren«, sagte ich. »Ich habe gehört, daß es dort die größte medizinische Schule der Welt gibt. Stimmt es, daß dort in Sanskrit gelehrt wird?«

»Nicht mehr, aber es war einmal so. Mehr als tausend Jahre lang war es die größte aller Schulen. Allerdings wird es von Jahr zu Jahr schwieriger, die Universität aufrechtzuerhalten, desgleichen das Hospital, denn Bagdad lockt die Lehrer von dort fort und stellt sie in seine eigenen Dienste.«

»Ihr könntet etwas für mich tun, Emir«, sagte ich. »Vor langer Zeit habe ich etwas von einem Buch mit ein paar tausend Seiten gehört. Der Titel lautet *Ayennamagh*. Könnt Ihr es für mich finden?«

»Ihr seid wahrlich ein Gelehrter! Wie wenige wußten überhaupt etwas von diesem Buch!« Er schüttelte bedauernd den Kopf. »Nein, dieses Buch ist nicht zu haben. Ich habe niemals eine Kopie davon gesehen, und wenn eine solche Kopie gefunden werden könnte, würde es mich den Kopf kosten, wenn ich zuließe, daß sie uns aus den Händen gleitet!«

Doch sein Mißtrauen blieb.

Geschickt und kunstfertig lenkte ich die Unterhaltung über Medizin, Gesetz und Dichtung auf Kriegskunst.

Von Sun Tsu hatte er noch nichts gehört. Er war fasziniert, als er von diesen Theorien erfuhr.

Danach wechselten wir erneut das Thema und sprachen über Vegetius und die römischen Legionen.

»Wir hatten sie hier, wißt Ihr? Unsere Parther schlugen sie. Eine Legion wurde gefangengenommen und nach China in die Sklaverei verkauft. Vollkommen intakt marschierte die Legion dorthin.«

Geschickt lenkte ich das Gespräch auf Bibliotheken und Alchemie. Ich wußte, daß es in der Festung Alamut eine große Bibliothek gab. Sinan war persönlich an Alchemie interessiert.

Plötzlich und ohne Warnung sagte der Emir: »Hier gibt es einen Mann aus Eurem Land. Ihr müßt ihn kennenlernen.«

»Sein Name?«

»Ibn-Haram.«

Hätte er sich plötzlich zu mir herübergebeugt und mich ins Gesicht geschlagen, wäre ich wohl kaum mehr erschrocken gewesen. Doch ich glaube, daß es meinem Gesicht nicht anzusehen war.

»Ah, ja. Ein guter Mann als Freund, aber gefährlich als Feind. Ich weiß von ihm. Er hat lange in Cordoba intrigiert, um dort die Macht zu ergreifen, sogar gegen Yusuf, seinen Wohltäter.«

Er war ein Mann, dem ich unter gar keinen Umständen hier begegnen durfte, denn einen größeren Feind hatte ich überhaupt nicht. Er würde alles aufbieten, um mich enthaupten zu lassen.

Doch was ich gesagt hatte, veranlaßte Mas'ud Khan offenbar zum Nachdenken, denn er schwieg und überlegte ziemlich lange.

»Yusuf war sein Wohltäter, habt Ihr gesagt?«

Ich versuchte es, so gut ich eben konnte, und sagte sehr leise, um von niemandem sonst gehört zu werden: »Als ein Gelehrter zu einem anderen ... traut ihm nicht! Er ist ein Mann, der nach Macht hungert, und er wird mit nicht weniger als mit der *ganzen* Macht zufrieden sein.«

»Yusuf? War er Euer Freund?«

»Er wußte nichts von mir, und ich wußte nur wenig von ihm. Doch gegen Ende meines Aufenthalts traf ich seinen Sohn Abu-Yusuf Ya'kub. Wir wurden Freunde, sehr gute Freunde, glaube ich. Wir lernten uns im Haus von Valaba kennen.«

»Valaba? Von ihr habe ich schon viel gehört. Sie ist sehr schön, glaube ich?«

»Sehr!« Mit Bedauern fügte ich hinzu: »Wirklich sehr schön!«

»Aber dünn?« Es hörte sich beinahe traurig an. »So habe ich es jedenfalls gehört.«

»Nicht für meinen Geschmack. Aber wie ich hörte, mögen Türken mollige Frauen. Stimmt das?«

»Ein Türke mag eine Frau mit einem Bauch!« sagte er sehr

nachdrücklich. »Diese persischen Frauen... pah! Sie sind dünn, viel zu dünn! Brüste, Hintern und Bauch, alles muß fett sein! So mag ein Türke seine Frauen! Und Oberschenkel! Sie muß Oberschenkel haben! *Allah!*« Er schüttelte den Kopf. »Ich verstehe nicht, was Ihr Mauren und Perser an diesen Frauen findet, die doch dünn und mager wie Reiher sind! Würdet Ihr es glauben, Ibn-Ibrahim? In den letzten drei persischen Städten, die wir eingenommen haben, wurde nicht eine einzige Frau mit Gewalt genommen! Es war unglaublich! Hätte ich nicht die Abneigung unserer Soldaten gegen dünne Frauen gekannt, wäre ich vielleicht auf den Gedanken gekommen, daß unsere Armee die Männlichkeit eingebüßt hat!«

Er füllte ein Glas und schob es zu mir herüber.

»Kumiss. Wenn Ihr Kumiss nicht gekostet habt, dann habt Ihr noch gar nicht richtig gelebt!« Er füllte sein eigenes Glas nach. »Bei uns ist es Brauch, in einer eroberten Stadt alle gefangenen Frauen vom türkischen Sieg kosten zu lassen. Das hat viel für die folgenden Generationen getan.«

Dann runzelte er die Stirn. »Aber wenn es so weitergeht wie jetzt, werden wir bald nur noch gegen unsere eigenen Söhne kämpfen müssen!«

»Dann ist Euch wenigstens ein guter Kampf sicher.«

Er sah mich an.

»Ich wußte gar nicht, daß Gelehrte auch Krieger sind.«

»Und bis ich Euch traf, Mas'ud Khan, wußte ich gar nicht, daß Krieger auch Gelehrte sind!« erwiderte ich schnell und schlagfertig.

Meine Antwort gefiel ihm. Er freute sich über das Kompliment. Und ich war froh daruber, vermieden zu haben, was vielleicht eine Falle hätte sein können.

Er wechselte das Thema.

»Ihr habt Alchemie erwähnt? Könnt Ihr Gold machen?«

Ich lächelte ziemlich ironisch.

»Ist es denn so leicht, Gold zu machen?« sagte ich. »Viele versuchen es. Wie gerüchtweise verlautet, sollen einige es sogar geschafft haben. Aber andere Dinge sind kostbarer als Gold. Zum Beispiel das Leben... oder Mittel und Wege, anderen das Leben zu nehmen.« Ich fügte hinzu: »Es trifft zu, daß ich mich mit den Elementen vieler Dinge beschäftigt habe, mit allen Aspekten und Kombinationen von Mineralien. Wenn ich kann, suche ich die Gesellschaft anderer, die lernen, denn wer weiß schon, wann mein

Wissen in Verbindung mit dem Wissen anderer den angestrebten Erfolg bringt? Jeder Mann lernt ein bißchen, aber die Summe des Wissens kann sehr groß sein.«

Ibn-Haram war hier! Würde er mich jetzt noch kennen? Es waren immerhin schon ein paar Jahre vergangen. Ich war älter und kräftiger geworden, doch an sich hatte mich dies in Verbindung mit Leiden wenig verändert. Deshalb durfte ich eine Begegnung mit Ibn-Haram nicht riskieren, denn wenn herauskam, daß ich gar nicht war, was ich zu sein vorgab, würde ich ernsthafte Schwierigkeiten bekommen. Und Ibn-Haram haßte mich, weil ich ihn damals bei Aziza ausgestochen hatte.

Die Entscheidung lag bei mir. Ich konnte es mir nicht leisten, in Täbris zu bleiben.

»Ich werde weiterreisen«, sagte ich. »Ich habe schon zu lange nicht mehr studieren und arbeiten können. Ich werde nach Shapur gehen.«

Die Idee gefiel mir, denn der Ruhm dieser großen Schule, vor allem auf dem Gebiet der Medizin, wurde überall anerkannt. Also war es nur logisch, daß ich dorthin ging. Genauso logisch war es, daß ich diese Reise unternommen hatte, um dorthin zu gelangen. Damit war meine hiesige Anwesenheit hinreichend erklärt.

Ich wußte nicht, wieviel Macht Ibn-Haram besaß. Offenbar hatte er sich bei irgendeiner Verschwörung in Spanien übernommen und war deshalb gezwungen gewesen, aus dem Land zu fliehen.

Doch er war mein Todfeind und konnte für mich eine Katastrophe heraufbeschwören.

Plötzlich kamen Sklaven in den Raum und brachten drei prächtige Seidengewänder, drei neue Garderoben und eine schwere Börse mit Gold. Außerdem brachten sie einen schönen Sattel, Zaumzeug und Satteltaschen herein. Diese Geschenke waren wirklich prachtvoll, aber damit durfte fast jeder reisende Gelehrte in nahezu jeder islamischen Stadt rechnen. Klugheit wurde verehrt. In Europa dagegen konnte ein zu kluger Mann als Ketzer verbrannt werden.

Ohne mit einem einzigen Wort die Festung Alamut erwähnt zu haben, bestieg ich mein Pferd und kehrte zur Herberge zurück. Die Sklaven mit den reichen Geschenken folgten mir.

Unterwegs warf ich einmal einen Blick zurück.

Mas'ud beobachtete mich und maß mich kalt und abschätzend.

Während ich davonritt, konnte ich eine Vorahnung drohender

Gefahr nicht abschütteln. Jeder Instinkt warnte mich, nicht einmal mehr die kommende Nacht hier zu verbringen, sondern auf der Stelle mit Khatib zu fliehen. Doch dadurch konnte ich in noch größere Gefahr geraten, denn ein solches Verhalten würde sofort Verdacht erregen und Mißtrauen wecken.

Am nächsten Morgen hörte ich aufgeregte Stimmen; andere Reisende bereiteten sich für den Aufbruch vor.

Khatib kam herein, und da faßte ich auf der Stelle meinen Entschluß.

»Packe!« sagte ich. »Ich werde den neuen Sattel und das neue Zaumzeug benutzen. Laß uns sofort gehen!«

Mit dem Zeitpunkt unseres Aufbruchs hatten wir Glück, denn eine große Karawane zog gleichzeitig los. Wir holten sie prompt ein und schlossen uns ihr an. Ich führte angeregte Unterhaltungen.

Unter den Franken glaubten viele, daß Kathai gar nicht existierte. Doch hier traf ich Leute, die bereits nach Hind und Kathai gereist waren; sie hatten alle dazwischenliegenden Länder durchquert.

Wir reisten durch eine fruchtbare und wohlhabende Gegend. Hier wuchsen einige der besten Birnen und Granatäpfel, die ich je gegessen hatte. Es gab zahlreiche Olivenhaine.

Viele Stunden später hielten wir neben dem Weg an, setzten uns unter Tamarisken und verzehrten Käse aus Dinawar und Birnen aus der hiesigen Gegend.

Mehrere Maultiertreiber hielten mit uns an; da sie keinerlei Neigung zum Anhalten verraten hatten, bis wir anhielten, verdächtigte ich sie, Spione zu sein.

Es war ein sonniger Nachmittag; nur wenige Lämmerwölkchen trieben langsam am Himmel dahin. Ich lag auf dem weichen Sand, starrte zum Himmel hinauf und versuchte, mir eine Lösung für mein Problem einfallen zu lassen.

Anderen mochte ich vielleicht besonders mutig vorkommen, doch ich wußte, daß ich nicht mutiger war als irgendein anderer Mann. Ich ging ja nicht freiwillig und von mir aus zur Festung Alamut, sondern mein Vater war dort, und wir beide waren immerhin die letzten unseres Stammes. Mein Vater war alles, was mir noch geblieben war. Ich konnte nur versuchen, ein genauso guter Sohn zu sein, wie er ein guter Vater war.

Aus Alamut wurde niemals ein Sklave verkauft. Man erlaubte

auch keinem Sklaven, die Festung jemals zu verlassen, denn man befürchtete, daß die Geheimnisse der Festung und deren berühmte Gärten des Paradieses preisgegeben werden könnten.

Sollte es mir durch irgendeinen Zufall gelingen, Zutritt in die Festung Alamut zu erhalten, würde jede meiner Bewegungen scharf beobachtet werden.

Bei diesem Gedanken empfand ich tiefe Depression, denn selbst wenn ich in die Festung gelangte, wie sollte ich da wieder herauskommen? Und wie konnte ich meinen Vater befreien? Ein Mann muß schon ein großer Dummkopf sein, wenn er das Unmögliche versucht, doch er war nun mal mein Vater, und es fiel mir leichter, mein Leben zu riskieren, als meinen Vater in der Sklaverei zu wissen.

Al-Zawila? Wer konnte das sein? Warum dieser Haß auf meinen Vater?

»Herr...?«

Zwei Männer standen in meiner Nähe; einer von ihnen hatte ein großes und offenbar sehr schmerzhaftes Geschwür.

Ich stach es auf, wusch es aus und verschrieb eine Erneuerung des Umschlags, den ich anlegte. Dann schickte ich mich an, mich wieder der Karawane anzuschließen, aber da kamen bereits weitere Patienten.

Ich behandelte mehrere Verletzungen, für andere verschrieb ich etwas. Dazu gehörte auch zerstampfter Knochen für ein Kind, das unter Zuckungen und Krämpfen litt. Ich erklärte ihnen die Theorie eines bekannten Arztes, der solche Krämpfe auf einen Stoffmangel im Körper zurückführte. Sie hörten zwar aus Respekt zu, aber ich wußte, daß sie einen bösen Geist für die Ursache dieses Übels hielten.

Der letzte Mann wollte eine Pfeilspitze herausgezogen haben, die schon mehrere Tage in seinem Arm steckte. Der Arm war in schlechtem Zustand, aber nach Abschluß meiner Behandlung schien es keinen Zweifel zu geben, daß er sich auch ohne fremde Hilfe wieder vollkommen erholen würde.

Es war bereits dunkel, als wir endlich weiterreiten konnten. Wir beeilten uns, um im Schutze der Karawane kampieren zu können.

Während meines Studiums in der Moschee von Cordoba hatte ich unter der Anleitung eines Arztes häufig chirurgische Eingriffe durchgeführt. Es war Brauch, Einschnitte vorzunehmen und Kürbisse, Flaschenkürbisse, Melonen und Gurken zu benutzen. Oberflächliche Einschnitte nahm man auf Lederbeuteln vor, die mit

Schlamm gefüllt waren. Nähen wurde auf zwei Stück feinsten Leders praktiziert; Hautritzungen auf Leder, das mit Haar überzogen war.

Qazvin lag am Fuße der Elbursberge, von denen Pässe über das Gebirge nach Tabaristan und zum Rand des Kaspischen Meeres führten. Die Stadt selbst erstreckte sich über mindestens eine Meile. Es war die Hauptfestung gegen die wilden Ungläubigen aus den Daylam-Bergen.

»Morgen gehen wir nach Alamut«, flüsterte ich Khatib zu. »Ob nun mit oder ohne Einladung!«

«Sprecht kein Wort darüber, Mächtiger!« warnte mich Khatib. »In dieser Stadt gibt es viele Isma'ilis.«

Auf dem Hof wimmelte es von Pferden und Kamelen, denn eine andere große Karawane war soeben erst angekommen, offensichtlich das Gefolge irgendeiner bedeutenden Persönlichkeit; sowohl Kamele als auch Pferde waren reich aufgeputzt. Eine Anzahl großer, gutgebauter Soldaten stand herum. Es waren kräftige, bärtige Männer mit schwarzen Augen, makellos gekleidet und gut bewaffnet. Dies waren zweifellos sorgfältig ausgewählte Kämpfer.

Solche Männer hatte ich noch nie gesehen; sie glichen weder Arabern noch Türken noch Persern.

»Wer sind sie, Khatib?«

»Radschputen«, sagte er. »Aus Hind.«

Im Hauptraum der Karawanserei tummelten sich sehr viele Sklaven.

Wir hatten Mühe, noch eine Ecke für uns zu finden.

Khatib kümmerte sich persönlich um unsere Pferde, bevor er sich mir anschloß.

Plötzlich wurde die Tür zu einem Innenraum geöffnet. Ein Mädchen kam heraus; ein Mädchen von solcher Schönheit und exquisiter Anmut, wie ich es noch nie zuvor gesehen hatte.

Sie war groß und bewegte sich wie zu unhörbarer Musik. Ihre dunklen Augen wiesen noch dunklere Wimpern auf. Ihre Lippen, ihre Haut waren makellos. Das Haar war schwarz wie Rabenschwingen.

Als das Mädchen aus der Tür trat, begegneten sich unsere Blicke quer durch den Raum. Sie blieb einen Moment stehen, dann hob sie das Kinn und öffnete die Lippen ein wenig.

Ich erhob mich rasch, verbeugte mich und deutete auf einen Platz am Tisch neben mir.

Ob meiner Verwegenheit schien sie die Augen ein wenig weiter zu öffnen, dann ging sie durch die Menge, die respektvoll Platz machte, zu dem Tisch, der bereits für sie hergerichtet war.

Sie sah mich nicht mehr an.

50

Unsere Tische standen sich gegenüber und waren nur knapp sieben Meter voneinander getrennt.

Ein Dutzend Sklaven bediente das Mädchen. Zwei Radschputen-Soldaten standen hinter ihr an den beiden Ecken des Tisches.

Der Tisch selbst war mit mindestens zwei Dutzend Gerichten und Speisen überladen, hervorragend zubereitet und dem aromatischen Duft zufolge exzellent gekocht.

Ich hingegen verfügte nur über meinen getreuen Khatib und drei Speisen.

Das Mädchen war unverschleiert, denn bei diesem Volk war es nicht Brauch, daß Frauen Schleier trugen.

Bekleidet war sie mit einer enganliegenden Hose von strahlend gelber Farbe; dazu ein Mieder oder *choli* von gleicher Schattierung und aus gleichem Material. Darüber trug sie einen orangefarbenen Umhang, der von den Schultern herabfiel. Die Sandalen waren kunstvoll aus goldenem Material gefertigt. Die Knöchel waren mit Spangen verziert.

Mitten auf der Stirn trug sie ein »gefallenes Blatt« oder *tika*, wie das Symbol im Sanskrit genannt wurde. Das kleine Blatt zeugte von hervorragender Handwerkskunst.

Das Haar war glatt zurückgekämmt mit einer dreifachen Perlenreihe über dem Scheitel. Das Mittelstück an der Haargrenze bestand aus drei goldenen Blumen mit großen Rubinen im Zentrum; vom unteren Rand hing eine Perlenkette in Tropfenform herab.

Meine Speisen waren *kabab karaz*, ein Fleischgericht, das mit Beeren gekocht und über das kleine, runde, arabische Brote geschüttet war, das ich so sehr mochte; Reis mit Zitronensoße und Curry-Bohnen.

Der Kontrast zwischen meinen drei Gerichten und den zwei Dutzend Speisen, die auf den Tisch des Mädchens gebracht wurden, gefiel meinem Sinn für Humor; desgleichen die Menge der Diener, von denen das Mädchen umsorgt wurde.

Khatib war ebenfalls amüsiert, denn ihm entging niemals die Ironie irgendeiner Situation. Er begann mit betonter Finesse und geziertem Gehabe mein Essen zu servieren; damit wollte er das affektierte Verhalten der Eunuchen, von denen das Mädchen bedient wurde, nachäffen.

Khatib hob den Deckel vom *kabab*, atmete sehr tief ein, zog die struppigen Brauen hoch und sagte: »O Allmächtigster! Davon müßt Ihr kosten! Das ist Ambrosia! Es ist Nektar! Das ist ein in Fleisch verwandelter Traum!«

Während er dies sagte, legte er mit dem Löffel eine winzige Portion auf den Rand meines Tellers, trat zurück, behielt den Löffel in der Hand und beobachtete meine Anerkennung.

Behutsam kostete ich und stellte mich dabei übertrieben umständlich an; ich kostete, ließ die Speise auf der Zunge zergehen, verdrehte die Augen, runzelte die Stirn und lächelte schließlich strahlend.

»Superb, Khatib, superb!«

Er vollendete das Servieren meiner bescheidenen Mahlzeit mit vielen Ausrufen.

»Was für Fleisch! Und was für ein Pilaf! Möge Allah dreimal gesegnet sein!«

Das Gesicht des Mädchens am Tisch gegenüber blieb ausdruckslos. Es war ihm nicht anzusehen, ob es überhaupt etwas bemerkt hatte.

»Wein, Herr? Es ist das Geschenk des großen Kaisers der Byzantiner! Von Manuel persönlich! Wein?«

»Wein, Khatib!«

Er schenkte Wein ein.

Jetzt konnte ich einen flüchtigen Blick des Mädchens einfangen.

»Prediger...«, sagte ich. »Du bist ein Mann von erhabenen Jahren. Ein vielgereister Mann, gelehrt und mit gutem Urteilsvermögen. Sage mir... wo sind die Frauen am schönsten?«

»Ja, wo, in der Tat? Sicher werdet Ihr begreifen, Herr, daß dies eine Frage des persönlichen Geschmacks ist. Nehmen wir zum Beispiel die Türken. Sie ziehen es vor, wenn ihre Frauen so sind...« er deutete mit beiden Händen eine mächtige Wölbung vor der Brust an, »...und hier robust...« Er zeigte mit den Händen auf die Hüften.

Dann füllte er mein Glas nach und trat wieder zurück.

»Die Türken wollen fette Frauen haben. Die Franken dagegen möchten starke Frauen. Den Persern sind schlanke Frauen lieber.

Von den Frauen in Kathai behauptet man, daß sie die schönsten Beine haben. Aber man schätzt nicht so sehr ihre Beine, sondern ihre *Füße*!«

»Und die Frauen von Hind? Wie ich hörte, sollen sie klein und häßlich sein. Sie watscheln beim Gehen. Ist das wahr?«

Wir sprachen Persisch, und ich hoffte, daß keiner der Radschputen diese Sprache verstand.

Doch das Mädchen hatte offenbar alles verstanden, denn ich sah, wie sie plötzlich zusammenzuckte. Dann blickte sie sichtlich empört auf. »Was soll ich über die Frauen von Hind sagen?« meinte Khatib taktvoll.

»Nun, in jedem Land gibt es ein *paar* schöne Frauen. Könnte es da in ganz Hind nicht wenigstens eine einzige geben?«

»Sollte man meinen, Herr. Wo es große Krieger gibt, gibt es üblicherweise auch schöne Frauen. Die beiden tauchen meistens gemeinsam auf, wißt Ihr!«

»Ich respektiere deine Klugkeit, o Vater der Kritik! Denn was weiß ich schon von solchen Dingen? Von Frauen verstehe ich überhaupt nichts. Herrliche Geschöpfe, zweifellos, aber meine Scheu hält mich von ihnen zurück. Ich ducke mich unter ihren Blicken. Schon beim leisesten Wort beginne ich zu zittern. Was könnte also ausgerechnet ich zu einer schönen Frau sagen?«

Khatibs alte, tückische Augen sahen mich amüsiert an.

»Was habt Ihr denn zu Valaba gesagt? Zu ihr, der schönsten Frau von Cordoba, wie man sagt? Oder zu Susanne, der Comtesse de Malcrais?«

»Ja, was, in der Tat? Sie haben meine Scheu und Schüchternheit ausgenutzt, Khatib! Was hätte ich denn tun sollen? Ich, ein wehrloser Mann? Und scheu? Aber sie waren schön, und ich ehre sie für ihre Taten.«

»Und was war mit diesem Wikinger-Mädchen in Kiew?«

»Sie hat mir Angst eingejagt, Khatib! Ich war wie vom Donner gerührt! Ihr langes, goldenes Haar, ihre prächtigen Schultern, ihre herausfordernde Art... ja, was hätte ich denn machen können?«

»Nur das, was Ihr getan habt, vermute ich.«

Khatib servierte mir weitere Speisen aus den zugedeckten Schüsseln.

»Eßt, Herr! Erhaltet Eure Kraft! Wer weiß, welche Prüfungen Euch noch bevorstehen werden.«

Plötzlich wurde die Tür des Raumes geöffnet.

Zwei Soldaten kamen herein und blieben links und rechts von der Tür stehen.

Zwischen ihnen marschierte ein pompöser kleiner Mann herein. Er trug einen sehr großen Turban und einen langen Umhang.

Ihm folgten acht Sklaven; jeder von ihnen trug ein Geschenk.

Zu meinem Erstaunen blieben sie an meinem Tisch stehen.

»O Glückverheißender! O Günstling von Allah! Mein Herr, der berühmte, der große, der allmächtige Rashid Ad-din Sinan bittet Euch, diese bescheidenen Geschenke aus seiner Hand anzunehmen! O Größter aller Gelehrter! O Klügster aller Männer! Edler Arzt und Sterndeuter! Ibn-Ibrahim! Mein Herr bittet Euch, ihn in der Festung Alamut zu besuchen!«

Zwei Sklaven breiteten eine prächtige Robe aus, die mit Goldfäden durchwoben war, dann einen zweiten Umhang, der mit Zobel besetzt war. Der dritte Sklave brachte ein Schwert, dessen Griff und Scheide mit Edelsteinen verziert waren; eine herrliche Klinge, auf der nach dem Ziehen der Scheide in Gold die persischen Worte eingraviert waren: *Dushman, kush!* Das bedeutet »Töter der Feinde«.

Der vierte Sklave trug ein seidenes Kissen, auf dem drei prallgefüllte Börsen lagen, in denen Gold klirrte.

Der fünfte Sklave brachte einen mit Juwelen geschmückten Schwertgurt.

Der sechste Sklave hatte eine komplette Garderobe bei sich.

Der siebte Sklave brachte zwei sehr schöne Satteltaschen, von Hand gefertigt und mit Gold verziert.

Der letzte Sklave übergab mir eine Ehrenrobe, eine mit Edelsteinen verzierte Schreibfeder und ein Tintenfaß.

»Sagt ihm, daß ich morgen komme. Ich breche bei Sonnenaufgang zu meiner Reise auf.«

Nach kurzer Pause fügte ich hinzu: »Informiert den mächtigen Rashid Ad-din Sinan, daß ich mich schon jetzt darauf freue, mit ihm die Geheimnisse vieler Wissenschaften zu diskutieren, denn seine große Klugheit ist mir bekannt.«

Der Eunuch verbeugte sich sehr tief und ging rückwärts aus dem Raum, wobei er sich immer wieder verneigte.

Die Sklaven folgten ihm.

Der Wirt der Herberge kam eilends an unseren Tisch und war offenbar verängstigt. »O Herr der Weisheit! Ich bitte um Vergebung! Ich hatte ja keine Ahnung! Ich wußte doch gar nicht, wer mich in meiner bescheidenen Herberge beehrte...!«

Khatib sammelte die Geschenke ein und machte ein sehr ernstes Gesicht.

»Überlegt gut, was Ihr tut, Herr! Bei meinem Volk gibt es ein Sprichwort: Das Reh kann die Schlinge vergessen, aber die Schlinge vergißt nicht das Reh!«

»Ich werde es nicht vergessen, Khatib.«

»Wer am Seil eines anderen Mannes in einen tiefen Brunnen hinabsteigt, ist ein Narr!«

Die Geschenke waren wirklich prächtig, doch ich betrachtete sie genauso mißtrauisch wie Khatib. Für einen hier unbekannten Gelehrten waren sie einfach zu herrlich!

Wurde damit der Zweck verfolgt, mich meine Zweifel vergessen zu lassen? Wollte tatsächlich jemand, daß ich nach der Festung Alamut kommen sollte? Hielt man es vielleicht für sicher, mich innerhalb der Festung als Gefangenen zu haben? Wollte man vermeiden, daß ich außerhalb der Festung Unruhe stiftete? Oder hielt man mich wirklich nur für einen herumziehenden Gelehrten?

Doch welche Wahl hatte ich denn?

Hinter den Mauern von Alamut wurde mein Vater als Gefangener, als Sklave gehalten. Sollte er jemals wieder freikommen, so lag dies ausschließlich in meiner Hand.

»In allen Ehren, Khatib, ich muß hingehen. Aber du bleibst hier, denn die Zukunft ist ungewiß. Ich begebe mich in große Schwierigkeiten.«

»Würde das Laub rascheln, wenn es keinen Wind gäbe? Es gibt Grund zur Angst, Herr. Wenn der Alte Mann vom Berge Geschenke schickt, bereitet am besten gleich Euer Leichentuch vor... denn ein Messer wird folgen!«

Er machte eine Pause.

»Aber ich werde mit Euch gehen, Herr. Wie viele Länder habe ich schon gesehen, Herr? Wie viele Meere? Wie viele Städte? Aber ich habe noch nicht das Innere von Alamut gesehen!«

Im Moment hatten wir unsere Schönheit aus Hind völlig vergessen.

Aber sie hatte uns nicht vergessen.

Ein Sklave stand plötzlich vor uns und verneigte sich.

»O Erhabener! Meine Herrin bittet um Vergebung, weil sie sich der Anwesenheit einer so angenehmen Gesellschaft nicht bewußt war! Sie bittet Euch, an ihrem Tisch Platz zu nehmen, meine Herrin Sundari Devi!«

Ich zögerte gerade lange genug, um keinen zu hastigen Eindruck zu machen. Dann erhob ich mich vom Tisch.

»Khatib, kümmere dich um meine Geschenke. Kümmere dich auch um unsere Pferde. Man sagt, daß man in Qazvin die besten Bogen und Pfeile herstellt. Besorge mir einen ausreichenden Vorrat, denn wir werden bald eine Wüste durchqueren, in der es Banditen gibt.«

Ich senkte die Stimme.

»Sorge auch dafür, daß in unseren Packen ein langer Strick versteckt ist, stark genug, um einen Kletterer zu tragen.«

Ich zögerte einen Augenblick.

»Du solltest wohl am besten auch noch diese Sachen hier besorgen«, fügte ich hinzu und händigte ihm einen Zettel aus. »Das hier...«, ich zeigte auf einen Artikel, »... besorgst du am besten von alten Stallmauern oder aus Dung von Tieren. Beschaffe mir einen Vorrat davon. Auf neugierige Fragen antwortest du einfach, daß dein Herr ein Alchemist ist, der alle Dinge ausprobiert. Er ist natürlich verrückt, aber was kannst du machen?«

Danach durchquerte ich den Raum und blieb vor dem Tisch des Mädchens stehen.

»Ich bin Ibn-Ibrahim.«

Sie deutete auf einen Platz an der Ecke des Tisches rechts von ihr. »Ich hatte keine Ahnung, daß wir uns in Gegenwart eines so bekannten Gelehrten befinden.«

Ich verneigte mich erneut und sagte: »Mein Schatten ist klein vor der Sonne Eurer Schönheit!«

»Ihr seid Arzt?«

»Das auch. Manchmal Soldat, manchmal Sterndeuter... eben viele Dinge.«

Sie blickte mir in die Augen und fragte: »Was lest Ihr für mich in den Sternen, Ibn-Ibrahim?«

Eine Stimme, die kaum meine eigene zu sein schien, sagte impulsiv: »Daß Ihr eines Tages meine Frau sein werdet!«

Einen Moment lang taten wir beide absolut nichts; wir bewegten uns nicht und sprachen auch nichts. Ich war über den Klang meiner eigenen Stimme überrascht. Wir starrten uns nur gegenseitig an und staunten beide über meine Worte. Es war ein Moment, in dem die Zeit stillzustehen schien.

Dann sagte sie sehr ruhig: »Ihr müßt noch einmal nach Euren Sternen schauen, Wanderer, denn ich fürchte, daß sie Euch irregeführt haben!«

»Ihr geht jetzt nach Hind?»
»Nach Anhilwara, meiner Heimat.«
»Ihr seid eine Radschputin?«
»Mein Vater war Radschpute, meine Mutter Perserin. Ich habe kürzlich ihre Familie in Isfahan besucht. Jetzt kehre ich nach Hause zurück.«
Sie wechselte abrupt das Thema.
»Habe ich nicht eben gehört, daß Ihr zur Festung Alamut geht? Ist das nicht die Burg der *Assassine*?«
»Sie haben viele Burgen.« Ich deutete nach Norden. »Dort oben in den Bergen gibt es noch andere. Ja, ich habe eine Einladung von Rashid Ad-din Sinan erhalten. Ich glaube, wir werden viel zu diskutieren haben.«
»Stimmt es denn nicht, daß nur ein *Assassine* die Festung Alamut betreten oder verlassen darf? Dann seit Ihr also ein Isma'ili?«
»Ich bin viele Dinge, aber ich beteilige mich nicht an religiösen Meinungsverschiedenheiten. Die Formalitäten der Religion haben keinen Platz im Sinne Allahs. Ich glaube, nur der Geist ist wichtig.«
Nach kurzer Pause fügte ich hinzu: »Nach meiner Rückkehr aus Alamut werde ich nach Hind kommen ... nach Anhilwara.«
»Kennt Ihr meine Stadt?«
»Als Ihr sie vorhin erwähntet, habe ich den Namen zum erstenmal gehört.«
Ihr Blick fiel auf den Tisch, während die Diener unsere Gläser nachfüllten.
Sprachen die Diener Persisch?
»Ihr dürft nicht kommen!«
»Aber wenn ich Euch wiederzusehen wünsche?«
»Die Moslems, die in meiner Stadt auftauchten, kamen als Feinde.«
»Dann würdet Ihr mich also für einen Feind halten? Wenn nötig, könnte ich ja als Christ kommen ... als Hindu ... als Feueranbeter ... oder ganz einfach als Verehrer.«
»Das würde nichts nutzen.«
»Was kann der Wille tun, wenn das Herz befiehlt?«
Auf der anderen Seite des Raumes begannen Musiker damit, auf der *qitara* und *kimanja* zu spielen; die leise Musik schwebte durch den Raum.
»Die Musik Eurer Schönheit wirbelt die Blätter meines Herzens auf!«

Sie hob den Kopf und sah mich an.
»Aber ich bin schlank, Gelehrter, und keine so plumpe Schönheit, wie sie von den Türken bevorzugt wird.«
»Aber ich bin ja gar kein Türke! Nicht einmal ein Perser, Sundari!«
»Welche Art von Schönheit zieht Ihr also vor? Die Schönheit von... wie war doch gleich der Name? Valaba? Susanne?«
»Ein Mann, der nicht viele Frauen gekannt hat, weiß die Schönheit und den Wert einer einzigen nicht zu schätzen.«
Ihre Augen funkelten vor Belustigung.
»Ihr scheint mir gar nicht so... so hilflos zu sein! Als Ihr vorhin mit Eurem Diener gesprochen habt, hatte ich Mitleid mit Euch! Weil Ihr von all diesen Mädchen ausgenutzt wurdet! Fürchtet Ihr nicht, daß ich es genauso machen könnte?«
»Ich zitterte bereits... vor Erwartung!«
Sie lachte.
»Ibn-Ibrahim, Ihr geht nach Alamut, und ich gehe nach Anhilwara. Wir werden uns nicht mehr begegnen.«
»Aber... heute nacht?«
Sie schaute mir in die Augen, als wäre sie sehr von dieser Idee überrascht.
»Heute nacht schlafe ich. Morgen reisen wir.«
»Und ich werde heute abend im Garten spazierengehen, unter den Bäumen herumwandern und die Glühwürmchen im Dunkel der Nacht beobachten. Doch ich werde nicht allein sein, denn ich werde ja meine Gedanken an Euch haben.«
Sie erhob sich anmutig und schaute noch einmal zu mir zurück. Ihre Augen waren wie Tümpel der Dunkelheit, in denen Schönheit lebte. Wie sehr glichen ihre Lippen doch einer wunderschönen Blume! Wie weich ihre Wangen waren! Wie zart die Haut!
»Gute Nacht, Gelehrter. Schaut wieder nach Euren Sternen.«
»Ihre Botschaft ist klarer, wenn sie zu zweit gelesen wird.«
Sie wollte sich abwenden, als ich mich erhob, doch dann hielt sie noch einmal an und sagte: »Ich gehe nach Anhilwara und von dort nach Kanaudj... und in Kanaudj werde ich mit einem Freund des Königs verheiratet!«
»So...«
Vor mir lag eine tiefe Kluft der Leere und Verlassenheit.
»Ich werde heute nacht im Garten spazierengehen«, wiederholte ich.

51

Mondlicht streichelte wie eine blasse Hand das Gartentor. Im Schatten zwischen den Bäumen sang eine Nachtigall.

Aber mein Herz war eine Höhle der Einsamkeit; in ihr hallte die Stimme von Sundari ständig wie ein Echo nach.

Allein, eingehüllt in einen Mantel aus Schatten, wanderte ich hinüber, wo Jasminduft die Luft erfüllte. Ein Blatt raschelte. Dann war alles wieder still.

Wo war Sundari?

Jetzt war ich, der ich bisher unverwundbar gewesen war, es nicht mehr, denn jetzt wußte ich, was Liebe war. Und ich wußte es zu spät!

Dieser Laut!

Ein Laut wie der dumpfe Schlag der Marschtrommel.

Das war mein Herz, das aus der Leere in mir tiefe Traurigkeit hinausdröhnte.

Alamut wartete; die Berggipfel lagen im Mondschein.

Aber für mich gab es im Moment nur Herzeleid. Hier hatte ich im Zeitraum einer einzigen Nacht gefunden und wieder verloren, was ich am meisten begehrte.

Tiefe Traurigkeit lastete auf mir.

Aber kein Schwert konnte den Faden der Liebe zerschneiden; kein Dolch konnte die Katastrophe durchdringen, die auf mir lastete.

Würde Sundari kommen? Würde sie zu mir in den Mondschein kommen, wenn die Nachtigallen sangen?

Waren die Radschputen-Soldaten ihre Beschützer oder Bewacher? Und falls sie Sundari hier bei mir fanden...?

Wie einem Minuten doch wie Jahre vorkommen, wenn man auf jemanden wartet, den man über alles liebt!

Wo war Sundari... wo?

Bei jedem gespenstischen Laut drehte ich mich schnell um. Meine Arme waren jederzeit bereit, die Liebste willkommen zu heißen. Ich sehnte mich unendlich danach, ihre Lippen zu küssen!

Doch nur das Laub bewegte sich leise raschelnd.

Ich war ein Narr!

Sundari würde nicht kommen. Warum sollte sie kommen, um mich zu begrüßen? Sie war Sundari Devi, eine Radschputin der königlichen Linie! Ein Mädchen, das einen König oder den Freund eines Königs heiraten würde!

Und wer war ich? Manche nannten mich einen Gelehrten, aber nur ich allein kannte die Tiefe meines Unwissens. Ich, ein Arzt, Gaukler, Kaufmann, Vagabund ... ein landloser Mann mit einem Schwert.

Wie konnte ich da erwarten, daß Sundari mich augenblicklich liebte, so wie ich sie liebte?

Ich war ein Dummkopf, ein armseliger Narr, ein miserabler Dummkopf! Ein Narr, der zum Klang einer leeren Trommel, die er Schicksal nannte, marschierte!

Ich, der es wagte, daran zu denken, einen Sklaven aus der Festung Alamut zu befreien ... ich hatte mich selbst zum Sklaven dunkler Augen und dunkler Wimpern, einer schlanken Taille und graziöser Hände gemacht!

Doch ... warum eigentlich nicht? Wenn ein Mann schon Sklave sein mußte, warum dann nicht ein Sklave von Frauen?

Wer konnte als Sklave bezeichnet werden, solange er ein Schwert in der Hand hielt?

Sollte ich zulassen, daß Sundari nach Indien gebracht wurde? Oder sollte ich sie ihren Radschputen-Wächtern fortnehmen?

Wie viele waren es? Zwanzig! Oder zwei mal zwanzig?

Der Preis war das Blut wert!

Doch dann kehrte ein Hauch von Vernunft in mein von Fieber erhitztes Gehirn zurück.

Wenn ich überhaupt etwas gut kannte, dann waren es Kämpfer. Als solche mußte man die Radschputen-Soldaten zweifellos bezeichnen. Ich wäre wirklich ein Narr, so etwas auch nur zu versuchen.

Ein Laut? Ein ferner Laut ... war es das Schließen einer Tür? Oder war irgend etwas von einem Baum in einem entfernten Hof gefallen?

Ich stand im Schatten und wartete atemlos.

Würde Sundari kommen? Oder hielt sie sich irgendwo im Haus auf und bereitete sich lachend zum Schlafengehen vor, während sie daran dachte, wie ich hier unten im Garten wartete?

Hatten ihre Augen versprochen, was ihr Herz zu geben fürchtete? Oder hatte das Versprechen, das ich in ihren Augen gelesen zu haben glaubte, nur in meiner Phantasie existiert?

Ein Nachtvogel schwebte tief durch die Luft. Im Obstgarten fiel irgendwo eine Frucht von einem Baum.

Gereizt schritt ich hin und her. Was war ich bloß für ein Dummkopf, daß ich immer noch hier im Garten wartete!

Sundari würde nicht kommen. Vielleicht hatte sie mich sogar augenblicklich wieder vergessen. Aber selbst wenn sie kommen wollte, wie konnte sie den Männern entgehen, die sie bewachten?

Der schwache Wind erzeugte schattenhafte Bewegung im Laub der Bäume.

Wie lange hatte ich schon gewartet? Sollte ich jetzt gehen? Einem wunderschönen Traum Lebewohl sagen?

Am Nachthimmel funkelten die Sterne.

Was war ich eigentlich... ein Junge mit einer ersten großen Liebe?

Der Mond stand am Himmel. Die Gartenpfade schimmerten nicht länger weiß vom Mondschein.

Morgen mußte ich in die Berge reiten, alle Sinne hellwach. Ich mußte durch die Berge zur Festung Alamut reiten, vielleicht sogar in den Tod.

Genug!

Doch ich entfernte mich noch immer nicht. Ich wartete weiter.

Und plötzlich kam sie.

Sie kam!

In einen dunklen Umhang gehüllt, kam sie wie ein schwebender Schatten auf mich zu; eine flüchtige Bewegung in tiefer Dunkelheit.

Und sie kam zu mir!

»Oh...? Ihr seid hier? Ich hatte Angst... ich war so...!«

Und dann lag sie auch schon in meinen Armen.

Ich hielt sie fest umschlungen und küßte sie sehr zart auf die Lippen, denn sie war jetzt wirklich verängstigt; verängstigt, weil sie überhaupt gekommen war.

»Müßt Ihr ihn heiraten?«

»Ja...« Sie hob den Kopf und sah mich an. »Ja, ich muß. Wenn ich ihn nicht heirate, wird er mit seinen Armeen über uns herfallen. Sie werden meinen Vater töten, und er wird sein Königreich verlieren. Doch es geht nicht allein um mich. Er will nicht nur mich haben, sondern alles, was wir besitzen, und er glaubt, es durch mich erringen zu können.«

»Kennt Ihr ihn?«

»Ich habe ihn gesehen. Er ist die rechte Hand des Herrschers von Kanaudj.«

Was konnte ich dazu sagen? Ich liebte sie, aber hatte ich ein Königreich zu bieten? Oder Reichtum? Oder Armeen, um ihren Vater zu befreien? Hatte ich überhaupt etwas zu bieten außer der prekären Existenz eines Gelehrten, eines Kriegers, eines besitz- und heimatlosen Mannes?

Ich kannte ein wenig von der Geschichte ihres Volkes. Die Radschputen waren stolz. Sechsunddreißg adelige Geschlechter hatten ihre Schwerter ein paar hundert Jahre lang in die Schlacht getragen, bevor irgendein Europäer ein Wappen auf seinem Schild gehabt hatte.

Wäre sie weniger und ich mehr gewesen, dann hätte ich sie noch in dieser Nacht fortgebracht. Aber... wohin?

Sollte sie in irgendeiner Herberge warten, während ich in die Festung Alamut ging, aus der ich vielleicht nie mehr zurückkehren würde?

Ein Mann mußte schon ein größerer Dummkopf sein, als ich es war, wenn er von einem Mädchen verlangte, so etwas zu riskieren.

»Ich liebe Euch, Sundari«, sagte ich. »Ich liebe Euch mehr als mein eigenes Leben, aber mein Vater wird in der Festung Alamut als Sklave gefangengehalten, und ich habe ein Gelübde abgelegt, ihn zu befreien. Folgendes kann ich Euch sagen: Morgen werde ich dorthin gehen, und es besteht die Chance, vielleicht sogar mehr als nur eine Chance, daß man bereits weiß, warum ich komme. Sinan hat überall Spione, sogar in Europa. Sollte ich lebend zurückkehren, werde ich nach Hind kommen, Ich werde nach Anhilwara oder Kanaudj reiten... oder überallhin, wo immer Ihr auch sein mögt. Und ich werde einen Weg finden, Euch zu meiner Frau zu machen. Das ist ein Versprechen.«

Ich drückte sie fest an mich.

»Aufschub! Schiebt Eure Heirat hinaus. Wartet auf mich. Wenn ich sicher aus Alamut fortkomme, werde ich nach Hind reiten... zu Euch!«

»Ihr könnt nichts tun«, erwiderte sie. »Gar nichts. Und Ihr dürft auch nicht kommen. Man würde Euch doch nur töten. Selbst wenn Ihr mit einer Armee kommen würdet, könntet Ihr nichts ausrichten. Begreift Ihr eigentlich, welche Streitmacht der Herrscher von Kanaudj aufs Schlachtfeld schicken kann? Achthundert Kampfelefanten, wie ich hörte, dazu achtzigtausend berittene und schwerbewaffnete Soldaten! Ich weiß nicht, was sonst noch alles.«

»Ich werde kommen!« beharrte ich stur. »Und wenn es dreimal soviel Elefanten und dreimal soviel Männer gäbe, würde ich kommen!«

»Das dürft Ihr nicht!«

Wieder küßte ich sie sehr zart, und wir hielten uns eng umschlungen. Wie war uns dies widerfahren? Von welchem Baum des Schicksals war dieses Blatt geweht worden?

»Ich werde kommen«, wiederholte ich. »Denn wer heute noch vor einer Armee reitet, kann schon morgen im Staub liegen. Ich habe nur ein Schwert, aber mehr braucht ein starker Mann auch gar nicht zu besitzen. Ein Schwert in der Hand, ein Pferd zwischen den Knien ... und die Frau, die er liebt, am Ende einer Schlacht!«

»Edel gesprochen!«

Die Stimme erklang hinter mir.

Ich drehte mich schnell um und legte die Hand auf den Griff meines Schwertes.

»Das ist nicht nötig«, sagte der Mann, der jetzt aus dem Schatten trat. Es war ein Radschpute, der Anführer der Wache. Er war ein großer, kräftig gebauter Mann, jeder Zoll ein Kämpfer. Jetzt kam er direkt auf uns zu. »Gesprochen wie ein Radschpute!«

»Rachendra! Ihr seid mir gefolgt!«

»Das habe ich getan, aber hätte ich denn weniger tun können? Glaubt mir, es gefällt mir genausowenig wie Euch. Aber Euer Vater hat mir die Pflicht auferlegt, Euch zu beschützen, und ich führe nur aus, was mir befohlen wurde.«

Er wandte sich an mich.

»Tut mir leid für Euch und sie, aber es gibt keinen anderen Weg. Ich habe das Gefühl, daß Ihr zweimal soviel wert seid wie der Mann, den sie heiraten soll. Geht jetzt Euren Weg. Kommt nicht nach Hind, denn Ihr könntet nichts weiter als Ärger und Schwierigkeiten bringen.«

»Sollte ich am Leben bleiben, werde ich kommen!«

Er wandte den Kopf, um mich erneut anzusehen, ein kraftvoller Mann mit starkem Gesicht und kalten Augen.

»Wenn Ihr das tut, werde ich selbst Euch vielleicht töten müssen. Dies hier ist Sundari Devi, unsere Prinzessin! Von ihr kann nicht im gleichen Atemzug gesprochen werden wie von einem herumziehenden Soldaten, Gelehrten oder wie immer Ihr Euch auch nennen mögt! Auch nicht in Verbindung mit irgendeinem Moslem!«

Ich ignorierte ihn und sagte zu Sundari: »Aufschub ... ich werde nicht versagen!«

Dann wandte ich mich an Rachendra und sagte zu ihm: »Wie Ihr wißt, werde ich kommen. Ich mag Euch. Geht mir also aus dem Wege! Ich möchte keinen Stahl in Euren Bauch rammen!«

Er lachte leise.

»Müßte ich mich nicht um die Prinzessin kümmern und hätten wir nicht eine lange, gefährliche Reise vor uns, dann würde ich jetzt mit Euch die Klingen kreuzen! Aber geht nach Alamut. Dort werdet Ihr genügend Ärger finden!«

Er wandte sich der Karawanserei zu, aber Sundari kam zu mir. Sie legte beide Hände auf meine Arme und küßte mich auf die Lippen.

»Dann kommt!« sagte sie. »Und ich werde auf Euch warten, selbst wenn ich ihm während unserer Heirat einen Dolch zwischen die Rippen stoßen müßte!«

Sie drehte sich nach Rachendra um.

»Ihr seid wie ein Onkel zu mir gewesen, aber wenn Ihr mit ihm kämpft und er Euch nicht tötet, dann werde ich es tun!«

Danach machte sie abrupt kehrt und ging an ihm vorbei zur Karawanserei.

Der sichtlich erschrockene Radschpute beobachtete sie.

»Bei allen Göttern!« sagte er sehr leise. »Dort geht eine *Frau*!«

Wir standen uns von Angesicht zu Angesicht gegenüber und musterten uns, als wollten wir uns für zukünftige Ereignisse gegenseitig richtig einschätzen.

Rachendra war ein Mann von etwa fünfzig Jahren, ähnlich gebaut wie mein Vater und auch von gleichem Temperament.

»Ihr haltet Euch gut«, sagte er und fügte anerkennend hinzu: »Ich bezweifle nicht, daß Ihr kämpfen könnt. Aber hört auf meinen Rat: Bleibt weg von Sundari! Ihre Zukunft steht in den Sternen geschrieben.«

»In den Sternen? Oder in den Plänen ihres Vaters?«

Jetzt machte er ein grimmiges Gesicht.

»Nicht in den Plänen ihres Vaters, sondern in den Plänen anderer Leute, denen er sich nicht zu widersetzen wagt! Bleibt fort! Ich habe Euch gewarnt!«

Sein Gesicht nahm wieder einen freundlichen Ausdruck an.

»Ich habe zwar eben gesagt, daß Ihr fortbleiben sollt, aber wenn Ihr wirklich fortbleibt, seid Ihr ein Narr!«

Dann wiederholte er, was ich vorhin gesagt hatte: *»Ein Schwert in der Hand, ein Pferd zwischen den Knien... und die Frau, die er liebt, am Ende einer Schlacht!«* Er fügte hinzu: »Bei allen Göttern... das war gut gesprochen!«

Er schritt davon und folgte Sundari.

Ich wandte mich von der Karawanserei ab und schaute zu den Bergen hinüber.

Hinter ihnen lag Alamut. Der Felsen Alamut und die Täler der *Assassinen*. Morgen würde ich in diese Berge reiten, um mein Schicksal zu erfüllen.

Der Tag brach wie ein rote Flut über die von Unwettern gezeichneten Berge herein, die wie massive Granitschultern aus den lodernden Feuern des Erdenbeginns herausgeschleudert wirkten.

»Ich werde allein hingehen, Khatib«, sagte ich. »Aber du wartest auf mich. Warte mit drei gesattelten Pferden, denn ich werde kommen. Mag es einen Tag, eine Woche oder zehn Jahre dauern... ich werde kommen!«

»Vertraut nicht auf die Worte von Männern, Kerbouchard, denn alle sind Lügner, wenn es ihren Zwecken dient. Die dort oben auf dem Felsen sind nur ihren eigenen Leuten treu. Geht auf den Tod vorbereitet dorthin, dann könnt Ihr vielleicht überleben.«

Wir schlugen einen Weg ein, den Khatib kannte, denn in der Tiefes seines Geistes gab es Erinnerungen, die über seine eigenen Erfahrungen hinauszureichen schienen.

»Hier ungefähr war es«, überlegte er. »Der Baum ist weg, aber er war ja schon sehr alt. Wir werden eine Schlucht finden, wo es eigentlich gar keine geben dürfte, einen Weg, wo keiner sein könnte. Ah... wir haben ihn gefunden!«

Es war tatsächlich ein Weg! Allerdings nur eine ganz schwache Andeutung von Weg; ein Schattenpfad, bei dessen Anblick sich mir der Magen umdrehen wollte.

»Keine Spuren, also wissen vielleicht nicht einmal die *Assassinen* etwas von diesem Weg. Zwischen den Gipfeln versteckt liegt ein Hochtal. Dort werde ich warten. Von dort aus kann ich auch die Festung beobachten. Von der Festung aus gibt es einen Weg. Ich werde ihn Euch zeigen.«

Unsere Araberpferde suchten sich von selbst einen Weg und schnaubten ein wenig, als wären sie selber darüber erstaunt, daß sie tatsächlich hier gehen konnten.

Kein Pflug war jemals in dieser felsigen Gegend gewesen; auf diesem unwirtlichen Boden ging keine Saat auf. Es war unwirtliches Land, das sich gegen den Himmel stemmte.

Noch hatte die Nacht Schatten in den Schluchten hinterlassen, aber wir stiegen immer höher hinauf. Wir hielten nur ab und zu einmal an, um den Pferden eine Verschnaufpause zu gönnen. Bei diesen Gelegenheiten faßten wir neuen Mut, unseren Weg unbeirrt fortzusetzen. In dieser Höhe war die Morgenluft sehr kühl und beinahe erschreckend klar, so daß man sehr weit sehen konnte, hinüber zu anderen Bergen und weiteren Burgen.

»Man muß sie belügen, betrügen und ihnen Blut abzapfen!« murmelte Khatib. »Ihr seid noch jung und unternehmt einen ehrenvollen Ritt, aber Ehre ist nur wichtig, wenn man es mit ehrenhaften Männern zu tun hat.«

»Sind diese Leute dort oben keine ehrenhaften Männer?«

»Ja«, gab er grollend zu. »Und oft genug auch gute Männer. Zu ihnen gehört auch Sinan. Aber sie sind Realisten. Sie wollen gewinnen, und zwar nicht nur einen Kampf, sondern alle Schlachten.« Nach kurzem Überlegen fügte Khatib hinzu: »Ich denke an Al-Zawila. Zwar kenne ich ihn nicht, aber ich habe in letzter Zeit allerhand Klatsch über ihn gehört. Er war recht bescheiden in diese Gegend gekommen, aber mit zunehmender Macht ist er ein Tyrann geworden. So mancher kleine Mann wird für gut gehalten, solange er klein bleibt. Überläßt man ihm jedoch Macht, wird er ein tobender Wüterich. Hütet Euch also vor Al-Zawila!«

»Der alte Grieche, der in meiner Heimat mein Lehrer war, hat mir als Junge folgendes beigebracht: *Belüge einen Lügner, denn Lügen sind seine Münze. Bestehle einen Dieb, denn das ist leicht. Stelle einem Gauner eine Falle und fange ihn beim ersten Versuch. Aber hüte dich vor einem ehrenhaften Mann!* Ich glaube, das ist ein altes Sprichwort.«

»Ach? Ja, ja, ein gutes Sprichwort, ein sehr gutes Sprichwort!«

Jahrtausende waren über diese Berge hinweggerollt. Regen und Wind hatten das Felsgestein gepeitscht. Lawinen hatten alle Wege verschüttet, so daß man sich beim Überqueren dieses Geländes nur auf seine eigene Phantasie verlassen konnte. Man mußte stets höllisch aufpassen, um nicht abzustürzen.

Unser Weg führte parallel zum Chala-Paß. Gegen den fernen Horizont zeichnete sich die Majestät von Tahkt-i-Suleiman oder Salomons Thron ab; ein weißer Mantel aus dünnem Schnee umgab seine Schultern.

Wir hielten an einem Wasserfall an; hier ergoß sich ein kleiner Strom über den Rand einer tiefen Schlucht.

Wir banden unsere Pferde an Hinterbeinstricken an, so daß die Tiere auf dem spärlichen Gras weiden konnten. Dann ruhten wir uns aus, verzehrten *chapaties* und wildgewachsene harte Birnen, während wir über die Granitklippen schauten, die Streifen uralter Lava aufwiesen.

Als wir weiterritten, ließen wir uns Zeit und machten oft Pausen, um den Pferden etwas Ruhe zu gönnen, denn wir befanden uns bereits in großer Höhe, und hier war die Luft ziemlich dünn.

Einmal sahen wir einen meilenweit entfernten Turm oberhalb eines Berggrats. Dann entdeckten wir ein kleines Dorf, das sich wie ein Adlernest an eine Lücke im Fels klammerte. Der Weg, der einmal dorthin geführt hatte, war längst in die tiefe Schlucht gestürzt.

»Von dieser Sache hier werden noch meine Enkel reden«, sagte Khatib. »Sie werden damit prahlen, daß ihr Großvater mit Kerbouchard ritt, als er ganz allein den Fels von Alamut erstürmte. Männer werden Lieder über diesen Ritt singen.«

»Falls wir am Leben bleiben.«

»Überleben? Was ist das? Eine Maus lebt. Eine Fliege lebt. Die eine läuft entsetzt davon, die andere lebt in Schmutz. Sie existieren, sie sind da, aber *leben* sie? Das Schicksal herausfordern ... das nenne ich Leben! Im größten Unwetter reiten, wagemutig leben, vornehm und edel leben, sein Leben nicht mit dummen, albernen Risiken vergeuden, das Gehirn nicht mit zuviel Wein oder Haschisch ruinieren! Gepriesen sei Allah, daß ich mit einem *Mann* reite! Sollen Feiglinge sich in Deckung verkriechen! Laßt sie lügen, betrügen und verraten, damit sie bloß nicht zum Schwert greifen müssen! Laßt sie in ihre Löcher kriechen! Sollen sie sich doch benehmen wie Weiber! Sie sind nur Abfall, nutzlose Fehlgeburten! Mich aber laßt ein Schwert halten und neben einem Mann sterben!«

Er sah mich an.

»Es gibt schlimmere Dinge als den Tod, Kerbouchard. Ich bin ein alter Mann, und ich bin oft geflohen, aber wenn ich floh, dann nur deswegen, um an einer anderen Front wieder kämpfen zu können. Aber das hier ...?! Das ist eine Mission für Helden! Dort oben in dieser Burg gibt es mehr als tausend bewaffnete Fanatiker! Tausend Schwerter warten nur darauf, Euer Blut zu kosten! Und überall auf den anderen umliegenden Bergen wimmelt es nur so von Männern gleicher Art!«

Ich konnte ihm nicht widersprechen.

»Dies sind die Tugenden eines Mannes, Herr! Daß er weitgereist ist. Daß er gut redet. Daß er kämpfen kann. Reisen bringt Klugheit. Wer gut reden kann, kann erzählen, was er überall gesehen hat. Und kämpfen muß ein Mann können, um den Mann auszupeitschen, der die Geschichten nicht glauben will!«

»Du scherzt, alter Mann, du scherzt! Die größte Tugend eines Mannes ist die Ehre! Ein ehrenhafter Mann braucht keine Lobpreisungen. Er weiß, was er ist, und mit diesem Wissen kann er sich sicher fühlen. Und er ist vor allem ein anständiger Mensch. Alles andere kommt erst in zweiter Linie.«

Ein Berggrat lag quer über unserem Pfad; eine Brücke wie eine große Mauer. Weit unten befand sich der Shah-Fluß.

In dieser Nacht schliefen wir auf einer Lichtung zwischen Bäumen. Ein kalter Bach plätscherte aus den Bergen herab; ein neugieriger, kleiner Strom, der mißtrauisch aus den Felsen kroch, sich forschend umschaute und dann, nachdem er sich davon überzeugt hatte, daß alles in Ordnung war, fröhlich über den Rand eines kleinen Abhangs rieselte, um eine kleine Grasfläche zu bewässern, auf der Rittersporn, Lavendel und ein paar rosa Büsche blühten.

Wir machten ein kleines Feuer aus dürren Weidenzweigen, die hier eigentlich gar nichts zu suchen hatten. An Spießen brieten wir Hammelfleisch und aßen *chapaties*, während wir die Berghänge und den Weg beobachteten. Als die Sonne am Himmel immer tiefer sank, sahen wir, wie sich die Abhänge in Flammen verwandelten.

Khatib zeigte zum Kaspischen Meer und sagte: »Dort drüben ritt der persische Held Rostam auf seinem berühmten Pferd Raksh, als er den ›Weißen Dämon‹ erschlagen wollte. Er erschlug Armeen mit seinem einzigen Schwert und kämpfte zwei Tage lang mit Asfandijar. Mit einem Pfeil, den ihm der Vogel Simugh lieferte, verwundete er Asfandijar tödlich.«

»Ich habe davon im *Shahnâme* gelesen.«

»Ach? Ich hatte ganz vergessen, daß Ihr Firdusi kennt.« Er fuhr fort: »Dort drüben hat der Vogel Simugh das Baby Zal zu seinem Nest getragen, um es zu schützen. Zal war der Vater von Rostam.«

»Ich glaube es.«

»Es gibt auch Geheimnisse. Hier sind Schätze. Dort drüben ist ein Hügel, der eine alte Stadt bedeckt. Ich selbst habe Scherben uralter Topfwaren und einmal sogar eine Marmorhand aufgehoben. Allah, wie schön sie war! Ich habe sie jahrelang bei mir getragen und hochgeschätzt. In einsamen Zeiten habe ich sie aus meiner Schärpe geholt und angesehen. Ihre Schönheit hat meine Seele genährt. Ich war niemals ganz allein, solange ich diese Hand bei mir hatte.«

»Was ist aus ihr geworden?«

»Ein Prinz hat sie mir abgenommen und behauptet, daß sie für einen Mann wie mich viel zu schön sei. Liebt der Arme etwa nicht auch Schönheit?«

Er schaute mich plötzlich an.

»Man flüstert, daß Ihr das ›Zweite Gesicht‹ habt, Kerbouchard. Ist das wahr?«

»Was ist das ›Zweite Gesicht‹? Eine Gabe? Ausbildung? Oder ist es ganz einfach so, daß im Gehirn plötzlich tausend Eindrücke, Ideen, Anblicke, Laute und Gerüche zusammentreffen und so den Eindruck dessen schaffen, was einmal sein wird? Der Geist sammelt sein Getreide auf allen Feldern und speichert es für den Zeitpunkt der Not. Ganz plötzlich kommt dann alles zum Ausbruch, und das nennen die Menschen Inspiration oder ›Zweites Gesicht‹ oder eine Gabe.«

Khatib raffte die Glut zusammen. Es war kälter geworden. Die Schluchten lagen bereits in tiefer Dunkelheit. Auf den Hängen gab es noch scharlachrote Fäden im Teppich des Schattens, als wollte das Gelände sich noch an den Rest der Schönheit klammern, bevor die Nacht hereinbrach.

»Der Geist ist ein Gefäß«, sagte Khatib. »Wenn man nichts hineintut, kommt auch nichts heraus.«

»Jetzt wird es Zeit zum Schlafen, nicht zum Philosophieren«, sagte ich.

Khatib wickelte sich in seinen Burnus.

»Ich segne Allah, weil er mich mit Euch reiten läßt, Kerbouchard. Ihr seid in der Tat ein Held und mit Rostam zu vergleichen!«

»Wenn du das glaubst, dann beobachte mich auf Alamut«, erwiderte ich. »Denn dort werde ich Furcht als ständigen Begleiter haben.«

»Ja, und mutig ist tatsächlich nur derjenige, der Angst hat, aber trotzdem tut, was getan werden muß. Ihr werdet tun, was getan werden muß. Aber Ihr habt auch einen Grund, unbedingt am Leben zu bleiben, denn für Euch gibt es auf immer und ewig Sundari.«

Ah... Sundari! Wo war jetzt Sundari?

52

Wie man sagt, ähnelt der Berg Alamut einem knienden Kamel, das den Hals auf dem Boden nach vorn ausgestreckt hält. Tiefe Einschnitte trennten den Felsen, auf dem die Burg gelegen war, von den umliegenden Bergen, so daß die Festung tatsächlich uneinnehmbar war.

Der Eingang zu dem Tal, das den Zugang nach Alamut darstellte, war derartig zwischen Felsspalten verborgen, daß ein Reisender leicht vorbeiziehen konnte, ohne die Öffnung überhaupt zu sehen.

Wir ritten in dieses Tal und gelangten auf eine Wiese, wo wir unter Weiden anhielten.

Dies war eine Wiese des »Garten der Wüste«; ein wahrhaft wunderschöner Ort. Dahinter ragte die große Wand des Felsens Alamut empor.

Wir banden unsere Pferde an, hockten uns in den Schatten der Pappeln am Bachufer und verzehrten stumm unsere kleine Mahlzeit.

Zweifellos waren wir beobachtet worden, aber man hatte sich bestimmt gewundert, wie wir diese Stelle hier erreicht hatten. Der Weg, über den wir hergekommen waren, war bereits vergessen gewesen, bevor die Burg erbaut worden war. Hätten die Isma'ili etwas von seiner Existenz gewußt, wäre dort bestimmt ein Wachturm errichtet worden. Oder man hätte den Weg zerstört.

Diese Berge waren kreuz und quer von uralten Wegen durchzogen, die noch aus der Zeit vor Alexander dem Großen stammten.

In weit zurückliegender Zeit waren Karawanen von Persien zur Merv-Oase und weiter nach Turkestan und Kathai gezogen.

Die *Assassinen* waren seit kaum hundert Jahren in den Elbursbergen, nach Gebirgsmaßstäben also lediglich Besucher.

Khatib wußte, was er tun mußte; keine einfache Aufgabe. Sein Erfolg hing davon ab, was er über diese Berge wußte.

»Man wird mich nicht erwischen, Kerbouchard«, sagte er. »Meine Mutter kam von Daylam, und ihre Angehörigen leben dort drüben.« Er nickte in die entsprechende Richtung. »Wenn Ihr gegangen seid, werde ich verschwinden, und zwar bei Sonnenuntergang.«

Er zeichnete eine Skizze in den Sand.

»In drei Nächten werde ich hier sein, an dieser Stelle. Danach werde ich jede Nacht herkommen und eine Stunde nach Mitternacht warten. Wenn Ihr also zu mir kommen wollt, werdet Ihr wissen, wo ich bin.«

Ich versteckte den kräftigen, aber dünnen Strick, um den ich Khatib gebeten hatte, in meinem Packen. In meinen Satteltaschen waren die weißen Kristalle, die Khatib aus dem Dung geholt oder von den Stallwänden abgekratzt hatte. Auch alle anderen Sachen, die gebraucht wurden, befanden sich in den Satteltaschen.

Am Flußufer hatte ich verschiedene Kräuter und etwas Rinde gesammelt. Dies war seit langem eine feste Gewohnheit von mir, denn aus diesen Sachen stammte die Medizin, die ich bei meiner ärztlichen Tätigkeit benutzte. Da ich den Beruf eines Arztes ja nur wenig ausgeübt hatte, kam es nur selten vor, daß solche Heilmittel gebraucht wurden, aber es war gut, stets ein paar davon zur Hand zu haben.

Ich erinnerte mich an eine Geschichte, die mir erzählt worden war, als ich in Cordoba Medizin studiert hatte. Sie handelte von Jivaka, dem Leibarzt von Bimbisara von Magadha.

Der Kaiser schickte Jivaka, der zum größten Experten seiner Zeit wurde, zu Buddha, um ihn während einer Krankheit zu behandeln. Jivaka war ein Findling, das Kind einer Kurtisane von Rajagriha; man hatte es einfach auf einen Dreckhaufen geworfen, um es sterben zu lassen. Prinz Abhaya, der Sohn von Bimbisara, fand das Kind. Jivaka studierte Medizin in Taxila, zur damaligen Zeit die größte Universität der Welt. Bevor man ihn zur Abschlußprüfung zuließ, sollte er aus Taxila hinausgehen und nach einer Pflanze suchen, die für einen Arzt nicht von Nutzen war. Nach langer Suche kehrte Jivaka zurück und sagte, daß er keine Pflanze ohne medizinischen Wert hatte finden können. Damit hatte er die Prüfung bestanden. Man gab ihm etwas Geld, um eine Praxis zu beginnen.

Khatib hielt sich an unseren Plan und pflockte die Pferde zwischen einigen Weiden außer Sicht an, dann legte er sich unter seinen Burnus. Er hatte sich eine Position am Rande des Schattens ausgesucht.

Als ich mich ein paar Minuten später umschaute, lag der Burnus zwar noch da, aber Khatib war verschwunden. Mit ihm waren auch unsere Pferde fort.

Gemächlich wanderte ich am Strom entlang und sammelte Kräuter. Von der Festung Alamut aus konnte ich ständig beobachtet werden. Doch als die Schatten länger wurden, raffte ich den Burnus vom Boden auf und ging auf das Tor zu... und damit meinem Rendezvous mit dem Schicksal.

Von jetzt an mußte ich von Minute zu Minute leben, jederzeit darauf vorbereitet, rasch zu handeln, falls sich eine günstige Gelegenheit bot. Ich begab mich direkt in den Rachen des Feindes.

Und mein Vater? Was war mit ihm? War er für eine Reise gerüstet? Würde ich ihn bald sehen?

Die Festung Alamut war vor dreihundert Jahren erbaut worden. Ich hatte die Geschichte von Sallami studiert; darin wurde der Bau der Burg beschrieben; wie jeder Ein- und Ausgang mit Doppeltoren versehen worden war. Massive Eichentore mit eisernen Beschlägen. Wenn man das erste Tor durchschritten hatte, gelangte man über einen kleinen Hof zum zweiten und war dabei jederzeit einem Angriff von oben ausgesetzt. Das zweite Tor war genauso stark und robust wie das erste.

Die Räume der Burg waren aus Felsen herausgehauen worden. Man hatte lange Gänge konstruiert; darunter waren Behälter, in denen Wein, Essig und Honig aufbewahrt wurden. Ein Burggraben führte um die halbe Festung herum; man hatte den Fluß in den Graben abgeleitet.

Unterhalb der Burg waren große Hohlräume aus dem Gestein gehauen worden; sie dienten als Wasserspeicher für den Fall einer Belagerung.

Als ich auf die Tore zuging, schwangen sie nach innen auf. Ich ging hindurch und hörte, wie die Tore hinter mir wieder klirrend zuschlugen. Ein kalter Schauer rieselte mir über den Rücken. Jetzt gab es kein Umkehren mehr.

Ein Dutzend Soldaten war da; schlanke, gutgebaute Männer, die mit Piken und Schwertern bewaffnet waren.

Ein Offizier kam auf mich zu.

»Wo ist Euer Sklave?«

»Wer?« fragte ich mit verspielter Verwunderung. Es war noch nicht ganz dunkel, und Khatib würde jede Sekunde brauchen.

»Euer Diener. Der Mann, der bei Euch war.«

»Oh? Ein guter Mann, der etwas von Pferden versteht. Ein liebenswerter Mann.«

»Wo ist er?« schrie der Offizier jetzt beinahe.

»Ihr regt Euch wegen eines bloßen Dienstboten über Gebühr auf«, sagte ich. »Es handelt sich um einen Mann ohne Bedeutung. Außerdem gefällt mir Euer Tonfall nicht.«

Der Offizier packte mich derb am Arm.

»Wo ist er?«

Ich riß meinen Arm los, trat zurück und legte die Hand auf mein Schwert.

»Wenn Ihr noch nicht gelernt habt, wie man einen Besucher anredet, dann kann Euch das beigebracht werden!« sagte ich.

Im nächsten Moment war ich von Männern mit Piken umringt. Bevor jedoch einer von ihnen etwas unternehmen konnte, sagte eine Stimme: »Bringt Ibn-Ibrahim in meine Unterkunft, Abdul!«

Der Offizier, dessen Gesicht jetzt wutverzerrt war, wandte sich abrupt ab.

Männer mit Piken umzingelten mich. Mehr brauchte ich nicht, um zu begreifen, daß ich ein Gefangener war.

Mein Abenteuer versucht und bereits verloren! Oder doch nicht? Kein Mann ist verloren, solange er noch am Leben ist.

Diese Stimme!

Es kam mir jäh zum Bewußtsein.

Ich kannte diese Stimme!

Wem konnte sie gehören? Sinan bestimmt nicht, denn ihn hatte ich nie gekannt.

Man führte mich in einen langen Raum. An einem Ende stand ein niedriger Tisch. Zwei Wachposten standen an der Tür; je einer stand an einem Ende des Tisches.

Man hatte keinen Versuch unternommen, mir meine Waffen abzunehmen. Ich war mir auch keineswegs sicher, wie ich reagiert hätte, wenn es der Fall gewesen wäre.

Während ich mich bewegte, hielt ich Augen und Ohren offen.

Irgendwo hier in der Nähe war mein Vater; irgendwo gab es einen Geheimgang, durch den man zu einem geheimnisvollen Tal in den Bergen gelangte. Jedenfalls hatte ich das gehört.

Es war inzwischen dunkel geworden.

Als ich mich hinsetzte, hörte ich, wie das Tor geschlossen wurde, Hufschläge von Pferden erklangen auf dem gepflasterten Hof.

Hatte man Khatib gefunden? So wie ich ihn kannte, bestimmt nicht. Er hatte den benötigten Vorsprung gehabt. Jetzt würde er gewiß nicht weit entfernt versteckt sein.

Doch bei jeder Rückkehr zur Wiese würde er immer wieder in höchster Gefahr sein.

Verzweiflung erfaßte mich. Was konnte ich tun? Wohin ich auch schaute, überall gab es Wachen; schlanke und wilde Männer, dem Alten vom Berge fanatisch ergeben.

Die Tür wurde geöffnet.

Ein Mann kam herein und blieb im Schatten stehen. Offenbar musterte er mich sehr eingehend.

»Es ist schon lange her, Kerbouchard!«

Mit diesem einen Satz war Ibn-Ibrahim gestorben.

Dann trat der Mann ins Licht.

Ich machte einen halben Schritt nach vorn und blieb wie erstarrt stehen.

Mahmud!

Doch ein Mahmud, der sich verändert hatte. Er war schwerer geworden; sein Gesicht zeigte einen derben Ausdruck. Die Augen blickten härter drein.

»Ja«, stimmte ich zu. »Es ist lange her.«

Er deutete auf einen Sitz, und ich setzte mich auf ein Kissen und schlug die Beine übereinander. Sorgfältig rückte ich mein Schwert zurecht, um jederzeit den Griff packen zu können.

Mahmud bemerkte es und lächelte.

»Das Schwert ist nutzlos, Kerbouchard. Ich habe tausend bewaffnete Männer. Du kannst keine Bewegung machen, wenn ich es nicht wünsche.«

»Wenn ich damals richtig verstanden habe, standest du doch im Dienste von Prinz Ahmed?«

»Dieser Dummkopf! Er hat mich entlassen.«

»Was hast du denn getan? Hast du etwa versucht, dich Aziza zu nähern?«

Sein Gesicht verfärbte sich vor Zorn.

Ich wußte, daß ich mit meiner Vermutung recht hatte.

Mahmud hatte geglaubt, Aziza habe mit ihm geflirtet, als sie mich damals in Cordoba erkannt hatte. Damals war er ein eitler, schwacher Mann gewesen. Jetzt war er älter, unendlich stärker; aber vielleicht war er immer noch ein eitler und vielleicht sogar schwacher Mann.

»Darauf kommt es nicht mehr an«, sagte er selbstgefällig. »Sie sind tot.«

»Tot?«

Er fletschte die Zähne, was wohl so etwas wie ein Lächeln sein sollte, aber es enthielt viel Haß.

»Ich habe sie töten lassen. Prinz Ahmed zuerst. Es geschah auf der Straße mit einem vergifteten Dolch.«

Ich wußte sehr wohl, daß Mahmud bösartig und gehässig war; doch ich hatte nicht geglaubt, daß er sich so weit herablassen würde. Für mich war es wieder einmal ein Hinweis, daß ich noch viel über die menschliche Natur zu lernen hatte. Oder über die unmenschliche Natur. Angesichts der Veränderung bei Mahmud und meiner eigenen Position mußte ich am besten und sehr plötzlich mein Denken revidieren und ändern.

Vorsicht... ich mußte ungemein vorsichtig sein.

»Du kannst den Tod eines Mannes befehlen. Oder hat Sinan dir einen Grund gegeben, ihn töten zu lassen?«

»Al-Zawila kann befehlen, daß jeder getötet wird!« Er sah mich eiskalt an. »Einfach jeder!«

»Wer ist Al-Zawila?«

Er lächelte herablassend.

»Ich bin Al-Zawila!«

Mahmud... *Al-Zawila!*

Ich konnte nur hoffen, daß meine Augen jetzt nichts verrieten.

»Du hast von mir gehört?«

»Nichts von Bedeutung«, erwiderte ich. »Nur hier und da deinen Namen. Wenn Alamut erwähnt wird, kommt auch dein Name zur Sprache.«

Das freute ihn, wie ich sehen konnte. Der Mann war immer eitel gewesen. Daran sollte man sich erinnern.

»Weißt du, warum du jetzt hier bist?«

»Mir wurde gesagt, daß Sinan mit mir reden möchte.« Ich machte eine Pause und überlegte. Ob Sinan überhaupt wußte, daß ich jetzt hier war? Sicherlich gab es doch Spione in Hörweite. »Ich bin Alchemist und Arzt«, fuhr ich fort. »Ich hatte gehofft, mit Sinan reden zu können, denn seine Interessen sind weithin bekannt.«

Mahmuds Lächeln war alles andere als erfreut.

»Er kann von Leuten wie dir nicht gestört werden. Er weiß nicht, daß du hier bist. Um genau zu sein, ich habe dich aus einem ganz bestimmten Grund herkommen lassen... und weil du ein Arzt und Chirurg bist.«

Er lächelte plötzlich sehr warm und herzlich.

»Schließlich können wir doch Freunde sein, nicht wahr? Wir hatten damals viele gute Gespräche, du und ich, und ich habe sie sehr vermißt.«

Einen Moment lang hätte ich ihm beinahe geglaubt. Wir hatten wirklich viele lange Gespräche miteinander geführt; über all die Dinge, über die junge Männer mit Ideen eben so reden. Das Dumme bei ihm war gewesen, daß er zwar wissen, aber sich nicht der Mühe unterziehen wollte, zu lernen.

»Du könntest hier wertvoll sein. Was Sinan betrifft, so ist er mit anderen Dingen beschäftigt.«

»Das würde mir gefallen«, sagte ich. »Es ist ein interessanter Ort.«

»Es ist die stärkste Festung auf Erden!« prahlte er. »Niemand kann sie einnehmen! Viele haben es schon versucht. Da war einmal ein Mann, der führte seine Truppen heran, um Alamut zu zerstören. Aber als er eines Morgens aufwachte, steckte neben seinem Bett ein Dolch in der Erde. An den Dolch war ein Zettel geheftet; er erinnerte den Mann daran, daß es leicht gewesen wäre, diesen Dolch in sein Herz zu stoßen. Da hat dieser Mann seine Armee dorthin zurückgeführt, woher sie gekommen war.«

»Ich möchte Sinan gern kennenlernen.«

Diesen Vorschlag tat er mit einer Geste ab.

»Er ist viel zu beschäftigt. Du interessierst nur mich, ausschließlich mich.« Er lächelte auf freundliche Art. »Du kannst für mich eine Hilfe sein, Kerbouchard. Ich habe nach dir geschickt, weil ich wußte, wie sehr die besten Ärzte von Cordoba dein medizinisches Wissen schätzten und respektierten.«

»Brauchst du einen Arzt?«

»Ich nicht... jemand anders. Ein Lieblingssklave. Das würdest du mir doch nicht abschlagen, nicht wahr?«

»Ich würde niemals irgend jemandem meine Hilfe verweigern.«

»Gut!« Er stand abrupt auf, denn wir hatten bereits gegessen, während wir miteinander geredet hatten. »Du bist weit geritten. Wir werden morgen früh weiter über alles sprechen.«

Ich wurde zu meinem Schlafquartier geführt. Meine Satteltaschen und mein Packen waren schon vor mir dort.

Die Tür wurde geschlossen, und ich hörte, wie der massive Riegel zugeschoben wurde. Schritte knirschten auf dem Steinfußboden des Ganges. Ich war eingeschlossen, und man hatte einen Wachposten vor die Tür gestellt!

Rasch ging ich zu meinem Packen und öffnete ihn.

Das Seil war weg!

Jetzt saß ich also in der Falle.

Das Fenster des Raumes, in dem mein Strohsack lag, ging auf einen Innenhof hinaus. Zur Außenseite der Festungsmauer gab es kein Fenster. Es hätte mir auch sowieso nichts genutzt, weil dieser Raum viel zu hoch über dem Boden lag. Es war auch nicht daran zu denken, auf dem Felsgestein herumzuklettern, wie ich es in Spanien getan hatte. Mahmud mußte davon wissen, denn er hatte mich ja verraten und ins Gefängnis gebracht.

Die Veränderung, die mit Mahmud vorgegangen war, bereitete mir ernsthafte Sorgen. Er war jetzt sehr selbstsicher, denn er besaß Macht. Deswegen war er stärker und auch gefährlicher. Er konnte nur Böses mit mir im Sinn haben. Ich mußte jeden Moment auf der Hut vor ihm sein.

Zuerst mußte ich jedoch meinen Vater finden und herausbekommen, wo er gefangengehalten wurde. Ferner mußte ich entdecken, welche Routine es bei der Wachablösung gab. Schließlich mußte ich festzustellen versuchen, ob es noch einen anderen Fluchtweg aus Alamut gab.

Irgendwie mußte ich meinen Vater wissen lassen, daß ich hier war, denn er würde die Situation besser kennen als ich. Zweifellos hatte er schon viel und oft an Flucht gedacht.

Al-Zawila hatte meinen Vater gefoltert, und jetzt wußte ich auch, warum. Mein Vater hatte unter Mahmuds Haß auf mich leiden müssen.

Sorgfältig und gründlich überprüfte ich meine Situation.

Sinan wußte offenbar nichts von meiner Anwesenheit. Angenommen, daß man ihn davon verständigen konnte? Konnte Sinan nicht an meinem Wissen über Alchemie interessiert sein? Alle Alchemisten überall hatten gemeinsame Interessen und tauschten oft Ideen oder chemische Methoden miteinander aus.

Plötzlich erinnerte ich mich, daß es an der Küste von Afrika einen Ort namens Al-Zawila gab. Von dort mußte Mahmud gekommen sein. Dieses Wissen würde mir zwar nicht helfen, aber es machte das Bild etwas klarer. Ich vermutete, daß Mahmud ein Berber war. Die Beziehungen der Berber zu den Arabern waren bestenfalls flüchtige und vorübergehende gewesen.

Ich mußte denken, denken, denken!

Die Wachen hier? Berber? Wahrscheinlich nicht. Dies war Persien, also mochten die Wachen Perser, Araber oder Angehörige irgendeines anderen zentralasiatischen Volkes sein.

Es war nichts zu verlieren, wenn Sinan von meiner Anwesenheit verständigt wurde. Nur selten hatte es ein Herrscher gern, wenn irgend etwas ohne sein Wissen getan wurde.

Mahmud-Al-Zawila diente jetzt nicht seinem Herrn, sondern sich selber.

Der Lieblingssklave, der medizinische Behandlung brauchte? Gab es überhaupt einen solchen Sklaven? Oder war dies bloß ein

Trick? Sollte es tatsächlich einen behandlungsbedürftigen Sklaven geben, würde ich nach Abschluß der Behandlung aus dem Wege geräumt oder selbst versklavt werden.

Ich blies meine Kerze aus, ging zum Fenster und schaute hinunter auf den Hof. Im flackernden Schein einer Fackel sah ich ein quadratisches Pflaster und die Burg darum herum. Es gab Wachtürme bei den Toren, und eine Bewegung, die ich dort wahrnehmen konnte, warnte mich, daß es Wachen in den Türmen gab; vielleicht wanderten sie sogar auf der Mauer entlang.

Fackelschein spiegelte sich in der Rüstung eines Mannes, der bei der Tür stand. Eine solche Wache konnte vor Sinans Wohnbereich postiert sein. Natürlich konnte es sich auch nur um einen Vorratsraum, um eine Rüstkammer oder um den Zugang zu einer Schatzkammer handeln.

Irgendwo in diesem Bienenkorb von Räumen und Gängen war der Zugang zu diesem geheimen Tal, über das gerüchteweise geflüstert wurde.

Die *Assassinen* des Alten vom Berge waren derart gefürchtet, daß sogar Könige aus dem Osten Tribut zahlten. Wer das Mißfallen des Alten vom Berge weckte, mußte sterben. Es gab auch keinen sicheren Ort, an den sich ein solcher Mann flüchten konnte. Keine Moschee, kein Zentrum einer Armee, nicht einmal die Gegenwart eines Priesters oder Königs könnten das Opfer vor den vergifteten Dolchen der *Assassinen* retten.

Wer im Dienste des Alten vom Berge stand, wurde durch Haschisch oder Versprechungen auf das Paradies derartig berauscht, daß er absolut furchtlos war und überhaupt nicht an sein eigenes Leben dachte.

Viele von ihnen starben, aber nur selten, bevor sie den Mann ermordet hatten, den sie hatten töten sollen.

Mein Entschluß war plötzlich gefaßt. Ich sprach in die Stille hinter meinem Fenster auf diesen von einer Steinmauer umgebenen Hof hinaus, wo jeder Laut weithin zu hören war: »Ich möchte Sinan sehen! Ich wünsche mit Rashid-Ad-din Sinan zu sprechen!« Ich hatte es in sorgfältig moduliertem Tonfall gesagt.

Eine Stimme von unten befahl: »Tretet vom Fenster zurück! Seid still!«

Da sagte ich noch einmal und etwas lauter: »Wagt Ihr es, mir das Recht zu bestreiten, Rashid-Ad-din Sinan zu sehen?«

53

Meine Stimme war klar und laut; eine Herausforderung, die auf dem Hof ein Echo fand.

Jetzt würde keine Wache wagen, zu protestieren, denn falls Sinan dahinterkam, daß man ihn absichtlich in Unwissenheit gehalten hatte, würden Köpfe rollen.

Meine Theorie war einfach.

Mahmud war ein Mann, den diese Wachen wahrscheinlich fürchteten, und solche Männer haben immer Feinde. Er war erst spät nach Alamut gekommen, und zweifellos gab es hier einige Leute, die sich über seinen Einfluß ärgerten. Ich kannte Mahmud und wußte daher, daß er oft herrisch gewesen sein dürfte; damit hatte er sich unbeliebt gemacht. Macht, wie Sinan sie besaß, lebte von Spionen, und irgend jemand würde ihm melden, was geschehen war, falls er es nicht selber hörte.

Ich brauchte Zeit, um zu erfahren, wie es um meine derzeitige Umgebung bestellt war. Ich mußte herausbekommen, wo mein Vater war. Dann mußte ich nach Mitteln und Wegen für eine Flucht suchen.

Jetzt konnte ich meiner Sache Nachdruck verleihen und Mahmud zwingen, Sinan einiges zu erklären. Ich konnte ihn zwingen, Dinge zu unternehmen, die er nicht geplant hatte. Wenn ein Feind veranlaßt werden konnte, überhastet zu reagieren, konnten ihm Fehler und Indiskretion unterlaufen. Das war alte Politik: Laß einen Feind niemals zur Ruhe kommen, sondern halte ihn ständig in Bewegung!

Weder in der Diplomatie noch im Kriege sind Gegenmaßnahmen so gut wie direkte Maßnahmen. Angriff sollte immer die Politik aller Männer und aller Nationen sein, wenn sie sich einem Feind gegenübersehen. Angriff hier, Angriff da, Angriff sonstwo. Den Feind stets in der Defensive halten, so daß er niemals ganz sicher ist, wo der nächste Schlag fällt.

Sinan würde von meiner Anwesenheit erfahren, und Mahmud mußte in der Tat sehr clever sein, wenn seine Erklärungen Sinan befriedigen sollten.

Sinan als Herrscher fanatischer Anhänger mußte immer und jederzeit wissen, was geschah. Wie ein Musiker mit den Saiten seines Instrumentes, so geschickt mußte Sinan mit Männern umgehen können, stets darauf vorbereitet, die richtige Saite anzuschlagen.

Mahmud hatte ohne Sinan geplant und gehandelt, und ich glaubte nicht, daß diese Tatsache Sinan besonders gefallen würde. Mahmud verstand sich geschickt darauf, sich in wichtige und bedeutende Positionen zu arbeiten, aber schließlich und endlich würde er seinen eigenen verschlagenen, hinterhältigen Methoden zum Opfer fallen.

Und ich mußte dafür sorgen, daß dies jetzt geschah.

Trockenes Herbstlaub wird leicht davongeweht; noch leichter aber ist das Glück des Menschen zu vernichten. Mein Glück... oder Mahmuds Glück?

Und dann tat ich, was alle Menschen tun müssen... schlafen.

Die anbrechende Morgendämmerung warf zitronengelbes Licht auf meine Wand. Ich ging rasch zum Fenster und spähte hinaus. Der Hof lag noch im tiefen Schatten. Ich wusch mich, zog mich sorgfältig an und wickelte wieder den Turban um meinen Kopf.

Aus den Satteltaschen nahm ich die Materialien, die Khatib mir besorgt hatte: Kohle, Schwefel und die weißen Kristalle von den Stallwänden. Diese mischte ich in entsprechenden Portionen und brachte sie in einem weißen Beutel in einer Satteltasche unter. Als ich diese Arbeit beendet hatte, füllte die Mischung die Satteltasche aus.

Aus den gesammelten Kräutern bereitete ich mehrere Präparate. Trockenes Laub zerdrückte ich zu Pulver, brachte es in kleinen, zusammengefalteten Papierstücken unter und verstaute diese in meinem Turban.

Dies konnte mein letzter Tag auf Erden werden.

Ich mußte dieser Tatsache ins Gesicht sehen: Wenn ich meinen Vater retten und mit ihm entkommen könnte, würde das ein Wunder sein. Hier konnte eine Waffe zwar helfen, aber keinen Sieg erringen.

Was hatte ich in jener Nacht in Konstantinopel gesagt? *Mein Geist ist mein Schwert.*

Und so mußte es sein.

Draußen auf dem Gang waren hastige Schritte zu hören. Die Tür meines Raumes wurde aufgerissen.

Im Eingang stand Mahmud, und seine Augen funkelten vor Haß.

»Was hast du getan? Wenn du glaubst, mir entrinnen zu können...«

Ich lächelte und erinnerte mich an ein Sprichwort: *Wen die Götter vernichten wollen, den machen sie zuerst wütend.*

Mein Lächeln fachte seine Wut noch mehr an. Das hatte ich gewußt. Deshalb fügte ich hinzu: »*Dir* entrinnen? Du hast die Situation mißverstanden, Mahmud. Es ist umgekehrt. Du wirst mir nicht entrinnen können!«

Seine Wut versetzte mich an sich in Staunen. Ich lernte wieder etwas über Mahmud. Je älter und stärker, desto ungeduldiger war er auch geworden.

»Was ist der Grund für diesen Ausbruch?« fragte ich.

»Sinan will dich sehen!«

Konnte ich seine Zuversicht, sein Selbstvertrauen erschüttern?

»Wann wirst du endlich lernen, Mahmud, nicht nur daran zu denken, was du tust, sondern auch in Betracht zu ziehen, was andere ebenfalls tun könnten? Sinan ist ein Meister der Intrige. Du bist erst ein Schüler. Du kannst dich darauf verlassen, daß er mehr von allem weiß, was du planst, als du vermutest. Wenn du glaubst, Sinan jemals ersetzen zu können, so irrst du dich gewaltig!«

Natürlich hatte er daran gedacht, denn so etwas wie Loyalität kannte Mahmud überhaupt nicht. Ganz gleich, wer sein jeweiliger Herr war... Mahmud plante sofort, ihn abzusetzen. Er liebte Autorität und haßte es, sich ihr beugen zu müssen. Doch er war ein Mann, der aus purer Gehässigkeit und schierer Enttäuschung plötzlich töten konnte.

Ich wanderte auf sehr dünnem Grat zwischen Mahmuds Ehrgeiz und meinem Tod.

Rashid Ad-din Sinan war für die Würde bekannt, mit der er seine Position umgab. Beim Essen duldete er niemals die Gegenwart anderer. Er hörte viel zu, sprach selbst recht wenig und dann auch nur nach gründlicher Überlegung des Problems. In der Öffentlichkeit benahm er sich sehr aufmerksam und zurückhaltend; er regierte mehr durch Persönlichkeit als durch Furcht.

Meuchelmord wurde von den Isma'ilis als Kriegsmittel benutzt, weil ihnen eine große Armee fehlte. Diese Methode wurde mit tödlicher Wirkung durchgeführt. Doch Sinan war auch Diplomat und leitete die Angelegenheiten seiner Sekte mit großem Geschick.

Bekannt war er auch für Wunder, die er dem Vernehmen nach vollbracht haben sollte. Die Frage war nur, wieviel davon dem »Zweiten Gesicht«, geistiger Kommunikation oder Hellseherei zuzuschreiben war. Die gleiche Wirkung konnte ganz einfach auch durch geheime Informationen hervorgerufen werden.

Nach einem Disput über das Thema Religion wurde ihm der Tod einer Anzahl seiner Feinde vorausgesagt. Er nannte jedem einzelnen Tag und Ort des Todes. Alle starben ungefähr so, wie er es vorausgesagt hatte.

Keiner dieser vierzig Toten war durch einen Dolch umgekommen; deshalb wurde Sinan nur noch mehr gefürchtet.

Ich sah mich sehr lebhaft um, als ich in einen langen Raum geführt wurde, wo Sinan auf einem Podium saß. Während wir uns ihm näherten, hielt er den Blick auf uns gerichtet und musterte uns sehr gründlich.

Etwa fünf Meter von ihm entfernt wurden wir von einem Wachposten angehalten.

Sinan ignorierte Mahmud vollkommen und konzentrierte sich ausschließlich auf mich.

»Ibn-Ibrahim oder Kerbouchard... warum benutzt Ihr einen Namen, der nicht Euer eigener ist?«

Reguläre Moslems hielten die Isma'ilis für Ketzer, und es hatte auch viele Freidenker unter ihnen gegeben. Deshalb entschied ich für mich für Offenheit.

»Um leichter reisen und Diskussionen ausweichen zu können. Ich kann nicht behaupten, ein Christ oder ein wahrer Moslem zu sein, obwohl ich den Koran studiert habe.«

»Was seid Ihr dann?«

»Ein Fragensteller, Erhabener, ein Sucher nach Wissen. Ich verstehe einiges von Medizin und Geographie, und wenn sich Gelegenheit dazu bietet, bin ich auch so etwas wie ein Alchemist.«

»Ihr kanntet Averroës?«

»Er war mein guter Freund. Desgleichen Juan von Sevilla.«

»Und warum seid Ihr nach Alamut gekommen?«

Mahmud wollte etwas sagen, doch ich kam ihm zuvor.

»Ich wurde hierher eingeladen und hatte angenommen, daß die Einladung von Euch käme. Deshalb habe ich sie rasch angenommen, denn ich hatte von Eurem großen Wissen über Alchemie gehört. Aber als ich ankam, erfuhr ich, daß Mahmud-Al-Zawila mich eingeladen hatte. Er ist ein alter Feind aus Cordoba.«

Sinan gebot Mahmud Schweigen, als dieser erneut etwas sagen wollte.

»Welcher Art war denn diese Feindschaft?«

»Ich bitte um Vergebung, Herr, aber ich habe nicht gesagt, daß *ich* Mahmud für einen Feind halte. Er hegt Feindschaft gegen mich.« Ich fügte hinzu: »Allerdings bin ich nicht geneigt zu vergeben.« Ich erklärte weiter: »Als Studenten in Cordoba waren wir Freunde, bis ich mit einem Mädchen aus der Stadt floh. Als wir zurückkehrten, wurden wir ergriffen und von Mahmud an Prinz Ahmed verraten.«

»Prinz Ahmed, sagtet Ihr? Und Aziza?« Sinans Gesichtsausdruck hatte sich verändert. Seine Augen blickten plötzlich kalt und sehr aufmerksam drein. Er sah Mahmud an, dann wieder mich. »Ich habe die Namen schon gehört.«

Mahmud war totenbleich geworden. So geschickt, wie ich nur irgend konnte, bohrte ich sein Schiff an, um es zu versenken, und das tat ich, indem ich nur die Wahrheit sagte. Mahmud konnte mit seiner Absicht, mich töten zu lassen, Erfolg haben, aber jetzt mußte er auf sein eigenes Leben achten.

»Ich glaube, daß Ahmed einen solchen Dienst belohnen würde«, sagte Sinan.

»Das hat er auch getan, Herr. Er gab Mahmud eine Position an seiner Seite.«

»Ach...?« Sinan trommelte mit den Fingern auf einem Knie herum.

Was ich da eben gesagt hatte, konnte ihn vor Mahmud warnen. Es konnte Mahmud sogar vernichten.

Aber ich mußte vor allem an meine eigene Sicherheit denken, und ich ahnte bereits, daß die Unterredung gleich beendet sein würde.

»Erhabener, Ihr werdet zu den größten Alchemisten gezählt. Ich hatte gehofft, zu Euren Füßen studieren zu können und...« ich legte eine Pause ein, die gerade lang genug war, »... Ideen auszutauschen. Ich habe in der Tat einige merkwürdige Entdeckungen gemacht, die Euch vielleicht interessieren könnten.«

Er stand auf.

Ich sah zum erstenmal, daß er größer war, als ich gedacht hatte. Außerdem stand er zwei Stufen höher als wir; strategisch eine gute Position, denn wir mußten zu ihm aufblicken.

Dieser Mann denkt an alles, dachte ich.

»Ihr werdet in Eure Unterkunft zurückkehren, Kerbouchard, und ich werde Euch ein paar Bücher aus meiner Bibliothek schikken. Später könnt Ihr meinen Experimentierraum besuchen.«

Er machte eine entlassende Geste.

Wir drehten uns um und verließen ihn.

Wir hatten bereits die Tür erreicht, als Sinan noch sagte: »Al-Zawila, Ihr seid für Kerbouchard verantwortlich!«

Mahmud sprach erst, als wir draußen vor der Tür waren. Sein Gesicht war immer noch blaß, aber er hatte sich wieder in der Gewalt.

»Jetzt glaubst du wohl, mich geschlagen zu haben, aber laß dir von mir eines gesagt sein: Nur einer der Unseren kann diese Mauern verlassen, nur ein Isma'ili. Solltest du Alamut verlassen, werde ich dafür sorgen, daß du nicht mehr derselbe Mann wie bei deiner Ankunft bist!«

Er hatte Arabisch gesprochen; diese Sprache verstanden die Wachen offenbar nicht. Sie waren Perser aus Daylam.

»Er wird nichts gegen mich unternehmen, und falls er es doch tut, werden wir ja sehen, wer hier der Herr ist!« Er lächelte. »Nein, ich werde dich nicht der Folter unterwerfen... noch nicht. Da ist zuerst noch der Patient, den du behandeln mußt.«

Nur wenige Minuten später erschien ein Sklave an meiner Tür; er brachte ein Buch. Es war *Ayennamagh*, das Buch, um das ich Mas'ud Khan in Täbris gebeten hatte.

War das Zufall? Oder reichten die Ohren von Alamuts Herrn so weit? Zweifellos war Mas'ud Khan ein Anhänger Sinans. Doch ein so kleines Detail? Es war beeindruckend.

Das Buch *Ayennamagh* war ein Buch, das während der Jahre des Sassanidenreiches von Persien geschrieben oder vollendet worden war; Ibn-al-Muqaffa hatte es ins Arabische übersetzt. Es war eine Anhäufung von Geschichte, Gerichtsakten, Regierungsvorschriften und Gesetzen. Zum Inhalt gehörten aber auch Diskussionen über Kriegsstrategien sowie Politik, Bogenschießen und Weissagung.

Doch wie interessant dieses Buch auch immer sein mochte, ich konnte mich einfach nicht darauf konzentrieren.

Ruhelos schritt ich im Raum auf und ab.

Über den Aufenthalt meines Vaters hatte ich noch immer nichts herausbekommen, und Bestechung hatte hier keine Chance auf Erfolg.

Auf dem Wege von meinem Raum zu Sinans Unterkunft hatte ich verschiedene Dinge bemerkt. Von der Oberkante meines Fensters bis zum Dach war es etwas mehr als einen Meter; mein Fenster war lang und schmal. Ein Mann konnte, *er konnte*, auf dem Fenstersims stehen, sich mit einer Hand innen festhalten und mit der anderen nach oben langen und die Dachkante erreichen.

Er durfte allerdings nicht dabei gesehen werden. Außerdem riskierte er den Sturz auf den gepflasterten Hof hinab. Es mußte mit der Möglichkeit gerechnet werden, daß er die Dachkante doch nicht erreichte, und selbst wenn es ihm gelang, würde er sich vielleicht nicht hinaufziehen können.

Aus Gründen der Verteidigung mußte es irgendeine Verbindung zwischen diesem Dach und anderen geben. Dies traf zweifellos auch auf die Mauern zu.

Zur Zeit spielte sich in der Burg Alamut ein Machtkampf ab, mit dem ich nichts zu tun hatte, doch er konnte für mich sehr wohl Leben oder Tod bedeuten.

Außerdem wagte ich nicht, irgend etwas zu unternehmen, solange ich nicht mit Sicherheit wußte, wo mein Vater war. Bisher hatte ich weder Sklaven noch Frauen gesehen.

Die Festung machte den Eindruck, nur von Männern bewohnt zu sein.

Sollte sich mein Vater hier als Sklave aufhalten, würde er bei der Arbeit sein.

Hatte man ihn gefoltert? Hatte man seinen Willen gebrochen?

Der Wille eines starken Mannes bricht nicht so leicht, aber er muß auch innerlich sehr stark sein und fest an das glauben, was er ist.

Obwohl mein Vater sehr oft auf See gewesen war, hatte ich sein Bild stets vor Augen gehabt. Meine Mutter hatte mich von frühester Jugend an gelehrt, Verantwortung zu übernehmen. Bei einem Jungen geht keine an ein Wunder grenzende Veränderung vor, die ihn zum Manne macht. Er wird ein Mann, indem er ein Mann ist und wie ein Mann handelt.

Jetzt war die Zeit gekommen, da ich zeigen konnte, aus welchem Stoff ich gemacht war. Von draußen würde ich keine Hilfe bekommen. Ich war allein und nur auf mich gestellt.

So ist es immer, wenn man eine Bewährungsprobe bestehen oder eine Entscheidung treffen muß. Man wird allein geboren; man stirbt allein, und üblicherweise muß man auch allein mit allen Schwierigkeiten und Gefahren fertig werden.

Ich kehrte zu meinem Buch zurück, blätterte darin herum, las hier und da ein paar Sätze, um mir in der kurzen Zeit, die mir nur verblieb, möglichst viel vom Inhalt anzueignen, und bemühte mich, alles zu verstehen, während sich die Hälfte meiner Sinne mit anderen Problemen beschäftigte.

Sinan konnte mich nicht retten, selbst wenn er es wollte. Die

Stärke von Alamut beruhte vor allem darauf, daß niemand diese Stärke auch nur annähernd schätzen konnte. Das aber bedeutete, daß niemand aus der Festung entkommen durfte.

Langsam schleppte sich der Tag dahin. Meine Gedanken suchten nach jeder nur erdenklichen Fluchtroute, nach jeder Strategie, nach jedem Trick.

Nichts geschah.

Am Nachmittag hielt ich es nicht länger aus.

Ich mußte etwas unternehmen! Ich mußte irgend etwas tun! An sich hatte ich gedacht, daß es für mich, wenn ich erst einmal in der Festung war, sehr leicht sein würde, meinen Vater zu finden. Aber bisher hatte ich noch keinen einzigen Sklaven zu Gesicht bekommen. Mein Essen wurde mir von einem Krieger gebracht.

Und dann wurde die Tür geöffnet...

Zwei Wächter warteten.

»Der Imam will Euch sehen.«

Der Imam... Das war offenbar Sinan.

Ich nahm meine Taschen auf und folgte den beiden Männern.

Die Wachen eskortierten mich in einen Flügel der Burg, wo ich bisher noch nicht gewesen war. An jeder Seite fielen die Felswände steil ab.

Wo lag das geheimnisvolle Tal?

Schließlich hielten wir vor einer Tür an. Der Gang, dem wir gefolgt waren, führte noch weiter, vielleicht etwa zehn Meter.

Einer der Wächter klopfte an die Tür, die offenbar aus Eichenholz bestand und sehr solide Eisenbeschläge aufwies.

Mein Blick fiel auf den Boden zu meinen Füßen. Einen Moment lang stockte mir der Atem.

Auf dem mit schwarzem Lehm gemischten Steinboden lag das Fragment eines Blattes... eines Granatapfelblattes!

Auf der Festung Alamut wuchs nichts. Ich hatte auch im meilenweiten Umkreis keinen Granatapfel oder irgendeine andere Frucht außer wilden Birnen gesehen. Jedenfalls konnte ich mich nicht daran erinnern.

Mein Blick richtete sich auf die Tür am Ende des Ganges.

War es das? Hatte ich den Zugang zum berühmten Tal der *Assassinen* gefunden?

In den Bergen gab es viele Täler, aber ein echtes Tal mit diesem Namen gab es vielleicht gar nicht. Andererseits... was lag hinter dieser Tür?

Und wo war mein Vater?

Ein Schlüssel wurde in der Tür vor uns herumgedreht. Die Tür wurde geöffnet. Neben der Tür stand ein riesiger, muskelbepackter Mann mit einem Schwert. Er war bis zu den Hüften nackt; seine Muskeln glänzten vor Öl. Er trat beiseite, um uns passieren zu lassen, aber seine kleinen, kalten Augen starrten mich so durchdringend an, als wollte er in meinem Herzen lesen.

Auf der gegenüberliegenden Seite in der Nähe einer anderen Tür stand der Zwilling dieses Wächters, nur war er noch etwas größer und häßlicher.

Auf einem Kissen inmitten aufgestapelter Bücher saß Rashid-Ad-din Sinan, der Alte vom Berge.

Überall im Raum gab es große Fässer, Retorten und Brennöfen. Einiges davon war das beste alchemistische Arbeitsmaterial, das ich je gesehen hatte.

»Kommt! Wir werden reden, Kerbouchard! Wir wollen doch einmal sehen, was für ein Alchemist Ihr seid!«

54

Wo war Sundari jetzt?

Nacht lag über der Burg. Der Wind versprach Regen. In weiter Ferne rollte Donner wie gedämpfte Trompetensignale durch die tiefen Schluchten.

Ich lag auf meinem Strohsack und starrte in die Dunkelheit. Mein Schwert und meine Taschen hatte ich dicht bei der Hand.

Der entscheidende Zeitpunkt rückte immer näher.

Die Nacht enthielt eine Warnung, die Bedrohung durch lauernde Gefahr. Ich strengte mein Gehör an, um diese Warnung zu entschlüsseln, aber ich fand nichts.

Nichts bewegte sich. Alles war still.

Heute hatte ich ein paar Stunden mit Sinan verbracht. Wir hatten mit Retorten, Brennöfen und Schüsseln gearbeitet. Ich hatte alle Zweifel daran, nicht das zu sein, was ich behauptet hatte, beseitigt. Wir sprachen von Säuren und Pulvern, von der Kunst des »Gelben und Weißen«, wie man in Kathai die Alchemie nannte. Vor allem aber versuchte ich, Sinans Hoffnungen auf das, was er von mir bekommen konnte, möglichst hochzuschrauben.

Ich wollte ihm einen Vorwand liefern, mich unbedingt am Leben zu erhalten.

Sehr rasch entdeckte ich, daß ich mehr wußte als er, denn er war das Opfer seiner eigenen Isolierung und wußte daher nur sehr wenig darüber, was seit Dschabir-ibn-Hajjam, den Franken als Geber bekannt, in der Alchemie geschehen war.

Er besaß die kompletteste Bibliothek von Dschabirs Werken; so etwas hatte ich sonst noch nirgendwo gesehen.

Dschabirs Methoden waren gut gewesen; sein Wissen über alchemistische Beziehungen und Verbindungen ging weit über das übliche hinaus. Außer seinen Versuchen, Gold zu machen, hatte er die Herstellung von Bronze und Stahl sowie die Verbesserung und Veredelung von Metallen studiert. Er hatte neue Methoden in die Färbungsprozesse eingeführt. Er hatte gewußt, wie man konzentrierte Essigsäure herstellen konnte, indem er Weinessig destilliert hatte. Er hatte den Gebrauch von Mangandioxyd bei der Glasherstellung herausgefunden. Dies alles und noch vieles mehr.

Ich führte Sinan mehrere Experimente vor, von denen er bisher lediglich gehört hatte. Vielleicht wollte er aber auch nur mein Wissen auf die Probe stellen.

Trotz meiner inneren Unruhe machte mir die Arbeit Spaß, und ich freute mich, Sinan kennengelernt zu haben. Ich besaß tiefen Respekt vor Männern mit Wissen und Forschergeist. Ungeduldig bin ich nur gegenüber denjenigen, die nur vegetieren.

Schließlich wurde ich in meine Unterkunft zurückbegleitet.

Jetzt lag ich da und dachte an die Tür.

Zweimal an diesem Tag waren Eunuchen in den Arbeitsraum gekommen, und wo es Eunuchen gab, da waren üblicherweise auch Frauen zu finden.

Und wo war Sundari? Weit, weit weg auf der Straße nach Hind, um in ihrem Land zu heiraten.

Und hier war ich... im Grunde genommen nichts anderes als ein Gefangener.

Feste Schritte auf dem Gang. Schlüssel rasselten.

Ich kam mit einer einzigen flüssigen Bewegung auf die Beine und zog mein Schwert.

Die Tür ging auf, und da stand Mahmud mit zwei Wächtern; es waren nicht die Wachen, an die ich mich erinnerte.

»Du wirst das da nicht brauchen«, sagte Mahmud und zeigte dabei auf mein Schwert. »Aber nimm es ruhig mit, wenn du willst.« Er lächelte auf eine Art, die mir ganz und gar nicht gefiel. »Bringe deine Instrumente mit. Wir haben heute abend einen Akt der Barmherzigkeit zu vollziehen.«

Ich steckte mein Schwert in die Scheide, nahm meine Taschen auf und folgte Mahmud.

Wir gingen schnell und schweigend über den Gang, überquerten den Hof, wo ein paar Tropfen Regen fielen, kamen am Arbeitsraum vorbei, in dem ich den größten Teil des heutigen Tages verbracht hatte, und gingen dann einen Gang hinab zu dieser Tür, von der ich glaubte, daß sie ins versteckte Tal führte.

Ein Schlüssel klapperte. Die Tür schwang weit auf. Dahinter begann ein dunkler Gang, der ziemlich steil nach unten führte. Wir gingen ein paar Minuten. Voran ging ein Wächter mit einer Fackel. Dann blieb er vor einer anderen Tür stehen. Sie schwang auf, und ich ging hinein. Der Raum war hell erleuchtet. Sechs Wachposten mit gezückten Schwertern standen herum.

Hinter mir schlug die Tür mit dumpfem Klang zu. Ein Schlüssel wurde im Schloß herumgedreht.

Ich blickte zurück und sah, daß der Wächter, der uns gefolgt war, jetzt mit gezogenem Schwert vor der geschlossenen Tür stand.

Ein Wachposten zündete noch mehrere Lampen an.

Insgesamt hielten sich jetzt neun Personen in diesem Raum auf.

Das waren zu viele.

Auf einem Tisch in der Mitte des Raumes lag eine Gestalt; sie war mit einem weißen Tuch zugedeckt. Im Raum gab es verschiedene Geräte, sogar fließendes Wasser, das in einen Behälter lief. Dies alles und andere Dinge sagten mir, daß es sich um einen Raum handelte, der für chirurgische Operationen benutzt wurde.

Den wilden Triumph in Mahmuds Augen verstand ich allerdings nicht.

»Heute nacht wirst du die Operation durchführen, für die du hergebracht wurdest. Der Mann dort auf diesem Tisch wird für das Tal gebraucht, aber in seinem derzeitigen Zustand ist er für uns nicht länger von Nutzen. Deine Operation wird ihm das Leben retten.« Jetzt lächelte er. »Nimm dein schärfstes Messer«, sagte er, »und mache aus diesem Mann einen Eunuchen! Kastriere ihn!«

Mit einer raschen Drehung seiner Hand riß er das Laken weg.

Der Mann auf dem Tisch war mein Vater!

Kalt... mir war eiskalt. Meine Augen schauten nicht mehr zu dem Mann auf dem Tisch; ich hätte es nicht ertragen, dem Blick meines Vaters zu begegnen.

Langsam schaute ich mich im Raum um.

Mahmud trat zurück und lächelte triumphierend. Um mich

herum standen acht Männer mit gezückten Schwertern, und zweifellos hatte jeder von ihnen die Absicht, darauf zu achten, daß ich ausführte, was mir befohlen worden war.

Die Zeit schien auf schreckliche Art stillzustehen. In meinem Kopf schien kein Gefühl mehr zu existieren; mein Gehirn mühte sich verzweifelt, irgendeinen Ausweg zu finden, um dieser gräßlichen Situation entrinnen zu können.

Mein Vater war mit vier Stricken am Tisch festgebunden; er mußte schon einige Zeit so gefesselt sein. Selbst wenn er jetzt losgeschnitten werden konnte, würde er von der langen, starren Unbeweglichkeit steif sein.

Mahmud war sichtlich amüsiert.

»Komm! Komm!« Er lächelte mich an. »Du bist Arzt, und du bist gut vorbereitet hergekommen. Falls du jedoch diese Operation nicht vornimmst, wird sie einer der Männer an deiner Stelle durchführen, während du dabei zuschaust. Ich fürchte allerdings, daß er nicht so geschickt wie du sein wird!«

Mein Blick wanderte durch den Raum. Mein Verstand registrierte die Position jedes Mannes. Es war ein großer Raum, aber es gab eine Chance.

Das Feuer unter dem Wasserkessel knisterte prasselnd.

»Ist das Wasser heiß?« fragte ich. »Kocht es?«

Mahmud warf einen Blick in den Kessel.

Jetzt trat ich zum erstenmal an den Tisch heran und schaute meinem Vater in die Augen.

Es waren immer noch diese Augen, die ich von früher her kannte; die Kraft war immer noch vorhanden.

»Seid bereit!« sagte ich sehr leise in bretonischer Sprache.

Auf einem Tisch in der Nähe legte ich die Messer bereit, die für den geforderten Eingriff benötigt wurden. Meine Hände waren schweißfeucht, aber jetzt arbeitete mein Verstand mit eiskalter Klarheit. Vielleicht würden wir beide hier sterben müssen, aber noch gab es eine Chance, eine ganz kleine Chance.

Ich nahm mehrere getrocknete Kräuter aus meinen Beuteln und legte alles auf den Tisch.

Einmal warf ich einen Blick auf den Kessel, der jetzt auf dem Tisch stand. Es würde genügend Wasser geben.

Ich nahm ein Skalpell und trat an den Tisch heran, auf dem mein Vater lag. Mit dem rasiermesserscharfen Skalpell zerschnitt ich die Schnur in der Nähe seiner Handgelenke; diese Bewegung verbarg ich unter meinem Umhang.

Ein Wachposten trat näher heran.

Mahmud ging um den Tisch herum und wollte sehen, was ich machte; seine Augen funkelten vor hitzigem Eifer.

Andere Wächter kamen ebenfalls näher.

In diesem Augenblick hakte ich eine Fußspitze hinter das Bein des Tisches, auf dem der Wasserkessel stand. Ich zog den Fuß mit einem heftigen Ruck zurück und legte mein ganzes Körpergewicht in diese Bewegung.

Tisch und Kessel kippten um. Kochendes Wasser wurde über die Beine der am nächsten stehenden drei Wächter geschüttet. Sie schrien vor Schmerz laut auf und sprangen zurück. Einer von ihnen stürzte zu Boden und brachte damit die anderen in Verwirrung.

Ich drehte mich rasch um und zerschnitt eine weitere Schnur, die meinen Vater gefesselt hielt. Dann drückte ich ihm das Skalpell in die Hand und zog mein Schwert.

Der erste Wächter kam zu schnell und stoppte seinen Ansturm zu spät.

Meine Schwertspitze drang ihm in den Hals, und ich drehte die Klinge blitzschnell herum.

Der Mann taumelte zurück; seine Brust wurde von Blut überströmt.

Dann wurde die Außentür geöffnet, und ein Dutzend Männer stürzte in den Raum.

Im nächsten Moment kam es zu einem wilden Kampf. Mahmuds Leute drehten sich um und gingen gegen die Männer vor, die offenbar Sinans Gefolgsleute waren.

Ich schnappte mir meine Tasche und rannte meinem Vater nach, der sich bereits bei der unbewachten Tür befand. Er stolperte unbeholfen auf den noch etwas tauben Beinen, aber er zeigte mit der Spitze eines Schwertes, das er einem gestürzten Wächter abgenommen hatte, nach vorn. Wir hasteten über den langen Gang und drangen immer tiefer in den Berg ein.

Dann blieb mein Vater plötzlich stehen und lauschte.

Wir hörten keinen Laut.

Da setzten wir unseren Weg noch zehn, zwölf Schritte fort und gingen langsam, um wieder zu Atem zu kommen, den wir für das, was vor uns lag, brauchen würden.

»Ich habe auf dich gewartet«, sagte mein Vater ruhig. »Al-Zawila hat mich tagelang damit gequält, was er nach deiner Ankunft mit mir machen würde.«

»Hat er dir von Mutter erzählt?«

»Glaubst du etwa, daß er sich das entgehen ließ? Der Mann ist ein Teufel, Mat.«

Mat! So war ich jahrelang nicht mehr genannt worden. Es tat gut, es wieder einmal zu hören. Was auch immer noch vor uns liegen mochte, wir hatten diesen Moment; wir waren wieder beisammen.

»Sie war eine gute Frau, deine Mutter. Besser, als ich es verdient hatte. In mir war viel Wildheit, und deine Mutter wußte es auch, als wir heirateten, aber sie hat niemals versucht, mich zurückzuhalten. Das hat sie erst vor meiner letzten Reise getan. Sie hat mich davor gewarnt. Ich sollte nicht noch einmal auf See gehen. Sie hatte die Gabe. Hast du sie auch?«

»Ich denke schon, aber es ist weniger eine Gabe als vielmehr eine Methode. Ich habe niemals versucht, sie zu benutzen, aber manchmal kommt sie zum richtigen Zeitpunkt ohne Warnung.«

»In diesem Sinne war ich keiner von euch, durch Heirat, und das zählte bei den Alten nun mal nicht.«

Wir gingen zusammen weiter, zwei starke Männer, jeder mit einer Klinge, Vater und Sohn. Jetzt gehörte die Welt mir, denn mein Vater war bei mir.

»Du hast mich gut unterrichtet«, sagte ich. »Das haben die letzten Jahre bewiesen.«

»Ich habe es versucht.«

Wir hörten sie hinter uns kommen.

»Nur noch ein kleines Stück weiter!« sagte mein Vater, und wir rannten wieder los.

»Kennst du das Tal?« fragte ich.

»Ja. Ich mußte als Sklave dort arbeiten. An den Rohrleitungen. Sie sind ein wahres Wunder, das muß ich schon sagen. Niemand kennt sie heute genau, vielleicht mit Ausnahme von Sinan, und auch er wohl nur von Karten her.«

Der Gang teilte sich in drei Fortsetzungen.

Mein Vater zeigte voraus.

»Dort liegt der Eingang, aber nicht einmal der Teufel selbst könnte ihn bezwingen. Glücklicherweise gibt es noch einen anderen Weg.«

Wir nahmen die linke Abzweigung und rannten weiter.

Die harte Arbeit, die mein Vater hatte verrichten müssen, hatte ihn in guter Verfassung gehalten. Er war immer enorm stark gewesen und auch schwerer als ich; nicht breiter in den Schultern, aber massiger an Brust und Oberschenkeln.

»Wer hat deine Mutter getötet?« fragte er mich.

»Das war Tournemine, nachdem er gehört hatte, daß du angeblich getötet worden warst.«

»Ah... nun gut, wir werden zurückgehen, Mat. Das müssen wir unbedingt tun, du und ich.«

»Es ist bereits getan.« Ich erzählte ihm davon, während wir weitergingen. Ich berichtete auch, was ich mit dem Leichnam getan hatte, den ich mit all seiner Schlechtigkeit in den schwefligen Sumpf von Elez geworfen hatte.

Mein Vater sah mich kurz an.

»Das war eine großartige Sache!« sagte er anerkennend. »Ich wäre bestimmt nicht auf diese Idee gekommen!«

Der Gang wurde schmaler. Wir hörten leises Wasserrauschen. Der Gang wurde zu einer Brücke. Darunter strömte sehr schnell und dunkel Wasser dahin. Unsere Fackeln waren heruntergebrannt. Mein Vater führte mich zu einem kleinen Haufen Fackeln. Während wir sie anzündeten, sah er mich an.

»Kannst du es an einem sehr engen Ort aushalten? Dies hier ist das Aquädukt, das Wasser ins Tal bringt.«

Das Wasser war hüfthoch. Wir ließen uns hineingleiten, und als wir im Tunnel waren, machten wir unsere Fackeln aus. Mein Vater übernahm die Führung. Wir gingen weiter. Es wurde ein langer Weg in abgrundtiefer Dunkelheit; es gab keinen einzigen Lichtstrahl. Plötzlich hatten wir den Tunnel hinter uns. Wir hörten, wie das Wasser vor uns herabfiel.

Mein Vater drehte sich plötzlich um, packte den oberen Rand der Mauer, zog sich hinauf und schwang sich darüber.

Ich folgte ihm.

Regen fiel sachte ins Tal der *Assassinen*. Wir konnten es spüren und hörten das leise Plätschern auf dem Laub. In der Ferne blitzte es. Wir lehnten uns an die Außenmauer des künstlichen Wasserlaufes und zitterten vor Kälte.

»Wird man nicht hierherkommen?« fragte ich.

»Ja, früher oder später. Aber bei Nacht sind die Gärten leer. Komm, ich kenne einen Ort.«

Auf einem Felsvorsprung in einer Ecke des Gartens warteten wir. Bis Tagesanbruch konnte es nicht mehr weit sein.

»Hier haben wir Material gespeichert«, erklärte mein Vater. »Dies sind Teile von Leitungsrohren für neue Brunnen oder für Reparaturen.« Wir hockten Schulter an Schulter da, beide in meinen Umhang gehüllt.

Ich kam nur ganz langsam auf den Gedanken, und er nahm erst bestimmte Formen an, als es Tag wurde.

Da stand ich auf und schaute mich um.

Die meisten Rohrabschnitte waren zu groß und bestanden aus gebranntem Ton. Die kleineren Rohre waren aus Blei.

Solche Rohrleitungen waren alles andere als neu. In den Häusern der Reichen von Arabien sowie in Rom waren solche benutzt worden.

Ich suchte mir ein paar kurze Rohrstücke heraus, die offenbar bei Bauarbeiten übriggeblieben waren.

Dann begann ich damit, Holzpflöcke zu schnitzen, die in jedes Ende solcher Rohrstücke paßten. Dann stopfte ich sie mit dem vorbereiteten Staub aus meinen Satteltaschen.

»Nanu? Was machst du denn da?« Mein Vater war neugierig. »Ist das Kohle?«

»Einiges davon.« Ich beendete meine Arbeit, indem ich jeden noch freien Raum in den Rohrstücken mit herumliegendem Material, Bruchstücken von Blei, Kieselsteinen und krummen, weggeworfenen Nägeln ausstopfte. An jedem Rohr befestigte ich ein Stück Schnur, das ich in geschmolzenem Fett gewälzt hatte; dieses Fett hatte ich von dem Fleisch abgeschnitten, das mir serviert worden war, aufgespart und für den vorgesehenen Zweck sorgfältig gehortet. Diese Schnüre wälzte ich dann noch im Staub, den ich in die kurzen Rohrstücke gestopft hatte. So hatte ich schließlich drei vorbereitete Rohrstücke.

»Was planst du?« fragte mein Vater, der jede meiner Bewegungen aufmerksam beobachtet hatte. »Du scheinst genau zu wissen, was du tust.«

»Eine vergebliche Hoffnung. Ich habe es aus einem alten Buch gelernt. Man hat es in China erfolgreich benutzt.«

»Das sind unheimlich kluge Leute. Ich habe Männer aus Kathai gekannt.«

Merkwürdigerweise fanden wir keinen Gesprächsstoff. Zwischen uns herrschte seltsame Zurückhaltung. Warum ist es eigentlich leichter, sich mit einem Fremden als mit einem Familienangehörigen zu unterhalten?

Mein Vater schlief ein, aber ich nicht. Bald würde man nach uns suchen.

Und heute nacht würde Khatib, falls er noch am Leben und frei war, zu der Wiese am Shah-Fluß kommen. Bis dahin mußten wir dort angelangt sein, um uns mit ihm zu treffen.

Der neue Tag brach mit wolkenverhangenem Himmel an. Die Gipfel waren im wattegrauen Gewölk nicht mehr zu sehen. Heute sangen keine Vögel im Tal der *Assassinen*.

Wie lange würde es wohl dauern, bis man uns fand?

Mein Vater schlief; seine kräftigen Muskeln waren entspannt. An beiden Schultern waren Brandnarben zu sehen, als hätte man ihn dort mit glühenden Eisen berührt. Zweifellos das Werk von Mahmud.

Mahmud? Wo war *er*? Er dürfte im wilden Kampfgetümmel geflohen sein. War er Alamut entronnen? Oder führte er jetzt dort das Kommando? Das mußten Sinans Männer gewesen sein, die Mahmuds Leute angegriffen hatten.

Dumpfes Donnergrollen war zu vernehmen und warnte uns, daß das Gewitter noch nicht vorbei war.

Die Bäume im Garten wirkten im Zwielicht merkwürdig grün.

Ich spähte um die aufgeschichteten Rohre und Baumaterialien herum, die uns abschirmten, und konnte von der Stelle aus, wo wir lagen, Granatapfel- und Walnußbäume sehen. Springbrunnen plätscherten. Flossen aus einigen von ihnen tatsächlich Milch und Wein?

Das Tal war länger, als ich erwartet hatte; es lag sehr geschickt und kunstvoll verborgen in den Bergen. Da ich allerhand von Gebirgen verstand, begriff ich, daß es unmöglich war, von oben in dieses Tal zu schauen, denn die Wände waren derartig gewölbt, daß jeder, der versuchte hinabzuklettern, unweigerlich abstürzen würde. Ein Beobachter konnte nur über diese Kluft hinweg-, aber nicht in sie hineinschauen.

Ich schlüpfte aus unserem Versteck und sammelte Birnen von einigen Bäumen in der Nähe; es waren keine harten Wildbirnen, sondern große, saftige Früchte, manche so groß wie meine beiden Fäuste zusammen.

Doch nach allem, was ich sehen konnte, mußte ich schließen, daß wir in einer Falle saßen. Ich entdeckte keinen Ausweg, es sei denn, zurück durch die Festung Alamut.

55

Es wurde ein trüber, deprimierender Tag. Oft hatte ich mir das Tal der *Assassinen* vorgestellt, und stets hatte ich es in strahlendem Sonnenschein vor mir liegen sehen, gesprenkelt vom Schatten der Bäume.

Hinter dem Dach eines Pavillons sah ich einen Palast, weiß und reizend selbst bei diesem düsteren Wetter.

Ich aß eine Birne und überdachte die Situation, die keinen günstigen Ausweg zu bieten schien.

Eine Rückkehr durch die Festung war heller Wahnsinn, aber ich sah keine Alternative.

Der Regen verhinderte jeden Aufenthalt im Freien, und in dieser Ecke des Gartens, wo ein neuer Palast erbaut werden sollte, würde sich kaum jemand ins naßkalte Wetter hinauswagen. Wie lange würde es dauern, bis man entdeckte, daß wir durch das Aquädukt entkommen waren?

Es war eine höchst unwahrscheinliche Route, und ich vermutete, daß mein Vater sich allerhand Mühe gegeben hatte, diesen Weg zu erforschen. Es war sogar möglich, daß die gegenwärtigen Herrscher der Burg nichts von diesem Aquädukt wußten; er war zweifellos schon ein paar hundert Jahre alt.

Irgendwie mußten wir noch vor Ende des Tages unsere Flucht planen und bei Anbruch der Dunkelheit bereit sein, diesen Plan dann in die Tat umzusetzen. Bis dahin aber durften wir unter keinen Umständen hier gefunden werden. Meinen mit dem präparierten Staub gefüllten Rohrstücken war nicht zu trauen. Ich kannte sie nur vom Studium her, nicht aber aus Erfahrung.

Aufmerksam musterte ich den Teil des Gebirges, der zu sehen war. Ich hielt es für unmöglich, hinauszuklettern. Außerdem hatte ich wirklich keine Lust, die Art meiner Flucht aus der Burg in Spanien noch einmal zu wiederholen. Das konnte ich auch meinem Vater nicht zumuten.

Einmal hörte ich Gelächter. Das fröhliche Lachen einer jungen Frau oder eines Mädchens. Dann hörte ich Musik. Zweifellos drangen diese Geräusche aus irgendeinem Fenster. Niemand hielt sich bei diesem Wetter draußen auf.

Ich schauerte zusammen, denn wir hatten kein Feuer gemacht, um uns nicht durch den Rauch zu verraten. Ich wartete.

Mein Vater schlief; zweifellos brauchte er den Schlaf. Erst gegen Mittag schlug er die Augen auf und war sofort hellwach.

Flüsternd erklärte ich ihm unsere Situation.

Anschließend begann er mich zu informieren. Er hatte nur im Tal unter der Peitsche eines Aufsehers gearbeitet, aber die Lage der verschiedenen Gebäude ausfindig gemacht.

»Unter dem Berg gibt es noch einen Tunnel, der Stufen unter Wasser hat, aber bei diesem Regen dürfte dort eine ziemliche Strömung herrschen. Ich habe auch keine Ahnung, wo dieser unterirdische Tunnel wieder ins Freie mündet.«

Während er eine Birne und die restlichen *chapaties* sowie das übriggebliebene Fleisch verzehrte, studierte ich die Lage.

Angenommen, ich wäre Hasan Ibn-al-Sabbah? Angenommen, ich hätte als erster *Assassine* die Festung Alamut übernommen? Die Festung war um das Jahr 830 unserer Zeitrechnung erbaut worden. Man hatte also sicher für einen Fluchtweg gesorgt. Wer sich in einer Festung einschließt, muß auch mit der Möglichkeit rechnen, belagert zu werden. Was dann? Die offensichtliche Antwort auf diese Frage konnte nur lauten: Es mußte einen geheimen Fluchtweg geben! Mit Geheimgängen war ich einigermaßen vertraut.

Ein solcher Fluchtweg mußte leicht zugänglich sein. Also war mehr als nur ein Zugang erforderlich. Der Fluchtweg konnte ja von anderen Teilen der Burg abgeschnitten werden. Also mußte es auch einen Fluchtweg aus dem Tal der *Assassinen* geben.

Hier gab es das gleiche Problem wie in der Burg von Othaman vor so langer Zeit. Ein Geheimgang mußte an einer Stelle ins Freie führen, wo man ungesehen auftauchen konnte.

Wo war Mahmud? Diesen Mann fürchtete ich. Ein Schwächling kann furchtbar sein, wenn er stark erscheinen möchte. Mahmud war ein solcher Mann, rachsüchtig und niemals zu Vergebung bereit. Er würde selbst im Sterben noch wild um sich schlagen, um bis zum letzten Atemzug alles zu verletzen, was er irgendwie erreichen konnte.

Mein Vater zeigte auf die gefüllten Rohrstücke.

»Das hast du aus einem Buch gelernt?« fragte er. »Dann kannst du also gut lesen?«

»Latein«, sagte ich. »Griechisch, Arabisch, Persisch und ein bißchen Sanskrit. In fränkischer Sprache kann ich nichts lesen, aber mir ist auch nicht bekannt, daß schon jemals etwas in dieser Sprache geschrieben worden ist.«

»Du bist Arzt, wie man sagt?«

»Ich habe es gelernt und auch schon ein wenig praktiziert, aber nicht als Beruf. Alles Wissen ist irgendwie miteinander verwandt, und ich habe gelernt, soviel ich konnte. Viel über Meere und Sterne, viel über Geschichte und über die Struktur von Land, desgleichen ein wenig über Alchemie.«

»Dann bist du ja sehr beschäftigt gewesen«, meinte er trocken.

Von draußen waren leichte Schritte zu hören. Ein Mädchen oder eine Frau, in einen Burnus gehüllt, kam über einen Pfad unter den Bäumen. Als sie ziemlich dicht an uns herangekommen war, warf sie die Kapuze zurück und hielt das Gesicht dem Regen entgegen. So stand sie einen Moment da, blond wie einige unserer Frankenmädchen, reizend wie eine Blume.

Wir brauchten Hilfe, und da war Hilfe. Ich hatte gelernt, auf die Großmut von Frauen zu vertrauen, vor allem jüngeren Frauen, denn sie waren weniger berechnend und dafür romantischer veranlagt. Jedes Mädchen, das sein Gesicht dem Regen entgegenhielt, war eine Romantikerin, selbst wenn sie sich im Tal der *Assassinen* aufhielt.

Wir waren allein und unbeobachtet.

»Ein gutes Gefühl, nicht wahr?« sagte ich leise.

Sie drehte sich nach mir um.

»An sich müßte *ich* jetzt Angst haben«, sagte ich. »Ich verstecke mich nämlich vor ihnen.«

»Ihr versteckt Euch vor Shama?«

»Wer ist Shama?«

»Ihr kennt Shama nicht? Er ist der Obereunuche. Er hat mich hierhergebracht.«

»Wir verstecken uns vor allen.« Nachdem ich ihr bis hierher getraut hatte, mußte ich ihr jetzt ganz vertrauen. »Mein Vater ist ein Sklave gewesen. Ich helfe ihm bei der Flucht und versuche, selbst zu entkommen.«

»Ich wünschte, Ihr würdet mir helfen! Auch ich möchte entkommen!«

»Wir können uns gegenseitig helfen.« Ich zog sie unter den Rand der Bäume. »Wir müssen einen Ausweg finden. Aber nicht den Weg durch die Festung.«

»Der Gärtner bringt Laub zum Verbrennen hinter die Mauer. Es ist ein sehr kleines, aber sehr starkes Tor, gut versteckt in einer Ecke der Mauer.«

»Könnt Ihr uns dorthin bringen? Nach Sonnenuntergang?«

»Man erlaubt uns nicht, nach Sonnenuntergang in den Garten zu gehen. Shama persönlich schließt alle Türen ab. Um diese Zeit gehen die Gärtner an die Arbeit. Der Obergärtner bringt Laub und dürrres Gras nach draußen.«

»Ist er allein?«

»Zwei Wächter sind bei ihm. Es sind riesige Männer, genau wie er, und alle drei sind sehr grausam. Jedermann warnt mich, mich ihnen zu nähern. Sie haben schon einmal ein Mädchen und mehrere Sklaven getötet, die zu dicht an dieses Tor herangekommen sind.«

Dieses Tor war also offenbar sehr wichtig. Warum hatte ich nicht an das Offensichtliche gedacht... daß es in einem Garten Abfälle gibt, die beseitigt werden müssen?

»Der Eunuche hat den Schlüssel?«

»Den einzigen. Es ist ein sehr starkes Schloß in einer sehr dicken Tür.«

»Gut. Laßt Euch heute abend nicht einschließen. Nähert Euch dem Tor, so weit Ihr könnt. Wartet dort.«

»Man wird Euch töten!« Ihre großen, blauen Augen sahen mir forschend ins Gesicht. Sie war noch sehr jung. Viel zu jung und zart für einen Ort wie diesen hier.

»Möglicherweise. Wir werden jeden Kampf vermeiden, wenn es möglich ist. Wenn nicht, werden wir eben kämpfen müssen.«

Sie betrachtete meinen Turban.

»Ihr seid ein *khwaja,* ein Mitglied des Gelehrtenstandes? Der Träger eines Turbans?«

»Manchmal bin ich auch Arzt, immer ein Student, aber erst ein Anfänger, soweit es Frauen betrifft. Wollt Ihr mir Unterricht geben?«

Sie errötete und sagte spröde: »Ich bezweifle, daß Ihr noch viel zu lernen habt. Geht also. Wenn ich kann, werde ich mich mit Euch treffen.«

In unserer provisorischen Unterkunft erklärte ich meinem Vater kurz die Situation.

Er sah mich mit ironischer Belustigung an.

»Wie ich sehe, hast du deine Lektionen nicht vernachlässigt. Ich nehme an, daß sie mit uns gehen wird, falls wir von hier fort können.«

»Mein Vater hat mich gelehrt, aus jeder Situation irgendeinen Profit zu schlagen«, sagte ich. »Und sie ist ja wirklich reizend!«

Der Tag schlich wie auf bleiernen Füßen dahin. Es gab keine Schatten, aus denen man auf die Zeit hätte schließen können. Wir froren und schauerten immer wieder heftig zusammen. Doch noch kälter wurde uns, als sechs Soldaten vorbeikamen; sie hielten Schwerter in den Händen und sahen sich überall suchend um.

Manchmal wird das Offensichtliche leicht übersehen, und so untersuchten sie unseren Unterschlupf glücklicherweise nicht.

Der Regen half. Ein Soldat ist immer ein Soldat und hat den Wunsch, ins warme Quartier und zu den Spielen zurückzukehren, die er vorübergehend hat verlassen müssen, um nach Männern zu suchen, die man sowieso nicht zu finden erwartet.

Doch der erste Soldat konnte von Glück sagen. Hätte er sich gebückt, um hinter die aufgeschichteten Rohre zu sehen, hätte er mein Schwert in den Hals bekommen. Aber er war wohl gar nicht auf den Gedanken gekommen, daß es hinter diesem Stapel freien Raum geben könnte.

Es regnete unvermindert weiter. In den hohlen Schluchten hallte grollend und rumpelnd der Donner wider, als wäre er über irgend etwas verärgert, was nur Allah wußte.

»Drei Männer am Tor?« fragte mein Vater. »Drei Männer. Hm, ich werde zwei von ihnen übernehmen.«

»Zwei? Ich wußte bisher gar nicht, daß du ein so gieriger Mann bist. Einem heranwachsenden Jungen könntest du wenigstens den besten Teil überlassen! Zwei Männer für mich, sage ich!«

»Du bist ein Gelehrter, ich bin der Krieger«, antwortete mein Vater trocken. »Jeder nach seinem Beruf.«

»Du hast noch viel über den Welpen zu lernen, den du gezeugt hast«, sagte ich. »Ich hatte nämlich wesentlich mehr damit zu tun, Wunden auszuteilen, als sie zu heilen. Kümmere du dich um deinen Mann und ich um meinen, dann werden wir ja sehen, wer von uns beiden der bessere Mann ist!«

Er sah mich ruhig mit hartem, aber sichtlich amüsiertem Blick an. Dann streckte er sich auf dem Boden aus und schlief.

Ich bewunderte seine Haltung, denn ein guter Kämpfer ißt, wenn es etwas zu essen gibt, und er schläft, wenn Zeit dafür ist, denn er kann ja nie wissen, wann wieder Gelegenheit dafür sein wird.

»Sie ist ein schönes Mädchen«, sagte ich, als mein Vater die Augen zumachte.

»Du kannst zu einer solchen Zeit an Frauen denken?«

»Man kann jederzeit an Frauen denken«, sagte ich. »Und wenn eine Klinge mein Leben beendet, werde ich an Frauen denken ... oder an eine Frau. Wenn nicht, ist der Tod zu spät gekommen.«

Die Wolken wurden dichter und schwerer und immer dunkler.

Donner schlug die Trommeln, als wollte er vor einem bevorstehenden Angriff warnen.

Ich hatte das Gefühl, daß es eine schlimme Nacht werden würde; schlimmer als irgendeine Nacht, die ich jemals erlebt hatte.

Doch ich wischte die Feuchtigkeit von meiner Klinge und betrachtete wieder einmal die golden eingravierte Inschrift, die da besagte: *Töter von Feinden!*

»Werde heute nacht deinem Namen gerecht!« sagte ich. »Oder ich werde keine Feinde und damit auch keine Verwendung mehr für dich haben!«

Nachdem ich dies gesagt hatte, zog ich meinen Umhang über die Ohren und schlief.

56

Die Hand meines Vaters berührte meine Schulter.

Ich schlug die Augen auf und schloß gleichzeitig meine Hand um den Griff meines Schwertes.

»Es wird Zeit«, sagte mein Vater. »Das Unwetter nimmt zu.«

Ich erhob mich von meinem Platz, strich meinen Umhang glatt und raffte ihn um mich zusammen.

»Es gab einmal eine Zeit, da warfen wir bei einem Angriff auf eine Küstenstadt unsere Schwertscheiden weg und schworen, unsere Klingen nur nach einem Sieg wieder in die Scheide zu stecken.«

»Ein nobler Ausspruch«, sagte ich. »Betrachte also meine Scheide als weggeworfen. Da sie mit Edelsteinen besetzt ist, möchte ich sie aber lieber behalten. Wer weiß, wann ein Rubin einmal gebraucht wird?«

Wir gingen Schulter an Schulter und hielten die gezückten Schwerter in den Händen.

Wenn jemand seine Freiheit verloren hat, ist es immer ein langer Weg zurück.

Im tieferen Schatten eines Baumes hielten wir an und schauten nach den Fackeln, die im Regen zischten und flackerten.

Dort stand ein riesiger Mann, gut und gerne so breit wie wir beide zusammen.

»Man braucht ein langes Schwert, um dieses Schiff zu versenken!« flüsterte mein Vater. »Überlaß mir diesen Mann!«

»Du hast zu großen Appetit«, erwiderte ich genauso leise. »Aber nimm ihn, wenn du ihn zuerst erreichen kannst!«

Der ungeschlachte Mann schritt hin und her und gab seinem Mißvergnügen durch knurrende Laute Ausdruck. Er machte den Eindruck eines brutalen Kerls. Ich hatte noch nie einen Mann gesehen, bei dem es mir mehr Freude bereitet hätte, ihn bluten zu sehen.

»Faulpelze!« schrie er. »Laß einen Sklaven hungern, dann schläft er! Füttere ihn, und er treibt's mit Weibern!«

Sie kamen und trugen Körbe auf den Köpfen. Alle bewegten sich in einer Reihe hintereinander auf das Tor zu.

Da ich keine Wächter sah, vermutete ich, daß sie draußen waren, denn auch dort brannten Fackeln.

Da war eine flüchtige Bewegung im Schatten in der Nähe des Gebäudes. Es war das Mädchen, dessen Rat uns zu dieser Chance verholfen hatte.

Aber der große Eunuch sah diese Bewegung ebenfalls.

»He... du da!« brüllte er. »Los, komm raus da! Allah, der Heilige, der Mitleidige... was haben wir denn hier?«

Ein Wachposten trat durch das Tor.

»Gib sie uns. Dir würde sie ja doch nichts nutzen, Laban.«

»Sprich für dich selber, Soldat! Und suche dir gefälligst selber deine Weiber! In meinem Fall wurde die Operation noch nicht vollzogen, und deshalb werde ich...«

Ich trat ins Freie hinaus und sagte: »Dann werde ich die Operation jetzt vollziehen, du Fettwanst! Ich werde deinen Bauch aufschlitzen, damit es hineinregnen kann!«

Mein Vater sprang an mir vorbei.

Der große Eunuche schrie gellend auf, als er den Stahl zu spüren bekam.

Ich schlug die Klinge des Soldaten beiseite und stieß zu, aber zu schnell! Er erwischte mich gerade noch mit seiner Schwertspitze und fügte mir eine blutende Verletzung zu. Doch ich holte mit meiner Klinge nach hinten aus und trennte ihm den Arm halb vom Rumpf. Der Soldat torkelte zurück.

Die Sklaven sahen ihre Chance, ließen ihre Lasten fallen und stürmten das Tor.

Der Soldat, den ich verletzt hatte, ging trotzdem noch einmal zum Angriff auf mich über. Aber diesmal stieß ich ihm die Spitze meines Schwertes in die Brust.

Mein Vater war bereits am Tor.

»Zu langsam!« schrie er. »Komm, laß dir dies eine Lehre sein!«

Doch in dem Moment, als er das Tor passieren wollte, schlug es der große Wachposten zu. Das Schloß schnappte ein.

Von weit her war ein Schrei zu hören. Dann hörte man Männer angerannt kommen.

Der Schlüssel war weg.

Damit waren unsere Chancen dahin, es sei denn...

»Zurück!« befahl ich und rammte eines meiner Rohrstücke hinter den Handgriff des Tores und dicht an der Haspe, die den Bolzen hielt. Ein weiteres Rohrstück hängte ich an ein Scharnier. Dann zündete ich beide Lunten an.

»Zurück!« schrie ich noch einmal. »Tretet zurück!«

»Was ist denn?« fragte mein Vater und packte mich am Arm. »Was machst du denn da?«

»Die Chinesen nennen es *hupo yao*, das chemische Feuer«, sagte ich.

Die Schritte der rennenden Männer kamen immer näher.

Draußen pochte und hämmerte ein Wachposten an das Tor.

Die Flämmchen an den Lunten fraßen sich zischend an den Schnüren entlang. Mein Herz pochte.

War es zu naß?

Hatte sich das Buch geirrt?

Halb verängstigt von den Gewalten, die ich vielleicht freisetzte, trat ich hastig einige Schritte zurück und zerrte meinen Vater und das Mädchen mit.

Stimmte, was ich vor so langer Zeit in Cordoba gelesen hatte? Waren Donner, Blitz und Zerstörung in diesem Staub versteckt?

Bewaffnete Männer rannten auf uns zu. Das Licht der Fackeln spiegelte sich in den gezückten Schwertern. Jetzt kamen die Männer schon durch den Garten ... sie waren zwischen den Bäumen ...

Da wurde die Nacht von donnerartigem Getöse zerrissen. Eine ungeheure Flamme schoß empor; eine andere folgte unmittelbar. Irgend etwas zischte an meinem Kopf vorbei. Wir alle wurden von wallendem, erstickendem Rauch eingehüllt.

Die Männer hinter uns stoppten ihren Lauf und staunten über den krachenden Donner, über den Qualm und über die enormen Lichtblitze.

Durch den Rauch konnten wir das zertrümmerte Tor sehen; es hing nur noch in Bruchstücken am unteren Scharnier.

Mein Vater war als erster durch die Öffnung, und wir anderen waren dicht hinter ihm.

Dem Außenposten waren der Kopf und ein Arm von der Schulter weggerissen worden.

Soviel konnte ich gerade noch sehen, während wir Hals über Kopf davonrannten. Wir flohen in großen Sprüngen die sturmgepeitschten Felsen am Berghang hinab. Als wäre das Gewitter neidisch auf unsere Donnerschläge, brach es jetzt mit ungeheurer Wucht los.

Grelle Blitze zuckten wie Flammenlanzen über den Berghang. Der dunkle Vorhang des Himmels wurde zerfetzt; feurige Schlangen schienen sich dort oben zu winden, und sie rasten mit unglaublicher Geschwindigkeit über die kahlen Berggipfel.

Wir rannten laut schreiend in die Nacht hinaus, verrückt vor Freude, wieder frei zu sein. Und überall um uns herum und voraus rannten die befreiten Sklaven.

Wir stürzten hin, rappelten uns wieder auf und hetzten weiter, immer noch von einem Wahnwitz beseelt, der einfach nicht nachlassen wollte.

Die Wiese befand sich direkt unterhalb von uns und – Allah sei Dank! – Khatib kam aus dem Schatten geritten.

Hoch über uns ragten die massiven Mauern der Festung Alamut zum Himmel.

Und dann, ganz plötzlich, tauchten wie aus dem Boden heraus mehr als ein Dutzend Soldaten auf.

Mein Vater, durch die wiedergewonnene Freiheit, das Unwetter und das Schwert in seiner Hand zum Berserker geworden, sprang ihnen entgegen und trennte dem ersten mit einem einzigen Streich den Kopf von den Schultern.

Danach fielen die Sklaven über sie her. Einer sprang auf die Schultern eines Soldaten und versuchte, ihm mit langen, gekrümmten Fingern die Augen auszukratzen.

Ich sah nur blitzende Klingen, die im grellen Licht der Blitze unheimlich funkelten. Donner rollte wie massive Trommelschläge gegen die Mauern von Alamut.

Mein Hemd unter dem Panzerhemd war blutdurchtränkt; aus meiner Halsverletzung rieselte ständig Blut.

Ich hielt das Schwert in einer Hand, mit der anderen das Mädchen.

Wir stürmten weiter.

Und dann waren die Pferde da.

Khatib schrie uns etwas zu.

Wir sprangen in die Sättel; mein Vater auf den Hengst, ich auf die Stute Ayesha. Das Mädchen sprang auf den nackten Rücken einer anderen Stute.

Wir ritten wie auf der Flucht vor dem Gewitter davon und folgten Khatib, der die Führung übernommen hatte.

Der Hammer des Gewitters dröhnte auf den Amboß des Berges. Regen peitschte unsere Gesichter und trommelte auf unsere Rücken.

Wir ritten kreuz und quer über die Wiese und wichen Soldaten aus, die uns aufzuhalten versuchten. Sklaven trieben uns mit lauten Schreien und begeisterten Zurufen an.

Dann waren wir in einer Schlucht auf einem schmalen Felsband, das sich nur wie durch Phantasie an den Berg klammerte. Wir ritten durch einen Wasserfall, der vom Berghang über uns herunterströmte.

Plötzlich, im grellen Aufzucken eines Blitzes, der Thron von Salomon!

Als die Sonne nach dem abgezogenen Unwetter durchbrach, ritten wir an einem kahlen Felshang entlang, dann über einen Weg, den die *djinns* angelegt hatten. Schließlich erreichten wir eine Stadt, wo es eigentlich gar keine Stadt geben durfte.

Khatib lachte leise, als er mein Erstaunen sah.

»Sie wurde als Zuflucht erbaut«, erklärte er. »Noch vor der Zeit von Darius, wahrscheinlich von Daylamiten, vielleicht aber auch ... wer weiß, von *wem*?«

Eine sehr alte Stadt mit einem sehr alten Schrein auf einem Berg, wo Männer schon lange nicht mehr ritten.

Dann zeigte Khatib mit einem knochigen Finger auf Spuren im Erdreich; frische Spuren.

»Nein! Das kann nicht sein!«

Wir ritten durch ein kleines Tal, wir vier, und dann zu einer verfallenen Mauer hinauf. Ein Tor war nicht übriggeblieben, nur ein hohler Torbogen. Daneben standen zwei Türme, aus denen Steine herausgefallen waren.

Unsere Pferde suchten sich vorsichtig einen Weg zwischen Geröll.

Unter einem Himmel, über den Wolkenfetzen wie auseinanderstiebende, aufgescheuchte Schafe flohen, lagen die leeren Straßen, die dachlosen Hallen; die Hufe unserer Pferde verursachten dumpfes, hohl klingendes Echo.

Hinter einem verfallenen Torbogen lag ein Tempel auf einem lohfarbenen Hang; ein einzelner Pfeiler ragte wie ein warnender Finger zum Himmel.

Dann war das Klappern anderer Pferdehufe zu vernehmen.

Wir hielten an.

Wir warteten.

Ein Dutzend Männer, gut beritten... und Mahmud!

Ayesha schritt ihnen wie von selbst entgegen, warf den Kopf hoch und blähte die Nüstern.

»Mahmud!«

Mein herausfordernder Ruf wurde als Echo von den Mauern zurückgeworfen.

»Mahmud! Du und ich... allein... *jetzt*!«

»Ich werde dich töten, Gelehrter! Ich war schon immer der bessere Mann!«

Ayesha schritt weiter auf sie zu; die Stute kannte ihr Geschäft, das tat diese junge Dame wirklich, genauso wie sie es damals getan hatte... an jenem Tag vor langer Zeit... gegen Fürst Juri.

Mahmud ging zum Angriff auf mich über; sein Umhang bauschte sich hinter ihm auf. Er war immer ein guter Mann mit einer scharfe Klinge gewesen.

Ich parierte seinen Schwerthieb.

Doch so leicht wollte er nicht aufgeben, sondern ging erneut auf mich los. Er hob sein Schwert.

Ich tat es ebenfalls, aber ich hielt meine Klinge zu tief.

Mahmud holte zu einem wuchtigen Schlag nach unten aus, und auf der scharfen Schneide seines Schwertes ritt der Tod.

»Ich bin Kerbouchard!« schrie ich und wiederholte damit einen Ruf aus unserer Vergangenheit. »Ein Student und Weintrinker!«

Seine Muskeln schienen diesen Zuruf unwillkürlich aufzufangen, gepackt von Erinnerung und Überraschung.

Meine Klinge kam hoch.

Mahmud schlug mit dem Schwert zu. Aber seinem Schlag fehlte die beabsichtigte Wucht, so daß seine Klinge harmlos von meinem Schwert abglitt.

Mein Stoß ging durch.

Unsere Blicke begegneten sich.

Dann riß sein fallender Körper das Schwert aus meiner Hand. Er schlug mit dem Rücken auf dem Pflaster auf und schaute zu mir empor.

Ich stieg aus dem Sattel und griff nach meinem Schwert.

»Wenn du diese Klinge zurückziehst, werde ich sterben!« sagte Mahmud.

»Ja, Mahmud.«

»Du warst mir immer überlegen. Ich war ein Dummkopf, dich an jenem Tag im Garten von Guadalquivir anzusprechen. *Ein Student und Weintrinker!* Ich habe mich an diese Worte erinnert.«

Er starrte zu mir empor.

»Wie oft habe ich mich daran erinnert!« sagte er. »Und ich habe dich gehaßt!«

Meine Hand verkrampfte sich um den Griff meines Schwertes.

»Zieh es heraus!« knirschte er. »Zieh es heraus... und sei verdammt!«

Ich zog mein Schwert aus seiner Brust heraus.

57

Wir hielten auf einer Landstraße an; auf ihr lag die weißglühende Hand der Sonne. Unsere vier Pferde waren sehr unruhig in dieser Hitze.

Hinter uns, ein paar Meilen entfernt, lag eine weiß leuchtende Stadt auf einer fruchtbaren Ebene. Das war Ekbahana, und wie man sagte, war sie vor langer Zeit die Hauptstadt von Medien gewesen. Im Moment kümmerte mich das überhaupt nicht.

Khatib und ich standen meinem Vater gegenüber; neben ihm war Zubadija. »Dann ist es also hier?« fragte mein Vater. »Trennen sich hier unsere Wege?«

Zwei Wochen waren vergangen, seit Mahmud auf einem Felshang des Throns von Salomon den Tod gefunden hatte. Während dieser beiden Wochen waren wir den Berg hinab nach Ekbahana geritten. Von hier aus würde mein Vater nach Basra am Persischen Golf reiten.

»Und dann?« fragte ich.

»Wieder mein eigenes Schiff und das weite Meer. Männer meinesgleichen.«

»Und hier findest du sie?«

Er verzog das harte, braune Gesicht zu einem Lächeln, so daß die weißen, starken Zähne zu sehen waren.

»Wo es ein Meer gibt, da gibt es auch Korsaren«, sagte er. »Piraten, wenn dir dieser Ausdruck lieber ist.«

Als Mahmud auf dem Berg gestorben war, hatten mein Vater und ich Schulter an Schulter dagestanden, wir Kerbouchards; bereit, auch noch den anderen gegenüberzutreten. Aber sie hatten nicht mehr den Mut gehabt, es mit unserem Stahl aufzunehmen; zu viele waren schon gestorben.

»Mein Weg führt nach Hind«, sagte ich. »Nach Radschastan.«

»Und meiner wieder aufs Meer.« Er sah mich an und hatte Verständnis für das, was ich tun mußte. »Zwei Wochen lang hatte ich einen Sohn.«

»Wir werden uns wiedersehen. Wohin du auch gehen wirst, früher oder später werde ich dich finden.«

Wir teilten die Goldbörsen, die von Mas'ud Khan und Sinan stammten. Ich gab meinem Vater zwei Stuten. Auf einer würde Zubadija nach Basra reiten. Ihre Mutter war eine Tscherkessin gewesen, aber ihre Heimat lag in der Nähe des Golfes.

Wir faßten einander nach römischer Art an den Unterarmen, und einen Moment lang starrte jeder in die Augen des anderen.

»Du hast die Augen deiner Mutter«, sagte mein Vater rauh, doch dann lächelte er. »Aber meine Faust mit einem Schwert!«

»Mein Schicksal liegt dort...« Ich zeigte mit dem Kopf in Richtung Hind. »Verstehst du?«

»Geh!« sagte er. »Das ist nun mal die Art von Söhnen, und es ist auch besser so. Ein Messer wird an einem Stein geschärft, Stahl wird durch Feuer gehärtet, aber Männer müssen von Männern geschärft werden.«

Danach ritten wir davon, und als ich schon ein großes Stück entfernt war, schaute ich noch einmal zurück.

Mein Vater und Zubadija saßen immer noch regungslos im Sattel und sahen uns nach.

Ayesha war ungeduldig, bewegte den Kopf auf und ab und zerrte an der Bißstange. Sie war eben auf immer und ewig die Stute, die nichts mehr liebte als die Straße voraus.

Khatib wartete und blickte nach Osten.

»Sundari...«, flüsterte ich. »Sundari, ich komme! Ich komme...!«

ANHANG

NACHWORT DES AUTORS

Die Geschichtsperiode, mit der sich das vorliegende Buch beschäftigt, hat mich schon immer fasziniert. Das Schreiben des vorliegenden Romans und die damit verbundene Forschungsarbeit haben mir so viel Spaß gemacht, daß ich die Absicht habe, Kerbouchards Lebensgeschichte in noch mindestens zwei weiteren Abenteuern fortzusetzen. In der ersten der beiden Geschichten, die ich in den nächsten paar Jahren zu schreiben gedenke, werden wir Kerbouchard nach Hind (Indien) auf der Suche nach Sundari folgen.

Ortsnamen, Buchtitel, Autoren und sonstige Daten beruhen auf Tatsachen. Die Beschreibungen von Orten und Leuten basieren auf den besten zeitgenössischen und historischen Quellen, aber auch auf eigener Beobachtung. Zum besseren Verständnis habe ich gelegentlich Ortsnamen verwendet, wie sie heutzutage gebräuchlich sind.

Unglücklicherweise werden im Geschichtsunterricht unserer Schulen zwei Drittel der Welt fast völlig ignoriert; er beschränkt sich auf die Gebiete ums Mittelmeer, auf Westeuropa und Nordamerika. Über China, Indien und die moslemische Welt wird so gut wie nichts gesagt, doch deren Beitrag zu unserer Zivilisation war enorm. Diese Länder und Erdteile sind jetzt Mächte, mit denen wir uns heute, aber auch morgen befassen müssen; deshalb wäre es gut für uns, entsprechendes Verständnis für ihre Geschichte und Kultur zu haben.

Eine der besten Einführungen in die Geschichte eines Volkes ist der historische Roman.

WORTERKLÄRUNGEN

ABU-YUSUF YA' CUB:
Trat 1184 die Nachfolge seines Vaters an und herrschte etwa fünfzehn Jahre.

ALAMUT:
Davon sind nur noch Ruinen in einem abgelegenen Winkel des Elbursgebirges im Iran übriggeblieben. Die Festung wurde von den Mongolen unter Hulegu zerstört, der sie unter einem schwachen Herrscher antraf. Nachdem sich die Festung ergeben hatte, wurde sie mit der für Mongolen typischen Gründlichkeit zerstört. Die Einzelheiten dieser Zerstörung schildert Ata-Malik Juvaini in seinem Buch *Geschichte der Welteroberer*. Juvaini war ein Weggenosse von Dschingis Khan und zum Zeitpunkt der Eroberung von Alamut bei Hulegu.

ANDRONICUS
Wurde zwei Jahre nach Manuels Tod Kaiser. Wie von Kerbouchard im vorliegenden Roman vorausgesehen, wandte sich der Pöbel gegen ihn, und Andronicus starb, wie hier geschildert. Kein Monarch in der Geschichte ist auf grauenvollere Art ums Leben gekommen.

ASSASSINEN:
Mitglieder einer Isma' ili-Sekte; jetzt eine bedeutende und ehrbare Sekte mit vielen Mitgliedern in Pakistan; geleitet vom Aga Khan, dem Nachfolger des Alten vom Berge.

BLANDY:
Die Ruine dieser Burg mit ihrer interessanten Krypta und dem Geheimgang ist nur etwa eine Meile von Champeaux entfernt, nicht weit von der Route von Paris nach Fontainebleau.

BRIGNOGAN:
Ein kleiner Küstenort mit weißem Strand und phantastisch geformten Felsen an der Nordküste der Bretagne, nicht weit vom Ende der Halbinsel entfernt.

CHAMPEAUX:
Diese alte, interessante Kirche wurde 550 n. Chr. erbaut.

DRUIDEN:
Die Druiden waren die Priester, Richter, Zauberer und Philosophen der Kelten. Sie bewahrten Geschichte, Ritual, Traditionen und Genealogien ihres Volkes im Gedächtnis und gaben alles an die folgenden Generationen weiter. Die früheste überlieferte Erwähnung stammt von Sotion von Alexandrien, einem Griechen, der etwa um 200 v. Chr. gelebt hat. Ein sehr alter Orden, der höchstwahrscheinlich seine Wurzeln unter den präkeltischen Völkern von Westfrankreich und dem Mittelmeerraum hatte. Sie lehrten die Unsterblichkeit der Seele, die dieser Lehre zufolge auf andere Körper überging. Aber es scheint keinen Zusammenhang mit den Lehren des Pythagoras zu geben. Es gab gewisse Unterschiede in den Druiden-Bräuchen in der Bretagne, in England, Wales und Irland. Es gibt eine gewisse Ähnlichkeit mit den Brahmanen von Indien. Sowohl Julius Cäsar als auch Tacitus bieten Kommentare über die Druiden. Es gibt einen Hinweis auf eine Verbindung zwischen diesen Völkern und der minoischen Kultur auf Kreta.

ERFINDUNG DES SCHIESSPULVERS:
Trotz aller Argumente für Roger Bacon, Schwarz-Berthold und andere wurde Schießpulver in China bereits im Jahre 1000 n. Chr. benutzt. Granaten und Sprengbomben, von Katapulten geschleudert, wurden benutzt. Wahrscheinlich wurde Schießpulver sogar noch früher während der T'ang-Dynastie bei Feuerwerken eingesetzt.

FLACHE WELT:
Die Chinesen, Inder, Araber und Griechen wußten schon lange, daß die Erde nicht flach war. Diese Ansicht vertraten auch viele Leute in Westeuropa. Die Geschichte vom Glauben an eine flache Welt, an die Erde als Scheibe, wurde endlos von denjenigen wiederholt, die der Reise von Kolumbus eine maßlos übertriebene Bedeutung beimessen wollten. Studiert man die Meeresnavigation vorher und nachher, stellt man fest, daß Kolumbus es relativ leicht hatte. Seine Schiffe waren zwar nach unseren heutigen Maßstäben recht klein, aber Ozeane wurden schon vor und nach seiner Zeit von viel kleineren Wasserfahrzeugen überquert.

Während seiner Reisen in früheren Jahren, als er Genua, Lissabon usw. besuchte oder dort sogar residierte, hätte Kolumbus schon blind und taub gewesen sein müssen, um nichts von Atlantikreisen gehört zu haben. Kolumbus und sein Bruder bestritten ihren Lebensunterhalt einige Zeit mit dem Kopieren von Land- und Seekarten.

Die Seereisen im Altertum waren viel ausgedehnter, als man vermutet. Wahrscheinlich gibt es kein Land auf Erden, das nicht schon vor aufgezeichneter Geschichte besucht wurde. Hinweise auf Menschen sind sogar auf abgelegensten Inseln gefunden worden.

Damals wie heute bestand das Geheimnis, eine Entdeckung zu machen, eben darin, sie zur rechten Zeit zu machen und die Aufmerksamkeit der Öffentlichkeit entsprechend darauf zu konzentrieren.

GÄNSE:
Die Entdeckung von Land durch Beobachtung des Vogelflugs ist so alt wie die Menschheit selbst. Die alljährliche Wanderung der Gänse von Irland zu ihren Nistplätzen in Island, Grönland oder Labrador dürfte ein Hinweis auf Land in diesen Richtungen gewesen sein. Von der Westküste Irlands bis nach Island sind es grob gerechnet nur 600 Meilen; zum nächsten Punkt auf Grönland weniger als 200 Meilen und nur etwa 600 Meilen oder weniger bis nach Labrador.

Solche Entfernungen wurden von kleinen Wasserfahrzeugen im Südpazifik oder Indischen Ozean zurückgelegt. Viele Inseln im Südpazifik wurden entdeckt, indem man dem Flug von Vögeln folgte.

IREN IN ISLAND:
In norwegischen Sagen aufgezeichnet. Als die ersten Norweger auf Island ankamen, trafen sie dort bereits auf wartende Priester am Strand. Die Iren hatten schon vor den Wikingern viele Reisen auf westlichen Meeren unternommen.

KELTEN:
Ihr Ursprungsort ist ungewiß. Vielleicht Osteuropa, Südrußland oder sogar Zentralasien. Eine keltische Sprache existierte wahrscheinlich schon im Jahre 1000 v. Chr.

Kelten kämpften als Söldner in den Armeen von Ägypten, Karthago und Griechenland. Eine Beziehung zu den arischen Völkern im nördlichen Indien ist wahrscheinlich. Die Tradition mündlicher Überlieferung war beiden gemeinsam. Es gibt auch rituelle und zeremonielle Ähnlichkeiten.

MANUEL I.
Kaiser des Oströmischen Reiches in Konstantinopel. Zur Zeit des vorliegenden Romans dauerte seine Herrschaft nur noch ein paar Monate. Er starb noch im selben Jahr. Ein Mann von enormer physischer Kraft, ein guter Soldat und ein kompetenter Herrscher. Er führte Kriege, die aber nur vergebliche Mühe waren und nichts dazu beitrugen, seine Position zu festigen.

MEN MARZ:
Der Wunderstein, wahrscheinlich in neolithischer Zeit errichtet. Etwa siebeneinhalb Meter hoch. Ein paar tausend Jahre lang ein Gegenstand der Verehrung.

MAURISCH-SPANIEN:
Araber aus Nordafrika, Mauren genannt, hatten sich durch Heirat mit den Berbern gemischt; ein weißer Volksstamm, der den größten Teil Nordafrikas besetzt hielt. Von 710 bis 712 eroberten sie Spanien. Eine Zeitlang hielten sie ganz Spanien und einen Teil von Frankreich; für den größten Teil von 750 Jahren dann noch halb Spanien. Sie verliehen dem Land eine unauslöschliche Prägung. Die kulturelle Verbreitung von dort und von Sizilien aus, das auch einige Zeit von Arabern gehalten wurde, hatte viel mit dem Beginn der Renaissance in Europa zu tun.

MOSLEMISCHE BIBLIOTHEKEN:
Buchstäblich Tausende von Manuskripten liegen unbekannt und unübersetzt in Moschee-Bibliotheken. Viele Werke haben religiösen Charakter, aber zweifellos könnten andere bedeutende Kapitel zur Geschichte von Wissenschaft und Forschung beisteuern.

Es ist möglich, daß es in den Privatbibliotheken, Moscheen und Klöstern in China, Indien, Japan, Tibet sowie in arabischen Ländern genauso viele Bücher gibt, die noch auf ihre Entdeckung warten, wie jemals in irgendeine europäische Sprache übersetzt wurden.

PETSCHENEGEN:
Prämongolische Eindringlinge aus den Steppen Asiens. Sie lebten, kämpften und sahen auch sehr wie die Mongolen aus, die im Jahrhundert, das auf die Handlung des vorliegenden Romans folgte, viel von Asien und Rußland eroberten.

PRÄKOLUMBIANISCHE REISEN:
Bretonen, Normannen und baskische Fischer sowie andere aus Bristol und Island fischten offenbar bereits viele Jahre vor Kolumbus vor den Küsten von Neufundland.

Siedler aus Grönland kamen regelmäßig zur Küste von Kanada, um Holz für den Bau von Häusern oder Schiffen zu schlagen. An verschiedenen Punkten an der Küste sowie an den Flüssen gibt es Beweise für zeitweilige Siedlungen. Die Maine-Inseln wurden schon zu sehr früher Zeit besucht und zeitweilig besetzt.

So schickte zum Beispiel Alexandre Aufredi zehn Schiffe von La Rochelle aus nach Westen. Diese Schiffe waren ein paar Jahre lang verschwunden, aber als man bereits alle Hoffnung aufgegeben hatte, kehrten sie doch noch zurück. Die Einzelheiten dieser Reise sind jedoch verlorengegangen.

Es war niemals nötig, Amerika zu entdecken. Die Chukchi-Indianer aus Sibirien hatten Jahrhunderte vorher die Bering-Straße überquert.

Vitus Bering hatte eine Landkarte, auf der die Westküste von Alaska und Kanada bis hinunter nach Vancouver Island eingezeichnet war, bevor irgendein bekannter Forscher diese Gegend besuchte.

Magellan hatte eine Karte der Straße, bevor er seine Reise antrat.

Seefahrt und Forschung sind viel älter als irgendwelche aufgezeichnete Geschichte.

PROVINS:
Eine von Mauern umgebene Stadt mit einem Labyrinth aus Katakomben, Kellern und Tunneln unter der Erde.

Der Tunnel von Champeaux nach Melun und Provins wurde alten Aufzeichnung zufolge im 7., 8. und 9. Jahrhundert erbaut.

RUE DU FOUARRE:
So benannt nach den Strohbündeln, auf denen die Studenten bei den Vorlesungen saßen. Wie im vorliegenden Roman beschrieben, war der Platz am linken Ufer gelegen, nicht weit von Notre-Dame selbst entfernt.

Dante stattete diesem Ort im Jahre 1304 n. Chr. einen Besuch ab.

RYE DU FOUARRE:
Standort einer der ersten Schulen von Paris; hinter der Kirche von St.-Julien-le-Pauvre gelegen.

SAÔNE:
Diese Kreuzfahrer-Burg steht in entlegenen, felsigen, von Buschwerk überwucherten Bergen, nicht weit südlich von der alten Stadt Antiochien, dem modernen Antakya. Annähernd gegenüber (aber ein gutes Stück landeinwärts) der Insel Zypern.

Es handelt sich immer noch um eine beeindruckende Ruine, sie liegt aber abseits der üblicherweise benutzten Straßen und wird daher nur wenig besucht.

TOURNEMINE:
Eine gesetzlose Familie von unbekannter, wahrscheinlich britischer Herkunft; bekannt durch die Burg Hunaudaye im Wald gleichen Namens, ein bißchen südlich der Straße von Plancoët nach Lamballe gelegen.

Es ist eine massive und malerische Ruine.

Dem Vernehmen nach soll diese Burg im Jahre 1378 von Pierre de Tournemine erbaut worden sein; möglicherweise auf dem Platz einer früheren Burg, die im Jahre 1220 erbaut worden war.

Vom letzten Tournemine wird berichtet, daß er Vater, Ehefrau und Bruder tötete; einer Legende zufolge wurde er dann von deren Geistern verschleppt.

Es gibt Hinweise darauf, daß an dieser Stelle bereits vor 1220 eine noch frühere bewaldete Festung gestanden hat.

VENETER:
Das erste Seefahrervolk von Westeuropa, *von dem wir etwas wissen.* Von ihm könnten die Iren den Anstoß zur Seefahrerei bekommen haben. Die Bretagne war die Heimat der Veneter.

Die beste Beschreibung ihrer aus Eichenholz gebauten Schiffe mit den Ledersegeln wird in Cäsars *Kommentaren* gefunden.

Die Schiffe der Veneter waren von schwererer Bauweise, als sie für Küstenfahrten notwendig gewesen wären, und sie hatten viele Schiffe dieser Art.

Niemand weiß, mit wem sie Handel trieben. Bekannt sind nur ihre Reisen zu den Scilly Isles oder nach Cornwall; von dort holten sie Zinn.

ZEITTAFEL

732	**Karl Martell** schlägt die zu einem Raubzug über die Pyrenäen gekommenen Araber zwischen Tours und Poitiers.
711–755	Spanien mit Ausnahme der christlichen Randgebiete im Norden unter Statthaltern der Kalifen von Damaskus.
ab 756	herrschen die **Omajjaden** in Spanien.
929	Rachman III. nimmt den Kalifentitel von Cordoba an.
1010	Sturz der Omajjaden. Das arabische Spanien zerfällt in Kleinstaaten.
seit 722	die **Reconquistá** (Wiedereroberung) Spaniens von Norden her. Entstehen der christl. Königreiche und Grafschaften: Asturien (722), León (bis 910), Kastilien (bis 970), Navarra (um 1000), Aragon (um 1000), Katalonien (um 1115).
1080–1085	Belagerung und Einnahme von Toledo durch Alfons VI. von Kastilien.
1090	Wegen der Eroberung Toledos Herbeirufung der **Almoraviden,** die den Rest Spaniens zur Provinz ihres nordafrikanischen Reiches machen.
ab 1147	sind die **Almohaden** an der Macht.
1195	Sieg der Almohaden unter Abu Yusuf Ya'kub bei Alarcos.
1212	Vernichtende Niederlage der Almohaden. Ihr Reich in voller Auflösung. 1236 verlieren sie Cordoba, 1241 Murcia, 1248 Sevilla.

1243 Der Emir verlegt seine Residenz nach Granada. Abu Abd Allah Mohammed I. ibn Yusuf ibn Nasir gründet eine neue Dynastie (1235), die sich bis 1492 im Süden in einem schmalen Gebietsstreifen von der Serrania de Ronda und der Sierra de Elvira bis Gibraltar halten kann.

Kiew und das russische Reich bis zum Mongoleneinbruch

seit 800 Die **Waräger** (schwedische Wikinger) fahren die osteuropäischen Ströme aufwärts und errichten Stützpunkte und Tributherrschaften über die primitiven Stämme der Finnen, Slawen und Balten (856 Kiew). Kontaktaufnahme mit den Märkten des Orients.

seit 860 Vereinigung einzelner Warägerherrschaften und Zusammenschluß des Nordens (um Nowgorod) mit dem Dnjeprgebiet (Kiew) durch Oleg (879–912). Allmähliche Befreiung aller ostslawischen Stämme von der chazarischen Tributherrschaft durch die Dynastie der **Rurikiden.**

912–945 **Fürst Igor** v. Kiew. Zieht 941 und 944 erfolglos gegen Byzanz, mit dem er 944 einen Handelsvertrag abschließt.

seit 1000 Slawisierung der warägischen Oberschicht.

1019–1050 **Jaroslaw der Weise.** Kulturelle Blüte durch Ausweitung der byzantinischen Kultursphäre. Expansion nach Polen und dem Ostbaltikum (1030 Gründung von Dorpat). Siege gegen die Petschenegen, erfolgloser Krieg mit Byzanz (1043).

nach 1050 Aufteilung des Reiches unter Jaroslaws fünf Söhne (in die Teilgebiete Kiew, Tschernigow, Perejaslavl, Smolensk, Wolynien) und damit Schwächung des Staates.

seit 1061	Bedrohung durch die **Kumanen** aus dem Osten.
1097	Neuordnung des Reiches bei der Fürstenversammlung von Ljubeĉ. Neuzuweisung der Teilgebiete an die einzelnen Zweige der Rurikiden. Kiew bleibt Besitz des gesamten Rurikidenhauses. Weitere Auflösung des Reiches durch interne Kriege.
1113–1125	**Wladimir Monomach.** Letzte Vormachtstellung Kiews durch weitgespannte Familienpolitik. Danach Bildung mehrerer politischer Schwerpunkte in den selbständigen Fürstentümern und Stadtstaaten der Rurikiden.
1169	**Andrej Bogoljubskij** v. Rostow besiegt den Kiewer Großfürsten, plündert Kiew, verlegt aber seine Residenz nicht dorthin.
seit 1170	Kiews Bedeutung ist verblaßt. Dynastische Beziehungen zu den Steppenvölkern (Kumanen u. a.) werden häufiger. Neue Zentren des Reiches entstehen um Nowgorod und Haliĉ.
1185	Zug der südrussischen Fürsten gegen die Kumanen (Stoff des Igor-Liedes).
1223	Die Mongolen unter **Dschingis Khan** siegen an der Kalka (in der Nähe des Asowschen Meeres) über die Kumanen und die südrussischen Fürsten, die sich gegen sie verbündet hatten.
1240	Eroberung Kiews durch die Mongolen, Unterwerfung von Haliĉ und Wolynien und Mongoleneinbruch nach Ungarn, Polen und Schlesien.